개의 힘 2

The Power of the Dog

THE POWER OF THE DOG

by Don Winslow

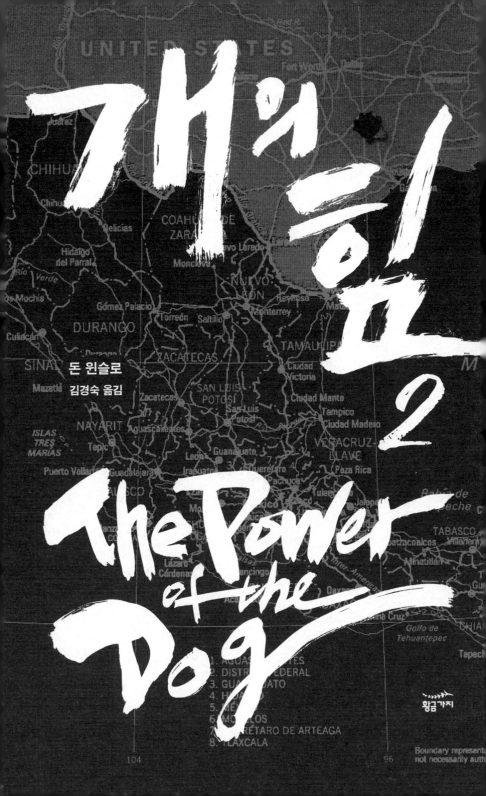

The Power
of the
Dog

NAFTA-북미자유무역협정

8장
무고한 어린이들의 순교 추도일

라마에서 슬퍼하며 크게 통곡하는 소리가 들리니
라헬이 그 자식을 위하여 애곡하는 것이라
그가 자식이 없으므로 위로받기를 거절하였도다
함이 이루어졌느니라.

―마태복음 2장 18절

1992년
온두라스의 테구시갈파,
캘리포니아의 샌디에이고,
멕시코의 과달라하라

아트는 테구시갈파에 있는 어느 공원에 앉아서 밤색 아디다스 운동복을 입은 한 남자가 건물에서 나와 도로를 건너는 모습을 지켜보고 있었다.

라몬 메테는 운동복을 일곱 벌 가지고 있었다. 매일 한 벌씩 일주일간 입었다. 날마다 새로운 옷을 입고 교외의 대저택에서 나와 같은 옷을 입은 경호원 둘을 양옆에 끼고 5킬로미터 거리를 달렸다. 다만 경호원들의 조깅 복은 맥-10을 넣은 자리가 불룩했다.

그렇게 라몬 메테는 매일 아침마다 조깅하러 나갔다. 5킬로미터를 왕복으로 달리고 대저택으로 돌아와 샤워를 하면 그 사이에 경호원 하나가 과일 스무디를 갈아뒀다. 망고, 파파야, 포도, 그리고 여기 온두라스 산 바나나. 그러면 그는 테라스로 나가 신문을 읽으면서 그걸 마셨다. 전화를 몇 통 걸고 몇 가지 작은 일을 처리한 뒤 사설 체육관에 역기를 들러 갔다

그것이 라몬 메테의 일상이었다.

시계처럼 정확히, 매일.

몇 달 동안.

그런데 이날 아침은 달랐다. 경호원이 열어준 문으로 라몬 메테가 들어갔다. 땀을 흘리며 숨을 몰아쉬는 중에 총의 개머리판이 라몬 메테의 옆통수로 날아들었다.

그는 쓰러지며 무릎을 꿇었다. 아트 켈러 앞에.

경호원은 속수무책으로 서서 두 손을 올렸다. 까만 옷을 입은 온두라스 비밀 검찰국 경찰이 M-16을 겨누고 있었기 때문이다. 거기 서 있는 경찰 수는 50명쯤 되어 보였다. 라몬 메테는 현기증과 통증으로 정신이 몽롱한 속에서도 생각했다.

'이상하군. 비밀 검찰국은 내 편이 아니었나?'

보아하니 아닌 듯했다. 왜냐하면, 아트가 라몬 메테의 입 언저리를 정면으로 발로 찼을 때, 아무도 저지하거나 덤벼들지 않았기 때문이다. 아트가 라몬 메테를 내려다보며 말했다.

"조깅을 즐겼기 바라겠소. 그게 마지막 조깅이 될 테니까 말이오."

그렇게 라몬 메테는 과일 스무디 대신 자신의 피를 삼켰다. 아트는 낡은 검정 두건을 라몬 메테의 머리에 씌워 꽉 묶은 뒤, 팔

을 틀어쥐고 대기해 둔 차량으로 끌고 갔다. 이번에는 그 누구의 방해도 없이 준비된 공군기로 라몬 메테를 끌고 가서 도미니카 공화국으로 이송했다. 라몬 메테는 그곳에 있는 미국 대사관에서 어니 이달고 살인 혐의로 체포된 뒤, 다른 비행기를 타고 샌디에이고로 이송되었다. 샌디에이고에서 즉결심판을 받고 보석이 부결된 채 연방 구치소 독방에 감금되었다.

이 모든 일이 테구시갈파 거리에 폭동을 야기했다. 라몬 메테의 변호사가 보수를 주고 선동한 수천 명의 성난 시민들이 미국 대사관에 불을 지르며 양키의 제국 권익 보호주의에 항의했다. 미국 경찰이 중요한 온두라스 시민 한 사람을 미국으로 호송하기 위해 그를 어디서 붙잡았고 어디서 정식으로 체포했는지 알고 싶어 했다.

워싱턴에 있는 많은 사람들도 같은 걸 궁금해하고 있었다. 그들 역시 폐쇄된 과달라하라 사무소에서 파면된 전직 주재 수사팀장인 아트 켈러가 그런 국제적 사건을 일으킬 용기가 어디서 났는지에 대해 궁금해했다. 용기뿐만 아니라 실제로 그 일을 성공하게 한 과정을 모조리 알고 싶어 했다.

도대체 어떻게 그런 일이 일어났단 말인가?

키토 푸엔테스는 시시한 오퍼레이터 일을 하고 있었다.

지금도 그렇고, 1985년 고문받은 어니 이달고를 과달라하라에 있는 아지트로부터 시날로아에 있는 대목장으로 옮길 때도 그랬다. 지금은 티후아나에 살면서 적은 시간을 들여 쉽게 돈을 벌려고 국경을 건너는 미국인들을 상대로 소규모의 마약 거래를 하고 있었다.

양키 소년 하나가 노상강도인 '반디토'가 되기로 결심하고 마약을 훔쳐 국경을 향해 달려가는 경우는, 누구든 일종의 사업으로 그 일을 여기지, 사소한 일로 보지는 않았다. 그런 경우 옆구리에 묵직한 게 꽂혀 있는 게 당연했다. 지금 키토가 갖고 있는 물건은, 흠, 고철덩어리였다.

키토는 새 총이 필요했다.

하지만 대외적 이미지와는 달리, 멕시코에서는 총을 입수하기가 어려웠다. 멕시코 연방 경찰과 주립 경찰이 무력을 독점하고 싶어 했기 때문이다. 다행히 키토가 살고 있는 티후아나는 세계 최대의 무기 시장인 로스 에스타도스 우니도스와 가까웠다. 그래서 출라 비스타에서 파코 멘데스가 괜찮은 가격을 제시하며 전화를 걸어왔을 때, 키토는 귀가 솔깃했다. 깨끗한 맥-10 한 자루. 키토는 구미가 당겼다.

키토는 미국 땅에 가서 맥-10을 받아오기만 하면 되었다.

하지만 키토는 더 이상 위험을 무릅쓰고 국경 북쪽으로 가고 싶지 않았다.

양키 경찰인 어니 이달고 일이 있은 뒤로는 국경을 넘어 가 본 적이 없었다.

멕시코에서는 그 일로 체포될 가능성이 지극히 적지만 미국 땅이라면 이야기가 달라질 테니까. 그래서 키토는 고맙지만 사양해야겠다고 하면서, 맥-10을 티후아나에서 받을 수는 없겠냐고 파코에게 물었다. 하지만 그건 희망일 뿐 현실성이 없는 질문이었다. (a) 믿을 만한 연줄이 있거나 (b) 자동 권총도 아닌 소형 총기를 멕시코로 밀반입하려고 시도하는 지독한 바보인 경우에나 시도할 수 있는 일이었기 때문이다. 밀반입하다가 잡히면 건조 코스로 넘어간 빨래처럼 멕시코 연방 경찰에게 흠씬 두들겨 맞을 것이다. 그리고 멕시코 감옥에 최소 2년은 감금될 게 빤했다. 멕시코 감옥은 음식이 나오지 않아서 수감자의 가족이 사식을 넣어 주어야 했다. 파코는 이제 멕시코에 가족이 없었다. 그리고 믿을 만한 연줄이 있지도 않고, 지독한 바보도 아니었다. 그러니 파코가 위험을 무릅쓰고 키토에게 맥-10을 건네주러 국경을 건너 오지는 않을 거라고 키토는 생각했다.

하지만 파코는 이 총을 팔아 빨리 현금을 마련해야 한다고 말했다.

"한 번 생각해 봐야겠어. 다시 전화할게."

파코는 전화를 끊고 아트에게 말했다.

"키토가 넘어오지 않을 듯한데요."

"그럼 네가 아주 곤란해질 텐데."

그건 장난이 아니었다. 큰 문제였다. 코카인에다 총기 밀매 죄까지 적용될 테니까. 아트는 파코가 아직 충분히 이해하지 못했을 경우를 대비하여 덧붙였다.

"난 증거물을 연방 재판에 넘겨서 연이은 형기로 판결하도록 재판관에게 부탁할 거야."

"노력하고 있다고요!"

파코가 울상을 지었다.

"노력만으로는 점수가 올라가지 않아."

"당신은 정말 지독한 사람이에요. 그거 알아요?"

"알아. 너도 알지?"

파코는 의자에 털썩 주저앉았다.

"좋아. 그냥 키토를 국경 울타리로 오게 해."

"네?"

"나머지는 우리가 알아서 할게."

파코는 다시 전화를 걸어 코요테 협곡을 따라 쳐진 국경 울타리의 낡은 철조망 부근에서 거래하자고 정했다.

무인 지대였다.

밤에 코요테 협곡에 간다면 총 한 자루 정도는 가져가는 게 나을 것이다. 총 한 자루로는 부족할지도 몰랐다. 왜냐하면, 메마른 흙의 완만한 언덕에 있는 커다란 절벽인 코요테 협곡에는 수많은 신의 아이들이 총을 가지고 있었기 때문이다. 협곡은 티후아나 북쪽 끝에서 미국으로 5킬로미터 정도 펼쳐져 있으며, 산적들 천국이었다. 오후 늦게부터는 밀입국 목적의 사람들 수천 명이 마른 수로 위 산등성이에 있는 협곡 양쪽에 몰려들기 시작했다. 그곳이 실질적인 국경인 셈이다. 해가 지면 그들은 협곡을 뚫고 돌진했다. 국경 순찰요원들보다 정말 압도적으로 많은 인원이었다. 수의 법칙에 따라 잡히는 사람보다 통과하는 사람이 많았다. 그리고 잡히더라도 항상 내일이라는 기회가 있었다.

하지만 꼭 그렇지만도 않았다.

밀입국 멕시코 인들 떼를 기다리는 포식 동물처럼 협곡 안에서 진짜 반디토가 잠복하며 기다렸기 때문이다. 약자와 부상자를 골라 강도, 강간, 살인을 일삼았다. 불법으로 소지한 푼돈까지 빼앗고 부녀자들을 잡목 수풀로 끌고 가서 강간하고 죽여 없애기도

했다.

그러니 로스 에스타도스 우니도스에 오렌지를 사러 가고 싶다면 코요테 협곡의 시련을 겪어야 했다. 그리고 그 혼돈 속에서, 수천 명이 달리면서 일으키는 먼지 속에서, 비명소리와 총소리와 칼 휘두르는 소리로 가득한 어둠 속에서, 소 떼를 모는 카우보이처럼 국경 순찰차가 언덕 위아래에서 사이렌을 울려대면서 수많은 일들이 울타리를 따라 일어났다.

마약 거래, 성매매, 무기 거래.

키토가 몸을 웅크리고 울타리에 난 구멍으로 거래하게 된 이유도 그 때문이었다.

"총을 줘."

"돈을 줘."

키토는 달빛에 번뜩이는 맥-10이 보이자 오랜 친구 파코가 자신을 속이지 않을 거라는 확신이 들었다. 그래서 파코에게 돈을 건네주려고 구멍으로 손을 넣었다. 파코가 덥석 잡았다.

돈이 아니라, 손목을.

그리고 놓지 않았다.

키토는 손을 빼려고 애썼지만, 곧 세 명의 양키가 키토를 붙들었다. 그중 한 명의 목소리가 들렸다.

"너를 어니 이달고 살해 혐의로 체포한다."

"당신은 날 체포할 수 없어. 난 멕시코에 있어."

"그거라면 문제 없지."

그리고 키토를 미국 쪽으로 당기기 시작했다. 울타리 철조망 구멍을 통해 키토를 홱 잡아당기자 끊어진 철조망의 뾰족한 부분에 키토의 바지가 걸렸다. 하지만 상관하지 않고 계속 끌어당겼다. 날카로운 철사가 키토의 엉덩이를 찌르고 들어가 다른 쪽으로 비어져 나왔다.

그러자 키토는 왼쪽 엉덩이 살이 꿰뚫린 채 누워 비명을 질렀다. "찔렸어! 찔렸다고!"

아트는 들은 척도 하지 않았다. 오로지 발을 미국 쪽 울타리에 단단히 버티고 잡아당기기만 했다. 철사가 키토의 엉덩이를 관통했다. 이제 키토는 정말로 새된 비명을 질렀다. 다쳤고, 피를 흘렸고, 미국 땅에 있었고, 양키들에게 늘씬하게 두들겨 맞고 있었기 때문이다. 그들은 비명 소리를 막으려고 키토의 입에 재갈을 물리고 수갑을 채워 지프로 끌고 갔다. 키토는 국경 순찰 요원이 보이자 도와달라고 소리를 지르려 했다. 하지만 그 이민 경찰은 아무것도 못 본 사람처럼 돌아섰다.

키토는 이 모든 사실을 재판장에게 말했다. 재판장은 장엄하게 아트를 내려다보며 체포를 어디서 했느냐고 물었다.

"피고는 미국에서 체포되었습니다, 재판장님. 미국 땅에 있었습니다."

"피고는 당신이 울타리를 통과하여 끌어당겼다고 주장하고 있소."

키토의 국선변호사가 분노하여 글자 그대로 벌떡 일어섰다가 앉았고, 아트가 대답했다.

"그 주장이 진실이라는 증거는 없습니다. 키토 푸엔테스는 자신의 의지로 미국에 왔습니다. 불법 무기를 구입하기 위해서였지요. 증인도 있습니다."

"그게 파코 멘데스요?"

"네, 재판장님."

"재판장님."

국선변호사가 이의를 제기했다.

"파코 멘데스는 분명 모의를 하고……"

"모의는 없었습니다. 신께 맹세합니다."

다음 사람.

'의사'를 붙잡는 건 쉽지 않을 거라 예상되었다.

의사 알바레스는 과달라하라에서 산부인과 의원을 개업하여 한창 잘나가고 있었다. 그는 멕시코를 떠나지 않을 것이다. 국경을 건너게 하거나 근처에라도 오게 할 미끼는 지구상에 없었다. 그는 어니 이달고 살해사건에 자신이 연관되어 있음을 마약 단속국이 안다는 사실을 인지하고 있었다. 아트 켈러가 그를 찾으려고 얼마나 몸이 달아 있는지도 알고 있었다. 그래서 그 훌륭한 의사는 과달라하라에서 꼼짝도 하지 않았다.

"멕시코시티는 이미 키토 푸엔테스에 대해 소리 높여 항의하고 있어."

팀 테일러가 아트에게 말했다.

"그러라고 하세요."

"그렇게 말하기는 쉽겠지."

"네, 그렇군요."

"말해 두겠는데, 아트, 우린 그냥 걸어 들어가서 그 의사를 잡을 수는 없어. 멕시코 인들은 그러지 않을 거야. 그들이 의사를 넘겨주는 일도 없을 거야. 여긴 온두라스가 아니야. 코요테 협곡이 아니라고. 사건 종결이야."

아트는 생각했다.

'당신에게는 그럴지도 모르지. 하지만 난 아냐.'

어니 살해에 관련된 모든 인간이 죽거나 감옥에 들어갈 때까지는 결코 끝나지 않을 것이다.

우리가 할 수 없다면, 멕시코 경찰이 하지 않을 거라면, 그 일을 대신 해 줄 누군가를 찾아야 할 뿐이었다.

아트는 티후아나로 갔다.

안토니오 라모스는 티후아나에서 작은 레스토랑을 운영하고 있었다.

아트는 덩치 큰 전직 경찰이 바깥 테이블에 다리를 올려놓고 앉아 있는 것을 발견했다. 입에는 시가를 물고 차가운 맥주를 들이켜 마시려는 중이었다. 라모스는 아트가 다가오는 것을 보고는 입을 열었다.

"맛이 끝내주는 칠리 요리를 찾고 있다면, 장담하건대 여긴 아니오."

"내가 찾는 건 그게 아니야."

아트가 앉으면서 말했다. 그리고 총알처럼 다가오는 여자 종업원에게 맥주를 주문했다.

"뭐요, 그럼?"

"'뭐'가 아니라 '누구'지. 의사 움베르토 알바레스."

라모스는 고개를 저었다.

"난 은퇴했소."

"나도 기억하고 있어."

"아무튼 그들은 연방 안전 이사회를 해체했소. 난 내 삶에서 가장 위대한 일을 해왔는데 그들은 그걸 하찮게 여겼지."

"난 아직 자네에게 도움을 요구할 수 있어."

라모스는 탁자에서 발을 내리고 아트 얼굴 가까이로 몸을 기울였다.

"이미 도움을 받았잖소. 기억 안 나는 거요? 내가 그 빌어먹을 바레라를 넘겨줬잖소. 그런데 당신이 방아쇠를 당기지 않았지. 당신은 복수를 원한 게 아니라 정의를 원했으니까. 결국 둘 다 못 가졌지만 말이오."

"난 단념하지 않았어."

"단념해야 할 거요. 정의란 건 없거든. 그리고 복수를 진지하게 여기지도 않잖소. 당신은 멕시코 인이 아니오. 우리는 진지하게 여기는 게 많지는 않지만, 복수만큼은 진지하게 여기거든."

"난 진지해."

"그렇지 않은 거 같소만."

"10만 달러만큼 진지해."

"알바레스를 죽이는 대가로 10만 달러를 주겠다는 말이오?"

"죽이는 게 아니야. 납치해 와. 보쌈해서 미국행 비행기에 실어. 미국에서 내가 그를 재판에 회부할 거야."

"거 보시오, 내가 뜻하는 건 정확히 그런 게 아니라니까. 당신은 너무 물러 터졌소이다. 복수를 원하지만 그럴 만한 사람이 못 되는 거지. '공정한 재판' 따위로 복수를 위장해야 하니까. 그 자식을 쏴버리는 게 더 쉬울 거요."

"쉬운 건 흥미 없어. 난 힘들게, 길게 고통 주는 쪽이 흥미로워. 지옥 같은 연방 감옥에서 그의 여생을 보내게 하고 싶어. 물러터진 건 그를 고통 밖으로 끌어내고 싶어 하는 자네야."

"모르겠군……."

"물러터지고 따분하지. 자네가 따분하지 않다는 말은 하지 마. 매일매일 여기 앉아서, 관광객들을 위해 타말레 요리나 척척 만들어내는 일 말이야. 자넨 새로운 정보를 계속 듣고 있어. 내가 라몬 메테와 푸엔테스를 이미 잡았다는 사실을 알고 있겠지. 이제 다음 타깃은 의사야. 자네가 돕든 안 돕든. 그리고 그다음은 바레라야. 자네가 돕든 안 돕든."

"10만 달러."

"10만 달러."

"애들 몇 명 필요할 거요……."

"내게 그런 일에 적합한 사람 10만 명쯤 있어. 원하는 대로 쓰도록 해."

"억센 녀석들로."

"한번 믿어 봐."

라모스가 시가를 한껏 빨아들여 완벽한 연기 고리들을 뱉어냈다. 그리고 연기 고리들이 공중으로 떠다니는 것을 쳐다보았다.

"제길, 여긴 돈벌이가 안 돼서 말이지. 좋소. 하겠소이다."

"생포해 오기를 바라는 거야. 시신을 가져오면 돈은 물 건너가는 거야."

"알았소, 알았소."

의사 움베르토 알바레스 마카인은 마지막 진료를 끝내고 환자가 문을 나가는 모습을 정중하게 바라본 뒤, 접수 직원에게 퇴근하라고 인사하고 진료실로 돌아와 서류를 정리하며 집에 갈 준비를 했다. 알바레스는 접수처로 남자 일곱 명이 들어오는 소리를 듣지 못했다. 라모스가 진료실로 들어올 때까지도 아무 소리도 듣지 못했다. 라모스는 알바레스의 발목을 겨냥해서 총을 쐈다.

알바레스는 바닥으로 쓰러져 고통스러워하며 뒹굴었다.

"넌 조금 전에 네 삶에서 마지막 여자를 본 거야, 의사 양반. 네가 갈 곳엔 여자가 없거든."

그리고 한 발 더 쏘았다. 라모스가 이어 말했다.

"우라지게 아프지, 안 그래?"

"네."

알바레스가 울부짖었다.

"이게 나한테 달려 있는 일이었으면 당장 네 대갈통을 날려줬을 텐데 말이야. 운 좋은 줄 알아. 이제 넌 내가 말하는 대로 할 거야, 그렇지?"

"네."

"좋아."

그들은 알바레스의 눈을 가리고 전화선으로 팔목을 묶어 뒷문으로 끌고 나갔다. 골목에 세워둔 자동차에 밀어 넣어 자동차 바닥에 눕히고, 라모스는 차에 올라 알바레스의 목에 발을 올려놓은 채 교외에 있는 아지트로 갔다.

그들은 알바레스를 음침한 응접실로 데려가서 가린 눈을 풀어줬다.

알바레스는 앞에 있는 의자에 팔다리를 뻗고 있는 키 큰 남자를 보더니 울기 시작했다.

아트가 물었다.

"내가 누군지 알아? 어니 이달고는 내 가까운 친구였어."

알바레스는 이제 걷잡을 수 없을 정도로 떨고 있었다.

"네가 어니를 고문했어. 금속 꼬챙이로 뼈를 긁고, 시뻘겋게 달군 막대기를 그 안에 쑤셔 넣었어. 주사를 놓아서 의식을 잃지 않게 하고 목숨을 붙여두었지."

"아니에요."

"거짓말하지 마. 날 더 화나게 할 뿐이야. 증거 테이프가 있어."

알바레스의 바지 앞부분이 얼룩지더니 한쪽 다리로 번져갔다. 라모스가 말했다.

"쉬를 하셨구먼."

"벗겨."

그들은 셔츠를 벗겨 묶인 손목에 매달려 있게 놔두었다. 바지와 팬티를 발목까지 내렸다. 알바레스의 눈이 공포심으로 휘둥그레졌다. 클레인데이스트가 "냄새 한번 맡아봐. 무슨 냄새가 나지?" 하고 말하자 눈이 더욱 더 커졌다.

알바레스는 고개를 흔들었다.

"부엌에서 나는데? 잘 생각해 봐. 전에 맡아본 냄새일 거야. 모르겠어? 좋아. 말해 주지. 불에 달군 쇠꼬챙이."

라모스의 부하가 들어왔다. 오븐 장갑을 낀 손에 벌겋게 달궈져 이글거리는 쇠꼬챙이를 쥐고 있었다.

알바레스는 기절해 버렸다.

"깨워."

라모스가 알바레스의 종아리를 쏘았다.

알바레스는 비명을 지르며 깨어났다.

"소파에 묶어."

그들은 알바레스를 소파 팔걸이 위로 들어 올렸다. 두 사람은 알바레스의 팔을 잡아 쫙 펴고 두 사람은 발을 잡아 바닥에 고정시켰다. 그리고 한 명이 뜨거운 쇠꼬챙이를 가져와 알바레스에게 보여주었다.

"안 돼요. 제발……, 안 돼요."

"이름을 말해. 네가 어니 이달고와 있을 때 그 집에서 본 모든 사람. 지금 말해."

문제 없다.

알바레스는 우스꽝스럽게 빨리 읽는 코미디언처럼 발동이 걸려 말하기 시작했다.

"아단 바레라, 라울 바레라. 앙헬 바레라. 게로 멘데스."

"뭐?"

"아단 바레라, 라울 바레라……."

"아니. 마지막 이름."

"게로 멘데스."

"그가 거기 있었다고?"

"네, 네, 네. 그가 지휘관이었어요, 세뇨르."

알바레스는 심호흡을 한 번 하고 이어서 말했다.

"그가 어니 이달고를 죽였어요."

"어떻게?"

"헤로인 과잉투여였어요. 사고였어요. 우리는 어니 이달고를 풀어주려고 했어요. 맹세해요. 정말이에요."

"일으켜."

아트는 흐느껴 우는 의사를 보고 말했다.

"조서를 작성할 거야. 네가 관련된 얘기를 모조리 넣어야 해. 바레라와 멘데스에 대한 모든 내용도. 알겠어?"

"알겠습니다."

"그다음에 하나를 더 작성할 거야. 넌 어떤 식으로든 고문받은 적이 있거나 강제적으로 그 조서를 작성한 것이 아니라고 확인하는 내용이야. 알겠어?"

"네."

알바레스는 평정을 되찾자 협상을 시도했다.

"제가 협조한 걸 좀 참작해 주실 건가요?"

"유리한 말을 넣어 주지."

그들은 알바레스를 부엌 식탁에 앉히고 종이와 펜을 주었다. 한 시간 뒤 조서 두 장이 완성됐다. 아트가 내용을 읽어보았다. 그리고 서류가방에 넣은 뒤 알바레스에게 말했다.

"이제 넌 짧은 여행을 할 거야."

"안 돼요, 세뇨르."

알바레스가 비명을 질렀다. 그는 짧은 여행이 무엇인지 아주 잘 알고 있었다. 대개 삽과 얕은 무덤과 관련되어 있었다.

"미국으로 갈 거야. 비행기를 대기시켜 놨어. 넌 네 자유의지로 가는 거야."

"물론입니다."

아트는 생각했다.

'물론이고말고. 넌 방금 바레라와 게로 멘데스를 밀고했으니까.'

이제 멕시코에서 예상되는 그의 삶은 거의 무(無)에 가까웠다. 아트는 그가 마리온 연방 감옥에서 오래오래, 구약성서만큼 오래 살기를 바랐다.

두 시간 뒤, 그들은 알바레스를 깨끗이 씻기고 깨끗한 바지를 입혀 엘 파소행 비행기에 태웠다. 알바레스는 엘 파소에서 체포되어 어니 이달고 고문 살해 사건에 대해 재판을 받았다. 알바레스는 감옥에 수감되면서 사진을 찍고, 벌거벗어 머리부터 무릎까지 고문 받은 적이 없다는 사실을 보여주었다.

그리고 아트는 약속한 대로 알바레스에게 유리한 말을 넣었다. 연방 검사 덕분에 알바레스는 사형을 면했다.

알바레스는 가석방 불가능 조건으로 감옥에서 살기를 바랐다.

희망 없는 삶이었다.

멕시코 정부가 항의하고 미국 시민 인권 변호사들이 합세했다. 하지만 라몬 메테와 알바레스는 둘 다 항소를 기다리며 마리온 연방에서 최고로 경비가 엄중한 감옥에 있었고, 키토 푸엔테스는 샌디에이고 감옥 독방에 수감되었다. 그리고 아무도 아트 켈러를 저지하지 못했다.

의지가 있는 사람들은 능력이 없었다.

능력이 있는 사람들은 의지가 없었다.

왜냐하면, 그가 거짓말을 했기 때문이다.

아트는 상원위원회에서 CIA가 콘트라스의 무기 마약 밀거래에 공모했다는 소문들을 수사했다고 완전히 거짓말했다. 아트는 증언 의사록이 아직 머릿속에서 맴돌았다. 멈추지 않는 영화 배경 음악처럼.

Q: SETCO라는 화물항공사에 대하여 들은 적이 있습니까?

A: 조금요.

Q: SETCO 항공기가 코카인 수송에 사용되었다고 믿고 있거나 믿은 적이 있습니까?

A: 그 문제에 대해 아는 바 없습니다.

Q: '멕시코 트램펄린'에 대해 무슨 말을 들어본 적이 있습니까?

A: 없습니다.

Q: 당신이 진실만을 말할 것을 맹세한 사실을 기억하고 있습니까?

A: 네.

Q: TIWG에 대해 들어본 적이 있습니까?

A: 그게 뭐죠?

Q: 테러리스트 사건 업무국.

A: 지금 처음 들었습니다.

Q: NDS 지령 3번은 어떤가요?

A: 모릅니다.

Q: NHAO는요?

아트의 변호사가 상체를 굽혀 마이크에 대고 말했다.

"의원님, 낚시하러 가고 싶다면, 제가 배를 전세 내어 드릴까요?"

Q: NHAO를 들어본 적이 있습니까?
A: 최근에 신문에서 본 적만 있습니다.
Q: NHAO에 있는 누군가가 당신의 증언에 관해 압력을 주었습니까?

"이 심문을 더 이상 방관할 수 없습니다."
아트의 변호사가 말했다.

Q: 예를 들어 크레이그 대위가 당신에게 압력을 주었습니까?

이 질문은 의도적으로 언론을 깨우는 효과를 가져왔다.

스콧 크레이그 대위는 다른 위원회를 표적으로 미국 국기, 깃봉 등을 모조리 밀쳐버리며 이란에 억류된 인질 석방 거래에 자신을 못 박아 두려 하고 있었다. 크레이그는 언론에서 미국 서민들 사이에서 영웅, 미디어 애인, 텔레비전 애국자가 되고 있었다. 국가는 정부가 콘트라의 무기 마약 밀매거래를 도왔다는 실제적인 추문은 다루지 않고 진절머리나는 인질 석방 거래인 이란—콘트라 사건에만 초점을 맞추었다. 그래서 아트가 크레이그 대위를 일로퐁고 코카인 하적 현장에서 마지막으로 보았던 사실을 입막음하려고 그가 압력을 주었느냐는 질문은 아주 극적인 순간을 조성해 주었다.

"터무니없는 주장입니다, 의원님."

아트의 변호사가 말했다.

Q: 인정합니다. 당신 의뢰인이 그 질문에 답할까요?

A: 저는 질문에 정확하게 진실만을 말하기 위해서 여기 왔습니다. 그리고 저는 그렇게 할 것입니다.

Q: 그럼 그 질문에 대답할 건가요?

A: 저는 크레이그 대위를 만난 적도 없고 그 어떤 주제로도 대화를 나눈 적이 없습니다.

언론이 잠잠해졌다.

Q: '케르베로스'라 부르는 일에 대해서는 어떤가요, 아트 켈러 씨? 들어본 적이 있습니까?

A: 없습니다.

Q: 케르베로스라 부르는 어떤 일이 어니 이달고 요원의 죽음과 관계가 있습니까?

A: 없습니다.

앨시아는 그 대답까지 듣고 청중석에서 일어났다. 나중에 워터게이트에서 앨시아는 아트에게 말했다.

"수많은 상원의원은 당신이 거짓말할 때 아무 말도 못 할지 모르지만, 난 할 수 있어."

"그냥 어디 가서 아이들과 맛있는 저녁을 먹으면 안 될까?"

"어떻게 그게 되지?"

"뭐가?"

"무수한 보수파들과 같은 태도."

"그만."

아트는 손을 들어 올리며 앨시아에게 등을 보였다. 이제 그런 얘기는 신물이 났다.

'아트는 모든 얘기가 신물이 나나 봐.'

지난 몇 달 동안 아트가 과달라하라에 떨어져 있었던 것은 멕시코에서 돌아왔을 때와 비교하면 완전히 신혼여행을 다녀온 사람 같았다. 또는 아트는 앨시아가 알고 있는 남편의 모습이 아니었다. 아트는 입을 열지도 않았고 들으려고도 하지 않았다. 대부분 오랜 '휴직' 상태로 앨시아의 부모님의 수영장 가장자리에 혼자 앉아서 보내거나 태평양 절벽 지역과 해변을 혼자 걸으며 보냈다. 아트는 저녁식사를 하면서도 거의 말이 없었다. 또는 더 나쁜 경우로, 정치인들이 모두 얼마나 엉터리인지에 대한 통렬한 분노의 비난을 퍼부었다. 그러고는 양해를 구하고 위층을 올라가서 혼자 있거나 밤 산책을 나가고는 했다. 밤늦게 잠자리에 드는 날이 많았고, 오락기 버튼 누르듯 리모컨으로 이 채널 저 채널 돌리며 모두 거짓말투성이라고 말하기 일쑤였다. 두 사람이 잠자리에 드는 일은 점점 드문 일이 되었고, 아트는 공격적이거나 빨리 끝내버리고 말았다. 마치 사랑을 표현하거나 욕정이라도 표현하는 것이 아니라 분노를 제거하려는 것처럼 보였다.

"난 샌드백이 아니야."

어느 날 아트가 극적인 섹스 후 의기소침에 빠지자 앨시아가 말했다.

"당신을 친 적 없어."

"그런 뜻이 아니야."

아트는 목석 같기는 해도 여전히 충실한 아버지였다. 지금까지 해오던 가장의 일들을 등한시 하지는 않았지만 어쩐지 마지못해 시늉만 하는 것 같았다. 마치 아이들을 공원에 데려가는 로봇, 파도타기 하는 법을 보여주는 로봇, 캐시와 테니스를 치는 로봇 같았다. 아이들은 알고 있었다.

앨시아는 아트에게 누군가를 만나보라고 했다.

아트가 웃었다.

"정신과 의사?"

"정신과 의사든, 심리 상담사든, 누구든."

"그들은 마약을 줄 뿐이라고."

앨시아는 생각했다.

'맙소사. 그럼 그거라도 먹어.'

소환장이 날아오자 아트의 증세가 더 나빠졌다.

마약 단속국 관료들, 정부 고관들, 국회 수사관들과 만나고 법률가들을 지겹도록 만났다. 앨시아는 소송 비용 때문에 파산할까 봐 걱정했지만 아트는 걱정하지 말라는 말만 할 뿐이었다.

"비용은 걱정 안 해도 돼."

앨시아는 돈이 어디서 나오는지 전혀 몰랐지만, 단 한 장의 소용 비용 청구서도 본 적이 없었기에 돈이 어딘가에서 나오기는 하나보다고 생각했다.

물론 아트는 그 얘기는 입 밖으로 꺼내지 않았다.

"난 당신 아내야. 왜 내게 마음을 열지 않는 거야?"

"당신이 알 수 없는 일들도 있어."

아트도 앨시아에게 말하고 싶은 마음이 굴뚝같았다. 모든 걸 말하고 다시 가까워지고 싶었다. 하지만 그게 잘되지 않았다. 보이지 않는 벽이 가로 놓여 있는 것 같았다. 공상과학 소설처럼 눈에 보이지 않는 힘이 작용하는 이 공간은(두 사람 사이가 아니라 아트 내면에 있는) 아트가 쉽게 깨부술 수 없는 것이었다. 마치 항상 물을 헤치고 걷거나 물속을 걸으며 현실 세계의 빛을 보고, 물에 굴절된 아내와 아이들의 얼굴만을 바라보는 기분이었다. 손을 뻗거나 장벽을 통과하여 그들을 만져볼 수도 없었다. 그들 또한 아트를 건드릴 수 없었다.

그 대신 아트는 물속으로 더욱 깊이 잠수했다.

침묵 속으로 후퇴해 버리면서 결혼생활을 천천히 독살했다.

그날 워터게이트에서 아트는 앨시아를 보고 눈치챘다. 앨시아는 아트가 잠수한 것을 알고 있었다. 정부에 굴복하고 거짓말을 해서 그들이 미국 빈민가에 크랙을 풀었던 비열한 거래를 은폐하도록 도왔다.

다만 앨시아는 그 이유를 모르고 있었다.

'그 이유는 이거야.'

아트는 지금 코스모스 2718 거리에서 창문 블라인드 사이로 길 건너편을 응시하고 있었다. 티오 바레라가 몸을 숨기고 있는 곳이다.

"이제 잡았어. 이번에는 아무도 널 가로채지 못할 거야."

티오는 며칠에 한 번씩 과달라하라에 있는 10여 개의 아파트와 콘도를 번갈아가며 장소를 옮겨 다녔다. 체포되기 두려워서인지, 아니면 소문대로 자신의 생산품을 피워왔기 때문인지, 티오는 점점 피해망상에 사로잡혔다.

'그럴 만하지.'

아트는 이곳에서 사흘째 티오를 관찰하고 있었다. 티오가 한 곳에 이렇게 오래 머물기는 처음이었다. 아마 오후에 다시 옮길지도 몰랐다.

아마 옮길 계획일 터였다.

아트는 티오의 다음 이동에 대한 자신의 계획을 세워두었다.

하지만 순조로워야 할 계획이었다.

미국 정부는 그 계획이 소동이나 혼란 없이 이행될 거라고 멕시코 정부에 약속했다. 무엇보다도 큰 사상자 없이 말이다. 그리고 아트는 되도록 빨리 사라져야 했다. 이것은 모든 면에서 멕시코 작전으로, 멕시코 연방 경찰의 승리로 보여야 했다.

'그런 건 상관없어. 티오, 당신을 결국 감옥 독방에 처넣을 수 있다면.'

아트는 창문 옆에 쭈그리고 앉아 다시 살짝 내다보았다. 아트는 지독했던 87년, 88년, 89년을 연이어 사막에서 보내며 지뢰밭을 밟듯 조심조심 조사하고 작전행동을 수행했던 것에 대한 보상을 받았다. 초조하게 기다렸던 위증 처벌은 결코 일어나지 않았다. 그리고 그 사이 한 대통령이 사무실을 떠나고 그의 부통령(산디니스타를 공격하는 비밀 전쟁을 조종한 사람과 같은 사람이다.)이었던 사람이 그 사무실로 들어왔다. 아트가 사막에서 보낸 세월

에 대한 서류들은 이 책상에서 저 책상으로 옮겨갔고, 결혼생활
은 메말라갔다. 아트와 앨시아는 각자의 방으로 후퇴하여 별거
생활을 했고, 결국 앨시아가 이혼을 요구하여 아트는 이혼 절차
의 각 단계들과 씨름을 하고 있었다.

샌디에이고 시내에 있는 아트의 초라하고 작은 아파트의 간이
식탁 위에는 아직 서명하지 않은 이혼 서류가 놓여 있었다.

아트는 앨시아에게 말했다.

"난 결코 당신이 내 아이들을 데려가게 내버려 두지 않을 거야."

마침내 평화가 찾아왔다.

아트에게 찾아온 것이 아니라 니카라과에 찾아왔다.

선거가 실시되었고, 산디니스타 반군은 내쳐졌고, 비밀 전쟁은
끝났고, 5분쯤 뒤에 아트는 보상을 요구하러 존 홉스에게 갔다.

그 보상은 어니 이달고의 죽음과 관련 있는 모든 사람을 파멸
시키는 일이었다.

대상자 명단: 라몬 메테. 키토 푸엔테스. 의사 알바레스. 게로
멘데스.

라울 바레라.

아단 바레라.

그리고 미겔 앙헬 바레라.

티오.

아트가 대통령, 존 홉스, 스콧 크레이그 대령, 살 스카키를 어떻
게 생각하든, 그들은 약속을 지키는 사람들이었다. 그들은 아트에
게 재량권과 전면적인 협조를 약속했다. 아트는 돌진했다.

홉스는 아트에게 이렇게 말했었다.

"결과적으로 온두라스에 있는 대사관은 불타버렸고, 시민들은 인권 투쟁으로 날뛰고 있고, 멕시코와 외교관계는 불에 타서 재가 되어 버렸네. 한계를 두기 위해서 정부는 자네의 사형집행권을 관리하고 싶어 하네. 정의가 마시멜로를 가져다주는 선까지로."

"하지만 저는 확신합니다. 백악관과 대통령은 전폭적으로 저를 지지해 주고 있어요."

아트의 말은 현재 대통령이 콘트라스에 코카인으로 자금을 제공하느라 바빠서 백악관을 점령하기 전이니 더 이상 '정부'와 '정의'에 대해서는 어떤 허튼소리도 하지 말라는 뜻으로 홉스에게 전달되었다.

직무상의 부당 이득이 아트의 품에 안겼다. 티오를 추적해도 된다는 허가를 받았다.

그동안은 쉽사리 해결 짓지 못한 일이었다.

최상부층에서 맺은 협상이며 아트는 개입하지도 않았다.

홉스는 타협하기 위해 멕시코 대통령 관저인 로스 피노스로 갔다. 미겔 앙헬 바레라의 체포는 나프타 항로에서 거치적거리는 장애물을 제거하는 일일 터였다.

나프타(NAFTA)는 열쇠였다. 멕시코 근대화에 없어서는 안 될 절대적인 열쇠 말이다. 나프타가 제자리를 잡아야 멕시코는 다음 100년을 순조롭게 진행할 수 있을 것이다. 그렇지 않으면 경제가 침체하고 붕괴할 것이며 국가는 결국 제3세계로 영영 후퇴하여 빈곤에 허덕이게 될 것이다.

따라서 그들은 나프타를 위한 거래의 한 부분으로서 티오를 넘겨줄 것이다.

하지만 좀 더 까다로운 또 다른 조건이 있었다. 이것이 마지막 체포 기회라는 점이었다. 이것으로 어니 이달고의 죽음에 대한 회계 장부를 완료해야 했다. 이 일이 끝나면 아트는 멕시코 입국조차 허락받지 못할 것이다. 그렇게 되면 아트는 티오를 잡을 수는 있어도 아단, 라울, 게로 멘데스는 잡지 못한다.

'괜찮아. 그들에 대한 다른 계획이 있으니까.'

그러나 우선은, 티오였다.

그래서 지금 아트는 창밖을 관찰하면서 때를 기다렸다.

문제는 티오의 경호원 3명이(다시 케르베로스다. 피하기 어려운 머리 셋 달린 파수견.) 9밀리 기관총, AK-47, 수류탄으로 무장하고 있다는 점이다. 그리고 그 무기들을 주저 없이 사용할 것이다.

그렇다고 아트가 지나치게 걱정하는 건 아니었다. 아트의 팀도 무장했다. M-16, 저격 소총, FBI 특별 기동대의 무기들로 무장한 25명의 정예 멕시코 연방 경찰이 있었다. 라모스가 구성한 팀은 말할 것도 없었다. 하지만 멕시코의 지령은 '과달라하라 거리에서는 한 건의 총격전도 생겨서는 안 된다. 무조건 안 된다.'였으며, 아트는 그 거래조건을 따라야 했다.

그래서 그들은 빈틈을 찾으려고 애쓰고 있었다.

그 빈틈을 준 것은 그 소녀였다.

실처럼 가느다란 머릿결을 길게 늘어뜨린 바레라의 최근 애인.

그녀는 요리를 하지 않을 터이다.

아트가 지난 사흘간 지켜본 결과, 아침이면 경호원들이 떼 지어 아침식사를 사러 갔다. 음성 탐지기에 언쟁하는 소리가 들렸다. 그녀가 소리를 지르면 경호원들이 투덜거리며 나갔다가 20분 뒤에 돌아왔다. 그리고 영양 보충을 하며, 긴 하루 동안 미겔 앙헬 바레라를 경호할 준비를 했다.

'오늘은 아니지.'

오늘 근무시간은 짧을 것이다.

아트가 라모스에게 말했다.

"경호원들이 나와야 할 텐데."

"걱정 안 해도 될 거요."

"걱정이 되는군. 만약 그녀가 갑작스러운 발작을 일으켜 가정주부 흉내라도 내면 어쩌지?"

"그 돼지가? 말도 안 되는 소리. 그녀가 내 여자라면야 아침식사를 준비하겠지. 아침에 휘파람을 불며 일어나서 날 기쁘게 하고 싶어 하면서 말이오. 멕시코에서 가장 행복한 여자가 될 거요."

하지만 라모스도 초조해하고 있는 모습이 아트의 눈에 보였다. 턱을 앙다물고 있고 손가락을 M-16의 개머리판에 대고 똑똑 두드리고 있었다. 그리고 한 마디 덧붙였다.

"저 녀석들도 밥은 먹어야지."

'그렇기를 바라자.'

만약 기대에 어긋나고 우리가 이 기회를 놓치면, 멕시코 정부와 맺은 허약한 계획 전체가 실패로 끝나버린다. 그들은 이미 긴장하고 있고 마지못해 협조하고 있었다. 내무부 장관과 할리스코 주지사는 사실상 작전이 미치지 않는 곳에 가 있었다. 그들은 수 킬로미터 떨어진 바다에서 사흘간 '다이빙 일주 여행'을 보내고 있었다. 자신들은 남아 있는 바레라 형제들이나 국가와 아무런 관계가 없다고 주장하기 위해서였다. 그리고 이 작전에는 유동적인 사항이 아주 많았다. 모두 계획대로 조화롭게 움직여야 하며, 모든 계획은 극단적으로 촌각을 다투었다.

멕시코시티에서 온 멕시코 연방 경찰 팀은 지정된 위치에 배치되어 티오 체포를 기다리고 있었다. 동시에 특수 부대는 마을 언저리에 자리 잡고서 할리스코 주립 경찰 병력과 경찰서장과 주지사가 접근하지 못하게 하고 있었다. 티오가 멕시코시티로 날아와 법정에 소환되어 감옥에 가게 될 때까지.

'이건 주 정부를 상대로 한 연방 정부의 쿠데타야.'

두 번째로 계획된 쿠데타였다. 그리고 이번에 실패하면 이 비밀을 유지하며 다음 기회를 잡기는 거의 불가능했다. 할리스코 경찰이 티오를 구해낼 것이고, 주지사는 모르는 일이라고 딱 잡아뗄 터이고, 상황은 끝나 버리리라.

기회는 지금밖에 없다.

아트는 티오가 있는 집의 정문에서 눈을 떼지 않았다.

신이여, 제발 그들이 배가 고프게 해주소서.

아침을 먹으러 가게 해주소서.

아트는 확 열어젖히기라도 할 듯이 정문을 노려보았다.

티오는 코카인에 중독되었다.

아예 파이프를 끼고 살았다.

'비극이야.'

아단은 아저씨를 바라보며 생각했다. 티오의 중독 증상은 무력한 무언극 흉내가 실제 상황이 되었을 때 시작했다. 마치 자신이 맡은 거절할 수 없는 배역을 연기하고 있는 것처럼. 티오는 평소 호리호리한 체격이었지만, 지금은 그 어느 때보다 수척해졌으며 먹지도 않고 줄담배만 피웠다. 티오가 연기를 들이마시지 않는 때는 기침을 하면서 숨을 뱉어내는 순간뿐이었다. 한때 칠흑같이 까맣던 머리카락이 이제 은색이 되었고, 피부는 누르스름해졌다. 포도당 IV 주사를 팔뚝에 꽂은 채 어딜 가든 이동식 걸이를 애완견처럼 끌고 다녔다.

티오의 나이는 53세였다.

필라르 이후로 대여섯 번째 애인쯤 되지 싶은 풍만한 엉덩이의 젊은 여자가 들어와 안락의자에 철퍼덕 앉더니 리모컨으로 텔레비전을 켰다. 라울은 이런 무례함에 충격을 받았다. 티오의 말을 듣자 충격은 더해졌다.

"칼로르 데 미 비다, 우린 사업 이야기를 하고 있어."

칼로르 데 미 비다, 내 삶의 열정이여. 맙소사.

아단은 생각했다. 이 소녀, 이름조차 알지 못하는 이 소녀는 여전히 필라르 탈라베라 멘데스의 어슴푸레한 또 다른 모조품이었다. 몸무게가 9킬로그램쯤 더 나가 보이지만, 부드럽고, 매끄러운 머리카락, 예쁜 것과는 거리가 먼 돼지 바비큐 같은 얼굴이지만 어렴풋이 필라르와 닮은 부분이 있었다. 필라르에 대한 티오의 집착을 알 것 같았다. 하지만 필라르는 얼마나 미인이었던가. 이런 고물 쓰레기 따위로 어떻게 대체할 수 있단 말인가. 아단은 이해할 수가 없었다. 특히 그 소녀가 두툼한 입술을 삐죽이 내밀며 가냘픈 울음소리를 낼 때는 끔찍했다.

"사업 이야기는 만날 하잖아요."

"점심식사 좀 준비해 줘."

아단이 그 소녀에게 말했다.

"난 요리 같은 거 안 해요."

소녀는 코웃음을 치며 뒤뚱뒤뚱 나갔다. 다른 방에서 텔레비전 소리가 크게 들렸다.

"저 애는 드라마를 좋아해."

티오가 설명했다.

아단은 그때까지 뒷짐을 진 채 침묵을 지키며 늘어가는 걱정 속에 삼촌을 바라보고 있었다. 티오는 확실히 건강이 나빠졌고 허약해졌으며 필라르를 되돌려 놓으려는 시도를 계속해 오고 있었다. 비참하리만치 악착 같은 시도였다. 티오 앙헬 바레라는 이내 형편없는 몰골이 되었지만 여전히 바레라 조직의 파트론이었다.

티오가 몸을 기울이며 속삭였다.

"그녀는 보니?"

"누구요, 티오?"

"그녀. 멘데스의 아내. 필라르."

게로 멘데스가 그 소녀와 결혼했다. 멘데스는 티오와 필라르가 엘살바도르 '신혼여행'에서 돌아와 비행기에서 내렸을 때 그녀를 만났다. 그리고 그 소녀와 현재 결혼한 상태였다. 대부분의 멕시코 남자라면 처녀가 아니라는 이유로, 아울러 그녀가 바레라의 애인이었다는 이유로 아무도 접근하지 않았을 그 소녀와 말이다.

게로 멘데스가 필라르 탈라베라를 얼마나 사랑했는지 알만했다.

"네, 티오. 가끔씩 봐요."

티오가 고개를 끄덕였다. 그리고 거실 쪽을 재빨리 쳐다보며 그 소녀가 아직도 텔레비전을 보고 있는지 확인하더니 속삭였다.

"필라르는 아직도 아름답더냐?"

"아뇨. 지금은 뚱뚱해요. 그리고 못생겨졌어요."

하지만 필라르는 그렇지 않았다.

'사실 필라르는 지금도 더없이 아름다워요.'

아단은 매달 배당금을 들고 멘데스의 시날로아 대목장으로 갔다. 거기서 필라르를 보았다. 필라르는 이제 세 살배기 딸과 갓 낳은 아들을 둔 젊은 엄마였다. 하지만 여전히 멋졌다. 지금은 젖살이 빠져 원숙하고 아름다운 여인으로 거듭났다.

그리고 티오는 아직도 필라르를 사랑하고 있었다.

아단은 사업 이야기로 돌아오려 했다.

"아트 켈러 말인데요."

"아트 켈러가 뭐?"

"온두라스에서 라몬 메테를 납치했어요. 그리고 이젠 바로 이곳 과달라하라에서 알바레스를 납치했고요. 다음은 삼촌 차례인가요?"

정말이지 걱정되는 일이라고 아단은 생각했다.

티오가 의아하다는 듯 어깨를 으쓱했다.

"라몬 메테는 현실에 안주하고, 알바레스는 부주의하잖아. 난 그런 사람 아니야. 난 조심성이 있어. 며칠마다 집을 바꾸잖아. 할리스코 경찰이 날 보호해 줘. 게다가 난 다른 친구들도 있어."

"CIA 말인가요? 콘트라 전쟁은 끝났어요. 그들에게 삼촌이 무슨 소용이 있다고 그러세요."

'미국인들에게 충절은 미덕이 아니거든요. 기억력이 좋은 사람들도 아니죠.'

티오가 그걸 모른다면 파나마에 있는 마누엘 노리에가(파나마의 군인·정치가, 미국 법무부에 의해 기소되어 종신형을 선고받았다—옮긴이)에게 물어보면 될 것이다. 그도 케르베로스의 핵심 파트너였고 멕시코 트램펄린의 접점이었다. 그런데 그는 지금 어디 있는가? 라몬 메테, 알바레스가 있는 곳과 같은 장소인 미국 감옥에 있었다. 다만 아트가 잡아넣은 것이 아니라 노리에가의 오랜 친구 조지 부시가 처넣었다는 점만 달랐다. 그는 친구의 나라로 쳐들어가서 친구를 붙잡은 뒤 감옥에 격리시켰다.

'미국이 충절을 지켜 삼촌에게 보답해 줄 가능성은 한 손으로 꼽을 정도예요. 아트가 CNN에서 거짓 증언하는 걸 봤어요. 아트의 침묵은 값이 상당하죠. 그 값은 삼촌일 거예요. 어쩌면 우리 모두일지도 몰라요.'

"걱정 마라, 조카야. 로스 피노스는 우리의 친구야."

로스 피노스. 멕시코 대통령 관저.

"어떻게 친구가 되었는데요?"

라울이 물었다.

"내 돈 2500만 달러지. 그리고 다른 일도 있어."

아단은 '다른 일'이 무엇인지 알고 있었다.

연합이 대통령의 선거 조작을 도운 일이었다. 3년 전인 1988년 선거는, 1917년 혁명 이후 집권해 온 PRI(제도혁명당)가 몰락하고 상대편 후보였던 급진파 카르데나스가 이길 것이 거의 확실한 선거였다.

그때 우스운 일이 발생했다.

이상하게도 득표수를 세던 컴퓨터가 제대로 작동하지 않았다.

선거 감독관이 의혹의 몸짓을 보이며 텔레비전에 나타나, 컴퓨터 고장으로 득표수 집계와 당선자 발표가 며칠 미뤄질 예정이라고 발표했다. 그리고 그 며칠 사이, 컴퓨터 득표수 감시 책임을 진 상대편 후보 경비원 두 명이 강에서 시신으로 발견되었다. 그 두 사람은 카르데나스가 득표율 55%로 이겼다는 진실을 밝힐 수 있는 증인이었다. 살아 있었다면 분명히 주장했을 터였다.

그리고 선거 감독관이 정색하고 다시 텔레비전에 나와서 PRI 가 선거에서 이겼다고 발표했다.

대통령은 취임하더니 은행, 전기통신 산업, 유전을 국영화한 뒤 시가보다 낮은 가격으로 한 사람에게 팔았다. 매수자는 기금마련 만찬에 참여하여 한 사람당 2500만 달러를 테이블에 남겨놓은 사람이었다.

선거 경비원 살해계획을 세운 사람은 티오가 아니라 가르시아 아브레고였다는 사실을 아단은 알고 있었다. 하지만 티오도 그 계획을 미리 알고 찬성했을 것이다. 그리고 아브레고가 로스 피노스와 도둑 친구(걸프 시장을 통해 아브레고가 운영하는 코카인 선적의 3분의 1을 소유하고 있는 대통령의 형과 그는 사실상 동료로서 함께 일했다.)로 사이좋게 지내고 있는 동안은 티오가 로스 피노스의 충절을 믿는 것도 당연했다.

아단은 의혹을 품었다.

지금 삼촌을 보니 이 대화가 어서 끝나기를 몹시 갈망하고 있는 눈치였다. 티오는 코카인을 피우고 싶어도 아단 앞에서는 참았으니까. 아단은 방에서 나왔다.

'마약이 이 위대한 남자를 어떻게 만들었는지 보고 있자니 눈물이 앞을 가리는군.'

아단은 택시를 타고 광장 교차로로 가서 대성당 쪽으로 걸어갔다. 기적을 간청하러.

'신과 과학.'

때로는 협조적이고, 때로는 대립하는 힘. 거기에 아단과 루시아는 딸을 위해 찾아갔었다.

루시아는 신에게 더 의지했다.

루시아는 교회에 다니며 기도하고 미사를 드리며 성자와 과달루페의 성모의 화려한 장식 앞에 무릎을 꿇었다. 그리고 교회 밖에서 기적 조각상을 사서 바치고 촛불을 켰다. 헌금을 내고 제물을 바쳤다.

아단은 일요일마다 교회에 나가 헌금을 바치고 기도를 드리고 영성체를 받지만, 그것은 루시아에게 보이기 위한 가식적인 몸짓과 끄덕임일 뿐이었다. 아단은 더 이상 그 방향에서 도움이 오리라고 믿지 않았다. 그래서 무릎을 꿇고 기도를 웅얼거리며 시늉은 해도 그건 모두 헛된 꼭두각시놀음일 뿐이었다. 게로 멘데스에게 배당금을 주러 쿨리아칸으로 정기적 출장을 갈 때마다 아단은 성자 헤수스 말베르데의 성지에 들러 맹세의 기도를 올렸다.

성자에게 기도하기는 해도 의사에게 더 많은 희망을 걸었다.

아단은 마약을 팔아, 생명공학 약리학 지식을 습득하고 있었다.

소아신경과 전문의들, 신경심리학자들, 신경정신외과 의사들, 내분비학자들, 뇌 전문가들, 연구 화학자들, 한의사들, 민간요법사들, 기술이 있는 척하는 돌팔이 의사들, 엉터리 치료사들. 멕시코, 코스타리카, 영국, 프랑스, 스위스, 바로 국경 너머에 있는 미국 등 전 세계에 있는 의사들에게 접촉을 시도했다.

하지만 아단은 그들을 만나러 갈 수가 없었다.

아내와 딸이 라호야의 스트립스나 로스앤젤레스의 머시로 전문의들을 만나러 슬프고 헛된 여행길에 오를 때도 아단은 동반할 수가 없었다. 아단은 메모를 적은 쪽지, 질문들, 의료기록, 병력, 검사결과 서류들을 아내 편에 보냈다. 루시아는 시민권이 있기에 혼자 글로리아를 데리고 처녀시절 이름으로 국경을 건넜다. 그들은 때로는 몇 주 동안, 때로는 몇 달 동안 돌아오지 않아서 그럴 때면 아단은 딸이 보고 싶어 못 견딜 정도였다. 그들은 늘 예전과 똑같은 소식을 가지고 돌아왔다.

새로운 소식이 없다는 뜻이다.

새롭게 발견된, 또는 드러난 기적이 없다는 뜻이기도 했다.

기적은 신에게서도 의사에게서도 없었다.

이제 그들이 할 수 있는 일은 하나도 남지 않았다.

아단과 루시아는 소망과 믿음과 사랑으로 서로를 위로했다. 루시아는 거기에 집착하고 있었고 아단은 그런 척 속이고 있었다.

아단은 아내와 딸을 몹시 사랑했다.

좋은 남편이며 멋진 아버지였다.

다른 남자였다면 불구인 아이에게 등을 돌리거나 딸을 피하고, 집을 피하고, 수천 가지 핑계를 대며 밖에서 시간을 보냈을 것이다.

아단은 그렇지 않았다.

거의 매일 밤, 주말까지도 집에 왔다. 아침에 일어나서 맨 처음 하는 일은 글로리아의 방에 들어가 글로리아를 안아주고 키스해주는 일이었다. 그리고 일하러 나가기 전에 글로리아의 아침식사를 준비했다. 저녁에 집에 돌아와서 맨 처음 가는 곳도 글로리아의 방이었다. 글로리아에게 책을 읽어주고 이야기를 들려주고 함께 놀아주었다.

아이를 부끄러운 존재로 여기거나 숨기지도 않았다. 글로리아를 데리고 리오 거리로 나가 오랫동안 산책하기도 했다. 공원에 데려가고, 함께 점심식사를 하러 가고, 서커스 구경을 시켜주고, 어디든 다 데려갔다. 티후아나의 동네 대부분에서 아단, 루시아, 글로리아를 쉽사리 만날 수 있었다. 모든 가게의 주인이 글로리아를 알았다. 그들은 글로리아에게 사탕, 꽃, 작은 장신구, 머리핀, 팔찌, 예쁜 물건들을 주었다.

아단이 사업상 출장을 가야 할 때면(지금처럼 티오를 방문하러 과달라하라에 정기적으로 오고, 게로 멘데스에게 줄 현금 가방을 들고 쿨리아칸에 갈 때처럼) 아단은 매일 전화를 걸었다. 하루에도 여러 번씩 딸과 통화를 했다. 아단은 농담을 하거나 재미있었던 일을 들려주었다. 그리고 과달라하라, 쿨리아칸, 바다라과토에서 글로리아의 선물을 가져왔다.

그리고 의사를 찾아가는 짧은 여정에 아단이 갈 수 있는 곳이면(미국이 아니라면 어디든) 아단도 함께 갔다. 아단은 방광 림프관종의 전문가가 되었다. 읽고 연구하고 질문하며 격려금과 보상금을 지원했다. 연구를 위해 큰돈을 기부하고 사업 파트너들에게 같은 일을 하라고 조용히 독설을 퍼부었다. 그들은 좋은 물건, 좋은 집을 갖고 있지만, 의사들에게 지불하는 돈이 아니었으면 더 좋은 물건, 더 큰 집을 소유할 수 있었으리라. 기부금, 보증, 미사, 성체 강복식, 놀이터, 병원에 들어가는 돈도 적지 않았다.

루시아는 이런 일을 기뻐했다. 더 좋은 물건이나 더 큰 집은 필요하지 않았다. 다른 마약 밀매자들이 소유한 사치스럽고 솔직히 무미건조한 대저택은 필요하지도 않았고 바라지도 않았다.

루시아와 아단은 여느 부모와 마찬가지로 자식을 치료해 줄 사람에게라면 의사든 신이든 가진 모든 것을 줄 수 있었다.

과학이 더 많이 실패할수록 루시아는 더욱 더 종교로 돌아섰다. 의료 보고의 인색한 수치보다는 신의 기적에서 더욱 더 희망을 찾았다. 신으로부터, 성자로부터, 과달루페의 성모로부터 받는 축복이 눈 깜짝할 사이에, 심장이 한 번 두근거리는 사이에 그 수치의 흐름을 뒤집을 수 있으리라. 루시아는 교회에 자주 갔다. 통근 교회원이 되었고, 교구 신부님인 리베라 신부를 저녁 식사에 초대하거나 개인적인 기도와 상담회합, 성서 공부를 위해 집으로 모셨다. 루시아는 자신의 믿음이 어느 정도인지 질문했다('기적을 막고 있는 것은 혹시 저의 불신이 아닐까요?'). 아단의 믿음이 정직한지도 물었다. 루시아는 아단에게 미사에 좀 더 자주 참여하고, 더 열심히 기도하고, 교회에 헌금을 더 많이 내고, 리베라 신부와 더 많은 이야기를 나누고, 신부에게 '마음에 있는 것을 말하라'고 설득했다.

루시아의 기분이 나아지게 하려고 아단은 신부를 만나러 갔다.

리베라 신부는 나쁜 사람이 아니었다. 다소 어리석기는 했지만 말이다. 아단은 신부의 사무실에서 신부와 책상을 사이에 두고 앉았다.

"신부님, 루시아가 자신의 믿음이 약해서 딸아이의 치료가 방해받고 있다고 믿도록 조장하지 말아 주셨으면 합니다."

"물론입니다. 결코 그런 일을 제의하지 않을 것이며 생각조차 하지 않을 것입니다."

아단은 고개를 끄덕였다.

"하지만 당신 이야기를 좀 해야겠군요. 내가 어떻게 하면 당신에게 도움이 될까요, 아단?"

"사실, 저는 괜찮습니다."

"그러기가 쉽지 않……"

"그렇지 않습니다. 그게 삶인걸요."

"당신과 루시아 사이는 좀 어떤가요?"

"괜찮습니다."

리베라 신부는 얼굴에 약삭빠른 표정을 지으며 물었다.

"침실에서는요? 물어봐도 될까요? 부부생활은 어떤……."

아단은 안간힘을 써서 비웃음을 억눌렀다. 스스로 거세된 이런 신부들이 성적인 문제에 대한 조언을 주려고 할 때면 아단은 늘 우스웠다. 채식주의자가 바비큐를 식사로 대접하는 것 같달까. 그렇지만 루시아가 신부에게 부부생활에 대해 의논하고 있음은 분명했다. 그렇지 않으면 신부가 그 주제를 거론할 용기를 가졌을 리가 없으니까.

사실은 의논할 것이 없었다.

부부생활은 없었다. 왜냐하면 루시아가 임신에 공포심을 갖고 있었기 때문이다. 게다가 교회는 인위적인 피임을 금지하고 있으니 그녀가 교회법에 저촉되는 일을 할 리도 없었다. 그건 불 보듯 환한 일이었다.

아단은 몸이 불편한 아기가 또다시 태어날 가능성은 실제로 수백만 분의 1이라고 수백 번이나 루시아에게 말했지만 그 논리는 루시아에게 아무런 영향도 주지 못했다. 루시아도 아단이 옳다는 사실을 알고 있었다. 하지만 루시아는 그날 병원에서 겪은 일이 자꾸 떠올라서 견딜 수가 없었다. 그 소식을 들은 순간, 그 모습을 본 순간…….

루시아는 그 순간이 다시 떠올라 견딜 수가 없다고 눈물을 흘리며 털어 놓았다.

자연 피임의 주기를 따져 몇 번 부부생활을 시도했지만, 루시아는 정말 온몸이 굳어버렸다. 공포와 죄책감이 성욕을 억제해 버린 것이다.

아단이 리베라에게 말하고 싶은 얘기는, 사실 부부생활이 아단에게는 중요하지 않다는 점이었다. 아단은 사업도 바쁘고(그 사업에 대한 특정한 본질은 결코 상의하지 않았다.) 집에서도 바빴다. 왜냐하면 아단의 모든 에너지는 사업을 운영하는 일과 아주 아프고 심각하게 몸이 불편한 아이를 돌보는 일과 글로리아를 위한 치료법을 찾는 일에 쓰였기 때문이다. 딸이 받는 고통과 비교하면 부부생활의 부족은 대수롭지 않은 일이었다.

"저는 아내를 사랑합니다."

"내가 루시아에게 아이를 더 낳으라고 부추겼어요. 그래야……"

아단은 그 대답이면 됐다고 생각했다. 그래서 무례한 행동이 되겠지만 말을 끊었다.

"신부님, 지금 우리가 돌볼 수 있는 사람은 글로리아뿐입니다."

아단은 책상 위에 수표를 놓고 나왔다.

그리고 집에 가서 루시아에게 말했다. 신부님과 이야기를 나누었더니 믿음이 강해졌다고.

하지만 아단이 정말로 믿는 것은 숫자였다.

아단은 루시아의 슬프고도 헛된 믿음을 보는 일이 가슴 아팠다. 루시아는 매일 더욱 깊게 자신을 상처 내고 있었다. 그랬기에 아단이 확신하는 유일한 것은 '숫자는 결코 거짓말을 하지 않는다.'라는 사실이었다. 아단은 하루 종일, 매일같이 숫자를 다루고 있었다. 그리고 숫자 계산은 우주의 완전무결한 법칙이며 수학적 증거만이 유일한 증거라는 사실을 알고 있었다.

그리고 그 숫자들은 아단에게 글로리아가 커갈수록 더 나빠지기만 할 뿐, 더 좋아지지 않을 거라고 말해 주었다. 루시아의 열렬한 기도는 들어 주는 이도 대답해 주는 이도 없었다.

그래서 아단은 과학에서 희망을 찾았다. 어딘가에 있는 누군가가 (그야말로) 옳은 치료법, 기적의 약, 외과 수술을 발견해서 신과 그의 무능한 성자들을 이길 것이다.

그때까지는, 이 헛된 마라톤에서 다른 사람들보다 계속 한발 앞서 달리는 일 외에는 할 일이 없었다.

지금은 신이나 과학 어느 쪽도 글로리아를 도울 수 없었다.

노라는 따끈한 목욕물 탓에 피부가 분홍빛이 되었다.

수건 직물로 된 두텁고 하얀 목욕 가운을 입고 머리에 터번처럼 수건을 감았다. 그리고 소파에 철썩 앉아서 탁자 위에 다리를 올리고 편지를 집어 들었다.

노라가 물었다.

"하실 거예요?"

"뭘?"

후안 신부는 전축에서 흘러나오는 콜트레인의 음악을 들으며 달콤한 몽상에 빠져 있다가 깨어났다.

"사퇴요."

"모르겠어. 그렇게 되겠지. 내 말은, 교황님한테 온 편지……"

"하지만 사퇴를 요청받았다고 하셨잖아요. 명령이 아니라 요청 요."

"그거야 예의상 그러는 거지. 똑같은 거야. 로마 교황의 요청을 거절하는 사람은 없어."

노라는 의아하다는 듯 어깨를 으쓱했다.

"처음 한 번은 다 봐주는 법이에요."

후안 신부가 웃었다. 아, 젊음의 불완전한 용기여. 그것은 전통을 거의 중요시하지 않는 젊은이들의 장점이자 단점이었다. 그리고 권위는 더더욱 중요하게 여기지 않았다. 하고 싶지 않은 일을 상관이 하라고 요청하면? 쉽다. 그냥 거절했다.

'하지만 요청에 응하는 일이 더 쉽지.'

어떤 결정보다 쉽다. 유혹적이기도 하고. 사퇴하면 단순한 교구 신부로 돌아가거나 수도원에서 일하게 된다. 아마 '반성의 시기'라고 사람들이 부르리라. 묵상하고 기도하는 시간이다. 멋지게 들렸다. 지속되는 스트레스와 책임감과는 대조적이었다. 끝없는 정치

협상, 식량과 주택과 약을 얻기 위한 부단한 노력, 만성적 알코올 중독, 배우자 학대, 실직, 빈곤, 그리고 거기서 튀어나오는 무수한 비극들과도 대조적인 것은 말할 필요도 없으리라. 후안 신부는 자기 연민을 완전히 실감하면서 생각했다.

'그건 무거운 짐이야. 이제 교황님은 내 손에서 성배를 치우려 할 뿐만 아니라 내게 포기하라고 요청하고 있어.'

후안 신부가 순순히 넘겨주지 않으면 우격다짐으로 가로채 갈 것이다.

노라가 모르는 점이 이 부분이었다.

노라가 모르는 몇 가지 안 되는 일 중 하나였다.

노라는 지금까지 몇 년 동안 이곳을 방문해 왔다. 처음에는 도시 외곽의 고아원에서 봉사하는 며칠간의 짧은 방문이었다. 그리고 기간이 길어지면서 몇 주 동안 머물고, 몇 주가 몇 달로 바뀌었다. 돈을 벌기 위해 미국으로 돌아갔다가 다시 돌아와서 고아원에서 더욱 더 오래 머무는 형태가 되었다.

노라는 이곳에서 매우 귀중한 존재이기 때문에 오래 머물수록 모두들 좋아했다.

놀랍게도 노라는 도움을 줄 수 있는 대부분의 일에 꽤 익숙해졌다. 어떤 날은 유치원 아이들을 돌보고, 어떤 날은 계속해서 말썽인 수도관을 수선공이 제대로 수선하는지 감독하거나 새 기숙사 건립 가격을 토건업자와 협상하기도 했다. 또는 과달라하라의 큰 중앙 시장에 차를 몰고 가서 일주일 치 식료품을 최저가로 사오기도 했다.

처음에는 매번 일이 생길 때마다 '저는 그런 거 하나도 몰라요.' 하고 똑같은 소리로 칭얼댔다가 카메야 수녀로부터 '배우면 돼요.'라는 똑같은 대답을 들었던 노라가 말이다.

노라는 배우고 또 배웠고 지금도 배우고 있었다. 노라는 얽히고설킨 제3세계 수도관에 관해 확실한 전문가가 되었다. 지역 토건업자들은 노라가 오는 것을 좋아하기도 하고 싫어하기도 했다. 노라는 정말 아름답지만 잔인할 정도로 인정사정없었다. 한 미국 여자가 다가오며 엉터리이긴 하지만 효력이 있는 스페인어로 '내 엉덩이를 쏘지 마요.'라고 외치면 그들은 충격을 받기도 하고 즐거워하기도 했다.

평소에는 노라가 아주 매력적이고 유혹적으로 보여서 그들은 노라가 원하는 것을 거의 돈을 받지 않고 해 주었다. 노라는 몸을 기울이고 눈을 치켜뜬 뒤 웃으며 말했다.

"현금이 생길 때까지 지붕을 고치지 않고 기다릴 수가 없어요. 비가 오려고 해요. 저 하늘이 안 보이세요?"

당연히 보이지 않았다. 그들에게 보이는 것은 노라의 얼굴, 몸, 그리고 열정이었다. 그리고 그들은 가서 지붕을 고쳤다. 그들은 노라가 지불할 돈이 있고, 마음만 먹으면 돈을 벌 수도 있다는 사실을 알고 있었다. 그 지역의 어느 누가 노라를 마다하겠는가?

누구도 마다치 않으리라.

남자라면.

시장에서는 어떤가? 맙소사, 노라는 시장에서도 들들 볶아댔다. 여왕처럼 성큼성큼 채소가게에 걸어가서 가장 좋고 신선한 것을 요구했다. 비틀어보고 냄새 맡아보고 시식할 수 있게 해달라고 부탁했다.

어느 날 아침, 신물이 난 채소 장수가 노라에게 물었다.

"누구 먹일 채소를 사고 있다고 생각하는 거요? 호화 호텔의 고객?"

"우리 아이들은 좋은 음식, 정말 좋은 음식을 먹을 자격이 있어요. 안 그런가요?"

노라는 아이들을 위해 최고의 음식을 최저의 가격으로 구입했다.

노라를 둘러싼 소문도 수두룩했다. 노라는 영화배우다. 아니다, 매춘부다. 아니다, ……추기경의 애인이다. 아니다, 노라는 고급 매춘부이며 에이즈로 죽어가고 있다. 그리고 신을 만나러 가기 전에 속죄하러 고아원에 왔다.

그러나 1년이 지나자 그 이야기는 신임을 잃었다. 그리고 2년, 5년, 7년이 지나도 노라는 여전히 고아원에 찾아오고 건강도 나빠지지 않았으며 외모도 퇴색하지 않았다. 결국 노라의 과거에 대한 억측들은 상당 부분 그 끝을 맺었다.

노라는 도시로 가서 식사하는 것을 즐겼다. 배가 무감각해질 때까지 먹고 진짜 타일로 된 커다란 욕실에 포도주 한 잔을 들고 들어가서 피부가 분홍색으로 달아오를 때까지 몸을 담그고 있기를 좋아했다. 그리고 커다랗고 푹신한 수건(고아원에 있는 수건은 작고 사실상 다 닳았다.)으로 몸을 닦고 나면, 노라가 욕실에 있는 동안 세탁된 깨끗한 옷을 가정부가 가지고 왔다. 노라는 저녁에 후안 신부와 다시 만나 이야기를 나누거나 음악을 듣거나 영화를 보러 갔다. 노라는 후안 신부가 노라의 목욕시간을 틈타 정원으로 나가 몰래 담배를(의사들이 후안 신부에게 당부하고, 당부하고,

또 당부했지만 후안 신부의 대답은 이랬다. "내가 담배를 끊었는데 자동차 사고라도 당하면? 그 모든 즐거움을 희생했는데 아무것도 못 하게 되는 거잖소?") 피우고 우습게도 노라가 오기 전에 박하사탕을 먹는다는 사실을 알고 있었다. 마치 누군가를 속이려는 듯이, 마치 후안 신부가 노라를 속여야 할 필요라도 있다는 듯이.

사실 그들은 목욕 시간을 담배 개수로 환산했다.

"담배 다섯 개비만큼 목욕할 거예요."

또는 만약 노라가 특별히 지저분해지거나 피곤한 날에는 이렇게 말했다.

"담배 여덟 개비만큼은 목욕을 해야겠는걸요."

그러면 후안 신부는 애써 담배 피우는 일을 부정하지 않고 침묵을 지켰다. 그리고 늘 박하사탕을 먹었다.

이 게임은 지금까지 거의 7년 동안 지속되고 있었다.

7년. 노라는 그 사실을 믿을 수가 없었다.

평소와 달리 오늘 아침은 특별한 방문길에 올라 아픈 아이들을 도시 병원으로 데려가고 그 옆을 지키느라 밤을 새운 뒤였다. 아이들이 고비를 넘기자 노라는 택시를 타고 후안의 집으로 가서 목욕하고 아침을 그득하게 먹었다. 그리고 지금 후안 신부의 서재에 앉아 음악을 듣고 있었다.

"그게 어디 갔죠?"

콜트레인의 독창이 최고조를 향해 올랐다가 다시 내려왔을 때 노라가 물었다.

"뭐가 어디로 가?"

후안 신부는 가책을 느끼며 되물었다. 자신이 소파 쿠션 밑에 숨긴 담뱃갑을 뜻하는 것이리라.

"7년이라는 세월이요."

"늘 가는 곳으로 갔지. 이루어져야 할 일을 하면서 말이야."

"그렇겠죠."

노라는 후안 신부가 걱정스러웠다.

피곤하고 지쳐 보였다. 비록 농담의 소재가 되기는 해도 최근 체중이 줄었고 추위와 감기에 훨씬 민감해져 보였다.

하지만 그게 건강 문제만은 아니었다.

후안 신부의 안전과도 관련이 있었다.

노라는 그들이 후안 신부를 죽일까 봐 두려웠다.

후안 신부의 계속된 정치적 잔소리와 노동조합 조직 작업 때문만은 아니었다. 후안 신부는 지난 몇 년 동안 여기보다 치아파스 주에서 보낸 시간이 훨씬 더 많았다. 토착 원주민이 이주해 올 중심지에 교회를 지어 지역 토지 소유자들을 노발대발하게 만들면서 말이다. 후안 신부는 사회 문제의 다양성에 대해 점점 더 대담하게 발언하게 되었다. 항상 위험스럽게 급진파를 지지했고 나프타 협정에 반대하는 의견을 내기도 했다. 가난한 사람들과 경작할 땅이 없는 사람들을 추방하게 될 뿐이라고 주장했다.

그런 행동들이 교회의 상급자들과 멕시코 보수파의 심기를 건드리게 되면서 후안 신부가 비난을 받기도 했다.

벽보가 붙었다.

노라는 맨 처음 그 벽보들을 보았을 때 화를 내며 뜯어내어 버렸다. 하지만 후안 신부가 말렸다. 후안 신부는 자신을 '전설의 붉은 추기경'과 함께 만화처럼 그린 그림과 성명서가 재미있다며 복사본을 하나 구해서 액자에 보관하고 싶다고까지 했다.

그것은 후안 신부를 겁주지 못했다. 후안 신부는 보수파들이 신부를 죽이지는 않을 거라고 노라를 안심시켰다. 그러나 그들은 과테말라의 오스카 로메로 신부를 죽였지 않은가? 신부복은 총알을 막지 못했다. 보수파의 암살대는 오스카 로메로가 미사를 진행하고 있는 교회로 진격하여 그를 총으로 쏘았다.(1980년 3월 24일 벌어진 일이다 — 옮긴이) 그래서 노라는 멕시코 과르디아 블랑카 지역이 두려웠다. 그리고 반역자를 죽임으로써 영웅이 되고 싶어 하는 외톨이 미치광이를 부추길까 봐 그 벽보들이 붙어 있는 것도 두려웠다.

"그냥 나를 겁주려는 거야."

그들이 처음 그 벽보를 보았을 때 후안 신부는 노라에게 그렇게 말했다.

하지만 바로 그런 점이 노라를 두렵게 했다. 후안 신부는 겁먹을 사람이 아니라는 사실을 알기 때문이다. 그리고 후안 신부가 겁먹지 않는 모습을 보면 그들이 무슨 짓을 해 올까?

'그러니 사퇴하라는 그 요청은 좋은 일인지도 몰라.'

그래서 노라는 자꾸 후안 신부의 사퇴를 머릿속에 떠올렸다. 노라는 너무도 똑똑했기에 후안 신부의 건강, 피로, 위협을 공공연하게 입에 올리는 일은 하지 않았다. 하지만 후안 신부가 이런 삶에서 걸어나가도록 문은 열어두고 싶었다.

그냥 걸어나가도록.

살아서.

"만약 내가 도망치고 싶어 한다면?"

"모르겠어요. 그리 나쁜 생각은 아닌 거 같은데요?"

후안 신부는 로마 교황 사절이 멕시코시티로 자신을 소환하여 논쟁을 벌였던 일을 얘기해 주었다. 후안 신부가 '성직자로서나 정책상으로 중대한 실수'를 치아파스에서 저질렀다고 설명하는 자리였다.

안토누치 추기경은 '해방 신학은'으로 시작했다.

"해방 신학에 대해서는 관심 없습니다."

"듣던 중 반가운 소리요."

"저는 해방에 대해서만 관심 있습니다."

안토누치 추기경은 얼굴이 조금 움찔하더니 어두운 표정이 되었다.

"예수님은 우리의 영혼을 지옥과 죽음으로부터 해방시켜 주시고, 난 그것을 충분한 해방으로 생각할 것이오. 그것은 좋은 복음 소식이며 당신이 주교 관구의 신도들에게 전달해야 할 사항이오. 그리고 당신의 주요 관심사는 그것이 되어야 하오. 정치가 아니라 말이오."

"저의 주요 관심사는 복음이 지금 현재 시점에서 사람들에게 좋은 소식이 되는 일입니다. 사람들이 굶어 죽은 다음이 아니고요."

"이 정치적 방침은 모두 바티칸 2세 이후로 간절히 열망해 오던 일이오. 하지만 지금은 다른 교황님을 모시고 있다 보니 당신이 그 사실을 깜빡 잊고 있을지도 모르겠군."

"네. 그리고 그분은 때때로 일을 거꾸로 돌리고 있습니다. 가는 곳마다 땅에 키스를 하거나 사람들 위를 걷는 일들 말입니다."

"이건 농담이 아니오. 그들은 당신을 조사하고 있소."

"누가 말입니까?"

"바티칸의 라틴 어페어 데스크. 간틴 주교요. 그리고 그는 당신을 제거하고 싶어 하오."

"무슨 빌미로 말입니까?"

"이단이오."

"오, 터무니없는 소립니다!"

"그렇게 생각하오?"

안토누치 추기경은 책상에서 파일을 집어 들었다.

"지난 5월에 치아파스에서 마야족 복장에 깃털 머리 장식을 하고 미사를 드렸소?"

"그건 상징입니다. 토착민들이……"

"정말 그랬던 모양이군. 당신은 대놓고 이교도 숭배에 관여하게 되었소."

"신의 손길이 이곳 콜롬비아에만 닿는다고 생각하십니까?"

"지금 증거를 보여주고 있군. 좋소. 내게 좀 재미있는 이야기가 있소. 어디 보자. 음. 여기 있군. '신은 모든 인류를 사랑하시……'"

"추기경님은 그 말씀에 반대하십니까?"

"'……하시어 세상 모든 문화와 인종 집단에 나타나셨다. 선교사가 예수님을 언급하기 전임에도 이미 그곳에는 구원이 진행되고 있었다. 우리는 실제로 콜럼버스가 배에 신을 태워오지 않았다는 사실을 알고 있다. 아니, 신은 이미 이 모든 문화에 존재하고 있었으므로 선교사 일은 완전히 다른 의미를 가진다. 이미 거기 존재하는 신의 존재를 알리는 일이다.' 당신이 이런 말을 했다는 사실을 부정하오?"

"아닙니다. 기꺼이 받아들입니다."

"그들이 예수님 이전에 구원되었다고?"

"네."

"완전한 이단이군."

"아닙니다."

그것은 순수한 구원이었다. 수천 마디의 교리 문답보다 콜럼버스가 신을 데려오지 않았다는 단순한 한 마디가 더 많은 치아파스의 영혼을 되살렸으며, 토착민들은 신을 나타내는 신호로 그들 고유의 문화를 찾기 시작하게 되었다. 그리고 그들은 관습, 대지에 대한 책임, 형제와 자매를 대하는 법에 대한 고대 율법에서 신을 찾아냈다. 그들 안에 있는 신을 발견했을 때, 그때야 그들은 진정으로 예수 그리스도의 복음을 받아들일 수 있게 되었다.

그리고 구원에 대한 희망을 받아들일 수 있었다. 노예의 몸으로 살아온 500년으로부터, 압박, 굴욕과 비참함, 간절함, 살인적인 가난의 500년으로부터. 그리고 만약 예수님이 구원하러 오지 않았다면, 그건 분명 구원이 오지 않은 것이다.

"그럼 이건 어떻소? '삼위일체 비밀은 하나 속에 셋이 있다는 수학적 난제가 아니다. 그것은 정치의 성부, 경제의 성자, 문화의 성령에 대한 표명이다.' 이것이 정말 당신의 생각을 반영하는 말이오?"

"그렇습니다."

그렇다. 거기에 정치, 경제, 문화, 모든 것이 담겨 있기 때문이다. 신은 힘 안에서 자신을 드러내기 때문이다. 지난 7년간 문화

센터, 병원, 농업협동조합을 구축하면서 시간을 보낸 이유가 거기에 있었다. 물론 정치 조직도 포함됐다.

"당신은 성부인 하느님 아버지를 단순한 정치인으로 격하시키고, 성자인 주 예수 그리스도를 삼류 경제 부문에 있는 마르크스주의 이론의 의장 수준으로 격하시키려는 것이오? 불경스럽게도 성령을 지방 '이교도 문화'에 결합한 사실까지는 언급하지 않겠소. 그게 무엇을 의미하든 말이오."

"그게 무엇을 의미하는지 추기경님이 모른다는 사실이 문제입니다."

"아니. 문제는 당신이 그 일을 하고 있다는 사실이오."

"일전에 어느 인디언 노인이 제게 한 말이 뭔지 아십니까?"

"의심할 여지 없이 당신이 지금 내게 하려는 말일 것이오."

"그가 제게 묻더군요. '당신들의 신은 우리의 영혼만 구해 줍니까? 아니면 우리의 몸도 구해 줍니까?'"

"당신이 그 노인에게 했을 대답을 생각하니 몸이 떨리오."

"그러셔야지요."

두 사람은 책상을 사이에 두고 앉아서 서로를 노려보았다. 후안 신부가 조금 힘을 빼며 설명을 시도했다.

"우리가 치아파스에서 이루고 있는 것을 보십시오. 이제 전체 마을로 복음을 전파할 6000명의 토착민 전도사가 생겨났습니다."

"그렇소. 당신이 치아파스에서 성취한 것을 봅시다. 멕시코 전체에서 가장 높은 비율의 개신교 개종이 일어났소. 당신의 신도 절반 이상이 더 이상 가톨릭 신자조차 아니오. 멕시코에서 가장 낮은 비율이오."

"그래서 그게 가장 큰 관심사로군요. 코카콜라가 펩시콜라 때문에 잃게 될 시장에 대해 걱정하는 일 말입니다."

후안 신부는 빈정댄 것을 이내 후회했다. 미숙했고, 교만했고, 화해할 기회를 소멸시킨 행동이었다.

안토누치 추기경의 주요 논쟁이 옳았다는 생각이 들었다.

'난 원래 원주민들을 개종시키기 위해 시골로 갔어.'

그런데 그들이 후안 신부를 개종시켜 버렸다.

그리고 이제 나프타의 공포는 그들이 남겨놓은 작은 땅에서 그들을 내던져버릴 것이다. 더 '능률적인' 거대한 대농장을 위한 공간을 확보하기 위해서. 석유 채굴은 물론이고 더 큰 커피 대농원, 채굴산업, 벌채 공사를 위한 길을 열기 위해서.

'그 모든 것을 자본주의 제단에 산 제물로 바쳐야 한단 말인가?'

이제 후안 신부는 일어나서 음악을 줄이고 숨겨둔 담배를 찾았다. 안경을 찾으며 돌아다녀야 하듯 담배도 항상 찾아다니게 되었다. 노라는 도와주지 않았다. 자리 옆의 탁자에 놓여 있는 것을 보았지만 말이다. 후안 신부는 담배를 너무 많이 피웠다. 흡연은 아무런 도움이 안 되는 일이었다.

"담배는 정말 걱정돼요."

"불은 안 붙이고 그냥 물고만 있을 거야."

"껌을 씹으세요."

"난 껌 싫어해."

후안 신부는 노라 맞은편에 앉았다.

"내가 사퇴하길 바라는군."

노라는 고개를 저었다.

"신부님이 하고 싶은 일을 하길 바라는 거예요."

"날 그만 조종하고, 생각하는 그대로를 말해."

"신부님은 자신이 일종의 삶을 누릴 자격이 있다고 요청한 거예요. 그리고 그걸 획득한 거예요. 사퇴를 결심한다 해도 신부님을 비난할 사람은 없어요. 모두가 바티칸을 비난할 거예요. 그리고 신부님은 고개를 당당히 들고 이 모든 것으로부터 빠져나올수 있어요."

노라는 소파에서 일어나 포도주 한 잔을 따랐다. 포도주가 마시고 싶기도 했지만 후안 신부의 눈을 피하고 싶은 이유가 더 컸다. 후안 신부가 자신을 보고 있지 않기를 바라면서 노라는 말을 이었다.

"저는 이기적이에요. 아시죠? 신부님한테 무슨 일이 생기면 참을 수 없을 거예요."

"아."

공감하면서도 입 밖으로 발설하지 않는 생각들이 두 사람 사이에 무겁게 자리 잡았다. 만약 후안 신부가 사퇴한다면, 추기경이 아니라 성직자이기만 하다면 두 사람은…….

하지만 후안 신부가 그렇게 할 가능성은 없다고 노라는 생각했다. 노라 역시 후안 신부가 그러기를 정말로 바라는 건 아니었다.

후안 신부는 자신이 유난히 바보스러운 노인네가 되고 있다고 생각했다. 노라는 마흔 살이나 아래였다. 그리고 후안 신부는, 더 말할 것도 들을 것도 없이, 신부였다.

"내가 이기적인 사람이 되고 있는 것 같아서 두려워. 우리의 우정 때문에 노라가 다른 인간관계를 찾지 않게 되는지도 몰라."

"그렇지 않아요."

"……노라에게 필요한 것을 더 많이 채워줄 사람 말이야."

"신부님이 전부 채워주고 있어요."

노라의 얼굴 표정이 아주 진지해서 후안 신부는 잠시 당황했다. 신부의 깜짝 놀란 그 눈빛은 아주 강렬했다.

"당연히 전부는 아니지."

"전부예요."

"남편을 원하지 않아? 가족이나 아이들은?"

"원하지 않아요."

노라는 비명을 지르고 싶었다.

'나를 떠나지 마요. 날 당신에게서 떠나게 하지 마요.'

'남편도 가족도 아이들도 필요 없어요. 섹스도 돈도 안락함도 안전도 필요 없어요.'

'난 당신이 필요해요.'

그리고 아마도 수억 개의 정신적인 이유가 있을 것이다. 무관심했던 아버지, 불감증, 실제로 결혼 상대가 될 수 있는 남자와 관련되기를 두려워하는 마음. 정신과 의사가 걸핏하면 야외행사를 떠나 도움이 되지 못했던 점. 하지만 상관없었다. 후안 신부는 지금까지 만난 사람 중에서 최고의 남자였다. 가장 똑똑하고, 친절하고, 재미있고, 좋은 남자였다. 그런 후안 신부에게 무슨 일이 생긴다면 노라는 무슨 짓을 저지를지 몰랐다. 그러니 부디 도망치지 말기를. 노라를 도망치게 만들지 말기를.

"사퇴 안 하시려는 거죠?"

"할 수가 없어."

"좋아요."

"그래?"

"그럼요."

노라는 정말 후안 신부가 사퇴할 거라고는 결코 생각하지 않았다.

부드러운 노크 소리가 들리고 후안 신부의 보좌인이 들어와 예정에 없던 방문객이 왔다고 낮게 속삭였다.

"누구신가?"

"세뇨르 바레라입니다. 제가 어렵겠다고 했······"

"만나 보겠네."

노라가 일어섰다.

"어쨌든 저는 나가봐야겠군요."

후안 신부와 가볍게 포옹을 한 뒤 노라는 옷을 입으러 갔다.

후안 신부는 개인 사무실로 들어가서 의자에 앉아 있는 아단을 보았다.

'아단이 좀 변했군.'

아단은 아직도 소년 같은 얼굴이었다. 하지만 수심에 잠긴 소년이었다. 후안 신부는 아픈 아이가 좀 어떤지 궁금했다. 후안 신부는 손을 내밀어 악수를 청했다. 아단이 손을 잡더니 뜻밖에도 반지에 키스했다.

"그럴 필요까지는 없는데. 오랜만이군, 아단."

"거의 6년 만이죠."

"그런데 왜."

"글로리아에게 보내주신 선물 감사했어요."

"천만에. 글로리아를 위한 미사도 열었어. 기도도 했고."

"아내와 딸이 신부님 생각보다 훨씬 많이 감사하고 있어요."

"글로리아는 어때?"

"똑같아요."

후안 신부는 고개를 끄덕였다.

"루시아는?"

"잘 있어요."

후안 신부는 책상으로 가서 앉았다. 손가락을 모아 책상에 기대고 부자연스러운 성직자의 표정으로 아단을 바라보았다.

"6년 전 자네한테 연락했을 때 나는 무력한 한 남자에게 자비를 베풀어주기를 요청했지. 자네는 그를 죽임으로써 대답해 주었고."

"그건 사고였어요. 제 능력을 벗어나는 일이었어요."

"자네 자신과 나에게는 거짓말을 할 수 있어. 하지만 신께는 거짓말을 할 수 없어."

아단은 왜 할 수 없느냐고 생각했다. 신도 우리에게 거짓말을 하는데.

하지만 아단은 이렇게 말했다.

"아내와 딸의 목숨을 걸고, 저는 어니 이달고를 풀어주려고 했어요. 동료가 고통을 줄여주려고 하다가 실수로 약물중독을 일으킨 거예요."

"고문을 아주 심하게 당해서 고통을 줄여 줄 필요가 있었던 게로군."

"제가 그런 게 아니에요."

"그만 됐어."

후안 신부는 손을 내저었다. 마치 그 평계를 휙 쳐내버리려는 듯이.

"여긴 왜 왔나? 내가 성직자로서 해 줄 수 있는 거라도 있나?"

"없습니다."

"그럼……."

"삼촌의 신부님이 되어달라고 부탁하러 왔어요."

"예수님은 물 위를 걸어가셨지. 그 이후로 그런 일이 있었던 적이 있는지 나는 모르겠어."

"무슨 말씀이죠?"

"무슨 말인고 하니."

후안 신부는 책상에서 담뱃갑을 꺼내 한 개비를 입에 물고 불을 붙였다.

"공식적 정책 노선에도 불구하고, 난 일부 사람들에게는 구원의 손길이 미치지 않는다고 믿고 있어. 자네가 부탁하는 일은 기적이야."

"저는 신부님이 기적과 관련된 일을 하신다고 생각했어요."

"그렇지. 예를 들면, 요즘 난 굶주린 수천 명의 사람들에게 식량을 구해 주려 하고 있어. 그들에게 깨끗한 물, 남부럽잖은 집, 약, 교육, 미래에 대한 희망을 제공하려고 하지. 이런 일들은 기적일 거야."

"돈이 문제라면……."

"관둬. 그게 그렇게 간단한 일이야?"

아단이 웃었다. 자신이 왜 후안 신부를 좋아하는지 기억이 났다. 그리고 티오를 도와줄 만큼 강인한 신부는 후안 신부뿐이라고 생각했던 이유도 기억났다.

"삼촌이 고통받고 있어요."

"잘 됐군. 좀 그래야 해." 아단이 눈썹을 추켜올렸다. "불지옥이 확실히 있는지는 모르겠지만, 만약 그게 있다면 자네 삼촌은 의심의 여지 없이 거기 갈 거야."

"삼촌이 마약에 중독되었어요."

"난 운명의 장난이 소리소문 없이 지나가도록 놔둘 거야. 인과응보라는 개념은 잘 알지?"

"약간요. 삼촌은 도움이 필요해요. 신부님은 고통받는 영혼을 돕는 일을 거절할 수 없어요."

"진심으로 참회하며 자신의 길을 바꾸려고 노력하는 영혼일 경우에나 그렇지. 삼촌이 그러신가?"

"아뇨."

"자네가 그런가?"

"아뇨."

후안 신부가 일어섰다.

"그런데 우리가 무슨 얘기를 하겠나?"

"제발 가서 삼촌을 만나 주세요."

아단은 재킷 주머니에서 메모지를 꺼내 티오의 주소를 갈겨썼다.

"삼촌이 병원에 가도록 설득만 할 수 있어도⋯⋯"

"내 관구에는 그런 치료가 필요하지만 그럴 형편이 안 되는 사람이 수백 명이야."

"다섯 명쯤 삼촌과 같이 보내세요. 청구서는 제게 보내주시고
요."

"아까 말했지만……"

"네. 관두라고요. 신부님 원칙 때문에 그들이 고통받겠군요."

"자네가 파는 마약 때문이지."

후안 신부는 입에 담배를 물고 말했다.

아단은 고개 숙여 바닥을 바라보다가 입을 열었다.

"죄송해요. 전 부탁드리러 온 거예요. 그 말씀부터 드릴 걸 그
랬네요. 진심이에요."

후안 신부는 담배를 길게 들이마시며 창문으로 걸어가 밖을
내다 보았다. 시장 거리에서 행상인들이 담요 위에 기적의 조각상
을 늘어놓고 팔고 있었다.

"미겔 앙헬을 만나러 가지. 그게 무슨 소용이 있는지는 모르겠
지만."

"고맙습니다, 후안 신부님."

후안 신부는 고개를 끄덕였다.

"후안 신부님?"

"응?"

"그 주소를 알고 싶어 하는 사람들이 많습니다."

"나는 경찰이 아냐."

"괜한 말씀을 드렸군요."

아단은 문으로 걸어갔다.

"안녕히 계십시오. 후안 신부님. 감사합니다."

"삶을 바꾸게. 아단."

"너무 늦었어요."

"정말 그렇게 믿는다면, 여기 오지 않았을 거야."

후안 신부는 아단을 문까지 배웅했다. 한 여자가 작은 여행 가방을 어깨에 메고 서 있었다.

"가야겠어요."

노라가 후안 신부에게 말했다. 노라는 아단을 보더니 웃었다.

"이 사람은 노라 헤이든, 이 사람은 아단 바레라."

"처음 뵙겠습니다."

"반가워요."

노라는 후안 신부를 돌아보았다.

"몇 주 후에 돌아올게요."

"기대하고 있겠어."

노라가 고개를 돌렸다. 아단이 물었다.

"저도 지금 가려던 참인데, 가방 좀 들어 드릴까요? 택시 잡겠어요?"

"그게 좋겠네요."

노라가 후안 신부의 볼에 키스했다.

"아디오스."

"잘 다녀와."

현관 밖에서 노라가 아단에게 말했다.

"당신 얼굴에 있는 교활한 웃음기는……."

"내 얼굴에 교활한 웃음기가 있소?"

"……잘못 지은 표정이군요. 당신 생각은 그게 아니군요."

"오해했나 보군요. 난 그분을 사랑하고 존경합니다. 신부님이

이 세상에서 어떤 행복을 찾든 난 시기하지 않을 겁니다."

"우린 그냥 친구예요."

"그렇게 생각하고 싶다면."

"정말이에요."

아단은 광장 건너편을 바라보았다.

"저기 좋은 카페가 있죠. 아침을 먹어야 하는데, 혼자 먹기가 싫군요. 함께 식사할 시간이 될까요?"

"저도 아직 안 먹었어요."

"가죠, 그럼."

노라와 함께 광장을 가로질러 걸어가며 아단이 덧붙였다.

"저, 잠깐 전화 한 통만 할게요."

"하세요."

아단은 휴대전화를 꺼내 글로리아에게 전화를 걸었다.

"안녕, 글로리아."

글로리아는 아단에게 영혼의 웃음이었다. 글로리아의 목소리는 아단의 새벽이고 황혼이었다.

"잘 잤어?"

"네, 아빠. 어디에요?"

"과달라하라. 티오를 만나러 왔어."

"그분은 잘 계서요?"

"응, 잘 계셔."

아단은 광장 건너에 상점들이 모여 있는 거리를 바라보았다.

"어디 보자. 다행히 여기 노래하는 새를 파는 것 같아. 한 마리 사갈까?"

"그 새 어떤 노래 불러요, 아빠?"

"글쎄. 가르쳐야 할 거 같은데. 아는 노래 있니?"

"아빠."

글로리아는 아빠가 자신을 놀린다는 사실을 알고 즐겁게 웃었다.

"내가 늘 아빠한테 노래해 주잖아요."

"나도 알지."

'네 노래는 내 심장을 부수어 버린단다.'

"네, 아빠. 새 사 주세요."

"무슨 색이 좋아?"

"노랑?"

"노란 새를 본 것도 같아."

"아니면 초록. 어느 색이든 좋아요. 아빠, 집에 언제 와요?"

"내일 밤에 갈 거야. 티오 만나고, 그다음에 집에 갈게."

"보고 싶어요."

"나도 보고 싶어. 오늘 밤에 전화할게."

"사랑해요."

"사랑해."

아단은 전화를 끊었다.

"여자친구?"

"내 목숨처럼 사랑하는 사람이죠. 딸이에요."

"아."

두 사람은 바깥 테이블에 앉기로 했다. 아단은 노라에게 의자를 빼준 다음 자기 자리에 앉았다. 그리고 테이블 너머에 있는 놀라우리만치 파란 눈을 바라보았다. 노라는 눈길을 돌리지도 움츠러들지도 얼굴을 붉히지도 않았다. 그저 아단을 바라보았다.

"아내는요?"

"아내가 무슨 상관이죠?"

"내가 묻고 싶었던 게 그거예요."

문이 총을 맞은 듯 부서졌다.

금속 위로 나무가 산산조각이 났다.

티오는 소녀의 몸에서 빠져 나오면서 문으로 들어오는 멕시코 연방 경찰을 보았다.

티오가 바지를 발목에 걸치고 우스꽝스러운 모습으로 질질 끌면서 도망치려는 모습을 보자 아트는 거의 코미디 프로 같다는 생각이 들었다. 링거액 이동식 걸이는 귀찮게 구는 하인처럼 티오 뒤에서 바퀴를 굴리며 따라가고 있었다. 티오는 방 귀퉁이에 쌓아둔 총 더미 쪽으로 가려 하고 있었다. 그때 이동식 걸이가 쿵하고 넘어지면서 티오의 팔에서 바늘이 뽑혔다. 티오는 총 더미 위로 쓰러지면서 한 손에 수류탄을 쥐고 앉아 핀을 뽑으려고 만지작거렸다. 하지만 핀을 뽑기 전에 멕시코 연합군이 티오의 팔을 움켜쥐고 수류탄을 뺏어 들었다.

거대한 빵 반죽 덩이처럼 부엌 식탁에 딱 달라 붙어 있던 살진 하얀 엉덩이가 몸을 일으켰다. 라모스가 그 엉덩이를 총의 개머리판으로 철썩철썩 쳐대며 거실로 이끌고 왔다.

"아얏."

그 여자가 날카롭게 외쳤다.

"네가 아침식사를 차렸어야 했다고, 이 게으름뱅이 암캐야."

라모스는 그 여자의 머리카락을 쥐고 잡아당겼다.

"옷 입어. 네 커다란 궁둥짝을 보고 싶은 사람은 아무도 없어."

"500만 달러를 주겠소."

티오가 멕시코 연방 경찰에게 말했다.

"날 놓아주면 미국 달러로 500만 달러를 주겠소."

그러다가 아트가 거기 서 있는 것을 보자 500만 달러가 통하지 않을 거라는 사실을 알게 되었다. 얼마를 주든 안 될 것이다. 티오는 소리치기 시작했다.

"죽여. 제발 지금 죽여줘."

아트는 생각했다.

'사악함의 얼굴이 이렇군.'

슬픈 광대.

그 남자가 방 귀퉁이에 발가벗고 앉아 내게 죽여 달라고 애걸하고 있었다.

애처롭다.

"3분."

라모스가 말했다.

경호원들이 돌아오기까지 3분 남았다.

"그럼 이 쓰레기를 여기서 끌고 나가자."

아트는 이렇게 말한 뒤 쭈그려 앉았다. 그리고 티오의 귀에 대고 속삭였다.

"티오, 당신이 항상 알고 싶어 했던 걸 말해 줄게요."

"뭐?"

"누가 추파르인가."

"누구야?"

"게로 멘데스."

아트는 거짓말을 했다.

게로 멘데스, 지옥에 떨어질 놈.

"게로 멘데스는 티오를 미워했어요. 그 작은 계집애를 자기한테
서 뺏어가서 망쳐놨다고 말이죠. 그녀를 되찾아올 유일한 방법은
티오를 제거하는 일이라고 생각했어요."

아트는 생각했다.

'어쩌면 난 아단과 라울과 게로 멘데스를 못 잡을지도 몰라. 그
러니 차선책으로 만족해야지.'

그들이 서로를 파괴하게 만들겠어.

아단은 노라의 몸 위로 쓰러졌다. 노라가 아단의 목을 잡고 머
리를 쓰다듬었다. 아단이 말했다.

"놀라웠어."

"당신, 오랫동안 여자에 굶주렸군요."

"그렇게 티가 났나?"

두 사람은 카페를 나오자 곧장 근처 호텔로 갔다. 아단은 노라
의 블라우스 단추를 풀 때 손가락이 떨렸다.

"당신은 오르지 않았어."

"오를 거예요. 다음 번에."

"다음 번?"

한 시간 뒤, 노라는 손으로 창틀을 붙잡고 있었고 아단이 뒤에

서 펌프질하고 있었다. 열린 창으로 불어오는 산들바람이 노라의 피부에 맺힌 땀방울을 식혀줬다. 노라가 신음소리를 내며 아름다운 가짜 클라이맥스의 낑낑대는 소리를 냈다. 아단이 만족하면서 오를 때까지.

그 뒤, 바닥에 누워 있던 아단이 말했다.

"다시 보고 싶어."

"가능할 거예요."

그것은 사업상의 거래일 뿐이었다.

티오는 감옥 독방에 앉아 있었다.

법원 심리에서 성공하지 못했다. 일이 흘러가야 할 방향으로 전혀 흘러가지 않았다.

피고석에서 티오는 이렇게 말했다.

"왜 나를 코카인 사업에 관련지었는지 모르겠소. 나는 자동차 판매상이오. 마약 거래에 대해 아는 것은 신문에서 읽은 것뿐이오."

그러자 법정에 있던 사람들이 웃었다.

'웃었다.' 그리고 재판관은 티오에게 재판에 출두하라고 명령 내렸다. 그리고 위험한 범죄라는 이유로 보석도 허용하지 않았다. 도주 위험이 명확하며, 특히 과달라하라에서는 피고인이 법집행 단체에 꽤 많은 영향력을 미칠 수 있다고 주장되었기 때문이다. 그래서 그들은 수갑을 채운 티오를 군사 항공기에 태워 멕시코시티로 이송했다. 그리고 특수한 덮개를 씌워 유리창이 진하게 코팅된 자동차로 옮긴 뒤 알몰로야 감옥의 독방에 감금시켰다.

감옥의 추위가 티오의 뼈를 쑤시게 했다.

그리고 코카인에 대한 애타는 욕구로 배고픈 개처럼 자신의 뼈를 갉았다. 그 개는 티오를 깨물고, 깨물며 코카인을 갈구했다.

그러나 그 어떤 것보다 심한 것은 노여움이었다.

배신에 대한 분노.

동맹자의 배신. 티오가 이 독방에 앉아 있게 된 주된 이유는 배신이 틀림없었다.

그 개 같은 놈과 로스 피노스에 있는 그의 형제. 우리가 사고, 지불하고, 사무실에 넣은 사람. 카르데나스의 표를 돈으로 훔친 선거, 그리고 카르텔이 그들에게 준 내 돈. 그런데 그들이 나를 이렇게 배신했다. 호래자식들, 개자식들.

그리고 미국인들, 공산주의자를 상대로 전쟁할 때 내가 도와준 미국인들. 그들도 나를 배신했다.

그리고 게로 멘데스. 내 사랑을 뺏어간 놈. 내 여자였어야 할 그녀를, 내 아이들이었어야 할 그 아이들을 소유한 놈.

그리고 필라르. 나를 배신한 비열한 년.

티오는 독방 바닥에 앉아 팔로 다리를 감싸 안고 몸을 앞뒤로 흔들었다. 욕구와 분노로. 하지만 티오는 하루 만에 코카인을 파는 간수를 찾았다. 티오는 그 맛있는 연기를 빨아들여 폐 속에 담았다. 뇌 속으로 스며들게 했다. 도취감이 느껴지더니 머릿속이 맑아졌다.

그러자 모든 것이 보였다.

복수.

멘데스에게.

필라르에게.

티오는 웃으면서 잠이 들었다.

엘 티부론으로 알려진 파비안 마르티네스는 냉혈 킬러였다.

어렸을 때 라울의 가장 유능한 킬러 중 하나가 되었다. 엘 티부론은 티후아나에서 부정 폭로 보도를 지나치게 다루는 신문 편집자를 비디오 게임의 과녁처럼 벌집으로 만들어 버렸다. 3톤의 마리화나를 로사리타 근처 해변에 내려놓고도 하역 요금을 내지 않은 칼리포르니아의 한 전과자와 마약 중독자를 풍선처럼 터뜨린 다음 파티에 참여한 적도 있었다. 그리고 매장, 강도 상해, 바레라가 보증한 코카인 선적을 담당했던 두랑고 출신의 바보 멍청이 세 명을, 호스 물로 길 위의 개똥을 치우듯, AK를 들고 처치해 버렸다. 그리고 그 시신에 휘발유를 끼얹고 불을 붙여 루미나리아(멕시코의 크리스마스 장식용 등 ─ 옮긴이)처럼 태워버렸다. 여러 가지 이유로 지역 소방관은 불 끄기를 두려워했다. 그 두 녀석은 엘 티부론이 성냥을 떨어뜨렸을 때, 아직 숨을 쉬고 있었다는 소문이 퍼졌다.

파비안은 그 이야기를 부인하며 종종 이렇게 말했다.

"그 소문은 엉터리야. 난 라이터를 사용했다고."

무엇으로 했든.

파비안은 감정이나 자각 없이 살인했다.

우리에게 필요한 게 바로 그거라고 라울은 생각했다.

파비안과 함께 자동차에 앉아 있던 라울이 입을 열었다.

"파비안, 네가 게로 멘데스에게 현금 전달하는 일을 맡아주면 좋겠어. 새 밀사가 되는 거지."

"드디어 시작인가?"

파비안은 그 일이 뭔가 색다르고 감상적이며 아드레날린 수치를 높여주는 짜릿하고 감미로운 살인과 관계가 있는 일일 거로 생각했다.

사실은, 완전히 다른 일이었다.

필라르의 삶에서 아이들은 무척 소중한 존재였다.

필라르는 세 살배기 딸과 갓난 아들을 둔 젊은 성모 마리아였다. 얼굴과 몸은 더욱 성숙해졌고 눈가에는 전에 없던 덕성이 자리 잡고 있었다. 그날 필라르는 수영장 가장자리에 앉아 맨발을 담그고 물장구를 치고 있었다.

"아이들은 웃음을 주는 존재예요."

필라르가 파비안 마르티네스에게 말했다. 그리고 노골적으로 슬프게 덧붙였다.

"하지만 남편은 안 그래요."

파비안은 게로 멘데스의 대농장이 정말 엄청나다고 생각했다.

필라르는 그것을 '마약 밀매자 스타일'이라고 파비안에게 은밀히 설명했다. 수치심을 숨기려고도 하지 않는 어조였다.

"바꿔보려고 노력하고 있지만, 머릿속에 그런 이미지가 들어 있어요……"

파비안은 생각했다.

'마약 카우보이라 이거지.'

게로 멘데스는 농작물을 경작용이 아니라 과시용으로 여겼다. 과거 토지소유주의 괴기하고 현대적인 버전을 창조했다. 스페인 신사들, 농장주들, 챙 넓은 모자를 쓰고 부츠를 신은 카우보이들. 지금 새로운 마약 밀매자들은 그런 이미지를 탈피하고 있었다. 가짜 진주 단추가 달린 검정 폴리에스테르 카우보이 셔츠, 라임그린, 카나리아 색, 산호 핑크색 같은 밝은 파스텔 색의 폴리에스테르 모자. 그리고 높은 굽의 부츠. 걷기에 실용적인 부츠가 아닌 발끝이 뾰족한 양키 카우보이 부츠이며, 온갖 재료를 써서 만들었다. 타조나 악어처럼 색다른 가죽일수록 밝은 빨강과 초록으로 염색하기 좋았다.

노장 카우보이라면 웃었을 것이다.

또는 무덤 속에서 장황한 이야기를 풀어놓았을 터이다.

그리고 집은…….

필라르는 집을 생각하면 부끄러웠다.

집은 타일 지붕, 완만하고 우아한 현관 지붕의 고전적인 대농장 스타일의 1층 집이 아니라 노란 벽돌, 기둥들, 철제 난간으로 된 거대한 3층 집이었다. 그리고 인테리어 상태는, 가죽 의자는 등받이 양옆이 쇠뿔이고 받침대는 발굽으로 되어 있으며, 소파는 붉은 소가죽과 하얀 소가죽으로 만들었고, 높고 둥근 의자는 앉는 부분이 안장 모양이었다.

"모두 그이 돈인걸요. 할 수 있는 거라면……."

돈에 관한 얘기라면, 파비안은 지금 손에 돈 가방을 들고 있었다. 게로 멘데스가 시대적 미적 관념과 반대되는 전쟁을 지속하게 해 줄 돈이었다. 파비안은 지금 밀사였다. 미겔 앙헬 바레라에게 일어난 일들 때문에 아단과 라울이 돌아다니기가 너무 위험하다는 구실을 달고 왔다.

그들은 웅크리고 있어야 했다.

그래서 파비안이 그 일을 맡아 매월 현금을 전달하고 최전방의 소식을 알려줄 것이다.

그들은 대농장에서 주말 파티를 벌이고 있었다. 필라르는 우아한 안주인 노릇을 담당하고 있고 파비안은 필라르가 정말 우아하다고 생각하는 자신에게 놀랐다. 사랑스럽고 매력 있고 신비로웠다. 파비안은 다소 유행에 안 맞는 옷차림을 한 주부를 기대했는데 필라르는 그렇지 않았다. 밤이 되어, 격식을 차린 커다란 식당이 손님들로 붐비며 저녁식사를 하는 시간이 되자 파비안은 촛불에 비친 필라르의 얼굴을 보았다. 더없이 아름다운 얼굴이었다.

필라르는 흘끗 눈길을 돌려 파비안이 자신을 주시하는 걸 보았다.

고급스럽고 맵시 있는 옷을 입은 영화배우처럼 잘생긴 남자.

곧 파비안은 필라르와 수영장 가장자리로 갔다. 그리고 필라르가 남편을 사랑하지 않는다고 파비안에게 말했다.

파비안은 무슨 말을 해야 할지 몰라서 입을 다물었다. 필라르가 계속 말하자 파비안은 놀랐다.

"난 정말 어렸어요. 남편도 그랬죠. 잘생겨 보였어요. 그리고 이런 말 하기 미안하지만, 남편은 나를 미겔 앙헬 바레라로부터 구하려 했던 거고, 날 귀부인으로 만들어 주려던 거였어요. 그리고 그렇게 했어요. 행복하지 못한 귀부인이죠."

그때 파비안이 바보 같은 질문을 했다.

"행복하지 않아요?"

"남편을 사랑하지 않아요. 그건 끔찍한 일 아닌가요? 난 끔찍한 사람이에요. 남편은 내게 잘 대해 주고 모든 것을 줘요. 딴 여자가 있거나 매춘부와 데이트를 하지도……. 남편은 목숨처럼 날 사랑해요. 그래서 제가 죄책감을 많이 느껴요. 남편은 나를 숭배해요. 그것 때문에 창피스럽기도 해요. 남편과 있을 때 느껴지지가 않아요……. 느껴지지 않아요. 그 뒤로 내가 남편에 대해 싫어하는 일들의 목록을 만들기 시작했어요. 남편은 우둔하고, 취미도 없고, 어수룩하고, 촌스러워요. 난 여기가 정말 싫어요. 과달라하라로 돌아가고 싶어요. 진짜 레스토랑과 진짜 가게가 있는 곳으로 가고 싶어요. 박물관도 가고 싶고, 콘서트나 미술관도 가고 싶어요. 여행도 하고 싶어요. 로마, 파리, 리우데자네이루. 내 삶을 남편과 따분하게 보내고 싶지 않아요."

수영장 끄트머리에 펼쳐진 바에서 손님들이 모여서 술을 마시고 있었다. 필라르는 그곳을 보며 웃었다.

"사람들은 모두 날 매춘부라고 생각해요."

"그렇지 않아요."

"그렇게 생각하는 게 당연해요. 하지만 아무도 그걸 큰소리로 외칠 용기는 없나봐요."

파비안은 당연한 얘기라고 생각했다. 사람들은 모두 라피 바라고스의 이야기를 알고 있었다.

파비안은 필라르도 그 이야기를 알고 있는지 궁금했다.

라피는 대농장 바비큐 파티에 참석했다. 게로 멘데스와 필라르가 결혼한 지 얼마 되지 않은 때였다. 친구들과 둘러서 있는데 게로 멘데스가 필라르와 팔짱을 끼고 집에서 나왔다. 라피가 싱글 싱글 웃더니 작은 소리로 게로 멘데스를 비꼬는 말을 했다. 게로 멘데스가 바레라의 매춘부를 가로챘다는 말이었다. 라피의 착한 친구 하나가 그 사실을 게로 멘데스에게 고자질했다. 그날 밤 라피는 머물고 있던 손님방에서 끌려 나왔다. 그들은 라피가 결혼 선물로 가져온 은 접시를 녹여서 라피의 입에 깔때기를 대고 들이부었다.

게로 멘데스 앞에서.

라피의 시신은 대농장에서 30여 킬로미터 떨어진 길가의 전봇대에 거꾸로 매달린 채 발견되었다. 눈은 고통스러운 듯 부릅뜨고 있었고 벌어진 입은 딱딱하게 굳은 은으로 가득 차 있었다. 아무도 시신을 내릴 엄두를 내지 못했다. 경찰도, 라피의 가족들조차도. 그리고 근처에서 염소 치는 노인은 까마귀들이 라피의 뺨을 쪼다가 부리가 은에 부딪혀서 나는 이상한 소리를 몇 년 동안이나 들었다.

그리고 그 길은 '까마귀 도로'이라고 알려지게 되었다.

파비안은 수영장의 가물거리는 금빛이 필라르의 살결에 반사되는 모습을 보면서 생각했다.

'그렇고말고. 모든 사람들이 당신을 매춘부라고 부르기를 두려워하지.'

아마 그렇게 생각하는 것조차 두려워할 것이다.

'게로 멘데스가 당신을 모욕하기만 한 남자에게 그렇게 했다면 당신을 유혹하여 농락한 남자에게는 어떻게 할까?'

파비안은 파고드는 두려움을 느꼈다. 하지만 그 기분은 곧 자극으로 바뀌어 파비안을 흥분시켰다. 그러면서 자신의 냉철한 용기에, 그녀의 정부가 되려 하는 용맹성에 자부심을 느꼈다.

그때 필라르가 파비안에게 가까이 기대 와서 파비안은 깜짝 놀라며 흥분했다. 필라르가 속삭였다.

"요 키에로 라비아르."

흥분하고 싶어요.

열광하고 싶어요.

미쳐버리고 싶어요.

아단은 오르가슴에 이르며 쉿소리를 냈다.

그리고 노라의 부드러운 가슴 위로 무너져 내렸다. 노라는 아단의 팔을 꽉 잡고 리드미컬하게 자신에게로 잡아당겼다.

"오, 세상에."

아단이 헐떡이자 노라가 웃었다.

"왔어?"

"그럼요. 아름다웠어요."

노라는 거짓말을 했다. 자신은 남자와 관계할 때는 결코 오르가슴에 이르지 않으며 나중에 혼자서 해결한다는 사실을 굳이 말하고 싶지 않았다. 아단에게 알릴 필요도 없었고 아단이 감정을 상하는 것도 바라지 않았다. 사실 노라는 아단이 좋았고 애착 같은 것도 느껴졌다. 게다가 노라를 즐겁게 해 주려는 남자에게 굳이 그런 말을 할 필요는 없으니까.

두 사람은 과달라하라에서 처음 만난 뒤, 몇 달 동안 주기적으로 만나고 있었다. 요즘은 대개 오늘처럼 티후아나의 호텔 방에 투숙했다. 노라가 샌디에이고에서 오기도 쉽고 아단에게도 확실히 가까웠다. 그래서 일주일에 한두 번, 아단은 자신의 레스토랑에서 사라져 호텔 방에서 노라를 만났다. 세간에 떠도는 말처럼 '낮에 사랑을 나누고' 저녁이면 늘 집에 돌아왔다.

아단은 시작할 때부터 이 점을 분명히 했다.

"난 아내를 사랑해."

노라는 그 말을 수천 번도 더 들었다. 남자들은 모두 아내를 사랑했다. 그리고 대부분 정말로 사랑했다. 이것은 섹스였다. 사랑이 아니라.

"아내에게 상처 주기 싫어."

아단은 마치 사업 방침을 설명하듯이 말했다. 노라는 그 말이 이렇게 들렸다.

'난 어떤 식으로든 아내에게 부끄러움이나 굴욕감을 느끼게 하고 싶지 않아. 아내는 아름다운 사람이야. 난 결코 아내나 딸을 떠나지 않을 거야.'

"좋아요."

두 사람은 사업가들이었다. 언쟁으로 감정을 소모하지 않고 빠르게 합의했다. 노라는 눈앞에 놓인 현금을 보고 싶지는 않았다. 그래서 아단은 노라 앞으로 은행 계좌를 개설하여 매달 일정 금액을 예치했다. 아단이 밀회를 위한 날짜와 시간을 선택하면 노라가 그곳으로 왔다. 하지만 일주일은 말미를 주어야 했다. 만약 아단이 노라를 1주일에 한 번 이상 보고 싶다면, 그것도 가능했다. 하지만 아직은 노라에게 미리 알려줘야 했다.

한 달에 한 번, 노라가 성적으로 건강한지 확인하는 혈액검사 결과가 아단의 사무실에 조심스레 도착할 것이다. 아단도 노라를 위해 똑같은 일을 할 것이다. 그리하여 두 사람은 성가신 콘돔 사용의 부담을 덜어버릴 수 있었다.

또 한 가지 동의사항은 후안 신부가 두 사람의 관계를 절대 모르게 하는 일이었다.

희한하게도 두 사람은 각각 후안 신부를 속이며 딴짓을 하고 있다고 생각했다. 노라는 후안 신부와 맺고 있는 정신적 우정을 두고. 아단은 후안 신부와 맺었던 예전 관계를 두고.

"신부님은 당신 직업이 뭔지 아나?"

"알아요."

"찬성하시는 건가?"

"어쨌든 우린 친구예요. 신부님이 당신 직업은 알고 있나요?"

"난 레스토랑 운영자야."

"아항."

그때 노라는 그 말을 미심쩍어 했고, 아단과 만나온 지 한 달이 지난 지금은 확실히 믿지 않았다. 바레라라는 이름은 어렴풋하게 옛 기억을 되살려 주었다. 10년쯤 전 화이트하우스에서 빅 피치가 아주 짐승처럼 덤벼든 노라의 첫날밤에 들었던 이름이다. 그래서 노라는 과달라하라에서 돌아오자 헤일리에게 전화를 걸어 아단 바레라에 대해 물었고, 모든 이야기를 들었다.

"조심해. 바레라 집안은 위험해."

헤일리가 충고했다.

'그럴지도 모르지.'

이제 아단이 피곤해서 잠이 들자 노라는 이런 생각을 했다. 아단에게서는 그런 위험한 면이 보이지도 않으며, 그런 것이 존재하

는지조차 의심스럽다고. 아단은 노라에게 친절하게 대해 주었으
며 감미롭기까지 했다. 노라는 딸아이와 냉랭한 아내를 극진히 여
기는 아단이 존경스러웠다. 아단은 욕망을 지녔을 뿐이었다. 그리
고 그 욕망을 가능한 한 가장 윤리적인 방법으로 해결하려고 애
쓸 뿐이었다.

아단은 비교적 세련된 남자인데도 침대에서는 전혀 세련되지
못했다. 노라는 아단을 특정한 경험 속으로 천천히 이끌며 체위
와 기교를 가르쳐야 했다. 아단은 노라 덕분에 느끼는 기쁨의 깊
이에 소스라치게 놀랐다.

'아단은 이기적이지 않아.'

아단은 플래티넘 카드를 가지고 왔다는 특권 의식을 지닌 수
많은 남자들처럼 소비자 심리를 가지고 침대에 오는 사람이 아니
었다. 아단은 노라가 즐거워해 주길 바라고 자신만큼 만족스러워
하길 바라며 같은 기쁨을 느끼기를 바랐다.

'아단은 나를 자동판매기 취급하지 않아.'

동전을 넣고 손잡이를 당기면 사탕이 나오는 기계 말이다.

'맙소사, 내가 이 남자를 좋아하나 봐.'

아단은 자신을 열기 시작했다. 성적으로, 인간적으로. 두 사람
은 틈날 때마다 이야기를 나누며 보냈다. 물론 마약 사업 이야기
는 아니었다(아단은 자신의 직업을 노라가 안다는 사실을 알았지만
무시했다.). 하지만 레스토랑 이야기는 했다. 매월 음식을 넣는 일
과 일반 소비자들의 얼굴을 미소 짓게 만드는 일에 관련된 수많
은 문제들을 다뤘다. 스포츠 이야기도 했다. 아단은 노라와 복싱
이야기를 깊게 할 수 있다는 사실을 알고 기뻐했다. 노라는 야구

에서 슬라이더와 커브볼의 차이도 알고 있었다. 그리고 증권시장에 대한 이야기도 했다. 노라는 아단과 마찬가지로 아침을 모닝커피와 월스트리트저널로 시작하면서 으르렁거리는 투자자였다. 두 사람은 종목을 의논하고 평균 순위에 대해 논쟁하고 뮤추얼 펀드와 지방채의 강점과 약점을 비교 분석했다.

낮에 사랑을 나누라는 낡아빠진 말처럼 진부한 말이겠지만 남자들은 이야기를 나누려고 매춘부에게 왔다. 노라는 그 사실을 알고 있었다. 세상의 아내들이 스포츠면을 흘끔거리고 몇 분간이라도 ESPN 방송이나 주간 월스트리트를 본다면 노라는 사업에 상당한 영향을 받을 것이다. 아내들이 기꺼이 그런 허튼소리를 나누려고 한다면, 남편들은 몇 시간이고 토론하면서 시간을 보낼 것이다.

사업의 일부이기도 했지만 노라는 아단과 나누는 대화를 정말 즐겼다. 노라는 그 화제들에 관심이 있었고 '아단'과 그 얘기를 나누기를 좋아했다. 지적이고 성공한 남자들에 익숙해져 있는 노라도 아단의 영리함에는 놀랐다. 아단은 가차 없는 분석가이고 통찰력이 있으며 최종 결정을 내릴 때까지 지적인 수술을 집도했다.

'그리고 솔직히 난 아단의 비애에 끌렸어.'

노라는 아단이 아주 조용한 위엄과 함께 지니고 있는 슬픔에 끌렸다. 자신이 아단의 고통을 덜어줄 수 있다고 생각하며, 자신이 하는 일을 좋아했다. 보통 때의 잠자리에서 얻는 얕은 만족감을 뜻하는 것이 아니라, 고통을 품은 한 남자를 받아들이고 잠시나마 그 고통을 잊게 만드는 일을 뜻했다.

'그래, 간호사 노라.'

자신은 랜턴을 들고 있는 대신 블로잡을 해 주는 플로렌스 매춘부 나이팅게일이었다.

노라는 상체를 구부려 아단의 목을 부드럽게 쓰다듬었다. 아단이 눈을 번쩍 뜰 때까지.

"일어나야 해요. 한 시간 뒤에 약속이 있잖아요. 잊었어요?"

"고마워."

아단은 아직 졸린 눈을 하고 있었다. 하지만 일어나서 샤워하러 갔다. 아단이 하는 대부분의 일들처럼 샤워도 활발하고 능률적으로 했다. 뜨거운 스프레이 아래에서 사치를 즐기지 않고 곧바로 몸을 씻은 뒤 수건으로 몸을 닦고 방으로 돌아와 옷을 입기 시작했다.

하지만 오늘은 셔츠 단추를 끼우면서 이런 말을 했다.

"내가 당신을 독점했으면 좋겠어."

"오, 아단, 그건 비용이 아주 많이 들 거예요." 뜻밖의 말을 들은 노라는 약간 당황했다. "내 말은, 만약 당신이 내 시간 전부를 원한다면 그 시간 모두에 대해 지불해야 할 거라는 뜻이에요."

"얼마든지."

"그럴 능력이 돼요?"

"내 삶에서 돈은 문제가 아니야."

"아단, 난 당신 가족의 돈을 빼앗고 싶지 않아요."

노라는 아단이 불쾌해 하는 것을 알 수 있었기에 즉시 그 말을 후회했다. 아단은 셔츠를 내려다보고 있던 눈을 들어 노라를 바라보았다. 그런 눈빛은 처음이었다.

"내가 그런 일은 결코 하지 않으리란 걸 당신이 이미 알고 있는 줄 알았는데."

"알아요. 미안해요."

"티후아나에 콘도를 구해 주겠어. 연봉 계약을 맺어도 좋아. 그리고 매 연말에 재조정하지. 다른 건 몰라도 돈에 대해서는 의논할 필요가 없어. 당신은 간단히 말해 내……"

"정부."

"애인이라는 말을 생각하고 있었어. 노라. 정말 사랑해. 내 삶에 데려오고 싶어. 하지만 내가 방문할 때의 삶만 해당이 되겠지. 이미 삶의 대부분을 저당 잡혀 있으니까."

"이해해요."

"이해해 줄 줄 알았어. 고마워. 당신이 생각하는 것보다 더 많이 고마워. 당신이 날 사랑하지 않는 거 알아. 하지만 나를 소비자 이상으로 여긴다고 생각해. 내가 제의하는 게 이상적인 협정은 아니지만 가장 긴 시간을 함께 있을 수 있는 길이라고 생각해."

노라는 아단이 이 순간을 준비해 왔다는 생각이 들었다. 아단은 내내 이 일을 생각하고 정확한 단어를 골라 연습해 왔을 것이다.

'어쩌면 연민이라고 생각해야 할지도 몰라. 하지만 정말 감동적이야.'

아단이 준비했던 시간과 그 생각들이 감동적이었다.

"아단. 난 기뻐요. 그리고 마음이 끌려요. 정말 멋진 제의예요. 내가 생각할 시간을 좀 주겠어요?"

"물론이지."

노라는 아단이 나간 뒤 신중히 생각했다.

일단 현황을 점검했다.

'난 스물아홉 살이야.'

젊고, 더할 나위 없이 좋은 나이였다. 하지만 그럼에도 불구하고 딱 절정기를 지나는 경계에 있었다. 가슴은 아직 팽팽하고 엉덩이도 아직 탄탄하며 배에 군살도 없었다. 잠깐 동안은 어느 것도 변하지 않겠지만 해가 갈수록 유지하기가 힘들어질 것이다. 광적으로 연습을 하더라도 말이다. 시간은 통행세를 받아갈 것이다.

그리고 더 젊은 소녀들이 치고 올라올 것이다. 긴 다리와 봉긋한 가슴의 소녀들, 러닝머신과 헬스 사이클로 몇 시간씩 운동하지 않아도 되고, 윗몸일으키기와 웨이트 트레이닝을 하지 않아도 되고, 다이어트를 하지 않아도 되는 몸매의 소녀들. 그리고 플래티넘 카드를 소지한 남자들은 점점 그런 소녀를 원할 것이다.

'그럼 나는 몇 년이나 남았을까?'

최고로 존재할 수 있을 시간을 뜻했다. 중간으로는 존재하고 싶지는 않았으며, 밑바닥은 가기 싫은 곳이었기 때문이다. 헤일리가 노라를 2류 고객에게 보내기까지는 몇 년이 남았을까? 그리고 완전히 활동을 멈추게 되기까지는?

2년, 3년, 최대치로 5년?

그다음엔 어떻게 될까?

은퇴할 충분한 돈을 저축해 두었을까?

시장과 투자 대상에 달려 있다. 2년, 3년, 또는 5년 뒤에 노라는 파리에서 살 수 있을 정도의 돈을 모아 두었을지도 몰랐다. 또는 일을 해야 할지도 몰랐다. 그런 경우 무슨 일을 할까?

섹스 산업에는 두 개의 큰 흐름이 있다.

매춘과 포르노.

물론 스트립쇼도 있다. 하지만 그건 막 시작한 아이들이 하는 일이다. 그리고 오래 머물지 않았다. 대개 거기서 나와서 매춘이나 포르노로 빠졌다. 노라는 댄스 단계를 거치지 않았다. 헤일리에게 고마워해야 할 일이다. 노라는 곧장 매춘 산업의 최고 꼭대기로 갔다. 하지만 그다음에는 무슨 일이 다가올까?

만약 아단의 제의를 받아들이지 않고 시장이 생각대로 돌아가지 않는다면?

포르노?

노라가 제의를 받은 적이 있다는 사실은 하느님 외에는 아무도 몰랐다. 보수가 괜찮았다. 비록 일이 힘들기는 해도 말이다. 그리고 그쪽 사람들은 건강 문제에도 신경을 써주었다. 하지만 신은…… 카메라 앞에서 그 일을 하는 것은 어딘지 노라를 피하게 만들었다.

그리고 다시, 그 일은 얼마나 지속할 수 있겠는가?

6, 7년이다. 정상에서.

그 뒤에는 저예산 졸속 비디오로 급강하할 것이다. 발리에 있는 어떤 집 뒷마당에서 매트리스를 깔고 섹스를 할 것이다. 동성끼리 하는 장면, 마구잡이식으로 하는 장면, 흥분한 색골 주부, 색정증 장모님, 섹스에 굶주리고 남자에 굶주리고 갈망하고 있는 나이 든 쾌락주의 여성.

'나라면 1년 안에 죽을 거야.'

면도날로 손목을 긋거나 마약 중독으로.

콜걸처럼 피할 수 없는 내리막도 마찬가지였다. 노라는 그들의 모습을 봐오면서 진저리쳤고, 돈을 모으지 못하고 결혼을 하지 못하고 장기간 관계할 남자를 구하지 못해서 너무 오랫동안 머무는 여자들이 불쌍했다. 지친 얼굴, 늙은 몸, 억압된 영혼이 되어 버린 그 여자들은 정말 보기가 안쓰러웠다.

불쌍했다.

자의든 타의든 노라는 그걸 배겨내지 못할 터였다.

이 남자의 제의를 받아들여야 했다.

아단은 노라를 사랑하고 노라에게 잘 대해 줬다.

아직 아름다울 때 아단의 제의를 받아들여야 했다. 아단이 아직 노라를 원할 때, 아직은 아단이 꿈꿔보지 못했던 기쁨을 노라가 줄 수 있을 때. 아단의 돈을 받아서 비축하면 언젠가 아단이 노라에게 싫증이 났을 때나 더 젊은 소녀들에게 눈길을 주기 시작하고, 그 소녀들을 지금의 노라 바라보듯 하기 시작할 때, 노라는 존엄성을 다치지 않고 떠날 수 있으며 남부럽잖은 삶을 꾸려갈 수 있으리라.

그 사업에서 은퇴하고 그냥 살면 됐다.

노라는 아단의 제의를 받아들이기로 결심했다.

1992년
멕시코 시날로아의 과무칠리토, 티후아나,
콜롬비아.

파비안은 얼굴이 화끈거렸다.

필라르가 파비안의 귀에 대고 속삭였기 때문이다.

"요 키에로 라비아르."

파비안은 의아했다.

'필라르가 내게 말한 건가, 내가 생각한 건가?'

파비안은 다른 생각들로 뻗어 갔다. 필라르의 입, 다리, 수영장 가장자리에서 흔들리고 있는 발, 수영복 속 몸의 윤곽. 그리고 환상. 그 수영복 속으로 손을 뻗어 필라르의 가슴을 느끼고, 그곳을 어루만지고, 필라르의 신음소리를 듣고, 그녀 안으로……

그리고 필라르는 '미치고' 싶다고 한 건가? 스페인어는 미묘한 언어였다. 단어마다 많은 뜻을 내포할 수 있다. '라비아르'는 목마르다, 타오른다, 갈망한다, 미친다는 말이 다 될 수 있다. 필라르는 그 말들 모두를 의미했다고 파비안은 생각했다. 그리고 그 말은 또한 사디즘과 마조히즘을 특별히 가리키는 말이 될 수 있다. 파비안은 필라르가 묶이고 채찍질 당하고 거칠게 관계를 맺고 싶어한다는 걸 의미할 수 있을지 궁금했다. 그리고 그것만으로도 벌써 파비안에게 감질나게 하는 환상을 줬다. 파비안이 여태 누구와도 겪어본 적이 없는 놀랍도록 환상적인 일이었다. 파비안은 필라르를 실크 스카프로 묶고 아름다운 엉덩이를 찰싹 때리고 매질하는 장면을 그려봤다. 네 발로 엎드린 필라르 뒤에서 동물들이 하는 방법으로 섹스를 하고 필라르는 머리카락을 잡아당겨 달라고 소리를 질렀다. 그러면 파비안이 필라르의 숱 많고 윤기 나는 까만 머리카락을 한 움큼 쥐고 말고삐를 당기듯 잡아당겼다. 필라르의 긴 목이 활처럼 굽었다 펴졌다 하면서 필라르는 고통과 기쁨으로 비명을 질렀다.

"요 키에로 라비아르."

'아, 맙소사!'

몇 주 후, 그다음 번 멘데스의 대농장에 갔을 때(시간이 정말로 더디게 흘렀다.) 자동차에서 내리던 파비안은 거의 숨이 멎는 기분이었다. 가슴이 옥죄어오고 가벼운 두통이 생겼다. 그리고 죄의식도. 파비안은 게로 멘데스가 자신을 안아주며 반길 때 필라르를 향한 자신의 바람둥이 욕망이 얼굴에 드러나지는 않는지 궁금했다. 필라르가 집에서 나오면서 파비안에게 웃어주었을 때는 분명 얼굴에 나타났을 거라고 확신했다. 필라르는 한 팔은 아기를 안고 한 팔은 딸아이에게 두르고 말했다.

"클라우디아, 파비안 아저씨가 왔어."

파비안 아저씨.

파비안은 그 말이 마치 '클라우디아, 파비안 아저씨가 엄마와 바람피우고 싶어 해.'라는 말이라도 되는 듯, 양심의 가책으로 괴로웠다.

몹시.

그날 밤 파비안은 필라르에게 키스했다.

바보 같은 게로가 전화를 받느라 거실에 두 사람만 남겨두었다. 두 사람은 벽난로 옆에 서 있다. 필라르에게서 미모사 향기가 나자 파비안은 심장이 터질 듯한 기분이 들었다. 두 사람은 서로를 바라보다가 키스했다.

필라르의 입술은 놀랍도록 부드러웠다.

농익은 복숭아 같았다.

파비안은 현기증이 났다.

키스가 끝나자 두 사람은 물러섰다.

깜짝 놀랄 일.

두려운 일.

흥분되는 일이었다.

파비안은 거실 끝으로 걸어갔다.

"이런 일을 일으키려던 건 아니었어요, 파비안."

"저도 그렇습니다."

하지만 파비안은 그럴 생각이었다.

계획된 일이었다.

라울이 파비안에게 말해 준 계획이었다. 하지만 파비안은 그 계획이 아단으로부터 나온 것이라고 확신했다. 그리고 어쩌면 미겔 앙헬 바레라로부터 나온 계획인지도 몰랐다.

그리고 파비안은 계획대로 실천하고 있었다.

그래서 두 사람은 곧 몰래 키스하고, 껴안고, 손을 어루만지고, 의미심장한 눈빛을 주고받을 것이다. 그것은 미치도록 위험하고 미치도록 흥미로운 게임이었다. 장난삼아 일으킨 연애의 불장난으로 죽음에 이를 수도 있었다. 게로 멘데스가 이 사실을 알면 분명 두 사람을 죽일 것이기 때문이다.

"내 생각은 달라요. 아, 남편이 당신은 분명 죽일 거예요. 하지만 고함지르고 울부짖어도 결국 나는 용서해 줄 거예요."

필라르는 거의 비통하게 말했다.

필라르가 바라는 것은 용서가 아니었다.

불타오르는 것이었다.

그러면서도 필라르는 이렇게 말했다.

"우리 사이에는 어떤 일도 일어날 수 없어요."

파비안은 동의했다. 말로는. 하지만 머릿속으로는 다르게 생각
했다.

'일어날 수 있어. 일어날 거야. 그게 내 직업이고, 내 과제고, 내
임무야.'

게로 멘데스의 아내를 유혹하여 함께 떠나라.

파비안은 마법의 언어 '만약'을 시작했다.

모든 언어에서 가장 강력한 단어였다.

만약 우리가 먼저 만났다면? 만약 우리가 자유롭다면? 만약
우리가 함께 여행할 수 있다면? 파리, 리우데자네이루, 로마로? 만
약 우리가 도망간다면? 만약 우리가 새로운 인생을 시작할 충분
한 돈을 가지고 있다면?

만약, 만약, 만약.

두 사람은 게임을 하는 아이들 같았다. (만약 이 돌멩이가 금이
라면?) 두 사람은 탈출에 대한 구체적인 내용을 상상하기 시작했
다. 언제, 어떻게 갈 것이며, 무엇을 가지고 갈 것인가? 게로 멘데
스가 모르게 떠날 수 있는 방법은 무엇인가? 경호원들은 어떻게
따돌릴 것인가? 어디서 만나면 좋은가? 아이들은 어떻게 할까?
필라르는 아이들을 남겨두고 가지 않을 것이다. 결코 그럴 수 없
었다.

이 모든 환상이 게로 멘데스에게 훔친 순간들을 틈타서 주고
받은 짧은 대화에서 나왔다. 필라르는 이미 남편에게 정숙하지 못
한 아내가 되었다. 머리에서도, 가슴에서도. 그리고 침실에서도.
게로 멘데스가 필라르 위에 있을 때, 필라르는 파비안을 생각했
다. 필라르가 오르가슴(새롭게 발견된)에 이르러 비명을 지르면 게

로 멘데스는 자신에게 아주 만족스러워했다. 하지만 필라르는 파비안을 생각하고 있었다. 필라르는 그것마저 남편에게서 훔치기 시작했다.

남편에게서 완전히 마음이 떠났다. 남은 것은 육체적인 세부 사항들이었다.

가능성이 환상으로 바뀌고, 환상은 억측이 되고, 억측은 계획으로 변했다. 새 인생을 계획하는 일은 즐겁다. 그들은 아주 상세하게 그 과정을 따라갔다. 두 사람 모두 최신 패션을 뒤쫓는 사람이어서 무엇은 가방에 싸고 무엇은 그곳에 가서 구입할지 의논하느라 귀중한 시간을 모두 소비했다(그곳은 파리나 로마나 리우데자네이루 등 다양했다.).

좀 더 진지한 세부사항도 있었다. 게로 멘데스에게 쪽지를 남겨야 할까? 그냥 사라질까? 함께 갈 것인가, 어디선가 만날 것인가? 만약 어디선가 만나기로 한다면 어디가 좋을까? 어쩌면 같은 비행기 다른 좌석에 떨어져서 갈 수도 있을 터이다. 통로를 사이에 두고 의미심장한 눈빛을 교환하면서 말이다. 고문이나 다름없는 기나긴 야간 비행이 끝나면 파리 호텔에 방을 잡아 아이들을 재우고 두 사람은 파비안의 방에서 만난다.

라비아르.

'아니, 난 기다릴 수 없어요.'

필라르가 파비안에게 말했다.

필라르는 비행기 화장실로 갈 것이다. 파비안이 따라온다. 문이 잠긴다. 아니다. 두 사람은 리우데자네이루의 주점에서 만날 것이다. 서로 모르는 사이인 체하면서. 파비안은 필라르를 따라 골목길로 가서 필라르를 벽에 밀어붙일 것이다.

라비아르.

내게 고통을 줄 거예요?

당신이 원한다면.

해 줘요.

그럼 고통을 주지.

파비안은 게로 멘데스가 가지지 않은 모든 것을 가지고 있었다. 세련되고, 잘 생기고, 옷 잘 입고, 맵시 있고, 섹시했다. 그리고 매력적이었다. 대단히 매력적이었다.

필라르는 준비가 되었다.

파비안에게 시기를 물었다.

"곧. 당신과 도망가고 싶지만……."

싫지만.

'만약'이라는 무시무시한 견제. 현실의 방해. 이런 경우에는…….

"필라르, 우리는 돈이 필요할 겁니다. 내게 돈이 좀 있긴 하지만 우리가 숨어서 지내야 할 오랜 세월 동안 쓰기에는 충분하지 못해요."

파비안은 민감한 부분이라는 사실을 알고 있었다. 거품이 터져버릴 수도 있는 아슬아슬한 순간이었다. 지금은 낭만적인 가벼운 공기에 떠 있지만, 세속적이고 추잡한 돈 문제로 들어가면 한순간에 터져버릴 수도 있었다. 파비안은 감수성의 가면을 썼다. 부끄러움도 약간 섞어서. 그리고 땅바닥을 내려다보며 말했다.

"돈을 좀 더 모을 때까지 기다려야겠어요."

"얼마나 걸리는데요?"

필라르는 상처받은 듯, 실망한 듯 보였다. 눈물을 글썽였다.

파비안은 신중해야 했다. 아주 신중해야 했다.

"오래 걸리지 않아요. 1년? 어쩌면 2년?"

"그건 너무 길어요!"

"미안해요. 내가 너무 무능하군요."

파비안은 답이 없다는 듯이 허공에 대고 말했다. 파비안이 기대하고 있는 대답이 필라르의 입에서 나왔다.

"내게 돈이 있어요."

"아뇨. 절대 안 됩니다."

파비안은 단호하게 말했다.

"하지만 2년은……"

"그건 문제 되지 않아요."

두 사람의 사랑놀음이 전혀 문제 되지 않았고, 두 사람의 키스가 전혀 문제 되지 않았기에, 두 사람의 도주가 전혀 문제 되지 않는 일이기라도 한 듯이…….

"얼마나 필요할까요?"

"몇백만 달러. 그래서 오래 걸리……"

"그 정도는 은행에서 인출할 수 있어요."

"그럴 수는 없어요."

"당신은 당신 생각만 하고 있어요. 남자의 자존심이고 과시욕이에요. 어떻게 그렇게 이기적일 수 있죠?"

파비안은 생각했다.

'그게 성공의 비결이지.'

파비안이 평형 상태를 홱 뒤집었으므로 이제 일은 완료되었다. 이제 필라르의 돈을 받아도 파비안은 관대한 사람이 되고, 이기적이지 않은 사람으로 보일 것이다. 왜냐하면 파비안이 필라르를 정말 사랑해서 자신의 자존심과 과시욕을 희생하는 모습으로 비칠 것이기 때문이다.

"당신은 날 사랑하지 않는군요, 파비안."

"내 목숨보다 사랑합니다."

"당신은 날 충분히 사랑하지 않……"

"아니, 당신을 사랑해요."

필라르는 파비안을 껴안았다.

파비안은 티후아나로 돌아와 라울을 찾아가서 일이 다 되었다고 말했다.

수개월이 걸렸다. 이제 상어가 식사할 때였다.

최적기라고 라울은 생각했다.

이제 게로 멘데스와 전쟁을 시작할 때였다.

필라르는 작고 까만 드레스를 조심스럽게 접어서 가방에 넣었다.

까만 브래지어와 팬티와 기타 속옷들도 함께 넣었다.

파비안은 필라르가 까만 옷을 입은 걸 좋아했다.

필라르는 파비안을 기쁘게 해주고 싶었다. 파비안과 함께할 첫 시간을 완벽하게 하고 싶었다. 만약 현실이 상상에 못 미친다면? 하지만 필라르는 그렇게 생각하지 않았다. 어떤 남자도 파비안처럼 말하지 않았다. 파비안이 쓰는 단어를 쓰지도, 파비안 같은 생각을 갖고 있지도 않았다. 일부분이라도 흉내 낼 수 없었다. 파비안은 말로 필라르를 흥분시켰다. 필라르를 품에 안으면 파비안은 어떻게 해 줄까?

파비안이 원하는 어떤 일이든 허락하겠어.

파비안이 원하는 일을 시켜주고 싶어.

"아프게 할 거예요?"

"당신이 원한다면."

"해 줘요."

"그럼 아프게 해 주지."

필라르는 그러길 바랐다. 파비안이 진심으로 그래 주길 바랐다. 필라르의 아름다움에 겁먹거나 기가 죽지 않기를 바랐다.

그 어떤 것에 대해서도. 왜냐하면 필라르는 새 인생을 원했기 때문이다. 남편과 농장 주민들과 지내는 이 시날로아의 침체된 생활에서 떠나고 싶었다. 아이들을 위해서도 더 좋은 인생을 살고 싶었다. 좋은 교육, 문화를 누리게 해 주고, 고립된 산악도시의 변두리에 자리한 괴상한 요새보다 세상이 더 넓고 좋다는 감각을 지니게 해 주고 싶었다.

그리고 파비안은 그 감각을 지니고 있었다. 두 사람은 이 이야기를 나눈 적이 있었다. 파비안은 좁은 마약 밀매자 집단을 벗어나 친구를 사귀고, 은행가, 투자가는 물론 예술가와 작가들까지 인맥을 뻗는 일에 대해 필라르에게 말했다.

필라르가 바라는 일이었다.

아이들을 위해도 좋은 일이었다.

아침식사 시간, 게로 멘데스가 양해를 구하고 자리를 비웠을 때 파비안이 몸을 기울여 속삭였다.

"오늘입니다."

필라르는 심장이 쿵쾅거리며 전율을 느꼈다. 거의 작은 오르가슴 같았다.

"오늘요?"

"게로 멘데스가 시골로 땅을 살펴보러 갈 겁니다."

"네."

"내가 공항에 갈 때 당신도 함께 가는 거예요. 보고타행 비행기 예약해 두었어요."

"애들은요?"

"물론, 같이 가요. 짐 몇 가지 챙길 수 있겠어요? 빠른 속도로?"

그리고 지금, 게로 멘데스가 위층에서 내려오는 소리가 들렸다. 필라르는 여행 가방을 침대 아래에 밀어 넣었다.

게로 멘데스는 옷가지들이 널브러져 있는 것을 보았다.

"뭐 하고 있소?"

"낡은 옷 몇 가지 처분하려고요. 교회에 갖다 줄 거예요."

"그러고는 쇼핑 가려고?"

게로 멘데스는 필라르를 살짝 놀리며 웃었다. 필라르가 쇼핑가는 것을 게로 멘데스는 좋아했다. 돈을 쓸 때도 좋아했다. 그러도록 부추기기도 했다.

"그렇겠죠?"

"난 나가오. 온종일 있다가 올 거요. 밤을 새울지도 모르고."

필라르는 남편에게 따뜻하게 키스했다.

"그리울 거예요."

"나도 당신이 그리울 거요. 따뜻함이 그리워서 여자애를 껴안고 있을지도 몰라."

'그러기를 바랄게요. 그러면 절망감을 안고 우리의 침대로 오지는 않을 테니까요.'

필라르는 생각은 그렇게 하면서 입으로는 다른 말을 했다.

"당신은 안 그럴 거예요. 그런 늙은 아편 재배자가 아니니까요."

"그리고 난 아내를 사랑하지."

"그리고 저는 남편을 사랑하죠."

"파비안은 아직 안 떠났소?"

"아직요. 짐을 꾸리고 있는 거 같아요."

"작별 인사를 하러 가야겠군."

"아이들한테도 키스해 줘요."

"아직 자고 있지 않나?"

"물론 자고 있죠. 하지만 애들은 당신이 떠나기 전에 키스했는지 알고 싶어 해요."

게로 멘데스는 필라르에게 다시 키스했다.

"당신은 내 삶의 전부요."

게로 멘데스가 나가자마자 필라르는 문을 걸어 잠그고 침대 밑에서 여행 가방을 꺼냈다.

아단은 가족에게 작별인사를 했다.

글로리아의 방에 들어가서 딸의 볼에 키스했다.

글로리아가 웃었다.

'다행히도 글로리아는 웃는군.'

글로리아는 아주 활발하고, 아주 용감했다. 뒤쪽으로 과달라하라에서 아단이 사온 새가 지저귀고 있었다.

"새 이름 지어줬니?"

"글로리아."

"네 이름 따라서?"

"아뇨. 글로리아 트레비."

"아."

"아빠는 갈 거죠?"

"응."

"아빠아아아……"

"일주일뿐인걸."

"어디요?"

"여러 곳에 가지. 코스타리카, 콜롬비아."

"왜요?"

"커피를 살 수 있나 보러. 레스토랑에서 쓸 커피 말이야."

"커피 여기서 사면 안 돼요?"

"우리 레스토랑용으로는 적합하지 않아."

"나도 같이 가면 안 돼요?"

"이번에 말고. 다음에 가자."

만약 다음이 있다면. 바디라과토, 쿨리아칸, 리오 마그달레나 위의 다리, 아단이 오레후엘라 형제를 만나러 갈 그곳에서 모든 일이 잘 되면 말이다.

만약 일이 다 잘 풀리면 같이 가자꾸나, 사랑하는 아가야.

만약 잘 풀리지 않으면. 아단은 늘 루시아가 생명보험 증권 둔 곳을 아는지 항상 확인했다. 그리고 케이먼에 있는 은행 계좌, 보안 금고에 있는 유가증권들, 투자 자산에 접근하는 방법도 알고 있도록 했다. 만약 이 여행에서 일이 잘못되면, 만약 오레후엘라 형제가 아단의 몸을 다리 아래로 던지면, 아내와 아이가 남은 삶 동안 풍족하게 먹고 살 수 있어야 했다.

노라도 마찬가지였다.

아단은 은행 계좌를 개설하여 개인 은행 상담사에게 설명을 해두었다.

만약 아단이 이 여행에서 돌아오지 않으면 노라는 작은 사업, 새로운 삶을 시작할 충분한 자금을 받을 것이다.

"뭐 사다 줄까?"

아단이 글로리아에게 물었다.

"돌아오기만 하면 돼요."

'어린아이의 직감이란.'

아이들은 초인적으로 정확하게 사람의 마음과 가슴을 읽었다.

"깜짝 놀라게 해줘야겠는걸. 아빠한테 키스해 주련?"

글로리아의 마른 입술이 뺨에 느껴졌다. 그리고 목에 꽉 두른 채 놓아주지 않을 듯한 여윈 팔이 느껴졌다. 아단은 가슴이 무너져 내렸다. 결코 딸아이를 남겨놓고 가고 싶지 않았다. 가지 말까 하는 생각이 잠깐 들었다. 그냥 비밀 항로에서 나와 레스토랑이나 운영할까. 하지만 그러기엔 너무 늦었다. 게로 멘데스와 치를 전쟁이 다가오고 있었고, 그들이 게로 멘데스를 죽이지 않으면 게로 멘데스가 그들을 죽일 것이다.

그래서 아단은 마음을 굳게 먹고 글로리아의 손을 떼 내고 똑바로 일어섰다.

"안녕. 매일 전화할게."

글로리아에게 눈물을 들키지 않으려고 얼른 돌아섰다. 아빠의 눈물을 보면 글로리아가 소스라치게 놀랄 것이다. 아단은 방에서 나왔다. 루시아가 아단의 여행 가방과 재킷을 들고 거실에서 기다리고 있었다.

"일주일쯤 걸릴 거야."

"당신이 보고 싶을 거야."

"나도 보고 싶을 거야."

아단은 루시아의 볼에 키스한 뒤 재킷을 받아들고 문으로 걸어갔다.

"아단?"

"응?"

"괜찮아?"

"괜찮아. 조금 피곤해."

"비행기에서 잘 수 있을 거야."

"그렇겠지."

아단이 문을 열고 나가다가 돌아서서 말했다.

"내가 사랑하는 거 알지?"

"나도 사랑해, 아단."

루시아는 사과하듯 그 말을 했다. 사과로서의 의미도 있다. 아단과 잠자리를 갖지 않는 것, 침실을 냉랭하게 만든 것, 조금도 변하지 못하는 무력함에 대한 사과였다. 더 이상 아단을 사랑하지 않는다는 뜻은 아니라고 말하는 것이었다.

아단은 슬픈 표정으로 웃으며 떠났다.

공항으로 가는 길에 아단은 노라에게 전화를 걸어 이번 주에는 만나지 못할 거라고 말했다.

'어쩌면 영원히 못 볼지도 몰라.'

아단은 전화를 끊으며 생각했다.

쿨리아칸에서 일어나는 일에 달려 있다.

이제 막 제방 문이 열린 그곳에서.

필라르는 700만 달러를 인출했다.

각각 다른 세 곳의 은행에서.

은행 직원 두 사람은 거절하며 세뇨르 멘데스에게 먼저 연락해 보고 싶어 했다. 파비안의 우려대로였다. 한 사람은 전화기를 들기까지 했다. 하지만 필라르가 자신은 세뇨라(Mrs, 미시즈) 멘데스이지 용돈을 낭비하는 일개의 주부가 아니라며 주눅이 든 직원들을 위협했다.

그 직원은 수화기를 내려놓았다.

필라르는 돈을 받았다.

파비안은 비행기에 오르기도 전에 세계 방방곡곡에 있는 10여 개의 은행에 계좌를 개설하여 200만 달러를 입금했다.

"우린 이제 함께 살 수 있겠어요. 게로 멘데스는 우리를 찾을 수 없고 돈도 찾을 수 없어요."

두 사람은 아이들을 차에 태우고 멕시코행 개인용 비행기를 타러 공항으로 갔다.

"파비안, 이걸 어떻게 준비했어요?"

"세력가 친구들이 있어요."

필라르는 감명을 받았다.

게리토는 무슨 일이 일어나고 있는지 알기에 너무 어렸다. 하지만 클라우디아는 아빠가 어디 있는지 알고 싶어 했다.

"우린 아빠와 게임을 하고 있는 거야. 숨바꼭질 같은 거."

클라우디아는 엄마의 설명을 믿었다. 하지만 여전히 걱정스러워하는 모습이었다.

공항으로 차를 몰고 가는 동안은 두렵기도 하고 흥미롭기도 했다. 게로 멘데스와 그 졸개들이 오고 있지는 않은지 계속 뒤를 돌아보면서 갔다. 공항에 도착하자 개인용 비행기가 세워져 있는 활주로로 갔다. 그리고 비행기에 올라 이륙 허가를 기다렸다. 파비안이 비행기 창문 밖을 내다보니 게로 멘데스와 한 무더기의 남자들이 지프 두 대를 타고 달려오는 모습이 보였다.

은행 직원이 연락한 게 틀림없었다.

필라르는 공포심으로 눈이 휘둥그레진 채 게로 멘데스를 바라보았다.

흥미로움도 더해졌다.

게로 멘데스가 지프에서 뛰어내려 보안경찰과 실랑이를 했다. 그리고 비행기의 작은 창문을 통해 필라르와 눈이 마주쳤다. 게로 멘데스가 비행기를 가리키자 파비안이 뻔뻔스럽게 몸을 기울여 필라르의 입술에 키스했다. 그리고 앞으로 기대어 조종석을 향해 날카롭게 말했다.

"이륙해."

비행기가 활주로를 달리기 시작했다. 게로 멘데스도 지프에 올라탄 뒤 비행기를 따라 활주로를 달렸다. 그러나 바퀴가 뜨면서 비행기는 이륙하고, 게로 멘데스와 쿨리아칸 땅은 점점 작아졌다.

필라르는 비행기의 작은 화장실로 파비안을 데리고 가서 바로 관계를 가질 수 있을 것만 같았다. 하지만 아이들이 보고 있으니 기다려야 했다. 욕구불만과 흥분만 쌓여갔다.

우선 비행기 연료를 넣기 위해 과달라하라로 갔다. 그리고 멕시코시티로 가서 벨리세행 여객기로 갈아탔다. 필라르는 벨리세에 가면 바닷가의 리조트 같은 곳에 가서 좀 쉴 수 있으리라 여겼다. 하지만 조그만 벨리세 공항에서 다시 비행기를 갈아타고 코스타리카의 산호세로 출발했다. 산호세에서 필라르는 이번만은 적어도 하루 이틀 머물 거로 생각했지만, 카라카스행 비행기 탑승 수속을 했다. 하지만 비행기는 타지 않았다.

그 대신, 콜롬비아 칼리행 업무용 비행기를 탔다.

새로운 여권과 거짓 이름으로.

아주 자극적이고 흥미로운 비행이었다. 그리고 마침내 그들이 칼리에 도착했을 때, 파비안은 그곳에서 며칠 머물 거라고 말했다. 그들은 택시를 타고 인터내셔널 호텔로 가서 여전히 다른 이름으로 나란히 방 두 개를 잡았다. 필라르는 모두가 한 방에 앉아 있을 때 가슴이 터질 것만 같았다. 피곤함에 지친 아이들이 잠들자 파비안은 필라르의 손목을 잡아끌고 자신의 방으로 갔다.

"샤워하고 싶어요."

"안 돼."

"안 돼?"

이제껏 필라르가 들어오던 말이 아니었다.

"옷 벗어. 지금."

"하지만……."

파비안이 필라르의 뺨을 후려쳤다. 그리고 방 귀퉁이에 있는 의자에 앉아 필라르가 블라우스 단추를 풀어 벗는 모습을 지켜보았다. 필라르는 신발을 차서 벗고 바지를 내렸다. 그리고 까만 속옷 차림으로 거기 서 있었다.

"벗어."

맙소사. 파비안은 그곳이 고동쳤다. 까만 브래지어에 숨겨진 필라르의 하얀 가슴이 파비안을 애타게 만들었다. 만져보고 싶고 쓰다듬고 싶었다. 하지만 필라르가 원하는 것은 그게 아니라는 사실을 파비안은 알고 있었다. 필라르를 실망시킬 수는 없었다.

필라르가 브래지어를 풀자 가슴이 드러났다. 탄력 있었다. 그리고 필라르는 팬티를 벗고 파비안을 바라보았다. 극단적으로 얼굴을 붉히며 물었다.

"이제 뭘 하죠?"

"침대에 올라가. 네 발로 엎드려. 널 내게 바쳐." 필라르는 떨면서 침대로 올라가 머리를 손까지 낮췄다. "흥분돼?"

"네."

"내가 해 주길 바라나?"

"네."

"제발요, 라고 해봐."

"제발요."

"아직은 안 돼."

파비안은 벨트를 풀었다. 필라르의 손을 들어 올렸다. 맙소사, 흔들리는 필라르의 가슴이 너무 아름다웠다. 파비안은 필라르의 손목을 벨트로 묶고 침대 머리 쪽에 매어두었다.

이제 파비안은 필라르의 머리카락을 한 움큼 잡고 당겼다. 필라르의 목이 뒤쪽으로 활처럼 휘었다. 말처럼 필라르에게 올라타 엉덩이를 찰싹찰싹 때리며 서로 결합할 때까지 질주했다. 필라르는 찰싹이는 날카로운 소리와 따끔한 느낌이 아주 좋았다. 내면 깊숙이 그 기분이 전해지면서 흥분하여 오르가슴을 느꼈다.

아프다.

요 키에로 라비아르.

필라르는 불타고 있었다. 피부가 불타오르고 엉덩이가 불타올랐다. 파비안이 때리고 물결쳐 들어올 때마다 흥분하며 불타올랐다. 필라르는 무릎을 대고 엎드리고 손목은 한데 묶여 침대 머리에 매달린 채 침대 위에서 몸부림을 쳤다.

정말 오랫동안 기다려왔기에 그 고통은 아주 좋았다. 몇 달 동안 사랑놀음, 환상, 계획만 하며 보냈지 않았나. 이제 거기서 탈출했다는 것 역시 흥분하게 만들었다.

아. 아. 아. 아.

파비안은 필라르의 신음소리에 맞춰 몸을 움직였다.

찰싹. 찰싹. 찰싹. 찰싹.

필라르는 신음했다.

"오려고 해요! 죽을 것만 같아요!"

그리고 소리쳤다.

"날아올라요! 폭발할 거 같아요!"

그때 필라르가 비명을 질렀다.

길고 불완전하게 떨리는 비명소리.

필라르는 욕실 밖으로 나와 침대에 앉았다. 그리고 파비안에게
원피스 지퍼를 잠가달라고 부탁했다. 파비안이 지퍼를 잠갔다. 필
라르의 피부는 아름다웠다. 머릿결은 정말 아름다웠다. 파비안이
손등으로 머리를 쓰다듬고는 목에 키스했다. 필라르가 그르렁거
리는 소리를 냈다.

"나중에요. 아이들이 차에서 기다려요."

파비안은 필라르의 목을 다시 쓰다듬었다. 다른 손을 뻗어 필
라르의 가슴을 쓸어내렸다. 필라르가 숨을 내쉬면서 뒤로 기댔다.
곧 필라르는 다시 네 발로 엎드려서 파비안이 들어오기를 기다렸
다. (파비안은 필라르를 기다리게 했다. 필라르는 파비안이 뜸 들이는
것을 좋아했다.) 파비안은 필라르의 머리카락을 잡고 뒤로 당겼다.

필라르는 아픔을 느꼈다.

목 주위에.

처음에는 또 다른 사디즘·마조히즘 게임이라고 생각했다. 필라
르를 숨 막히게 하면서. 하지만 파비안은 멈출 생각을 하지 않고
고통은……

필라르는 몸을 뒤틀었다.

불타올랐다.

요 키에로 라비아르.

필라르는 몸부림치다가 저도 모르게 발길질을 했다.

파비안이 필라르의 귀에 대고 쉿 소리를 내며 말했다.

"이건 미겔 앙헬 바레라를 위해서야, 이 마녀야. 그가 자신의 사랑을 네게 보냈어."

파비안은 철사를 죄어서 당겼다. 철사가 필라르의 목구멍을 통과하고 목뼈를 통과하여 머리가 톡 하고 튀면서 바닥으로 떨어질 때까지. 탁, 하고 공허한 소리를 내면서.

피가 천장으로 분출되었다.

파비안은 윤기 있는 머리카락을 잡아 머리를 들어 올렸다. 생명 없는 필라르의 눈이 파비안을 쳐다보았다. 파비안은 그 머리를 쿨러에 넣고 잠가 이미 주소가 적혀 있는 박스에 넣었다. 그리고 포장용 테이프로 그 박스를 여러 번 둘러 붙여 단단히 쌌다.

그런 다음 파비안은 샤워를 했다.

필라르의 피가 발아래에서 춤을 추다가 하수구로 소용돌이를 이루며 흘러갔다.

파비안은 몸의 물기를 닦고 깨끗한 옷을 입었다. 그리고 박스를 가지고 거리로 나가 자동차가 기다리고 있는 곳으로 갔다.

아이들은 뒷좌석에 앉아 있었다.

파비안도 뒷좌석에 올라 아이들 옆에 앉으며 산체스에게 운전하라는 신호를 보냈다. 클라우디아가 물었다.

"엄마는 어디 있어요? 엄마 어디 있어요?"

"거기로 우릴 만나러 올 거야."

"어디요?"

클라우디아는 울기 시작했다.

"특별한 장소지. 깜짝 선물이거든."

"깜짝 선물이 뭐예요?"

클라우디아는 솔깃해져서 울음을 멈추고 물었다.

"지금 말하면 깜짝 선물이 아니잖아?"

"그 박스도 깜짝 놀랄 선물이에요?"

"무슨 박스?"

"아저씨가 트렁크에 넣은 박스요. 아까 봤어요."

"아냐. 그건 그냥 우편으로 보내야 할 소포야."

파비안은 우체국에 가서 박스를 카운터에 얹었다.

'놀랍도록 무겁군. 필라르의 머리.'

파비안은 숱 많은 필라르의 머리카락을 생각했다. 잡아당겼을 때, 쓰다듬었을 때, 묵직했던 기억이 났다. 파비안을 매혹시켰다.

'필라르는 침대에서 환상적이었어.'

파비안은 자신이 지금 한 일과 해야 할 일을 생각하자 약간의 공포심이 들면서 성적 욕망의 전율이 느껴졌다.

"어떻게 보내드릴까요?"

"익일 배달로요."

직원이 박스를 저울에 올리며 물었다.

"보험에 드시겠어요?"

"아뇨."

"아무튼, 비싸겠어요. 빠른우편으로 보내실 생각은 없으신가요? 그건 2, 3일 걸립니다."

"아뇨. 내일 도착해야 해요."

"선물인가요?"

"네. 선물이에요."

"깜짝 선물요?"

"그러길 바라죠."

파비안은 요금을 지불하고 자동차로 돌아왔다.

클라우디아는 기다리는 사이에 다시 겁을 먹었다.

"엄마 보고 싶어요."

"엄마한테 데려다줄게."

산타 이사벨 다리는 같은 이름의 골짜기에 걸쳐 있었다. 200여 미터 아래에는 리오 마그달레나 강이 들쭉날쭉한 바위들 위로 돌진하며 코르디예라 옥시덴탈에서 카리브 해로 길고 구불구불한 여행길을 갔다. 강물은 콜롬비아 중앙지역의 대부분을 가까이 가로지르면서도 칼리와 메데인(칼리와 메데인에는 콜롬비아의 대표적 마약 조직들이 활동 중이다 — 옮긴이)의 도시들은 통과하지 않았다.

아단은 오레후엘라 형제(칼리 카르텔의 대표적 인물들. 형은 길베르토 오레후엘라, 동생은 미겔 오레후엘라이나 본 작품에선 동생 이름이 마누엘로 표기되었다 — 옮긴이)가 왜 이 장소를 선택했는지 알 것 같았다. 고립되어 있고, 매복할 만한 장소는 다리 양 끝에서 수 킬로미터 떨어진 곳에 있었다. 그건 어쩌면 아단의 바람이리라. 사실 그들은 지금이라도 아단 뒤에 있는 길을 가로막을 수 있을 것이며, 그렇다 해도 아단은 알지 못할 것이다. 오레후엘라 조직에게서 온 코카인 공급자 없이는 바레라 조직은 게로 멘데스와 나머지 연합을 상대로 하는 전쟁에서 이기기를 바랄 수 없었다.

전쟁, 지금쯤에는 확정적으로 선포되었어야 했다.

엘 티부론은 이미 필라르 멘데스와 도망쳤을 터였다. 남편에게서 수백만 달러를 훔쳐내도록 필라르를 유인해서 말이다. 그리고 연합에서 발을 빼도록 오레후엘라 형제를 유혹할 현금을 들고 조만간 여기에 나타날 것이다. 모두가 멘데스에게 복수하려는 티오의 계획이었다. 멘데스는 남의 아내를 뺏어간 사람으로 낙인찍히고, 거기에 멘데스의 돈을 필라르의 손으로 전쟁의 적에게 제공하게 함으로써 굴욕감까지 더할 것이다.

또는 파비안이 입에 은덩이를 가득 머금고 전봇대에 거꾸로 매달려 있거나 오레후엘라 형제가 아단을 암살하러 올지도 몰랐다.

뒤쪽에서 자동차 다가오는 소리가 들렸다.

'뒤에서 총알이 날아올까, 아니면 돈을 갖고 파비안이 올까?'

아단은 몸을 돌려 바라본……

파비안 마르티네스와 운전사가 보이고 뒷자리에 게로 멘데스의 아이들이 타고 있었다. 대체 무슨 일이지? 아단은 자동차에서 내려 다가갔다. 그리고 파비안에게 물었다.

"돈은 받아냈나?"

파비안은 영화배우의 미소를 지었다.

"보너스까지 챙겼죠."

파비안은 아단에게 500만 달러가 든 서류가방을 넘겨줬다.

"필라르는 어디 있지?"

"집에 가고 있어요."

파비안이 일그러진 웃음을 짓자 아단은 섬뜩한 기분이 들었다.

"아이들을 두고 떠났다고? 애들은 여기서 뭘 하는 거지? 무슨……"

"난 그냥 라울의 지시를 따랐을 뿐이에요. 아단."

파비안이 다리 반대편을 가리켰다. 검은색 랜드로버가 천천히 다가왔다.

"여기서 기다려."

아단은 서류가방을 들고 다리를 건너기 시작했다.

아이들이 파비안에게 물었다.

"여기서 엄마를 만나는 거예요?"

"그래."

"엄마 어디 있어요? 저 사람들이랑 있어요?"

클라우디아가 다리 맞은편에 있는 자동차를 가리키며 물었다. 오레후엘라 형제가 그 자동차에서 막 나오고 있었다.

"그런 거 같구나. 맞아."

"저기 가고 싶어요!"

"조금 기다려야 해."

"가고 싶어요. 지금요!"

"저 아저씨들끼리 먼저 이야기를 해야 해."

아단은 이미 합의한 대로 다리 중간지점으로 걸어갔다. 두려움 때문에 다리가 나무토막이 된 것만 같았다.

'저들이 언덕에 저격병을 숨겨두었다면 난 죽겠지. 그럼 끝이야.'

하지만 그럴 거였으면 콜롬비아에 있을 때도 언제든 죽일 수 있었다. 그들은 아단의 얘기를 듣고 싶은 것이 틀림없었다.

아단은 다리 한중간에 도착하여 오레후엘라 형제가 걸어오기를 기다렸다. 마누엘과 길베르토 형제는 까무잡잡하고 땅딸막했다. 모두 악수를 나눈 뒤 아단이 물었다.

"사업 얘기로 들어갈까?"

"그러려고 여기 온 거지."

길베르토가 대답했다. 마누엘이 아단에게 말했다.

"이 만남을 주선한 건 당신이잖아."

아단은 통명스럽고 무례하다고 생각했다. 하지만 상관없었다. 길베르토는 거래를 맺어보려고 적극적으로 다가오는 것이며, 마누엘은 억제하고 있는 듯했다.

'좋아, 그럼. 시작해 보자고.'

"우린 연합에서 빠져나올 거야. 그래도 이곳 콜롬비아 관계는 유지한다고 확답을 받고 싶어."

"우린 아브레고와 관계를 맺고 있어. 그리고 연합과도."

"그렇지. 하지만 당신은 연합과 거래할 때는 코카인 1킬로그램 단위로 하고, 메데인 쪽에서는 5킬로그램 단위로 거래하고 있지."

이 정도로 관심을 갖고 있는 걸 보면 아단이 헛다리 짚은 건 아님을 알 수 있었다. 특히 길베르토는 확실했다. 그들은 평소 메데인의 더 큰 경쟁자들을 시샘하며 남몰래 야심을 품고 있었다. 때마침 미국 마약 단속국이 메데인 카르텔과 플로리다 판로를 아주 세차게 공격하고 있으니 머지않아 오레후엘라 조직이 거래처를 옮기리라는 아단의 예상이 맞아 떨어진 것이다.

길베르토가 물었다.

"그런데 우리에게 독점권을 주겠다, 이 말인가?"

"우리가 당신들 코카인을 맡도록 허락해 준다면 독점권을 주겠어. 우린 칼리 쪽 물건만 취급할 거야."

"아주 후한 제의인걸. 다만, 우리가 당신과 사업을 계속 유지하면 돈 아브레고가 괘씸하게 생각할 것 같은데? 그리고 우리에게 물건을 주지 않을걸?"

마누엘이 대답했다. 그러나 길베르토는 곰곰이 생각해 보고 있었다. 길베르토는 마음이 끌리는 것 같았다. 아단이 말했다.

"돈 아브레고는 과거야. 우리는 미래지."

"그건 믿기 어려운데. 당신네 바레라 조직의 우두머리는 감옥에 있잖아. 멕시코에 있는 실세들은 아브레고를 미래로 생각하는 것 같아. 그다음은…… 멘데스지."

"우린 멘데스를 이길 거야."

"무슨 근거로 이길 수 있다는 거야? 멘데스와 싸워야 할 텐데 그 뒤를 아브레고가 지지하고 있어. 다른 조직들도 모두 마찬가지야. 그리고 연합도 그렇지. 정말 악의 없이 하는 말인데, 아단 바레라, 난 죽은 사람이 여기 서서 내게 독점권을 제의하고 있는 것 같아. 내가 죽은 사람과 사업을 하려고 살아 있는 사람과 사업을 집어던져 버리는 건 아닌가 싶어. 무덤에서 코카인을 다뤄봤자 얼마나 되겠어?"

"우린 바레라 조직이야. 우린 예전에도 이겼고 앞으로도……"

"아니. 다시 한 번 실례하겠는데, 당신들은 더 이상 바레라 조직이 아니야. 당신 삼촌이라면 아브레고, 멘데스, 멕시코 정부 전체를 칠 수 있을 거라고 나도 생각해. 하지만 당신은 당신 삼촌이 아니야. 아주 똑똑하기는 해도 머리만으로는 부족하거든. 당신이 어느 정도나 강인하다고 할 수 있지? 솔직히 말해서 당신은 연약해 보여. 지금 하겠다고 말하는 일이나 해야 할 일들을 해낼 만큼 강한 사람은 안 된다고 봐."

아단이 고개를 끄덕였다. 그리고 발치에 있는 서류가방을 열어도 되느냐고 물었다. 그들이 승낙하자 아단은 몸을 구부려 뚜껑을 연 뒤 안에 들어 있는 돈을 보여주며 말했다.

"게로 멘데스의 500만 달러야. 우린 그의 아내를 꾀어 남편의 돈을 가져오게 했어. 자, 아직도 우리가 멘데스를 칠 수 없다고 생각하면, 이 돈을 가져가고 나를 쏴. 그리고 내 시체를 다리 밑으로 던지고 연합에서 주는, 팁 수준의 사례금을 계속 모으도록 해. 만약 우리가 멘데스를 칠 수 있다는 생각이 들면, 우리의 호의로서, 그리고 우리가 함께 벌게 될 수백만 달러의 계약금으로서 이 돈을 받아 챙겨."

아단은 평온한 표정을 지었다. 그들은 어느 쪽으로 결론을 내렸는지 추측할 수 없는 표정을 짓고 있었다.

파비안 역시 그들의 결론을 짐작할 수 없었다.

그리고 이번 사건에서 엘 티부론의 임무는 명확했다. 그는 전설적인 M-1에게서 곧장 전해 내려온 라울의 명령들을 수행해야 했다.

"얘들아. 이리와."

파비안이 아이들에게 말했다.

"지금 엄마 보러 갈 거예요?"

클라우디아가 물었다.

"그래."

파비안은 클라우디아의 손을 잡고 게리토를 안고 다리 중간

지점으로 걷기 시작했다.

"여보! 여보! 으흐흑."

게로 멘데스의 울부짖음이 크고 텅 빈 집을 울렸다.

고용인들은 숨어 있었다. 멘데스가 비틀거리며 집 안을 돌아다니고 가구를 던지고 유리를 깨고 소가죽 소파에 털썩 주저앉아 쿠션에 얼굴을 파묻고 흐느끼는 동안, 밖에 있는 경호원들은 어쩔 줄을 모르고 있었다.

멘데스는 필라르가 남긴 쪽지를 발견했다.

'더 이상 당신을 사랑하지 않아요. 나는 아이들을 데리고 파비안과 떠나요. 아이들은 괜찮아요.'

멘데스는 비탄에 잠겼다. 필라르를 차지하기 위해 무슨 일이든 할 것이다. 필라르를 되찾을 수만 있다면 어떤 일이든 할 것이다. 그리고 필라르와 화해할 것이다. 멘데스는 이 모든 이야기를 쿠션에 대고 했다. 그리고 고개를 들어 울부짖었다.

"여보! 여보!"

대농장의 벽과 대문에 배치된 10여 명의 고용 경호원들은 밖에서 멘데스의 소리를 들을 수 있었다. 그 소리에 겁을 먹고 이미 불안에 떨고 있었다. 돈 미겔 바레라의 체포 이래로 전쟁이 다가올지도 모른다고 생각했기 때문이다. 분명 태풍이 한바탕 휘몰아칠 것이다. 그리고 피를 부를 것이다.

그리고 보스가 집에서 모두가 들도록 여자처럼 울어대고 있었다. 걱정스러웠다.

그 울음은 온종일 계속되고 있었다.

소포 배달 트럭이 다가왔다.

10여 개의 AK-47이 그 트럭을 조준했다.

경호원들은 대문에서 멀찌감치 떨어진 곳에 트럭을 정지시켰다. 한 사람이 운전사에게 기관총을 들이대고 다른 사람이 트럭 뒤를 살펴봤다. 떨고 있는 운전사에게 물었다.

"뭐하러 온 거요?"

"멘데스 씨 앞으로 온 소포를 전달하려고요."

"발신자는?"

운전사는 주소를 가리켰다.

"아내라고 되어 있는데요?"

경호원은 속을 태웠다. 게로 멘데스가 방해하지 말라고 했기 때문이었다. 하지만 아내에게서 온 소포라면 갖고 들어가는 게 나을 것이다.

"내가 가져가겠소."

"본인 서명이 필요해요."

경호원은 운전사 얼굴에 총을 겨눴다.

"내가 대신 서명해도 되지 않겠소?"

"그럼요. 물론이죠."

경호원은 서명을 한 뒤 소포를 들고 집으로 가서 벨을 눌렀다. 고용인이 나왔다.

"주인님께서 안 된다고……"

"사모님한테서 온 소포예요. 택배로 왔어요."

게로 멘데스가 뒤에서 나왔다. 눈이 퉁퉁 부었고 얼굴은 벌겋게 상기되었으며 콧물이 흐르고 있었다.

"무슨 일이야. 젠장, 내가 말했잖……"

"사모님에게서 온 소포입니다."

게로 멘데스는 소포를 가지고 들어가서 문을 닫았다.

그리고 박스를 찢어서 열었다.

어쨌거나 필라르로부터 온 소포였다.

그래서 박스를 찢어 열어보니 안에 작은 쿨러가 있었다. 멘데스는 쿨러의 죔쇠를 끄르고 뚜껑을 열었다. 필라르의 윤기나는 까만 머리카락이 보였다.

죽은 눈도.

벌어진 입도.

쪽지가 꽂힌 이빨도.

멘데스는 비명을 지르고 또 질렀다.

혼비백산한 경호원이 문을 박차고 들어왔다.

쏜살같이 방으로 달려 들어와 보니 보스가 박스에서 물러선 채 서 있었다. 비명을 지르고 또 지르면서. 박스를 가지고 들어왔던 경호원이 박스 안을 들여다보았다. 그리고 허리를 구부려 토하기 시작했다. 절단된 필라르의 머리 아래쪽에는 흥건하게 흘러내린 피가 말라붙어 있었고 치아 사이에는 쪽지가 꽂혀 있었다.

다른 경호원 두 명이 들어와 멘데스의 팔을 잡고 나가려고 했다. 하지만 멘데스는 발을 꿈쩍도 않은 채 계속 비명을 지르고 있을 뿐이었다. 토악질하던 경호원이 제정신으로 돌아오자 입가를 닦으며 필라르의 이에 꽂힌 쪽지를 뽑아냈다.

쪽지에 적힌 말이 이해가 되지 않았다.

'헬로 추파르.'

다른 경호원들이 멘데스를 소파로 이끌려고 하지만 멘데스가 그 쪽지를 가로채서 읽어봤다. 더 질릴 것도 없는 멘데스의 하얀 얼굴이 새파랗게 질렸다. 멘데스는 고함을 질렀다.

"오, 맙소사. 내 아이들!"

아이들은 어디에 있는 거야?

"엄마는 어디 있어요? 엄마한테 갈 거예요!"

다리에 엄마 모습이 보이지 않자 클라우디아가 악을 썼다. 다리 위에는 이상한 아저씨들만 서서 이쪽을 바라보고 있었다. 게리토가 누나의 겁먹은 모습을 보더니 따라 울기 시작했다. 클라우디아는 이제 순순히 따르지 않았다. 파비안의 팔에서 빠져나오려고 몸을 뒤틀며 소리를 질렀다.

"엄마! 엄마!"

파비안은 계속 다리 중앙을 향해 걸었다.

아단은 파비안이 걸어오는 모습을 보았다.

악몽 같았다. 지옥에서나 볼 수 있는 광경이었다.

아단은 다리가 마비되는 기분이었다. 두 발이 못 박히기라도 한 듯 꼼짝 못 하고 서 있는데, 파비안이 오레후엘라 형제들에게 웃으며 말했다.

"미겔 앙헬 바레라는 자신의 피가 조카에게도 흐르고 있다는 사실을 당신에게 확신시키라고 했습니다."

아단은 숫자를 믿고, 과학을 믿고, 물리학을 믿었다. 바로 이 순간, 아단은 악의 본성을 깨달았다. 악은 추진력이 있어서 일단 시작되면 멈출 수가 없었다. 물리학의 법칙이다. 잠들어 있는 몸은 계속 잠들어 있으려고 하고, 움직이고 있는 몸은 계속 움직이려고 했다.

뭔가가 그 움직임을 멈추게 하지 않으면.

그리고 티오의 계획은 여느 때처럼 훌륭했다. 마약중독으로 완전히 타락한 상태에서조차 본능적인 통찰력에서 무섭도록 용의주도한 계획이 나왔다. 이것이 티오의 천재성이었다. 충분한 힘으로 거대한 악을 활동하게 한 사람이라도 일단 악이 활동을 시작하고 나면 그 움직임을 멈출 힘이 없다는 사실을 티오는 알고 있었다. 세상에서 가장 어려운 일은 악과 결탁하기를 멀리하는 일이며 지속하다가 멈추는 일이라는 사실을 알고 있었다.

밀려오는 밀물에 삶을 맡겼다.

'그래야 하는 거니까.'

아단은 마음이 소용돌이쳤다. 만약 지금 여기서 이 일을 멈추면 오레후엘라 형제들에게 약점을 보이게 될 것이다. 약점은 즉시, 또는 결국엔 치명상을 입힐 것이다. 파비안과 약간의 불일치만 보여도 마찬가지로 종말을 보증하는 셈이 될 것이다.

티오의 천재성은, 아단을 이 위치에 정확히 앉히면서도, 실질적으로 선택권은 주지 않은 데에 있었다.

"엄마한테 갈래요!"

클라우디아가 소리를 질렀다.

"쉿, 엄마한테 데려다줄게."

파비안은 아단을 쳐다보며 신호를 기다렸다.

아단은 신호를 보내야 한다는 사실을 알고 있었다.

'난 보호해야 할 가족이 있으니까.'

거기에 다른 선택사항은 없었다. 멘데스의 가족이냐, 내 가족이냐.

후안 신부가 그 자리에 있었다면 다르게 말했을 것이다. 신의 부재 속에서는 단지 자연만 있고, 자연은 잔인한 법칙을 지니고 있다고 했을 것이다. 새로운 리더가 맨 처음에 할 일은 전임 리더의 자손을 죽이는 일이었다. 신이 없다면, 필요한 것은 살아남기밖에 없었다.

'쳇, 신이 있기는 했나? 신은 없어.'

아단이 고개를 끄덕였다.

파비안은 클라우디아를 다리 아래로 던졌다. 머리카락을 무익한 날개처럼 휙 나부끼다가 아래로 뚝 떨어졌다. 파비안은 작은 소년을 잡아서 어려움 없이 난간 너머로 던졌다.

아단은 억지로 그 장면을 바라보고 있었다.

아이들의 몸이 200미터 아래로 떨어져서 바위에 부딪혔다.

아단은 오레후엘라 형제에게 고개를 돌렸다. 충격을 받은 두 사람은 얼굴이 백지장이 되었다. 길베르토는 떨리는 손으로 서류 가방을 닫아 들고 후들거리는 발걸음으로 돌아갔다.

아래쪽에서는 리오 마그달레나 강물이 시신들을, 피를 씻어 내리고 있었다.

9장
죽은 자의 날

지겹도록 참견하는 이 신부에게서
아무도 나를 구해 주지 않을 셈인가?

—헨리 2세

1994년
샌디에이고

그날은 죽은 자의 날이었다.

멕시코의 최대 명절이었다.

이 전통은 아즈텍 시대로 돌아가 여신 '죽음의 성모 마리아'를 찬미하는 날이었다. 하지만 스페인 신부들은 이 행사를 무시하고 한여름에서 가을까지로 행사기간을 옮겨 핼러윈 이브나 위령의 날과 동시에 지내고 있었다.

'그래, 좋아.'

아트는 생각했다. 도미니카 공화국 사람들은 그 날을 부르고 싶은 대로 부를 수 있었다. 그래도 그날은 여전히 '죽은 자'를 위한 날이었다.

멕시코 사람들은 죽음에 대해 말하기를 조심스러워하지 않았다. 죽은 자를 부르는 이름도 많았다. 매춘부, 피골이 상접한 사람, 뼈만 남은 사람, 또는 그냥 죽은 사람. 그들은 애써 거리를 두고 멀리하려 하지 않았다. 그들은 죽음과 친밀하고 친숙했다. 그들은 죽음을 가까이에 두었다. 살아 있는 사람들은 '죽은 자의 날'에 죽은 사람들을 방문하러 갔다. 공들여 음식을 만들어 공동묘지로 가져가서, 묘지 옆에 앉아 사랑하는 고인과 좋은 음식을 나눴다.

'젠장, 난 살아 있는 가족과 좋은 음식을 나누고 싶어. 같은 도시에 살고 같은 물리적 공간과 시간에 존재하고 있지만 우린 온통 분리된 생존 계획을 세우고 있어.'

아트는 필라르 멘데스와 그의 아이들이 살해되었다는 소식을 듣고는 이내 이혼 서류에 서명했다. 피할 수 없는 현실을 단순히 인정하게 된 것일까, 아니면 참회의 모습일까? 아트는 그 아이들의 죽음에 약간의 책임을 느꼈다. 아트가 티오의 귀에 대고 게로 멘데스가 가공의 정보 제공자 추파르라고 거짓말을 속삭인 순간, 그 무시무시한 도화선에 불을 붙인 격이었다. 그래서 그 소식을 들었을 때, 즉 바레라가 필라르의 목을 베고 아이들을 콜롬비아에 있는 다리 밑으로 던졌다는 소문을 들었을 때, 아트는 결국 펜을 집어 들어 몇 달 동안 책상 위에 놓여 있던 이혼 서류에 서명을 했다.

아이들 양육권은 앨시아에게 완전히 넘겼다.

"고마워, 아트. 하지만 왜 지금이지?" 앨시아가 물었다.

아트는 생각했다.

'형벌이야. 나 역시 두 아이를 잃게 되니까.'

물론 아트가 아이들을 잃은 것은 아니었다. 2주에 한 번씩 꼭 꼭 만났다. 여름에는 한 달 동안 함께 지냈다. 아트는 캐시의 배구 선수권대회와 마이클의 야구경기를 보러 갔다. 그리고 학교 회의, 연극공연, 발레 발표회, 부모교사 간담회에 충실하게 참석했다.

하지만 아트에게는 강행군이었다. 일정이 차 있으면 작은 시간도 내기 어려웠다. 아트는 사소한 일들이 그리웠다. 아이들에게 아침식사를 만들어주고 이야기 책을 읽어 주고, 거실에서 뒹굴던 일들 말이다. 슬픈 일은 이젠 '시간'만 있지 '양질의 시간' 같은 것은 없다는 사실이었다. 아트는 그때가 그리웠다.

그리고 앨시아도 그리웠다.

맙소사, 아트는 앨시아를 얼마나 그리워했는지 모른다.

'하지만 내가 앨시아를 저버렸어.'

왜 그랬을까?

'국경의 왕'이 되려고? 지금 마약 단속국에서는 아트를 그렇게 불렀다. 말하자면 아트의 등 뒤에서 말이다. 셰그는 아예 아트의 면전에서 그렇게 불렀다. 셰그는 아트의 사무실로 커피 한 잔을 들고 와서 이렇게 물었다.

"굿모닝, 국경의 왕?"

법적으로 아트는 남서부 국경특별수사대의 우두머리며, 마약 단속국, FBI, 국경 순찰대, 세관과 입국관리국, 지방 및 주립 경찰 등, 마약 전쟁을 지휘하는 모든 정부기관의 통합 그룹을 운영하고 있었다. 그 기관들은 모두 아트 켈러에게 보고했다. 샌디에이고에

본부를 두고 있으며 커다란 사무소와 그에 어울리는 직원 한 명이 배속되어 있었다.

강력한 지위였다. 존 홉스에게 직접 요청할 수 있는 자리였다.

아트는 또한 분과별 위원회의 회원이었다. 그 위원회는 아트와 존 홉스로 구성된 작은 조직으로 북, 남, 중앙아메리카의 마약 단속국과 CIA 활동을 조정했다. 서로의 발부리에 걸리지 않도록 확인하기 위해서였다. 공인된 목적은 그렇고 공인되지 않은 목적은 혹시 아트가 CIA의 협의 사항을 망쳐놓을 만한 일을 하지는 않는지 확인하는 일이었다.

보복이었다. 아트는 남서부 국경특별수사대를 쥐고 있으니 바레라에게 전쟁을 벌일 수도 있었다. 하지만 그 대신에 아트 역시 자신의 목을 가죽 끈 속으로 밀어 넣어야 했다.

'죽은 자의 날? 내 무덤에다 사탕을 놓으러 가는 격이군.'

라호야의 한 거리에 주차해 둔 자동차에 앉아 아트는 생각했다.

노라 헤이든이 고급 옷가게에서 나왔다.

노라는 동선이 일정한 사람이며 몇 달 동안 아트의 감시망에 들어와 있었다. 아트는 티후아나에 유지하고 있는 정보 제공자를 통해 노라에게 관심을 갖게 되었다. 아단 바레라에게 여자친구, 즉, 애인이 생겼고 리오 구역에 아파트를 얻어 정기적으로 그 애인을 만나러 간다는 정보였다.

'아단답지 않게 부주의했군. 내연의 대상으로 미국 여자를 선택하다니.'

아트는 양손에 쇼핑백을 들고 인도로 내려오는 노라의 모습을 보며 생각했다. 정말이지 전혀 아단답지 못했다. 최근까지만 해도 가족에게 헌신적이라는 명성을 지니고 있었던 아단이 아닌가?

하지만 노라를 보자 아트도 그 유혹을 이해할 수 있었다.

분명 살아오면서 지금까지 본 여자들 중에서 가장 아름다운 여자였다.

어쨌거나 외모는 그랬다. 아트는 노라가 아단의 애인이라는 사실을 스스로에게 다시금 일깨웠다.

프로의식을 가지고.

아트는 3개월 전 노라가 국경을 건너왔을 때부터 미행을 붙였다. 그래서 이름과 주소를 입수했고 곧 다른 사실도 알게 되었다.

헤일리 색슨.

마약 단속국은 성매매를 알선하는 그 여자를 수년간 물망에 올렸더랬다. 국세청(IRS)도 마찬가지였다. 물론, 샌디에이고 경찰국은 화이트하우스에 대한 모든 것을 알고 있었다. 하지만 그 사건을 다루려고 하는 사람은 아무도 없었다. 헤일리 색슨의 고객 명단을 건드리려면 정치적으로 벌집을 쑤시는 일이 되기에 아무도 그럴 용기를 내지 못했던 것이다.

그런데 아단의 측근이 헤일리의 최우수 거래처라는 사실이 드러났다.

'젠장, 헤일리 색슨이 메리 케이(미국 최대의 스킨케어 직판회사를 성공한 여성사업가─옮긴이)였다면 노라 헤이든은 지금쯤 분홍색 캐딜락을 모조리 소유했겠군.'

아트는 노라가 좀 더 가까이 다가올 때까지 기다렸다가 자동차에서 내려 경찰 배지를 보여줬다.

"미스 헤이든, 얘기 좀 하시죠."

"그럴 일 없는 것 같은데요?"

노라의 눈은 놀랍도록 푸른빛이고 목소리는 교양 있고 자신만만했다. 아트는 한 번 더 자신을 일깨워야 했다. 노라는 매춘부일 뿐이라고.

"자동차에 타서 얘기하는 게 어떻겠소?"

"안 하는 게 어떨까요?"

노라는 걷기 시작했다. 하지만 아트가 노라의 팔을 잡았다.

"우리가 당신 친구 헤일리 색슨을 매춘 업소 운영으로 체포하는 건 어떻소? 내가 영원히 그녀의 사업을 폐쇄시키면?"

노라는 순순히 자동차로 이끌려갔다. 아트가 조수석 문을 열자 노라가 탔다. 아트는 자동차를 돌아가서 운전석에 앉았다.

노라는 노골적으로 시계를 보았다.

"1시 15분 영화에 늦지 않게 해 주세요."

"당신 남자친구 얘기를 합시다."

"내 남자친구?"

"아니면 아단 바레라가 당신 '단골'인가? 아니면 '고객'? 전문용어로는 뭔지 모르겠군."

노라는 놀라는 낌새도 보이지 않았다.

"내 애인이에요."

"아단이 그 특권에 대한 대가를 지급하나?"

"댁이 알 바 아니죠."

"당신은 애인의 직업이 뭔지 아나?"

"레스토랑을 운영해요."

"이봐, 노라."

"미스터 켈러. 그냥 이렇게 말하죠. 나는 사회가 불법으로 간주하는 육체적 쾌락을 매매하는 사람이다. 공감해요."

"좋아. 살인은 어때? 그것도 찬성하나?"

"아단은 누굴 죽인 적 없어요."

"어니 이달고에 대해 직접 물어봐. 이왕 물어보는 김에 필라르 멘데스에 대해서도 물어보고. 아단이 그녀의 목을 잘랐지. 그리고 그녀의 아이들도 있어. 당신 남자친구가 그 애들을 어떻게 했는지 아나? 다리 밑으로 던졌어."

"게로 멘데스 얘기는 흔히 있는 거짓말이에요."

"아단이 그러던가?"

"원하는 게 뭐죠, 미스터 켈러?"

역시 노라는 사업가라는 생각이 들었다. 아트는 곧장 본론으로 들어갔다.

'좋아, 피치를 올릴 때야. 망쳐서는 안 돼.'

"당신의 협조."

"정보를 빼내 달라는 거라면……"

"그냥 이렇게 말하지. 당신은 그 일을 할 만한 유일무이한 위치에 있……"

노라가 자동차 문을 열었다.

"이러다 영화 시간 늦겠어요."

아트가 노라를 잡아 앉혔다.

"다음 편을 봐."

"당신은 내 의지를 거스를 권리가 없어요. 난 아무런 범죄도 저지르지 않았다고요."

"몇 가지 알려주지. 우린 아단 바레라가 헤일리 색슨의 사업에 투자하고 있다는 사실을 알고 있어. 그 하나만으로도 헤일리 색슨은 경제적으로 곤란해질 수 있어. 화이트하우스를 모임 장소로 쓴 적은 없다 하더라도 난 조직 범죄 피해자 보상법에 의거 헤일리에게 20년 형을 줄 수 있어. 그리고 그건 당신 탓이 될 거야. 당신은 엄청난 시간 동안 헤일리에게 사과해야 할 거야. 내가 당신을 그녀와 같은 감옥방에 처넣을 거거든. 당신은 자신의 수입 내역을 설명할 수 있나, 미스 헤이든? 아단이 당신의 '애인'이 되기 위해 당신에게 지급하고 있는 돈을 설명할 수 있나? 혹시 아단이 마약에서 번 돈을 더러운 침대 시트와 함께 세탁하고 있는 건가? 당신은 궁지에 몰렸어, 미스 헤이든. 하지만 자신을 살릴 방법이 있어. 친구 헤일리도 살릴 수 있어. 난 도움을 주려고 손을 뻗는 거야. 그걸 잡아."

노라는 강한 혐오감으로 아트를 쳐다보았다.

'괜찮아. 당신이 나를 사랑할 필요는 없으니까. 그저 내가 바라는 일만 해 주면 나는 괜찮아.'

아트가 그렇게 생각하고 있는데 노라가 조용히 말했다.

"헤일리를 어떻게 하겠다고 한 그 말대로 당신이 할 수 있다면, 벌써 했겠죠. 날 어떻게 하겠다고 한 말도요. 어디 최선을 다해 보시죠."

노라는 다시 자동차에서 나가려고 했다.

"후안 신부는 어때? 후안 신부도 그렇게 여기나?"

아트 측은 노라가 과달라하라와 샌 크리스토발에서 후안 신부를 방문한 증거를 갖고 있었다. 셀 수 없이 많은 경우를.

노라는 다시 자리에 앉아 아트를 노려보았다.

"당신은 쓰레기처럼 추악하군요."

"그렇게 믿는 게 당신에게 좋겠지."

"공식적으로, 후안 신부님과 난 친구예요."

"그래? 당신이 매춘부라는 사실을 알게 되어도 계속 친구로 지내게 될까?"

"신부님도 알고 있어요."

신부님이 나를 사랑하기는 하지, 하고 노라는 생각했다.

"당신이 아단 바레라 같은 살인자에게 자신을 파는 것도 후안 신부가 알고 있나? 그 사실을 알고 난 뒤에도 계속 친구로 남을까? 내가 후안 신부에게 전화해서 얘기해야 할 것 같은데? 우린 오랜 친구거든."

노라는 생각했다.

'알아요. 신부님이 당신 얘기를 해 줬어요. 당신이 이렇게 지독한 사람이라는 말은 안 해 줬지만요.'

"하고 싶은 대로 하세요. 난 상관없어요. 가도 되죠?"

"이번만."

노라는 자동차에서 내려 거리를 따라 걸어갔다. 치맛자락이 노라의 아름다운 구릿빛 다리에 부딪히며 흔들렸다.

'친구와 차 한 잔 마시고 일어난 사람처럼 태연한 모습이군.'

완전히 바보야. 좋은 기회를 발로 차버리다니.

그런데 정말 궁금하다. 과연 우리가 나눈 몇 마디를 아단에게 이야기할까?

1994년
멕시코.

아단은 온종일 공동묘지에서 시간을 보냈다.

아홉 개의 무덤을 찾아 참배하고 음식을 정성껏 늘어놓았다. 거의 한 달 전, 하룻밤 새에 게로 멘데스에 의해 살해된 친척 아홉 명의 무덤이었다. 연합의 검정 유니폼을 입고 있던 그들은 멕시코시티와 과달라하라에서 집과 거리에서 납치되어 아지트로 옮겨져 고문을 받았다. 사람들의 왕래가 잦은 거리에 버려진 그들의 시신은 아침에 거리를 청소하던 청소부에게 발견되었다.

삼촌 두 명, 숙모 한 명, 조카 여섯 명. 조카 중 둘은 여자였다.

여자 조카 한 명만 바레라 조직 쪽에서 일하는 변호사였을 뿐, 다른 사람들은 마약 사업에 전혀 관계없는 사람들이었다. 유일한 연고가 있다면 미겔 앙헬, 아단, 라울과 관계가 있다는 점뿐이었다. 그리고 그건 충분한 사유가 되었다.

'필라르, 게리토, 클라우디아를 생각하면 그럴 만했어.'

아단은 생각했다. 이렇게 가족을 죽이는 일을 시작한 건 멘데스가 아니었다.

'우리였어.'

그래서 멕시코에서 마약 거래에 대해 조금이라고 알고 있는 사람이라면 멘데스의 '피의 9월'을 예상하고 있었다. 지역 경찰은 그 살인 사건을 거의 조사하지 않았다. '그들이 뭘 기대했겠어? 그들은 멘데스의 아내와 아이들을 죽였다고.'라는 의견이 지배적이었다. 게다가 죽이기만 한 것도 아니고, 아내의 잘린 머리와 아이들이 다리에서 떨어지는 모습을 담은 비디오테이프를 멘데스에게 보내기까지 했다. 좀 과한 일이었다. 아무리 멕시코에서 일어난 일이라고 해도, 아무리 마약 밀매자에게 일어난 일이라고 해도. 그 일은, 말하자면, 바레라 조직의 한계를 넘어서게 했다. 그리고 그 보복으로 멘데스가 바레라 조직원을 죽인다면, 글쎄, 그건 예상된 일이 아니었을까.

그래서 아단은 바쁜 하루를 보냈다. 아침 일찍 멕시코시티의 공동묘지에서 하루를 시작해서 과달라하라로 날아가 그곳에서 해야 할 일을 처리하고 푸에르토 바야르타로 재빨리 날아왔다. 푸에르토 바야르타에서는 동생 라울이 특색 있는 파티를 진행하고 있었다.

"건배. '죽은 자의 날'을 위하여."

아단이 클럽에 도착하자 라울이 외쳤다.

물론, 그들은 대성공을 거두었다. 하지만 포기한 것도 있었다.

"묘지에도 음식을 좀 가져가야 할 거 같은데."

아단이 라울에게 말했다.

"젠장, 그럼 우린 파산해 버릴걸. 우리가 악마에게 넘겨준 사람들을 다 걷어 먹이려면 말이야. 집어치워. 그 사람들 가족에게 주라고 해."

바레라 대(對) 세상.

칼리 코카인 대 메데인 코카인.

만약 아단이 오레후엘라 형제들과 거래를 맺지 않았다면 바레라 조직은 오늘 무덤 속에서 사탕과 꽃다발이나 받고 있었을 것이다. 하지만 칼리 쪽 상품의 꾸준한 공급으로 그들은 전쟁을 치를 인력과 돈을 갖게 되었다. 그리고 피비린내는 나지만 라 플라사를 위한 전쟁은 많이 단순해졌다. 라울은 지역 거래상들에게 깔끔한 선택사항을 내놓았다. '코카콜라 판매자가 되겠어, 펩시콜라 판매자가 되겠어? 반드시 선택해야 하고 둘 다 선택할 수는 없어. 코카냐 펩시냐. 포드냐 쉐보레냐. 허츠 렌터카냐, 에이비스 렌터카냐. 모두 둘 중 하나를 선택하는 거지.'

예를 들어 알레한드로 카사레스는 코카콜라를 선택했다. 샌디에이고 부동산 투자자 겸 사업가 겸 마약 밀매상인 그는 게로 멘데스에게 충절을 지키기로 선포했다. 그리고 산 이시드로의 지저분한 흙길의 자동차에서 시신으로 발견되었다. 또 한 명의 샌디에이고 밀매상인 빌리 브레난은 머리에 총알이 박힌 채 퍼시픽 비치에 있는 모텔방에서 발견되었다.

미국 경찰들은 왜 이 희생자들의 입에 펩시콜라 캔이 박혀 있는지 몰라 곤혹스러워했다.

물론, 게로 멘데스도 반격했다. 펩시를 선택한 에릭 멘도사와 살바도르 마레찰은 숯덩이가 되어 출라비스타의 텅 빈 주차장에 있던 연기가 채 가시지 않은 자동차 안에서 발견되었다. 바레라는 같은 방법으로 응수했다. 몇 주 동안 출라비스타는 사실상 불타는 자동차들의 주차장이 되었다.

하지만 바레라는 똑바로 목표 방향으로 달리고 있었다. '우리는 여기 있다, 바보들아. 게로는 쿨리아칸을 피해서 라 플라사를 운영하려고 애쓰고 있지만, 우리는 여기 있다. 우리는 지역적이다. 우리는 바하나 샌디에이고에서 즉시 누군가와 접촉할 수 있다. 그리고 게로 멘데스가 아주 강인하다면, 왜 자신의 영토인 티후아나에서 우리에게 접촉해 오지 않겠는가? 왜 게로 멘데스는 우리를 죽이지 않았는가? 대답은 간단하다, 친구들이여. 그렇게 할 수 없기 때문이다. 게로 멘데스는 쿨리아칸에 있는 자신의 저택에 몸을 숨기고 있다. 형제들이여, 그쪽 편이 되고 싶으면 그렇게 하라. 하지만 그는 멀리 있고 우리는 가까이 있다.'

게로 멘데스의 행동력 부족은 약함의 징후, 강하지 않음의 징후였다. 속사정을 살펴보면, 멘데스는 재원이 바닥나 있었다. 멘데스가 시날로아를 완전히 장악하고 있는지는 몰라도 사랑하는 그들의 고향은 육지로 둘러싸여 있었다. 라 플라사(바하)를 이용하지 않으면 멘데스는 소노라를 거쳐 마약을 이송하기 위한 비용을 엘 베르데에게 지불해야 했다. 또는 걸프를 통과하기 위해 아브레고에게 비용을 지불해야 했다. 그리고 탐욕스러운 그 두 놈은 자신의 영토를 통과하는 물건에 대해 1온스(약 30그램) 단위로 많은 비용을 매겼다.

아니, 멘데스는 거의 끝났다. 그리고 바레라의 친척들을 학살한 행위 때문에 멘데스는 갑판 위에 맥없이 드러누워 있는 물고기 꼴이 되었다.

오늘은 죽은 자의 날이고, 아단과 라울은 아직 살아 있으며, 그건 축하할 만한 일이었다.

그들은 푸에르토 바야르타에 있는 새 디스코 클럽에서 그 사실을 축하했다.

게로 멘데스는 하르디네스 델 바예 공동묘지를 찾아가 눈에 띄지 않는 지하 토굴로 들어갔다. 조각이 새겨진 대리석 기둥과 얕은 돋을새김의 조각물들이 있고, 원형 천장은 작은 천사 둘이 그려진 프레스코 벽화로 장식되어 있었다. 안에는 아내와 아이들의 납골당이 있었다. 벽에는 유리 액자에 든 컬러 사진들이 걸려 있었다.

클라우디아와 게리토.

멘데스의 두 천사들.

필라르.

멘데스의 아내이자 연인.

믿음을 저버렸지만, 여전히 사랑하는 아내.

멘데스는 그들에게 바칠 물건들을 가져왔다.

천사들을 위해서는 해골과 뼈대와 작은 동물 모양의 종이모형들을 가져왔다. 해골 모양에 설탕으로 이름을 새긴 사탕과 쿠키도 가져왔고 장난감들도 갖고 왔다. 딸아이를 위해서는 작은 인형들을 아들을 위해서는 작은 병정 인형들을 가져왔다.

필라르를 위해서는 꽃다발을 가져왔다. 전통적인 국화, 금잔화, 맨드라미를 십자가와 화환 모양으로 만들었다. 그리고 관 모양의 솜사탕과 필라르가 무척 좋아했던 아마란스 씨앗으로 만든 작은 쿠키를 가져왔다.

멘데스는 무덤 앞에 무릎 꿇고 앉아 가져온 것들을 내려놓았다. 그리고 그릇 세 개에 깨끗한 물을 따라서 그들이 연회를 즐기기 전에 손을 씻을 수 있게 해 주었다. 밖에서는 소규모 밴드가 저격수 소대의 보호 아래 밝은 음악을 연주했다. 멘데스는 물그릇 옆에 각각 깨끗한 손수건을 놓았다. 그리고 제단을 차렸다. 축원하는 촛불, 쌀과 콩이든 접시, 닭요리, 설탕에 졸인 호박과 고구마를 조심스럽게 배열했다. 그리고 향에 불을 붙이고 바닥에 앉았다.

그들과 추억을 나눴다.

호수로 소풍 가서 수영도 하고 축구도 하고 가족 게임도 했던 좋은 추억들. 멘데스는 크게 소리 내어 말하고 그들의 대답을 머릿속에서 들었다. 밖에서 연주하고 있는 음악보다 더 달콤한 음악이었다.

'나도 곧 그곳으로 가겠소.'

'당장은 아니라도 오래 걸리지는 않을 거요.'

'그 전에 해야 할 일이 많이 있소.'

'먼저 바레라를 위한 테이블을 차려야 하거든.'

'거기에 쓰디쓴 열매를 쌓아야 하오.'

'미겔 앙헬, 라울, 아단의 이름을 새긴 해골사탕들을 쌓아야 하오.'

'그들의 영혼을 지옥으로 보내야 하오.'

'하지만 오늘은 죽은 자의 날이오.'

'디스코 클럽은 천박함의 유물이야.'

아단은 그런 생각을 했다. 라울은 수중 테마에 인어공주를 도입했다. 괴기스러운 네온 인어공주가 정면 입구에서 주인 노릇을 맡고 있고 안으로 들어가면 내부 벽이 산호초와 수중 동굴처럼 조각되어 있었다.

거대한 암초 탱크로 만든 왼쪽 벽 전체에는 2000리터나 되는 바닷물이 담겨 있었다. 유리벽의 가격은 아단을 몸서리치게 만들었고 열대 물고기 가격은 할 말을 잃게 만들었다. 노랑, 파랑, 보라

열대어는 한 마리에 200달러씩, 가시 달린 복어류는 300달러씩, 선명하고 아름다운 노란 색에 검은 점이 있는 쥐치류는 500달러씩이나 했다. 그리고 값비싼 산호들도 있었다. 라울은 당연히 여러 종류를 주문했다. 열린 뇌 산호, 버섯 산호, 꽃 산호, 그리고 손가락처럼 생기고 익사한 선원처럼 수중으로부터 손을 뻗고 있는 모습의 펌핑 베니시아 산호. 그리고 불빛 아래서 보라색으로 빛나고 있는 석회질 바닷말로 된 '살아 있는 바위'. 검정과 하양의 눈송이 장어와 갈색에 검정 줄무늬가 있는 곰치들이 바위와 산호의 구멍 속에 숨어 고개를 내밀고 있었다. 꽃게들은 바위 꼭대기를 기어 다니고, 작은 새우는 전기 작용으로 생겨난 조류 속을 떠다녔다.

클럽의 오른쪽에는 실제 폭포가 우뚝 솟아 있었다. (그 폭포가 한창 공사 중이었을 때 아단은 반대했다. '납득이 안 돼. 어떻게 수중에 폭포가 있을 수 있어?' 그러자 라울이 대답했다. '그냥 하나 넣고 싶었어.') 그리고 폭포 아래에는 작은 동굴이 있고 어슬렁거리며 돌아다니는 커플들의 침대로 쓰일 평평한 바위들이 있었다. 아단은 위생상의 이유로 만족스러워했다. 작은 동굴은 규칙적으로 폭포수가 뿌려지기 때문이었다.

클럽 탁자들은 온통 비틀어지고, 금속 부분이 녹슬고, 진주색으로 칠해진 표면에 조개껍질들이 덮여 있었다. 춤추는 홀은 바다 밑바닥 색깔이고 값비싼 조명으로 푸른 잔물결효과를 주어서, 춤추는 사람들이 마치 물속에서 수영하는 듯 보였다.

어마어마한 돈이 들었다.

계획 단계에서 아단이 라울에게 경고했었다.

"그렇게 지을 수야 있겠지. 하지만 돈이 돼야지."

"다 벌고 있지 않나?"

솔직히 말해, 그 말은 사실이었다. 아단은 인정해야 했다. 소름 끼치는 기호를 가지기는 했어도 라울은 최신 유행의 나이트클럽과 레스토랑을 창조해 내는 데에 천재적이었다. 그런 곳은 본질적으로 이익을 주는 중심지이며, 깊고 푸른 강물처럼 엘 노르테 이남으로 흐르는 마약 거래 달러를 세탁하기 위해 매우 소중한 곳이었다.

클럽은 사람들로 꽉꽉 들어찼다.

오늘이 죽은 자의 날이기 때문만은 아니었다. 인어공주 작전이 꽤 경쟁적인 이 휴양도시에서 대성공한 덕분이기도 했다. 해마다 봄방학을 맞은 미국 대학생들이 만취해서 흥청거리는 시기가 되면 클럽으로 떼 지어 몰려와서 (깨끗한) 미국 달러를 더욱 많이 쓸 것이다.

하지만 오늘 밤 손님은 거의 멕시코 인이었다. 사실상 대부분이 축하하러 온 바레라 형제의 친구들과 사업 동료들이었다. 용케 입구를 찾은 미국인 관광객 몇 명과 소수의 유럽인들도 있지만 문제 될 것 없었다. 오늘 밤 이곳에서는 사업 얘기가 오가지 않았다. 그 문제라면 앞으로도 거론되지 않을 터이다. 휴양도시에서 이루어지는 합법적인 사업장에서는 어떤 마약 거래 활동도 엄격히 금지된다는 불문율이 있었다. 마약 거래도 안 되고 회합도 안 됐다. 무엇보다도 폭력은 절대 안 됐다. 관광은 마약 다음으로 큰 국가의 외화수입원이었다. 그래서 마사틀란, 푸에르토 바야르타, 카보 산루카스, 코수멜에서는 달러와 파운드와 엔화를 뿌리고 다니는 미국인, 영국인, 독일인, 일본인이 겁먹고 도망가기를 아무도 바라지 않았다.

모든 카르텔이 그 도시에 나이트클럽, 레스토랑, 디스코클럽, 호텔을 소유하고 있었다. 그래서 그들은 보안에 상당한 주의를 기울이고 있으며, 빗나간 총알에 관광객이 맞는 불상사가 생기지 않도록 신경 쓰고 있었다. 거리의 유혈 총격전과 쓰러진 시신 사진을 신문 1면 기사로 보고 싶은 사람은 아무도 없었다. 그래서 각 조직과 정부는 '다른 곳에 가서 하라'는 유형의 건강한 협정을 맺었다. 일일이 간섭하기엔 너무 많은 비용이 들기 때문이었다.

이 도시에서 활동하도록 허용하되 적절한 선을 유지해야 한다는 조건인 셈이었다.

'저 사람들은 오늘 밤 확실히 놀겠군.'

아단은 서너 명의 독일인 금발소녀와 춤을 추고 있는 파비안을 보면서 생각했다.

신경 써야 할 사업이 너무 많았다. 북쪽으로 가는 물건과 남쪽으로 오는 현금의 쉴 새 없는 순환. 오레후엘라 형제 측과 지속적인 사업 조정, 콜롬비아에서 멕시코로 실질적인 코카인 운송, 미국으로 그 코카인을 안전하게 운송하여 크랙으로 변환시켜야 하는 끝없는 도전, 그리고 소매상에게 넘기고, 수금하고, 멕시코로 가져온 현금을 세탁하는 일.

돈의 일부는 유흥비에 들어가지만 상당한 부분은 뇌물로 쓰였다.

은을 선택하겠는가, 납을 선택하겠는가?

군대에 있는 바레라 대위 중 한 사람은 손쉽게 지역 경찰 지휘관이나 육군 사령관이 되었다. 돈이 가득 든 가방을 들고 바로 그 '은을 선택하겠는가, 납을 선택하겠는가?'라는 말로 선택권을 주면서 말이다.

그 한 마디면 됐다. 의미는 분명하니까. '부자가 되겠소, 죽음을 택하겠소? 선택하시오.'

부를 선택하면 아단의 사업이 됐다. 죽음을 선택하면 라울의 사업이 됐다.

대부분의 사람은 부를 선택했다.

'젠장. 대부분의 경찰은 부자가 될 '계획'을 세우고 있어.'

사실, 그들은 현재의 지위를 상관에게 돈을 주고 사야 했다. 또는 매달 뇌물을 지불해야 했다. 그것은 프랜차이즈 사업과 비슷했다. 버거킹, 타코벨, 맥브라이즈. 세상에서 가장 쉬운 돈이며 거저먹는 돈이었다. 그냥 다른 곳을 보고, 다른 장소로 가고, 나쁜 것은 듣지도 보지도 말하지도 않으면, 매달 꼬박꼬박 월급을 받게 될 터이다.

'전쟁은 경찰과 군인들에게 더 많은 이익을 주었지.'

아단은 파티 참석자들이 가물거리는 푸른 조명 밑에서 춤추는 모습을 보면서 떠올렸다. 멘데스는 그쪽 경찰에게 돈을 지불하여 아단의 마약 체제를 무너뜨리려 하고, 아단은 자신 쪽 경찰에게 돈을 지불하여 멘데스의 마약 체제를 무너뜨리려 했다. 무너진 쪽만 제외하고는 모두에게 좋은 거래였다. 바하 주립 경찰이 멘데스의 코카인 100만 달러어치를 압수하면 아단은 그들에게 '사례금'으로 10만 달러를 지불했다. 그들은 영웅이 되어 신문을 장식하고 양키들에게 좋은 인상을 주고, 상당 기간이 지나면 아단에게 압수한 100만 달러어치의 코카인을 50만 달러에 팔았다.

그야말로 윈 — 윈 거래였다.

멕시코니까 가능한 일이었다.

물론 미국 세관 직원들 중에서도 헤로인이나 마리화나나 코카인을 가득 실은 자동차가 국경을 통과할 때 모르는 척해 주는 사람들이 있었다. 그 안에 뭐가 들었든 자동차 한 대당 3만 달러를 받고서 말이다. 그래도 자동차가 '순조롭게' 검문소를 지나쳐 가게 된다는 보장은 없었다. 당신이 콘도 건물을 사고, 맨 꼭대기 층에서 국경을 내려다보며 운전사와 무전 연락을 주고받을 감시인을 고용하고, 그들에게 '올바른' 차선으로 가라고 알려주더라도 말이다. 세관 직원이 종종 제멋대로 바뀌고 무선 주파수를 감시하는 직원들도 있기 때문에 한 번에 10여 대의 자동차가 산이시드로와 오타이메사의 국경을 넘어가야 할 상황이라면 미리 9내지 10명 정도는 손을 써두어야 했다.

도시경찰에게 주는 뇌물도 있었다. 샌디에이고, 로스앤젤레스, 샌버너디노 등 해당하지 않는 곳이 없었다. 주립 경찰도 있고 군 보안관도 있었다. 마약 단속국에서 무슨 조사가 진행될 것인지, 어떤 과학기술을 이용할 것인지에 대한 정보를 흘려줄 수 있는 비서들과 타이피스트들도 있었다. 그리고 아주, 아주 드물게 무료로 도와주는 마약 단속국 요원도 있었다. 하지만 극소수이고 극히 드물었다. '아직도' 어니 이달고의 죽음 때문에 마약 단속국과 멕시코 카르텔 사이가 유혈 앙숙 관계였기 때문이다.

아트 켈러가 노리고 있었다.

'그 점은 신께 고마워할 일이지.'

아단은 이런 생각을 했다. 아트의 복수 강박증이 단기적으로는 자신에게 돈을 지불하게 하겠지만, 장기적으로는 돈을 '벌게' 해 줄 것이라고. 그 점은 미국인들이 절대로 이해하지 못할 부분이었다. 그들의 행동은 값을 끌어 올리고 아단 조직을 부자로 만들어 줄 뿐이었다. 그들이 없으면 낡은 트럭이나 물이 새는 작은 배를 가진 어떤 '멍청이'라도 엘 노르테로 마약을 운송할 수 있을 것이다. 그러면 노력한 만큼의 가격이 되지 않을 것이다. 하지만 실제 마약을 운송하는 데에는 수백만 달러가 들어서 마약의 가격은 그에 알맞게 하늘 높은 줄 모르고 치솟았다. 미국인은 말 그대로 나무에서 자라는 생산물을 따서 값비싼 원자재로 탈바꿈시켰다. 그들이 없으면 코카인과 마리화나는 밀수입으로 수억 달러를 버는 대신 어느 캘리포니아 들판에서 허리 굽혀 일하는 노동자들을 등쳐먹으며 푼돈을 버는 오렌지 같은 작물이 되었을 것이다.

그리고 정말로 우스운 의외의 일은 아트 자신이 또 다른 생산물이라는 점이었다. 아단은 아트의 단속을 피하게 해 주는 대가로 수백만 달러의 판매 보호금을 벌 수 있었다. 자신의 생산물을 라 플라사를 거쳐 이송하고 싶어 하는 독자적인 계약자들에게 바레라 노선을 이용하는 조건으로 청구할 수 있는 돈이 수천만 달러에 이르렀기 때문이다. 경찰, 군인, 세관 직원, 연안 경비대, 감시 장비, 수송 기관……. 이것은 멕시코 경찰은 감사할 일이고 미국 경찰은 감사하지 않을 일이있다. 그들은 결국 같은 사업의 파트너였다.

마약 전쟁의 전우였다.

그들은 상대방이 없으면 존재하지 않을 터였다.

아단은 북유럽 사람으로 보이는 젊은 여자 두 명이 폭포 아래에 서 있는 것을 보았다. 얇은 티셔츠에 폭포수가 튀어 상당수의 숭배자들에게 가슴을 과시하고 있었다. 디스코 음악이 쿵쾅거리고, 춤은 열광적이고, 음주는 독하고 빠르게 계속 진행되고 있었다. 오늘은 '죽은 자의 날'이고 여기 모인 군중들 대부분은 쿨리아칸이나 바디라과토 출신의 오랜 친구들이었다. 만약 시날로아 출신이라면 잊을 수 없는 죽음을 많이 겪었으리라.

이 파티에는 수많은 유령이 있었다.

정말 피비린내 나는 전쟁이었다.

'하지만 전쟁은 거의 끝난 셈이지. 그리고 우린 순수 사업으로 돌아갈 거야.'

아단 바레라가 마약 사업을 재설계했기 때문이다.

모든 멕시코 조직들의 전통적인 형태는 피라미드 방식이었다. 시칠리아 마피아 조직과 비슷하게 대부가 있고, 보스가 있고, 상급조직원과 하급조직원이 있었다. 그리고 각각의 등급은 모두 바로 상위 등급을 승급시켰다. 낮은 등급은 자기 아래로 등급을 만들지 않으면 아주 적은 돈을 벌거나 거의 벌지 못했다. 바보가 아니라면 그 문제가 피라미드 구조에 있다는 사실을 알 수 있을 것이다. 일찍 들어간 사람은 황금을 잡은 것이고 늦게 들어간 사람은 이용당하는 것이다. 그래서 그들이 온통 박차고 나가서 새로운 피라미드를 시작했다고 아단은 분석했다.

또한 피라미드는 법률의 공격적인 집행에 너무 취약했다.

'미국 마피아에게 발생한 일만 봐도 충분히 알 수 있어.'

밀고자 한 명, 낮은 등급에 불만이 가득한 하급조직원 한 명이면 충분했다. 그 사람이 꼭대기에서 바닥까지 완전한 피라미드 구조를 경찰에게 넘길 수 있었다. 뉴욕의 다섯 개 조직의 우두머리 모두가 지금 감옥에 있고, 그 조직들은 필연적인 쇠퇴의 길로 심각하게 접어들고 있었다.

그래서 아단은 피라미드를 해체하여 수평 구조로 다시 조직했다. 음, 거의 수평 구조였다. 아단의 새 조직은 단지 두 등급만 있었다. 바레라 형제가 꼭대기에 있고 나머지 사람들은 모두 그 밑에 있었다.

같은 등급으로 말이다.

아단이 라울에게 말했다.

"우리는 중개상을 원하지 종업원을 원하는 게 아니야. 종업원은 비용이 들지만, 중개상은 돈을 벌어다 주거든."

새로운 구조는 성장하는 기업 연합을 창조했다. 강한 의지력, 넉넉한 보상의 독립 사업으로 바레라에게 총액의 12퍼센트를 지불했고, 만족스러워했다. 이제는 승급할 등급이 한 등급밖에 없었고, 자신만의 사업을 운영했고, 자신만의 모험을 감행해 보았고, 자신만의 보상을 수확했다.

그리고 아단은 신흥 중개업자들이 받는 잠재적 보상은 더 크다고 보았다. 바하 카르텔을 그 원리로 재건했고 사람들에게 스스로 사업에 뛰어들도록 허용했다, 아니, 부추겼다. '세금'을 12퍼센트로 낮춰 주고 창업 자금은 저금리로 융자해 주며, 자금 관련 서비스(예를 들면, 돈 세탁) 이용권을 제공했다. 카르텔에 충절을 지켜주는 조건이었다.

"많은 액수의 12퍼센트가 적은 액수의 30퍼센트보다 많을 거야."

아단은 라울에게 처음 세금을 제의할 때 이렇게 설명했다. 아단은 레이건 개혁의 교훈을 주시했다. 그들은 세금을 올리지 않고 낮춤으로써 더 많이 걷어 들일 수 있었다. 낮은 세금이 더 많은 기업주를 사업에 끌어들여 더 많은 돈을 벌어 더 많은 세금을 내게 되었기 때문이다.

라울은 멘데스와 벌이는 전쟁에서 이기게 해 주는 것은 새 사업의 모델이 아니라 통솔력이라고 생각했다. 좁은 의미로는 라울이 옳았다. 하지만 아단은 순수한 경제의 힘이 더 강력한 요인이라고 확신했다. '바레라가 게로 멘데스보다 아주 싸게 판다. 30퍼센트의 비용을 내고 코카콜라를 팔 것인가, 20퍼센트의 비용을 내고 펩시콜라를 팔 것인가. 당신의 선택에 달렸다.' 정말 쉬운 선택이 아닐 수 없다. 펩시콜라를 팔아서 많은 돈을 벌 것인가, 코카콜라를 팔아서 적은 돈을(그것도 라울의 손에 죽기 전까지만) 벌 것인가. 갑자기 펩시콜라 판매독점권이 많아졌다. 은에 해당하는 펩시콜라를 선택하지 않고 납에 해당하는 코카콜라를 선택한다면 분명 바보일 것이다.

은을 선택하겠는가, 납을 선택하겠는가?

새로운 바하 카르텔의 음과 양이었다.

아단과 관계를 맺고 은을 선택하느냐, 라울과 관계를 맺고 납을 선택하느냐였다. 게로 멘데스를 상대로 바하의 저울 눈금이 기우는 구조였다. 멘데스는 그 사실을 너무 늦게 받아들였고, 그때는 이미 자신의 가격을 낮출 형편이 되지 않았다. 라 플라사를 통해 충분한 코카인을 입수할 수 없었고, 소노라나 걸프를 통해 운송하려면 30퍼센트를 지불해야 했기 때문이다.

아니, 라울은 나중에 인정해야 했다. 12퍼센트 협정은 더없는 천재적 행동이 되었다.

그것은 파비안 마르티네스 같은 사람과 나머지 젊은 친구들에게 완벽했다.

법칙은 간단했다.

생산물을 이송할 때 내용물이 무엇인지(코카인, 마리화나, 헤로인), 중량이 얼마인지, 그리고 사전 협의 가격이 얼마인지(보통 1킬로당 1만 4000달러에서 1만 6000달러 사이에서 결정되었다.), 미국에 있는 소매상에게 예상 배송 일자가 언제인지를 바레라에게 말하면 됐다. 그날부터 48시간 이내에 사전 협의 가격의 12퍼센트를 바레라에게 지불해야 했다(사전 협의가격은 기본 가격을 보장할 뿐이다. 더 낮은 가격에 팔리면 그 호가로 수수료를 지불하고, 더 높은 가격에 팔면 더 높은 가격에 대한 수수료를 지불하면 됐다.). 이틀 안에 돈을 넘겨주지 않으면 아단과 마주 앉아 지불계획을 조정하는 것이 낫다. 그렇지 않으면 라울과 마주 앉아야 했다.

은을 선택하겠는가, 납을 선택하겠는가?

12퍼센트는 라 플라사를 거쳐 마약을 운반하는 수수료일 뿐이었다. 선적의 안전을 보증하기 위해 지역 경찰, 멕시코 연방 경찰, 육군 소령과 협정을 맺고 싶다면, 맺을 수 있었다. 하지만 거기서 잘못되더라도 여전히 12퍼센트를 지불해야 했다. 바레라를 통해 안전 협정을 맺고 싶다면, 그것 역시 가능했다. 하지만 비용이 들 것이다. 뇌물 금액 더하기 거래 수수료. 하지만 그 경우 바레라는 멕시코 지역 국경에서 선적의 안전을 보증했다. 덜미가 잡히더라도 선적 비용 전체에 대해 배상해 줄 것이다. 그렇다. 예를 들어 코카인의 경우 미국에서 받게 될 소매가격이 아니라 칼리에 있는 오레후엘라 형제 조직과 협상했던 구입 비용을 지불해 줄 것이다. 만약 바레라에게 안전 패키지를 산다면 물건이 바하에 도착할 때부터 국경에 도달할 때까지 화물의 안전은 완전히 보증될 것이다. 어떤 판매상도 그 거래를 속이려 하지 않을 것이며, 어떤 도적들도 그 화물을 가로채려 하지 않을 것이다. 라울과 그의 저격수들이 서슬 퍼렇게 감시했기 때문이다. 라울 바레라가 안전을 담당하고 있는 화물을 훔치려 하는 사람이 있다면 그 사람은 미쳐도 단단히 미친 사람일 터이다.

바레라는 자금 서비스도 제공했다. 아단은 되도록 많은 사람들이 사업에 뛰어들 수 있도록 가능한 한 쉽게 자금 서비스를 제공해 주고 싶었다. 그래서 12퍼센트를 선불로 지불하지 않아도 되게 했다. 물건을 팔아치우기 전에는 지불할 필요가 없었다. 항상 후불로 지불됐다. 하지만 바레라는 별도의 단계를 두었다. 일단 화물을 팔고 난 다음에 돈을 세탁하도록 돕는 일이었다. 그 일은 바레라에게 점점 유익한 생산물이 되었다. 돈세탁에 드는 비용은 6.5퍼센트였지만 뇌물을 먹은 은행가는 바레라에게 5퍼센트를 적용해 줄 것이다. 그래서 아단은 각각의 고객의 돈에서 추가적으로 1.5퍼센트를 벌고 있었다. 다시 말하지만, 굳이 바레라를 통해 돈을 세탁할 필요는 없었다. 모두가 독립된 사업자이며 자기 뜻대로 할 수 있었다. 하지만 만약 다른 곳으로 갔다가 강도를 만나거나, 사기를 당하거나, 국경으로 되돌아오는 길에 미국 세관에서 들통이 나면, 그저 자신의 운이 나빴다고 한탄할 수밖에 없었다. 바레라에게 의뢰했으면 안전을 보증받았을 돈인데 말이다. 어떤 부정한 돈을 넣든 3영업일만 지나면 6.5퍼센트만 차감된, 깨끗하게 세탁된 돈을 받을 수 있었다.

이것이 시대를 따라잡는 마약 거래, 아단의 '바하 혁명'이었다.

한 마약 밀매자는 이렇게 표현했다.

"미겔은 마약 사업을 20세기로 가져왔고, 아단은 그 마약 사업을 21세기로 이끌고 있다."

'이왕 하는 거 게로 멘데스도 후려치면서 하는 거지.'

아단은 멘데스가 자신의 코카인을 옮길 수 없다면 뇌물을 지불할 수 없다고 보았다. 뇌물을 지불할 수 없으면 코카인을 옮길 수 없었다. 그러는 동안 바레라는 가장 새롭고 가장 좋은 과학기술과 자금상의 방법을 써서 빠르고 능률적이고 기업가적인 네트워크를 구축했다.

'죽은 자의 날에 보내는 삶이 멋지군.'

'죽은 자의 날이라.'

칼란은 생각했다.

그게 어쨌다는 건가.

언제 죽은 자의 날이 아닌 적이 있었다는 말인가?

칼란은 인어공주 클럽에서 몇 잔을 들이켜고 있었다. 도전해 볼 생각이 있으면 멕시코 해변 주점에서 위스키 스트레이트를 마셔보라. 바텐더에게 술잔에 우산 따위는 넣지 말고 달라고 말해보라. 아마 엿 같은 하루를 망치기라도 한 듯한 표정으로 바라볼 것이다.

어쨌거나 칼란이 그러고 있었다.

"주인장, 여기에 비가 오나요?"

"아니오."

"그럼 이건 필요 없겠군요. 그렇죠?"

'만약 내가 과일주스를 원했다면 말이야, 과일주스를 주문했겠지. 내가 원하는 유일한 주스는 보리로 만든 주스인걸.'

아일랜드의 비타민C.

삶의 해묵은 음료.

'그것도 재미있겠군. 내 직업이 뭔지, 원래 내가 늘 해온 일이 뭔지 생각해 보면 말이야.'

사람들의 속박을 풀어주는 일이다.

"미안하지만, 당신은 일찍 체크아웃할 거야."

"아, 하지만……."

"아, 하지만 아무것도 없어. 시간 됐어."

그것은 더 이상 치미노 조직을 위해서 하는 일이 아니었다. 하지만 살 스카키는 여전히 암살을 지시했다. 칼란은 뉴욕에서 불어 닥칠 폭풍을 기다리며 코스타리카에서 마음을 가라앉히고 있었다. 그때 스카키가 칼란을 찾아왔다.

"콜롬비아로 간다면 어떻겠나, 칼란?"

"무슨 일로요?"

'MAS'라는 이름과 관련된 일을 하기 위해서.

MAS. 납치범 암살. 스카키 말로는 그 일은 1981년에 시작되었다고 했다. 좌파 반란군 M-19(1970년 4월 19일 콜롬비아 부정선거 이후 결성된 사회주의 조직 ─ 옮긴이)가 콜롬비아 마약왕 파비안 오초아의 여동생을 납치하여 몸값을 요구했다.

'좋은 사업 계획이었겠군. 보스의 여동생 납치라니.'

과연 오초아가 그 돈을 내놓으려 했을까?

그 코카인 거물이 돈을 내놓는 대신 한 일은 223명의 동료를 소집하여 한 사람당 현금 2만 달러씩을 쥐여주고 최고의 총잡이 열 명을 모았다. 계산해 보라. 그것은 450만 달러의 자금과 2000명의 졸병 군대가 필요한 전쟁이었다.

"그는 이걸 시험했지. 이 사람들은 정말로 헬리콥터를 타고 축구 경기장 위를 비행하면서 그들이 앞으로 할 일을 표시한 광고 전단을 뿌렸어."

그 일은 크랙에 미쳐 날뛰는 개처럼 근본적으로 칼리와 메데인을 두루 잡아 찢는 일이었다. 집으로 쳐들어가고, 대학 강의실에서 아이들을 끌어내고, 그들 일부는 그 자리에서 쏘고 일부는 '심문'하기 위해 아지트로 데려갔다.

오초아의 여동생은 무사히 풀려났다.

"그런 일들이 저와 무슨 상관이 있죠, 스카키?"

스카키는 칼란에게 말했다. 1985년 콜롬비아 정부는 '애국 연대'라는 이름으로 동맹을 형성한 다양한 좌파 단체들과 휴전협상을 맺었다. 그 동맹은 1986년 선거에서 국회 의석을 열네 개나 얻었다.

"잘됐네요."

"'잘됐네요'가 아니야. 그 사람들은 공산주의자야, 칼란."

스카키는 그야말로 장황한 이야기를 시작했다. 요점은, 사람들이 민주정치를 할 수 있도록 우리가 공산주의자들과 싸우면, 배은망덕한 변절자들이 공산주의자들에게 투표를 한다는 것이다.

칼란은 사람들이 민주주의를 원하지만, 그다지 민주적이지는 않다는 뜻으로 받아들였다.

자신이 원하는 것을 선택하고 안 하고는 절대적으로 그들의 자유였다.

"MAS가 손을 쓸 계획이야. 너 같은 재능을 갖춘 사람이 요긴하게 쓰일 거야."

칼란은 생각했다.

'그럴 수도 있겠지. 하지만 나 같은 재능을 갖춘 사람을 쓰게 될 일은 없어. 스카키가 MAS인지 뭔지와 무슨 연관이 있는지는 모르겠지만, 나와는 상관없는 일이야.'

"전 그냥 뉴욕으로 돌아갈까 해요."

어쨌든 조니 보이는 조직의 책임자로 자리를 굳혔으니, 그가 칼란에게 사랑과 안전한 항구 외에 다른 것을 줄 이유가 없었다.

"그래, 그래도 돼. 3000개의 연방 고발장이 널 기다리고 있다는 게 문제지."

"왜요?"

"왜냐고? 코카인 거래, 부당착취, 공갈 협박. 듣기로는 빅 파울리에 일에 대해서도 널 노리고 있다더군."

"빅 파울리에 일은 당신들에게 해당하는 거 아닌가요, 스카키?"

"무슨 말이야?"

"그러니까, 당신들이 나를 거기 넣었잖아요."

"이봐, 칼란. 아마 널 위해 이 일을 해결할 수도 있을 거야. 하지만 네가 이번 일로 우리를 돕는다 해도 나쁠 거 없어."

칼란은 스카키가 칼란을 콜롬비아로 보내 반공산주의자 코카인 자경단원들과 엮는 일로 어떻게 이 일을 해결할 수 있는지 묻지 않았다. 거기엔 뭔가 알고 싶지 않은 일들이 내재되어 있었기 때문이다. 칼란은 그저 묵묵히 비행기 탑승권과 새로운 여권을 받아들고 메데인으로 날아가 MAS와 관계된 일을 보고했다.

납치범 암살은 당선된 애국 연대 후보들을 암살하는 일로 밝혀졌다. 그 후보들 여섯 명은 취임 선서를 하는 대신 머리통에 총알을 맞았다('죽은 자의 날이야.' 칼란은 지금 술을 들이켜며 생각했다. '죽은 자의 날.').

'그 뒤로, 그런 일이 계속되었지.'

M-19는 대법원을 덮치는 일로 응수했다. 대법원 판사 몇 명을 포함한 100여 명의 사람들이 몹시 혼란스러운 탈출 시도 도중에 살해되었다.

'전문가 대신 경찰과 군대를 이용하면 그렇게 되지.'

그들이 전문가들을 쓰기는 했다. 애국 연대의 우두머리를 쏘기 위해서였다. 칼란은 방아쇠를 당기지 않았다. 엽총을 겨누고 있는 사이 그 전문가들이 하이메 파르도 레알(공산주의를 지지하던 애국정당의 대통령 후보, 1987년 암살되었다 — 옮긴이)을 살해했다. 깔끔하고 효과적이고 전문적인 일격이었다.

그건 준비운동에 불과했지만 말이다.

진정한 살육은 1988년에 시작되었다.

배후에서 많은 돈을 후원한 사람은 메데인의 코카인 왕 파블로 에스코바르(1980년대 악명을 떨친 메데인 카르텔의 두목 — 옮긴이)였다.

칼란은 처음에 에스코바르와 다른 코카인 왕들이 정치에 관심을 가지는 이유를 알 수 없었다. 하지만 곧 그 카르텔의 회원들이 엄청난 코카인 돈을 부동산과 대목장에 투자했다는 사실을 알게 되었다. 그들은 일부 좌파들 때문에 토지 분포 계획이 뒤흔들리는 모습을 보고 싶지 않았다.

칼란은 그 대목장 중 한 곳을 샅샅이 익혀야 했다.

1987년 봄, MAS는 칼란을 라스 탕가스로 이동시켰다. 그곳은 카를로스와 피델 카르도나 형제가 소유하고 있는 거대한 농장이었다. 두 사람은 10대였을 때 부친을 잃었다. 공산주의자 게릴라들이 부친을 납치하여 살해했다. 칼란은 사람들이 정치 얘기를 많이 입에 올리지만 그건 정치에 관심이 있어서라기보다는 항상 개인적인 일과 관계있기 때문이라는 생각이 들었다.

라스 탕가스는 보통의 대목장이 아니라 완전히 요새였다. 칼란은 거기서 소도 몇 마리 보았지만 주로 눈에 띄는 것은 칼란 같은 킬러들이었다.

카르텔 용병인 콜롬비아 인들이 주를 이루고 있었지만, 내전에서 진 로디지아 사람들과 남아프리카 공화국 사람들도 이번 전쟁에서는 이길 뜻을 품고 대기하고 있었다. 그리고 이스라엘 사람들, 레바논 사람들, 러시아 인들, 아일랜드 인들, 쿠바 인들도 있었다. 완전히 똘마니들의 올림픽 선수촌이었다.

그들은 훈련도 열심히 했다.

이스라엘 대령이라는 설이 있는 어떤 사람이 전직 영국 공군 특수기동대(SAS)무리를 데리고 왔다. 사실인지 아닌지는 몰라도 그렇게 주장했다. 충실한 아일랜드 인으로서 칼란은 그 영국 공군 특수기동대 사람들이 싫었지만, 앞으로 그들이 해야 할 일을 이 영국놈들은 알고 있다는 사실은 인정해야 했다.

칼란은 늘 22구경 권총을 가지고 거침없이 돌아다녔다. 그 정도 일은 비일비재했다. 그리고 칼란은 곧 M-16, AK-47, M-60 기관총, 바렛 모델 90구경 저격 소총에 대한 사용법과 조종법을 배우게 되었다.

칼란은 육박전도 훈련했다. 칼로 살인하는 법, 목을 조르는 법, 손과 발을 쓰는 법 등. 종신 고용된 강사 중 일부는 전직 미국 특수부대요원들이었다. 베트남에서 피닉스 작전을 수행했던 베테랑들도 있었다. 많은 사람이 미국 메이베리 출신처럼 영어를 잘하는 콜롬비아 군인장교였다.

이 상류층 콜롬비아 인 중 한 명이 입을 열어 허풍을 떨 때면 칼란은 지치는 기분이었다. 그리고 칼란은 이들 대부분이 조지아의 육군기지 포트베닝에서 훈련을 받았다는 사실을 알아냈다.

미국인들의 학교라 부르는 곳.

'그래, 대체 그건 어떤 학교지?'

읽기, 쓰기, 살인. 뭐가 되었든 그들은 비열한 기술을 가르쳤고, 콜롬비아 인들은 로스 탕게로스로 알려진 단체의 일원이 되는 일을 기뻐했다.

직장 내 훈련을 받는 사람들도 많았다.

어느 날 로스 탕게로스 분대가 그 지역에서 작전 중인 한 게릴라 그룹을 습격하러 나갔다. 지역 군인장교가 계획된 목표 다섯 명의 사진을 전해주었다. 그들은 게릴라 활동을 하지 않을 때는 평균적인 농장 노동자처럼 마을에 살고 있었다.

피델 카르도나가 그 임무를 이끌었다. 카르도나는 자신을 '람 보'라고 부르며 영화 속 람보와 아주 비슷한 차림을 한 채 한창 열을 올렸다. 어쨌든 그들은 목표물이 지나갈 예정인 흙길로 나가 서 잠복을 시작했다.

로스 탕게로스들은 배운 그대로 완벽한 U자 대형으로 전개했 다. 칼란은 무더운 날씨에 위장복을 입고 땀 흘리며 잡목 수풀에 누워 있는 사실을 탐탁지 않게 여겼다.

'난 도시 남자야. 내가 언제 염병할 군대에 참여한 거지?'

사실 칼란은 초조했다. 겁먹은 건 정말 아니었다. 앞으로 일어 날 일에 대해 모른다는 사실이 염려스러웠다고 해야 할 것이다. 칼란은 게릴라에 맞서본 적이 한 번도 없었다. 그들은 아주 훌륭 하게 잘 훈련되었을 것이며 이 지형을 잘 알고 있고 이용하는 법 도 알 거라는 생각이 들었다.

게릴라들은 U자의 열린 부분으로 곧장 어슬렁거리며 들어왔다.

그들은 칼란이 기대했던, AK를 들고 위장복을 입은 단련된 전 사들이 아니었다. 그들은 농부처럼 낡은 데님 셔츠와 농장 노동 자 바지를 입고 있었다. 그리고 군인들처럼 대열을 넓히고 경계하 면서 이동하지도 않았다. 그냥 흙길을 걸어오고 있었다.

칼란은 갈릴 소총의 시야로 왼쪽 가장 멀리 있는 남자를 조준 했다. 소총이 튈 것에 대비하여 약간 아래로 내려 그 남자의 배를 겨냥했다. 그 남자의 얼굴이 보고 싶지 않아서이기도 했다. 하루 일과를 마치고 동료와 퇴근하는 사람처럼 웃으며 옆 사람과 이야 기를 나누는 그 남자의 해맑은 표정 때문이었다. 그래서 칼란은 그 남자의 파란 셔츠에 눈을 고정시켰다. 그러면 과녁을 대하듯 쏠 수 있을 것 같았기 때문이다.

칼란은 피델이 첫 사격을 시작하기를 기다렸다. 총성이 들리자 칼란은 방아쇠를 두 번 당겼다.

과녁이 쓰러졌다.

모두가 쓰러졌다.

그 불쌍한 사람들은 총알이 날아오는 것도 보지 못했고 뭐에 맞았는지도 알지 못했다. 그냥 길옆 잡목들 사이로 불꽃이 연속해서 일어났고 다섯 명의 게릴라는 피를 흘리며 흙바닥으로 쓰러졌다.

무기를 꺼낼 틈도 없었다.

칼란은 내키지 않았지만, 자신이 쏜 남자에게 다가갔다. 그 남자는 땅바닥에 코를 박고 죽어 있었다. 칼란은 발로 시신을 슬쩍 찔러보았다. 총을 샅샅이 찾아내 오라는 엄명을 받았기 때문이다. 하지만 칼란은 하나도 찾지 못했다. 그들이 가진 것이라고는 소작농들이 바나나 딸 때 쓰는 벌채용 칼이 전부였다.

칼란은 주위를 둘러보았다. 그 게릴라 중 어느 누구도 총을 갖고 있지 않았다.

피델은 그런 사실에 개의치 않았다. 걸어 다니면서 시신의 뒤통수에 확인 사살을 했다. 그리고 라스 탕가스로 무전을 보냈다. 곧 공산주의자 게릴라들이 항상 입는 옷을 실은 트럭이 도착했다. 피델은 부하들에게 시신을 새 옷으로 갈아입히라고 명령했다.

"지금 농담하는 거지?"

칼란이 물었다. 농담이 아니었다. 람보는 칼란에게 서두르라고 말했다.

칼란은 서둘러 길가에 앉았다.

"난 살인청부업자가 아니야."

칼란이 피델에게 한 말이었다. 그리고 칼란은 다른 로스 탕게로스들이 시신의 옷을 갈아입히고 죽은 '게릴라'들의 사진을 찍는 모습을 바라보았다.

피델은 칼란에게 곧바로 되받아치며 소리 질렀다.

"난 내가 무슨 일을 하는지 알고 있어. 난 학교에 다녔다고."

'그래, 나도 학교에 다녔어. 헬스 키친의 열린 수업이었지.'

"하지만 내가 쏜 사람은? 게릴라들은 보통 총을 손에 들고 다닌다고."

람보가 스카키에게 불만을 토로했는지 스카키가 몇 주 후에 대목장에 나타났다. 칼란과 '상담 시간'을 갖기 위해서였다.

"문제가 뭐지?"

"문제는 우리가 농부를 쐈다는 거예요. 그들의 손에는 무기가 없었어요, 스카키."

"우린 여기서 서부영화를 찍고 있는 게 아니야. '신사도' 따위는 없어. 뭐야, 넌 게릴라들이 무장한 상태로 정글에 있을 때만 치고 싶다는 얘기야? 부상이라도 당하면 더 나을 것 같아? 이건 빌어먹을 '전쟁'이라고, 이 맹랑한 친구야."

"네, 전쟁이란 건 저도 알아요."

"넌 보수를 받고 있어, 그렇지?"

'그렇지. 난 보수를 받고 있지.'

한 달에 두 번, 현금으로.

"그리고 여기 대우도 좋지?"

'우라지게 왕처럼 대우해 주지.' 칼란은 인정해야 했다. 원한다면 매일 밤 스테이크를 먹을 수 있었다. 공짜 맥주, 공짜 위스키, 공짜 코카인도 남의 몫이 아니라면 가질 수 있었다. 칼란은 이따금씩 코카인을 피웠다. 하지만 술에 취했을 때만큼 칼란을 취하게 하지는 못했다. 많은 로스 탕게로스들이 대량의 코카인을 흡입하고는, 주말마다 제공되는 매춘부들과 밤새 즐겼다.

칼란도 두어 번 매춘부와 어울렸다. 남자들이 지닌 욕구를 충족시키는 일일 뿐이었다. 이 매춘부들은 화이트하우스에서 만났던 고급 콜걸들이 아니었다. 대부분 유전지역에서부터 서부에 이르는 곳에서 불려 온 인디언 여성들이었다. 정말 솔직히 말한다면 그들은 여성들도 아니었다. 대개 값싼 원피스를 입고 진한 화장을 한 소녀들이었다.

처음 그 매춘부들과 어울렸을 때 칼란은 만족감보다는 슬픔을 느꼈다. 칼란은 막사 뒤에 있는 작은 침실로 들어갔다. 합판만 세워진 벽과 시트 없는 매트리스가 보였다. 그 여자는 칼란이 듣고 싶어 할 법한 이야기들을 섹시하게 들려주려고 애썼다. 하지만 결국 칼란은 그녀에게 그만 지껄이라고 말한 뒤 바로 침대로 올라갔다.

칼란은 거기 누워서 샌디에이고에서 봤던 금발머리 여자를 떠올렸다.

이름이 노라였다.

노라는 아름다웠다.

하지만 그건 다른 세상 얘기였다.

스카키의 격려 연설 뒤로 칼란은 군인이 되었고, 더 많은 임무를 수행했다. 로스 탕게로스는 이번에도 무장하지 않은 여섯 '게 릴라들'을 강둑에서 덮쳤다. 지역 마을의 광장에서 또 다른 여섯 명을 사살했다.

피델이 그들의 활동을 두고 부르는 단어가 있었다.

청소.

그들은 게릴라들, 공산주의자들, 노동조합 간부들, 선동가들의 영역을 청소하고 있었다. 모두가 지독한 쓰레기였다. 칼란은 자신 들이 그 청소를 담당하는 유일한 팀이 아니라는 말을 들었다. 많 은 다른 그룹들이 있었고, 다른 대농장과 다른 훈련 센터가 나라 곳곳에 있었다. 각각의 그룹들은 모두 별명이 있었다. 혁명당원 암살, 알파 13, 로스 티나도스. 2년도 되지 않아 그들은 3000명 의 정치적 행동주의자들, 노동조합 창시자들, 후보자들, 게릴라들 을 죽였다. 대부분의 학살은 고립된 시골 마을에서 일어났다. 특 히 마그달레나 마을의 메데인 요새지역에서 일어났다. 마을의 남 자 주민 전체가 무리를 지어가다가 기관총에 맞았다. 또는 총알 이 너무 비싸기라도 한지 벌채용 칼로 난도질을 당했다.

청소에 희생된 사람들은 공산주의자들보다 공산주의자가 아 닌 사람들이 더 많았다. 거리의 아이들, 동성애자들, 마약중독자 들, 알코올중독자들.

어느 날 로스 탕게로스는 한 작전지역에서 다른 곳으로 이동 중인 게릴라 몇몇을 제거하러 나갔다. 칼란과 동료들은 시골 버스 를 멈춰 세운 뒤, 운전사만 빼고 모두 버스에서 내리게 했다. 피델 은 승객들을 두루 훑어보며 손에 든 사진의 얼굴과 비교했다. 그 리고 다섯 명을 끌어내어 도랑 쪽으로 데려갔다.

칼란은 그 남자들이 무릎을 꿇고 기도하기 시작하는 모습을 보았다.

'발사'라는 말이 떨어지자 로스 탕게로스 일행이 그들에게 총알을 퍼부었다. 칼란은 뒤돌아섰다. 동료 두 사람이 버스 운전사를 자동차 핸들에 묶고 있는 모습이 눈에 띄었다.

"대체 뭐 하는 거야?"

칼란이 소리쳤다.

그들은 버스 연료탱크에서 휘발유를 뽑아내어 플라스틱 물병에 담은 뒤 버스 운전사에게 끼얹었다. 운전사가 자비를 베풀어달라고 비명을 지르자 피델은 승객들을 돌아보며 알렸다.

"이것이 게릴라들을 태워준 대가다!"

피델이 버스에 성냥을 던졌을 때 칼란이 저지하려 했다. 하지만 로스 탕게로스 두 명이 칼란을 말렸다.

칼란은 운전사의 눈을 보았고, 비명소리를 들었고, 몸이 비틀리면서 불꽃과 함께 흔들리는 모습을 보았다.

칼란은 그 냄새가 가시지를 않았다.

(지금 푸에르토 바야르타의 주점에 앉아 있는데도 칼란은 그때의 살타는 냄새가 났다. 그 냄새를 가시게 하려면 세상에 있는 모든 스카치위스키를 들이부어도 모자랄 판이었다.)

그날 밤 칼란은 술을 잔뜩 마셨다. 취할 대로 취해서 낡은 22구경을 집어 늘어 피델의 얼굴에 두 발쯤 쏘고 싶다는 생각을 했다. 칼란은 자살행위는 하지 않기로 결심하고 그 대신 짐을 싸기 시작했다.

로디지아 사람 한 명이 칼란을 멈춰 세웠다.

"두 발로 걸어서는 여기를 떠나지 못해. 1킬로미터도 못 가서 그들 손에 죽을 거야."

옳다. 칼란은 1킬로미터도 못 갈 것이다.

"네가 할 수 있는 일은 없어. 레드 미스트거든."

"레드 미스트가 뭐죠?"

칼란의 질문에 그 남자는 이상한 눈초리로 칼란을 쳐다보며 어깨를 으쓱했다.

마치, '네가 그걸 모른다면……' 이라고 말하는 듯했다.

"레드 미스트가 뭐예요?"

몸가짐이 더 없이 엉망이 된 칼란을 바로잡기 위해 스카키가 라스 탕가스를 찾아왔을 때 칼란이 물었다. 그 지긋지긋한 아일랜드 녀석은 막사에 앉아서 조니 워커와 기나긴 대화를 나누고 있었다.

"레드 미스트를 어디서 들었어?"

"상관없잖아요."

"그래. 그냥 그 말을 들었다는 사실을 잊어버려."

"집어치워요, 스카키. 나도 뭔가의 일원이잖아요. 그게 뭔지 알고 싶다고요."

'아니, 알고 싶지 않을 거야.'

스카키는 생각했다.

그리고 알고 싶다 해도 말해 줄 수 없었다.

레드 미스트는 암호명이었다. 라틴아메리카를 가로질러 일어나고 있는 좌파 운동을 '중화'시킬 목적으로 20개의 작전을 통합하는 조치였다. 원래는 남아메리카와 중앙아메리카에 대한 피닉스 프로그램이었다. 개별 작전들은 레드 미스트의 일부로 통합될 거라는 사실을 거의 알지도 못했다. 하지만 정보를 나누고, 정보 제공자들을 분포시키고, 목표를 공격하고, 그 일을 하면서 다른 조사관을 짓밟는 사람은 없는지 확인하는 일이 스카키가 존 홉스의 심부름꾼으로서 맡은 임무였다.

쉬운 일은 아니었지만 스카키는 완벽하게 해내었다. 스카키는 그린베레 출신에, 이따금씩 CIA 정보 제공자로 지내왔고, 마피아의 정식 조직원이었다. 종종 '분리된 임무'를 띠고 군대에서 사라져서 홉스의 심부름꾼으로 일했을 뿐이다. 그리고 수행해야 할 심부름이 많았다. 레드 미스트는 그 말뜻처럼 수백 명의 보수파 민병대, 그들의 마약왕 후원자, 수천 명의 군인 장교들, 몇 십만 명의 군대, 12개의 정보 에이전시, 경찰 병력을 안개처럼 에워쌌다.

교회도 포함되었다.

살 스카키는 열렬 보수조직이자 스카키 자신처럼 헌신적인 비전문가와 주교들, 신부들의 반공산주의 비밀 조직인 '몰타의 기사와 오푸스데이'의 일원이었다. 가톨릭교회는 내부적으로도 전쟁 중이었다. 바티칸의 보수적인 지도자는 '해방 신학자들'과 투쟁하고 있었다. 해방신학자들은 좌파, 마르크스주의자, 제3세계에서 활동하는 주교들과 신부들이었다. 몰타의 기사와 오푸스데이는 보수파 민병대, 군인 상교들, 필요하면 마약 카르텔들과도 매우 친한 관계를 맺고 있었다.

그리고 성찬식의 포도주처럼 피가 흘렀다.

그 대부분은 직·간접적으로 미국 달러화로 지불했다. 직접적으로는 미국의 원조에서부터 국가들의 군사지원까지 받았다. 그 장교들은 거대한 암살대를 조직했다. 간접적으로는 미국에 마약을 팔아 그 대금을 암살대를 후원하는 카르텔로 보냈다.

경제 원조로 수억 달러, 마약 대금으로 수억 달러.

엘살바도르에서는 보수파 암살대가 좌파 정치가와 노동조합 창립 위원을 살해했다. 1989년 산살바도르에 있는 중앙아메리카 대학교 캠퍼스에서는 엘살바도르 군인 장교들이 예수회 신부 6명과 가정부 한 명과 딸을 저격 소총으로 쏘았다. 같은 해에, 미국 정부는 엘살바도르 정부에 5000만 달러를 구호자금으로 보냈다. 80년대 말까지 대략 7만 5000명의 사람들이 죽었다.

과테말라는 그 수치의 두 배였다.

마르크스주의 반란군들과 오랜 전쟁을 해오면서 15만 명 이상의 사망자와 4만 명의 실종자가 생겨났다. 집 없는 아이들은 거리에서 총에 맞아 쓰러졌다. 대학생들도 살해되었고 대학교수 한 명도 강의실 복도에서 칼에 맞았다. 미국인 수녀는 성폭행을 당한 뒤 살해되어 다른 시신들 위에 던져졌다. 그 모든 과정을 거치면서 미군들은 훈련과 조언과 장비를 제공하였고 죽음의 땅에 킬러들을 이송할 헬리콥터까지 제공하였다. 1980년대 말이 되자 미국 조지 부시 대통령은 대학살에 혐오감을 느껴 결국 과테말라 군대를 위한 자금과 무기 지원을 끊었다.

라틴아메리카 곳곳이 같은 상황이었다. 가진 자와 못 가진 자 사이, 보수파와 마르크스주의자 사이에 기나긴 전쟁의 그림자가 드리워 있었고, 자유주의자들은 그들 사이에서 어부지리를 얻었다.

레드 미스트가 항상 거기 있었다.

존 홉스는 그 작전을 관망했다.

살 스카키는 날마다 달렸다.

조지아 주 포트베닝에 있는 미국 학교에서 훈련받은 군인 장교들과 연락을 주고받았고, 훈련과 기술적인 조언과 장비와 정보를 제공하면서, 라틴아메리카의 무장 병력과 민병대를 지원해 주었다.

그중 한 사람이 칼란이었다.

'이 녀석 정말 엉망진창이군.'

스카키는 칼란을 보며 생각했다. 길고 지저분한 머리카락, 술에 찌들어서 누렇게 뜬 피부. 완벽한 전사의 표본은 아니지만, 겉모습은 그럭저럭 전사 같아 보였다.

'뭐가 됐든 칼란은 재능 있는 사람이야.'

재능은 그냥 지나쳐 가기 어려운 법. 그러니…….

"넌 라스 탕가스에서 빼낼 거야, 칼란."

"좋아요."

"널 위해 다른 일을 구했어."

칼란이 돌이켜보면 스카키는 전혀 그렇게 하지 않았다.

여론조사에서 타의 추종을 불허할 정도로 앞섰던 자유당 대통령 후보 루이스 카를로스 갈란은 1989년 여름 암살당했다(콜롬비아 상원의원, 당선 유력시되던 대통령 후보였으나 1989년 8월에 유세 중 암살당함 ─ 옮긴이). 상승세를 타던 베르나르도 하라미요 오사는 이듬해 봄 보고타 공항 비행기에서 내리다가 총에 맞아 사망했다. M-19의 대통령 후보 카를로스 피사로도 몇 주 후에 피살되었다(38세의 나이로 선거 운동 중 피살됨 ─ 옮긴이).

그 뒤 콜롬비아는 칼란을 잡으려고 혈안이 되어 있었다.

하지만 과테말라는 아니었다. 온두라스나 엘살바도르도 아니었다.

스카키는 칼란을 체스판의 기사 움직이듯 여기저기 옮겼다. 여기로 껑충, 저기로 껑충 움직이면서 다른 말들을 체스판에서 몰아내는 데에 썼다. 과달루페 살세도, 카를로스 톨레도, 헥토르 오케리, 그리고 기타 10여 명. 칼란은 그 이름들의 기록을 게을리하기 시작했다. 레드 미스트가 정말 무엇인지 정확히 모를지는 몰라도 그게 자신에게 어떤 존재인지는 사무치게 깨달았다. 피였다. 아는 것이 그것뿐이었던 동안은 레드 미스트가 칼란의 머릿속을 피로 가득 채우고 있었다.

그때 스카키가 칼란을 멕시코로 옮겼다.

"왜죠?"

"잠깐 머리 좀 식혀. 그냥 몇 사람의 보호를 좀 맡아 주도록 해. 바레라 형제 기억하지?"

어떻게 잊을 수 있겠는가? 이 모든 불쾌한 상황이 1985년의 코카인―무기 교환 거래에서 시작되었고, 그 일로 빅 피치는 빅 파울리에와 옆으로 밀려나면서 칼란이 미지의 여행길에 오르지 않았던가.

칼란은 분명히 그들을 기억했다.

그들은 어떤가?

"바레라는 우리의 친구야."

스카키의 말에 칼란은 생각했다.

'*우리의* 친구라. 단어 선택 한 번 섬뜩하군.'

그 말은 마피아 정식 조직원들 사이에서나 서로를 표현하는 말이었다.

'글쎄, 난 정식 조직원도 아니고, 멕시코 마약 밀매상도 분명 아니야. 우라질, 그럼 대체 난 뭐야?'

"바레라 형제는 좋은 사람들이야. 기부금도 많이 내지."

그래, 그 돈 덕분에 빌어먹을 천사 대접을 받고 있지.

하지만 칼란은 멕시코로 갔다.

달리 어디를 가겠는가?

그래서 지금 칼란은 이 해변 휴양지에서 죽은 자의 날 파티에 앉아 있었다.

성스러운 날이고 안전한 장소이니만큼 아무런 문제가 일어나지 않으리라는 생각에 권총 두 자루만 지니기로 결심했다.

'문제가 생긴다고 해도 요즘엔 맨정신으로 있기보다는 약간 마셔 두는 게 더 나아.'

칼란이 막 마지막 술잔을 비우는데 커다란 수족관이 산산조각 나면서 바닷물이 쏟아져 나왔고, 두 사람이 독특한 모습으로 몸을 움찔하며 쓰러졌다. 총을 맞은 사람에게서 보이는 몸짓이었다.

칼란은 의자를 쓰러뜨리며 일어나서 22구경 권총을 꺼내 들었다.

M-16을 쏘아대며 정문으로 쏟아져 들어오는, 검정 양복을 입은 멕시코 연방 경찰이 40명은 됨직했다. 총알이 동굴의 가짜 바위벽을 벌집으로 만들었다.

'가짜라서 다행이군.'

진짜 바위였다면 총알이 박히는 대신 군중들에게 튀어갔을 테니까.

그때 멕시코 연방 경찰 한 명이 수류탄을 꺼내들었다.

"엎드려!"

칼란은 마치 다른 사람들이 그 말을 알아들을 수 있기라도 한 듯 소리 높여 외쳤다. 칼란이 쏜 총알을 머리에 맞은 그 연방 경찰은 수류탄의 핀을 채 뽑지도 못한 채 쓰러졌고, 수류탄은 아무 일 없이 바닥에 떨어졌다. 하지만 또 다른 연방 경찰이 수류탄을 뽑아서 댄스홀 근처에 던졌다. 수류탄이 디스코 음악처럼 화려하게 폭발했다. 파티 참가자 여러 명이 쓰러졌다. 수류탄 파편이 사람들의 다리로 날아들자 공포에 질린 비명소리가 댄스홀을 메웠다.

이제 사람들은 발목 높이의 피범벅 웅덩이 속에서 물고기와 함께 퍼덕이고, 칼란은 다리에 뭔가를 맞은 기분이 들었다. 총알은 아닌 듯했다. 내려다보니 푸른 열대어였다. 나이트클럽 불빛 속에서 선명한 남색을 띠고 있는 예쁜 물고기였다. 칼란은 순간적으로 평화로움에 빠져 넋을 잃고 물고기를 바라보았다. 그리고 정신을 차리고 주위를 둘러보니 이곳은 아수라장이 된 인어공주 클럽이고 파티 참가자들은 비명을 지르고 울면서 밖으로 나가려고 기를 쓰고 있었다. 하지만 나가는 길이 없었다. 멕시코 연방 경찰들이 문을 막고 있었기 때문이다.

그리고 총소리가 들렸다.

칼란은 살짝 취기가 있어서 다행이라고 여겼다. '술 취한 아일랜드 인 청부살인업자' 자동 조종 상태로 맞춰지면서 머리가 맑고 시원해졌다. 칼란은 이제 총을 쏘는 사람들이 멕시코 연방 경찰이 아니라는 사실을 알았다. 이건 체포가 아니라 습격이었다. 만약 그 사람들이 경찰이라면 근무 중이 아니라 다가올 휴일을 위해 부수입을 올리고 있는 것이다. 그리고 칼란은 앞문으로 나가게 될 사람은 없다는 사실을 재빨리 알아차렸다. 목숨이 붙어 있는 상태로는 말이다. 분명 뒷문이 있으리라. 칼란은 몸을 낮춰 클럽의 뒤쪽으로 기어가기 시작했다.

아단의 목숨을 구한 것은 바닷물 벽이었다.

바닷물 벽이 아단의 의자를 넘어뜨려 아단을 바닥에 쓰러뜨렸다. 그래서 첫 번째 총알과 파편이 아단의 머리 위를 스쳐지나갔다. 아단은 몸을 일으켜 세우려다가 총알이 핑하고 날아오는 것을 본능적으로 느끼고 다시 주저앉았다. 총알이 값비싼 산호를 향해 날아가는 것을 짜증스럽게 바라보았다. 수족관이 산산조각 나면서 그 뒤가 훤히 드러났다. 아단은 바로 옆에서 장어가 꿈틀거리는 것을 보고 벌떡 일어났다. 아단은 다른 벽들을 둘러보았다. 폭포 뒤쪽에서 파비안과 독일 소녀가 바지를 끌어올리느라 애쓰고 있었고, 라울은 발목에 바지를 걸치고 선 채 폭포 바깥을 향해 총을 쏘고 있었다.

가짜 멕시코 연방 경찰들의 눈에는 폭포 안쪽이 보이지 않았다. 그 덕분에 라울은 빗발치는 총알 속에서 무사히 목숨을 구한 셈이었다. 라울은 총알이 떨어지자 총을 던져버리고 몸을 굽혀 바지를 끌어올렸다. 그리고 파비안의 어깨를 잡고 말했다.

"서둘러, 여기서 나가야 해."

지금 멕시코 연방 경찰들이 군중을 뚫고 바레라 형제를 찾으러 들어오고 있었기 때문이다. 아단은 그 모습을 보고 일어서서 뒷문 쪽으로 갔다. 미끄러지고, 넘어지고, 다시 일어서고 하면서 간신히 뒷문에 이르자 연방 경찰 한 명이 아단의 얼굴에 소총을 겨누며 웃고 있었다. 아단은 죽은 목숨이었다. 그때 그 연방 경찰의 웃음이 피의 소용돌이 속으로 사라지더니, 누군가가 아단의 손목을 잡아 물이 가득 고인 바닥으로 끌어 내렸다. 아단은 얼굴이 닿을 듯한 거리에서 칼란이 말하는 소리를 들었다.

"엎드려요, 젠장."

칼란은 전진하는 연방 경찰들을 쏘기 시작했다. 피융, 피융, 짧고 유효한 집중사격이 끝나자 그들은 카니발 게임의 떠다니는 오리처럼 쓰러졌다. 아단은 죽은 연방 경찰을 내려다보았다. 한때 경찰의 얼굴이 있던 곳에 휑한 구멍이 나 있고 어느새 게들이 잽싸게 달려들어 배 속을 채우고 있었다. 아단은 간담이 서늘해졌다.

칼란은 앞으로 기어가서 방금 쓰러진 남자의 몸에서 수류탄 두 개를 꺼내고 재빨리 총알을 재장전한 뒤, 제자리로 기어 와서 한 손으로 뒤쪽에 사격을 가하면서 아단을 뒷문 쪽으로 밀었다.

"내 동생! 동생을 찾아야 해!"

"엎드려요!"

또다시 그들 쪽으로 퍼붓는 총소리가 들리자 칼란이 외쳤다. 아단은 몸을 낮췄지만, 오른쪽 종아리에 총알을 맞는 바람에 물속으로 고꾸라졌다. 아단은 쓰러진 자리에 누워 종아리에서 흘러 나온 피가 코 옆으로 지나가는 것을 멍하게 바라보았다.

이제 움직일 수 없을 것만 같았다.

머릿속에서는 일어나라고 말하고 있지만 아단은 갑자기 기력이 바닥나 버렸다. 움직이기에는 너무도 지쳤다.

칼란이 쪼그리고 앉아 아단을 어깨에 둘러메고 비틀거리며 화장실이라는 명패가 붙은 문 쪽으로 갔다. 문에 거의 다다랐을 때 어디선가 나타난 라울이 아단을 부축했다.

"내가 맡겠어."

칼란이 고개를 끄덕였다. 뒤쪽에는 파비안이 클럽의 혼돈 속으로 총을 쏘고 있었다. 칼란이 문을 발로 차서 열자 비교적 조용한 작은 복도가 나왔다.

오른쪽에는 조그만 인어공주 실루엣과 '인어공주'라고 표시가 된 여자 화장실 문이 있었고 왼쪽에는 길고 구불구불한 턱수염의 남자 실루엣과 '포세이돈'이라는 명패가 붙은 남자 화장실 문이 있었다. 라울은 정면에 있는 '비상구'라고 표시된 문으로 곧장 나가려고 했다.

"안 돼요!"

칼란이 소리를 지르며 라울의 옷깃을 당겼다. 시기적절한 판단이었다. 마치 문이 열리기를 기다리고 있었다는 듯이 총알이 빗발쳤기 때문이다. 이 정도의 습격을 계획할 노동력과 시간이 있는 사람이라면 분명 뒷문에 저격수를 배치했을 터였다.

그래서 칼란은 라울을 포세이돈 문 쪽으로 밀쳐버렸다. 파비안이 뒤따라 들어갔다. 칼란은 뒷문 근처에 서 있거나 들어오려는 사람을 저지하기 위해 수류탄 핀을 뽑아 뒷문 밖으로 던졌다.

그리고 남자 화장실로 달려 들어가 문을 닫았다.

수류탄이 터지며 둔탁하고 낮은 폭발음이 들렸다.

라울은 아단을 변기에 앉히고 파비안이 문을 감시하는 사이 아단의 상처 입은 다리를 살펴보았다. 총알은 깨끗이 관통했고, 뼈를 다쳤는지는 알 수가 없었다. 혹시 넓적다리 동맥을 다쳤다면 손을 쓰기도 전에 출혈로 죽을 것이다.

분명한 것은 여기서 탈출할 수 없다는 점이었다. 저격수들이 계속 들어온다면 불가능했다. 지금 그들은 완전히 갇힌 상태였기 때문이다.

'젠장, 내가 화장실에서 죽을 줄 알았다니까.'

라울은 그런 생각을 하면서 주위를 둘러보았다. 미국 화장실에는 당연히 있는 창문이 하나도 보이지 않았다. 하지만 바로 머리 위에 천창(天窓)이 있었다.

남자 화장실에 천창이?

그건 라울의 스타일 주안점의 하나였다.

천창에 대해 논쟁을 벌일 때 라울은 아단에게 이렇게 설명했다.

"유람선 객실처럼 비스듬히 방향이 바뀌는 화장실로 할 거야. 알지, 형? 배가 침몰하듯이 말이야?"

천창은 배의 환기창 모양이고, 화려하게 장식한 욕실에서 세면대와 변기 외의 모든 것이 비스듬히 기울어지도록 하겠다는 뜻이었다.

'그게 바로 당신이 원하는 모습이겠군.' 칼란은 생각했다.

마가리타를 연거푸 마시고 소변을 보러 가고 뱃멀미를 하더라도 말이다. 칼란은 화장실이 기우뚱해졌을 때 얼마나 많은 대학생들이 취하지도 않은 상태에서 비틀거리고 뱃멀미를 했을지 궁금했다. 하지만 그 생각이 길지는 않았다. 그들 머리 위에 있는 빌어먹을 환기창이 유일한 탈출구이기에 칼란은 세면대로 올라가 천창을 열었다. 그리고 뛰어올라 매달린 뒤 몸을 끌어올려 지붕 위로 나갔다. 공기가 짭짤하고 따뜻했다. 칼란은 천창 구멍으로 머리를 집어넣고 말했다.

"어서요!"

파비안이 뛰어올라 천창으로 나가고 라울이 아단을 일으켜 밀어 올리자 칼란과 파비안이 지붕에서 아단을 끌어 올렸다. 라울은 좁은 천창으로 몸을 비집어 넣어 빠져나오느라 고생했다. 하지만 연방 경찰이 화장실 문을 열고 총알을 난사하기 직전에 무사히 빠져나왔다.

연방 경찰이 달려 들어왔다. 그들은 시신과 비명소리와 상처 입고 몸부림치는 사람들을 보리라 기대했지만, 아무것도 보이지 않자 당황스러워 했다. 그러다가 고개를 들어 열린 천장을 발견하고는 상황을 파악했다. 하지만 그것도 잠시, 칼란의 손에서 수류탄이 떨어지고 천창이 닫혔다. 그리고 인어공주 클럽의 남자 화장실에는 드디어 시신과 비명소리와 상처 입고 몸부림치는 사람들이 생겼다.

칼란은 지붕을 가로질러 건물 뒤쪽으로 사람들을 이끌었다. 뒤쪽 골목에는 한 명의 연방 경찰만 있었다. 칼란은 재빨리 뒤통수에 총을 쏘아 그를 해치웠다. 칼란과 라울은 먼저 내려간 파비안에게 아단을 조심스럽게 내려줬다.

그리고 다 함께 빠른 걸음으로 골목을 내려갔다. 라울은 아단을 어깨에 둘러메고 뒷길 쪽으로 갔다. 칼란이 뒷길에 세워진 포드 익스플러로의 창문을 쏘아 문을 연 뒤 30초 만에 시동을 걸었다.

10분 뒤 그들은 과달루페의 성모 병원 응급실에 있었다. 접수처 간호사들은 바레라라는 이름을 듣자 아무런 질문도 하지 않았다.

아단은 운이 좋았다. 넓적다리의 살점만 떨어져 나갔을 뿐 뼈도 이상 없고 대동맥도 손상되지 않았다.

라울은, 한 팔은 채혈을 하고 있고 다른 한 팔은 전화기를 들고 있었다. 몇 분 있자 라울의 저격수들이 병원으로 달려왔고 일부는 게로 멘데스의 부하들이 얼쩡거리고 있지는 않은지 인어공주 클럽 주변을 수색했다. 흔적은 전혀 발견되지 않았고, 파티 참여자 중 여섯 명이 사망했으며, '멕시코 연방 경찰' 열 명이 사망 또는 부상을 입었다는 소식만 들려왔다.

하지만 멘데스의 총잡이는 바레라 형제를 죽이지 못했다.

칼란에게 고마워할 일이었다.

"어떤 소원이든 들어주겠어."

아단이 칼란에게 말했다.

죽은 자의 날에.

소원을 말할 일만 남았다.

이 세상에 있는 무엇이든.

그 10대 소녀는 그에게 '죽은 자의 빵'을 만들어줬다.

설탕을 넣어 달콤하고 빵 안에 깜짝 선물이 숨겨져 있는 롤케이크였다. 그녀는 미겔 앙헬 바레라가 그 롤케이크를 특별히 좋아하여 이 시기를 간절히 기다린다는 사실을 알고 있었다. 한 입 베어 물었을 때 그 안에서 특별한 선물을 발견하는 사람은 행운이 온다는 얘기가 있다. 그녀는 티오 바레라가 그 깜짝 선물을 받는 주인공이 되도록, 티오를 위해 롤케이크 하나를 만들었다.

그녀는 이 특별한 밤의 모든 것이 오직 티오를 위해 존재하기를 바랐다.

그래서 특별히 신경 써서 옷을 차려입었다. 단순하지만 우아한 검정 드레스, 검정 스타킹, 굽 높은 구두. 그녀는 천천히 화장한 뒤 마스카라를 꼼꼼하게 살피고, 까맣고 긴 머리를 윤기가 흐르도록 빗었다. 그녀는 거울로 자신의 모습을 확인하며 만족스러워했다. 매끄럽고 새하얀 피부, 특히 눈에 띄는 까만 두 눈, 부드럽게 어깨로 흘러내려 온 머리카락.

그녀는 부엌에 가서 특제 죽은 자의 빵을 은쟁반에 담았다. 그리고 노란 초에 불을 켜서 쟁반과 함께 들고 식당으로 갔다.

'티오는 제왕처럼 당당해 보여.'

티오는 편안한 밤색 재킷에 실크 잠옷바지를 입고 있었다. 티오의 조카는 감옥에서 지내는 삼촌에게 필요한 고급품이 모두 갖추어졌다고 확신했다. 좋은 옷, 좋은 음식, 좋은 포도주, 그리고, 그녀.

사람들은 아단 바레라가 삼촌의 자책감을 완화하기 위해 지극정성으로 돌보고 있다고 수군댔다. 아단이 차지한 바레라 조직의 경영권을 방해하지 못하도록 그 노인을 감옥에 오랫동안 가둬두는 것이 낫다는 판단에서였다. 사실은 아단이 사업을 인수받기 위해 삼촌을 위험에 빠뜨렸다는 더 신랄한 소문도 있었다.

그녀는 이 소문들의 진상에 대해 알지 못하며 신경도 쓰지 않았다. 다만 자신을 멕시코시티 매음굴에서 보낼 불행한 미래로부터 아단 바레라가 구해 와서 삼촌의 말동무로 삼았다는 사실만 알 뿐이었다. 떠도는 소문에는 그녀가 티오의 옛사랑을 닮았다는 말이 있었다.

그녀는 자신이 운이 좋았다고 생각했다.

티오의 요구를 들어주는 일은 힘들지 않았다. 그를 위해 요리하고 세탁하고 남자로서의 욕구를 채워줬다. 사실 티오가 그녀를 때리는 일도 있었다. 하지만 그리 자주 있는 일은 아니며, 소녀의 아버지가 그랬던 것처럼 악의를 갖고 때리지도 않았다. 티오는 성적 욕구도 자주 일어나지 않았다. 그녀를 때린 다음 잠자리를 갖고 뜻대로 되지 않을 때면 화가 나서 그녀를 때렸다. 성공할 때까지.

그녀는 더 불행하게 사는 사람도 있다고 생각하며 자신을 위로했다.

그녀는 아단 바레라에게 아주 많은 돈을 받았다.

그런데 그보다 더 많은 돈을……

그녀는 머릿속에서 그 생각을 떨쳐버리고 티오에게 죽은 자의 빵을 건네줬다.

그녀의 손이 떨리고 있었다.

티오가 눈치를 챘다.

테이블에 빵을 놓는 그녀의 작은 손이 떨리자 티오는 그녀의 눈을 바라보았다. 눈시울이 촉촉했다. 슬픔의 눈물인가? 아니면 두려움의 눈물인가? 티오는 의아했다. 그녀의 눈을 가까이 들여다보았다. 그녀는 죽은 자의 빵을 내려다보고 다시 티오를 바라보았다. 그제야 티오는 알아챘다.

"훌륭해."

티오는 달콤한 향이 나는 롤케이크를 내려다보면서 말했다.

"고마워요."

그녀의 목소리에 갈라짐이 있는가? 망설임이 있는가? 티오는 의심을 품었다.

"앉아."

티오는 일어서서 그녀의 의자를 빼주며 말했다. 그녀는 앉아서 의자 가장자리를 꽉 잡았다. 티오가 자리에 앉으며 말했다.

"먼저 한 입 먹어봐."

"오, 아뇨. 당신 거예요."

"먹어봐."

"못해요."

"먹어."

명령이었다.

그녀는 따라야 했다.

그래서 그녀는 한 조각을 뜯어 입으로 가져갔다. 아니, 그러려고 노력은 하는데 손이 몹시 떨려서 입을 제대로 찾지 못했다. 그리고 울지 않으려고 안간힘을 썼지만, 눈물이 고여서 볼을 타고 흘러내렸다. 마스카라가 얼굴에 까만 줄을 남겼다.

그녀는 훌쩍이면서 고개를 들었다.

"못하겠어요."

"그런데 내게는 그걸 먹이겠단 거지."

그녀는 코를 훌쩍였지만 콧물이 흘러내렸다.

티오가 하얀 천 냅킨을 건네줬다.

"콧물 닦아."

그녀가 콧물을 닦았다.

"이제 날 위해서 구운 빵을 먹어."

"제발요."

그녀는 불쑥 말하고서 고개를 숙였다.

내 조카들은 이미 죽은 건가? 티오는 궁금했다. 아단과 라울이 특별히 손이 미치지 못하는 곳에 동떨어져 있지 않고서야 이렇게 게로 멘데스가 자신을 암살할 배짱을 부릴 리가 없다. 그러니 조카들이 이미 죽었거나 죽음을 앞두고 있다는 말이 된다. 어쩌면 게로 멘데스는 그 일도 망쳤을 터였다. 그러기를 바라자. 티오는 그렇게 생각하며 기회가 나는 대로 조카와 연락하겠노라고 다짐했다. 이 우울한 일을 결말짓고 나면 곧바로 연락하리라.

"멘데스가 네게 돈을 줬구나, 그렇지? 너와 네 가족 모두에게 새로운 삶을 약속했지?"

그녀가 고개를 끄덕였다.

"넌 여동생들이 있지? 술주정뱅이 아버지가 동생들을 학대하고? 멘데스의 돈으로 넌 동생들을 데려와 집을 마련해 줄 수 있었고?"

"네."

"알겠어."

그녀는 희망을 가지고 티오를 쳐다보았다.

"먹어. 고통 없는 죽음일 거야, 안 그래? 네가 날 고통 속에 천천히 죽게 할 생각은 아니었을 테니까."

그녀는 빵을 입에 넣기를 망설였다. 손이 떨려서 빨강 립스틱에

빵부스러기가 묻었다. 굵은 눈물방울이 빵 위로 뚝뚝 떨어져 그녀가 조심스럽게 만든 달콤한 크림을 뭉갰다.

"먹어."

그녀는 한 입 베어 물었지만 삼키지는 않는 듯했다. 그래서 티오는 포도주를 잔에 따라서 그녀의 손에 쥐여주었다. 그녀가 포도주를 마셨다. 도움이 좀 되는지 그녀는 빵을 삼키고 한 입 더 먹고 또 포도주를 마셨다.

티오는 탁자 위로 몸을 기울여 그녀의 머리를 손등으로 쓰다듬으며 부드럽게 속삭였다.

"알아. 알아."

그리고 반대편 손으로 빵 한 조각을 그녀의 입가에 갖다 댔다. 그녀는 입을 벌리고 빵을 받아먹었다. 그리고 포도주를 마셨다. 신경 흥분제 스트리키닌의 약효가 오르면서 그녀는 고개를 홱 젖혔다. 눈이 휘둥그레지고 입술 사이로 컥컥 거리는 소리가 흘러나왔다.

티오는 그녀의 시신을 담장 너머 개에게 던져줬다.

후안 신부가 담배에 불을 붙였다.

담배 연기를 들이마시면서 몸을 굽혀 신발을 신었다. 왜 해도 뜨지 않은 새벽에 자신이 일어나야 하는지 의아했다. 그리고 그 '긴급한 개인적인 일'이란 게 무엇인지 궁금해서 해가 뜰 때까지 기다리고 있을 수가 없었다. 후안 신부는 곧 내려갈 테니 교육부 장관이 오면 서재로 모시라고 가정부에게 말했다.

후안 신부는 몇 년 동안 세로를 알고 지냈다. 세로가 시날로아

주지사로 있을 때 후안 신부는 쿨리아칸 주교로 있었다. 그리고 세로의 적출 자녀 둘의 세례까지 해 주었다.

'게다가 두 아이 모두 미겔 앙헬 바레라를 대부로 세워주지 않았던가?'

후안 신부는 자문해 보았다. 그 주지사가 한 마을에서 어떤 어린 소녀를 유혹했을 때, 바레라가 직접 찾아와서 세로의 서출 자녀를 위해 영적, 세속적 협정을 맺겠다고 했다. 적어도 그들은 낙태를 반대하기에 나를 찾아왔다. 그건 그에게 유리한 쪽으로 해석한 것이다.

후안 신부는 낡은 털스웨터에 머리를 끼우면서 생각했다.

'하지만 만약 이 아이가 흥미로운 환경에 처한 다른 10대 소녀라면, 난 진지하게 화낼 준비를 해야겠지.'

나이가 그만큼 되었으면 세로도 알아야 했다. 적어도 경험에서는 배울 줄 알아야 했다. 그리고 어떤 경우이든, 하필 이런 꼭두새벽에 그러는가? 후안 신부는 시계를 흘끗 보았다. 4시였다.

후안 신부는 가정부에게 전화했다.

"서재로 커피 두 잔만 갖다 줘요."

최근 세로와 후안 신부의 관계는 엇갈린 의견과 감언이설로 간청하고 위협하는 관계였다. 후안 신부가 새 학교, 책, 점심식사, 더 많은 선생님에 대해 교육부 장관에게 탄원서를 보냈기 때문이다. 후안 신부는 공감협박의 경계에 발끝을 딛고 서서 계속적인 협상을 해왔다. 세로에게 시골마을을 '서자' 취급해서는 안 된다고 항의한 적도 있다. 그 한 마디 덕분에 초등학교 두 곳과 새 선생님 12명을 확보하는 성과를 거두었다.

'아마 오늘은 세로가 복수하는 모양이군.'

후안 신부는 아래층으로 내려가면서 생각했다. 하지만 서재 문을 열고 세로의 얼굴을 보자 훨씬 더 심각한 일이라는 사실을 알게 되었다.

세로는 곧바로 본론으로 들어갔다.

"난 암으로 죽어가고 있소."

후안 신부는 깜짝 놀랐다.

"정말 몹시도 유감입니다. 어떻게 방법이……."

"없소. 가망이 없소."

"내게 고해를 하겠습니까?"

"고해 신부는 따로 있소."

세로가 후안 신부에게 서류가방을 건네주었다.

"이걸 가져왔소. 다른 사람은 아무도 떠오르질 않소."

후안 신부가 가방을 열자 서류들과 테이프가 들어 있었다.

"이해할 수 없군요."

"난 대규모 사건의 공모자였소. 난 죽으면 안 되는데…… 너무 무섭고…… 이건 진심이오. 적어도 원상복구 노력은 해야겠소."

"고해를 하면 분명 면죄 받을 겁니다. 그런데 이게 모두 일종의 증거라면 왜 내게 가져왔습니까? 법무 장관이나 아니면……."

"그의 목소리도 테이프에 녹음되어 있소."

후안 신부는 상황을 이해했다.

세로는 몸을 기울여 낮은 소리로 말했다.

"법무 장관, 내무 장관, PRI 의장, 대통령, 모두가 있소. '우리' 모두."

야단났군, 하고 후안 신부는 생각했다.

이 테이프에 뭐가 있다는 건가?

후안 신부는 하나를 꺼내 절반쯤 들어봤다.

줄담배를 피우며 테이프를 듣고 서류들을 훑어보았다. 회의 메모들, 세로의 쪽지들. 이름, 날짜, 장소. 15년 동안의 부정부패 기록이었다. 아니, 단순한 부정부패가 아니었다. 부정부패가 통탄할 수준일 뿐이라면 이 사건은 엄청났다. 엄청나다는 말로도 모자란 일이었다. 말로는 도저히 표현할 수 없는 전대미문의 사건이었다.

그들이 저지른 일은, 한마디로 말해서 '마약 밀매자들에게 나라를 팔아치운' 일이었다.

직접 보지 않았다면 믿지 못했을 것이다. 대통령 선거를 돕기 위한, 1인분에 2500만 달러짜리 저녁식사 자리. 선거관리위원회 관계자 살해와 도둑질 당선. 대통령의 동생과 법무 장관이 이 난폭한 일을 계획하는 목소리. 그리고 마약 밀매자에게 간청하는 소리. 그 모든 비용을 지불해 달라고, 살인 사건을 맡아달라고, 미국 요원 어니 이달고를 고문하고 죽여 달라고.

그리고 코카인을 판매하여 콘트라스에 자금, 장비, 훈련을 제공하는 케르베로스 작전도 있었다.

콜롬비아와 멕시코에 있는 마약 카르텔이 얼마간 자금을 제공하고 PRI가 후원한, 보수파 살인 사건 레드 미스트 작전도 있었다.

세로가 지옥을 두려워하는 것은 당연했다. 세로는 이 세상에 지옥을 짓는 일을 돕고 있었으니까.

후안 신부는 이제 세로가 이 증거들을 자신에게 가져온 이유를 이해했다. 테이프에 녹음된 목소리들, 메모지에 적힌 이름들에 그 이유가 나와 있었다. 대통령, 대통령의 동생, 국무 장관, 미겔 앙헬 바레라, 가르시아 아브레고, 게로 멘데스, 아단 바레라, 20명의 경찰, 군인, 정보부 고위관리, PRI 당국자들. 멕시코에는 이것을 처리할 능력이나 의지가 있는 사람이 아무도 없었다.

그래서 후안 신부에게 가져온 것이다. 이걸 누군가에게 주기를 바라면서…….

하지만 누구에게?

후안 신부는 담배를 한 대 더 피우려고 하다가 갑자기 담배 연기가 진절머리난다고 느껴져 깜짝 놀랐다. 입에서 불쾌한 맛이 났다. 후안 신부는 위층으로 올라가서 양치질하고 화상을 입을 정도로 뜨거운 물에 샤워했다. 물줄기가 뒷목을 때리도록 내버려 둔 채, 어쩌면 이 증거자료들을 아트 켈러에게 갖다 줘야 할지도 모른다고 생각했다.

후안 신부는 지금은 유감스럽게도 멕시코에서 꺼리는 인물이 된 아트와 자주 서신 왕래를 해오고 있었다. 그리고 아트는 여전히 마약 카르텔들을 끌어내리는 일에 사로잡혀 있었다. 하지만 그는 곰곰이 따져봐야 했다. 만약 이 자료들을 아트에게 준다면 무슨 일이 일어날까? 콘트라 자금에 대한 답례로 바레라와 공범이 된 CIA와 케르베로스 작전이 폭로되면 엄청난 충격을 주지 않을까? 아트에게 이 일을 처리할 힘이 있을까? 현 정부에 의해 은폐되어 버릴까? NAFTA에 집중하는 만큼 신경 써줄 다른 미국 기관으로 어떤 곳이 있을까?

후안 신부는 속이 메스꺼워졌다.

'NAFTA. 그건 우리와 미국인들이 융통성 없이 행진해 가고

있는 벼랑이야.'

하지만 희망은 있었다. 대통령 선거가 다가오고 있고, 필연적으로 이기게 될 PRI의 후보자 루이스 도날도 콜로시오가 좋은 사람인 듯했다. 그는 기준에 맞는 좌파 사람이며 도리를 따르는 사람이었다. 후안 신부는 그와 자리를 함께한 적이 있었는데 호감이 가는 인물이었다.

그리고 죽어가는 세로가 가져온 이 대경실색할 만한 증거자료는 PRI의 공룡을 불명예스럽게 만들 수 있었고, 그 결과 콜로시오가 권력을 쥐게 될지도 모른다는 직감이 들었다. 이 정보를 줘야 할 사람이 '콜로시오'일까?

'아니야. 콜로시오는 자기 당에게 불리한 행동을 할 사람 같지가 않아.'

그저 대통령 후보 자격을 박탈당하게 될 뿐이었다.

후안 신부는 얼굴에 거품을 바르고 면도를 하면서 골똘히 생각해 보았다. 국가 기관 전체가 마약 판매 카르텔에게 나라를 경매해 버린 사실을 폭로할 수 있는 권위와 힘과 순수한 정신적 힘을 지닌 사람은 과연 누구일까? 누가 있는가?

문득 대답이 떠올랐다.

확실하다.

후안 신부는 적당한 아침 시간이 될 때까지 기다렸다가 안토누치 추기경에게 전화를 걸었다. 그리고 로마 교황에게 중요한 정보를 전달하고 싶다고 말했다.

오푸스데이 교단은 1928년에 전직 법률가였던 한 부유한 스페인 신부 호세마리아 에스크리바가 창시하였다. 그 신부는 마드리드 대학이 좌파 급진주의의 온상이 되었다고 여기며 무척 염려스러워하다가 가톨릭 최상류층들로 새로운 조직을 구성해 스페인 시민전쟁에서 파시스트당에 가담하여 싸웠고, 그 후 3년 동안 프랑코 장군이 정권을 잡아 굳건히 자리를 잡도록 도왔다. 그 착상은 정부, 언론, 대기업에 몸담은 재능 있고 젊은 최상류층 보수당원들을 모집하여, 그들에게 '전통적인' 가톨릭교회의 가치(특히 반(反)공산주의)를 불어넣은 뒤 각자의 분야로 돌아가 교회 일을 펼치도록 하는 것이었다.

특수부대 대령, CIA 정보 제공자, 몰타의 기사, 마피아 정식 조직원인 살바토레 스카키는 신뢰도 높은 오푸스데이 회원이었다. 스카키는 모든 요건을 충족시켰다. 매일 미사에 참석하고, 오푸스데이 신부님에게만 고해를 하고, 오푸스데이 시설에서 정기적인 묵상회에 들었다.

그리고 훌륭한 군인이었다. 베트남, 캄보디아, 타이·미얀마·라오스의 국경 접촉 지대인 황금의 삼각 지대에서 공산주의에 맞서 훌륭하게 싸웠다. 멕시코, 케르베로스를 통한 중앙아메리카, 레드 미스트를 통한 남아메리카에서 전투에 참가했다. 지금 해방신학자 후안 신부가 세상에 폭로하려는 모든 작전에 참가했다. 지금 스카키는 안토누치 추기경의 사무실에 앉아서 후안 신부가 바티칸에 넘기고 싶어 하는 정보에 대해 어떻게 할지 고민하고 있었다.

스카키가 안토누치 추기경에게 말했다.

"세로가 후안 신부를 만나러 갔다고 했습니까?"

"후안 신부가 내게 한 말이오."

"세로는 정부 전체를 끌어내릴 만큼 알고 있습니다."

끌어내리고도 남을 것이다.

"이 정보로 교황님께 무거운 짐을 지울 수는 없소."

이번 로마 교황은 오푸스데이의 두드러진 지지자였다. 최근 에스크리바 신부를 시복(죽은 후에 복자품으로 올리는 일 — 옮긴이)해 주기도 했다. 시성(죽은 후에 성인품으로 올리는 일 — 옮긴이)으로 가는 첫 단계다. 공산주의 사회 음모에 대항하는 아주 가혹한 활동 속에 교단이 말려든 증거를 교황의 눈앞에 들이대는 일은, 어쨌든 당황스러운 일이었다.

더 나쁜 일은 현 정부에 반대하는 스캔들로 분출될 거라는 점이었다. 교회가 멕시코에서 완전한 법적 지위를 회복하려는 협상을 진행하고 있는 것과 마찬가지였다. 아니다. 이번 폭로는 정부를 종종걸음치게 만들 것이다. 그리고 협상을 중지시키고 그 여세를 몰아 이단 해방 신학자들을 쩔쩔매게 할 것이다. 선의의 '유용한 바보'가 되어 공산주의 통치를 불러일으키는 데에 도움을 줄 많은 해방신학자들을 말이다.

'어디서나 똑같은 이야기가 전해지지.'

안토누치 추기경은 생각했다. 어리석고 잘못 인도된 자유주의 신부들이 공산주의자들에게 권력을 가져다주는 일을 돕고 나면 그 공산주의자들은 그 신부들을 학살했다. '토사구팽', 스페인에서는 정말로 그랬다. 그것이 복자 에스크리바가 처음에 교단을 창시하게 된 이유였다.

오푸스데이의 회원으로서, 안토누치 추기경과 스카키는 다수의 이익이라는 개념에 익숙해져 있었다. 그리고 스카키에게는 공산주의를 패배시켜서 다수가 이익을 얻는 일이 부정부패의 사악함보다 중대했다. 스카키는 또 마음속에 특별한 것을 품고 있었다. 국회에서 아직도 검토 중인 NAFTA 협정이었다. 만약 후안 신부의 폭로가 공표된다면 그들은 NAFTA 안을 폐기할 것이다. 그리고 NAFTA가 없으면 멕시코 중류 계급이 성장할 가능성은 없다고 봐야 했다. NAFTA만이 만연한 공산주의 독기를 해독할 유일한 장기 대책이었다.

안토누치 추기경이 단호하게 말했다.

"우리는 백만 신도들의 영혼을 위해 훌륭한 일을 할 기회가 생겼소. 멕시코 정부가 고마워하게 함으로써 멕시코 사람들에게 진정한 교회를 돌려주는 일이오."

"이 정보가 은폐된다면 그렇겠지요."

"그리 될 것이오."

"하지만 그렇게 간단한 일이 아닙니다. 아무래도 후안 신부는 확실한 정보를 갖고 있는 것 같고, 계속 진행할 듯합니다. 만약 그가 알지 못……"

안토누치 추기경이 일어섰다.

"그런 세속적인 세부사항은 교단의 평수사에게 넘겨야겠소. 난 그런 일은 잘 모르오."

하지만 스카키는 잘 알고 있었다.

아단은 거대한 대목장이 딸린 라울의 요새에 누워 있었다. 그곳은 티후아나와 테카테 사이에 뻗은 도로로 한참 들어간 곳에 자리 잡고 있었다.

대목장 안에는 아단과 라울이 거주하는 독립된 주거단지가 있었다. 3미터 높이의 담장으로 둘러싸여 있으며 담장 꼭대기에는 면도날이 박힌 철사와 깨진 유리병들이 꽂혀 있었다. 두 개의 출입구에는 각각 철근을 박아 넣은 육중한 대문이 달려 있었다. 감시등 전망대가 각각의 귀퉁이에 세워져 있고 AK-47, M-50 기관총, 중국식 로켓탄 발사기로 무장한 경호원들이 배치되어 있었다.

그리고 그곳에 도착하려면 고속도로에서 나와 진흙길로 족히 3킬로미터는 운전해 와야 했다. 하지만 그 길에 이르지도 못할 가능성이 다분했다. 사복 차림의 바하 주립 경찰들이 그 길 입구에서 불철주야로 감시하고 있었기 때문이다.

바레라 형제는 인어공주 디스코 클럽 피습 이후에 곧장 이곳으로 왔으며, 지금 이곳은 고도의 경계태세를 유지하고 있었다. 경호원들이 밤낮으로 담장을 감시하고 지프를 탄 분대가 그 지역 주변을 순찰하고 있었다. 또한 기술자들이 그 지역 무전송신과 휴대전화 전파를 전자적으로 방해하고 있었다.

그리고 아단의 침실 창문 밖에는 마누엘 산체스가 충견처럼 앉아 있었다.

'우린 이제 똑같이 다리를 저는 쌍둥이가 되었군.'

아단의 부상은 곧 회복될 테지만, 예전에 아단과 함께 고문을 받다가 다친 산체스의 다리는 영구적으로 불구가 되었다. 그래서 아단은 힘들었던 콘도르 작전 시절부터 수년간 쭉 산체스를 경호원으로 고용해 왔다.

산체스는 그 자리를 떠나지 않을 것이다. 먹지도, 자지도 않으면서 말이다.

그저 다리에 엽총을 올려놓고 벽에 기대앉아 있거나 가끔씩 일어나서 절뚝거리며 벽을 따라 왔다갔다 걸어 다녔다.

산체스는 눈물을 쏟으며 아단에게 말했다.

"내가 거기 있어야 했어요, 파트론. 그 곁을 지켜야 했어요."

"네 일은 내 집과 내 가족들을 보호하는 거야. 그리고 넌 한 번도 날 실망시킨 적이 없어."

산체스는 결코 실망시키지 않을 것이다.

산체스는 아단의 창문에서 떠나지 않을 것이다. 요리사가 음식을 가져다주면 산체스는 창밖에 앉아서 먹었다. 산체스는 떠나지 않을 것이다. 돈(Don) 아단이 자신의 목숨과 다리를 구해주었다. 그러니 아단과 그의 아내와 딸이 집 안에 있는 동안은, 게로 멘데스의 저격수들이 온다 해도 집 안으로 들어가려면 마누엘 산체스를 넘고 가야만 했다.

그리고 아무도 산체스를 통과하지 못할 것이다.

아단은 산체스가 있어서 기뻤다. 루시아와 글로리아가 안전하다고 느끼게 해줬다. 그들은 이미 엄청난 시련을 겪었다. 저격수들 때문에 한밤중에 일어나 짐을 쌀 겨를도 없이 시골로 떠밀려 왔기 때문이다. 글로리아는 혼란한 상황 탓에 호흡기 문제가 발생하여 위태로운 상태가 되었다. 그들은 이곳으로 의사를 불러들였다. 의사는 비행기에서 내려 눈을 가린 채 대목장으로 이동했다. 인공호흡장치, 산소 마스크, 가습기 등의 값비싸고 정교한 의료 도구들도 한밤중에 모두 옮겨왔다. 몇 주가 지난 지금까지도 글로리아는 그 증상이 완치되지 않았다.

그리고 글로리아는 아단이 절룩거리고 고통스러워하는 것을 보자 또다시 충격을 받았다. 아단은 내키지는 않았지만, 오토바이 사고가 났었다고 거짓말을 했다. 그리고 거짓말을 더 했다. 글로리아가 공기 좋은 곳에서 요양할 필요가 있어서 시골에 온 것이며 한동안 여기서 살 거라고 말이다.

그러나 글로리아는 바보가 아니었다. 글로리아도 전망대, 총, 경호원들을 보았다. 가족이 아주 부자라는 사실도, 보호받을 필요가 있다는 사실도 조만간 꿰뚫어 볼 것이다.

그리고 더 집요하게 질문할 것이다.

그리고 더 집요하게 대답을 얻어낼 것이다.

아빠가 무슨 일을 하는 사람인지에 대해.

'글로리아가 이해할까?'

아단은 궁금했다. 그는 불안하고 초조했고 회복기 환자로 지내는 일에 지쳤다. 그리고 솔직히 말해서 아단은 노라를 그리워하고 있었다. 침대에서, 식탁에서 노라를 그리워했다. 이 모든 상황에 대해 노라와 대화를 나눈다면 좋을 텐데.

아단은 인어공주 클럽 습격 다음날에 용케 노라에게 전화를 걸었다. 노라가 TV나 신문으로 그 사건을 봤으리라는 사실은 알았지만, 자신이 무사하다는 사실과 다시 만나기까지 몇 주일이 걸릴 거라는 사실을 직접 알려주고 싶었다. 무엇보다도 안전해질 때까지 멕시코를 떠나 있으라고 말해야 했다.

노라의 반응은 아단이 기대했던 대로였고, 바랐던 대로였다. 노라는 전화벨이 한 번 울리자 바로 받았다. 그리고 아단의 목소리를 듣자 안도의 목소리로 바뀌었다. 그리고 곧바로 아단에게 농담을 했다. 만약 아단이 노라가 아닌 다른 매혹적인 사람에게 유혹된다면 뒷일을 각오해야 할 거라고 말이다.

"전화해요. 내가 달려갈게요."

정말이지 그랬으면 좋겠다. 아단은 고통스럽게 다리를 쭉 펴며 생각했다. 그러기를 아단이 얼마나 간절히 바라는지 노라는 모를 것이다.

아단은 침대에 누워 있는 것이 싫증나서 일어나 앉아 다친 다리를 천천히 내린 뒤 발을 살살 디뎌 보았다. 그리고 지팡이를 짚고 절룩절룩 창가로 걸어갔다. 화창했다. 따뜻한 햇볕이 환하게 비치고 새들이 지저귀고 있었다. 활동하기 좋은 날이었다. 아단의 다리는 병균 감염 없이 빠르게 잘 회복되고 있으니 곧 일어나서 돌아다니게 될 터였다. 다행이었다. 할 일은 많고 시간은 많지 않으니 말이다.

사실 아단은 크게 걱정하고 있었다. 인어공주 클럽을 습격한 멕시코 연방 경찰이 유니폼 차림에 신분증까지 지니고 있었다는 말은 수십만 달러의 뇌물을 들였다는 얘기였다. 그리고 게로 멘데스가 휴양지 폭력 금지 규약을 위반할 정도로 자신을 강하게 느낀다는 사실은 멘데스의 사업이 생각보다 잘되고 있다는 뜻이기도 했다.

하지만 어떻게? 아단은 궁금했다. 어떻게 라 플라사를 거쳐 물건을 운송한다는 말인가? 바레라 조직이 멘데스에게는 라 플라사를 거의 닫지 않았던가? 그리고 멘데스가 어떻게 멕시코시티와 연방 경찰의 지원을 받았다는 말인가?

아브레고가 멘데스와 제휴를 한 것일까? 멘데스가 보스의 승인도 없이 인어공주 클럽 습격을 진행한 것일까? 만약 그렇다면 아브레고의 지원이 대통령의 동생 엘 바그만과 연방 정부를 전면적으로 이끌었을 것이다.

바하에서조차 지역 경찰들 사이에 내란이 진행되고 있었다. 바레라는 바하 경찰을 손아귀에 쥐고 있었고 멘데스는 연방 경찰을 꽉 잡고 있었다. 티후아나 도시 경찰은 다소 중립적이었지만 도시에는 새로운 선수가 있었다. 다름 아닌 불멸의 안토니오 라모스가 통솔하는 언터처블 같은 정예그룹 특수용병단이었다. 만약 라모스가 연방 경찰과 동맹을 맺기라도 하면…….

'선거가 다가오고 있어서 정말 다행이야.'

아단 쪽 사람들은 PRI의 정선된 후보 콜로시오에게 여러 차례 신중한 접근을 시도했지만 한 마디로 거절당했다. 하지만 콜로시오가 전반적으로 마약 거래자들을 좋아하지 않는다는 사실을 확실히 알게 되었다. 콜로시오는 당선되면 그 기백으로 바레라와 멘데스를 뒤쫓을 것이다.

'하지만 그동안 세상은 우리 편이야.'

그리고 이번에는, 세상이 이긴다.

칼란은 도무지 마음에 들지 않았다.

칼란은 훔친 빨간 자동차의 뒷좌석에 라울 바레라와 앉아 있었다. 라울은 자신이 시장이라도 된 듯 티후아나를 일주하고 있었다. 지금 도시에서 가장 분주한 거리인 보울레바르드 디아스 오르다스를 지나가고 있었다. 바하 주립 경찰관이 운전석에 한 명, 조수석에 한 명 앉아 있었다. 라울은 부츠는 물론 진주단추가 달린 검은색 셔츠와 하얀 카우보이모자까지, 시날로아 카우보이 복장으로 잔뜩 모양을 냈다.

'이건 전투를 하겠다는 의지가 없는 거야.'

이 사람들은 고대 시칠리아 사람들이 했던 일을 하고 있어야 했다. 침상으로 가서 몸을 웅크린 채 나올 시기를 기다리는 일 말이다. 하지만 멕시코 방식은 그게 아니었다. 멕시코 방식은 남자다움이었다. 밖으로 나가서 힘을 과시하는 것 말이다.

라울이 나대고 싶어 하는 것처럼 말이다.

그래서 검정 유니폼을 차려입은 멕시코 연방 경찰을 잔뜩 태운 검은색 서브어번 자동차 두 대가 넓은 가로수 길에서 그들을 따라오기 시작했을 때, 칼란은 전혀 놀라지 않았다. 그 정도는 예상했던 일이니까.

"아, 라울."

"나도 봤어."

라울은 운전사에게 옆 골목으로 빠져서 거대한 벼룩시장으로 가자고 말했다.

두 대 중 뒤쪽 자동차에 타고 있는 게로 멘데스는 이 여피족의 소방차가 우회전하는 모습을 보았다. 그리고 뒷좌석에 앉은 라울 바레라를 보았다.

사실, 멘데스가 처음 본 것은 광대였다.

어마어마한 벼룩시장 담장에 그려진 광대의 바보처럼 웃고 있는 얼굴이었다. 광대의 얼굴은 도시 기준으로 두 블록 정도에 걸쳐 그려져 있었다. 게로 멘데스는 커다랗고 빨간 코, 하얀 얼굴, 가발을 쓴 모습의 10미터 가까이나 되는 광대를 보고 깜짝 놀라서 눈을 돌리다가 캘리포니아 번호판을 달고 있는 붉은 서브어번 뒷좌석에 앉아 있는 남자에게 초점을 맞췄다. 확실히 라울을 닮았다.

"저 차를 세워."

멘데스가 운전사에게 말했다.

앞서 가던 검정 서브어번이 빨강 서브어번 앞으로 가서 갓돌 쪽으로 몰아세웠다. 멘데스의 자동차가 그 뒤로 붙어 옴짝달싹 못 하게 했다.

'이런 젠장.'

앞 차량에서 연방 경찰 소령이 한 명 나오자 칼란은 속으로 욕지기를 내뱉었다. 그 소령은 M-16을 겨누며 다가오고 있었고 두 명이 그 뒤를 바짝 따라붙었다. 이건 교통위반 스티커를 끊는 상황이 아니었다. 칼란은 자리에서 몸을 약간 낮춰 허리에서 천천히 22구경 권총을 뽑아 든 뒤 왼팔로 가렸다.

"우리가 한 수 위야."

라울이 말했다. 칼란이 보기엔 별로 그런 것 같지가 않았다. 오래된 서부 영화의 한 장면에서 마차 밖으로 튀어나온 구식 장총처럼 검정 서브어번 두 대의 창문 밖으로 소총이 튀어나와 있었기 때문이다. 그리고 조만간 기갑 부대가 도착하는 것이 아니라면 이 노후한 대초원에 파묻힐 사람은 많지 않을 것이다.

'빌어먹을 멕시코.'

게로 멘데스는 오른쪽 뒷좌석 창문을 내리고 창문턱에 AK를 걸쳐놓았다. 그리고 라울을 쓸어버릴 준비를 갖췄다.

바하 주립 경찰인 운전사가 창문을 내리고 물었다.

"무슨 문제라도 있습니까?"

분명히 문제가 있는 상황으로 보였다. 연방 경찰 소령이 곁눈질로 라울을 보고는 M-16의 방아쇠를 당기려고 했기 때문이다.

칼란이 가려둔 총을 들어 쏘았다.

총알 두 발이 소령의 이마를 쳐 날렸다.

M-16이 아스팔트 위로 떨어지고 그도 쓰러졌다.

앞 좌석에 앉은 바하 주립 경찰 두 명이 창밖으로 총을 쏘았다. 라울은 뒷좌석에 앉아 있었다. 핑핑거리는 총알이 앞 좌석에 앉은 두 명의 귀를 스쳤다. 라울은 소리 지르면서 총을 쏘고 있었다. 만약 이것이 마지막 전투라면 당당하게 밖으로 나갈 것이다. 나가서, 다른 마약 밀매자들이 몇 년 동안은 찬양할 수준으로 싸울 터였다.

하지만 마지막이 아니기에 라울은 밖으로 나가지 않았다.

게로 멘데스는 빨강 서브어번만 발견했지, 한 블록 뒤에서 그 뒤를 뒤쫓는 정체 모를 포드 에어로스타와 폴크스바겐 제타는 보지 못했다. 이제 그 두 대의 훔친 차량이 으르렁거리며 다가와 연방 경찰들을 함정에 빠뜨렸다.

에어로스타에서 파비안이 뛰어내리며 AK로 연방 경찰 한 명의 가슴을 긁어버렸다. 부상입은 연방 경찰이 검정 서브어번 아래로 숨어들어 가려 하자, 라울 측의 무기가 얼마나 우세한지 알아본 다른 연방 경찰 한 명이 그 자리에서 변절했다. 그는 어떻게든 살아남을 생각으로 M-16을 들어 올려 목숨만 살려달라고 간청하는 동료에게 최후의 일격을 쏘았다. 총알이 손을 뚫고 얼굴을 강탈했다. 그는 자신을 부하로 받아들여 달라는 표정으로 파비안을 쳐다보았다.

하지만 파비안은 그의 머리에 두 발을 쏘았다.

그런 비겁한 사람을 누가 받아주겠는가?

칼란은 라울을 당겨 앉히며 소리쳤다.

"여기서 빠져나가야 해요!"

칼란은 자동차 문을 열고 인도로 굴러 나왔다. 자동차 아래에 엎드려서 검정 바지를 입은 건 뭐든 쏘았다. 라울이 자동차에서 내리자 그들은 총을 쏘며 넓은 가로수 길을 향해 빠져나가기 시작했다.

사방에서 경찰들이 자동차를 타고, 오토바이를 타고, 뛰어서 굉음을 내며 달려오고 있었다. 연방 경찰, 주립 경찰, 티후아나 시립 경찰, 누가 누구인지 알 수가 없었다. 그냥 난투나 다름없었다.

모두가 동시에, 쏘아야 할 사람을 알아내려 하면서 쏘지 않고 해결할 방법을 찾고 있었다. 하지만 저격대상을 알고 있는 파비안의 저격수들은 자동차를 몰아세운 연방 경찰들을 조직적으로 쏘아 쓰러뜨렸다. 하지만 그들이 쉽게 쓰러지지 않고 반격을 해오다 보니 온 사방에서 총알이 날아왔다. 그때 웬 바보가 도로를 건너와서 소니 8밀리 캠코더를 들고 이 아수라장을 촬영하려고 했다. 그는 바보들과 주정뱅이들에게 주어지는 특권 덕분에 이 포화 속에서 10분이나 살아남았다. 하지만 다른 많은 사람들은 죽음을 맞았다.

연방 경찰 세 명이 사망하고 세 명이 부상을 입었다. 바레라 저격수들은 바하 주립 경찰관 한 명을 포함해서 두 명이 죽고 두 명이 심한 총상을 입었으며, 구경꾼 일곱 명이 총상을 입고 쓰러졌다. 그리고 멕시코에서나 일어날 법한 그 비현실적인 순간에, 마침 근처에 들렀다가 현장을 목격한 티후아나의 주교가 자동차에서 내렸다. 주교는 일일이 다니며 죽은 사람에게는 마지막 의식을, 살아 있는 사람에게는 정신적인 위로를 해 주었다. 구급차가 도착하고, 곧 경찰차와 텔레비전 중계차도 왔다. 모든 것이 도착했다. 조그만 자동차에서 나와 공중제비를 도는 스무 명의 난쟁이들만 도착하면 완벽했다.

광대 그림은 더 이상 웃지 않았다.

글자 그대로 웃음이 얼굴에서 사살되었다. 빨간 코는 총알을 맞아 곰보 자국투성이가 되었고 눈동자의 가장자리에 구멍이 뚫려 새로운 눈동자가 생겼다. 그래서 광대는 사팔눈으로 현장을 내려다보고 있었다.

게로 멘데스는 걸어서 도망쳤다. 그는 포격전의 대부분을 자동차 바닥에 엎드려서 보냈고 반대편 문으로 슬쩍 빠져나와서 아무도 못 보게 살금살금 도망갔다.

하지만 라울은 많은 사람이 지켜보고 있었다. 라울과 칼란은 서로 협력하여 대로변으로 되돌아왔다. 라울은 AK로 마구 쏘아 댔고, 칼란은 정확한 2인조 구도를 유지하며 22구경 권총으로 쏘았다.

파비안이 에어로스타를 몰고 오는 것이 보였다. 비록 타이어가 총알을 맞고 펑크가 나서 바퀴 테두리로 구르면서 불티를 튀겨내고 있었지만 말이다. 파비안은 칼란과 라울 옆에 자동차를 세우고 외쳤다.

"올라타!"

칼란은 살았다고 생각하며 라울과 함께 자동차에 올랐다. 자동차는 오던 길을 따라 쏜살같이 달려갔다. 하지만 교차로를 막고 있는 또 다른 서브어번과 마주쳤다. 사복형사들이 잔뜩 탄 채 M-16을 겨누고 있었다.

라울이 AK를 내려놓고 손을 들며 웃었다.

그 사이 라모스와 그의 부하들이 본때를 보여줄 준비를 하며 현장에 도착했다. 그런데 혼내줄 대상자의 대부분이 이미 아스팔트 위에서 피를 흘리고 있거나 오래전에 떠나고 없었다. 온 거리가 벌레들이 윙윙거리는 듯 시끌시끌한데 바레라 형제 중 한 명이 경찰에 체포되었다는 소리가 어디선가 들렸다.

아단이다.

아니, 라울이다.

어느 쪽이든 바레라였다. 어느 경찰이 그를 체포했으며 어디로 데려갔다는 말인가? 그게 중요했다. 연방 경찰이 데려갔다면 그를 내동댕이쳐서 쏘아버렸을 것이고, 바하 주립 경찰들이 데려갔다면 아마도 안전한 장소로 데려갔을 것이다. 만약 시립 경찰이라면 바레라를 가로채 오기 위해 라모스가 총을 쏠 일이 남았을지도 몰랐다.

아단이라면 괜찮을 것이다.

라울이라 해도 역시 괜찮을 것이다.

라모스가 목격자를 한 명 한 명 붙잡고 다니자 제복차림의 시립 경찰이 다가와 강력반 형사들이 바레라 한 명과 두 명의 사내를 체포해 자동차에 태워 갔다고 알려줬다.

라모스는 관할 구역 건물로 질주했다.

입에는 시가를 꾹 물고 허리에는 마누라를 꽂은 채 강력반 사무실로 뛰어드는데, 때마침 라울의 뒤통수가 뒷문 밖으로 사라지고 있었다. 라모스가 그 뒤통수에 대고 마누라를 겨누자 강력반 형사가 말렸다.

"진정하시오."

"저 사람 누구였지?"

"누구 말이오?"

"방금 경찰 한 무리를 쏘아버린 저 녀석 말이야. 당신은 상관없다 이건가?"

보아하니 상관없는 듯했다. 만약 복도를 가로막고 서 있는 그 강력반 형사들이 라울, 파비안, 칼란이 깨끗이 도망치게 도와주는 일을 부끄러워하고 있다면 그런 표정을 짓고 있을 수가 없었기 때문이다.

아단은 텔레비전에서 그 내용을 보았다.

시날로아 벼룩시장이 온 뉴스를 장식하고 있었다.

기자가 아단이 체포되었다고 숨 가쁘게 보도했다. 또는 라울이 체포되었다는 보도도 있었다. 기자가 어느 방송국 소속이냐에 따라 달랐다. 하지만 몇 주 후면 모든 채널이 똑같은 두 번째 소식을 전하리라. 경쟁하는 두 마약 갱이 도심부 중심지에서 총격전을 벌인 날 체포된 사람은 무고한 시민이었다고 말이다. 그리고 바하 카르텔 경쟁자들 사이의 폭력을 없애기 위해 특단의 조치가 필요하다고 전할 터였다.

아단은 생각했다.

'글쎄, 곧 특단의 조치가 있겠지.'

마지막 두 습격에서 살아남은 것은 행운이었다. 하지만 그 행운이 얼마나 갈까?

결론은, 자신들은 끝났다는 것이다.

그리고 자신이 죽으면 게로 멘데스는 루시아와 글로리아를 뒤쫓아 가서 죽일 것이다. 멘데스의 힘의 새로운 원천이 무엇인지 알아내어 중지시키지 못한다면 말이다.

그 힘은 대체 어디서 나온단 말인가?

라모스와 그의 대원들은 멕시코 국경 근처의 창고를 파헤치고 있었다. 믿을 만한 정보였기에 그들은 진공 포장된 코카인 더미를 찾아냈다. 그런데 묶여 있는 게로 멘데스의 일꾼 10여 명이 한쪽 구석에 세워진 지게차에 슬쩍슬쩍 눈길을 주는 게 아닌가? 라모스는 그 사실을 눈치채고 창고 책임자에게 물었다.

"열쇠는 어디 있지?"

"책상 맨 위 서랍에 있습니다."

라모스는 열쇠를 찾아 지게차에 올라탄 다음 상자들을 들어 올렸다. 믿기지 않는 장면이 눈앞에 펼쳐졌다.

지하 터널 입구였다.

"나를 속일 셈이었나?"

라모스가 외쳤다. 그리고 지게차에서 뛰어내려 창고 책임자의 멱살을 쥐고 힘껏 들어 올렸다.

"저 아래에 사람들이 있나? 부비 트랩(건드리면 터지는 폭탄 — 옮긴이)이 있나?"

"없습니다."

"만약 있으면 돌아와서 널 죽이겠어."

"맹세합니다."

"저 아래에 전등 있나?"

"네."

"켜."

5분 뒤 라모스는 한 손에는 총을 들고 한 손으로는 터널 입구 벽에 고정된 사다리를 잡고 내려갔다.

20미터쯤 되는 깊이였다.

터널은 철근 콘크리트 바닥과 벽으로 지었으며, 높이 180센티미터 폭 120센티미터 크기였다. 형광등 시설이 천장에 붙어 있고 에어컨디셔닝 시스템이 신선한 공기를 터널로 들여보내고 있었다. 좁은 철로가 바닥에 깔려 있었고 짐수레가 철로 위에 놓여 있었다.

"맙소사. 그래도 기관차는 없군. 아직은 말이야."

라모스는 터널을 따라 걷기 시작했다. 북쪽, 미국 방향이었다. 그때 국경을 건너려면 반대편에 있는 누군가와 접촉해야 할지도 모른다는 생각이 들었다. 땅속이라도 말이다. 라모스는 지상으로 올라와서 전화를 몇 통 걸었다. 두 시간 뒤 라모스는 다시 사다리를 타고 내려갔다. 그 바로 뒤를 아트 켈러가 뒤따랐다. 그리고 그 뒤를 특수용병단과 한 무리의 마약 단속국 요원들이 따랐다.

미국 쪽에는 터널 관계자가 무전을 받자마자 마약 단속국, INS,

ATF, FBI, 세관직원들이 터널 반대편 구역의 정확한 위치로 달려와서 기다리고 앉아 있었다.

"믿을 수가 없군. 누군가가 돈깨나 쏟아부었겠어."

셰그 왈레스가 터널 바닥에 발을 디디며 아트에게 말했다.

"누군가가 여기를 통해 많은 돈을 실어 날랐겠지. 그게 바레라가 아니고 멘데스라고 알고 있는데?"

아트가 라모스를 돌아보자 그가 대답했다.

"게로 멘데스가 맞소."

"쳇, 누가 멘데스에게 '대탈주'라는 영화라도 보여준 걸까?"

셰그가 물었다.

"어디가 국경 아래인지 알려주세요."

"설마 했었는데. 젠장, 대체 얼마나 긴 거야?"

걸음으로 어림해서 120미터쯤 되는 듯했다. 다시 위쪽으로 이어진 통로가 나왔다. 콘크리트 벽에 고정된 철제사다리를 타고 올라가니 고정된 출입문 뚜껑이 있었다.

아트는 GPS 시스템을 두드렸다.

군대가 몰려들 것이다.

아트는 출입문 뚜껑을 올려다보았다.

"누구 저기로 맨 처음 나가고 싶은 사람 있나?"

"지시하면 해야지."

라모스가 대답했다.

아트가 먼저 사다리를 올라가고 바로 다음에 셰그가 올라가서 두 사람은 한 손으로 사다리를 잡고 다른 손으로 뚜껑을 비틀어 열었다. 아트는 생각했다.

'이건 완전 군사작전이로군. 터널 통로로 마약을 끌어올리다니.'

아마 사다리 칸칸마다 사람들이 줄줄이 자리를 잡고 작업했을 것이다. 엘리베이터를 설치할 계획은 없는지 궁금했다.

뚜껑이 열리고 통로로 빛이 쏟아져 들어왔다.

아트는 권총을 단단히 쥐고 위로 나갔다.

대혼란이었다.

전등이 들어왔을 때의 바퀴벌레처럼 사람들이 도망 다니고 있었고 청재킷을 입은 특수 기동부대 요원들이 그들을 휩쓸고 있었다. 바닥으로 밀어뜨린 뒤 전화코드로 손목을 등 뒤로 묶어서 제압했다.

'통조림 공장이군.'

깔끔하고 조직적인 컨베이어벨트가 있었고, 속이 빈 깡통 더미, 밀봉 기계, 상표 붙이는 기계가 있었다. 아트는 상표 종이 하나를 들어 읽었다. 매운 칠리고추. 그리고 정말로 컨베이어벨트 위로 흘러 들어갈 준비가 된 붉은 칠리고추가 산더미처럼 쌓여 있었다.

하지만 벽돌 모양의 코카인 덩어리들도 있었다.

그 코카인을 수작업으로 통조림통에 담는다는 뜻이리라.

러스 댄즐러가 아트에게 다가왔다.

"게로 멘데스야. 코카인의 윌리 윙카(「찰리와 초콜릿 공장」에 나오는 초콜릿 공장 주인 — 옮긴이)지."

"이 건물 주인이 누구지?"

"놀라지 마. 푸엔테스 형제야."

"농담하지 마."

"맹세코 농담 아니야."

'3형제 식품회사라. 나 이거야 원.'

푸엔테스 가문은 멕시코계 미국인 사회에서 두드러진 활약을 하는 토박이였다. 남부 캘리포니아의 중요한 사업가들이며 민주당의 주요 공헌자들이었다. 푸엔테스 트럭들은 샌디에이고와 로스앤젤레스에 있는 창고와 통조림 공장에서 전국의 도시들로 갔다.

게로 멘데스의 코카인을 위한 맞춤식 배달 시스템인 것이다. 댄슬러가 아트에게 말했다.

"천재야. 그렇지? 터널을 통해 마약을 옮겨와서 매운 칠리고추로 통조림을 제작한 뒤 원하는 곳 어디로든 실어 보내고 있어. 그게 엉킨 적은 없나 궁금해. 내 말은, 디트로이트에 사는 누군가가 고추를 사러 왔다가 고추 대신 코카인 340그램을 사게 된 적은 없나 하는 말이야. 그런 경우라면, 내게도 그 칠리 깡통 하나만 좀 주면 좋으련만. 무슨 말인지 알지? 그래, 푸엔테스 형제에게는 뭘 하고 싶어?"

"덮쳐야지."

'재미있을 거야.' 푸엔테스 가문은 민주당의 주요 후원자일 뿐만 아니라 루이스 도날도 콜로시오 대통령 선거운동의 큰 기부자였다.

그 소식이 아단에게 전해지는 데는 37초밖에 걸리지 않았다.

'이제야 멘데스가 라 플라사를 거쳐 코카인을 운송하는 방법을 알겠군. 그 밑으로 가고 있었다니. 아울러 멕시코시티에서 멘

데스 세력의 원천도 알게 되었어. 차기 정권을 손에 쥘 콜로시오를 매수했군.'

바로 그렇게 된 거였다.

멘데스는 로스 피노스를 매수했고, 우리는 끝났다.

그때 전화벨이 울렸다.

살 스카키가 도움이 필요하다고 말했다.

스카키가 세부 내용을 말하자 아단은 소스라치게 놀랐다. 안 돼. 단호하고, 절대적인, 불변의 한 마디. 안 돼.

상상도 할 수 없는 일이었다.

하지만 그렇지 않으면…….

아단은 그 대가로 원하는 것을 스카키에게 말했다.

보복.

며칠에 걸쳐 은밀한 협상이 진행된 뒤 결국 스카키는 동의했다.

하지만 아단은 서둘러 실행해야 했다.

'좋아. 하지만 그 일을 할 사람들이 필요해.'

아이들로.

칼란이 지금 바라보고 있는 게 그거였다. 아이들.

칼란은 과달라하라에 있는 어느 집의 지하실에 앉아 있었다. 그곳은 별스러운 무기고였다. 온통 무기들이 널려 있지만, 흔히 보는 AR이나 AK만 있는 것이 아니었다.

기관총, 유탄 발사기, 케블라 방탄복 등 온통 중무기들이었다. 칼란은 접이식 금속의자에 앉아 샌디에이고에서 온 멕시코계 미국인 10대 비행청소년 무리를 쳐다보았다. 그들은 라울 바레라가 사진 한 장을 게시판에 붙이는 모습을 바라보고 있었다.

"이 얼굴을 잘 기억해 둬. 게로 멘데스야."

10대들은 넋을 놓고 보았다. 특히 라울이 천천히 드라마틱하게 현금 자루를 가지고 나와 테이블 위에 놓았을 때는 더 황홀해 했다.

"미화 5만 달러야. 현금이지. 이 돈은 1등에게 돌아갈 거야. 어떤 일이냐 하면……."

라울은 극적으로 말을 끊었다가 다시 이었다.

"…… 게로 멘데스를 쏘아 죽이는 일이야."

라울은 '게로 멘데스 사냥'을 떠날 거라고 발표했다. 그들은 무장한 차량들로 호위 대형을 이루어 합동 사격 능력을 사용할 것이다. 그리하여 멘데스를 찾으면 멘데스를 기다리고 있는 지옥으로 멘데스를 날려 버릴 것이다.

"질문 있나?"

있지. 몇 가지. 칼란은 대체 여기 있는 애송이 군단을 데리고 멘데스의 프로 저격수들을 어떻게 상대하려는지 궁금해하며 바라보았다. 즉, 이건 우리가 버림받았다는 말인가? 이것이 바레라 조직이 그 많은 돈과 힘으로 생각해 낸 최선의 방법인가? 이 뒷골목 비행청소년들을 데리고?

이 아이들은 플라코, 드리머, 팝탑, 스쿠비두(진짜다.)(만화영화 제목임 ― 옮긴이) 같은 꼬리표가 붙은 장난 같은 패거리들이었다. 파비안은 냉혈 킬러들이 필요하다며 바리오에서 그들을 모집하였고, 그들이 모두 큰돈을 벌게 될 거라고 주장했다. 칼란은 생각했다.

'그래, 그럴지도 모르지.'

하지만 자동차를 타고 지나가면서 현관에서 마리화나를 피우는 다른 몇몇 조무래기들을 쏘는 일이나 하다가 직업적인 킬러들을 상대한다는 건 너무 큰 도약이었다.

최고 수준의 킬러 아이들? 그들은 공포에 질리거나 뭔가가 폭발하면서 주변 시야가 번쩍거리기 시작하면 바지에 오줌을 싸거나 서로를 쏘느라(부디 나는 쏘지 말기를) 바쁠 것이다. 아니다. 칼란은 아직 알지 못했다. 라울이 여기 있는 아이들 십자군으로 무엇을 할 계획인지 말이다. 앞으로 진행될 일은 하나의 거대한 난장판이 될 뿐이었고 칼란은 그 속에서 오직 두 가지만 바랄 뿐이었다. a) 그 대혼란을 통해 멘데스를 찾아내어 죽음의 카운트를 시작할 수 있기를, b) 이 아이들 중 하나가 실수로 멘데스를 쏘아버리기 전에 칼란 자신이 그 일을 할 수 있기를.

그때 칼란은 자신이 헬스 키친에서 에디 프리엘을 처치했을 때가 겨우 열일곱 살이었다는 사실을 기억해 냈다. 그래, 하지만 그건 달랐다. 칼란은 달랐다. 그냥 칼란에게는 이 아이들이 킬러로 보이지 않았다.

칼란이 라울에게 묻고 싶은 건 이거였다. '술 취했어요? 제정신인 거 맞아요?' 하지만 그렇게 묻지 않는다. 그저 좀 더 실질적인 질문을 던지는 것으로 만족했다.

"멘데스가 과달라하라에 있는 건 어떻게 알 수 있죠?"

알 수 있었다. 후안 신부가 멘데스에게 와달라고 요청했기 때문이다.

후안 신부가 그에게 요청해 주기를 아단이 부탁했다.

아단은 후안 신부에게 말했다.

"폭력을 중단시키고 싶어요."

"그건 쉬워. 중단하면 되지."

"쉽지 않아요. 그래서 도움을 요청하러 온 겁니다."

"내 도움을? 어떤 도움 말이지?"

"게로 멘데스와 화해시켜 주세요."

계획대로 진행되었다. 감정을 건드리는 작전은 어떤 신부도 거스를 수 없었다.

분명 후안 신부를 어려운 선택의 기로에 들게 하는 부탁이었다. 후안 신부는 꿈속에 사는 바보가 아니었다. 만약 곤란함을 무릅쓰고 바레라와 멘데스의 평화를 중개하는 일에 성공한다면 더 효과적으로 마약 카르텔을 경영하는 환경을 조성하는 격이 됨을 후안 신부는 잘 알고 있었다. 그런 점에서 후안 신부는 죄악을 영속시키는 일을 돕게 되는 것이며, 그건 신부로서 행하지 않겠다고 맹세한 일이었다. 하지만 달리 생각하면, 후안 신부는 죄악을 진정시키기 위해 할 수 있는 모든 기회를 잡겠다고 맹세한 셈이기도 했다. 으르렁거리는 두 카르텔이 서로 평화로워지면 엄청난 살상을 불러올지 모를 사태를 방지하는 일이 됐다. 그리고 만약 마약 밀매와 살인이라는 죄악 중에서 군이 하나를 선택해야 한다면 후안 신부는 살인을 더 무거운 죄악이라고 판단해야 했다.

"게로 멘데스와 마주 앉아서 이야기를 나누고 싶다고?"

"네. 하지만 어디서 하겠습니까? 멘데스는 티후아나에 오지 않을 거고 저는 쿨리아칸에 가지 않을 텐데요."

"과달라하라에는 갈 마음이 있고?"

"신부님이 제 안전을 보증한다면요."

"자네는 게로 멘데스의 안전을 보증하겠나?"

"네. 하지만 멘데스가 받아들이지 않을 겁니다. 저라도 받아들이지 않을 테니까요."

"내가 묻는 건 그게 아니야. 자네가 어떤 방식으로든 게로 멘데스를 해치지 않겠다고 약속하겠느냐는 질문이야."

"영혼을 걸고 맹세합니다."

"자네 영혼은 지옥보다 어둡지."

"그 얘기는 다음에 하시죠, 신부님."

후안 신부는 만약 한 줄기 광선을 어둠 속에 비출 수 있다면, 때로는 그 빛이 전체 공간을 밝힐 빛의 발단이 된다는 말을 들은 적이 있었다.

'내가 그 말을 믿지 못한다면 아침이 오길 기대할 수 없겠지.'

후안 신부는 이 복합적인 살인자의 영혼을 응시하며 생각했다. 만약 아단이 한 줄기 빛을 구하는 일로 이 일을 부탁하고 있다면 후안 신부는 거절할 수가 없었다.

"애써 보겠네, 아단."

쉽지 않을 것이다. 후안 신부는 전화를 끊으며 생각했다. 만약 이 두 남자가 벌이고 있는 전쟁의 소문이 절반이라도 사실이면 게로 멘데스를 데려와서 아단 바레라와 평화를 논하라고 설득하기는 사실상 불가능하리라. 하지만 한편으로, 후안 신부는 살인과 죽음에 신물이 난 상태였다.

후안 신부가 멘데스와 연락이 되기까지는 꼬박 사흘이 걸렸다.

후안 신부는 쿨리아칸에 있는 옛 친구들에게 연락해서 게로 멘데스와 이야기를 나누고 싶다고 전했다. 사흘 후 게로 멘데스의 전화가 왔다.

후안 신부는 쓸데없는 서론으로 시간을 낭비하지 않았다.

"아단 바레라가 평화를 논하고 싶어 하네."

"난 평화에 관심 없어요."

"관심 둬야 하네."

"아단은 내 아내와 아이들을 죽였어요."

"그러니까 더 관심을 가져야 하는 걸세."

게로 멘데스는 이 논리를 절대로 이해하지 못했다. 하지만 기회라는 사실은 알았다. 후안 신부는 과달라하라에서 만남을 잡도록 재촉했다. 공공장소에서 만나며, 후안 신부 자신이 중재자가되고, '교회의 전체 도덕적 영향력'이 멘데스의 안전을 보증하기로했다. 멘데스는 아단을 바하 요새에서 나오게 할 기회라고 보았다. 따지고 보면, 지금 멘데스는 그들을 죽일 최상의 기회를 놓쳐버려 샌디에이고에서 비참한 패배를 맛보고 있으니 말이다.

그래서 멘데스는 그 제안에 따랐다. 그리고 아내와 아이들이이 방식을 원할 것이라고 신부가 지껄여대는 소리를 들으며 약간의 거짓 눈물을 쥐어짠 다음 목멘 소리로 만남에 나가겠다고 조용히 동의했다.

"해보겠어요, 신부님. 평화의 기회를 잡겠어요. 함께 기도해 주겠어요, 신부님? 전화로도 기도될까요?"

그리고 후안 신부가 평화의 빛을 찾게 도와달라고 예수님께 부탁하는 동안 멘데스는 산토 헤수스 말베르데에게 다른 기도를 올렸다.

이번에는 실패하지 않게 해달라고.

그들은 완전히 실패할 것이다.

그게 과달라하라 도심에서 라울이 상연하는 이 극적인 만화영
화를 바라보는 칼란의 생각이었다. 정말 터무니없는 짓이다. 멘데
스를 발견하기를 바라면서 이런 아이들 무리를 이끌고 도심 주변
을 날뛰는 빅쇼를 꾸미다니. 그들이 섬을 공격하는 전함들처럼 일
렬로 늘어서서 멘데스를 강타할 수 있기라도 한가?

칼란은 대성공을 거둔 적이 있었다. 다섯 조직 중 두 조직의
보스를 직접 암살한 사람이었다. 칼란은 그 일의 절차를 라울에
게 말하려 해도("그가 특정 시간에 어디에 있을지를 알아내고, 그곳
에 먼저 가서 준비하고 있어야 합니다.") 라울은 듣지 않을 터였다.
라울은 고집이 센 사람이었다. 거의 이 일이 대실패로 끝나기를
바라는 사람 같았다. 라울은 그저 웃으며 칼란에게 말했다.

"침착해, 친구. 그리고 총격이 시작될 때를 대비해."

일주일 내내 밤낮없이 바레라 군대는 게로 멘데스를 찾으며 도
시를 돌아다녔다. 그들이 찾아다니는 동안에 조직의 다른 이들은
'듣고' 있었다. 라울은 또 다른 아지트에 기술자들을 주둔시키고,
최신 장비들을 동원해 휴대전화를 꼼꼼히 조사하여 멘데스와 그
의 부하들이 주고받을지 모르는 메시지를 방해하려고 애쓰고 있
었다.

멘데스도 같은 일을 하고 있었다. 자신의 아지트에서 컴퓨터
기술자들에게 휴대전화 소통 상태를 모니터하며 바레라의 위치
를 확인하려고 애쓰고 있었다. 양측 모두 이 게임에 참여하면서

끊임없이 휴대전화기를 바꾸고, 아지트를 옮기고, 거리와 방송 전파를 감시하고 있으며, 후안 신부가 평화의 만남을 주선하기 전에 조금이라도 유리한 고지에서 적을 죽일 방법을 찾고 있었다. 평화의 만남이 위험한 총격전이 될 판이었다.

그리고 양측은 우위를 차지하려 애쓰면서 자신이 유리해질 작은 정보라도 주워 모으려 하고 있었다. 적이 어떤 자동차를 사용하고 있는지, 도시에 몇 명이나 배치했는지, 그들은 누구인지, 어떤 무기를 갖고 다니는지, 어디에 머물며 어떤 경로를 선택할 것인지. 그리고 비밀정보원을 심어 정보를 알아내려 했다. 어느 경찰이 어느 쪽에 고용되어 있는지, 근무일은 언제인지, 연방 경찰이 배치되는지, 그 장소는 어디인지.

양측 모두 후안 신부의 사무실 전화를 도청했다. 후안 신부의 일정과 계획과 어디서 만남을 주선할지에 대한 단서가 될 만한 정보를 확인하여, 먼저 발 빠르게 잠복에 들어가려고 애썼다. 하지만 후안 신부는 눈치채고 속을 드러내지 않고 있어서 멘데스나 바레라 어느 쪽도 언제 어디서 만남이 이루어질지 알아낼 수가 없었다.

라울의 기술자 한 명이 멘데스의 동태를 가늠해 보았다.

"멘데스는 초록색 뷰익 자동차를 사용하고 있습니다."

"멘데스가 뷰익을 사용한다고? 어째서?"

라울이 무시하는 투로 물었다.

"멘데스의 운전사가 자동차 정비공장에 전화를 걸어서 뷰익이 언제 준비되는지 알고 싶다고 했습니다. 초록색 뷰익이라고 했고요."

"어느 정비공장이야?"

하지만 정비공장에 도착해 보니 그들이 이미 뷰익을 찾아간 뒤였다.

탐색은 계속됐다. 밤낮없이.

아단은 후안 신부로부터 전화를 받았다.

"내일 2시 30분에 이달고 공항 호텔 로비에서 만나세."

아단은 이미 이 계획을 알고 있었다. 추기경의 운전사가 아내와 이튿날 일정을 의논하는 전화를 도청했기 때문이다. 알고 있던 사실을 확인했을 뿐이었다. 안토누치 추기경이 멕시코시티에서 비행기를 타고 1시 30분에 오고, 후안 신부가 공항으로 그를 마중 나갔다. 그리고 그들은 위층의 비밀 회의실로 가서 회의할 것이다. 회의가 끝나면 안토누치 추기경은 3시 비행기에 맞춰 운전사와 공항으로 가고, 후안 신부는 멘데스와 아단의 평화 회담을 위해 호텔에 남을 것이다.

아단은 이 모든 것을 처음부터 끝까지 알고 있었다. 하지만 되도록 최후의 순간까지 라울과 정보를 공유하지 않았다.

아단은 나머지 사람들과 다른 아지트에 머물고 있었고 이제 지하층으로 내려갔다. 그곳은 실제 암살대가 막사생활을 하고 있는 곳이었다. 지난 며칠간 각기 다른 비행기로 도착한 이 저격수들은 공항에 대기 중인 자동차를 조용히 타고 와서 이 지하층에 격리되었다. 식사는 한 번에 조금씩 다른 레스토랑에서 사오거나 위층에 있는 부엌에서 요리하여 갖다 주기도 했다. 아무도 집 밖으로 나가거나 돌아다니지 않았다. 단연코 프로다웠다. 할리스코 주립 경찰 유니폼 12벌이 탁자 위에 깔끔하게 개어 있었다. 방탄조끼와 AR-15도 깔끔하게 준비되어 있었다.

아단이 파비안에게 말했다.

"방금 모든 걸 확인했어. 그쪽도 준비됐나?"

"네."

"잘 되어야 해."

"그럴 겁니다."

아단은 고개를 끄덕이고 파비안에게 사전 협의가 된 휴대전화를 건네줬다. 파비안이 전화를 걸어서 말했다.

"작전 개시. 1시 45분까지 위치로."

그리고 전화를 끊었다.

게로 멘데스는 10분 후에 보고를 받았다. 이미 후안 신부의 전화를 받았다. 이제 멘데스는 후안 신부가 공항으로 들어올 때 아단이 잠복하여 자신을 습격하려 한다는 사실을 알았다.

멘데스가 저격수의 우두머리에게 말했다.

"우린 그 만남에 조금 일찍 등장해야 할 것 같군."

'그리고 잠복한 자들을 습격하는 거야.'

라울은 안전한 아단의 전화기로 명령을 받았다. 그리고 기숙사로 내려가서 자고 있는 비행청소년들을 깨웠다.

"작전 중지. 내일 집으로 간다."

아이들은 멋진 5만 달러의 꿈이 물거품이 되자 실망스럽고 화가 났다. 그들은 라울에게 어떻게 된 건지 물었다.

"모르겠어. 우리가 뒤를 밟고 있다는 소문을 듣고 쿨리아칸으로 급히 돌아간 것 같아. 걱정 마. 기회는 또 있을 거야."

라울은 그들의 기분을 나아지게 해 주려고 했다.

"좋은 생각이 있다. 비행기 시간보다 일찍 나가서 쇼핑할 시간을 주겠다."

작은 위로지만 특별한 일이었다. 과달라하라 시내의 쇼핑몰은 세계에서 가장 컸다. 아이들은 젊음의 탄성을 올리며 쇼핑몰에서 무엇을 살지 이야기를 주고받기 시작했다.

라울은 파비안을 위층으로 데려갔다.

"뭘 해야 하는지 알지, 파비안?"

"물론이지."

"잘 해낼 수 있지?"

"맡겨 줘."

라울은 위층 침실에서 칼란을 찾았다.

"우린 내일 티후아나로 돌아갈 거야."

칼란은 안심했다. 이 모든 일이 아주 혼란스러웠던 참이었다. 라울은 칼란에게 비행기 탑승권과 하루 일정표를 줬다.

"멘데스는 공항에서 우리를 치려고 할 거야."

"무슨 뜻이죠?"

"우리가 평화 회담을 하러 공항에 갈 거로 생각하거든. 우리가 그냥 애들 무리에 의해 보호된다고 생각하고 있어. 우릴 쏘아서 쓰러뜨릴 거야."

"옳게 생각하고 있군요."

라울은 웃으며 고개를 저었다.

"우리에겐 네가 있어. 그리고 할리스코 주립 경찰 옷을 입은, 흠 잡을 데 없는 저격수들이 있지."

칼란은 생각했다.

'흠, 적어도 바레라가 아이들을 이용하려고 했던 이유에 대한 대답은 되는군. 아이들은 미끼였어.'

그리고 칼란도 마찬가지였다.

라울은 손에서 총을 놓지 말고 눈을 부릅뜨고 있으라고 칼란에게 말했다.

'난 늘 그러고 있는 걸.'

칼란이 아는 죽은 사람들은 대부분 눈을 뜨고 있지 않아서 그렇게 되었다. 조심성이 없거나 누군가를 너무 믿었기에.

칼란은 조심성 없는 사람이 아니었다.

그리고 아무도 믿지 않았다.

후안 신부는 신을 믿었다.

평소보다 일찍 일어나 대성당에서 미사를 드렸다. 그리고 제단에 무릎 꿇고 앉아 오늘 해야 할 일을 해낼 힘과 지혜를 달라고 신에게 부탁했다. 옳은 일을 하게 해달라고 빈 뒤, "뜻이 하늘에서 이루어진 것 같이 땅에서도 이루어지이다."라는 말로 기도를 끝냈다.

관저로 돌아온 후안 신부는 다시 면도를 하고 좀 더 신경을 써서 옷을 골랐다. 후안 신부가 입고 가는 옷을 보고 안토누치 추기경이 즉시 메시지를 읽을 것이다. 올바른 메시지를 보내고 싶었다.

이상하게도, 후안 신부는 자신과 교회가 화해하리라는 희망을 품었다. 못할 거 뭐 있겠는가? 아단과 멘데스가 화해할 수 있다면 안토누치 추기경과 후안 신부도 화해할 수 있다. 후안 신부는 참으로 오랜만에 진정으로 기대에 부풀었다. 이 새로운 환경에서 현 정부가 나가고 더 나은 정부가 들어오면 아마 보수당원과 해방 신학자는 합의점을 찾을 수 있을 것이다. 다시금 지상의 정의와 천국의 축복을 찾아 함께 일할 수 있을 터이다.

후안 신부는 담배에 불을 붙였다가 바로 꺼버렸다.

'담배를 끊어야겠어. 노라가 행복해진다면.'

그리고 오늘은 '시작하기 좋은 날'이었다.

새로운 시작의 날.

후안 신부는 검정 신부복을 고르고 커다란 십자가를 목에 걸었다. 안토누치 추기경을 달래줄 만큼만 종교적이면 됐다. 너무 공식적이지만 않으면 됐다. 그러면 안토누치 추기경은 후안 신부가 완전히 보수적인 사람이 되었다고 생각할 것이다. 추기경을 달래주면서도 아첨하지는 않는 차림이라고 생각하며 후안 신부는 자신의 선택에 만족했다.

'신이여, 담배 한 대만 피워도 될까요?'

후안 신부는 오늘 일들이 불안했다. 세로를 죄인으로 만들 정보를 안토누치 추기경에게 전달하는 일. 그리고 아단과 멘데스와 한자리에 앉는 일.

'그 둘을 화해시키기 위해 내가 무슨 말을 해야 할까?'

소문이 옳다면, 가족을 죽인 사람과 어떻게 화해를 하겠는가?

신을 믿어라. 신께서 말씀해 주시리라.

담배가 아직은 위안이 되어줄 터이다.

하지만 피우지 않기로 했다.

몸무게가 좀 빠질 것이다.

한 달 후에 주교 회의에 참석하러 산타페에 간다. 가서 노라를 만날 계획이다.

'노라가 내 늘씬한 몸과 금연 사실을 알면 놀라겠지. 정말 재미있겠어.'

만족스러웠다. 늘씬한 몸매까지는 아니겠지만, 살이 좀 빠지긴 할 거다.

후안 신부는 사무실로 내려가서 몇 시간 동안 사무에 몰두했다. 그리고 운전사에게 전화해서 자동차를 준비시키라고 말했다. 그런 다음 금고로 가서 범죄 사실이 담긴 세로의 서류와 테이프가 든 서류가방을 꺼냈다.

이제 공항으로 갈 시간이다.

티후아나에서는 리베라 신부가 세례식을 준비하고 있었다. 신부복을 입고 성수를 베풀고 꼭 필요한 서류사무를 신중히 마무리했다. 리베라 신부는 서류 맨 밑의 대부 대모 항목에 아단과 루시아를 기재했다.

새로 부모가 된 사람들이 아이 세례를 받으러 오자 리베라 신부는 평소에 하지 않던 일을 했다.

리베라 신부는 교회의 문들을 닫았다.

바레라 일행이 쇼핑몰에서 막 나와 과달라하라 공항에 도착했다.

그들은 쇼핑백을 잔뜩 들고 쇼핑몰을 다 사들일 기세로 돌아다녔다. 라울은 '게로' 복권의 무산으로 아이들이 안게 된 실망감을 어루만져주려고 보너스 돈을 던져주었고, 그들은 보통 아이들처럼 쇼핑몰을 돌아다녔다.

그리고 돈을 쓰고 다녔다.

칼란은 의혹을 품은 채 이 모든 광경을 지켜보았다.

플라코는 과달라하라 라이온즈 셔츠를 사서 목 뒷부분의 가격표도 떼지 않은 채 입고 다녔다. 그리고 나이키 운동화 두 켤레와 닌텐도 겜보이와 게임팩 6개도 샀다.

드리머는 단연코 의복 구역으로 갔다. 모자 세 개를 사서 머리에 세 개를 다 겹쳐 쓰고, 스웨이드 재킷과 생전 처음으로 신사복을 사서 조심스럽게 개어 양복 가방에 넣었다.

스쿠비 두는 흐리멍덩한 눈으로 비디오 게임 코너에서 나왔다.

'맙소사. 저 꼬마 환각제 중독자는 늘 흐리멍덩한 눈을 하고 있군.'

그 아이의 눈동자는 두 시간 연속 툼레이더, 모탈컴뱃, 어쌔씬 3을 하느라 게슴츠레해졌고, 지금은 거대한 음료수 컵을 들고 마시고 있었다.

팝탑은 술에 취했다.

다른 사람들이 쇼핑하고 있는 동안 팝탑은 레스토랑에 가서 맥주를 마시고 있었다. 사람들이 현장에 갔을 때는 이미 곯아떨어져서 플라크와 드리머와 스쿠비가 끙끙대며 부축해 와서 자동차에 태웠다. 구토 때문에 공항으로 가는 길에 세 번이나 차를 멈춰야 했다.

그리고 지금 그 꼬맹이 주정뱅이는 비행기 탑승권을 찾지 못하여 친구들과 배낭을 샅샅이 뒤적이며 찾고 있었다.

'멋지군. 우리가 무방비 상태라는 걸 멘데스에게 납득시키려는 거라면, 정말 너무도 잘하고 있어.'

지금 펼쳐진 광경은 한 무리의 아이들이 터미널 바깥 인도에서 짐과 쇼핑백을 양손 가득 들고 있었고 라울이 아이들을 질서 있게 정렬해 보려는 모습이었다. 그리고 아단은 몇몇 측근들하고만 접촉하고 있어서 고등학생들이 현장 학습 마지막 날에 무질서하게 집으로 향하는 모습과 다를 바가 없었다. 아이들은 웃으며 서로 이야기를 나누고 있고, 라울은 공항 밖에 있는 가방을 체크해야 안으로 가져갈 수 있는지 공항 안내원에게 묻고 있었다. 그리고 드리머는 짐수레 두 개를 가지러 가자고 플라코에게 말하고 있었고, 플라코는 팝탑에게 소리를 지르고 있었다.

"젠장, 넌 어떻게 탑승권을 잃어버릴 수 있냐, 이 바보야?"

그리고 팝탑은 다시 토하려고 몸을 구부렸다. 하지만 입 밖으로 나온 것은 토사물이 아니라 피였다. 그리고 팝탑은 인도로 고꾸라졌다.

칼란은 이미 인도에 납작 엎드려서 초록색 뷰익 옆 유리창에 불쑥 나와 있는 총신을 눈으로 좇고 있었다. 칼란은 22구경 권총을 꺼내어 뷰익을 향해 두 발을 쏘고 주차된 다른 자동차 쪽으로 몸을 굴렸다. 칼란이 방금 전에 있던 자리로 AK 공격이 빗발치면서 총알이 콘크리트에 튀고 터미널 벽에 꽂혔다.

바보 같은 스쿠비 두는 그래픽이 기똥찬 비디오 게임 보고 있는 줄 아는지 음료수를 빨대로 빨아 먹으면서 멀뚱히 구경하고

서 있었다. 스쿠비 두는 정말 그런 상태였다. 자신이 아직 쇼핑몰에 있는 건지, 아까 쇼핑몰에서 나왔는지 헷갈렸다. 게임이 무슨 게임인지 기억해 내려고 애썼다. 게임은 정말로 생생해서 동전을 엄청나게 넣어야 할 듯했다. 칼란이 자동차 뒤쪽에서 달려나와 스쿠비 두를 콘크리트 바닥에 밀어붙였다. 음료수가 길바닥에 쏟아졌다. 쏟아진 라즈베리 주스는 이미 콘크리트 바닥을 뒤덮고 있는 팝탑의 피와 섞여 구분하기가 어려웠다.

라울, 파비안, 아단이 검은색 장비 가방을 바닥에 내려놓고 AK를 꺼내서 뷰익을 쏘기 시작했다.

총알이 자동차를 맞고 튕겨 나왔다. 전면 유리까지도 총알을 튕겨내고 있었다. 방탄차라는 사실을 알면서도 칼란은 두 발을 더 쏘았다. 뷰익의 반대편 문이 열리고 멘데스와 소총을 가진 남자 두 명이 내렸다. 그들은 자동차에 기대어 자동차 지붕 위에 AK를 올려놓고 방아쇠를 당겼다.

칼란은 무아지경에 빠지면서 아무 소리도 들리지 않았다. 멘데스를 보자 머릿속은 완벽하게 정적이 감돌았다. 칼란이 멘데스의 머리를 향해 조심스럽게 조준하여 멘데스를 저세상으로 보낼 한 발을 쏘려고 하는데 하얀 자동차 한 대가 사격 방향으로 들어왔다. 그 운전사는 지금 무슨 일이 벌어지고 있는지 안중에도 없는 듯했다. 마치 우연히 영화 야외촬영 현장에 들어오게 되어 짜증스럽게 공항에 들어서는 사람처럼 말이다. 그 하얀 자동차는 뷰익을 지나친 뒤 5, 6미터 떨어진 곳에 섰다.

그 자동차를 보더니 파비안이 뭔가를 착수하는 듯했다.

파비안은 하얀 마퀴스 자동차 쪽으로 접근해 갔다. 인도로 뛰어가 뷰익을 지나 전력 질주했다. 칼란은 파비안이 그 하얀 자동차를 새로 도착한 멘데스의 저격수들로 생각한다고 여기고, 그쪽으로 앞다투어가는 파비안을 위해 엄호사격을 했다. 하지만 하얀 자동차가 사격 방향에 있고 멘데스의 부하가 아니라 일반 시민일 수도 있기에 사격이 영 내키지 않았다.

이제 다른 방향에서 뷰익을 향해 총격을 가했다. 칼란이 곁눈질로 보니 가짜 할리스코 경찰들이 뷰익에 총을 겨누고 있었다. 멘데스와 그의 저격수들은 어쩔 수 없이 자동차 뒤에 웅크려 앉았고, 파비안은 이쪽 상황은 아랑곳하지 않고 하얀 마퀴스 쪽으로 계속 전진했다.

후안 신부는 파비안이 다가오는 것을 보지 못했다. 눈앞에서 펼쳐지고 있는 유혈 참사 장면에 너무 집중해 있었다. 온 인도에 사람들이 널브러져 있었다. 몇몇은 움직임 없이 누워 있고 몇몇은 배를 대고 기어가고 있었다. 후안 신부는 그들이 부상을 입었는지, 죽었는지, 온 사방에서 날아오는 총알을 피하고 있을 뿐인지 알 수가 없었다. 그때 한 젊은이가 입에서 피거품을 흘리며 고통과 공포로 눈을 휘둥그렇게 뜨고 쓰러져 있는 모습이 보였다. 후안 신부는 그 젊은이가 죽어가고 있다는 사실을 알기에 마지막 의식을 베풀려고 자동차에서 내렸다.

운전사 파블로가 후안 신부를 잡아당겼지만, 그 작은 덩치로는 후안 신부를 이기지 못했다. 후안 신부가 파블로의 손을 떼 내며 소리쳤다.

"여기서 빠져나가게!"

하지만 파블로는 후안 신부를 혼자 남겨두지 않았다. 그 대신 핸들 아래로 몸을 한껏 웅크리고 손으로 귀를 막았다. 후안 신부가 문을 열고 나오는 순간 파비안이 신부의 가슴에 총을 겨눴다.

칼란은 파비안을 보았다.

'이런 바보 멍청이. 그 사람이 아니야.'

칼란은 후안 신부가 그 큰 덩치로 자동차를 비집고 나와 몸을 일으켜 세운 뒤 쓰러진 팝탑에게 다가가기 시작하는 모습을 보았다. 그리고 파비안이 그쪽으로 다가가며 AK를 들어 올리는 것을 보았다. 칼란은 벌떡 일어서며 소리쳤다.

"안 돼!"

칼란은 자동차 보닛을 뛰어넘어 파비안에게 달려가며 큰소리로 외쳤다.

"파비안, 안 돼요! 그 사람이 아니에요!"

파비안이 칼란을 흘끗 쳐다보는 사이 후안 신부가 파비안의 소총을 잡아 총신을 바닥으로 내리는 데에 성공했다. 파비안은 다시 총을 들어 올리며 방아쇠를 당겼다. 후안 신부는 첫 총알에 발목을 맞고 다음 총알에 무릎을 맞았지만, 몸에 흐르고 있던 아드레날린 덕분에 전혀 고통이 느껴지지 않았다. 후안 신부는 필사적으로 총을 붙잡고 있었다.

후안 신부는 살고 싶었다. 지금 그 감정이 더욱 맹렬하게 솟구쳤다. 지금껏 느껴왔던 그 어느 때보다 절박한 마음으로 살고 싶었다. 삶은 참 좋은 거라는 생각이 들었다. 공기는 달콤하고, 해야할 일과 하고 싶은 일이 아직 산더미 같았다. 죽어가는 저 젊은이에게 다가가 그의 영혼을 어루만져주고 싶었고, 더 많은 재즈 음악을 듣고 싶었고, 노라의 웃음을 보고 싶었다. 담배 한 대, 맛있는 식사 한 끼가 그리웠다. 하느님께 무릎 꿇고 좋은 기분으로 수수한 기도를 올리고 싶었다. 하지만 하느님께 갈 수는 없었다. 아직은 안 된다. 할 일이 너무 많았다. 그래서 후안 신부는 저항했다. 젖 먹던 힘까지 내어 총신을 꽉 움켜쥐었다.

파비안이 머리를 낮추며 발을 들어 올렸다. 그리고 후안 신부의 가슴에 있는 십자가를 겨냥하여 힘껏 찼다. 후안 신부의 몸이 뒤로 젖혀지며 자동차에 등을 부딪쳤다. 파비안이 다시 총신을 들어 올려 후안 신부의 가슴에 대고 열다섯 발의 총알을 퍼부었다.

후안 신부는 몸에서 생명이 빠져나가는 것을 느끼며 서서히 미끄러져 내렸다.

칼란이 죽어가는 신부 옆에 무릎을 꿇었다.

후안 신부가 칼란을 올려다보며 뭐라고 알아듣지 못할 말을 웅얼거렸다.

"네? 뭐라고요?"

"당신들을 용서하겠소."

후안 신부가 웅얼거렸다.

"뭐라고요?"

"하느님은 당신들을 용서할 것이오."

후안 신부는 성호를 그었다. 그리고 손이 툭 떨어지고 몸이 움찔하더니 숨을 거두었다.

칼란은 무릎 꿇고서 죽은 신부를 내려다보고 있었다. 파비안이 총을 들어 찬찬히 두 발을 더 쏘았다. 후안 신부의 머리에.

피가 하얀 자동차에 뿌려졌다.

그리고 후안 신부의 하얀 머리를 적셨다.

칼란은 돌아보며 말했다.

"이미 죽었어요."

파비안은 칼란의 말을 무시하고 자동차 앞 좌석에 손을 뻗어 서류가방을 꺼내 들고 걸어가 버렸다. 칼란은 앉아서 후안 신부의 깨진 머리를 팔에 안고 아기처럼 울었다. 그리고 묻고, 묻고, 또 물었다.

"뭐라고 하셨어요? 뭐라고 하신 거예요?"

칼란은 주변에서 벌어지고 있는 전투는 안중에 없었다.

전투고 뭐고 관심 없었다.

하지만 아단은 관심 있었다.

아단은 후안 신부의 죽음을 목격하지 못했다. 뷰익 뒤에 숨은, 자신이 실수했다는 사실을 이제 막 깨달은 게로 멘데스를 완전히 제거하느라 바빴다. 부하 두 명이 이미 쓰러졌고 엄청나게 쏟아지는 총알 때문에 방탄차도 그리 오래 버틸 것 같지 않았다. 결국 유리가 산산조각이 나고 타이어도 펑크가 났으며 이제 연료탱크 터지는 건 시간문제였다. 할리스코 경찰로 변장한 저격부대 때문에 수적으로는 아단이 대단히 우세했다. 엉터리 같은 아이들 부대는 말 그대로 엉터리일 뿐이었다. 그리고 이제 그들은 멘데스를 세 방향에서 공격하고 있었다. 만약 네 번째 방향인 뷰익 뒤쪽까지 이를 수 있다면 게임은 끝났다. 멘데스는 죽은 목숨이었다. 멘데스가 아단과 라울을 함께 데려갈 수 있다면 완벽하게 행복한 죽음이 될 것이다. 하지만 그런 일이 일어날 가능성은 전혀 없기에 멘데스는 다음번을 기약하고 거기서 서둘러 빠져나올 궁리를 해야 했다.

하지만 빠져나오는 일이 쉽지는 않았다. 멘데스는 한 번의 기회는 오리라 믿었고 그 기회를 잡았다. 자동차 뒷좌석으로 천천히 들어가서 최루탄을 꺼내 핀을 뽑은 뒤 뷰익 지붕 너머 바레라 쪽으로 던졌다. 그리고 살아 있는 네 명의 부하에게 탈출하라고 외쳤다. 그들은 총을 쏘면서 터미널 쪽으로 나란히 달려 탈출했다.

아단의 저격부대는 많은 무기를 소지하고 있었지만, 방독면은 갖고 있지 않았다. 그들은 구역질과 기침을 시작했다. 아단은 눈에 불이 붙은 것 같았다. 서서 버티려고 애써보지만 앞도 보이지 않고 총알도 사방에서 날아와서 어쩔 수 없이 무릎을 꿇었다.

라울은 그렇지 않았다.

라울은 눈에 불이 나고, 코가 타들어 가는 듯해도 재빨리 권총을 쏘며 멘데스가 도망치는 쪽으로 돌격했다. 멘데스의 최고 저격수가 척추에 총을 맞고 쓰러졌다. 하지만 멘데스는 주차된 택시로 달려가 운전사를 끌어내려 땅바닥으로 패대기치고 운전석에 올라탄 뒤 살아 있는 부하 세 명을 태워 달아나 버렸다. 라울은 불만이 가득한 표정을 지었다.

라울은 택시 뒤를 따라 달리며 총을 쏘았지만, 바퀴를 맞히지 못했다. 몸을 낮추고 쏜살같이 주차장을 빠져나가는 멘데스는 총을 조준할 만큼 머리가 충분히 보였고, 최루가스 공격을 받지 않은 할리스코 경찰들도 총격에 가담했지만, 멘데스 저격은 실패로 끝났다. 택시는 순식간에 사라져 버렸다.

"개자식들!"

라울이 소리를 질렀다.

라울은 오른쪽으로 고개를 돌려 칼란이 후안 신부의 시신을 팔에 안고 앉아 있는 모습을 보았다.

라울은 칼란이 총에 맞았다고 생각했다. 칼란은 울고 있었고 온통 피투성이였다. 라울이 은혜를 모르는 사람은 아니며 칼란에게 신세 진 일도 기억하고 있었다. 그래서 칼란을 잡아 일으켰다.

"어서! 여기서 빠져나가야 해!"

칼란은 대답하지 않았다.

라울은 칼란을 잡아 일으켜 터미널로 끌고 가며 외쳤다.

"모두들 서둘러. 비행기를 놓치면 안 돼."

활주로에는 티후아나행 에어로 멕시코 항공기 211이 대기 중이었다. 이미 이륙시간을 15분이나 넘기고 있었다.

하지만 비행기는 기다리고 있었다.

'할리스코 경찰들'은 유니폼을 벗고 안에 입고 있던 사복을 드러냈다. 그리고 총을 인도에 버리고 조용히 출입문 쪽으로 걸어갔다. 그다음 바레라 형제와 그의 살아 있는 비행청소년들과 전문 저격수들이 터미널 쪽으로 들어갔다. 시신들을 넘어서. 팝탑, 멘데스의 저격수 2명, 집중 공격에 희생된 행인 6명. 터미널은 그야말로 아비규환이었다. 사람들은 울며 비명을 지르고, 의료팀은 부상자를 치료하려 애쓰고 있었다. 이 혼란의 한중간에서 안토누치 추기경이 소리를 질렀다.

"진정하세요! 진정들 하세요! 무슨 일입니까? 무슨 일인지 누가 말 좀 해 주겠어요?"

안토누치 추기경은 직접 밖으로 나가서 보기가 두려웠다. 속이 메스껍고 심장이 철렁 내려앉는 기분이었다. 그가 이런 곳에 있는 것은 온당하지 않았다. 스카키가 그에게 부탁한 것은 후안 신부를 만나러 와달라는 일뿐이었다. 그게 전부였다. 그런데 지금 이런 장면이 펼쳐지자 안토누치 추기경은 수치스러운 안도감이 들었다. 그때 한 젊은이가 안토누치 추기경 옆으로 다가와서 그 질문에 대답했다.

"게로 멘데스를 최루가스로 공격했어요! 엘 티부론이 가스로 멘데스를 처리했어요."

그 아이는 드리머였다. 바레라 일행은 통로를 따라 비행기 쪽으로 줄을 서서 조용히 걸어가 개찰구 여직원에게 탑승권을 건네주었다. 평상시에 비행기를 타듯 말이다. 개찰구 직원이 탑승권을 확인하고 다시 돌려주자 그들은 통로 쪽으로 걸어가서 비행기를 탔다. 아단 바레라는 아직 AK가 든 장비 가방을 들고 있었다. 하지만 그냥 보통의 기내 수하물을 들고 타듯 아무 제재 없이 가방을 들고 일등석에 올랐다.

유일한 문제라면 라울이 의식을 잃은 칼란을 부축하여 개찰구를 지나갈 때였다.

개찰구 직원의 목소리가 떨렸다.

"그런 상태로는 탑승하실 수 없습니다."

"탑승권이 있는데?"

"하지만……"

"일등석이라고."

라울은 탑승권을 건네주고 직원을 지나 통로로 걸어갔다. 칼란의 좌석을 찾아 칼란을 털썩 내려놓고 칼란의 피 묻은 셔츠를 담요로 덮었다. 그리고 깜짝 놀라는 승무원에게 말했다.

"파티를 좀 과하게 했지."

아단은 파비안 옆에 앉았다. 파비안은 조종사를 보고 물었다.

"뭘 기다리시오?"

조종사가 조종실 문을 닫았다.

비행기가 목적지에 착륙하자 그들은 즉시 공항 경찰과 접촉하여 호위를 받으며 뒷문으로 나가서 대기 중인 자동차에 올라탔다. 그리고 라울이 한 마디 명령을 내렸다.

흩어져.

칼란은 그 말을 들을 필요가 없었다.

칼란은 집으로 돌아와 오래오래 샤워를 한 뒤 옷을 갈아입고 돈을 챙겨서 나갔다. 택시를 타고 산 이시드로 국경 검문소에 내린 뒤 걸어서 다리를 건너 미국으로 돌아왔다. 아베니다 레볼루션에서 한바탕 흥청거리고 온 다른 미국인들처럼.

9년 동안 떠나 있었다.

이제 그는 고향에 돌아왔다. 션 칼란으로서 이곳에서 마약밀매, 폭력단, 강탈, 살인을 모의했었다. 상관없다. 멕시코에서 한시라도 빨리 빠져나와 여기서 기회를 잡는 편이 나을 것이다. 그래서 칼란은 국경을 건너가서 빨간색 트럭을 타고 곧장 샌디에이고 시내로 갔다.

한 시간 30분쯤 후, 칼란은 4-J 구역의 모퉁이에 있는 권총 가게를 찾았다. 거기서 서류 없이 22구경 권총을 샀다. 그리고 주류 판매점을 찾아서 스카치위스키 한 병을 산 다음 SRO 호텔로 걸어가 일주일간 머물 방을 잡았다.

칼란은 방에 처박혀 술을 마시기 시작했다.

'당신들을 용서하겠소.' 그 신부가 했던 말이다.

'하느님은 당신들을 용서할 것이오.'

노라는 침실에서 그 소식을 들었다.

CNN 뉴스를 틀어놓은 채 책을 읽고 있는데 그 말이 귀에 쏙 들어왔다.

"잠시 후 들려드릴 소식은 멕시코 최고위 성직자의 비극적인 죽음……."

노라의 심장이 멈추고 머릿속이 세차게 고동쳤다. 노라는 전속력으로 후안 신부의 전화번호를 누르고 끊임없이 흘러나오는 광고 음성이 끝나기를 조용히 기다렸다. 후안 신부가 전화를 받기를 기도하면서. 제발, 하느님, 후안 신부님이 아니라고 말해 주세요. 하지만 그 뉴스가 다시 흘러나오고 화면의 절반에 후안 신부의 옛날 사진이 떴다. 그리고 공항에서 찍은 다른 사진이 나왔다. 아스팔트 바닥에 후안 신부가 누워 있었다. 노라는 비명을 지르지 못했다.

입은 비명을 지르고 있지만 아무런 소리도 나오지 않았다.

평소와 다름없는 어느 날, 과달라하라 십자 광장은 관광객, 연인, 점심 산책을 나온 주민들로 가득했다. 평소와 다름없는 어느 날, 대성당의 벽에 노점상들이 줄을 섰다. 행상인들이 십자가, 로자리오 기도서, 성자 석고모형과 기적의 조각상들을 팔았다. 그리고 무릎, 팔꿈치 등, 기도 덕분에 나았다고 느끼는 사람들이 기념물로 대성당에 남기는 여러 신체 부위를 조각한 조그만 점토 조각들도 있었다.

하지만 오늘은 평소와 다름없는 어느 날이 아니었다. 오늘은 후안 신부의 장례미사가 있는 날이며 광장을 메우고 있는 수천 명의 추모객들을 노란 타일의 대성당 뾰족탑 두 개가 굽어보고 있었다. 추모객들은 희생된 추기경의 관 옆을 지나가며 경의를 표시하기 위해 몇 시간 동안이나 굽이굽이 줄지어 서 있었다.

그들은 멕시코 전역에서 왔다. 값비싼 양복과 화려하지 않은 맵시 있는 드레스를 입고 있는 수많은 타파티오 사람들이 있고, 시골 지역에서 온 사람들도 있었다. 소작농인 그들은 깨끗하게 세탁한 흰 셔츠와 작업복 바지차림이었다. 또 쿨리아칸과 바디라과토에서 다니러 온 사람들도 있었다. 이들은 카우보이 의상을 입고 있었고, 대부분 후안 신부가 시골 사제로 있을 때 세례를 받았거나 첫영성체를 받았거나 결혼식 주례를 부탁했거나 부모님 장례식을 함께 지켜봤던 사람들이었다. 그리고 회색이나 검은색 양복을 입은 정부 관료들도 있었고, 신부복을 입은 신부와 주교들도 있었고, 특정 등급의 다양한 복장을 한 수백 명의 수녀들이 있었다.

평소의 광장은 시끌시끌하고 활발했다. 속사포 같은 멕시코 대화의 재잘거림, 행상인들의 외침, 길거리 음악단의 연주. 하지만 오늘은 이상하리만치 조용했다. 들리는 소리라고는 웅얼거리는 기도 소리와 아주 낮게 속삭이는 음모의 소리뿐이었다.

군중의 일부는 후안 신부가 신원을 오해받아 희생되었다는 당국의 설명을 믿었다. 바레라의 저격수들이 후안 신부를 게로 멘데스로 착각했다는 설명이었다.

하지만 음모론에 대한 믿음이 압도적이었다. 오늘은 애도의 날이었다. 뱀처럼 꾸불꾸불한 줄 속에서 인내심 있게 기다리며 대성당으로 들어가는 수천 명의 사람들이 오늘은 거의 침묵하거나 조용히 기도를 읊조렸다.

아트 켈러도 그 대열에 끼어 있었다.

후안 신부의 죽음에 대해 더 많은 것을 알수록 아트는 고뇌가 커졌다. 후안 신부는 하얀 마퀴스를 타고 있었고 멘데스는 초록색 뷰익을 타고 있었다. 후안 신부는 검정 신부복을 입고 가슴에 눈에 띄는 십자가를 걸고 있었고(지금은 분실되었다.) 멘데스는 시날로아 카우보이 스타일의 옷을 입고 있었다.

어떻게 신부복을 입고 십자가를 건 184센티미터의 62세 백발 남자와 카우보이 복장을 한 177센티미터의 금발머리 마약 밀매자를 착각할 수 있다는 말인가? 그것도 직사거리 이내에서? 어떻게 파비안 마르티네스 같은 숙련된 킬러가 그럴 수 있을까? 비행기는 왜 이륙하지 않고 기다리고 있었을까? 아단과 라울과 그의 저격수들은 어떻게 총을 들고 비행기에 탈 수 있었을까? 몇몇 총신은 사격으로 아직도 뜨거웠을 텐데? 어떻게 그들이 티후아나에서 내려 호위를 받으며 곧장 공항 밖으로 나갈 수 있었을까?

그리고 10여 명의 목격자들이 아단 바레라를 공항과 비행기에서 봤다고 증언했는데도, 티후아나에 있는 바레라 가족을 담당하는 리베라 신부는 왜 세례식에 아단 바레라가 대부로 참여했다고 증언했을까? 후안 신부가 총에 맞아 쓰러진 바로 그 시간에?

아단의 이름과 서명이 기록된 세례기록을 내보이기까지 하면서 말이다.

그리고 10여 명의 목격자가 본, 후안 신부의 시신을 끌어안고 있던 불가사의한 그 양키는 누구였을까? 그는 바레라와 비행기에 올랐고 그 뒤로 어디론가 사라졌다.

아트는 신속히 기도를 드리고(사람들이 뒤에 줄 서 있어서) 붐비는 대성당 안에서 앉을 자리를 찾았다.

장례미사는 오랫동안 진행되었고 심금을 울렸다. 한 사람 한 사람 일어서서 후안 신부가 그들의 삶에 무엇을 해 주었는지 이야기했고 여기저기서 새어나오는 흐느낌이 그 커다란 공간을 메웠다. 분위기는 조용하고 슬프고 정중하고 위압적이었다.

대통령이 일어서기 전까지만 말이다.

물론 대통령이 참석하는 건 당연했다. 대통령과 전체 내각과 그 밖에 20여 명의 정부 관료들. 대통령이 일어서서 연단으로 걸어가자 연설을 기다리는 침묵이 군중들을 엄습했다. 대통령은 목청을 가다듬고 이야기를 시작했다.

"범죄행위가 한 선하고 깨끗하고 관대한 사람의 목숨을 가져갔습니다……."

그리고 그의 말은 그것으로 끝났다. 군중 한 명이 "정의!"라고 외쳤기 때문이다.

그리고 또 다른 사람이 그 말을 이어받았고 또 다른 사람에게 이어졌다. 순식간에 대성당 안에 있는 수천 명의 사람들이 이어받았고 대성당 밖에 있는 수천 명들도 외치기 시작한다.

"정의. 정의. 정의……."

대통령은 공감한다는 웃음을 지으며 마이크에서 물러서서 구호가 끝나기를 기다렸다. 하지만 구호는 끝나지 않았다.

"정의. 정의. 정의!"

함성이 더 커질 뿐이었다.

"정의. 정의. 정의!"

비밀경찰이 소형 마이크와 이어폰으로 서로 속삭이며 긴장하기 시작했다. 하지만 구호 소리에 묻혀서 잘 들리지 않았다.

"정의. 정의. 정의!"

구호가 자꾸만 커져가자 경찰 두 명이 초조하게 대통령을 대성당의 옆문으로 서둘러 데리고 나가 방탄 리무진에 태웠다. 하지만 구호는 대통령의 자동차가 광장을 빠져나갈 때까지 이어졌다.

"정의. 정의. 정의!"

후안 신부가 대성당에 묻힐 때는 정부 관료들 대부분이 떠나고 없었다.

아트는 구호에 참여하지 않았고 그저 사람들의 행동에 놀라면서 대성당에 앉아 있었다. 그들은 부정부패를 더 이상 못 참겠다고 선언했고, 국가의 힘 있는 지도자에게 용감하게 맞서 정의를 '요구'했다.

'내가 어떤 실마리라도 잡으면 당신은 각오해야 할 거요.'

아트는 그런 생각을 하며 일어서서 관 옆을 지나가는 줄에 합류했다. 그리고 한 줄로 조심스럽게 이동했다.

노라 헤이든은 금발머리에 까만 숄을 쓰고 까만 드레스를 입고 있었다. 그런 차림으로도 노라는 여전히 아름다웠다. 아트는 노라 옆에 무릎 꿇고 앉아 두 손을 모아 기도 자세를 취하고 속삭였다.

"신부의 영혼을 위해 기도하고, 신부의 킬러를 위해 잠자리를 갖는다?"

노라는 대답하지 않았다.

"그러고도 어떻게 자존심이 유지되지?"

아트는 그렇게 말하고 일어섰다.

그리고 소리 죽여 울고 있는 노라를 뒤로 하고 대성당 밖으로
나왔다.

전체 도시 자치 연방 경찰의 사령관 로돌포 레온 총독은 이른
아침 15명의 특수 정예 요원들과 티후아나로 날아갔다. 그리고 오
후가 되자 장교 6명씩 완전무장하고 전투 준비를 갖춘 분대를 구
성해 방탄 서브어번과 도지램스를 타고 콜로니아 거리를 소탕했
다. 저녁에는 바레라의 아지트 여섯 곳을 격파시켰다. 카코 수르
에 있는 라울의 개인 거주지에서는 AK-47, 권총, 파편 수류탄, 탄
약 2000발이 숨겨진 저장소가 발견되었다. 거대한 차고에는 특수
강철판을 댄 검정 서브어번 여섯 대가 있었다. 주말에는 바레라
연합 회원 25명을 체포했고, 바레라와 멘데스 소유로 된 80군데
의 집과 창고와 대목장을 덮쳤으며 바레라 일행을 211 항공기에
서부터 호위한 공항 비밀경찰 10명을 체포했다.

과달라하라에서는 진짜 할리스코 주립 경찰 분대가 가짜 할리
스코 경찰을 가득 태운 트럭과 우연히 마주쳤다. 그리하여 도시
를 주름잡던 추적은 가짜 경찰 두 명이 어느 집에 갇혀 밤새 수
백 명의 할리스코 경찰들과 총격전을 벌이다가 아침에 한 명이
죽고 한 명이 항복하고서야 끝이 났다. 하지만 진짜 경찰도 두 명
이 죽고 주립 경찰대의 지휘관이 부상을 입기도 했다.

이튿날, 대통령은 카메라 앞에 서서 마약 카르텔을 단호하게 처단하겠다는 결심을 선언하고, 부패한 연방 경찰 간부 70명 이상을 적발하여 해고했으며 형사상의 처벌을 내리겠다고 발표했다. 그리고 도주하여 행방을 알 수 없는 아단 바레라와 라울 바레라를 체포하는 데에 도움이 될 정보를 주는 사람에게는 보상금 500만 달러를 주겠다고 공표했다.

군대, 멕시코 연방 경찰, 모든 주립 경찰대가 나라 곳곳을 샅샅이 찾아 헤매는데도 아무도 멘데스나 라울이나 아단을 발견하지 못하고 있었기 때문이다.

그들은 그곳에 없었다.

게로 멘데스는 과테말라 국경을 건넜다.

바레라 형제도 국경을 건넜다.

미국으로.

그들은 라호야에 머물고 있었다.

파비안은 플라코와 드리머가 발보아 공원 로렐 거리의 다리 밑에 살아 있는 것을 발견했다.

경찰은 그들을 발견할 수 없었겠지만 파비안은 바리오 사람들을 족쳐서 경찰은 알아내지 못할 일들을 알아냈다. 그들은 파비안에게는 말했다. 경찰에게 돌을 던지면 경찰이 그들에게 귀찮게 굴고 말겠지만 파비안에게 돌을 던지면 목숨이 붙어 있기 어려울 거라는 사실을 알기 때문이었다. 그것이 냉철한 현실이다.

그래서 플라코와 드리머가 다리 밑에서 꾸벅꾸벅 졸고 있던 어느 날 밤, 구둣발이 옆구리를 찌르는 것을 느끼고 플라코가 벌떡 일어났다. 경찰이나 동성애자라고 생각했지만, 그는 파비안이었다.

그래서 플라코는 눈을 휘둥그레 뜨며 파비안을 올려다보았다. 당장 총알이 날아들까 봐 반쯤 겁을 먹었다. 하지만 파비안은 웃으며 말했다.

"얘들아, 너희가 용기를 지녔다는 사실을 보여줄 때야."

그리고 주먹 안쪽으로 자신의 가슴을 두어 번 두드렸다. 플라코가 물었다.

"우리에게 뭘 바라죠?"

"아단이 너희에게 손을 내밀고 있어. 너희가 멕시코로 돌아오길 바라고 있지."

파비안은 바레라 형제가 후안 신부의 죽음의 열기를 어떻게 식히고 있는지, 멕시코 연방 경찰이 아지트를 덮치고 사람들을 체포하면서 그들에게 얼마나 압력을 가하고 있는지, 그 저격에 관련된 사람을 만날 때까지 얼마나 혼란스러울 것인지에 대해 설명했다.

"너희는 내려가서 자수해. 그리고 진실을 말해. 우리가 게로 멘데스를 뒤쫓고 있었는데 멘데스가 우리를 습격했으며 파비안이 후안 신부를 멘데스로 착각하고 우연히 쏘게 되었다고. 아무도 후안 신부를 다치게 할 뜻이 없었다고. 불가피한 일이었다고 말이야."

"저는 몰라요."

드리머가 말했다.

"얘들아, 너희는 애들이야. 그리고 총도 쏘지 않았어. 그냥 몇 년 만 들어갔다 나오면 돼. 그 동안 너희 가족은 왕족 같은 보살핌을 받을 거야. 그리고 너희가 나오면 아단의 감사와 관심이 은행에 들어가 있을 거야. 이자까지 더해져서 말이야. 플라코, 네 엄마는 호텔 잡일을 하시지?"

"네."

"더 이상은 아니야. 네가 용기를 보여주면."

"모르겠어요. 멕시코 경찰은……."

드리머가 말하자 파비안이 대답했다.

"실은 말이지, 게로 멘데스를 잡으면 주기로 한 보상금 알지? 5만 달러 말이야. 너희 둘이 나눠 가져. 그 돈을 누구에게 전달하면 되는지 말하기만 하면 우리가 전달해 주지."

두 아이 모두 어머니에게 주고 싶다고 말했다.

그들이 국경 근처에 이르자 플라코는 다리가 심하게 떨렸다. 파비안이 볼까 봐 두려웠다. 플라코는 인정사정없이 부딪치는 두 무릎을 멈출 수가 없었다. 그리고 눈에서 흘러넘치는 눈물을 멈출 수가 없었다. 플라코는 부끄러움을 느꼈다. 드리머는 뒷좌석에서 훌쩍이기까지 했다.

건널목에 이르자 파비안이 두 사람을 자동차에서 내리게 했다.

"너희는 용기를 지녔어. 너희는 전사야."

그들은 입국 심사와 세관 검사를 문제 없이 통과하고 도시를 향해 남쪽으로 걸었다. 그들이 두 블록쯤 갔을 때 서치라이트가 그들의 얼굴을 비추며 아무것도 볼 수 없게 만들더니 손을 뒤로 올리라는 멕시코 연방 경찰의 고함소리가 들렸다. 플라코는 손을 높이 들었다. 한 경찰이 플라코를 잡아 바닥에 패대기치더니 등 뒤로 수갑을 단단히 채웠다.

그래서 플라코는 흙바닥에 누워 몸을 뒤틀고 있다. 팔이 뒤로 너무 세게 당겨졌기 때문이다. 하지만 그 고통은 아무것도 아닌 듯했다. 그 연방 경찰이 플라코의 얼굴에 침을 뱉더니 군화의 발 끝으로 귀 부분을 세게 걷어찼기 때문이다. 플라코는 고막이 파열된 느낌이 들었다.

플라코의 머릿속에서 고통이 불꽃처럼 일어 올랐다.

그때 감이 아주 멀게 플라코에게 말하는 소리가 들렸다.

'이건 시작일 뿐이란다, 얘야.'

'이제 막 시작한 거야.'

전화벨이 울리자 노라가 받았다.

아단이었다.

"보고 싶어."

"지옥에나 떨어져요."

"사고였어. 실수였지. 내게 설명할 기회를 줘. 제발."

노라는 전화를 끊고 싶지만 끊지 않았다. 끊지 못하는 자신이 혐오스러웠다. 그 대신 그날 밤에 라호야 해변 해양구조 전망대 38번 옆에서 아단을 만나기로 했다.

전망대의 희미한 불빛 아래에서 아단은 노라가 다가오는 것을 보고 있었다. 혼자 오는 듯했다.

"내 목숨은 당신 손에 달린 거 알지. 당신이 경찰에 신고하면……"

"그는 당신 신부님이었어요. 당신 '친구'였고, '내' 친구였어요. 어떻게 그럴 수가……"

아단은 고개를 저었다.

"난 거기 있지도 않았어. 티후아나에서 세례식에 참석하고 있었지. 그건 사고였어. 집중 공격이……"

"경찰 얘기는 다르던데요."

"멘데스가 경찰을 쥐고 있어."

"당신이 싫어요, 아단."

"그렇게 말하지 마, 제발."

아단이 아주 슬퍼 보인다고 노라는 생각했다. 필사적이고 쓸쓸해 보였다. 노라는 아단을 믿고 싶었다.

"맹세해 봐요. 당신이 진실을 말하고 있다고 내게 맹세해 봐요."

"맹세해."

"당신 딸의 목숨을 걸고."

아단은 노라를 잃으면 참을 수 없을 것 같았다. 그래서 고개를 끄덕였다.

"맹세해."

노라가 팔을 뻗자 아단이 잡았다.

"아단, 난 너무 슬퍼요."

"알아."

"난 신부님을 사랑했어요."

"알아. 나도 마찬가지야."

슬픈 일은 그 말이 사실이라는 점이었다.

아마도 쓰레기장인 듯했다. 쓰레기 냄새가 났다.

플라코의 머리에 검정 두건이 씌어 있는데도 얼굴에 엷은 햇빛이 느껴지는 것으로 보아 아침인 듯했다. 플라코는 한쪽 고막이 파열되었지만 드리머가 간청하는 목소리가 들려왔다.

"제발, 제발, 안 돼요, 안 돼요, 제발……."

총소리가 울리고, 더 이상 드리머의 목소리가 들리지 않았다.

플라코는 옆통수에 총이 와 닿는 것을 느꼈다. 다치지 않은 귀였다. 총은 조그만 원을 그렸다. 마치 그게 뭔지 플라코에게 알려주고 싶은 것처럼 말이다. 그리고 찰칵하는 소리가 들렸다.

플라코는 비명을 질렀다.

총은 발사되지 않았다.

플라코는 자제력을 잃었다. 방광이 열리면서 뜨거운 오줌이 다리를 타고 흘러내리고 무릎에 힘이 빠지면서 바닥에 주저앉아 버렸다. 벌레처럼 몸부림치고 비틀면서 총신에서 머리를 떼려고 애썼다. 그때 또 한 번 찰칵, 하는 소리가 들렸다. 그리고 목소리가 들렸다.

"멍청한 꼬마야, 아마 다음번엔, 응?"

찰칵.

플라코는 바지에 똥을 쌌다.

멕시코 연방 경찰이 소리를 지르면서 불평했다.

"젠장, 지독한 냄새! 대체 뭘 먹은 거야, 이 자식?"

찰칵, 하는 소리가 다시 들렸다.

총이 발사됐다.

총알은 플라코의 귀 옆 흙바닥에 파묻혔다.

"일으켜 세워."

하지만 멕시코 연방 경찰은 더럽혀진 아이에게 손을 대려 하지 않았다. 결국 해답을 찾아냈다. 그들은 드리머의 두건을 벗기고 입에 재갈을 물린 뒤 플라코의 더럽혀진 바지와 팬티를 벗겨서 젖은 헝겊으로 친구의 몸을 닦아주라고 시켰다.

플라코가 웅얼거렸다.

"미안, 미안해."

"괜찮아."

그리고 그들은 두 아이를 트럭 뒤에 태워 감옥 방으로 데려갔다. 두 아이를 콘크리트 바닥에 내동댕이친 뒤 문을 쾅 닫고 잠시 동안 두 사람만 남겨뒀다.

아이들은 바닥에 누워서 울었다.

한 시간 뒤, 한 연방 경찰이 돌아오자 플라코는 주체하지 못할 정도로 떨기 시작했다.

하지만 연방 경찰은 두 사람에게 각각 종이와 연필만 던지며 받아 적으라고 말했다.

그들의 이야기는 이튿날 조간신문을 떠들썩하게 했다.

연방 경찰이 생각한, 후안 신부의 사건에서 일어난 일에 대한 증언이었다. 추기경은 사람을 잘못 알아봐서 생긴 실수의 희생자이며, 미국 갱 단원들은 후안 신부를 게로 멘데스로 착각하고 암살한 것이라는 내용이었다.

대통령은 레온 총독을 옆에 데리고 텔레비전에 나와서, 이 소식은 정부가 마약 카르텔을 상대로 인정사정없는 전쟁을 시작하려는 결심을 강화시켜줄 뿐이라고 발표했다. 그들은 이 암살단원들이 처벌받고 마약 밀매자들이 파멸될 때까지 멈추지 않을 것이라고 선언했다.

플라코의 혀가 입 밖으로 축 늘어져 있었다.

얼굴은 검푸른 색을 띠고 있었다.

그는 감옥방 천장을 가로지르는 스팀 파이프에 목을 매었다.

드리머는 플라코 옆에 매달려 있다.

두 사람의 자살에 대한 논평이 신문을 장식했다. '두 젊은이는 후안 신부를 죽인 죄책감으로 살 수가 없었다.' 두 사람의 뒤통수에 있는, 이유가 밝혀지지 않은 둔탁한 외상에 대해서는 일언반구의 언급도 없었다.

샌디에이고

아트는 미국 쪽 국경에서 기다리고 있었다.

야간 투시 쌍안경으로 본 지형은 이상하리만치 초록색을 띠고 있었다.

'희한한 토지로군.'

황무지, 황량하게 뻗은 생기 없는 언덕, 티후아나와 샌디에이고 사이에 가로놓인 깊은 협곡.

매일 밤 여기에서 이상한 게임이 진행됐다. 땅거미가 내리기 직전, 밀입국을 꿈꾸는 멕시코 인들이 국경을 따라 파놓은 말라버린 배수로 위에 모여들어 어두워지기를 기다렸다. 신호가 뜨면 모두가 재빨리 달려서 건널 태세였다. 그것은 숫자 알아맞히기 게임이었다. 국경 순찰대가 이 불법 이주자들을 멈춰 세울 수 있는 수는 그리 많지 않아서 잡히지 않은 사람들은 통과하여 서브(sub-

과일을 따고 접시를 씻고 농장에서 일하는 최소 임금의 일자리)를 얻을 수 있었다.

하지만 오늘 밤의 미친 출격은 이미 끝이 났고, 아트는 국경순찰대가 철수했다는 사실을 확인했다. 망명자 한 명이 반대편에서 건너오고 있었다. 비록 그는 미국 정부의 손님이 되겠지만, 정규 검문소를 지나올 수는 없었다. 그것은 너무 위험한 일이기 때문이다. 바레라는 연중무휴 검문소를 지키는 감시원을 배치해 두고 있었고, 아트는 그들을 색출하지 못했다.

아트는 시계를 확인했다. 1시 10분인 것을 보자 마음에 들지 않았다. 약속시각에서 10분이 지났다. 밤에 불안정한 지형을 뚫고 오는 일에 어려움이 생겼을 수도 있었다. 수많은 깊은 협곡 어딘가에서 길을 잃었을 수도 있고, 엉뚱한 봉우리로 올라갔을 수도 있고…….

'철부지 소리 마.' 아트는 생각했다.

라모스는 아트의 말을 알아들었고 이 영토를 뒤뜰처럼 잘 알고 있었다. 손바닥 들여다보듯 훤히 말이다.

라모스가 그를 설득하지 못했을지도 몰랐다. 그가 바레라 편이 되기로 했는지도 몰랐다. 어쩌면 무서워서 손을 떼고 마음을 바꾸었을지도 몰랐다. 또는 라모스가 아예 그에게 접근도 하지 못하고 뒤통수에 총알이 막힌 채 배수로 어딘가에 누워 있는지도 몰랐다. 또는 더 가능성 있게, 정보 제공자에게 늘 일어나는 일처럼 입에 총을 맞았는지도 몰랐다.

바로 그때 아트는 손전등이 세 번 깜박이는 것을 보았다.

아트는 들고 있던 손전등을 두 번 깜박이고 서비스 리볼버를 장전해서 들고 협곡 쪽으로 내려갔다. 한 손에는 손전등, 한 손에는 총을 들었다. 잠시 후 두 사람의 형상이 보였다. 한 명은 크고 뚱뚱하고, 한 명은 작고 다소 말랐다.

신부는 비참해 보였다. 신부복이 아니라 모자 달린 나이키 점퍼와 청바지와 운동화를 신고 있었다. 아트는 생각했다.

'어울리는 차림이군.'

신부는 춥고 겁먹은 듯했다.

"리베라 신부?"

아트가 묻자 그가 끄덕였다.

라모스가 리베라 신부의 등을 토닥였다.

"기운 내시오, 신부. 잘 선택한 거요. 바레라가 조만간 당신을 죽였을 거요."

또는 적어도 리베라 신부는 그렇게 믿고 싶을 것이다. 아트의 압력으로 리베라에게 접근한 사람은 라모스였다. 라모스는 아침 운동을 하러 나온 리베라 신부를 찾아 함께 뛰며, 앞으로도 계속 신선한 공기를 마시고 싶은지 물었다. 그리고 라울이 고문하여 죽인 사람들의 사진을 보여주며 기운차게 덧붙였다. 그들은 신부고 뭐고 리베라 신부를 쏘아 버릴 거라고.

라모스는 리베라 신부에게 이렇게 말했다.

"……하지만 그들은 당신을 살려둘 수 없소, 신부. 당신이 너무 많이 알고 있거든. 이 불쌍하고 종교를 핑계 삼는 아첨꾼 거짓말쟁이 양반아. 하지만 난 당신을 구해줄 수 있소."

리베라 신부가 울기 시작했다. 라모스는 덧붙였다.

"하지만 때는 오늘 밤뿐이오. 그리고 당신은 날 믿어야 할 거요."

"라모스가 옳소."

아트는 라모스에게 고개를 끄덕였다. 남자의 눈이 정말 히죽거릴 수 있다면, 지금 라모스의 눈이 바로 그랬다. 라모스가 아트에게 말했다.

"오랜 친구여, 아디오스."

아트는 리베라 신부의 손목을 잡고 천천히 자동차로 데려갔다. 리베라 신부는 아이처럼 따라갔다.

일명 엘 베르데인 소노라 카르텔의 파트론 찰리노 구스만은 후아레스 시에서 가장 마음에 드는 레스토랑으로 아침식사를 하러 왔다. 엘 베르데는 매일 아침 이곳에 왔다. 특이한 도마뱀 가죽 부츠가 아니라면 누구든 그를 햇볕에 말라 딱딱해진 진흙에서 삶을 긁어내고 있는 평범한 시골 농부로 여길 것이다.

하지만 웨이터들은 아주 잘 알았다. 그들은 엘 베르데를 테라스의 지정석으로 안내하고 커피와 조간신문을 갖다 줬다. 그리고 레스토랑 앞에 주차해 둔 자동차에 앉아 있는 저격수들에게 뜨거운 커피를 담은 보온병을 갖다 줬다.

국경 바로 너머에는 엘 파소의 텍사스 마을이 있었다. 엘 베르데는 그곳을 거쳐 수 톤의 코카인, 마리화나, 약간의 헤로인까지 배로 운송했다. 지금 엘 베르데는 앉아서 신문을 봤다. 글은 읽을 줄 모르지만 읽을 수 있는 척하기를 좋아했으며, 사진 보는 일을 즐겼다.

엘 베르데는 자신의 저격수가 주차된 포드 브롱코 쪽으로 걸어가서 자동차를 옮기라고 말하는 것을 신문 너머로 흘끗 보았다. 엘 베르데는 속이 좀 상했다. 대부분의 주민들은 이 시간에 지켜야 할 법칙을 잘 알고 있었다. 저격수가 자동차 창문을 두드리자 엘 베르데는 그 사람이 외지 사람임이 틀림없다고 생각했다.

그때 폭탄이 터지면서 엘 베르데를 산산조각냈다.

걸프 카르텔의 우두머리이자 연합의 파트론인 돈 프란시스코 우수에타, 일명 가르시아 아브레고는 코키마틀란의 작은 마을에서 열리는 연례축제 행렬에서 선두위치의 팔로미노 종마를 타고 있었다. 행렬에 참가한 종마는 모두 아브레고의 소유였다. 좁은 거리의 자갈 위를 찰박찰박 말발굽 소리를 내며 갔다. 아브레고는 온통 카우보이 의상으로 치장했다. 마을의 파트론에게 어울리는 복장이었다. 아브레고는 환호에 대한 답례로 보석으로 장식된 챙 넓은 모자를 휘둘렀다.

사람들은 환호할 수밖에 없었다. 아브레고는 마을에 병원, 학교, 운동장을 지어주었다. 새 경찰서의 에어컨 비용까지 지불했다.

그래서 지금 아브레고는 사람들에게 웃으며 그들의 감사와 사랑을 우아하게 받아들였다. 아브레고는 군중들 개개인과 눈을 맞추고 아이들에게 특히 신경 써서 손을 흔들어줬다. 하지만 2층 창문 밖으로 튀어나와 있는 M-60의 총신은 보지 못했다.

첫 번째 50구경 총알들이 발사되자 아브레고의 얼굴에서 웃음이 사라졌다. 두 번째 총알은 아브레고의 가슴을 터트렸다. 팔로미노가 깜짝 놀라 울부짖으며 앞발을 번쩍 들고 껑충껑충 뛰기 시작했다.

아브레고의 죽은 손은 여전히 말고삐를 움켜쥐고 있었다.

23세 수리공인 마리오 아부르토는 그날 티후아나 공항 근처에 있는 로마스 타우리나스의 가난한 동네에 모인 엄청난 군중 틈에서 있었다.

로마스 타우리나스는 진흙투성이 민둥산의 골짜기에 숨겨진, 무단입주민들의 임시 판자촌으로 티후아나 동부와 접해 있었다. 로마스 타우리나스의 지형은 목이 멜 정도의 먼지가 일거나 침식된 언덕에서 흘러내리는 진흙에 미끄러지거나 둘 중 하나였다. 때로는 판잣집을 짓는 데에 그 진흙을 쓰기도 했다. 최근까지는 '흐르는 물'이란 흔히 볼 수 있는 개울 위에 판잣집을 짓는다는 뜻이었다. 말 그대로 개울물이 집 안으로 흘러 지나갔다. 하지만 그 지역은 최근 PRI에 대한 주민들의 충성심에 대한 대가로 송수관으로 물이 공급되고 전기도 보급되었다. 하지만 아직도 많은 진흙땅이 열린 하수도이자 천천히 흐르는 쓰레기장이었다.

루이스 도날도 콜로시오는 정예 대통령 경호부대 에스타도 마이오르의 사복 군인 15명에게 호위를 받고 있었다. 지역 운동 저지에 쓸 안전요원으로 고용된 이 전직 티후아나 경찰 특수부대는 군중 틈에 흩어져 있었다. 후보자는 산기슭에 있는 일종의 천연 원형 경기장의 바닥에 주차된 소형 오픈 트럭에 서서 연설하고 있었다.

라모스는 산비탈에서 내려다보고 있었으며 돌격소총을 움푹한 원형 경기장 주변의 여러 지점을 향해 설치해 두었다. 어려운 과업이었다. 소란한 대규모의 군중이 진흙 흐르듯 움직였다. 그 사람들은 콜로시오의 빨간 셰비 블레이저가 마을로 천천히 들어섰을 때 떼 지어 몰려들며 환호했었다. 라모스는 콜로시오가 떠나갈 때도 같은 일이 일어날까 봐 걱정했다.

라모스는 혼자 중얼거렸다.

"염병할 경호로군."

한 술 더 떠서 콜로시오는 연설이 끝났을 때 자신의 자동차로 돌아가지 않았다.

그 대신 걸어가기로 결심했다.

콜로시오는 '사람들 사이를 헤치고 나아가기 위해서'라고 말했다.

"뭘 하겠다고?"

라모스가 무전기로 육군 호위대 지휘관인 레예스 장군에게 외쳤다.

"걸어가겠다고 했소."

"미친 소리!"

"스스로 결정한 일이오."

"그렇게 되면 우린 그를 보호할 수 없어."

레예스 장군은 멕시코 참모부의 일원이며 대통령 호위대의 부사령관이었다. 재수 없는 티후아나 경찰의 명령 따위는 듣지 않을 것이다. 레예스 장군은 코웃음을 쳤다.

"대통령을 보호하는 건 당신 일이 아니오. 우리 일이지."

두 사람이 주고받는 말을 콜로시오가 우연히 들었다.

"언제부터 내가 사람들로부터 보호를 받아야 하는 사람이 되었지?"

라모스는 콜로시오가 사람들의 바다로 풍덩 뛰어드는 모습을 하릴없이 바라보았다.

"조심해! 주위를 잘 살펴!"

라모스는 무전기로 부하들에게 명령을 내렸지만, 그들이 할 수 있는 일은 거의 없었다. 설사 그들이 저격수를 발견한다고 해도, 숨어 있는 그 암살자를 쏘기는커녕 콜로시오가 군중 틈에서 이 리저리 고개를 꾸벅이는 모습조차 거의 볼 수가 없었다. 게다가 트럭에 있는 스피커에서 바하 지역 음악이 요란하게 울려 퍼지는 바람에 소리도 거의 들리지 않았다.

그래서 라모스는 그 총소리를 듣지 못하고 말았다.

가까스로 라모스의 눈에 들어온 장면은 군중 틈에 서 있던 마리오 아부르토가 호위대를 뚫고 나아가 콜로시오의 오른쪽 어깨를 잡고 오른쪽 옆통수에 38구경 권총을 대고 방아쇠를 당기는 모습이었다.

라모스는 대혼란이 벌어지자 안간힘을 써서 현장으로 갔다.

군중 몇몇이 아부르토를 붙잡아 때리기 시작했다.

레예스 장군은 쓰러진 콜로시오를 팔에 안고 자동차로 옮기기 시작했다. 레예스의 부하인 사복 차림의 소령 한 명이 아부르토의 목덜미를 잡고 군중을 뚫고 나아갔다. 누군가가 돌로 아부르토의 머리를 치자 소령의 옷깃에 피가 튀었다. 하지만 지금 에스타도 마이오르 분대가 미식축구의 라인맨처럼 소령 주변에 정렬하여 소령은 군중들 틈을 뚫고 검정 서브어번에 암살자를 밀어넣었다.

라모스가 서브어번 쪽으로 겨우 다가갔을 때 구급차 한 대가 안으로 들어오는 것이 보였다. 그리고 레예스 장군과 응급 구조대원들이 콜로시오를 구급차에 태웠다. 그때 라모스는 콜로시오가 왼쪽 옆구리도 다쳤다는 사실을 알게 되었다. 콜로시오는 총을 한 번 맞은 것이 아니라 두 번 맞은 것이다.

구급차가 윙윙거리며 떠났다.

검정 서브어번도 현장을 떠나려 했지만 라모스가 마누라를 들어 앞 좌석에 앉아 있는 육군 소령에게 정조준하면서 외쳤다.

"티후아나 경찰이다! 신분증을 내놔 봐."

"에스타도 마이오르 경호 부대다! 비켜 서!"

그 소령이 되받아쳤다.

라모스는 방아쇠를 당기려 했다.

오판이다. 돌격소총 12자루가 라모스의 머리를 겨눴다.

라모스는 자동차 조수석으로 다가갔다. 뒷좌석의 바닥에 있는 암살혐의자가 보였다. 아부르토를 밀치고 때리는 사복 차림의 군인 세 명 사이에 있었다.

라모스는 앞 좌석에 앉은 소령을 바라보았다.

"문 열어. 나도 타겠다."

"대체 넌 누구냐."

"저자를 산 채로 경찰서에 데려가고 싶다고!"

"네가 상관할 바가 아니야! 꺼져!"

라모스는 부하들을 돌아보았다.

"만약 차를 움직이면 모두 죽여 버리겠어!"

라모스는 마누라를 들어 올려 개머리판으로 조수석 창문을 후려쳤다. 소령이 몸을 홱 굽히자 라모스가 창문 안으로 손을 넣어 문을 열고 차에 올랐다. 라모스는 총신을 소령의 배에 겨누고 있었고 소령은 라모스의 얼굴에 권총을 겨누고 있었다. 소령이 라모스에게 말했다.

"뭐야? 내가 잭 루비(케네디 대통령 암살범 — 옮긴이)로 보여?"

"당신이 잭 루비가 아닌 걸 확인하고 있는 거야. 난 이 사람을 산 채로 경찰서에 데려갈 거야."

"우린 이 자를 연방 경찰 본부로 데려갈 거야."

"산 채로 데려간다면."

소령이 총을 내리며 운전사에게 출발하라고 말했다.

콜로시오의 구급차보다 군중이 먼저 티후아나 제너럴 병원에 도착했다. 사람들은 정문 앞 계단에 모여서 울면서 기도하거나 콜로시오의 사진을 들고 이름을 외치고 있었다. 구급차는 뒷문으로 돌아가서 준비 중인 수술실로 콜로시오를 옮겼다. 도로에 착륙한 헬리콥터가 콜로시오를 국경 너머 샌디에이고 특수 외과 센터로 이송할 준비를 하며 회전날개를 돌리고 있었다.

하지만 헬리콥터는 샌디에이고로 출발하지 못했다.

콜로시오가 이미 숨을 거두었기 때문이다(1994년 8월에 발생한 사건이다 — 옮긴이).

영화 「바비」.

아트는 생각했다.

'바비와 너무 많이 닮았어.'

고독한 총잡이. 소외되고 고립된 미치광이. 부상은 두 군데였다. 하나는 오른쪽, 하나는 왼쪽.

아트가 셰그에게 물었다.

"어떻게 이 풋내기 아부르토가 그렇게 할 수 있었지? 콜로시오의 오른쪽 옆 통수에 대고 쏘았고, 다시 왼쪽 옆구리를 쏘았어. 어떻게 혼자서 그럴 수 있지?"

"RFK 같은 거지. 첫 총알이 강타했을 때 피해자가 회전하는 거 말이야."

셰그는 자신의 고개를 뒤로 젖혔다가 왼쪽으로 돌아 바닥으로 쓰러지며 실연해 보였다.

"그럴 수도 있겠어. 하지만 총알 탄도가 반대편에서 오잖아."

"아, 또 시작이군."

"좋아. 우린 게로 멘데스의 터널을 폭파했고, 터널은 푸엔테스 형제와 관련 있었고, 푸엔테스 형제는 콜로시오의 큰 지지자였어. 그리고 콜로시오가 티후아나에 오고, 바레라 형제가 추방되고, 암살이 일어났어. 내게 미쳤다고 해봐, 셰그."

"미친 거 같지는 않아. 하지만 바레라 강박증이 있잖아. 그들이……."

셰그는 말을 끊었다. 그리고 책상을 뚫어지게 내려다보았다.

아트가 셰그 대신 생각을 마무리 지어주었다.

"그들이 어니를 죽였을 때부터."

"그래."

"자넨 아니야?"

"나도 그래. 난 그들을 모조리 잡고 싶어. 바레라 형제, 멘데스. 하지만 아트, 어느 정도가 지나면, 그러니까 내 말은, 어느 시점이 되면 그만 그 일을 놓아줘야 해."

아트는 셰그의 말이 옳다고 여겼다.

'그렇고말고. 나도 그만 놓고 싶어.'

하지만 원하는 일과 실행하는 일은 늘 별개인 법이었다. 그리고 셰그의 표현인 '바레라 강박증'을 놓는 것이 아트 힘으로 불가능했다.

"말해 두지만, 이 모든 일을 털어내면 이 일의 배후에 바레라가 있다는 사실을 발견하게 될 거야."

의심의 여지가 없었다.

게로 멘데스는 개인 병원의 침대에 누워 있었다. 멕시코 최고의 성형외과 의사 세 명이 멘데스의 얼굴을 성형시킬 준비를 하고 있었다.

'새 얼굴, 염색한 머리, 새 이름이면 난 바레라와 다시 전쟁을 벌일 수 있어.'

이번엔 멘데스가 확실히 이기게 될 전쟁이었다. 새 대통령을 같은 편으로 삼고서 말이다.

멘데스는 베개를 베고 누워 있고 간호사는 수술 준비를 하고 있었다.

"잠들 준비는 되었나요?"

멘데스는 고개를 끄덕였다. 잠들 준비가 되었다. 그리고 새로운 사람으로 깨어날 준비도 되었다.

간호사가 주사기를 꺼내 작은 고무 뚜껑을 제거하고 주삿바늘을 멘데스의 팔뚝 혈관에 꽂았다. 그리고 주사했다. 마약이 효과를 보이기 시작하자 간호사는 멘데스의 얼굴을 쓰다듬었다.

"콜로시오가 죽었어요."

"뭐라고?"

"아단 바레라의 메시지를 받았어요. 당신의 심복 콜로시오가 죽었다고요."

멘데스는 몸을 일으키려고 애썼지만, 몸이 말을 듣지 않았다.

"이건 도미컵이라고 불러요. 강력한 약이죠. 사형 집행 때 쓰는 치사 주사예요. 이번에 눈을 감으면 결코 다시 뜰 수 없을 거예요."

멘데스는 비명을 지르려고 해봤지만, 목소리가 나오지 않았다. 잠들지 않으려고 안간힘을 썼지만, 몸에서 의식과 생명이 빠져나가는 기분이었다. 멘데스는 속박에서 벗어나려고 발버둥 치고 마스크를 찢어 없애려고 팔을 움직여 보았지만 근육이 반응하지 않았다. 안 돼, 안 돼, 하며 고개를 돌릴 수도 없다. 멘데스는 생명이 고갈되는 기분이 들었다.

간호사의 목소리가 머나먼 곳에서 들려왔다.

"바레라 형제가 지옥에나 떨어지라고 전해 달래요."

경비원 두 명이 깨끗한 시트와 담요가 가득 담긴 세탁물 수레를 밀고 있었다. 수레는 알몰로야 교도소의 스위트 감방에 있는 티오 바레라에게 가고 있었다.

티오가 수레에 올라타자 경비원들이 그 위에 시트를 덮은 뒤 수레를 끌고 건물 밖으로 나왔다. 그리고 운동장을 가로질러 정문을 빠져나왔다.

아주 간단하고, 정말 쉽다.

계획된 대로.

티오는 수레에서 내려 대기 중인 밴으로 걸어갔다.

12시간 후, 그는 베네수엘라에 있는 벽촌에 있었다.

크리스마스를 사흘 앞두고 아단은 멕시코시티에 있는 안토누치 추기경의 개인 서재에서 안토누치 추기경 앞에 무릎 꿇고 앉았다.

멕시코의 1급 수배자인 아단은 로마 교황 사절 안토누치 추기경의 라틴어 기도를 들었다. 후안 오캄포 파라다 신부의 우연한 죽음에서 무심코 맡게 된 역할에 대해 아단과 라울을 사면하는 기도였다.

'추기경이 엘 베르데, 아브레고, 콜로시오, 멘데스의 죽음에 대한 사면은 주지 않는군.'

하지만 그건 정부가 해 주었다. 미리. 후안 신부를 죽인 것에 대한 보상으로.

'적을 죽이려면, 내가 내 편을 죽여야 하는 법.'

아단은 그렇게 주장했었다.

이제 됐다. 멘데스는 죽었고, 전쟁은 끝났고, 티오는 감옥에서 사라졌다.

그리고 자신은 새 파트론이 되었다.

멕시코 정부는 신성 로마 가톨릭교회를 완전히 합법적인 기관으로 복위시켰다. 범죄 정보가 가득 들어 있는 서류가방은 아단의 손에서 정부의 어느 고위 관료의 손으로 넘어갔다.

아단은 공식적으로 깨끗하고 빛나는 새로운 영혼이 되어 방을 나섰다.

보상으로.

새해를 하루 앞둔 날, 노라는 헤일리 색슨과 저녁식사를 한 뒤 집으로 왔다. 노라는 파티에서 샴페인도 터트리기 전에 떠나왔다. 파티에 참석할 기분이 아니었다. 연휴가 되면 우울했다. 지난 9년 동안 크리스마스를 후안 신부와 함께 보내지 않은 적은 이번이 처음이었다.

노라는 열쇠로 문을 열고 안으로 들어섰다. 그때 어디선가 손이 뻗어 나와 노라의 입을 막았다. 노라는 호신용 스프레이를 꺼내려고 핸드백에 손을 넣었지만, 가방마저 빼앗기고 말았다.

"해칠 생각은 없어. 소리 지르지 말도록."

아트였다. 그리고 노라의 입에서 천천히 손을 뗐다.

노라는 돌아서서 아트의 뺨을 후려쳤다.

"경찰을 부르겠어요."

"내가 경찰이야."

"진짜 경찰을 부를 거예요."

노라는 전화기 쪽으로 걸어가 번호를 누르기 시작했다. 그러자 아트가 입을 열었다.

"당신은 묵비권을 행사할 권리가 있어. 지금부터 하는 어떤 말이든 당신에게 불리한 증언으로 사용……."

노라는 전화기를 내려놓았다.

"잘 생각했어."

"뭘 원하죠?"

"보여주고 싶은 게 있어."

"그런 말은 신물 나도록 들었어요."

아트는 재킷 주머니에서 비디오테이프를 꺼냈다.

"비디오 플레이어 있나?"

노라가 웃었다.

"아마추어 비디오요? 멋지군요. 당신에게 날 감동시키라고 하던가요? 아니면 내가 그래야 하나요? 처음엔 위협하고, 이젠 공갈인가요? 이것 보세요. 난 수백 개를 봤어요. 그리고 아주 자세히 봤다고요."

노라는 대형 옷장을 열어 TV와 비디오 플레이어를 보여줬다.

"당신이 무슨 테이프에 관심이 있든지 말이죠."

아트는 비디오 플레이어에 테이프를 쑥 집어넣었다.

"앉지."

"고맙지만 사양하죠."

"앉으라고 했어."

"오, 우격다짐이군요."

노라는 소파에 앉았다.

"이제 만족해요? 쾌감이 오나요?"

"이걸 봐."

테이프가 시작되자 노라는 비웃음을 흘렸다. 하지만 화면에 젊은 신부의 사진이 나오자 웃음을 멈췄다. 철제 탁자 뒤에 놓인 접이식 철제 의자에 아트가 앉아 있었다. 화면 아래쪽에 날짜와 시간이 표시됐다.

"누구죠?"

"에스테반 리베라 신부. 아단의 교구 신부지."

질문하는 아트의 목소리가 들려왔다.

그 소리를 듣자 노라의 심장이 쿵 하고 내려앉는 기분이었다.

"1994년 5월 24일. 당신이 어디 있었는지 기억납니까?"

"네."

"당신은 세례식을 수행하고 있었어요. 맞습니까?"

"네."

"티후아나에 있는 당신의 성당에서죠?"

"네."

"이 서류를 보시죠."

신부 앞에 종이 한 장이 놓였다. 신부는 종이를 살펴본 뒤 다시 탁자에 내려놓았다.

"알아보겠습니까?"

"네."

"그게 뭐죠?"

"세례 기록입니다."

"아단 바레라가 대부로 기록되어 있어요. 보입니까?"

"네."

"당신이 손으로 쓴 거 맞습니까?"

"네."

"당신은 아단 바레라를 대부로 입회시켰고, 아단 바레라가 세례식에 참석했다고 표시했어요. 맞습니까?"

"그랬습니다. 네."

"하지만 그건 거짓이에요. 안 그런가요?"

리베라 신부가 대답을 곰곰이 생각하느라 잠시 주저하는 동안 노라는 숨을 쉴 수가 없었다.

"거짓입니다."

노라는 속이 메슥거렸다.

"당신은 그 일을 속였어요."

"네, 부끄럽습니다."

"아단이 세례식에 입회한 걸로 해달라고 부탁한 사람은 누구죠?"

"아단입니다."

"이건 아단의 서명인가요?"

"네."

"정말 아단이 서명했습니까?"

"세례식 일주일 전에 했습니다."

노라는 고개를 숙여 무릎 사이에 머리를 파묻었다.

"세례식 날 아단이 어디 있었는지 압니까?"

"아뇨, 모릅니다."

"하지만 우리는 알지, 안 그래?"

아트가 노라에게 말했다. 그리고 일어나서 테이프를 꺼내 다시 주머니에 넣었다.

"해피 뉴이어, 미스 헤이든."

노라는 아트가 떠나는 모습을 보지 않았다.

새해 첫날, 아트는 텔레비전 소리와 심한 숙취에 잠이 깼다.

'어젯밤 그 빌어먹을 일을 그만뒀어야 했어.'

아트는 텔레비전을 끄고 욕실로 가서 아스피린 두 알과 물을 마셨다. 그리고 부엌으로 가서 커피 물을 올렸다.

물이 끓는 동안 현관문을 열고 신문을 집어 들었다. 신문과 커피를 들고 빈약한 콘도의 거실공간으로 가서 앉았다. 화창한 겨울날이었다. 샌디에이고 항구가 겨우 몇 블록 거리에 보였다. 그리고 그 뒤로 멕시코가 보였다.

'1994년을 벗어나서 좋군. 꼴도 보기 싫은 해였어.'

바라건대, 1995년은 더 나은 해가 되기를.

어젯밤은 '죽은 자들의 집회'를 찾아온 방문객들이 더 많았다. 오랫동안 그 자리를 지켜온 사람들과 이제는 후안 신부까지 있었다.

'내가 만들어낸 집중 공격 속에서 학살된 사람. 내가 시작한 전쟁에서 평화를 이루려고 노력했던 사람.'

후안 신부는 자신이 가는 길에 사람들을 함께 데려갔다. 아이들. 사우스다코타 비행청소년 두 명, 내가 자랐던 바리오의 아이들.

망자들은 모두 묵은해가 가는 모습을 보러 왔다.

상당한 파티였다.

아트는 신문의 머리기사를 들여다보고 오늘 NAFTA가 발효한다는 사실에 별 관심 없이 눈길을 줬다.

'흠, 모두에게 축하할 일이군.'

자유무역은 꽃이 필 터였다. 공장들이 우후죽순처럼 국경 도처에 들어설 것이고 저임금 멕시코 노동자들은 우리가 쓸 테니스화, 유명 의류, 냉장고, 소형가전제품을 우리가 지불할 만한 가격대로 만들 것이다.

우리는 모두 넉넉해지고 행복해지리라. 그걸 신부 한 명 죽은 것과 어떻게 비교하겠는가?

'당신들 모두가 협정을 맺어서 나도 기쁘군.'

하지만 난 결코 서명하지 않았어.

The Power
of the
Dog

10장
골든웨스트

멕시코 연방 경찰 모두가 말해요.
언젠가는 그를 잡을 수 있을 거라고.
그를 이토록 오래 놓아두는 것은
단지 호의를 베푸는 것뿐인가 봐요.
— 타운스 반잔트의 노래 「Pancho and Lefty」중에서

1996년
샌디에이고

햇빛이 대단했다.

얼룩투성이 창문과 찢어지고 먼지투성이인 베네치아식 블라인드를 통과하여 햇살이 스며들었다. 그리고 메스껍고 누런 유독가스처럼 칼란의 방으로 스멀거리며 기어들어왔다. 메스껍고 누렇다는 말은 칼란을 묘사하는 말이기도 했다. 메스껍고 누렇고 땀투성이에 고약한 냄새가 났다. 칼란은 몇 주 동안 갈지 않은 시트에서 비틀거리며 누워 있었다. 털구멍은 (불운하게도) 땀을 내서 알코올을 제거하려고 애쓰고 있었고, 반쯤 벌린 입 가장자리에는 침이 흘러 덕지덕지 말라붙어 있었고, 뇌는 떠오르는 일에

서 악몽 조각들을 선별해 내려고 안간힘을 쓰며 현실로 깨어나려 하고 있었다.

엷은 햇살이 눈꺼풀을 덮치자 칼란이 눈을 떴다.

낙원에서의 하루가 또 시작되었다.

젠장.

사실 칼란은 깨어나서 기뻤다. 꿈도 불길했고 숙취로 기분도 나빴다. 칼란은 침대에 피가 흘러 있을 것으로 예상했다. 꿈이 붉은빛이었다. 피가 강물처럼 흐르며 악몽과 악몽을 이어 주었다.

그렇다고 현실이 더 낫다는 말은 아니다.

칼란은 눈을 몇 번 깜빡거려 잠이 깬 것을 확인하고 젖산 축적으로 쑤시는 다리를 천천히 침대 옆으로 내려 바닥을 짚었다. 그렇게 잠시 앉아 있으면서 다시 누울까 고민하다가 침대 옆 탁자에 놓인 담배로 손을 뻗었다. 한 개비를 입에 물고 라이터를 찾아 떨리는 손으로 담뱃불을 붙였다.

연기를 깊이 들이마시고 기침을 내뱉고 나니 한결 기분이 나았다.

지금 칼란에게 필요한 것은 술이었다.

눈을 번쩍 뜨이게 해 줄 술.

칼란은 발밑에 놓인 텅 빈 500밀리 맥주병을 내려다보았다.

기억이 안 났다. 요즘 들어 계속 그랬다. 점점 더 심해졌다. 이제는 매일 밤 그러고 있었다. 아침에 입에 털어 넣을 한 방울조차 남기지 않고 다 마셔 버렸기에 이제 일어나야 했다. 일어나서 옷을 입고 술을 마시러 나가야 했다.

쭉 그래왔다. 그리 오래된 습관은 아니었지만. 구역질이 나서 커피 한 잔 마시고 싶었다. 초창기에는 4번가의 작은 간이식당에 가서 첫 번째 해장술을 마시고 천천히 아침 식사를 하고는 했다. 감자, 달걀, 토스트로 구성된 기름투성이 '스페셜'로. 그러다가 어느 시점부터 식사를 끊었다. 배 속에서 받아 주는 것은 커피뿐이었다. 그리고 언제부터인지 유유히 흐르는 강가 어딘가를 따라 걸으며 술을 마시게 되었다. 끔찍한 아침시간에 칼란이 맨 처음 원하는 것은 커피가 아니라 술이 되어 버렸다.

칼란은 발을 딛고 일어섰다.

무릎이 삐걱거리고 등이 아팠다. 한 자세로 너무 오래 잔 탓이었다.

칼란은 발을 끌며 욕실로 가서, 세면대와 변기를 지나 벽장에 밀어 넣었던 샤워기를 꺼냈다. 가느다랗고 성긴 샤워 물줄기가 엉뚱한 곳으로 튀었다. 그래서 칼란이 규칙적으로 샤워하던 때는(그때는 개인 욕실 사용에 대해 매주 상당량의 특별비용을 지불했다.) 물줄기가 늘 낡고 얼룩진 타일 바닥을 흥건하게 적시거나 군데군데 찢어지고 색 바랜 얇은 꽃무늬 비닐 샤워커튼을 뚫고 튀어 나갔다. 칼란은 이제 샤워를 자주 하지 않았다. 하고는 싶은데 너무 일도 많고 성가시고 귀찮게 여겨졌다. 샴푸통은 텅 비었고 남아 있던 샴푸는 말라 비틀어져서 밑바닥에 눌어붙었다. 새 샴푸를 사러 가게에 가는 일은 너무 많은 정신적 노력을 요구했다. 게다가 칼란은 사람 많은 곳을 좋아하지 않았다.

얇은 비누 조각이 바닥에 눌어붙어 있었다. 얇은 수건과 함께 호텔에서 제공되는, 강한 소독 냄새를 풍기는 말라 비틀어진 비누도 세면대 위에 놓여 있었다.

칼란은 얼굴에 물을 퍼부었다.

칼란은 거울을 들여다보지 않았지만, 거울은 칼란을 노려보았다.

얼굴은 붓고 누렇게 떴다. 어깨까지 내려오는 긴 머리는 지저분해졌고, 수염은 헝클어졌다.

'람프 지역의 알코올중독자, 마약 중독자, 술에 취한 사람들을 닮아가기 시작하는군.'

젠장 왜 안 그렇겠는가? 언제든 ATM 기계를 찾아가 돈을 인출할 수 있다는 점만 빼면 자신은 람프의 다른 알코올중독자, 마약 중독자, 술에 취한 사람들과 똑같았다.

칼란은 이를 닦았다.

이가 닳도록 닦았다. 입에서 나는 김빠진 위스키 냄새와 구토 냄새를 견딜 수가 없었다. 닦지 않으면 자꾸만 구역질이 났다. 이를 닦은 뒤 소변을 보았다. 옷을 챙겨 입을 필요가 없었다. 정신을 잃었을 때 입고 있던 옷차림 그대로니까. 검정 청바지와 검정 티셔츠. 칼란은 신발을 신었다. 즉, 다시 침대에 앉아 몸을 구부리고 있다는 뜻이었고, 목이 긴 검정 신발을(양말 없이) 다 신었을 때는 다시 침대로 돌아가고 싶어졌다.

하지만 지금은 아침 11시였다.

가야 할 시간이었다.

마시러.

칼란은 베개 밑에 손을 넣어 22구경 권총을 찾아 뒤춤에 꽂았다. 그리고 헐렁한 티셔츠로 바지를 덮었다. 칼란은 열쇠를 찾아 문 밖으로 걸어갔다.

복도에서 독한 냄새가 났다.

대부분 소독약 냄새였다. 좀처럼 가시지 않는 오줌, 구토, 똥, 죽어가는 노인 냄새를 없애기 위해 관리인이 네이팜탄처럼 주위에 뿌리는 소독약이었다. 세균도 죽일 겸해서 말이다. 그래 봐야 끊임없이 계속되는 승산 없는 싸움일 뿐이었다. 이 장소가 원래 그렇다고 생각하며 칼란은 삐걱거리는 1인용 엘리베이터 단추를 눌렀다. 끊임없이 계속되는 승산 없는 싸움.

칼란이 여기 살기로 한 이유가 바로 그거였다.

끊임없이 계속되는 자신만의 승산 없는 싸움에서 결국 패배하는 곳.

골든웨스트 호텔.

1인 거주 호텔.

1인실 점유.

이곳은 거리의 부랑자가 되기 전, 또는 검시관의 시체 안치대 위에 오르기 전에 머무는 마지막 정류장이다.

왜냐하면 골든웨스트 호텔은 사회복지 수당, 사회보장 수당, 실직 수당, 장애인 수당용 수표를 임대료로 직접 차환하기 때문이었다. 하지만 수표가 다 떨어지면 곧장 쫓겨났다. 미안하지만, 뺑. 거리로 나가고 노숙자가 되고 시체 안치대에 올랐다. 운 좋은 몇몇 사람은 호텔 방에서 죽었다. 문 아래로 배어 나오는 악취가 소독약으로도 없어지지 않으면 호텔 점원은 마지못해 손수건으로 코를 막고 열쇠를 돌렸다. 그리고 구급차가 일상적인 일인 듯 천천히 호텔에 도착하고, 또 한 명의 노인이 들것에 실려 마지막 운행 길을 감으로써 마침내 그의 태양이 골든웨스트 위로 마지막 해넘이에 들어갔다.

늙은 알코올중독자들만의 장소는 아니었다. 때때로 유럽 여행자들이 우연히 이곳을 발견하고 비싼 샌디에이고와 비교도 안 되는 할인 가격에 이끌려 일주일 동안 머물고 가기도 했다. 또는 자신을 차세대 소설가 잭 케루악이나 새로운 배우 탐 웨이츠라 생각하고 누추한 꼴로 유인되어온 무일푼의 젊은 미국 아이가 투숙할 수도 있다. 하지만 방에서 디스크맨과 돈이 몽땅 들어 있는 배낭을 도난당하거나 거리에서 습격을 받거나 공동욕실에서 유색인종 어른들이 몸을 더듬어 마리화나를 찾으려 하면 바로 짐을 쌌다. 그럴 때면 그 다르마 경전 열광자는 엄마에게 전화를 걸었고, 엄마는 아들을 거기서 빼내려고 신용카드 번호를 안내 데스크에 전화로 알려줬다. 그는 쉽게 접할 수 없는, 아메리카의 한 단면을 경험하고 떠났다.

하지만 대부분의 투숙객은 늙은 주정뱅이들과 노령의 정신이상자였으며, 그들은 로비에 설치된 텔레비전 앞에 있는 찢어진 의자에 까마귀처럼 모여들어 재잘재잘 대화를 주고받고, 채널권 때문에 다투거나(칼부림과 실제 사망 사고도 있었다. 드라마 「락포드 파일」이나 「길리간스 아일랜드」에 나오는, 젠장, 진저와 매리 앤을 비교하며 칼부림이 벌어졌다.) 또는 머릿속에서 전개되는 실제 장면이나 상상 장면에서 비롯된 내면의 독백을 중얼거렸다.

끊임없이 계속되는 승산 없는 싸움.

칼란은 여기서 지낼 이유가 없었다.

돈이 있으니 더 잘 지낼 수도 있었다. 하지만 칼란은 이곳을 선택했다.

고행이든 속죄든 부르고 싶은 대로 부르면 됐다. 이곳은 바로 칼란이 오랫동안 스스로에게 형벌을 주는 곳이었다. 죽음에 이를 때까지(스스로 치사 주사를 준다고나 할까?) 천천히 술을 퍼마시고, 식은땀을 흘리고, 피를 토하고, 악몽에 시달리고, 매일 밤 죽었다가 아침이면 다시 시작했다.

'당신들을 용서하겠소. 하느님은 당신들을 용서할 것이오.'

그 늙은 신부는 왜 그런 말을 했을까?

과달라하라의 혼란스러운 총격전 이후 칼란은 혼자 샌디에이고로 떠나 왔고, 골든웨스트에 투숙하여 술을 마시기 시작했다. 1년 반이 지난 지금까지 여기 머물고 있었다.

자기혐오를 위한 환경이었다. 칼란은 그 점이 마음에 들었다.

피곤함에 지친 늙은 룸서비스 웨이터처럼 툴툴거리며 엘리베이터가 도착했다. 칼란이 손잡이를 돌려 문을 열고 들어가서 희미한 L 버튼을 눌렀다. 감옥 창살 같은 문이 닫히고 엘리베이터가 삐걱거리며 내려갔다. 혼자 타게 되어 안심이었다. 원통형 배낭을 멘 프랑스 여행객들도, 배낭을 털썩 내려놓는 '아메리카를 찾아 나선' 대학생들도, 고약한 냄새를 풍기는 늙은 주정뱅이도 없었다.

'젠장, 고약한 냄새를 풍기는 주정뱅이는 나잖아.'

상관없다.

안내 데스크 점원은 칼란을 좋아했다.

좋아할 수밖에 없었다. 낯선 젊은 (골든웨스트에서는) 남자가 현금으로 방값을 지불했다. 조용하며, 불만을 말하지도 않았다. 예전 어느 날 밤 열쇠를 받으려고 기다리고 있다가 강도가 칼을 꺼내 점원에게 들이밀자 칼란이 그 강도를 쓰러뜨렸다. 곤드레만

드레 취한 상태인데도 주먹 한 방으로 그 강도를 쓰러뜨렸다. 그리고 다시 예의 바르게 열쇠를 달라고 요청했다.

그래서 점원은 칼란을 좋아했다. 물론 칼란은 늘 취해 있었지만, 말썽을 일으킬 소지가 없는 조용한 주정뱅이였다. 뭘 더 바라겠는가? 그래서 칼란이 열쇠를 맡길 때면 점원은 인사도 건넸다. 그러면 칼란은 웅얼거리는 소리로 인사를 하며 문 밖으로 나갔다.

햇빛이 가슴을 때렸다.

햇빛 때문에 갑자기 깜깜해졌다. 앞이 보이지 않자 칼란은 잠시 서서 눈을 가늘게 떴다. 이런 일은 익숙하지 않았다. 뉴욕 햇살은 이렇지 않았다. 빌어먹을 샌디에이고는 항상 화창한 듯했다. '샌디에이고'가 아니고 '썬디에이고'라고 불러야 할 판이었다. 하루라도 비가 온다면 칼란은 뭐든지 할 듯했다.

칼란은 햇빛에 눈이 적응되자 람프 거리로 걸어갔다.

이곳은 스트립쇼 극장, 포르노 건물, 1인 거주 호텔들이 가득한 천박하고 위험한 동네였다. 쇠퇴하는 도심지의 전형이었다. 하지만 헐어빠진 호텔이 고급주택화에 동참하면서 콘도에게 자리를 내주기 시작하자, 람프에서 사는 일은 최신 유행이 되었다. 그래서 상류층을 위한 레스토랑이 포르노 가게 옆에 자리 잡았고, 최신 유행 클럽이 1인 거주 호텔 맞은편에 들어섰고, 지하에 알코올중독자, 꼭대기 층에 마약 중독자가 있는 유기된 건물 옆에 커피숍이 1층에 있는 콘도 건물이 생겨났다.

고급주택화가 이기고 있었다.

당연하다. 돈은 언제나 이겼다. 그리고 람프는 여피족 테마파크가 되고 있었다. 1인 거주 호텔 몇몇이 지탱하고 있고, 포르노 가게 둘과 누추한 주점 몇 곳이 아직 버티고 있었다. 하지만 쇠사슬은 움직이기 시작하면 역행할 수가 없는 법이다. 스타벅스, 갭스, 에드워즈 시네마. 램프는 다른 곳들을 닮아 가고, 협조를 거부하는 포르노 가게와 주점과 1인 거주 호텔은 미국 상업지구의 주차장에서 술에 취해 어슬렁거리는 토착 원주민들을 닮아갔다.

칼란은 이런 일에 대해서는 전혀 생각하지 않았다.

오직 술을 마시는 일만 생각하고 고급주택화에서 살아남은 주점으로 발길을 옮기는 일만 생각했다. 마지막 동네 세탁소와 화랑 사이에 간신히 끼어 있는, 오래전에 간판 글자가 바래서 이름을 모르는 어느 어둡고 좁은 주점 말이다.

주점이라면 그래야 하듯 그곳은 어두웠다.

술꾼들의 주점이었다. 아마추어들이나 애주가들은 얼씬도 하지 않았다. 열두어 명의 술꾼이 바 주변이나 반대편 벽에 늘어선 칸막이 좌석에서 비틀거렸다. 사람들과 어울리기 위해 들어오는 것이 아니었다. 스포츠나 정치 이야기를 나누거나 좋은 위스키를 맛보러 오는 사람도 없었다. 그들은 술에 취하기 위해 여기 왔다. 그리고 돈이 허락하고 간 기능이 허락하는 한 계속 취해 있으려고 왔다. 칼란이 문을 열자 햇빛이 들어와 어둠을 밀어냈다. 몇 사람이 화난 표정으로 바라보았다.

하지만 문은 곧 닫히고 그들은 모두 자신의 술잔으로 눈길을 돌렸다. 칼란은 바에 있는 의자에 앉아 주문했다.

아, 모두가 그런 건 아니었다.

바 맨 끝에 있는 한 남자가 칼란의 위스키를 은밀하게 바라보고 있었다. 덩치가 작고 '늙은' 그 남자는 완전한 백발이었지만 얼굴은 아기천사 같았다. 바 의자가 아니라 독버섯 위에 앉은 레프리콘(아일랜드 민화의 작은 남자요정 — 옮긴이)을 닮았다. 그리고 그는 방금 들어와 맥주 두 병과 위스키 체이서 하나를 주문하는 남자를 알아보고는 놀라서 눈을 끔벅였다.

그가 이 남자를 마지막으로 본 건 20년 전이었다. 20년 전 헬스 키친에 있는 리피 주점에서 이 남자는(그때는 소년이었다, 정말로) 뒤춤에서 총을 꺼내 에디 '푸주한' 프리엘에게 두 발을 쏘았다.

미키는 그때 들려오던 음악까지 기억했다. 주크박스에 '문 리버'가 반복재생 되도록 돈을 넣었던 기억이 났다. 곧 있을 옥살이를 시작하기 전에 그 노래를 실컷 듣고 싶었다. 이 남자에게 허드슨 강에 총을 던지라고 말했던 것도 기억났다. 아니, 아직도 뒤춤이 조금 불룩하게 총을 갖고 다니는 것으로 보아 이 남자는 그 소년이 분명했다.

미키는 그 후로 지금까지 그 소년을 한 번도 보지 못했다. 하지만 소문은 들었다. 이 소년이(이름이 뭐더라?) 빅 매트 시한을 정복하러 가서 헬스 키친의 왕이 된 일, 이 소년과 소년의 친구가 치미노 조직과 화해하고 빅 파울리에 칼라브레이지를 위해 일하는 킬러가 된 일, 그리고 소문이 사실이라면 그가 크리스마스 직전에 스파크 스테이크 하우스 밖에서 빅 파울리에를 쏘아 쓰러뜨렸던 일에 대해서 말이다.

'그래, 이름이 칼란이었어.'

션 칼란.

'흠, 난 널 알아보겠어, 칼란. 하지만 넌 날 모르는 것 같구나.'

'괜찮아. 괜찮아.'

미키 해거티는 술잔을 비우고 의자에서 내려와 밖에 있는 공중전화로 갔다. 람프의 어느 주점에 선 칼란이 있다는 사실을 알면 꽤 흥미를 가질 사람이 있었다.

디티즈(d.t.'s:착각과 망상을 일으키는 알코올중독 진전 섬망증 ─ 옮긴이)임에 틀림없었다.

어쨌든 칼란은 총에 손을 뻗었다.

이건 마침내 찾아온 디티즈일 수밖에 없었다. 그렇지 않으면 빅 피치와 오밥이 골든웨스트 호텔의 침대 옆에 서서 칼란에게 총을 겨누고 있는 이 상황을 설명할 길이 없었기 때문이다. 장전된 총알이 칼란의 눈에 보였다. 총알은 망가진 블라인드 틈으로 새어 들어온 가로등 불빛에 비쳐 은빛으로 예쁘게 반짝이고 있었다.

길 건너 포르노 가게에서 비치는 붉은 네온사인이 경보기처럼 번쩍였다.

너무 늦었다.

'이게 디티즈가 아니라면, 난 죽었군.'

하지만 어쨌든 칼란은 베개 밑에서 총을 꺼내기 시작했다. 혼자 죽을 수는 없었다.

"하지 마. 이 멍텅구리 아일랜드 놈아."

칼란은 으르렁거리는 목소리를 들었다.

칼란은 손을 멈추었다. 이건 꿈인가, 현실인가? 빅 피치와 오밥이 정말 칼란의 방에 서서 칼란에게 총을 겨누고 있는가? 만약 그들이 쏠 생각이라면 왜 아직 쏘지 않고 있었는가? 꿈에서 죽으면 현실에서도 죽는다고들 했다. 하지만 때로는 죽음과 삶의 차이를 말하기 어렵다. 칼란이 마지막으로 기억하는 일은 주점에서 맥주와 위스키를 마신 일이었다. 그리고 지금 일어났는데 살았는지 죽었는지 알 수가 없다. 혹시 헬스 키친에서 살던 시절로 돌아간 걸까, 지난 9년 동안의 일은 꿈이었나?

빅 피치가 웃었다.

"너 뭐야. 이제 빌어먹을 히피라도 된 거야? 그 머리하고, 수염은 뭐냐?"

"흥청망청 퍼마신 거지. 아일랜드 안식일이잖아."

오밥이 말했다. 빅 피치가 말을 이었다.

"너 베개 밑에 쬐그만 22구경 장난감 공기총 놓여 있지? 난 네가 얼마나 술을 퍼마셨는지는 관심 없는데, 총을 갖고 있다는 사실은 좀 신경이 쓰인다고. 진정해. 우리가 널 죽이려고 왔으면 네가 깨어나기 전에 죽였을 거야."

"그럼 총은 뭐지?"

칼란이 물었다.

"과한 조심성이지. 넌 빌리 더 키드 칼란이야. 네가 여기 뭐하러 왔는지 누가 알겠어? 날 죽이러 왔는지도 모르잖아. 그래서 총을 가져왔어."

칼란이 총을 겨누었다.

0.5초 정도 두 사람을 쏘아버릴 생각을 했다. 하지만 쏘면 뭐하겠는가?

게다가 칼란은 지금 손도 떨리고 있었다.

오밥은 천천히 칼란의 손에서 총을 빼내 자신의 허리띠에 꽂았다. 그리고 칼란 옆에 앉아 그를 안아주었다.

"세상에, 이게 얼마 만이야, 칼란."

빅 피치는 침대 발치에 앉았다.

"대체 어디 있었어. 어이구, 우리가 남으로 가라고 했지 남극까지 가랬냐, 이 빌어먹을 놈아."

오밥이 칼란의 모습을 훑어보며 말했다.

"너 몰골이 엉망진창이야."

"엉망진창이지."

"그래. 그래 보여. 근데 이 더러운 곳에서 대체 뭘 하고 있는 거야. 맙소사, 칼란."

"술 있어?"

"물론이지."

오밥은 300밀리 맥주병을 주머니에서 꺼내 칼란에게 건네줬다. 칼란은 벌컥벌컥 급하게 마셨다.

"고마워."

"빌어먹을 아일랜드 놈들은 죄다 술꾼이군."

"날 어떻게 찾았어?"

빅 피치가 자초지종을 설명했다.

"리틀 미키 해거티가 술에 취해서 전화를 했더군. 널 주점에서 봤다고 말이야. 미키의 정보로, 우린 네가 골든웨스트 호텔에 살고 있다는 사실을 알아냈지. 이런 데서 지내다니 도저히 믿을 수가 없어. 뭔 일이라도 생긴 거야?"

"많이 생겼지."

"제기랄."

"너희는 뭐하러 왔어?"

"널 여기서 데려가려고. 나하고 집에 가자."

"뉴욕으로?"

"아니. 우린 지금 이곳 '썬디에이고'에 살고 있어. 멋진 곳이지. 아름다운 곳이야. 그치, 오밥?"

"우리 함께 왔어. 나, 빅 피치, 리틀 피치, 미키. 이제 너까지."

칼란이 고개를 저었다.

"이제 그런 일에서 손 뗐어."

"그래. 뭔 짓인지는 몰라도 일을 하고 돌아다니긴 하나 보군. 자, 그 얘기는 나중에 하자고. 일단 널 정신이 들게 한 다음 영양가 있는 음식을 먹여야겠어. 과일도 먹고. 이곳 과일이 어떤지 넌 믿을 수 없을 거야. 복숭아만 말하는 게 아니야. 배, 오렌지, 그레이프프루트가 얼마나 붉고 즙이 많은지, 섹스보다 좋다고 내 장담하지. 오밥, 애들 시켜서 옷 좀 챙기라고 하고, 칼란 데리고 나가자."

칼란은 고분고분 따를 정도로 취해 있었다.

오밥은 칼란의 잡동사니 물건들 몇 가지를 챙겼고 빅 피치는 칼란을 데리고 나갔다.

빅 피치는 100달러를 안내 데스크에 던져 계산서를 처리한 뒤 밖으로 나왔다. 그리고 새 벤츠로 가면서 칼란에게 말했다.

"밖에 나오니까 얼마나 좋아. 앞으로 하게 될 일이 얼마나 멋진 일인지 아마 상상도 못 할걸?"

"거리가 온통 금으로 포장되어 있다고."

금.

그레이프프루트가 살찐 태양처럼 바구니에 담겨 있다.

살찌고 부풀어 오른 즙 많은 태양.

"먹어. 넌 비타민 C를 좀 섭취해야 해."

빅 피치는 캘리포니아에 있는 다른 모든 사람처럼 열렬한 건강주의자가 다 되었다. 그는 여전히 135킬로그램이 넘었지만, 지금은 '햇볕에 탄' 135킬로그램이며 저 콜레스테롤, 고 섬유 식단을 지키고 있었다.

"나는 자동차 개조에 많은 시간을 들여. 하지만 기분은 정말 좋아."

칼란은 그렇지 못했다.

칼란은 몇 년간 술통에 빠져 지낸 사람 같은 기분이었다. 죽은 것 같은 기분이란 뜻이었다. 죽음이 이렇게 엿 같다면. 그런데 지금 뚱뚱하고 햇볕에 그을린 빅 피치가 앉아서 젠장할 그레이프프루트를 먹으라고 잔소리를 해대고 있었다.

"맥주 마셨어?"

"그래. 난 마셨지. 넌 안 마셨고. 넌 맥주 마시면 안 돼, 이 알코올중독자야. 우린 널 알코올중독에서 구출해 낼 거야."

"내가 여기 온 지 얼마나 됐지?"

"염병할 나흘이었어. 하지만 네가 토하고, 울고, 중얼거리고, 불평하는 순간들이 다 즐거움이었어."

'내가 무엇을 불평했을까?' 칼란은 궁금했다. 어쩐지 꺼림칙했다. 꿈들이 피투성이 악몽이었으니까. 망할 귀신들이, 그것도 많은 귀신들이 사라지려 하지 않았다.

그리고 망할 신부님.

"당신들을 용서하겠소. 하느님은 당신들을 용서할 것이오."

'아니, 하느님은 용서하지 않아요, 신부님.'

"이봐, 난 천금을 준다 해도 너의 간 사진은 보고 싶지 않을 거야. 아마 낡아서 너덜너덜해진 테니스공 같을걸? 나 요즘 테니스 하거든. 내가 말했나? 아침마다 운동하지. 하지만 지난 나흘 동안은 테니스 못 하고 너를 간호했잖아. 그래, 난 테니스 할 줄 알아. 인라인스케이트도 탈 줄 알고."

135킬로그램이 인라인스케이트를 탄다고? 사고가 나는 건 시간 문제일 듯한데…….

"맞아, 우린 빅 피치의 인라인스케이트에 달려고 트럭 바퀴를 뗐어."

"닥쳐, 강철 수세미 녀석아. 난 인라인스케이트 정말 잘 탄다고."

"사람들이 피해 다녀야 해. 그건 확실해."

"인라인은 무엇보다 팔꿈치 들어 올리는 연습이 중요해. 오, 잃어버린 주말이여. 그레이프프루트나 먹자."

칼란이 물었다.

"어떻게 먹는 거지? 껍질부터 벗기나?"

"이런 바보 멍청이들. 이리 줘봐."

빅 피치가 칼을 들고 그레이프프루트를 반으로 잘랐다. 그리고 조심스럽게 얇게 잘라 칼란의 그릇에 놓아줬다.

"이제 숟가락으로 먹어, 젠장할 바바리안. '바바리안'이라는 단어가 로마 사투리에서 나온 거 알아? '빨간 머리'란 뜻이었다지. 그들이 '너희' 같은 사람들을 두고 했던 말이지. 어디서 들었냐면,

그게 뭐더라? 「히스토리 채널」에서 어제 봤어. 그 채널 진짜 재밌어."

초인종이 울리자 빅 피치가 일어나서 나갔다.

오밥이 칼란에게 싱긋 웃었다.

"빅 피치가 저 목욕 가운을 입으면 늙은 '맘마미아' 같아, 안 그래? 젖통도 커. 조그만 자동기관총이 달린 분홍색 털 슬리퍼만 신으면 딱인데 말이야. 진짜 빅 피치가 인라인 스케이트를 타는 모습을 네가 봐야 해. 사람들은 길에 나가서 달리는 걸 좋아하거든. 그거 일본 공포영화 같아. 우프질라."

빅 피치 목소리가 들렸다.

"부엌으로 가 봐. 누가 왔는지 보라고."

잠시 후 칼란은 리틀 피치를 올려다보고 있었다. 리틀 피치는 칼란을 한껏 껴안아 주며 말했다.

"얘기는 들었는데, 내가 보기 전까지는 믿을 수가 있어야 말이지. 어디 있었어?"

"주로 멕시코에."

"멕시코에는 전화도 없어? 전화해서 살아 있다고 알려주지도 못하는 거야?"

"전화를 어디로? 넌 증인 보호 프로그램 중이었어. 내가 널 찾을 수 있었다면 다른 사람들도 찾았겠지."

"다른 사람들은 모두 마리온 연방 감옥에 있었어."

빅 피치가 말했다. 칼란은 생각했다.

'맙소사. 내가 그들을 거기 넣었구나.'

구식 사고방식을 지닌 빅 피치는 발라치(Joe Valachi: 아메리카

마피아 중에서 침묵의 계율인 범죄 은폐(omerta)를 최초로 깬 사람. 1959년 체포됐을 때 뉴욕 5대 패밀리 대부 이름을 불었기 때문에 유명해짐 — 옮긴이) 이래로 가장 수다스럽게 지저귀는 새가 되었다. 속담에 인생은 짧다고 했던가. 조니 보이는 인후암에 걸렸다.

그래도 빅 피치가 확 변한 것은 좋았다. 빅 피치가 살 스카키에게 전화할 걱정을 칼란이 하지 않아도 되니 말이다. 칼란이 통제에서 벗어난 상태를 스카키가 반가워할 리가 없을 테니 말이다. 칼란은 스카키의 일을 너무 많이 알고 있었다. 레드 미스트 같은 일처럼 은밀히 행해지는 일들 말이다. 그래서 빅 피치가 스카키와 연락을 끊고 지내는 것은 다행스러운 일이었다.

리틀 피치가 형을 돌아보았다.

"칼란에게 먹을 거 좀 줬어?"

"응, 주고 있잖아."

"이딴 그레이프프루트 말고. 맙소사, 소시지, 햄, 고기쌈 같은 걸 줘야지. 칼란, 찾아보면 동네에 리틀 이탈리아라고 있어. 기관총으로 튀긴 과일 파이는 못 구해도 말이야. 여기 있는 이탈리아 레스토랑들은 햇볕에 말린 토마토를 주는데, 뭐랄까, 여기서 몇 년 지내면서 얼마나 먹었던지 내가 토마토가 다 됐다니까. 여긴 늘 28도에 햇볕이 잘 들잖아. 밤에도 말이야. 어떻게 그렇게 되지? 누구 커피 좀 갖다 줄 사람 없어? 아니면 염병할 레스토랑처럼 주문해야 하나?"

"자, 여기 염병할 커피 있어."

빅 피치가 커피를 주자 리틀 피치는 탁자 위에 박스 하나를 놓고 앉았다.

"고마워. 내가 도넛을 가져왔어."

"도넛? 넌 왜 항상 날 방해 하냐?"

"먹기 싫으면 먹지 마. 아무도 형의 머리에 총을 들이대지 않을 거야. 이건 맛좋은 크리스피 크리미야."

"아, 이 나쁜 자식."

"내가 형의 집에 빈손으로 올 순 없잖아."

리틀 피치는 형과 옥신각신하다가 칼란을 바라보며 덧붙였다.

"예의를 갖췄더니 나쁜 놈이 돼 버리네."

"에잇, 나쁜 자식."

빅 피치가 도넛을 집어 들었다.

"칼란, 도넛 먹어. 다섯 개 먹어. 그래야 형이 먹는 개수가 줄어 들지. 형이 외모로 불평하는 소리는 듣기 싫거든. 형은 비만이야. 비만 기니 인. 좀 참고 견뎌 봐."

빅 피치는 칼란에게 햇볕을 좀 쐬게 해주어야 한다며 모두를 문 밖 테라스로 데리고 갔다. 사실은 빅 피치 자신이 햇볕을 쐬고 싶은 거였지만, 이기적으로 보이고 싶지 않았다. 기회가 있을 때마다 햇볕을 쐬러 나가지 않는다면 샌디에이고에서 살 이유가 없다는 것이 빅 피치의 지론이었다.

그래서 빅 피치는 화물 마차에 올라타 목욕 가운을 펼치고 선 크림을 듬뿍 바르기 시작했다.

"피부암에 걸리고 싶은 건 아니겠지."

물론 미키도 그건 싫었다. 미키는 양키스 모자를 쓰고 테라스 파라솔 아래에 앉았다.

빅 피치는 냉장한 복숭아 통조림을 따서 몇 번 입에 퍼 넣었다.

칼란은 복숭아 주스 몇 방울이 빅 피치의 가슴에 떨어져서 땀과 선크림과 섞이는 모습을 바라보았다. 빅 피치가 칼란에게 말했다.

"아무튼, 네가 나타나서 다행이야."

"왜?"

"피해자들이 경찰에 신고할 수 없는 처지인데, 한 건 할래?"

"솔깃하군."

"솔깃해? 난 천국의 소리처럼 들리는데."

빅 피치는 칼란에게 상세히 설명했다.

마약은 북으로 갔다. 멕시코에서 미국으로.

돈은 남으로 왔다. 미국에서 멕시코로.

"그들은 자동차에 여섯 자리 수, 때로는 일곱 자리 수의 돈을 싣고 국경을 건너 멕시코로 오지."

"또는 못 오게 되든지."

리틀 피치가 덧붙였다.

그들은 이미 이 일을 세 번이나 했고, 지금 애너하임에 있는 마약 밀매 아지트가 현금으로 가득해져서 좀 더 남으로 내려오게 되었다는 소문을 들었다. 그들은 주소를 알고, 이름을 알고 자동차 기종과 번호판을 알고 있었다. 그들은 그 운송차량의 운행 일정까지 알고 있었다.

칼란이 빅 피치에게 물었다.

"어디서 정보를 얻지?"

"어떤 사람."

칼란은 어떤 사람이라고 여겼다.

"넌 알 필요 없어. 그 사람이 30퍼센트를 가져가."

빅 피치가 설명하자 오밥도 거들었다.

"그건 마약 사업의 배후에 있는 것과 비슷해. 더 낫지. 우린 돈을 벌지만 물건에는 손대면 안 돼."

"기본적이고 정직한 범죄지. 협력하면 돈을 받는 거야."

"좋은 군주라면 의도적으로 그렇게 할 거야."

"그래서 말인데, 칼란도 들어올 거야?"

리틀 피치가 칼란에게 물었다.

"모르겠어. 누구 돈을 받게 되는 거지?"

"바레라."

빅 피치가 '그게 문제가 되나?' 하는 듯한 눈빛으로 대답했다.

칼란은 생각했다.

'모르겠어. 바레라라고?'

바레라는 상어만큼 위험했다. 생각 없이 인연을 맺을 사람들이 아니었다. 그게 첫 번째 이유였다. 또한 그들은 '우리의 친구'였다. 살 스카키에 따르면 어쨌든 그렇다. 그게 두 번째 이유였다.

하지만 그들은 신부를 살해했다. 말 그대로. 그건 사고가 아니라 습격이었다. 파비안 '우라질 엘 티부론' 같은 전문 킬러는 정면 사정거리에서 우발사고로 누군가를 쏘는 일이 없다. 절대 일어나지 않을 일이었다.

칼란은 왜 그들이 신부를 죽였는지 알 수 없었다. 신부가 죽었다는 사실만 알았다.

'그리고 그들은 날 그 일의 일부로 만들었어.'

그러니 보상이 있어야 했다.

"그래. 들어가지."

웨스트사이드 갱이 재결합했다.

오밥은 자동차가 도로로 나오는 모습을 바라보았다.

새벽 3시였다. 오밥은 반 블록 떨어진 곳에 눈에 띄지 않게 트럭을 세워두었다. 그가 해야 할 중요한 일이 있었다. 눈치채지 못하게 운송차량을 따라가서 그 차량이 5번 도로로 들어가는지 확인하는 일이었다. 오밥은 휴대폰의 번호를 눌렀다.

"출발했어."

"몇 명이야?"

"셋. 앞에 둘, 뒤에 하나."

오밥은 전화를 끊고 잠시 기다린 뒤 천천히 출발했다.

계획에 따라 리틀 피치가 빅 피치에게 전화하고, 빅 피치가 칼란에게 전화하고, 칼란이 미키에게 전화할 것이다. 그들은 정밀측정시계를 정확하게 일치시켜 놓고 다음 전화를 기다렸다. 물론, 미키가 시간을 쟀다. 주차장 진입로에서 5번 고속도로 진입로까지 6분 5초다. 그러므로 6분 전후로 다음 전화가 울려야 했다.

전화가 울리면 준비된 계획대로 갔다.

전화가 울리지 않으면 즉흥적인 계획을 세워야 했다. 그런 상황은 아무도 원하지 않았다. 그래서 6분 동안 팽팽한 긴장이 흘렀다. 특히 오밥이 심했다. 현재 작전수행 중이라서 만일 그가 눈에 띄기라도 하면 모든 계획이 수포로 돌아가기 때문이었다. 오밥은 그들을 볼 수 있지만, 그들은 오밥을 볼 수 없는 곳에 있어야 했다. 오밥은 차간 거리를 다양하게 시도했다. 한 블록, 두 블록. 좌회전 깜빡이를 넣기도 하고 헤드라이트를 잠시 끄기도 해서 다른 여러 대의 자동차처럼 보이려고 애썼다.

오밥은 잘해냈다.

그동안 리틀 피치는 5번 도로 남쪽에서 땀 흘리며 1시간 반을 앉아 있었다.

3분.

4분.

빅 피치는 고속도로에서 떨어진 어느 전화부스에 있었다. 리틀 피치가 있는 곳에서 약간 북쪽이었다. 빅 피치는 치즈 오믈렛, 달걀 프라이, 토스트, 커피를 싸 들고 와 있었다. 미키는 작업 전에 먹는 것을 좋아하지 않았다. 배가 부르면 총을 맞았을 때 일이 복잡해지니까. 하지만 빅 피치는 쓸데없는 소리 말라고 했다. 총을 맞으면 어찌 될지에 대한 사전 대책을 세움으로써 징크스에 사로잡히고 싶지 않았다. 빅 피치는 감자튀김을 재빨리 해치우고 주머니에서 껌을 꺼내 씹으며 스포츠 신문을 보았다.

5분.

칼란은 시계를 보지 않으려 했다.

그는 5번 도로가 끝나는 오르테가 고속도로 출구에 있는 모텔 방 침대에 누워 있었다. HBO 채널을 켜놓고 제목도 모르는 영화를 보고 있었다. 이 추위에 굳이 밖에서 오토바이에 앉아 있을 필요는 없었다. 현금 수송 차량이 5번 고속도로에 오른 뒤에도 시간은 넉넉할 것이니까. 시계를 보고 있다고 해서 상황이 달라질 것도 아니다. 오히려 더 긴장될 뿐이었다. 하지만 이제 10분쯤 지났으리라 여기며 시계를 들여다보았다.

5분 30초.

미키는 시계를 들여다보지 않았다. 때가 되면 전화가 올 테니까. 미키는 오션사이드 교통 센터에 차를 주차해 두고 앉아 있었다. 담배를 한 대 피우면서, 만약 수송 차량이 5번 도로로 가지 않는다면 어떤 일이 일어날지 머릿속으로 그려보았다. 그렇게 되면 다음 기회를 기다리며 연기하는 수밖에 없었다. 하지만 빅 피치가 가만히 있을 리 없었다. 그러니 서둘러서 대책 마련을 해야 했다. 오밥이 주는 정보로 경로를 추측해 보고 수송 차량을 앞질러 갈 방법을 찾은 뒤 그들을 덮칠 장소를 알아내야 했다.

카우보이와 인디언 사이의 일과 비슷했다. 미키는 별로 내키지 않았다.

미키는 고집스럽게 시계를 보지 않았다.

6분.

리틀 피치는 전화를 받을 만반의 자세를 갖추고 있었다.

즉석에서 현금 100만.

전화벨이 울렸다. 오밥의 목소리가 들렸다.

"오케이."

리틀 피치는 시계의 재시작 단추를 눌렀다. 1시간 28분이 고속도로 입구에서 출구까지 평균 운행시간이었다. 리틀 피치는 빅 피치에게 전화를 걸었다. 빅 피치가 신문에서 눈을 떼지 않은 채 전화를 받았다.

"오케이."

빅 피치는 시계를 확인하고 칼란에게 전화한 뒤 체리 파이 한 조각을 주문했다.

칼란은 전화를 받고 시계를 조정한 뒤 미키에게 전화했다. 그리고 일어나서 오랫동안 뜨거운 물로 샤워했다. 서두를 필요가 없었다. 그리고 긴장도 풀고 싶었다. 그래서 샤워기 아래에 서서 어깨와 뒷목에 뜨거운 물을 맞았다. 칼란은 아드레날린이 분비되기 시작하는 것을 느꼈다. 하지만 너무 빨리 너무 많이 분비되는 것은 싫었다. 그래서 천천히, 조심스럽게 면도를 했다. 그리고 손이 떨리지 않는 것을 알고 기분이 좋아졌다.

칼란은 옷도 천천히 입었다. 검은색 청바지, 검은색 셔츠, 검은색 스웨터, 검은색 양말, 검은색 오토바이 부츠, 방탄조끼. 그리고 검은색 가죽 재킷을 걸치고 꽉 조이는 검은색 장갑을 끼고 나갔다. 칼란은 어젯밤 이곳에 투숙할 때 현금으로 방값을 지불하고 가짜 이름으로 서명을 했더랬다. 그래서 방에 열쇠를 남겨두고 잠가버렸다.

오밥은 미행이 조금 수월해졌다. 아주 쉽지는 않았지만 말이다. 수송 차량에 바짝 붙어서 가지 않아도 되었고, 고속도로 끝나는 곳 근처에 갔을 때만 가까이 다가가면 됐다. 오밥은 그들이 커브를 돌지 않고 57번 출구나 22번 출구로 나가는지 또는 라구나 해변길이나 오르테가 고속도로로 나가는지 감시해야 했다. 하지만 빅 피치의 예감대로 이 사람들은 직선 코스가 이어지다가 커브가 나오는 도로를 향해 곧장 가고 있었다. 멕시코로 이어진 간선도로였다. 오밥은 천천히 뒤를 따르고 있었고, 이제 눈에 띌 걱정 없이 전화도 할 수 있었다. 그래서 오밥은 리틀 피치에게 자세한 이야기를 전했다.

"파랑 BMW, 번호판은 UZ1 832. 3명. 돈 가방은 트렁크에."

돈 가방이 트렁크에 있다는 정보는 지금은 그다지 중요하지 않왔다. 일단 차량부터 덮칠 수 있어야 다음 단계로 진행되기 때문이다. 그리고 여러 가능성에 대해, 미키 때문에 이미 고려해 보았기에 오밥은 크게 걱정하지 않았다.

미키는 걱정이 많았다.

미키가 할 일은 이랬다. 앰트랙(Amtrak:전미 철도여객 수송공사 ─ 옮긴이) 창구가 열릴 때까지 걱정하면서 기다리다가, 창구가 열리면 현금으로 샌디에이고행 편도 승차표를 구매한다. 그리고 그레이하운드 역으로 걸어가서 출라비스타행 승차표를 산다. 그리고 다시 자동차로 와서 기다린다. 그리고 걱정한다. 그들은 이 일을 열두 번도 넘게 연습했다. 하지만 미키는 아직도 걱정스러웠다. 변수가 너무 많고 '만약'이 너무 많았다. '만약' 교통이 정체되면, '만약' 근처에 주립 경찰대가 주차하고 있으면, '만약' 뒤따르는 자동차가 있는데 보지 못한 거라면? '만약' 누군가 총을 맞으면? 만약, 만약, 만약······.

'만약 내 이모에게 고환이 있었다면 이모는 내 외삼촌이 되는 거지.' 이 말이 빅 피치가 이 모든 걱정거리를 두고 한 말이었다. 이제 빅 피치는 파이를 다 먹고 커피를 한 잔 더 마신 뒤 현금으로 계산하고 팁을 주었다(팁은 딱 알맞은 금액이었다. 너무 적지도, 많지도 않은 금액. 어떤 이유로든 기억에 남으면 안 됐다.). 그리고 자동차로 갔다. 앞 좌석 사물함에서 총을 꺼내어 허벅지 쪽으로 낮춘 뒤 총알을 확인했다. 총알은 생각대로 모두 잘 장전되어 있지만, 습관적이고 반사적인 행동이었다. 빅 피치는 어느 날 방아쇠를 당겼는데 총알 없이 찰칵하는 소리만 듣게 될 날이 올까 봐 공포에 사로잡혀 있었다. 빅 피치는 발목에 찬 총집에 총을 꽂고는 가속 페달에 발을 올려놓으며 총의 무게에 만족스러워했다.

　이제 모두가 제자리에 배치되었다. 리틀 피치는 칼라피아 도로에, 빅 피치는 오르테가 고속도로 출구에, 칼란은 다나 정류소의 비치시티즈 출구에, 미키는 오션사이드 교통센터에, 오밥은 수송 차량을 쫓으며 5번 고속도로에 있었다.

　모두 제자리에 배치되었다.

　역마차를 기다리며.

　역마차는 잠복 장소로 곧바로 굴러 올 터였다.

　오밥이 전화기를 들었다.

　"2.5킬로미터 지점."

　리틀 피치는 자동차가 지나가자 쌍안경을 내려놓고 전화를 걸었다.

　"지금이야."

　칼란이 오토바이에 시동을 걸어 고속도로로 출발했다.

　"출발했어."

　빅 피치가 '알았다'고 말했다.

　미키는 시계를 새로 맞췄다.

　칼란은 오토바이 거울로 자동차가 보이자 속도를 조금 늦춰 자동차가 지나가게 했다. 자동차에 타고 있는 그 누구도 칼란을 관심 있는 눈빛으로 보지 않았다. 혼자 오토바이를 타고 동이 터 오는 어둠 속에서 남쪽으로 향하고 있는 사람으로만 여겼다. 칼란이 임무를 수행할 펜들톤의 쭉 뻗은 텅 빈 거리까지는 20분이 걸렸다. 그래서 칼란은 속도를 약간 떨어뜨렸다. 그래도 자동차의 미등이 계속 보이는 거리를 유지했다. 교외통근자들의 흐름은 거의 남쪽이 아니라 북쪽으로 향했다. 그리고 몇몇 자동차가 산 클레멘테의 최남단 오렌지카운티 마을로 빠져나가고 나면 차량의 흐름이 더욱 드문드문해질 것이다.

바실론 로드를 지나가고, 이어서 유명한 서핑 해변 트레슬스, 둥그런 지붕이 두 개 있는 산 오노프레 핵발전소, 5번 도로의 북쪽 통로를 차단한 국경순찰 검문소까지 지나고 나니 텅 비고 조용한 곳이 나왔다. 오른쪽에는 모래 언덕과 바다밖에 없었고, 왼쪽에는 캠프 팬들톤 경치 속에 우뚝 솟은 블랙마운틴이 있었다. 블랙마운틴 위로 솟아오는 태양 빛으로 모래 언덕에 희미한 빛이 퍼지기 시작했다.

칼란의 오토바이 헬멧 안에는 헤드셋이 장치되어 있었다.

칼란이 한 마디를 내뱉었다.

"행동 개시?"

미키가 대답했다.

"행동 개시."

칼란은 가속장치를 밟으면서 바람의 저항을 덜 받기 위해 몸을 앞으로 숙였다. 그리고 속도를 내어 수송 차량 쪽으로 돌진해서 마음먹은 장소에 거의 정확히 갖다 붙였다. 바다로 연결된 긴 우회전 커브 구간을 앞두고 길게 쭉 뻗은 직선 코스였다.

운전사가 마지막 찰나에 칼란을 보고 깜짝 놀라 눈이 휘둥그레졌다. 운전사가 가속 페달을 밟자 자동차가 앞으로 휘청했다. 그 운전사가 지금 걱정할 일은 과속딱지가 아니었다. 죽음이었다. BMW는 앞으로 돌진했다.

잠시 동안.

사람들이 할리 오토바이를 사는 이유가 뭐겠는가? 엔진 하나, 바퀴 둘, 좌석 하나 달린 이 오토바이를 사는 기본적인 이유는 이렇다. 할리는 어떤 고급자동차와의 싸움에서도 지지 않았다. 특히 현금 200만 달러를 수송하고 있는 차량에는 결코 질 수가 없다.

그래서 BMW가 시속 120킬로미터를 밟으면 칼란도 120을 밟았다.

130을 밟으면 칼란도 130을 밟았다.

140에는 140.

BMW가 맨 왼쪽 차선으로 미끄러져 들어가면 칼란도 따라 들어갔다.

다시 오른쪽 차선으로 가면 오른쪽 차선으로.

왼쪽이면 왼쪽.

BMW가 160을 찍었다. 칼란도 160으로 따라붙었다.

그리고 이제 칼란은 아드레날린이 솟구치도록 놔뒀다. 오토바이 엔진으로 흘러 들어가는 연료처럼 아드레날린이 혈관으로 흘러 들어갔다. 오토바이, 엔진, 레이서, 이제 아드레날린이 윙윙거리며 항해를 시작하다가 날아올랐다. 칼란은 이제 무아지경에 이르렀다. 칼란이 완전한 아드레날린 속도로 돌진하며 BMW를 밀어붙이자 운전사는 핸들을 왼쪽으로 꺾어 칼란에게 부딪치려 했다. 거의 닿을 뻔한 순간 칼란이 옆으로 빠졌다. 하마터면 중심을 잃을 뻔했다. 시속 160킬로미터에서 중심을 잃게 되면 오토바이가 콘크리트에서 튕겨나가게 되어 부상을 입을 것이다. 하지만 칼란은 오토바이를 바로잡고 BMW 뒤쪽으로 바짝 붙었다. 약 10미터쯤 거리를 두고 달리는데 BMW의 뒤 창문이 열리면서 맥-10이 쑥 고개를 내밀고 후미사수처럼 쏘기 시작했다.

어쩌면 빅 피치의 말이 옳으리라. 그 속력으로 달리는 자동차 안에서는 목표물을 맞힐 수가 없다. 아무튼 칼란은 오토바이를 앞뒤로 들썩이고 좌우로 기울이며 달리고 있었다. BMW에 탄 남자들은 칼란을 맞힐 수 없다는 사실을 알고 더 나은 기회를 노릴 작정으로 가속 페달을 밟았다.

BMW가 170, 180을 밟으며 앞으로 나아갔다.

아무리 할리라도 그 속도는 따라잡지 못할 것이다.

하지만 칼란이 거기까지 치고 들어간 이유가 바로 그거였다. 이제 직진 코스는 거기서 끝나고 엄청난 급커브 코스가 펼쳐진다. BMW는 시속 120은커녕 20에서도 중심 잡기가 힘들 터였다. 빌어먹을 물리적 현상이었다. 손쓸 방법이 없었다. 그래서 운전사는 속도를 낮추어 오토바이를 탄 저격수가 따라잡도록 내버려 두거나, 아니면 항공모함 갑판의 제트기처럼 길 밖으로 날아가야 했다. 문제는 이 제트기는 날지 못한다는 점이었다.

운전사는 전자를 선택하기로 결정했다.

오판이었다.

칼란은 발이 콘크리트 바닥에 거의 쓸리도록 오토바이를 기울여 왼쪽으로 빠졌다. 그리고 커브 길의 바깥 가장자리 부분으로 가서 운전석 창문과 나란히 달렸다. 칼란이 22구경 총을 겨누었다. 운전사가 기겁했다. 칼란이 한 발을 쏘자 창문에 거미줄 모양이 나타났다. 그리고……

탕 탕.

칼란은 항상 두 발을 연거푸 쐈다. 첫 번째 총알이 살짝 빗나가도 두 번째 총알이 자동적으로 그 실패를 만회해 주기 때문이었다. 하지만 이번에는 달랐다. 총알 두 개가 각기 다른 목표지점으로 날아갔다.

22구경의 총알 두 개는 핀볼 머신 속의 구슬들처럼 운전사의 뇌 주변을 핑핑 소리를 내며 날아다녔다.

칼란이 22구경을 선택한 이유가 거기에 있었다. 22구경은 총알이 두개골을 뚫고 폭파할 만큼 강력하지 않았다. 그 대신 두개골 안쪽을 돌면서 튀었다. 미친 듯이 출구를 찾으면서 모든 불꽃을 일으킨 뒤 꺼졌다.

게임 종료.

보너스 게임 없음.

BMW가 연속으로 360도를 돌면서 도로 밖으로 튕겼다.

훌륭한 독일 기술 덕분에 뒤집히지는 않고 바퀴를 땅에 붙이고 있기는 했지만 운전사 외의 남자들은 회전 때문에 깜짝 놀랐다. 칼란은 오토바이를 길가에 붙인 뒤…….

탕 탕.

탕 탕.

칼란은 다시 고속도로를 달렸다.

3초 후 리틀 피치가 BMW 뒤에 도착했다. 리틀 피치는 만약을 대비하여 왼손에 엽총을 들고 자동차에서 내린 뒤 걸어가서 운전석 문을 열었다. 죽은 운전사의 몸 사이로 손을 뻗어 시동장치에서 키를 빼냈다. 자동차 뒤쪽으로 걸어가 트렁크에서 돈 가방들을 꺼내 자신의 자동차에 실었다.

고속도로 위로 차량 10여 대가 지나가며 이 장면의 일부를 보았지만 아무도 차를 세우거나 길가에 자동차를 대지 않았다. 리틀 피치가 캘리포니아 고속도로 순찰차를 타고 경찰 유니폼을 입고 있었기 때문이다. 그래서 당연히 경찰 업무 수행 중이라고 여긴 것이다.

맞다. 업무 수행 중이었다.

리틀 피치는 조용히 자동차로 돌아와 남쪽으로 운전해 갔다. 리틀 피치는 진짜 경찰과 마주치게 될 일을 걱정하지 않았다. 조금 전, 미키의 시계로 시간을 재조정했을 때 빅 피치는 무선조종기의 스위치를 눌렀고, 반 블록 떨어진 텅 빈 주차장에서 낡은 자동차가 80대 할아버지의 생일 케이크처럼 폭발했다. 빅 피치는 다음 임무를 위해 출발하면서 그 주차장 방향에서 날카롭게 울려대는 사이렌 소리를 들었다. 빅 피치는 오션사이드 북쪽에 있는 시립 골프장의 주차장에 차를 세우고 기다렸다. 리틀 피치가 도착했다. 리틀 피치는 돈 가방들을 들고 가짜 경찰차에서 내려 빅 피치의 차에 올랐다. 낑낑대며 경찰 유니폼을 벗고 오션사이드 교통센터 쪽으로 출발했다.

오밥은 파괴된 BMW를 스쳐 지나갔다. 그러면서 최소한 어느 정도는 성공했다는 사실을 알게 되었다. 그래서 고속도로 76번 출구로 나갔다. 네 잎 클로버 모양의 입체 교차로 안에 작은 흙길 주차장이 있었다. 칼란이 도착해 기다리고 있었다. 칼란은 할리 오토바이를 버리고 오밥의 자동차에 올랐다. 그들은 운송센터 쪽으로 출발했다.

그곳에선 미키가 대기 중이었다.

미키는 시계를 들여다보았다.

시간이 다 되어가고 있었다.

일이 성공했거나 친구들이 다치든지 죽었든지 체포되었을 것이다.

그때 리틀 피치의 자동차가 주차장으로 들어왔다. 샌디에이고에서 출발한 기차가 곧 도착한다는 안내방송이 나왔다. 기차가 도착하자 리틀 피치와 빅 피치는 수수한 양복을 입고 자동차에서 내렸다. 각각 서류 가방, 종이컵, 외박용 작은 여행 가방을 들거나 메고 있었다. 꼭 L.A.에서 있을 회의에 참석하려고 기차를 타러 가는 여느 사업가들처럼 보였다. 두 사람이 미키의 자동차를 스쳐 지나갈 때 미키가 그들에게 승차권을 건네줬다. 그들은 기차가 떠나기 직전에 올라탔다. 그것이 오션사이드 교통센터를 선택한 이유였다. 앰트랙 열차는 남쪽에서 오고, 교외 통근용 기차는 다른 철로에서 남쪽으로 출발했다. 빅 피치는 돈 가방 하나를 들고 L.A. 행 기차를 타고, 리틀 피치도 돈 가방 하나를 들고 샌디에이고 방향인 남쪽으로 출발했다.

기차가 플랫폼에서 나뉘어 떠나자 칼란과 오밥이 주차장으로 들어와 자동차에서 내렸다. 짧은 머리를 하고 해병대원이 비번일 때 입는 저급한 옷을 입고 있는 두 사람은 원통형 잡낭을 어깨에 멘 채 미키의 자동차 옆을 재빨리 지나가면서 승차권을 건네받았다. 그리고 역 근처 버스정류장으로 걸어갔다. 그저 휴가를 얻어 팬들톤을 떠나는 해병대원들로 보였다. 오밥은 에스콘디도행 버스를 탔고 칼란은 헤메트행 버스에 올랐다.

빅 피치는 L.A.행 승차표를 갖고 있었지만 L.A.까지 가지 않았다. 산타아나 역을 몇 분 앞두었을 때 화장실에서 양복을 벗고 캘리포니아 평상복으로 갈아입은 뒤 기차가 역에 도착할 때까지 나오지 않았다. 그리고 산타아나에서 내려 모텔에 투숙했다. 리틀 피치도 비슷한 절차를 밟았다. 다만 남행이다 보니 엔시니타스의 케케묵은 서핑 마을에 내려 도로변의 낡은 단층집 모텔에 투숙했다.

미키는 그냥 자신의 호텔로 돌아갔다. 미키는 그 작전의 일선에 있지 않았다. 경찰이 뒤를 캐내고 어떠한 질문을 하고 싶어 해도 미키는 어쨌든 할 말이 없었다. 미키는 30분 동안 도심지를 따라 돌다가 낮잠을 자러 침대에 들었다.

칼란과 오밥은 승차권의 목적지까지 갔다. 거기서 포르노 가게 옆의 모텔에 투숙했다. 그런 후에 행복한 오밥은 때를 기다리며 옆 가게로 건너가, 20달러어치 동전을 사선 오후 내내 비디오 머신에 동전을 넣으면서 보냈다.

칼란은 버스에 앉아서 방금 세 사람을 죽인 일을 잊으려고 노력했다. 하지만 잊히지가 않았다. 평상시와 느낌이 달랐다. 뭐라고 불러야 할지 모를 색다른 느낌이 들었다.

'당신들을 용서하겠소. 하느님은 당신들을 용서할 것이오.'

그 말이 머릿속에서 떠나지를 않았다.

칼란은 버스에서 내려 모텔 6에 투숙했다. 방은 많지 않은 모텔인데 케이블 TV는 설치되어 있었다. 칼란은 침대에 쓰러져 영화를 보았다. 소독약 냄새는 났지만 골든웨스트보다는 나았다.

계획은 이러했다. 며칠 후 열기가 식고 잠잠해지면, 그리고 이변이 생기지 않으면 그들은 라호야의 씨로지에서 모일 것이다. 그리고 며칠 동안 해변에서 열을 식히고 헤일리 색슨에게 연락해서 탈것(빅 피치는 정말로 '탈것'이라고 말했다.)을 불러들여 파티를 열 계획이었다.

칼란은 거기서 보았던 소녀, 노라를 기억했다. 얼마나 그녀를 원했는지, 그리고 어떻게 빅 피치가 그녀를 가로챘는지 기억했다. 그녀가 얼마나 아름다웠는지 기억했다. 만약 어떻게든 그 미녀에게 닿을 수 있었다면 칼란의 삶은 덜 추악해졌으리라. 하지만 그건 오래전의 일이었다. 그때 이후로 엄청난 피가 다리 밑으로 흘렀으니 그 소녀 노라가 아직 그 집에 있을 가능성은 희박했다.

혹시 가능성이 있을까?

그래도 부탁하고 싶지는 않았다.

사흘 후, 빅 피치는 중국음식 주문하듯 전화기를 붙들고 있었다. 어떤 걸 원해? 금발에 거무스름한 피부, 흑인 계집애는 어때? 그들은 빅 피치의 방에 모두 모여 앉아 있었다. 모두 해변 쪽 방에 나란히 투숙하고 있었다. 칼란은 경치가 정말로 멋지다고 생각했다. 방에서 한 걸음만 나가도 해변이었다. 칼란은 빅 피치가 전화로 여자들을 주문하는 동안 태양이 바다 너머로 지는 모습을 보고 있었다.

"아무나."

칼란이 빅 피치에게 말했다.

"그리고 '아무나' 한 명."

빅 비치는 전화기에 대고 말한 뒤 그들을 방에서 쫓아냈다. 그들 없이 해야 할 일이 있었기 때문이다. 수영, 샤워, 간단한 저녁

식사, 탈것에 대한 준비 등.

한 시간 뒤, 날이 어두워지고 빅 피치의 진짜 업무가 시작되었다.

방문한 누군가와 몇 마디 주고받지 않았다. 그저 빅 피치는 그에게 현금 30만 달러(원문 표기 그대로를 따름 ─ 옮긴이)가 든 서류가방을 건네주고 정보를 공유할 뿐이었다.

아트 켈러는 그 돈을 받아들고 떠났다.

업무 끝.

헤일리 색슨도 업무가 있었다.

씨로지로 보낼 다섯 명의 소녀를 결정한 다음 라울 바레라에게 전화했다.

오랜 옛날 마피아 똘마니였던 몇몇이 지금 도심에서 엄청난 현금을 뿌리고 있는데 그들이 누구인지 맞춰보라고 했다. '빅 피치 기억해요? 글쎄요, 그가 갑자기 돈이 많이 생겼나 봐요.'

라울은 아주 흥미로워했다.

그리고 당연히 헤일리는 그들의 위치를 정확히 알고 있었다.

'다만 내 아이들은 다치지 않게 해 줘요.'

칼란은 소녀가 옷을 입는 모습을 침대에 누워서 쳐다보았다.

정말로 예쁜 애였다. 긴 빨강 머리, 예쁜 몸, 예쁜 엉덩이. 하지만 '그녀'는 아니었다. 그래도 돈 만큼의 만족감을 주었다.

이제 소녀는 욕실에 서서 화장을 고쳤다. 거울 속에서 칼란이 소녀를 보았다.

"원하면 또 올 수 있어요."

"좋아."

소녀가 나가자 칼란은 몸에 수건을 두르고 작은 베란다로 나갔다. 조그만 파도가 달빛 속에서 은빛으로 부서졌다. 예쁜 스포츠 낚시 보트가 100미터쯤 되는 곳에 정박한 채 강렬한 금빛 조명을 비추고 있었다.

'옆방에서 아직도 시끄러운 빅 피치의 소리만 안 들리면 정말 평온한 상태일 텐데.'

빅 피치는 변함이 없었다. '네 여자가 더 좋아.' 절차를 다시금 저지르고 있었다. 이번에는 상대가 동생이라는 점만 달랐다. 리틀 피치는 상관하지 않았다. 이미 자신의 방에 여자를 들여보냈는데도 그냥 '형이 가져.'라고 말할 뿐이었다. 그래서 그들은 여자도 바꾸고 방도 바꿨다. 덕분에 칼란은 천식에 걸린 황소처럼 빅 피치가 헐떡이고 숨 가빠하는 소리를 들어야 했다.

이튿날 아침, 리틀 피치가 죽은 채 발견됐다.

미키가 칼란의 방문을 두드렸다. 칼란이 문을 열자마자 미키는 칼란을 붙잡고 빅 피치의 방으로 데려갔다. 그 방에는 리틀 피치가 주머니에 손을 넣은 채 의자에 묶여 있었다.

하지만 그 손은 팔에 붙어 있지 않았다.

손목 부분이 절단되었고 그 피로 카펫이 물들어 있었다.

입에는 수건이 물려 있었고 눈이 터질 듯 부풀어 올라 있었다. 셜록 홈즈가 아니라도 그들이 리틀 피치의 손목을 잘라 출혈하도록 내버려 두었다는 사실을 알 수 있었다.

욕실에서 빅 피치가 울부짖으며 토하는 소리가 들렸다. 오밥은 침대에 앉아서 손에 머리를 파묻고 있었다.

돈이 사라졌다. 당연히.

그 대신 벽장에 쪽지가 붙어 있었다.

'네 손은 네 주머니에나 넣어.'

바레라였다.

빅 피치가 욕실에서 나왔다. 살진 얼굴이 벌겋게 상기되었고 눈물로 범벅이었다. 코에 작은 콧물 풍선이 생겼다.

"이대로 물러설 수는 없어."

"어쩔 수 없어. 빅 피치."

칼란이 저지했다.

"해치워 버리겠어. 내게 남은 마지막 사명이야. 이 자식들에게 모두 되갚아주겠어."

그들은 한꺼번에 움직이지 않고 각기 다른 교통수단으로 떠났다. 칼란은 샌프란시스코를 지나 곧장 운전해 가서 해변 근처에 작은 모텔을 찾아 몸을 숨겼다.

라울 바레라가 돈을 되찾아 갔다. 비록 30만 달러가 비기는 했지만.

라울은 그 돈이 빅 피치 형제에게 현금 수송 정보를 알려준 누군가에게 갔다는 사실을 알고 있었다.

하지만 불굴의 사나이라고 평판이 난 리틀 피치는 그 사람을 밀고하지 않았다.

모른다고 주장했다.

칼란은 캘리포니아 시사이드의 최남단으로 갔다.

해변에서 그리 멀지 않은 곳에서 낡은 오두막집 형식의 모텔을 찾아 현금을 내고 투숙했다. 처음 며칠은 거의 밖에 나가지 않았다. 그러다가 서서히 산책하러 나가서 해변을 따라 한참 동안 걸었다.

밀려드는 파도가 주기적으로 속삭였다.

'당신들을 용서하겠소.'

'하느님은……'

11장

잠자는 공주

그는 잠들어 있는 이브를 찾고 경이로움에 빠졌다.
머리는 치렁치렁 흐트러져 있고 뺨은 발갛게 달아올라 있다
고요하지 못한 휴식 속에서……

—밀턴, 『실낙원』

1997년 3월
멕시코 바하,
란초 라스 바르다스

노라는 '하늘의 군주'와 잠들어 있었다.

마약 밀매 전문가들 사이에서 부르는 아단의 새로운 별명이었
다. 하늘의 군주.

아단이 군주라면 노라는 왕비였다.

이제 두 사람의 관계는 널리 알려졌다. 노라는 아단과 늘 함께
지냈다. 마약 밀매자들은 대놓고 빈정대며 노라에게 '금발머리'라
는 꼬리표를 붙였다. 아단 바레라의 금발머리 애인. 아단의 정부.
아단의 조언자.

게로 멘데스는 과무칠리토에 매장되었다.

마을 주민 전체가 장례식에 참석했다.

아단과 노라도 마찬가지였다. 아단은 검정 양복을 입고 노라는 검정 드레스를 입고 베일을 썼다. 두 사람은 꽃이 흩뿌려진 영구차 뒤에 이어진 장례 행렬을 따라 걸었다. 행렬이 게로 멘데스가 지은 교회에서 멘데스가 건설한 축구장과 병원을 지나 아내와 아이들이 묻힌 웅장한 무덤을 향해 가는 동안 게로 멘데스를 추도하며 눈물을 자아내는 음악이 연주되었다.

사람들은 목 놓아 울며 열린 관으로 다가가 게로의 시신 위에 꽃을 던졌다.

죽은 멘데스의 얼굴은 잘생기고 차분하고 거의 평온했다. 금발 머리는 깔끔하게 뒤로 넘겨 빗었고, 생전에 가장 좋아했던 까만 마약 밀매자 카우보이 복장 대신 값비싼 재색 양복과 수수한 빨강 넥타이를 했다.

아단 쪽 저격수들과 멘데스 쪽 베테랑들이 사방에 깔려 있었다. 하지만 총은 장례식에 경의를 표하며 셔츠와 재킷 아래에 잠들어 있었다. 비록 아단 쪽 사람들이 빈틈없는 경계를 유지하고 있기는 했지만 암살의 위협을 심각하게 걱정하는 사람은 없었다. 전쟁은 끝났기 때문이다. 승자는 아단 바레라였다. 게다가 아단은 존경스러울 정도의 관심을 베풀며 위엄 있게 행동하고 있었다.

그건 노라의 아이디어였다. 노라는 아단이 멘데스를 고향의 가족과 함께 묻어 주어야 할 뿐만 아니라 장례식에도 참석해야 한다고 제의했다. 공개적인 것으로 그치지 말고 두드러지게 드러내라고 했다. 아단에게 지역 교회, 학교, 병원에 거금을 기부하도록 역설한 사람도 노라였다. 그리고 고인 핵토르 '게로' 멘데스 살라사르를 기리며 새로운 공동체 센터를 위해 모든 돈을 기부하도록 이끌었다. 멘데스의 저격수들과 경찰에게 미리 사절을 보내, 전쟁은 끝났고 과거의 일에 대한 앙갚음은 없으며, 사업은 적재적소에 배치된 같은 구성원들이 전과 마찬가지로 계속 이끌어 간다고 안심시키라는 조언도 했다. 그래서 아단은 승리를 얻은 군주처럼 장례 행렬 속에서 걸었다. 승리의 군주이긴 하나 화해의 상징인 올리브를 손에 들고 있는 군주였다.

아단은 작은 납골당 안으로 걸어갔다. 그리고 다시 노라의 부추김으로 필라르, 클라우디아, 게리토의 사진이 걸린 작은 무덤 앞에 무릎 꿇고 앉아 그들의 영혼을 위해 신께 기도했다. 각각의 무덤에 촛불을 밝히고 충심어린 경건함으로 고개 숙여 기도했다.

그 비열한 극적효과 수단은 밖에 있는 사람들에게 효험을 보였다. 사람들은 이해했다. (그들은 죽음과 살인에 익숙했고 이상한 형태로 화해에도 익숙했다.) 아단이 무덤 밖으로 나왔을 때 사람들은 아단이 애당초 그곳을 시신으로 가득 채운 사람이라는 사실을 거의 잊었다.

많은 기억들이 멘데스와 함께 무덤에 묻혔다.

아단과 노라는 이 절차를 엘 베르데, 가르시아 아브레고의 장례식에서도 똑같이 반복했고 어디를 가든 똑같이 행동했다. 아단은 노라와 동반하여 학교, 병원, 운동장에 기부했다. 모두 고인의 이름으로. 아단은 은밀히 고인들의 예전 동료들을 만났고 바하 혁명, 즉, 평화, 사면, 보호, 낮춘 수수료율의 확장을 제안했다.

소문이 퍼졌다. 당신은 아단을 만날 수도 있고 라울을 만날 수도 있다. 현명한 대다수의 사람들은 아단과 만났다. 몇몇 바보들은 장례식을 치렀다.

연합이 돌아왔다. 파트론이 된 아단과 함께.

평화가 세력을 휘둘렀고, 더불어 번영이 왔다.

새로운 멕시코 정부가 1994년 12월 1일 출범했다. 바로 그다음 날 '연합'이 관리하는 중개회사 두 곳이 국채를 매수하기 시작했다. 그다음 주에는 마약 카르텔이 멕시코 국책은행에서 자본금을 인출하며 새 대통령에게 억지로 화폐를 50퍼센트 평가절하하도록 했다. 그런 다음 국채를 현금화하여 멕시코 경제를 붕괴시켰다.

펠리스 나비다드(메리 크리스마스).

자신들에게 크리스마스 선물을 주면서 연합은 부동산, 기업, 미개발 토지, 현찰을 매수하여 나무 밑에 놓아두고 기다렸다.

멕시코 정부는 미결제 국채를 지불할 현금을 갖고 있지 않았다. 사실상 500억 달러나 부족했다. 자본은 습격한 매음굴에서 빠져나오는 전도사들보다 더 빠르게 나라 밖으로 날아갔다.

멕시코의 국가 파산 선언이 며칠 남지 않았을 때, 미국 기병대가 멕시코 경제를 지원하러 500억 달러의 차관을 끌고 왔다. 미국 대통령은 선택의 여지가 없었다. 대통령과 국회 의사당에 있는 모든 의원들은 시티은행의 주요 선거운동 기부자로부터 멋진 전화를 받았다. 그리고 그들은 점심 값 꺼내듯 500억 달러를 내놓았다.

새 멕시코 대통령은 글자 그대로 국채를 상환하여 경제를 되살리기 위해 수백만의 마약 달러를 가진 마약 밀매 군주들을 멕시코로 다시 초대해야 했다. 그리고 이제 마약 밀매자들은 멕시코 화폐 '페소 위기' 이후 수십억 달러나 재산이 불었다. 페소를 달러로 바꾸고 미국이 긴급 구제를 지원하는 사이에 그들은 평가절하된 페소를 사는 데에 달러를 썼고, 페소가 반등하자 미국인들이 대규모의 공채를 방출했기 때문이다.

연합이 근본적으로 한 일은 '국가'를 사서 높은 가격에 되팔고 다시 낮은 가격에 되사서 거기 재투자하며 투자금이 불어나는 것을 지켜보는 일이었다.

아단은 대통령의 초대를 자비롭게 받아들였다. 하지만 대통령이 아단에게 국가로 마약 달러를 되가져와 달라고 요청하면서 제시한 대가는 '호의적인 무역환경'이었다.

그 말은 대통령은 '마약 카르텔을 파멸시키는 일'에 대해 얼마든지 명령을 내릴 수 있지만, 실제적인 조치는 취하지 않겠다는 의미였다. 말로만 떠들고 행동은 달리하겠다는 뜻이다. 섣불리 발을 디뎠다가는 배와 부두를 연결하는 널빤지가 삐끗하면서 떨어져 내릴 것이기 때문이다.

미국인들은 그 사실을 알고 있었다. 그들은 멕시코 대통령에게 연합의 급료를 받는 PRI 거물의 명단을 주었고, 갑자기 그 중 세 명이 주지사로 임명되었다. 또 한 사람은 운송 기관 비서관이 되었고 또 한 사람은 마약 군주가 되었다. 국가마약척결협회 회장.

평소의 사업 상태로 돌아갔다.

평소보다 더 나았다. 아단이 페소 위기라는 뜻밖의 횡재로 얻은 많은 이익으로 보잉 727기를 사들였기 때문이다.

2년 만에 23대를 소유했고 대부분의 제3세계 국가들이 소유한 제트기보다 더 큰 제트기도 마련했다. 아단은 칼리에서 제트기에 코카인을 가득 싣고 민간 공항이나 육군 소형 비행장으로 운항했다. 그리고 군인들은 비행기가 안전하게 화물을 내리는 동안 지켜주거나 고속도로를 봉쇄하여 운송을 도왔다. 코카인은 냉장고 운반트럭에 가득 실려 국경 근처의 창고로 운송되었다. 창고에서 코카인을 더 작은 단위로 나눠 트럭, 승용차에 싣는 일은 혁신적이고 천재적인 작업이었다. 완전히 새로운 산업이 바하에서 창조된 것이다. 차량에 '숨은 짐칸'이라는 이름의 숨겨진 칸막이를 설치한 '개조의 명수들' 덕분이었다. 그들은 자동차에 마약을 가득 채울 가짜 천장, 가짜 바닥, 거짓 범퍼를 개조해 냈다. 어떤 산업에서든 전문가들이 그 산업을 발전시키는 법이다. 일단 차량이 준비되면 물건을 싣고 국경을 건너 미국의 샌디에이고나 로스앤젤레스에 있는 아지트에 운송했다. 그리고 여러 목적지로 배당됐다. LA, 시애틀, 시카고, 디트로이트, 클리블랜드, 필라델피아, 뉴어크, 뉴욕, 보스턴.

마약은 또한 바다로도 갔다. 멕시코에 상륙하여 바하 연안의 마을들로 이송됐다. 그곳에서 진공포장 되어 개인용, 상업용 고깃배에 적재된 뒤 연안을 따라 올라가 캘리포니아 먼바다에서 벗어난 영해에 이르면 바다에 던져졌다. 떠다니는 마약을 쾌속정들이 집어 올렸다. 때로는 스쿠버다이버들까지 동원되어 해변이나 아지트로 운반됐다.

보행에 의한 방법도 있었다.

저가 밀수업자들은 포장용기 속에 간단히 마약을 채워 넣고 밀입국 멕시코 인들이나 쉽게 큰돈(5000달러)을 벌려는 희망으로 국경을 뛰어서 건너는 무리의 등짐에 실어, 샌디에이고 동쪽 시골에 있는 미리 정해둔 지점까지 배달했다. 이 시골 지역은 동떨어진 사막이나 고산지대가 있어서, 국경순찰대는 밀입국 멕시코 인들의 시신을 심심찮게 발견했다. 물이나 담요를 가져가지 않아 사막에서 탈수증에 걸려 죽거나 산악지대에서 체온 저하로 죽은 사람들이었다. 목숨을 구해주었을지도 모를 담요는 마약을 싸는 데에 쓰이고 있었다.

마약은 북쪽으로 가고 돈은 남쪽으로 왔다. 그리고 이 왕복 여행은 국경 경비가 NAFTA에 의해 느슨해지면서 대단히 쉬워졌다. 확실히 다른 경우에 비해 멕시코와 미국 사이를 순조롭게 오갈 수 있었다.

마약 운송은 예전보다 돈벌이가 더 잘 됐다. 아단이 새로운 권력을 사용하여 콜롬비아 인들과 더 나은 거래를 맺을 수 있기 때문이었다. 기본적으로 이랬다. '우리가 당신들 코카인을 도매로 살 테니 소매는 우리에게 맡겨주면 고맙겠습니다.' 1킬로그램에 1000달러 배송 수수료를 받는 사업은 더 이상 없었다. 그들 스스로 사업을 했다.

NAFTA. 북미자유(마약)무역협정이다.

신이 자유무역을 베풀었다.

아단은 낡은 멕시코 트램펄린을 침대 위에서 뛰는 어린애처럼 보이게 했다. 얘야, 날 수 있는데 왜 뛰고만 있니?

아단은 날 수 있었다.

아단은 하늘의 군주였다.

삶이 전쟁 이전의 상태로 돌아갔기 때문이 아니다.

돌아가지 않았다. 언제나 현실주의자인 아단은 후안 신부의 죽음 이후로는 어떤 것도 똑같을 수 없다는 사실을 알고 있었다. 법적으로 아단은 아직 지명수배자였다. 로스 피노스에 있는 새 '친구들'은 바레라 형제에게 500만 달러의 현상금을 걸었고 미국 FBI는 그들을 1급 수배자 명단에 올려 국경 검문소와 관청에 그들의 사진을 내걸었다.

물론, 속임수였다. 모두 말뿐이었다. 멕시코 경찰은 바레라 형제를 뒤쫓으려고 노력하지 않는 것처럼 총체적으로 마약 거래를 폐쇄하려는 노력도 하지 않았다.

아직도 바레라 형제는 지명수배 사진을 떼 낼 수 없었고 세상에 나타날 수도 없었다. 무언의 협약이었다. 그래서 옛 시절은 끝났다. 큰 레스토랑에서 파티를 여는 일도 더 이상 없었고, 디스코클럽, 경마장, 복싱경기의 맨 앞줄자리도 더 이상 없었다. 바레라는 정부에 그럴듯한 진술 거부를 해야 했고, 정부가 국민들에게 고개를 갸웃하며 행방을 알기만 하면 기쁘게 바레라를 체포할 것이라고 주장하는 일을 묵인해야 했다.

그래서 아단은 콜로니오 이포드로모에 있는 큰 집에서 더 이상 살지 않았고, 레스토랑에도 가지 않았으며, 노란 메모 묶음을 계산하며 뒷자리 칸막이에 앉아 있지도 않았다. 아단은 집도 그립지 않았고 레스토랑도 그립지 않았지만, 딸은 그리웠다.

루시아와 글로리아는 미국에 돌아가 모니타의 조용한 샌디에이고 교외에서 지내고 있었다. 글로리아는 지역 가톨릭 학교에 다니고 루시아는 새 성당에 다녔다. 1주일에 한 번 바레라 밀사 자동차가 쇼핑 센터 주차장에서 그녀를 만나 현금 7만 달러가 든 가방을 건네줬다.

한 달에 한 번 루시아는 글로리아와 아단을 만나게 해주려고 바하로 내려갔다.

그들은 시골의 외딴 오두막에서 만나거나 테카테 근처 도로 옆에 있는 소풍 장소에서 만났다. 아단은 그들이 찾아오는 때를 기다렸다. 글로리아는 이제 열두 살이고 왜 아버지가 그들과 함께 살 수 없는지, 왜 아버지가 국경을 건너 미국으로 올 수 없는지 이해하기 시작하고 있었다. 아단은 딸에게 설명하려고 애썼다. 잘못하여 많은 일에 기소되었고, 미국인들은 세상의 모든 죄를 자신의 등에 짊어지웠다고 말이다.

하지만 그들은 주로 평범한 일에 대해 이야기했다. 글로리아의 학교생활, 글로리아가 좋아하는 음악과 영화, 사귀는 친구, 친구와 함께 하는 일. 글로리아는 몸집이 커지고 있었다. 물론. 하지만 몸이 자랄수록 장애가 있는 부분도 함께 자라며, 질병 진행 속도는 청소년기에 더 빨라지는 경우가 많았다. 글로리아의 목에 있는 종양은 이미 머리를 아래로, 왼쪽으로 무겁게 당기고 있었고 점점 더 정확하게 말하기 어렵게 했다. 아이들은 잔인하다고 했던가. 학교의 몇몇 아이들은 글로리아를 코끼리 소녀라고 부르며 놀렸다.

아단은 그런 일이 글로리아에게 상처를 준다는 사실을 알고 있었지만, 글로리아는 대수롭지 않게 여기는 듯 보였다.

"걔들은 바보들이에요. 걱정하지 마세요. 친구들 있어요."

하지만 아단은 정말 걱정됐다. 글로리아의 건강을 생각하면 속이 타들어 가고, 좀 더 글로리아와 있어 줄 수 없는 사실에 자신을 책망하고, 글로리아의 장기적 예후에 대해 몹시 괴로워했다.

아단은 매번 헤어져야 할 시간이 될 때마다 억지로 눈물을 삼켰다. 글로리아는 자동차에 앉아 있고 아단은 루시아와 옥신각신하며 멕시코로 돌아오라고 설득했지만, 루시아는 완강히 거절했다.

"난 도망자처럼 살지 않을 거야."

게다가 루시아는 멕시코가 두렵고, 또 무력충돌이 일어날까 봐 두렵고, 자기만큼 글로리아도 두려워한다고 말했다.

그걸로 이유는 충분했다. 하지만 아단은 진짜 이유를 알고 있었다. 루시아는 이제 아단을 경멸했다. 루시아는 아단을 부끄러워했고 그가 먹고 살기 위해 하는 일을 부끄러워했고 그가 자신의 삶을 위해 했던 일을 부끄러워했다. 루시아는 그것들을 되도록 자신에게서 멀리 떼놓고 싶어 했다. 그냥 남들처럼 사커맘(도시 교외에 살고, 학교에 다니는 아이가 있는 전형적인 중류 백인 어머니 — 옮긴이)이 되어 미국 도시 근교 거주자들의 평화롭고 평온한 삶 속에서 연약한 딸을 돌보고 싶어 했다.

하지만 루시아는 아직 돈을 받고 있었다.

루시아는 밀사 자동차를 되돌려 보내는 법이 없었다.

아단은 그 점을 씁쓸하게 여기지 않으려고 애썼다.

노라가 도움이 됐다.

"루시아의 감정을 당신이 이해해 줘야 해요. 루시아는 딸애를 위해 정상적으로 살고 싶어 해요. 당신에게는 곤란한 일이죠. 하지만 당신은 루시아의 감정을 이해해 줘야 해요."

아단은 노라가 아내의 편을 들고 있는 사실이 이상하다고 생각했다. 하지만 개의치 않았다. 노라는 가족들을 다시 데려오라고 여러 번 말했고 그래야 한다고, 자신은 뒤로 물러나 자취를 감추겠다고 말했다.

하지만 노라는 아단의 삶에서 큰 위안이 되는 존재였다.

솔직히 말해 낙관적으로 보면 아단은 아내와 별거 중인 덕분에 노라와 자유롭게 함께 있을 수 있는 셈이었다.

아니다, 하늘의 군주는 높이 날고 있었다.

그러나……

코카인 공급이 마르기 시작했다.

갑자기 일어난 일은 아니었다. 가뭄처럼 서서히 일어났다.

미국의 빌어먹을 마약 단속국 때문이었다.

마약 단속국은 먼저 메데인 카르텔을 쓰러뜨렸고(피델 '람보' 카르도나는 옛친구 파블로 에스코바르와 등지게 되자 미국인들이 그를 찾아 죽이는 일을 도왔다.), 칼리 카르텔을 추적했다. 그리고 칸쿤에서 아단과 만나고 돌아오는 오레후엘라 형제들을 하나씩 겨누어 쏘았다. 메데인 카르텔과 칼리 카르텔은 둘 다 작은 단위로 조각조각이 부서졌다. 아단은 그들에게 '베이비 벨'이라는 별명을 붙였다.

'끊임없는 미국의 압력에 버티려면 진화해야 하는 게 당연해.'

작게, 그리고 낮게 머물 수 있는 사람들이 살아남을 터이다. 말하자면 미국인들의 레이더 아래로 날아야 했다. 옳다. 하지만 그렇게 되면 아단의 사업이 더 복잡하고 어려워졌다. 이제 한두 거물들과 거래하는 대신 작은 단위의 10~20개 업체와 거래해야 하며 개인 중개업자들마저 상대해야 했다. 그리고 수직적 통합 카르텔이 소멸되어 아단은 원활하게 때를 맞추는 수준의 상품 운송에 더 이상 의존할 수 없었다.

'독점은 어떻게 되지. 독점이 아주 능률적인데.'

독점은 정해진 장소와 때에 맞춰 배송할 수 있었다. 베이비 벨과는 달리 즉시 수송 수준의 운송은 관례가 아니라 특례가 되었다.

그래서 아단의 코카인 사업의 목적이 휘청거리고 있었고, 그 반향으로 전체 도매업자들에서부터 바레라가 운송과 보호를 제공한 사람들에게까지, 그리고 오레후엘라 형제의 체포로 아단에게 넘어온 로스앤젤레스, 시카고, 뉴욕의 새로운 소매 시장들까지 전면적으로 흔들리게 됐다. 아단은 실속 없는 보잉 727기를(가격도 비싸고 유지비와 인건비도 비싸니까.) 콜롬비아의 소형 비행장에 세워둔 채, 너무 자주 늦거나 아예 나타나지 않는 코카인을 기다리는 일이 점점 늘어났다. 또는 도착하더라도 약속된 품질과 효능에 못 미치는 코카인인 경우가 많았다. 그래서 거리의 고객들은 소매상들에게 불만을 늘어놓고, 소매상들은 도매상들에게 불만을 늘어놓고, 도매상들은 바레라에게 (공손히) 불만을 표시했다.

결국 코카인의 항공 운송은 멈출 수밖에 없었다.

큰물이 시냇물이 되고, 졸졸 흐르는 도랑물이 되더니 똑똑 떨어지는 낙숫물이 됐다.

그때 아단은 이유를 알아냈다.

가장 오래, 가장 대규모로 살아남은 마르크스주의자가 라틴아메리카에서 일으킨 반란운동, FARC(콜롬비아 무장 혁명군)때문이었다.

FARC는 코카인 생산 국가들인 페루, 에콰도르와 접한 주요 국경들을 따라 콜롬비아의 남서부 지역을 관리했다. 아마존 정글에 뻗어 있는 남서부 FARC의 요새는 콜롬비아 정부, 국가의 부유한 지주들, 석유가 풍부한 연안 지역으로로부터 돈을 벌어들이는 석유 부자들을 상대로 30년이라는 긴 세월 동안 게릴라 활동을 펼치며 투쟁했다.

그리고 FARC는 페루와 에콰도르로부터 코카인을 밀수하는 경로를 관리할 뿐만 아니라 그 영토 안에 푸투마요 구역, 울창한 정글, 아마존 우림도 있으며, 지금은 코카인 작물을 재배하는 중요 영역까지 손을 뻗쳤다. 자국에 코카인을 공급하는 일은 거대 카르텔의 오랜 꿈이었고, 그들은 수백만 달러의 자본금을 그 영역의 코카인 농장에 쏟아 넣었다. 하지만 그들의 노력이 막 성과를 가져오려 할 때, 카르텔이 폐업했다. 혼돈 상태의 베이비 벨, 경작 중인 30만 헥타르의 땅, 매일같이 자라고 있는 작물들을 뒤에 남겨 두고서 말이다.

시날로아가 양귀비 때문에 겪은 일을 푸투마요는 코카인 잎으로 겪었다. 푸투마요는 마약 거래 흐름의 원천지고, 수원지고, 상류였다.

FARC는 그 흐름을 끊어 버리고, 협상을 제의하러 아단에게 손을 뻗었다.

'협상을 해야겠지?'

아단은 옆에 누워 있는 노라를 바라보며 생각했다.

노라는 잠이 깨어 자신을 물끄러미 바라보고 있는 아단을 보았다.

노라가 웃으며 부드럽게 키스했다.

"산책하러 나가고 싶어요."

"같이 가지."

두 사람은 목욕 가운을 입고 밖으로 나갔다.

밖에 산체스가 있었다. 노라는 생각했다.

'산체스는 늘 그 자리에 있어.'

아단은 산체스를 위해 안뜰에 집을 지어주었다. 시날로아 소작
농의 집처럼 작고 간소한 집이었다. 다만 아단은 산체스의 뻣뻣한
다리를 움직이는 데 지장이 없도록 건축업자에게 남들보다 좀 큰
치수로 지으라고 했다. 눕거나 일어나기 쉽도록 특수 가구를 제작
하고 세월이 갈수록 더 심해지는 다리의 통증을 완화해 줄 작은
욕조를 설치하도록 했다. 산체스는 그 욕조를 잘 쓰지 않으려 했
다. 더운물을 이용하는 데에 너무 많은 돈이 든다고 생각했기 때
문이다. 그래서 아단은 고용인을 시켜서 매일 밤 욕조에 물을 받
아놓게 했다.

산체스는 긴 의자에서 일어나 두 사람을 따라갔다. 오른쪽 다
리를 끌면서. 예의 바른 거리를 두고 특유의 절룩거림으로 따라
갔다. 노라에게는 산체스가 거의 풍자만화 같아 보였다. AK를 어
깨에 메고, 옛날식으로 양쪽 어깨에 탄띠를 두르고, 허리에는 권
총집과 커다란 칼집을 차고 있었다.

'빠진 건 챙 넓은 멕시코 모자와 축 늘어진 콧수염뿐이네.'

노라가 그런 생각을 하고 있는데 가정부가 쟁반을 들고 총총
걸어왔다.

커피 두 잔이었다. 아단은 설탕과 크림을 넣은 커피고 노라는
설탕도 없는 블랙커피였다.

아단이 고맙다고 하자 가정부는 서둘러 부엌으로 돌아갔다. 그 가정부는 노라를 쳐다보지 않았다. 외국인의 눈을 보았다가 파트론처럼 자신도 요술에 걸릴까 봐 두려워했다. 마녀의 눈을 들여다보면 마법에 걸린다는 풍문 때문이었다.

노라는 고용인들의 은근한 적의감과 라울의 적극적인 반대로 처음엔 힘들었다. 라울은 아단이 애인을 두는 것은 찬성했지만, 집으로 데려오는 것은 좋지 않다고 생각했다. 노라는 아단과 라울이 그 일로 다투는 소리를 듣고 자신이 떠나겠다고 제안했지만 아단이 극구 반대했다. 지금은 보통의 가정처럼 어느 정도 안정이 되었고, 오늘 아침처럼 산책도 줄곧 나갔다.

이 주거단지는 아름다웠다. 노라는 특히 아침 풍경을 아주 좋아했다. 태양이 모든 사물을 윤곽으로만 드러나게 했고 모두 흰 빛깔로 만들었다. 두 사람은 과수원을 걷기 시작했다. 노라가 과일나무의 어린 냄새를 무척 좋아한다는 사실을 아단이 알기 때문이다. 오렌지, 레몬, 그레이프프루트. 그리고 달콤한 냄새를 풍기는 미모사와 자카란다와 눈물을 흘리듯 가지에서 떨어지는 라벤더 꽃들을 좋아했다. 옥잠화, 캘러릴리, 양귀비로 깔끔하게 정렬된 꽃밭을 지나면 장미정원이 나왔다.

물방울이 반짝이는 꽃들이 보이고, 잔디 물주는 장치가 쉭—쉭—쉭 하며 리듬감 있게 내는 소리도 들렸다. 햇볕은 물방울들을 곧바로 증발시켜 버렸다.

아단은 쉬이이이 하고 공작새 한 마리를 정원에서 쫓았다.

정말, 이 주거단지는 새들로 붐볐다. 공작, 비둘기, 뿔닭들. 언젠가 아침 일찍 아단이 떠나고 없을 때 노라가 혼자 산책을 나온 적이 있었다. 정원 한가운데에 있는 분수의 가장자리에 공작새가 앉아 있었다. 공작새는 노라에게 꼬리를 펼쳐 보이며 믿기 어려운 광경을 연출해 주었다. 밝은 카키색 모래를 배경으로 온갖 색깔들이 펼쳐졌다.

나무에도 많은 새들이 있었다. 놀라울 정도로 다양했다. 아단은 노라에게 그 새들의 정확한 이름을 가르쳐 주는 헛수고를 했다. 노라는 색깔로만 구별할 뿐이었다. 금색과 노란색, 보라색과 빨간색.

지저귀는 새들, 깃털이 군청색인 새들, 날아오르는 황혼처럼 훌륭한 서부 풍금새. 벌새를 유인하려고 특정 꽃들을 심어 설탕물을 줬다. 아나, 코스타, 블랙친드. 아단은 노라를 위해 그 새들을 구별해 주려고 애썼지만, 노라는 휘황찬란하게 날갯짓하는 보석 빛깔로만 그 새들을 구분할 뿐이었다. 노라는 그 새들이 오지 않으면 정말 그리워질 듯했다.

"동물들은 보고 싶지 않아?"

"당연히 보고 싶죠."

아단은 실용적이고 근면한 사람이라서 라울이 동물원에 시간과 돈을 바치는 것을 잠자코 받아들이지 못하고 잔소리를 하게 됐다. 하지만 라울에게는 스라소니 한 마리, 두 종류의 낙타, 치타, 사자 한 쌍, 표범 한 마리, 기린 두 마리, 희귀한 사슴 한 떼가 기분전환의 하나일 뿐이고 자아에 비위를 맞추기 위한 선물일 뿐이었다.

백호랑이는 예외였다. 라울은 로스앤젤레스에 사는 어느 수집가에게 그 백호랑이를 팔았다. 그런데 그 바보가 백호랑이를 신고 국경을 건너가다가 발각되어 버렸다. 결국 많은 벌금을 내고 백호랑이를 몰수당했다. 그 백호랑이는 지금 샌디에이고 동물원에서 살고 있다.

라울의 고래는 영화배우가 되었다. 놀이공원에서 동전을 마구 긁어모으다가 그 열기가 수그러들자 시리즈 영화에 출연하여 대단한 인기를 끌었다. 고래는 혼자 힘으로 아주 잘해나갔지만, 최근에는 새 영화에 출연한다는 소식이 없었다.

아단과 노라는 아침에 개인 동물원을 둘러보았다. 사육사는 늘 노라가 기린에게 줄 먹이를 준비해 줬다. 노라는 기린들의 우아하고 긴 목과 걷는 모습을 무척 좋아했다.

노라는 작은 연단에 올라가 기린에게 먹이를 준 뒤 커피잔을 들고 아단에게 걸어갔다. 또 다른 사육사가 사슴 우리를 열며 먹이가 가득 든 플라스틱 컵을 노라에게 건네줬다.

"안녕, 토마스."

"세뇨라."

사슴들이 노라 주변으로 몰려들어 노라의 목욕 가운에 코를 킁킁대다가 먹이 쪽으로 코를 들이밀었다.

노라와 아단은 동쪽 베란다에서 아침을 먹으며 햇볕을 쬐었다. 노라는 그레이프프루트와 커피를 아침으로 먹었다. 그게 전부였다. 그레이프프루트는 과수원에서 갓 따온 신선한 상태였다. 아단은 라울의 사자처럼 풍성하게 먹었다. 방어와 매운 소시지를 곁들인 어마어마한 양의 달걀 요리. 따뜻한 옥수수 토르티야 한 판. 노라의 강요로 과일 한 접시. 그리고 신선한 매운 소스 한 종지. 토마토 향이 나고 향신료인 고수의 잎이 노라의 입에 침을 고이게 했지만 노라는 그레이프프루트만 약간 먹고 다른 음식에는 눈길 조차 주지 않았다.

아단이 이유를 눈치챘다.

"이건 지방이 없어."

"내가 먹었던 토르티야에는 있었어요."

"당신은 몇 킬로그램쯤 늘어도 돼."

"정말 관대하시네요."

아단은 웃으며 다시 신문을 들여다보았다. 어떤 방법도 노라를 설득하지 못했다. 노라는 아단만큼이나 자신의 몸으로 고민했다. 아단이 샤워를 끝내고 하루 일과를 위해 사무실로 가면 그 즉시 노라는 체육관에 가서 아침 내내 운동을 하며 시간을 보냈다. 아단은 체육관에 텔레비전과 오디오 시설을 설치해 주었다. 노라가 운동할 때 시끌벅적한 것을 좋아했기 때문이다. 그리고 체육관은 모든 운동기구가 두 개씩 구비되어 있었다. 헬스사이클 둘, 러닝 머신 둘, 유니버설 웨이트머신 둘, 프리 웨이트 둘. 비록 노라의 설득에도 불구하고 함께 운동할 기회는 없었지만 말이다.

노라는 이틀에 한 번씩 저택을 따라 난 흙길에서 오랫동안 조 깅을 했다. 그 일로 안전요원들 사이에 불평이 일자 아단은 달리 기를 좋아하는 저격수 두 명을 구해 왔다. 노라는 조깅할 때 뒤따라오는 남자들이 있으니 좀 껄끄럽다고 했지만 아단은 그 문제만큼은 양보하지 않았고, 언쟁은 그것으로 끝났다.

그래서 노라는 뒤따르는 두 경호원의 보호 속에서 조깅을 했다. 아단의 특별한 명령에 따라 경호원들은 교대로 한 명씩 달렸다. 아단은 그 두 사람이 동시에 숨을 헐떡여서는 안 된다고 판단했다. 만약 총을 쏠 일이 생기면 손이 떨리지 않는 사람이 한 명은 있어야 한다며 이렇게 경고했다!

"노라에게 무슨 일이라도 생기면, 너희 둘의 목숨도 온전하지 못할 거야."

노라는 오후가 느리고 길었다. 아단은 낮 동안 계속 일해서 노라는 식사도 혼자서 했다. 식사 후 노라는 파라솔이 설치된 긴 의자에 큰 대자로 누워 햇빛을 피하며 잠깐 낮잠을 잤다. 햇빛 때문에 노라는 대부분의 오후 시간도 집 안에서 보냈다. 잡지와 책을 읽고, 멍하니 멕시코 텔레비전을 보며 아단을 기다렸다. 그리고 함께 느지막이 저녁식사를 했다.

"출장을 좀 다녀와야 해. 한동안 못 올 거야."

"어디 가는데요?"

아단이 고개를 저었다.

"콜롬비아. FARC가 협상을 원해."

"나도 가겠어요."

"너무 위험해."

노라는 알겠다고 말하고, 아단이 없는 동안 샌디에이고에 가서 쇼핑하고 영화를 보고 헤일리를 만나겠다고 했다.

"하지만 당신이 그리울 거예요."

"나도 그리울 거야."

"이제 침대로 가요."

노라는 악마의 에너지로 아단과 잠자리를 가졌다. 다리로 아단을 꽉 껴안고 몸 깊은 곳에서 아단이 분출시키는 것을 느꼈다. 노라는 자신의 가슴에 기댄 채 쉬고 있는 아단의 얼굴을 쓰다듬으며 말했다.

"사랑해요. 내 영혼은 당신 손 안에 있어요."

1997년
콜롬비아 푸투마요

아단은 지프 뒷좌석에 앉아 있었다. 지프는 콜롬비아 남서부 지역 아마존 정글을 관통하는 진흙길을 덜컹덜컹 천천히 지나가고 있었다. 주변의 공기가 뜨겁고 악취가 났다. 아단은 머리 주변에 모여드는 파리와 모기를 쫓느라 손을 여기저기로 휘둘렀다.

이미 힘든 길을 왔다.

아단은 자신의 727기를 타고 편하게 날아올 수도 있었지만, 그 생각을 물리쳤다. 아단이 FARC의 지휘관 티로피오와 만나는 일은 비밀이었다. 비행은 너무 위험한 일이었다. 미국 CIA나 마약 단속국이 비행 계획을 엿듣기라도 하면 그 결과는 비참할 터였다. 게다가 티로피오는 여러 사유로 아단이 그 경로를 거쳐 오기를 바랐다.

그래서 아단은 우선 카부에서 개인용 스포츠 낚시 요트를 타고 나와, 낡은 고깃배로 갈아타고 오랫동안 느린 여행길을 거쳐, 콜롬비아 남부 해안인 코케타 강어귀에 내렸다. 여정에서 가장 위험한 지역이었다. 해안선은 정부의 단속을 받고 있었고, 착암기와 유정탑을 지키기 위해 정유회사가 고용한 개인 민병대도 순찰을 돌고 있었다.

고깃배에서 내려 아단은 작은 엔진 하나로 움직이는 소형 보트를 타고 강을 거슬러 올라갔다. 깜깜한 밤을 지옥 불처럼 밝히고 있는 정제소 타워의 불꽃을 길잡이 삼아 갔다. 강어귀는 온통 고운 모래가 깔려 있고 강물은 오염되어 있고 공기는 탁하고 불결했다. 그들은 강을 거슬러 올라가며 정유회사를 지나갔다. 그곳은 3미터 높이의 담장에 가시철사가 둘러쳐져 있고 각 모서리에는 망루가 세워져 있었다.

이틀에 걸쳐 군대와 개인 경비대의 순찰을 피하면서 강을 거슬러 올라갔다. 그리고 마침내 열대 다우림에 도착하여 지프로 옮겨 탔다. 코카 나무 밭을 지나갈 때 아단은 자신에게 수백만 달러를 벌어다 주는 상품의 발원지를 처음으로 보았다.

사실, 예전에도 본 적이 있긴 했다.

그때는 죽고 시들어버린 벌판이었다. 헬리콥터가 고엽제를 살포하여 못 쓰게 된 벌판이었다. 그 화학 약품들은 특정 작물 용도가 아니었다. 코카 나무만 죽이는 것이 아니라 콩, 토마토, 채소도 죽였다. 물과 공기도 오염시켜 독성을 지니게 했다. 아단은 박물관 전시장처럼 버림받은 마을을 지나갔다. 콜롬비아 마을의 완벽한 인류학적 전시관이었다. 다만 아무도 살고 있지 않다는 점만 빼고서 말이다. 마을 사람들은 고엽제를 피해, 군대를 피해, FARC를 피해, 전쟁을 피해 마을을 떠났다.

그들이 지나쳐온 또 다른 마을은 정말로 다 타버리고 아무것도 없었다. 한때 움막이 서 있던 자리에는 둥그런 고리 모양의 숯 더미만 남아 있었다. 경호원이 설명했다.

"군대는 FARC와 결탁했다고 생각하는 마을을 불태워요."

그리고 FARC는 군대와 결탁했다고 생각하는 마을을 불태우겠지, 하고 아단은 생각했다.

그들은 마침내 티로피오의 캠프에 도착했다.

위장복을 입은 티로피오의 게릴라들이 베레모를 쓰고 AK-47을 들고 다녔다. 놀라울 정도의 숫자가 여자들이었다. 아단은 긴 검은 머리를 베레모 밑으로 늘어뜨린 특별히 인상적인 여전사 한 명을 주목했다. 아단과 눈이 마주친 그녀가 '뭘 봐' 하는 눈빛을 보이자 아단은 다른 곳으로 눈을 돌렸다.

아단이 눈을 돌리는 곳마다 뭔가가 진행되고 있었다. 게릴라 부대가 훈련을 하고, 무기를 닦고, 세탁을 하고, 요리를 하고, 캠프를 청소하고 있었다. 모든 활동이 조직적으로 보였다. 캠프는 크고 질서정연했다. 깔끔하게 줄지어 선 황록색 텐트들이 위장 그물 아래에 세워져 있었다. 이엉으로 지붕을 얹은 오두막 몇 곳은 부엌으로 보였다. 병원과 약국 같은 텐트도 있고 도서관 같아 보이는 텐트도 지나쳤다. 이 사람들은 경찰에 쫓기는 산적들 무리가 아니었다. 특정 세력권의 관리를 받고 있는 잘 조직된 군대였다. 항공기 감시를 피하기 위해 설치한 위장 그물이 그나마 위험성을 인정하는 유일한 모습이었다.

아단은 호송자의 안내를 받아 본부 구역으로 갔다. 그곳은 텐트들이 더 컸고, 베란다를 만들기 위해 흰 차양들이 덧붙어 있었고, 그 아래에 세면기와 대충 뚝딱뚝딱 만든 나무 탁자와 의자들이 있었다. 잠시 후 호송자가 황록색 위장복을 입고 검정 베레모를 쓴 땅딸막한 연장자와 함께 나왔다.

티로피오는 얼굴이 개구리를 닮았다. 뚱뚱한 체격, 축 처진 눈

밑 살, 육중한 아래턱, 험상궂어 보이게 곡선을 그리고 있는 큰 입 등 게릴라와는 거리가 있어 보였다. 광대뼈가 불거지고 선명하며 눈은 가느다랗고 휘어진 눈썹은 은색이었지만, 그는 일흔이 다 되어가는 나이에 비해 젊어 보였다. 그가 아단을 향해 힘차게 걸어왔다. 짧고 묵직한 다리에는 일말의 동요도 없었다.

티로피오는 아단을 잠시 쳐다보며 가늠하더니 초가지붕 오두막 쪽을 가리켰다. 지붕 아래에는 탁자와 의자들이 있었다. 티로피오가 자리에 앉으면서 아단에게도 앉으라고 권했다. 티로피오는 어떤 소개의 말도 없이 본론으로 들어갔다.

"당신이 레드 미스트 작전을 후원했다는 사실을 알고 있소."

"정치적 후원이 아니라 사업이었을 뿐입니다."

"내가 당신을 인질로 잡고 몸값을 요구할 수도 있다는 사실을 알 것이오. 또는 지금 당장 당신을 죽일 수도 있겠지."

"당신도 알 겁니다. 날 일주일은 살려줘야 한다는 것을."

티로피오가 고개를 끄덕이자 아단이 물었다.

"우리가 해야 할 이야기가 뭡니까?"

티로피오는 셔츠 주머니에서 담배를 꺼내 아단에게 하나 권했다. 아단이 고개를 젓자 티로피오는 고개를 갸웃하며 담배에 불을 붙였다. 담배 연기를 길게 들이마시곤 말을 시작했다.

"당신은 언제 태어났소?"

"1953년입니다."

"난 1948년부터 투쟁을 시작했지. 요즘 사람들은 '라 비올렌시아'라고 부르지. 들어봤소?"

"못 들어봤습니다."

티로피오는 고개를 끄덕였다.

"난 작은 마을에 살던 나무꾼이었소. 그 시절엔 정치와는 거리가 멀었소. 보수파니, 좌파니 하는 것들은 내가 베는 나무와 다를 바 없었소. 어느 날 내가 언덕 위에 올라가 나무를 베는데 지역 보수파 민병대가 우리 마을에 쳐들어와서 남자들을 모조리 잡아다가 손을 등 뒤로 묶고 목을 베었소. 그리고 마을 광장에 돼지들처럼 피 흘려 죽게 내버려 두었고 그 아내들과 딸들을 성폭행했소. 그들이 왜 그랬는지 아시오?"

아단은 고개를 저었다.

"좌파 단체가 우물을 파도록 마을 사람들이 허락했기 때문이었소. 그날 아침 마을로 돌아왔을 때, 난 맨땅에 뉘어놓은 시신들을 보았소. 내 이웃들, 친구들, 가족. 난 언덕으로 다시 올라갔소. 이번에는 게릴라에 참여하기 위해서였소. 내가 왜 이 이야기를 하는지 알겠소? 당신은 당신이 정치와 거리가 멀다고 말할지 모르지만, 당신 친구와 가족이 흙바닥에 쓰러져 있는 것을 보면 당신도 정치와 밀접한 관계를 맺게 될 것이기 때문이오."

"돈이 있는 경우와 돈이 부족한 경우, 힘이 있는 경우와 힘이 부족한 경우, 세상에 있는 것은 그것뿐입니다."

"그것 보시오. 당신도 이미 절반은 마르크스주의자잖소."

"저한테 뭘 바라시죠?"

무기.

티로피오는 1만 2000명의 전사들을 확보해 두었고 3만 명을 더 충당할 계획이었다. 하지만 총은 8000자루밖에 없었다. 아단 바레라에게는 돈과 비행기가 있었다. 만약 그 비행기로 코카인을

싣고 나갈 수 있다면 돌아올 때 무기를 싣고 올 수도 있을 것이
다. 아단은 명확히 이해했다.

'코카인의 공급에 차질을 빚지 않으려면 이 늙은 전사가 원하
는 것을 해야 하겠군.'

보수파의 민병대와 군대, 그리고 미국인들로부터 영토를 보호
하기 위해 쓸 무기를 가져다줘야 할 것이다. 선택의 여지가 없는
상황이지만 잘하면 복수의 기회도 될 수 있었다.

"미리 생각해 둔 협정사항이 있습니까?"

티로피오는 생각해 둔 것이 있었다.

간단했다.

1킬로그램에 무기 하나.

FARC는 아단이 비행기로 실어오는 총 한 자루마다 1킬로그램
의 코카인을 무기의 가격을 반영한 할인가로 그 영토에서 구매토
록 허락할 것이다. 그건 특상품 무기인 AK-47을 기준으로 책정한
조건이었다. 미국의 M-16이나 M-2 역시 훌륭한 무기이긴 하지만
그 둘은 FARC가 군대나 보수파 민병대를 습격할 때 적절히 구할
수 있었다. 다른 무기라면(티로피오는 어깨에 메는 로켓 발사대를
몹시도 탐냈다.) 1.5~2킬로그램까지 허용될 것이다.

아단은 조정 없이 받아들였다.

어쩐지 흥정이 어울리지 않을 듯했다. 비애국자로 여겨질 것
같기도 했다. 게다가 이건 어쨌거나 이루어져야 할 거래였다. 만
약, 만약에…… 아단이 충분한 무기를 손에 넣을 수 있다면 말이
다. 아단이 물었다.

"그럼, 됐군요. 거래가 성사된 겁니까?"

티로피오가 악수를 건넸다.

"언젠가 당신에게 세상 모든 것이 정치로 보일 때가 올 것이오. 그리고 행동이 당신의 주머니가 아니라 마음에서 나올 것이오."

언젠가, 당신의 영혼을 찾게 될 것이오.

노라는 푸에르토 바야르타에 있는 작은 호텔 스위트룸 침대에 옷을 펼쳐놓고 있었다. 노라가 아단을 위해 라호야에서 산 셔츠들과 정장들이었다.

"마음에 들어요?"

"좋군."

"제대로 보지도 않았잖아요."

"미안해."

"미안할 건 없어요."

노라는 다가가 아단에게 팔을 둘렀다.

"그냥 당신 마음에 있는 걸 말해 줘요."

노라는 아단이 맞닥뜨린 위험한 수송에 대한 설명을 주의 깊게 들었다. 티로피오와 맺은 거래를 이행하기 위해 아단에게 필요한 다량의 군용 무기를 어디서 구할 것인지가 문제였다. 여기저기서 무기 몇 가지 구하는 일은 상대적으로 쉬웠다. 미국은 근본적으로 하나의 커다란 무기 시장이니 말이다. 하지만 다음 달까지 수천 자루의 총을 구하기란 미국 암시장에서조차 불가능한 특별한 일이었다.

그리고 무기는 멕시코가 아니라 미국을 거쳐서 와야 했다. 양키들은 국경을 건너오는 마약에 미친 듯이 화를 내는 정도지만,

멕시코 사람들은 국경을 건너오는 무기에 광적으로 분노했다. 워싱턴이 멕시코에서 건너오는 마약 밀매에 항의하는 만큼을 로스 피노스도 미국에서 들어오는 무기에 항의했다. 그 문제는 두 나라 사이에 계속적으로 발생하는 자극원이며, 멕시코 사람들은 마약보다 무기를 더 위험하다고 느끼는 듯했다. 미국에서 다량의 총기 거래보다 소량의 마리화나 거래에 더 무거운 처벌을 내리는 까닭을 멕시코는 이해하지 못했다.

아니다. 멕시코 정부는 혁명의 역사를 지닌 국가답게 무기에 민감한 것이다. 치아파스에서 폭동사태가 일고 있는 지금은 어느 때보다 심하게 대응했다. 그런 많은 양의 무기를 멕시코로 직접 들여올 방법은 없었다. 설사 공급자를 찾더라도 말이다. 무기는 미국으로 들여와야 했다. 그리고 반대 경로로 바하를 거쳐 밀수입되어, 727기에 싣고 콜롬비아로 수송해야 했다.

"그렇게 많은 무기를 구할 수는 있어요?"

"구해야지."

"어디서요?"

1997년
홍콩

홍콩의 첫 광경은 늘 놀라웠다.

우선, 태평양을 가로지르는 끊임없는 항공편이 있었다. 푸른 바다만 몇 시간 동안 바라보다가 갑자기 섬이 불쑥 나타나면서,

햇빛에 반짝이는 높은 탑들과 극적인 언덕이 보이는 에메랄드빛 조각 섬들이 보였다.

아단은 홍콩이 처음이었다. 몇 번 방문한 적이 있는 노라는 창문으로 보이는 역사적인 건물들을 가리키며 아단에게 설명해 줬다. 홍콩 그 자체, 빅토리아 피크, 주룽, 항구.

그들은 페닌슐라 호텔에 투숙했다.

노라의 아이디어였다. 본토에 있는 호텔이 섬에 있는 사업가들을 위한 현대식 호텔들보다 낫다고 여겼다. 노라는 식민지 시대풍으로 멋을 낸 페닌슐라 호텔을 좋아하며, 아단도 마음에 들어 할 것으로 생각했다. 게다가 주룽은 아주 재미있는 동네였다. 특히 밤에.

아단은 그 호텔이 마음에 들었다. 구식의 우아함이 아단의 흥미를 끌었다. 그들은 스위트룸이 준비되기를 기다리는 동안 항구와 나루터가 보이는 구식 베란다(지금은 유리로 둘러싸인)에 앉아 노라가 주문한 짙은 영국 홍차를 마셨다.

"이곳은 옛날 아편 왕이 머물던 곳이에요."

"정말?"

아단은 역사에 대해 지식이 거의 없었다. 마약 거래에 대한 역사 지식조차 말이다.

"그럼요. 영국인들이 홍콩을 맨 처음 정복한 방법이 아편이었어요. 아편전쟁에서 이겼거든요."

"아편전쟁?"

"1840년 당시 영국인들은 아편 무역을 허락하라고 압력을 넣으며 중국을 상대로 전쟁을 벌였어요."

"농담이겠지."

"농담 아니에요. 평화 협정으로 영국 아편 무역상들은 중국에 아편을 팔았고 영국 국왕은 홍콩을 식민지로 삼았어요. 그래서 아편을 안전하게 지킬 항구를 확보한 거죠. 실제로 육군과 해군이 마약을 보호했거든요."

"변한 게 하나도 없군. 그런 얘기들은 어떻게 안 거지?"

"책에서 읽었어요. 아무튼, 여기 머물면 꽤나 자극적일 거예요."

그랬다. 아단은 뒤로 기대앉아 다르질링 차를 마시고 핫케이크에 크림과 잼을 바르면서 자신이 오랜 전통의 연속선상에 서 있는 기분이 들었다.

방이 준비되자 아단은 침대 위에 벌러덩 드러누웠다.

"지금 잠들려는 거 아니죠? 그럼 시차 피로를 극복할 수 없을 거예요."

"깨어 있을 수가 없어."

"내가 깨어 있게 해 줄 수 있어요."

"오, 그래?"

오. 그래.

그 후, 샤워를 하고 나서 노라가 아단에게 저녁 계획을 말해 줬다. 노라가 알아서 하도록 맡겨달라는 조건이었다.

"방금 그렇게 하지 않았나?"

"즐거웠어요?"

"비명을 지르게 했지."

"타이밍이 절대적으로 중요해요. 서둘러요."

노라는 면도하고 있는 아단을 재촉했다.

아단은 서둘렀다.

"내가 세상에서 가장 좋아하는 광경을 보여줄게요."

노라는 페리 나루터로 걸어 내려가며 말했다. 승선권을 사고 몇 분 기다린 뒤 페리에 올랐다. 노라는 소방차 색깔만큼 빨간 낡은 페리에 올라 항구 쪽 자리에 앉았다. 섬으로 가로질러 갈 때, 홍콩 시내 전경을 가장 잘 볼 수 있는 자리였다. 주변에는 온통 낚싯배들, 쾌속정들, 정크(중국에서, 연해나 하천에서 사람이나 짐을 실어 나르는 데 쓰던 배 — 옮긴이)들, 외 돛 거룻배들이 항구를 부산스럽게 하고 있었다.

페리가 도착하자 노라는 서둘러 아단을 터미널 밖으로 데리고 나왔다.

팔을 잡아당기고 있는 노라에게 아단이 물었다.

"뭐가 그리 급하지?"

"알게 돼요. 두고 봐요. 이리 와요."

노라는 빅토리아피크 기슭으로 이어진 가든로드로 아단을 이끌고 갔다. 거기서 시가전차에 올라탔다. 시가전차는 밧줄의 견인력으로 덜컹거리며 가파른 경사를 올랐다.

"놀이기구 같군."

그들은 해넘이 직전에 전망대에 도착했다. 노라가 아단에게 보여주고 싶은 것이 바로 이 장면이었다. 그들은 테라스에 서서 하늘이 분홍빛이 되었다가 붉은빛이 되었다가 어둠 속으로 사라지고 까만 비단 베개에 다이아몬드를 뿌려놓은 것처럼 도시의 불빛이 들어오는 것을 보았다.

"이런 광경은 처음이야."

"그럴 줄 알았어요."

아단은 고개를 돌려 노라에게 키스했다.

"사랑해."

"사랑해요."

그들은 다음날 오후 중국인을 만났다.

예정대로 자동차 한 대가 노라와 아단을 태우러 주룽 항구에 도착했고, 두 사람은 나루터로 가서 정크로 갈아타고 란타우 섬의 동쪽 해안인 실버마인베이까지 한참을 갔다. 거기서 정크는 수천 대의 다른 정크들과 '보트피플'들이 사는 외 돛 거룻배들 속으로 사라졌다. 그리고 미로 같은 부두, 선창에 매거나 닻을 내린 배들 사이를 지나가 커다란 외 돛 거룻배 옆에 바짝 댔다. 선장이 배와 외 돛 거룻배 사이에 널빤지를 놓아서 노라와 아단이 건너올 수 있게 해 주었다.

배 한가운데에는 햇빛을 피하도록 설치한 아치형 차양이 있었고 그 아래에 놓인 작은 탁자에 세 사람이 앉아 있었다. 두 명은 대단히 고령이었다. 한 명은, 네모진 어깨와 경직된 자세가 척 보기에도 장교였다. 다른 한 명은 격식을 덜 차리고 다소 허리가 굽은 사람이었다. 그는 사업가 같았다. 세 번째 사람은 젊은 사람으로 높은 계급의 상관들이 참석하여 확실히 긴장하는 듯했다. 노라가 보기에 그 젊은이는 통역가인 듯했다.

젊은 사람이 영어로 자신을 미스터 유라고 소개했다. 아단은 기본적인 영어 대화는 알아듣긴 했지만 노라가 다시 스페인어로 통역해 주었다. 노라는 통역가로 보이기 위해 깃이 높은 아이보리

색 블라우스와 소박한 회색 정장을 입고 보석 장신구를 달았다.

아직은 노라의 아름다움이 효과가 없었다. 소개될 때 고개 숙여 인사하는 미스터 리라는 그 장교에게도, 웃으며 노라의 손등에 입을 맞추는 미스터 첸이라는 사업가에게도 말이다. 소개가 끝나자 그들은 자리에 앉아 차를 마시며 사업 이야기를 했다.

불만스럽게도, 사업의 첫 번째 절차는 끝날 것 같지 않은 잡담과 농담 일색이었다. 중국어에서 영어로, 영어에서 스페인어로, 또 그 반대로 통역되느라 두 배의 시간이 걸려 더 지루했다. 아단은 단도직입적으로 말하고 싶었지만, 노라가 아단에게 미리 경고한 바가 있었다. 중국에서는 사업을 할 때 이런 과정이 꼭 필요하며, 그 과정을 잘라 버리려 하면 아단을 무례하고 신뢰할 수 없는 상대자로 여기게 된다고 말이다. 그래서 아단은 홍콩이 얼마나 아름다운지, 멕시코는 또 얼마나 아름다운지, 음식이 얼마나 훌륭한지, 멕시코 사람들이 얼마나 사랑스럽고 지적인지에 대한 이야기가 오가는 내내 웃으며 앉아 있었다. 그때 노라가 홍차의 품질에 대해 칭찬을 했고, 미스터 리가 보잘것없는 '쓰레기'라고 대답했다. 그러자 노라는 티후아나에서도 이런 '쓰레기'를 구할 수 있으면 좋겠다고 말했고, 미스터 리는 보잘것없는 홍차인데도 구하고 싶다면 조금 보내주겠다고 제의했다. 그리고 잡담은 계속됐다. 인민해방군의 고위급 장군인 미스터 리가 젊은 미스터 유에게 겨우 보일 정도로 살짝 고개를 끄덕이자, 미스터 유는 그날의 실제 사업 이야기를 시작했다.

무기 구매.

미스터 리가 무난하게 영어를 잘할 수 있음에도 불구하고 모든 말들은 통역 단계를 거쳐 갔다. 하지만 통역시간 동안 미스터 리는 생각할 시간을 갖거나 고스코(GOSCO, 광동 국제해운회사)의 간부 첸과 의논하기도 했다. 게다가 통역과정은 이 매력적인 여자가 바레라의 애인이 아니라 통역가일 뿐이라는 행복한 가설을 유지시켜 줬다. 멕시코시티의 사교계에서 널리 알려진 사실과는 다르게 말이다. 이 만남이 주선되고 시간을 정하고 민감한 예비교섭에 이르기까지 오랜 시간이 걸렸고 그동안 미스터 리는 사전조사를 했다. 그래서 아단이 유명한 고급 매춘부와 관계를 맺고 있으며 그녀는 아단만큼이나 똑똑하고 적극적인 사업가라는 사실을 이미 알고 있었다. 그래서 미스터 리는 미스터 유가 그 여자에게 말할 때와 그 여자가 아단 바레라에게 말할 때 인내심 있게 들었다. 아단이 그들의 무기를 사려고 여기 온 사실을 이미 알고 있으면서도 말이다.

"어떤 무기들 말이오?"

"총입니다. AK-47."

"'염소의 뿔' 말이군. 얼마나 구매하고 싶소?"

"처음엔 소량만 구매하겠습니다. 2000자루 정도로."

미스터 리는 주문량을 듣고 놀랐다. 아단 바레라가(또는 노라의 표현인지도) 그걸 '소량' 주문이라고 표현하는 것이 인상적이었다. 그 심정이 표정에 드러났다. '내가 그런 **소량** 주문을 충족시켜 줄 수 없다면 지고 마는 것이군.'이라고 말하는 표정이었다. 그들이 '첫' 미끼를 덥석 문 것 또한 좋았다. 만약 이 막대한 주문을 충족시킬 수 있으면 더 많은 주문으로 이어질 테니 말이다.

미스터 리는 아단을 돌아보았다.

"우린 보통 그런 소량은 거래하지 않소."

"선처를 내려주시기 바랍니다. 아마 우리가 다른 무기를 좀 더 구매한다면 이번 주문이 가치 있어질까요? KPG-2 로켓 발사대는 어떨까요?"

"로켓 발사대? 전쟁준비라도 하는 거요?"

노라가 대답했다.

"평화를 사랑하는 중국인들이 무기를 구매하는 이유는 전쟁을 하기 위해서가 아니라 전쟁을 예방하기 위해서죠. 손자병법에 '적이 있고 없음은 자신에게 달려 있고, 적의 약점은 적에게 달려 있다.'라는 말이 있습니다."

노라는 오랜 비행시간을 유용하게 이용했다. 미스터 리는 감명을 받았다. 그리고 기품 있는 목소리로 말했다.

"소량 주문에는 다량 주문에 적용하는 가격으로는 공급해 줄 수 없을 것이오."

아단이 대답했다.

"이 주문은 장기적 사업 관계의 시작이 될 것입니다. 신뢰의 뜻으로, 우리에게 제시하는 가격을 보고 우리는 미래의 주문도 결정하게 될 것입니다."

"우리 제시 금액대로 결제해 줄 수 없다는 말이오?"

"아닙니다. 그쪽 제시 금액으로 결제하지 **않겠다**는 말입니다."

아단 역시 사전조사를 했다. PLA(중국 인민해방군)는 국가 방위군만큼이나 대규모의 사업이었고, 수익 창출을 위해 베이징으로부터 엄청난 압박을 받고 있었다. 그들은 아단만큼이나 이 거래에 목이 말라 있었다. 어쩌면 더 할지도 몰랐다. 거래의 규모 역시

무시 못 할 수준이었다. '그러니 당신은 내가 제시하는 가격에 줄 것이오, 장군. 특히 만약……'

아단은 덧붙였다.

"물론, 우린 미국 달러로 지불할 것입니다. 현금으로."

PLA는 수익 창출의 압력을 받고 있을 뿐만 아니라 외화벌이에 대한 압력도 받고 있었다. 그들은 급했다. 그리고 불안정한 멕시코 페소는 원하지 않았다. 특히 지폐의 형태는 말이다. 그들은 양키의 길쭉한 초록색 지폐를 원했다. 아단은 그 순환이 마음에 들었다. 미국 달러로 중국 무기를 사고, 무기로 콜롬비아 코카인을 사고, 코카인으로 미국 달러를 벌어들이고…….

아단의 요구가 받아들여졌다.

중국을 위한 일이기도 했다. 그들은 다음 3시간을 가격, 배송 일자 등의 세부사항을 정하느라 옥신각신하며 보냈다.

장군은 이 거래를 원했다. 사업가도 원했다. 베이징도 원했다. 고스코는 산 페드로와 롱비치뿐 아니라 파나마에도 시설을 짓고 있었고, 운하에 인접한 거대한 지역을 사들이고 있었다. 운하는 아메리카를 반으로 쪼갤 뿐 아니라 중앙아메리카에서 일어나고 있는 좌파 폭동의 양쪽에 걸치고 있기도 했다. 콜롬비아에 있는 FARC 전쟁과 멕시코 남부에서 싹트고 있는 사파티스타 폭동이었다. 미국인들은 북반구에서 변화에 적응하느라 바빴다. 소위 타이완 해협보다는 파나마 해협에 관심이 더 컸다.

아니었다. 바레라 카르텔과 맺는 이 협정은 미국인의 뒷마당에서 중국인의 영향력을 증대시켜, 미국인이 공산주의자들의 소규모 전투를 진화하느라 바쁘게 하거나 마약 전쟁에 재원을 소비할 수밖에 없도록 만들었다.

포도주 한 병이 들어오고 건배가 이어졌다. 우정을 위하여.

"완 스웨이."

노라가 외쳤다.

영원히.

6주라는 시간이 지나면 AK-47 2000자루와 70여 개의 소화탄 발사대과 충분한 탄약을 실은 고스코 화물선이 광저우에서 출항할 것이다.

샌디에이고

일주일 후, 노라는 테카테에서 국경을 건너 오랫동안 시골길을 달려 사막을 가로지른 뒤 샌디에이고로 갔다. 발렌시아 호텔로 가서 바다와 라호야 골짜기가 보이는 스위트룸에 투숙했다. 그리고 헤일리와 만나 탑오의 골짜기에서 저녁 식사를 했다. 사업은 좋은 거야, 하고 헤일리가 말했다.

노라는 일찍 잠자리에 들었다가 일찍 일어났다. 운동복으로 갈아입고 라호야 골짜기 주변, 바다가 내려다보이는 절벽 언저리의 오솔길을 오랫동안 달렸다. 땀에 젖은 피곤한 몸으로 돌아와 그레이프프루트와 블랙커피를 룸서비스로 주문하고 아침식사가 배달되는 동안 샤워를 했다.

그리고 옷을 차려입고 라호야 빌리지에 쇼핑을 하러 갔다. 최신 유행 가게들이 모두 걸어서 갈 수 있는 거리에 모여 있었다. 노라는 양손 가득 쇼핑백을 들고 가장 좋아하는 부티크를 방문하여 드레스 세 벌을 골라 탈의실로 들어갔다.

몇 분 뒤 노라는 드레스 두 벌을 들고 나와 카운터에 늘어놓으며 말했다.

"이 두 개로 할게요. 빨간색 옷은 탈의실에 있어요."

"제가 가져올게요."

부티크 주인이 말했다.

노라는 고맙다고 말하고 웃으며 눈이 부신 햇살이 비치는 라호야의 오후로 돌아갔다. 노라는 프랑스 요리를 점심 메뉴로 결정하고 프랑스풍 식당의 탁자에 어려움 없이 앉았다. 노라는 나머지 오후 시간을 영화와 낮잠으로 때웠다. 그리고 일어나 콩소메(맑은 수프)를 저녁으로 주문하고 새로 산 까만 드레스를 입고 머리와 화장을 했다.

아트 켈러는 화이트하우스에서 세 블록 떨어진 곳에 자동차를 세워놓고 걸어서 왔다.

아트 혼자였다. 아트에게 남은 것은 일밖에 없었다.

캐시는 이제 열여덟 살이고 곧 졸업했다. 마이클은 열여섯 살이고 비숍 학교의 1학년이었다. 아트는 캐시의 배구 경기에 가거나 마이클의 수영 모임에 갔다. 경기가 끝나면 아이들을 데리고 나갔다. 아이들이 친구들과 이미 계획이 잡혀 있지 않다면 말이다. 그들은 한 달에 한 번 아트의 도심 콘도에서 어색한 주말을 보냈다. 아트는 아이들을 즐겁게 해 주려고 엄청난 노력을 했지만 대개는 다른 '방문 아빠들'과 나란히 종합 수영장을 어슬렁거릴 뿐이었다. 그리고 아이들은 법에 규정된 방문에 점점 골을 냈다. 자신들의 사회생활에 방해가 되기 때문이었다.

아트는 그런 반응을 이해했고, 아이들이 '다음번'이라고 핑계를 댈 때 그러도록 해 주었다.

아트는 데이트를 하지 않았다. 이혼녀 두 명과 단기적인 관계를 맺은 적은 있었다. 바쁜 직장생활과 10대 아이들의 아버지 노릇을 해야 하는 날들 사이에 짬을 내어 편리한 관계를 맺었다. 하지만 만족을 주기보다는 슬픔이 더 컸고 곧 그런 노력을 중지해 버렸다.

그래서 대부분의 밤을 죽은 사람들과 같이 지냈다.

그들은 너무 바쁘지도 않았고 부족함도 전혀 없었다. 어니 이 달고, 필라르 탈라베라와 두 아이들, 후안 신부. 모두 아트가 바레라와 벌인 개인적인 전쟁에서 부차적으로 희생되었다. 그들은 밤이면 아트를 찾아와 이야기를 나눴다. 그들은 아트에게 그럴 가치가 있었는지 물었다.

적어도 지금으로서는 그 대답은 '아니오'였다.

아트는 전쟁에서 지고 있었다.

바레라 카르텔은 이제 대략 일주일에 800만 달러의 이익을 낳았다. 바하 카르텔을 거쳐 와서 미국 거리에 풀리는 코카인의 절반과 헤로인의 3분의 1에 해당했다. 사실상 미시시피 강 서부 지역의 모든 각성제가 바레라에게서 출발했다.

아단의 힘은 멕시코에서 아무런 제지를 받지 않았다. 아단은 삼촌의 연합을 다시 결성하였고 자신은 명백한 파트론이 되었다. 다른 카르텔의 어느 누구도 아단의 세력을 건드릴 수 없었다. 더

군다나 바레라는 코카인 공급량을 콜롬비아에서 해결했다. 칼리와 메데인에서 독립한 것이다. 바레라 무역 사업은 코카 나무에서 매점까지, 양귀비꽃에서 마약모임까지, 신세밀라 씨앗에서 거리의 마리화나까지, 에페드린 주재료에서 각성제 가루까지 모두 자급자족으로 해결되었다.

바하 카르텔은 수직 통합된 여러 종류의 마약 사업이었다.

그리고 아단의 '합법적인' 사업 계산에 영향을 미칠 사람이 위쪽으로 아무도 없었다. 바레라의 돈은 국경을 따라 마킬라도라(값싼 노동력을 이용, 조립·수출하는 멕시코의 외국계 공장 — 옮긴이)에 대량으로 투자되었다. 또 멕시코 전역의 부동산, 특히 푸에르바야르타와 카보 산루카스의 리조트 타운에 투자되었고 미국 남서부 지역도 포함됐다. 그리고 금융계에서는 미국에 있는 소비자 신용연합과 여러 은행들이 포함됐다. 카르텔의 재정상의 방법은 멕시코의 부자들과 대부분의 유력한 사업가들을 완전히 말려들게 했다.

이제 아트는 화이트하우스의 정문에 도착하여 벨을 눌렀다.

헤일리 색슨이 아트를 만나러 현관에 나왔다.

직업적으로 웃으면서 위층 열쇠를 아트에게 건넸다.

노라가 침대에 앉아 있었다.

까만 드레스를 입은 모습이 놀라울 정도로 아름다웠다. 아트가 물었다.

"괜찮나?"

붉은 드레스는 아트를 개인적으로 만나야 한다는 신호였다. 지금까지 2년에 걸쳐 노라는 시내 전역에 있는 '연락용 정보 전달

장소에 아트에게 줄 메시지를 남겨왔다.

오레후엘라 형제와 아단이 만나는 세부사항을 알려준 사람도, 마약 단속국이 콜롬비아로 돌아가는 오레후엘라 형제를 비행기에서 체포하도록 정보를 준 사람도 노라였다.

연합의 새로운 편성에 대한 개요를 넘겨준 사람도 노라였다.

노라는 수백 가지의 정보를 아트에게 제공했고 아트는 그 정보를 바탕으로 수천 가지를 더 거둬들였다. 대부분 노라에게 감사할 일이었다. 아트는 바하와 칼리포르니아에 있는 바레라 조직에 대한 조직적인 도표를 가지고 있었다. 배송 경로, 아지트들, 특사들. 마약이 들어오는 시기, 돈이 나가는 시기, 누가 누구를 왜 죽이는지.

노라는 위험을 무릅쓰고 샌디에이고와 로스앤젤레스에서 '쇼핑 여행'을 하는 중에, 스파를 방문하는 중에, 아단 없이 멕시코 밖으로 나가는 어떤 여행에서든 아트에게 이런 정보를 갖다 주었다.

그들이 사용하는 방법은 놀랍도록 간단했다. 마약 카르텔은 아트보다 더 나은 기술과 더 많은 예산을 확보하고 있으며 합법적일 필요도 없었다. 결국 첨단 기술을 갖춘 바레라의 우세함을 이겨낼 유일한 방법은 수준 낮은 기술을 사용하는 것뿐이었다. 노라는 간단히 호텔 방에 앉아서 정보를 글로 적어 사서함으로 아트에게 편지를 부쳤다. 가명으로 정해둔 곳으로 말이다.

휴대전화도 쓰지 않았다.

인터넷도 쓰지 않았다.

그냥 그리운 옛날의 미국 우편을 이용했다.

비상사태가 아니라면 그랬다. 비상사태라면 노라는 탈의실에 붉은 옷을 남겨뒀다. 부티크의 주인은 5년 형에 해당하는 소유권 기소를 눈앞에 두고 있었다. 기소되지 않는 조건으로 부티크 주인은 국경의 왕을 위해 이 부탁을 들어주는 데에 동의한 것이다.

"괜찮아요."

노라가 말했다. 하지만 화가 나 있었다.

아니, 화가 나 있다는 표현 정도로는 결코 적당하지 않다고, 노라는 아트 켈러를 쳐다보면서 생각했다. '당신은 내 도움으로 아단을 빨리 끌어내릴 거라고 말했어. 하지만 2년 반이나 지났어. 2년 반 동안이나 아단 바레라를 사랑하는 척하게 하다니. 내가 질색하는 남자를 내 안에 받아들이고 사랑하는 척하면서. 내가 정말 사랑했던 사람을 죽인 이 괴물을 사랑하는 척하며, 그리고 그를 안내하고, 인격을 닦아주고, 그가 더러움을 저지를 더 많은 힘을 그에게 안겨 주면서, 그게 어떤 건지 알아? 어떻게 알겠어? 아침에 그런 인간 옆에서 일어나고 그의 다리 사이로 기어들고 그에게 내 다리를 열어주고 거짓 오르가슴의 비명을 지르고, 미소 짓고 웃고 이야기 나누고 밥을 먹고, 항상 악몽 속에서 살며 당신이 행동하기를 기다리고 있는 것을.'

'그리고 지금까지 당신이 한 일이 뭐가 있지?'

오레후엘라 형제를 체포한 일 외에는, 아무것도 없었다.

아트는 이 정보를 2년 반 동안이나 깔고 앉은 채 행동할 적절한 순간만 기다리고 있었다.

아트가 입을 열었다.

"이건 정말 위험한 일이야."

"난 헤일리를 믿어요. 당신이 행동을 취해줬으면 좋겠어요. 당장요."

"아단은 아직 건드릴 수 없는 존재야. 난 바라지 않……"

노라는 아단이 FARC와 맺은 거래와 중국인과 이룬 거래에 대해 말했다.

아트는 경이로운 눈으로 노라를 바라보았다. 노라가 똑똑한 줄은 알고 있었다. 노라가 아단을 함정에 빠뜨리도록 돕고 있을 때, 아트는 노라의 뒤를 추적하고 있었다. 하지만 노라가 이 정도로 통찰력 있는 줄은 몰랐다. 노라는 꿰뚫어 보고 있었다.

내가 좀 그렇지, 하고 노라는 생각했다. 노라는 살아오는 내내 남자들을 읽어왔다. 노라는 아트의 표정에 변화가 오는 것을 알아보았다. 눈이 흥미로움으로 빛났다. 모든 남자는 자신만의 흥밋거리를 갖고 있었다. 노라는 그것들을 봐왔고 지금 아트의 흥밋거리도 읽을 수 있었다.

복수.

나와 똑같이.

아단이 심각한 실수를 저질렀기 때문이다. 아단은 자신을 무너뜨릴지 모를 한 가지 일을 하고 있었다.

그리고 그들은 그것을 알고 있었다.

"무기 선적에 대해 누가 또 알고 있지?"

"아단, 라울, 파비안 마르티네스. 그리고 나. 이젠 당신도."

아트는 고개를 저었다.

"만약 내가 이번에 행동을 취하면 그들은 밀고자가 당신이라는 사실을 알게 될 거야. 당신은 돌아갈 수 없게 돼."

"난 돌아갈 거예요. 우린 산 페드로와 고스코를 알아요. 하지만 어느 배인지 몰라요. 어느 부두인지도……"

그리고 당신이 정보를 입수할 수 있다 해도, 그걸 터트리는 일은 당신을 죽이는 것과 같지, 라고 아트는 생각했다.

아트가 막 자리를 뜨려고 하자 노라가 물었다.

"아트, 나와 자고 싶지 않아요? 물론, 리얼리즘을 위해서?"

아트의 외로움은 쉽게 감지할 수 있을 정도였다.

자극하기란 정말 쉬웠다.

노라는 아주 약간 다리를 움직였다.

아트가 멈칫했다.

노라를 그렇게 오랫동안 '잠들게' 내버려 둔 것에 대한 작은 복수였다. 하지만 기분은 좋았다. 노라가 말했다.

"농담이었어요, 아트."

아트는 이해했다.

복수.

아트는 그렇게 오랫동안 첩보원으로 남겨지는 일이 얼마나 부당한지 알고 있었다. 6개월도 길었다. 1년이면 최대치였다. 첩보원들은 그렇게 오래 버틸 수 없었다. 긴장이 풀어지고, 실수하고, 그들이 제공한 정보가 그들에게 다시 덫이 되어 돌아오고, 그저 시간만 바닥이 나버렸다.

노라 헤이든은 프로 첩보원도 아니었다. 엄밀히 말해 첩보원도 아니었다. 하지만 신임이 두터운 정보 제공자였다. 노라는 깊이 감추어져 있기에 그것은 문제되지 않았다. 하지만 너무도 오랫동안 떠맡고 있었다.

'노라가 멕시코에서 내게 준 어떤 정보도 난 사용할 수 없었어.

바레라가 멕시코의 보호를 받고 있기 때문이었지. 그리고 난 미국 안에서 그녀의 어떤 정보도 사용할 수 없었지. 그 정보로 우리가 아단을 영원히 무너뜨릴 수 있게 되기 전에 노라를 위태롭게 할지도 모르기 때문에.'

어마어마한 좌절감이 닥쳐왔다. 사실 노라는 하룻밤의 일격으로 바레라 조직을 파괴할 충분한 정보를 아트에게 주었다. 하지만 아트는 그 정보들을 이용하지 못하고 있었다. 아트가 하는 일이라고는 기다리면서 바라는 일뿐이었다. 하늘의 군주가 태양에 너무 가까이 날아오르기를.

그리고 이제 아단은 그 상태가 되었다.

아단에게 방아쇠를 당길 때였다. 그리고 노라가 빠져나올 때였다.

지금 노라를 체포해 버릴 수도 있어, 하고 아트는 생각했다. 충분한 구실이 있다는 사실은 신도 알 것이다. 노라를 체포하여 그녀를 위태롭게 한 다음에는 되돌려 보낼 수 없다. 새로운 신분과 삶을 얻어줘야만 했다.

하지만 아트는 그렇게 하지 않았다.

아직은 노라가 아단에게 가까이 있을 필요가 있기 때문이다. 아주 조금만 더. 아트는 노라에게 손을 뻗으려다가 노라가 방에서 나가도록 내버려 뒀다.

"증거가 필요해."

존 홉스가 아트에게 말했다.

멕시코 정부에 보여줄 믿을 수 있고 확실한 증거가 필요했다.

그래야 아단 바레라를 공격하도록 찔러보기라도 할 수 있었다.

"정보 제공자가 있습니다."

홉스는 고개를 끄덕였다. 계속하라는 뜻이다.

"누구인지 밝힐 수는 없습니다."

홉스가 웃었다.

"자네는 존재하지 않는 정보 제공자를 창조해 낸 그 유명한 사람 아닌가?"

아트가 바레라 강박증을 지니고 있다는 사실을 모르는 사람이 없는데, 지금 아단 바레라가 FARC와 거래를 맺고 중국 무기를 수입하여 그 답례로 코카인을 받기로 했다는 이야기를 갖고 와서 공격하자고? 아트가 바레라를 상대로 벌인 전쟁에 CIA를 탑승시키려는 것인가? 너무 심하게 편리하군.

아트는 그 말을 알아들었다. 아트는 늑대가 나타났다고 외친 양치기 소년이었다.

"어떤 증거 말입니까?"

"예를 들면, 무기 선적 같은 거지."

아트는 생각했다.

'하지만 그건 딜레마지, 무기 선적을 덮치는 것은 내가 보호하려는 것을 정확히 노출시키는 일이 될 거야. 만약 지금 바레라를 선제공격하라고 멕시코시티에 압력을 넣도록 홉스를 설득할 수 있다면 노라를 위험에 빠뜨리지 않아도 되지. 하지만 그들의 공격을 이끌려면 내가 무기 선적 증거를 제시해야 하고, 그걸 내게 줄 유일한 사람은 노라뿐이란 게 문제군.'

노라는 죽을지도 모른다.

"중국에서 정보를 얻었다고 위장할 수 있잖아요. 해상 무선 주파수나 인터넷 교섭, 위성 정보를 가로챈 걸로 하면 되잖습니까. 그냥 베이징에 정보 제공자가 있다고 하세요."

"지금 나더러 자네가 열중하고 있는 어떤 '마약 거래자'를 막기 위해 아시아에 있는 소중한 정보 제공자들을 위험에 빠뜨리라는 얘긴가? 이러지 말게."

하지만 홉스는 마음이 끌렸다.

치아파스에 있는 사파티스타 민족 해방군들은 그 어느 때보다 활동적이었다. 소문에 의하면 그 당원은 인접한 과테말라에서 새로 이주해 온 망명자들 때문에 인원수가 증가했다. 그래서 잠재적으로 공산주의자 반란이 지역적으로 퍼질 가능성이 있었다.

그리고 6월 게레로에서 보수파 민병대가 살해한 소작농들을 위한 장례식에 새로운 좌파 반란 단체 EPR(인민혁명군)이 진출했다. 그리고 불과 몇 주 전, EPR은 게레로, 타바스코, 푸에블라, 멕시코의 파출소를 동시에 공격하여 경찰관 16명이 죽고 23명이 부상을 당했다. 베트콩은 그보다는 적은 규모로 시작했었다. 홉스가 멕시코 정보 제공자에게 EPR에 대응하는 원조를 제의했지만, 양키 제국주의자의 간섭에 대해 항상 민감한 멕시코 인들은 그 제의를 거절했다.

홉스는 생각했다.

'어리석기는. 공산주의자 반란이 치아파스에서 북으로 전개되리라는 사실은 지도를 슬쩍 보기만 해도 알 수 있는데 말이야. NAFTA의 실행 때문에 벌어진 페소 위기의 경제적 황폐와 혼란 기간이 그 원동력이 되어 주었어.'

멕시코는 언제 혁명이 일어날지 모를 정도로 위태로운 상태이며, 미국에서는 현실 도피자들을 제외한 모든 사람들이 그 사실을 알고 있었다. 국방부조차 그 가능성을 인정했다. 홉스는 전체 사회 경제가 붕괴될 경우에 미국이 멕시코를 침략하려는 최고 기밀 우발적 계획을 이제 막 다 읽은 셈이었다. 맙소사, 쿠바의 카스트로 하나면 충분했다. 제로 사령관이 로스 피노스에서 멕시코를 통치하는 것을 상상할 수 있는가? 마르크스주의 정부가 3200킬로미터의 국경을 미국과 나누려고 할까? 그리고 국경에 인접한 모든 주들은 곧 히스패닉 주민이 과반수가 될까? 만약 그 보고서에서 어떤 낌새라도 채면 멕시코 사람들이 발끈하지 않겠는가?

아니다, 멕시코 인들은 단지 마약 전쟁이라는 가면을 통해서만 미국 군사원조를 받아들일 수 있다. 미국 국회와 다르지 않다고 홉스는 생각했다. 베트남 증후군 때문에 연방 의회는 공산주의자들에 대항하는 비밀 전쟁에 드는 자금을 정식으로 허가하지 않았다. 하지만 마약 전쟁에 쓰일 금고는 늘 열어둘 것이다. 그래서 사람들은 마르크스주의 게릴라로부터 자신을 방어하는 동맹이나 이웃사람을 돕고 있다는 말을 하려고 미국 연방 의회로 찾아가지 않았다. 아니, 사람들은 미국 젊은이들을 마약에서 떼놓아야 한다는 생각에 동의하는 마약 단속국 지지자들을 보내 필요한 자금지원을 요청했다.

연방 의회는 사파티스타와 EPR과 싸울 휴이 헬리콥터 75대와 C-26 비행기 12대의 제공을 결코 정당하지 않다고 볼 것이며, 멕시코 인들도 쉽사리 받아들이지 않을 것이다. 하지만 연방 의회는 멕시코 인들이 마약 밀매상을 진압하는 데에 필요한 무더기

자금을 제공했고, 그 장비는 치아파스와 게레로에서 사용할 용도로 조용히 멕시코 군대로 전달될 것이다.

그런데 지금 콜롬비아 공산주의 반란군에게 무기를 공급하는 연합의 파트론을 잡겠다고 하면? 그것은 멕시코 인들을 만장일치로 이끌 것이다.

아트는 마지막 카드를 내밀었다.

"그래서 무기가 콜롬비아 공산주의 반란군에게 넘어가도록 그냥 놔둘 겁니까? 파나마에서 중국의 세력이 증가하는 것이 불을 보듯 훤한데도요?"

"아니, 자네 세력이 증가하겠지."

홉스는 침착하게 말했다.

"말도 안 돼요. 이 일에 패배하면 CIA는 얻는 게 아무것도 없어요. 난 정보 제공자, 현지 스파이, 믿을 만한 소식통이고 뭐고, 아무것도 알려주지 않을 거예요."

"정보 제공자를 알려줘, 아트."

아트는 홉스를 노려보았다.

"그럼 무기 위치를 알려줘."

아트는 알지 못했다. 노라가 알려주기 전에는 알 수 없었다.

멕시코

란초 라스 바르다스에서도 모임이 진행되고 있었다.

아단, 라울, 파비안이 모였다.

그리고 노라도.

아단이 노라도 참여시키자고 주장했다. 솔직히 노라가 없다면 현장에서 거래하지 못할 것이기 때문이다.

라울은 받아들이려 하지 않았다. 라울이 파비안에게 물었다.

"저 매춘부가 언제부터 우리 사업을 알게 됐지? 노라는 자기가 소속된 침실에 머물러야 해. 입이 아니라 다리를 열게 해야지."

파비안이 킥킥거렸다. 파비안은 금발머리의 다리를 열고 싶었다. 그리고 입도. 노라는 파비안이 지금껏 본 사람 중에서 가장 매력 있는 여자다. '아단 같은 겁쟁이에게 자신을 낭비하고 있다니. 내게로 와. 내가 비명을 지르게 해 주겠어.'

노라는 파비안의 얼굴 표정을 보고 생각했다. '해 봐, 멍청아. 아단이 널 산 채로 껍질을 벗겨서 천천히 돌리며 바비큐를 만들 거야. 난 바비큐 파티에 마시멜로를 가져갈 거고.'

중국인은 대금상환인도 외의 다른 지불 수단은 받아들이지 않을 것이다. 전신 송금이나 유령 회사를 통해 세탁된 연속적 지불도 안 될 것이다. 그들은 그 자금이 완벽하게 추적할 수 없어야 한다고 주장했다. 직접 만나서 현금을 전달하는 방법뿐이었다.

그리고 중국인은 그 일을 노라가 담당하기를 바랐다.

일종의 담보였다. 아단의 애인을 보내는 일.

"당연히 안 돼."

아단과 라울이 동시에 말했다. 하지만 이유는 완전히 달랐다.

노라가 라울에게 말했다.

"라울이 먼저 말해요."

"당신과 형의 관계는 다 드러나 있어. 마약 단속국은 아마 내 사진보다 당신 사진을 더 많이 가지고 있을 거야. 만약 당신이 체포되면, 당신의 그 예쁜 머리에는 정보도 많이 담겨 있지만 포기할 동기도 많지."

"그들이 나를 무엇으로 체포하죠? 당신 형과 잤다고?"

노라는 그렇게 묻고 아단을 바라보았다.

"당신 차례예요."

"너무 위험해. 뭐가 잘못되기라도 하면 당신은 감옥에서 지내게 될 거야."

"그럼 잘못되지 않도록 확실하게 하죠."

노라는 자신의 상황을 펼쳐 놓았다. 난 항상 국경을 넘나든다. 난 샌디에이고 주소를 가진 미국 시민이다. 난 매력적인 금발에 어떤 검문소도 내 방식으로 흔들어 놓을 능력이 있다. 그리고 가장 중요한 점으로, 중국인이 날 원한다.

라울이 갑자기 물었다.

"왜지? 왜 위험을 감수하려는 거지?"

노라가 웃으며 말했다.

"왜냐하면, 그 답례로 당신들이 날 부자로 만들어줄 거니까요."

노라는 자신의 대답이 아무런 호응을 못 끌어내자 잠자코 기다렸다.

결국 아단이 말했다.

"바하 최고의 킬러를 준비해. 국경 양쪽에서 최대치로 보호해. 파비안, 네가 몸소 칼리포르니아에 가서 실제 선발에 관여해서 최고의 사람들을 구해. 만약 노라에게 무슨 일이 일어나면 너희 둘에게 책임을 묻겠어."

아단이 일어나서 나갔다.

노라는 그냥 앉아서 웃었다.

라울이 아단을 따라 정원으로 나갔다.

"무슨 생각을 하고 있는 거야, 형? 노라가 우리를 더 이상 갖고 놀지 않게 하려면 대체 뭘 하면 돼? 어떻게 해야 노라가 우리 돈을 들고 튈 일을 방지할 수 있지? 노라는 매춘부라고, 젠장!"

아단은 몸을 획 돌려 라울의 멱살을 잡았다.

"넌 내 동생이고, 난 널 사랑해, 라울. 하지만 한 번만 더 노라에 대해 그런 식으로 입을 놀리면 동생이고 뭐고 없어. 조직은 찢어지고 각자의 길을 가게 될 거야. 이제 가서 네 일이나 해."

노라는 산 이시드로 국경 교차로에서 차례를 기다리고 있었다. 바하 최고의 킬러가 아파트 건물 10층에서 검문소를 내려다보며 앉아 있었다. 그는 약간 긴장했다. 이 일에 다짐받은 것이 있기 때문이다. 만약 그 자동차가 국경을 건너다가 체포되면 라울 바레라의 손에서 살아남지 못할 터였다.

"호기심은 접어둬."

라울은 그렇게 충고했다.

그는 그 자동차가 어디로 가고 있는지, 누가 그 자동차를 잡을지 알지 못했지만, 돈이 국경 북쪽으로 올라가는 일은 드물다는 사실을 잘 알고 있었다. 그는 특징 없는 도요타 캠리에서 눈을 떼지 않고 있었다. 저 조그만 자동차에 미화 수백만 달러가 실렸다. 국경순찰대가 자동차의 무게를 달아보지 않기만 바랄 뿐이다.

노라 역시 마찬가지였다. 노라는 시각적 수색이나 개를 이용한 수색에 대해서는 그리 염려하지 않았다. 개는 마약 수색 훈련만 받았을 뿐 현금은 해당 사항이 없기 때문이다. 게다가 100달러짜리 지폐 뭉치들은 이미 레몬즙에 담가 모든 냄새를 지운 상태였다. 그리고 자동차도 마약 운반에 이용한 적이 없는 신선한 차였다. 그래서 어떤 잔존 냄새도 있을 수 없었다.

하지만 모래 알갱이들은 남아 있었다. 젖은 수건들, 모자 달린 운동복, 낡은 샌들과 함께 운전석과 뒷좌석 바닥에 조심스럽게 모래를 흩어 놓았다.

국경에서 벌써 한 시간 반을 기다렸다. 고통스러운 일이었다. 하지만 아단은 일요일 오후 늦게 국경을 건너야 한다고 주장했다. 그 시간은 엔세나다와 로사리타의 값싼 리조트에서 주말을 보낸 뒤 집으로 돌아가는 수천 명의 미국인들로 교통이 정체되고 검문소가 가장 바쁜 때였다. 그래서 노라는 3차선으로 넘어갈 충분한 시간을 확보했다. 국경 순찰대에서 근무 중인 직원은 바레라의 급여를 받고 있는 사람이었다.

그렇지만 운에만 맡기지는 않았다. 라울이 아파트 창문에 서서 쌍안경으로 관찰하고 있다. 멕시코 쪽에서 국경이 내려다보이는 아파트 건물은 3채인데 모두 바레라 소유였다. 지금 라울의 눈에 바레라 급여를 받는 국경 검문소 직원이 근무 위치에 들어가면서 아파트 건물 쪽을 올려다보는 모습이 보였다.

라울이 무선 호출을 했다.

노라의 무선 호출기가 삐삐 소리를 내더니 작은 액정에 666이라는 숫자를 표시했다. '이상 없음'이라는 뜻의 마약 거래 코드다. 노라는 앞에 있는 포드 익스플로러의 운전자에게 고개를 끄덕였다. 그 남자는 3차선으로 우회전하면서 노라가 그 뒤를 따라 돌 도록 틈을 주었다. 노라 뒤에 있는 지프 케로키도 똑같이 하며 그 녀에게 공간을 만들어주었다. 경적소리가 울리고 가운뎃손가락이 올라갔지만, 노라는 성공적으로 3차선에 진입했다.

이제 노라가 할 일은 자동차 사이를 돌아다니는 행상인 부대 를 피하면서 기다리는 일뿐이었다. 행상인들은 챙 넓은 모자, 기적 의 조각상, 멕시코 지도 조각 퍼즐, 음료수, 타코스와 부리토 같은 멕시코 요리, 티셔츠, 야구모자 등, 국경을 건너려고 기다리는 따 분한 사람들이 생각할 수 있는 모든 것을 갖고 다니며 사라고 외 쳐댔다. 국경 검문소가 길고 좁은 야외 시장인 셈이었다. 노라는 값싸고 장식이 많이 달린 챙 모자, 판초, '내 여자친구가 티후아나 에 갔다 와서 내게 준 건 이 형편없는 티셔츠뿐이다.'라는 글이 찍 힌 티셔츠를 샀다. 노라가 여행자라는 티를 확실히 내기 위해서였 고 행상인들이, 특히 아이들이 안쓰러워 보였기 때문이었다.

노라가 검문소에서 세 번째 차례에 대기 중일 때 라울이 쌍안 경으로 바라보며 소리를 질렀다.

"제기랄!"

킬러가 의자에서 벌떡 일어섰다.

"뭐죠?"

"교대를 하고 있어."

국경 순찰 관리자가 직원들을 다른 차선으로 교대시키고 있었 다. 일상적인 일이었지만 타이밍이 지독하게도 딱 일치했다. 킬러 가 라울에게 물었다.

"뭔가 눈치챘을까요? 우리 계획을 중단해야 할까요?"

"너무 늦었어. 차를 되돌릴 수 없다고."

킬러의 이마에 땀방울이 솟았다.

노라는 검문소 직원이 바뀌어 나가는 장면을 보고 생각했다. '제발, 신이여, 안돼요. 지금은 안 돼요.' 노라는 심장이 고동치기 시작하는 것을 느끼고 심호흡을 하려고 신중한 노력을 기울였다. 검문소 직원들은 불안해하는 신호를 알아보는 훈련을 받는다고 노라는 자신에게 일깨웠다. 그리고 다시 한 번, 멕시코에서 거창한 주말 파티를 보내고 돌아오고 있는 금발의 아가씨가 되려고 애썼다.

포드 익스플로러가 검문소로 들어갔다. 파비안의 말대로 '멕시코계 미국 남자로 꽉 들어찬' 자동차로, 계획의 일부였다. 검문소 직원은 이 자동차를 확인하느라 많은 시간을 보낼 것이고 그다음 차례인 노라는 십중팔구 소홀하게 흘끗 보고 말 것이다. 아니나 다를까, 그 직원은 많은 질문을 하면서 익스플로러 주변을 돌아다니고 창문을 들여다보고 신원을 확인했다. 누런빛의 리트리버가 나와서 자동차 주변을 총총 달리며 신나게 킁킁거리고 꼬리를 내둘렀다.

시간이 걸리는 것은 좋은 일이야, 라고 노라는 생각했다. 계획의 일부였다. 하지만 역시 괴롭기는 했다.

마침내 익스플로러가 검문소를 통과하고 노라의 자동차가 검문에 들어갔다. 노라는 선글라스를 이마께로 올려 검문소 직원에게 푸른 눈빛을 보여주어 그 장점을 활용했다. 하지만 노라는 인사를 하거나 대화를 시작하지는 않았다. 지나치게 친절하거나 열성적인 사람은 의심받았다.

"신분증요."

검문소 직원이 신분증을 요구했다.

노라는 캘리포니아 운전면허증을 보여줬다. 여권은 조수석 잘 보이는 곳에 놓아두었다. 검문소 직원이 여권에 슬쩍 눈길을 줬다.

"멕시코에 무슨 용무로 왔었죠, 미스 헤이든?"

"주말을 보내려고 내려왔어요. 아시다시피, 햇빛과 해변과 마가리타 몇 잔요."

"어디 머물렀죠?"

"로사리타 호텔요."

지갑에는 비자카드와 영수증이 있었다. 검문소 직원이 고개를 끄덕였다.

"그 호텔 수건을 가져온 걸 알고 있습니까?"

"어머나."

"다른 거 가져가는 건 없나요?"

"그냥 이 물건들요."

검문소 직원은 노라가 행상인들에게 산 여행자 물건들을 보았다.

결정적인 순간이었다. 그가 손을 흔들며 노라를 통과시킬지, 자동차를 좀 더 수색할지, 정밀조사 차선으로 자동차를 이동시킬지 결정된다. 처음 것과 두 번째 것은 무난하지만 세 번째 것은 재앙이었다. 라울은 자동차 창문으로 고개를 들이밀고 뒷좌석을 살펴보는 검문소 직원을 숨을 죽인 채 쌍안경으로 바라보고 있었다.

노라는 그냥 웃었다. 라디오 방송에서 흘러나오는 클래식 록음악에 맞춰 발을 까딱거리며 콧노래를 불렀다.

검문소 직원이 고개를 밖으로 뺐다.

"마약은요?"

"뭐라고요?"

검문소 직원이 웃었다.

"돌아오신 걸 환영합니다, 미스 헤이든."

"통과했어."

라울이었다. 킬러가 소변 좀 보고 와야겠다고 하자 라울이 외쳤다.

"긴장 너무 풀지 마라! 아직 산 오노프레를 거쳐 가야 해!"

아트 켈러의 책상에 놓인 전화기가 울렸다.

"아트 켈러입니다."

"*통과했습니다.*"

아트는 차종과 번호판을 받아 적었다. 그리고 산 오노프레 국경 순찰국으로 전화를 걸었다.

아단도 사무실에서 비슷한 전화를 받았다.

"*통과했어.*"

라울이었다.

아단은 기분이 좀 나아졌지만, 여전히 걱정스러웠다. 노라는 아직 산 오노프레 검문소를 통과해야 했다. 아단이 걱정하는 곳이다. 산 오노프레 검문소는 펜들턴에 있는 해군 기지의 바로 북쪽에 횅뎅그렁하게 펼쳐진 5번 도로에 있고, 그 지역은 전자적 감시와 무전 방해 전파가 수두룩한 곳이었다. 마약 단속국이 노라를 잡을 거라면, 바레라가 망을 보는 건물에서 멀리 떨어져 있고 티후아나에서 어떤 도움도 가능하지 않은 그곳에서 잡을 것이다. 노라는 산 오노프레의 매복 속으로 곧장 돌진할 가능성이 아주 컸다.

노라는 주요 남북 간선도로인 5번 도로를 운전해 가고 있었다. 그 도로는 척추처럼 캘리포니아를 길게 잇고 있었다. 노라는 샌디에이고 시내를 지나고, 공항과 씨월드를 지나고, 솜사탕처럼 생겨서 빗물에 녹을 것 같은 커다란 모르몬 사원을 지났다. 라호야 출입구를 지나고, 델 마르에 있는 경마장을 지나고, 오션사이드 시내를 빠르게 지나서 마침내 캠프 펜들턴에 있는 해군 기지 정남쪽 휴게소에 자동차를 세웠다.

노라는 자동차에서 내려 문을 잠갔다. 바레라의 저격수들이 탄 차량이 보이지는 않았지만, 어느 위치엔가 있을 터였다. 한 대일지 여러 대일지 몰라도 노라가 화장실에 가 있는 동안 노라의 자동차를 지켜 주리라. 중고 도요타 캠리를 훔치려는 사람도 없겠지만, 그들은 현금 수백만 달러가 들어 있는 그 자동차에 그럴 기회도 주지 않을 것이다.

노라는 화장실에서 나와 손을 씻고 화장을 고쳤다. 노라가 화장을 끝내는 동안 청소부가 인내심 있게 기다렸다. 노라는 웃으며 고맙다고 한 뒤 1달러짜리 지폐를 주고 나왔다. 그리고 자판기에서 다이어트 펩시콜라를 뽑아 자동차로 돌아와서 북쪽으로 자동차를 출발시켰다. 노라는 해군 기지를 관통하는 쭉 뻗은 이 도로가 무척 마음에 들었다. 일단 해군막사들을 지나고 나면 거의 텅 비어 있기 때문이다. 동쪽과 서쪽에는 쭉 이어진 언덕들뿐이고 남쪽행 교통차선과 푸른 태평양 외에는 아무것도 없었다.

노라는 산 오노프레 검문소를 수백 번 통과해 보았다. 캘리포니아 남부에 사는 사람들이 샌디에이고에서 오렌지카운티로 여행하려면 대부분 지나다니는 곳이었다. 노라는 자동차가 밀릴 때면 '국경' 검문소가 국경에서 100킬로미터도 넘는 곳에 있다는 생각을 떠올리며 늘 웃고 말았다. 하지만 사실 많은 불법적인 일들이 로스앤젤레스 대도시 지역을 향하고 있었고 대부분 5번 도로를 이용하고 있으니 어쩌면 당연한 일일 것이다.

검문소에 도착하고, 브레이크를 밟고, 백인이면 국경 검문소 직원이 따분하게 손을 저으며 통과를 알리는 것이 늘 보이는 풍경이었다. 노라는 항상 그렇다고 생각하며 앞에 열두 대쯤 대기 중인 차선에 차를 댔다. 그리고 이번에도 그러리라 기대하고 있었다.

하지만 자동차를 세우라는 신호를 받았다.

아트는 시계를 들여다보았다. 또. 지금 내려가야 했다. 아트는 노라가 국경을 건넌 시간과 휴게소에 들렀던 시간을 알고 있었다. 만약 노라가 어딘가로 방향을 돌리지 않았다면, 만약 노라가 믿지 못해 결심이 바뀌지 않았다면, 만약……, 만약……, 만약…….

직원이 노라에게 창문을 내리라고 신호했다.

다른 직원이 조수석 쪽으로 걸어갔다. 노라는 그쪽 창문도 내린 뒤 바로 옆에 있는 직원을 쳐다보았다. 노라가 보일 수 있는 가장 아름다운 표정을 지으며 물었다.

"뭐 잘못된 거라도 있나요?"

"신분증 있습니까?"

"그럼요."

노라는 핸드백에 손을 넣어 지갑을 꺼내 직원에게 펼쳐 보였다. 그 사이 조수석 쪽에 있던 직원이 뒷좌석을 조사하는 척하면서 조수석의 등받이와 머리 받침대 사이에 추적 장치를 밀어 넣었다.

첫 번째 직원이 면허증을 오랫동안 바라보더니 말했다.

"불편을 끼쳐서 죄송합니다."

그리고 통과하라고 신호했다.

아트는 첫 번째 벨소리가 채 끝나기도 전에 수화기를 집어 들었다.

"통과했습니다."

아트는 전화를 끊고 안도의 숨을 길게 내쉬었다. 아트는 현재 군용 '교통' 헬리콥터들과 개인 비행기들을 섞은 공중 감시 스파이를 두고 있어서 노라를 줄곧 뒤쫓을 수 있었다.

그리고 노라가 중국인과 만나는 시간에 아트는 그곳에 있을 것이다.

노라는 산 클레멘테에 이르자 휴대전화기를 들고 티후아나 번호를 눌렀다. 파비안이 전화를 받자 노라가 말했다.

"통과했어요."

그리고 전화를 끊었다.

이제 중국인이 만날 장소와 시간을 알려줄 때까지 북으로 운전해 갈 일만 남았다.

노라는 북쪽으로 갔다.

그저 자동차를 몰고 갈 뿐이다.

노라가 산 오노프레 검문소를 통과했다는 소식을 라울에게 전해 들은 뒤 아단은 산책하러 나갔다. 이제 기다리는 일만 남았다.

'그래, 그냥 기다리는 거야.'

파비안이 로스앤젤레스에 트럭을 대기해 두었다. 무기를 실은 뒤 국경 근처 사막의 외딴 장소로 운송할 트럭이었다. 그곳에서 다른 트럭에 옮겨 싣고 여러 다른 소형 비행장으로 간 뒤 콜롬비아로 이송할 것이다.

모든 것이 만반의 준비를 갖췄다. 하지만 먼저 노라가 그 첫 단추를 잘 꿰야 했다. 가장 중요한 거래를 중국인과 해야 했다. 그리고 그 일을 하기 전에 중국인이 장소와 시간을 알려줘야 했다.

아트 역시 배치해 둔 사람들이 있었다. 완전 무장한 마약 단속국 요원들, 연방 보안관들, FBI로 구성된 기갑 대대가 준비하고 있었다. 그들은 산 페드로에 숨어서 명령을 기다리고 있었다. 산 페드로 항구는 거대했고, 그곳에 있는 어마어마한 고스코의 시설에는 화물 창고들이 줄지어 늘어서 있었다. 그래서 그들은 구체적으로 어느 창고를 치고 들어가야 할지 알아야 했다. 까다로운 작전이었다. 숨죽이고 있다가 무기 거래가 이루어지면 재빨리 현장을 덮쳐야 하기 때문이다.

아트는 지금 헬리콥터 안에서 오렌지카운티의 전자지도와 그 위에서 빨갛게 깜빡거리는 노라의 위치를 보고 있었다. 아트는 곰곰이 생각했다. 지금 노라에게 육상 부대를 투입할까, 아니면 기다릴까? 아트는 기다리기로 결심했다. 노라는 5번 도로의 북쪽 405 출구로 나가서 산 페드로를 향해 갔다.

이변은 없었다.

하지만 아트는 빨간빛이 어빈의 맥아더 대로에 있는 405 출구로 나가서 서쪽으로 방향을 틀자 깜짝 놀랐다.

"대체 무슨 일이지?"

아트는 큰소리로 말했다. 그리고 조종사에게 외쳤다.

"그녀 쪽으로 다가가!"

조종사가 고개를 저었다.

"할 수 없습니다! 항공기 통제구역입니다."

그러자 아트는 무슨 일인지 알게 됐다.

"젠장!"

아트는 전화기를 들어 육상 부대를 존웨인 공항으로 가도록 재촉했다. 하지만 지도를 보니 공항으로 나갈 수 있는 출구가 다섯 곳이나 됐다. 그중 한 군데라도 조치를 취할 수 있다면 행운일 것이다.

노라는 맥아더 도로에서 공항 쪽 출구로 나가서 주차 건물로 들어갔다.

아트의 헬리콥터는 공항 북쪽 405 출구 위에서 맴돌았다. 아트가 바랄 수 있는 최고의 시나리오는 이랬다. 노라는 주파수 감시가 방해받는 공항으로 들어갔고, 산 페드로 지역으로 가고 있고, 곧 고속도로로 되돌아올 것이다.

'또는 노라가 현금 수백만 달러를 들고 비행기를 타고 있든지.'

아트는 스크린을 바라보았다. 하지만 깜빡이던 빨간빛은 사라지고 없었다.

노라가 전화를 걸었다.

"왔어요."

라울이 코스타메사 근처의 주소를 알려주었다. 3킬로미터 남짓 떨어진 곳이었다. 노라는 주차건물 밖으로 나와 맥아더 도로에 올랐다. 405 출구에서 멀어져 베어 스트리트로 돌아 코스타메사의 특징 없고 평평한 미식축구장으로 갔다.

노라는 주소지를 찾았다. 작은 창고들이 즐비한 거리에 위치한 작은 차고였다. 맥-10 기관총을 팔에 걸친 남자 하나가 문을 열고 노라를 들여보내 줬다. 노라는 예전에 고객과 함께 갔던 포뮬러 1 챔피언십 자동차 경주 대회장에 온 기분이었다. 한 무리의 남자들이 전동도구를 들고 자동차로 뛰어들어 즉석에서 자동차를 분해하여 돈을 할리부르톤 서류가방에 넣은 뒤, 검정 렉서스의 트렁크에 실었다.

노라는 생각했다.

'내 옷을 잡아 찢는 것도 한순간이겠는걸. 하지만 그럴 마음이 있는 사람은 없나 봐.'

그들은 모두 바하에 가족이 있는 불법 이주민들이었다. 그리고 그들은 바레라 저격수들이 가족의 집 앞에 자동차를 세워놓고, 안에 있는 사람들을 모조리 죽이라는 명령을 기다리고 있다는 사실을 알았다. 만약 차고에서 돈과 특사가 재빨리, 그리고 안전하게 나오지 않는다면 말이다.

노라는 1급 핵심 대원들답게 원활하고 조용하게 작업하는 그들의 모습을 바라보았다. 들리는 소리라고는 전동 드릴 도는 소리뿐이며, 자동차를 개조하고 렉서스에 돈을 다시 싣는 데에 13분밖에 걸리지 않았다.

기관총을 든 남자가 노라에게 새 휴대전화기를 건네줬다.

노라가 라울에게 전화를 걸었다.

"됐어요."

"색깔을 말해."

"파랑."

노라가 말했다. 다른 색깔은 일이 노라의 의지대로 진행되지 않고 있다는 뜻이었다.

"출발."

노라는 렉서스를 탔다. 차고 문이 열리고 노라가 나왔다. 베어 스트리트에 올라 10분 후에 405 도로로 돌아갔다. 산 페드로 방향이었다. 노라는 교통 헬리콥터가 맴도는 지역 바로 아래에 있었다.

아트는 텅 빈 스크린을 노려보았다.

그리고 마침내 인정할 수밖에 없었다. 노라 헤이든을 놓쳤다.

노라는 알고 있고, 이해하고 있으며, 북쪽으로 가고 있었다. 이제 하느님밖에 모르는 그 일을 노라가 혼자서 하고 있었다. 노라에게는 새삼스러울 것도 없었다. 그녀는 후안 신부와 함께 보낸 너무도 짧았던 시간 외에는 살아오면서 늘 혼자 일했다.

하지만 노라는 이제 이 일을 어떻게 해내야 하는지 몰랐다. 또는 무슨 일이 일어나는지도 몰랐다. 세상에서 가장 쉬운 방법은 그저 돈을 갖고 계속 가는 일일 터였다. 하지만 그 방법이 노라의 바람대로 노라를 데려가지는 않을 것이다.

밤이 되고, 노라는 카르손을 통과했다. 그곳 천연가스 착암기들이 신호탑처럼 불을 밝히고 있었다. 일종의 산업화 버전의 지옥 같았다. 노라는 계획대로 이번에는 로스앤젤레스 공항 출구에 내려 전화를 걸었다.

그들은 만날 장소를 전달받았다.

110 출구에서 서쪽으로 가다가 나오는 AARCO 주유소였다.

산 페드로로 가는 길이었다.

"색깔을 말해."

"파랑."

"출발."

노라는 휴대폰으로 아트의 직통번호에 전화할까 잠깐 생각하다가 전화기록에 그 번호가 남을 것이며 자동차도 분명 도청되고 있을 게 빤하기 때문에 관두었다. 그래서 노라는 그냥 주유소로 가서 주유기 옆에 자동차를 세웠다. 자동차 한 대가 전조등을 번쩍였다. 노라는 공중전화 부스가 줄지어 서 있는(맙소사, 이제 공중전화를 쓰는 사람이 어디 있다고? 노라는 의아했다.) 곳에 차를 대고 앉아 있었다. 다른 자동차에서 아시아인 남자가 작은 서류가방을 손에 들고 내리더니 노라의 자동차 조수석 쪽으로 걸어왔다.

노라가 잠금장치를 열자 남자가 탔다.

그는 20대 중반쯤 되어 보이는 젊은 사람으로 요즘 젊은 아시아 사업가들의 유니폼이라 할 수 있는 검정 양복, 하얀 셔츠를 입고 넥타이를 맸다.

"난 미스터 리입니다."

"네, 난 미스 스미스예요."

"죄송합니다만 돌아서 두 손을 문에 대시죠."

노라가 그렇게 하자 그가 도청장치가 있는지 노라를 수색했다. 그리고 서류가방을 열어 작은 전자 청소기를 꺼내 자동차 안에 도청장치가 있는지 확인했다. 장치가 없자 만족하면서 그가 말했다.

"부디 이해해 주기 바랍니다."

"괜찮아요."

"출발하시죠."

"어디로요?"

"출발하면 말씀드리죠."

그는 노라에게 방향을 알려줬다. 자동차는 항구 쪽으로 갔다.

아트는 고스코 항만시설을 감시하고 있었다.

최후이자 최상의 시도였다.

마약 단속국 요원 한 명이 거대한 크레인 꼭대기에 앉아서 강력한 야간투시 쌍안경으로 고스코 입구를 바라보고 있었다. 입구로 검정 렉서스가 들어왔다.

"차량 접근 중."

"운전자 신원 확인 가능한가?"

아트가 물었다.

"불가능. 선팅이 짙음."

아트는 생각했다.

'다른 사람일 수도 있어. 노라일 수도 있겠지만 고스코 관리자가 창고를 확인하러 오는 것일 수도 있어. 카섹스 자리를 찾고 있는 일반인일 수도 있겠지.'

"계속 지켜보도록."

아트는 필요 이상으로 경적을 울리고 싶지 않았다. 괜히 잘못 건드렸다가 마약 밀매자들의 무전방해장치를 작동하게 만드는 격이 될지도 몰랐다. 아트가 메시지를 암호화한다 해도 소용없었다. 슬프지만 마약 밀매자들의 예산과 기술이 아트 쪽보다 더 낫기 때문이다.

그래서 지금 아트는 항구에서 5킬로미터쯤 떨어진 곳에 세워둔 히피 차량 뒷좌석에 앉아서 마냥 기다리고만 있었다.

아트가 할 수 있는 일은 그것뿐이었다.

노라는 두 개의 부두 쪽으로 깎은 듯 두 줄로 늘어선 고스코 창고들 사이의 도로를 따라 자동차를 몰고 갔다. 거대한 고스코 화물선 두 대가 부두에 정박해 있었다. 선박을 수리하는 용접기에서 불티가 튀고 지게차들이 부두 사이를 바쁘게 오가고 있었다. 노라는 계속 운전해 가서 더 조용한 구역으로 들어갔다. 창고 문이 열리자 미스터 리는 노라에게 안으로 들어가자고 손짓했다.

"놓쳤습니다. 창고 안으로 들어갔어요."

요원이 아트에게 말했다.

"대체 어느 창고야?"

"셋 중 하나입니다. D-1803, 1805, 1807."

아트는 고스코 시설의 평면도를 참고했다. 10분 안에 팀원들을 그 장소로 보내 찾고 있는 창고의 범위를 좁힐 수 있었다. 아트는 주파수를 바꾼 뒤 말했다.

"모든 편대는 5분 내로 이동할 준비를 갖추도록 하라."

미스터 리는 예의 바른 남자였다.

자동차에서 내려서 돌아오더니 노라를 위해 문을 열어주었다. 노라는 내려서 주위를 둘러보았다.

만약 대량의 무기가 이 안에 있다면 위장 솜씨가 좋은 것이리라. 선반들은 모두 텅 비어 있었고, 노라가 몰고 온 검정 렉서스와 똑같은 차가 놓여 있었다.

노라는 미스터 리를 바라보며 눈썹을 추켜올렸다. 미스터 리가 물었다.

"돈은 가져왔소?"

노라는 트렁크에서 돈 가방을 꺼내 열었다. 미스터 리는 헌 돈 뭉치들을 휘리릭 넘겨본 뒤 돈 가방과 트렁크를 모두 닫았다.

"당신 차례예요."

"기다릴 것이오."

"뭘요?"

"경찰이 도착하는지."

"그런 계획은 없었어요."

"당신들 계획에는 없었지."

두 사람은 한참 동안 서로를 노려보았다.

"이거 '정말로' 따분하군요."

노라는 자동차로 돌아가서 앉은 뒤 생각했다.

'신이여, 제발 아트가 문을 박차고 들어오지 않게 해 주소서.'

셰그 왈레스의 목소리가 무전기에서 나왔다.

"준비완료."

아트는 방탄조끼를 꽉 조이고 M-16의 안전장치를 찰칵 누른 뒤, 심호흡을 하고 말했다.

"출발."

"알았다, 오버."

"잠깐!"

아트는 무전기에 대고 외쳤다. 직감적으로 뭔가 잘못되고 있다는 생각이 들었다. 어쩐지 수상했다. 그들은 너무 조심스럽고 너무 눈치가 빨랐다. 또는 내가 이 나이에 겁을 먹고 있을 뿐인지도 몰랐다. 결국 아트는 이렇게 지시했다.

"작전 중지."

15분.

20분.

30분.

노라가 휴대전화기로 손을 뻗었다. 미스터 리가 물었다.

"뭐 하는 거요?"

"우리 편에 전화해야죠. 내게 무슨 일이 일어났는지 궁금해할 거예요."

미스터 리는 자신의 전화기를 노라에게 건넸다.

"이걸 쓰시오."

"왜죠?"

"안전을 위해서."

노라는 별일이라는 듯 어깨를 으쓱하며 전화기를 받았다.

"여기가 어디죠?"

"여기로 올 필요 없소."

"왜죠?"

미스터 리는 자기만족의 웃음을 살짝 보였다. 노라는 남자의 그런 표정을 수천 번 보았다. 보통 노라가 극적인 가짜 오르가슴을 표현한 뒤에 그들이 짓는 표정이었다.

"물건은 여기 없소."

"어디 있죠?"

이 장소에 경찰이 도착하지 않았기 때문에 미스터 리는 노라에게 실제 장소를 말해줘도 안전하다고 느꼈다. 게다가 아단 바레라의 애인을 보험으로 데리고 있지 않은가?

"롱비치."

롱비치 항구에 있는 새 고스코 시설이라고 미스터 리가 말했다.

4번 부두 D열 3323 창고.

노라는 라울에게 전화를 걸어 정보를 주었다. 전화를 끊고 나서 노라는 미스터 리에게 말했다.

"보스에게 전화를 걸어서 계획이 바뀐 것에 대해 승인받아야 해요."

아트 켈러는 식은땀을 흘리고 있었다.

만약 그 창고로 들어간 사람이 노라라면 노라는 그곳에 30분 동안 머문 셈이었다. 그리고 아무 일도 일어나지 않았다. 들어온 사람도 나온 사람도 도착한 트럭도 없었다. 뭔가 잘못되고 있었다.

"모든 대원들 출격 준비. 내가 지시하면 출격한다."

그때 휴대전화기가 울렸다.

미스터 리는 노라가 아단 바레라에게 전화하는 모든 내용을 걱정스럽게 듣고 있었다. 그들이 그녀를 텅 빈 건물로 데려왔으며 시험 삼아 머리에 총을 겨누었고 무기들은 실제로 롱비치에 있다고 말이다.

"*4번 부두 D열 3323 창고.*"

"맞아요."

아트의 말에 노라가 대답했다. 그리고 전화기를 끊고 미스터 리에게 돌려주며 말했다.

"가요."

미스터 리는 고개를 저었다.

"우린 여기서 기다릴 거요."

"이해를 못 하겠군요."

미스터 리가 검정 양복 재킷에서 45구경 권총을 꺼내 허벅지 위에 올려놓자 노라는 이해했다.

"거래가 안전하게 완료되면 내가 돈이 든 자동차를 몰고 갈 것이고, 당신은 다른 차를 몰고 갈 것이오. 하지만 불행한 일이 일어난다면……."

'롱비치라.'

아트는 생각했다.

빌어먹을 롱비치. 그들은 바레라의 트럭이 무기를 싣기 전에 거기 닿아야 했다. 아트는 무전기로 부하들에게 긴급 출격을 알렸다. 이 빌어먹을 군대를 롱비치로 이동해야 했다. 게다가 서둘러야 했다.

파비안 마르티네스도 같은 일 때문에 생각이 많았다. 그는 지금 빌어먹을 호송을 진행하고 있었다. 세미 트레일러 3대를 산 페드로로 옮길 준비를 마쳤는데 이제 405 도로를 굴러 내려가 롱비치로 가야 했다.

성가신 일이었다.

파비안은 코트 속에 맥-10을 품고 선두 트럭 조수석에 앉아 있었다.

만약을 대비해서.

파비안의 정예대원 두 명이 탄 정찰대는 800미터쯤 앞서 가고 있었다. 그들이 가장 먼저 도착할 것이며, 뭔가 있어서는 안 될 것을 발견하면 신호를 보내올 터이다.

3월인데도 캘리포니아 남부의 밤은 추웠다. 파비안은 옷깃을 세우고 운전사에게 히터를 켜라고 지시했다.

노라는 렉서스의 앞 좌석에 앉아 기다리고 있었다.

"라디오 좀 켜도 되나요?"

미스터 리는 개의치 않았다.

아트는 롱비치로 달리면서 계획을 다시 세웠다.

'계획은 무슨 놈의 계획?'

문제였다. 아트는 산 페드로 습격을 위해 좋은 계획을 세웠었다. 하지만 이제 즉흥적으로 행동해야 할 형편이었다. 아무도 모르는 곳으로 기갑부대가 돌격하고 있는 현실이 아트를 대단히 긴장시키고 있었다.

최선의 방법은 바레라의 트럭이 무기를 싣고 도로에 나올 때까지 내버려 두는 일이었다. 하지만 아트는 노라가 무사한지 확인해야 하기에 습격은 창고에서 이루어져야 했다. 이제 깨부수고 들어가서 체포해야 할 일만 남았다. 빨리 가자. 부지런히 가자.

모든 요원들이 간단한 지시를 받았다. '국경의 왕'은 '금발머리'를 벌주고 싶어 하며, 그녀의 남자친구에게 압력을 넣을 수 있도록 그녀를 생포해야 한다는 내용이었다. 아트는 생각했다.

'모두들 알고 있지만, 습격으로 혼란스러워진 상황에서 그걸 기억할까? 특히 바레라 사람들이 무력으로 해결하려 한다면?'

매우 중대한 사항이기에 무슨 일이든 생길 가능성이 있었으며 노라가 죽을 수도 있었다.

아트는 계획을 이해하고 있는지 확인하기 위해 다시 셰그에게 무전을 쳤다.

파비안의 정찰대는 마음에 들지 않는 어떤 것도 눈에 띄지 않자 파비안에게 666 신호를 보냈다.

아침 이른 시간이었고 롱비치 종합화물단지는 화물운송 중인 트럭들로 분주했다.

파비안은 4번 부두를 찾고, D열을 찾고, 3323 창고를 찾았다. 다른 모든 건물처럼 어마어마한 조립식 창고였다. 파비안이 창고 밖에서 발을 쾅쾅 구르자 중국인 두 명이 파비안의 트럭을 살펴보았다. 운전석과 트레일러. 그리고 창고의 커다란 금속 출입문이 스르르 미끄러지며 열렸다.

파비안은 선두 트럭의 운전석에 다시 올라타 창고 안으로 들어갔다.

미스터 리의 휴대전화기가 울리자 노라가 깜짝 놀랐다.

노라는 미스터 리가 총을 꽉 움켜쥐고 전화를 받는 것을 보았다. 노라는 심호흡을 하고 미스터 리의 손목을 붙잡을 준비를 했다. 미스터 리가 전화를 끊고 노라를 바라보며 말했다.

"당신 쪽 사람들이 거기 도착했소. 모든 일이 잘 됐소."

"잘됐네요. 이제 가죠."

미스터 리가 고개를 저었다.

"아직 아니오."

파비안은 서서 중국인 책임자와 이야기를 나누고 있었다.

"돈 받았소?"

"받았소."

"여자는 어디 있지?"

"다른 장소에 있소. 이 거래가 안전하게 종료되면 당신들에게 돌아올 거요."

파비안은 그 사실이 마음에 들지 않았다. 노라 헤이든이 걱정되어서가 아니라(사실 절반쯤은 노라와 자고 싶어서였다. 파비안은 노라가 따귀를 때린다 해도 상관하지 않을 것이다.) 아단이 걱정하고 있었기 때문이다. 게다가 노라의 안전에 대한 책임이 파비안에게 있었다. 그리고 이 동양인들이 노라를 인질로 잡고 있는 것인가? 정말 마음에 들지 않았다. 그래서 파비안이 말했다.

"여자에게 전화 연결해 주시오."

미스터 리가 노라에게 전화를 건네줬다.

"당신과 통화하고 싶어 하오."

노라가 전화기를 받았다.

"색깔을 말해."

"빨강."

파비안은 중국인에게 전화기를 돌려주고 재킷에서 맥-10을 꺼내 그 남자의 얼굴에 갖다 댔다.

"다시 전화 걸어. 그리고 다 잘됐다고 말해."

사방에서 총들이 나타났다. 파비안의 부하 모두와 중국인 모두가 총을 들어 올렸다. 하지만 중국인들은 대부분 위쪽 좁은 통로에서 아래로 겨누고 있어서 전술적으로 유리한 입장이었다.

외통수다.

하지만 그때 창고 문이 홱 열리면서 외통수가 해결됐다.

완전히 혼돈상태였다.

아트가 맨 처음으로 문을 통과해 들어오고 그 뒤를 사각 진형의 요원들이 따랐다. 아트가 스위치를 올리자 창고 문이 다시 열리면서 또 다른 마약 단속국, FBI, AFT의 소대가 드러났다. 모두 치명적으로 헷갈리는 약어로 된 총과 엽총을 들고, 방탄조끼와 방탄 마스크를 갖추고, 헬멧 꼭대기에 달린 철야등을 비추고 있었다.

요원들은 목청이 터지도록 큰소리로 외쳤다.

"꼼짝 마!"

"마약 단속국이다!"

"엎드려!"

"FBI다!"

"무기를 내려놔라!"

좁은 통로와 콘크리트 바닥에서 무기들이 달가닥거렸다. 파비안은 총격을 시작할까 하다가 쓸데없는 일이라는 사실을 재빨리 알아차리고 맥-10을 바닥에 떨어뜨리며 팔을 들어 올렸다.

아트는 노라가 있는지 살펴보았다. 혼란한 상황이라서 뭔가를 알아보기가 힘들었다. 사람들이 달리고, 바닥에 쓰러지고, 요원들이 사람들을 붙잡아서 쓰러뜨리고. 아트는 노라의 금발머리를 찾아보지만 보이지 않았다. 그래서 무전기에 대고 외쳤다.

"출격!"

셰그가 이 소음들 속에서 아트의 목소리를 들을 수 있기를 바라며, 너무 늦은 것이 아니길 기도하며.

아트 옆에 있는 중국인이 휴대전화기에 대고 소리치고 있었다.

아트는 그의 멱살을 잡아 바닥에 메다꽂은 뒤 손에서 전화기를 차버렸다.

미스터 리는 전화기에서 자신의 보스가 지르는 비명 소리를 들었다.

노라는 미스터 리의 눈이 휘둥그레지는 것을 보았다. 미스터 리가 총을 꺼내 노라의 이마에 겨냥했다.

노라가 비명을 질렀다.

동시에 쿵 하는 폭발음이 들렸다.

피와 뼈가 조수석 유리창에 흩뿌려졌다.

미스터 리가 의자로 털썩 쓰러지고, 고개 돌린 노라의 눈에는 통로에 서 있는 SWAT 저격병이 모습이 보였다. 창고 문은 경첩이 떨어져 기우뚱하게 매달려 있었다.

노라는 셰그 왈레스가 천천히 자동차로 다가오는 동안에도 여전히 비명을 지르고 있었다. 셰그는 운전석 문을 열고 상냥하게 노라의 팔을 잡았다.

"괜찮아요. 이제 괜찮아요. 자, 여기서 나가야 해요."

셰그는 노라를 차에서 내리게 한 뒤 밖으로 데리고 나가 자신의 자동차 앞 좌석에 앉혔다.

"여기서 잠깐만 기다려요."

셰그는 창고로 돌아가 렉서스 앞 좌석에 있는 미스터 리의 시신에서 45구경 권총을 빼냈다. 그리고 미스터 리의 이마 상처를 겨냥한 뒤 방아쇠를 당겼다.

셰그는 총을 닦고 자신의 자동차로 돌아왔다.

노라 옆에 앉아 그녀에게 45구경 권총을 잠깐 잡고 있으라고 했다. 충격으로 정신이 멍해진 노라는 셰그가 시키는 대로 했다. 셰그가 권총을 돌려받으며 말했다.

"지금부터 하는 얘기가 당신에게 일어난 일이에요. 일이 고약하게 틀어진 거예요. 미스터 리가 당신을 쏘려고 했고 당신은 그 총을 움켜쥐며 싸웠죠. 그리고 이겼어요. 무슨 말인지 알아듣겠어요?"

노라는 고개를 끄덕였다.

그녀는 알아들었다고 생각했지만 확실하지는 않았다. 부들부들 떨리는 손이 멈추지를 않았다.

"괜찮아요? 싫다고 해도 돼요. 이 일을 당장 멈추고 싶다면 그렇다고 말해요. 이해할 거예요."

"아단은 체포되었나요?"

"아직요."

노라는 머리를 흔들었다.

아트는 파비안의 목을 무릎으로 내리누르고 전화기 줄로 손목을 묶었다.

"그 비열한 년이 그런 거지? 엉?"

파비안이 물었다.

아트는 파비안의 권리에 대해 읊으면서 목을 조금 더 세게 눌렀다.

"빌어먹을 권리, 내 변호사를 대줘."

아트는 파비안을 일으켜 세워 마약 단속국 차량으로 데려가 밀어 처넣었다. 그리고 화물 컨테이너 두 곳을 조사하러 갔다. 길이 6미터 너비 2.5미터 높이 2.5미터의 컨테이너는 대바구니로 가득 차 있었다.

아트의 부하들이 그 대바구니들을 끄집어내고 칸막이를 폭파시켜서 열었다.

조립하기 전의 중국산 AK-47 200자루가 박스에서 쏟아져 나와 흩어졌다. 총신, 탄창, 개머리판. 24자루의 중국 KPG-2 로켓 발사대를 포함한 다른 무기들도 있었다. 발사대는 손에 들고 조작할 수 있는 소형이라서 특별히 유용하게 여겨졌다.

'2000자루의 총들은 2000킬로그램의 코카인과 같지.'

아트는 생각했다. 헬리콥터도 격추시킬 수 있는 로켓 발사대는 과연 몇 킬로그램에 해당할까?

그리고 여섯 트럭 분의 M-2 소총, 개조된 M-1, 표준 육군 카빈총을 발견했다. 원조와 M-2의 차이점은 M-2가 한 번의 조작으로 완전 자동 스위치가 작동된다는 점이었다. 아트는 또한 LAW 몇 개를 발견했다. KPG-2의 미국 버전이며 헬리콥터에는 효과적이지 않지만 장갑차량에는 아주 좋았다. 모두가 게릴라 전투에 완벽한 무기였다.

그리고 코카인 수천 킬로그램의 가치가 있었다.

역사상 가장 큰 규모의 무기 급습이었다.

하지만 아트는 아직 못한 일이 있었다.

아단 바레라를 소멸시키지 못한다면 이 모든 것이 가치가 없었다.

기어코 해내리라.

아단이 올가미를 빠져나간다면 아단을 다시 찾아낼 유일한 기회는 노라를 통해서만 가능했다. 아트는 노라를 빼내기 위해 정해둔 계획이 있었다. 하지만 계획이 엉뚱한 길로 가고 있었다.

노라는 돌아가고 싶어 한 거야, 하고 아트는 자신에게 말했다. 아트는 노라에게 그만둘지 어쩔지 선택권을 주며 결단을 내리라고 했다. 노라는 어른이고 스스로 선택할 능력이 됐다.

'그래, 그렇게 위안 삼자.'

노라는 새 렉서스에 올라 고속도로를 타고 가서 첫 번째 출구로 나갔다. 주유소에 자동차를 세워놓고 화장실로 달려가서 토했다. 배 속이 다 비워지자 노라는 자동차로 돌아와 산 아나 기차역으로 몰고 갔다. 주차장에 차를 던져놓고 공중전화 박스 안으로 들어가서 문을 닫고 아단에게 전화를 걸었다.

우는 것은 문제가 없다. 눈물이 술술 나오고 흐느낌을 삼키느라 목이 메며 말했다.

"뭔가 잘못됐어요.…… 모르겠어요…… 그가 날 죽이려고……
난……."

"돌아와."

"경찰이 아마 날 찾고 있을 거예요."

"아직은 아닐 거야. 자동차를 버리고 기차를 타. 산 이시드로로 가서 걸어서 보행 다리를 건너."

"아단, 난 무서워요."

"괜찮아. 시티플레이스로 가. 거기서 기다려. 내가 갈 테니."

노라는 아단의 말을 알아들었다. 두 사람이 예전부터 써오던 암호였다. 바로 이런 비상사태를 위해서. 시티플레이스는 티후아나의 콜로니아 이포드로모에서 두 사람이 머물던 콘도였다.

"사랑해요."

"사랑해."

노라는 샌디에이고로 가는 남행열차를 탔다.

계획들이 엉뚱한 길로 가고 있었다.

이번에는, 아까 노라가 탔던 도요타 캠리를 다른 사용처에 쓰기 위해 개조하던 코스타메사의 정비사들이 조수석 등받이 머리받침 사이에 꽉 끼워져 있는 흥미로운 물건을 발견하게 됐다.

일종의 전자 추적 장치였다.

정비팀의 팀장이 전화기를 들었다.

노라는 샌디에이고에서 기차를 내려 산 이시드로로 가는 전차를 탔다. 산 이시드로에 도착하자 내려서 보행 다리를 건너 국경을 넘어갔다.

12장

어둠 속으로 미끄러지며

어둠 속으로 미끄러지며
나는 어머니가 말하는 소리를 들었다……
"넌 어둠 속으로 미끄러지고 있어. 오, 오, 오.
곧 너는 대가를 치르게 될 거야."

─워(War) 의 노래 「Slippin' Into Darkness」 중에서

1997년
티후아나

노라 헤이든은 사라졌다.

그것이 아트가 해결하려고 애쓰고 있는 단순하고 잔인한 현실
이었다.

어니 이달고 사건은 되풀이되었다.

돌아온 정보 제공자 추파르.

첩보원들과 교류하는 사람에게 가장 두려운 시간이었다. 소식
도 없고, 신호도 없이, 침묵이 이어질 때.

배 속을 울렁이게 하고, 이를 갈게 하고, 턱을 앙다물게 하는
침묵이었다. 침묵은 꺼져가는 그릇된 희망의 불꽃을 서서히 소멸

시켰다. 레이더 접속 테스트를 한 번 또 한 번, 어둠으로 심연으로 떠워 보내도 되돌아오는 신호는 죽음 같은 정적이었다. 기다리고 또 기다려도 돌아오는 건 침묵뿐이었다.

노라는 콜로니아 이포드로모에 아단을 만나러 가기로 되어 있었다. 하지만 노라는 나타나지 않았다. 하늘의 군주도 마찬가지였다. 안토니오 라모스는 나타났다. 장갑으로 덧댄 차량들을 몰고 특수부대 2개 소대를 이끌고 와서 그 블록 전체를 포위한 뒤 노르망디 해변을 습격했을 때처럼 그 콘도를 습격했다.

하지만 콘도는 텅 비어 있었다.

아단 바레라도 없었고, 노라도 없었다.

이제 라모스는 바레라 형제를 찾아 바하를 이 잡듯 뒤지며 뒤엎어 놓고 있었다.

라모스는 이 전화를 수년 동안 기다리고 있었다. 아단 바레라가 치아파스 좌파 반란군에 무기를 팔고 있었다고 존 홉스가 전하자, 멕시코시티는 라모스의 고삐를 늦춰주었다. 그리고 라모스는 흥분한 투견 핏불처럼 맹렬히 덤벼들었다. 작전 개시 후 1주일 동안, 라모스는 이미 일곱 군데의 아지트를 덮쳤다. 콜로니아 차풀테펙, 콜로니아 이포드로모, 콜로니아 카초의 고급 주택지역에 있는 모든 아지트였다.

라모스의 군대는 무장한 트럭과 험비로 일주일 내내 티후아나의 부유한 동네를 무자비하게 휩쓸고 다녔다. 폭발적인 돌진으로 값비싼 문들을 열어젖혔으며, 집을 샅샅이 뒤지고, 교통을 막고, 몇 시간 동안이나 업무를 중단시켰다. 마치 라모스가 도시의 최상류층 사람들을 거의 이간질하려는 듯했다. 그들은 모든 불편에 대해 라모스를 비난하는 측과 바레라를 비난하는 측으로 분열되었다.

물론 그것은 아단 바레라가 수년간 수행해 온 장기적 전략에서 가장 중요한 항목이었다. 아단을 공격하면 바하의 상류사회를 공격하게 되도록 그들도 한통속으로 끌어들이는 전략이었다. 그들은 멕시코시티에 비명을 질렀다. 라모스가 이성을 잃고 목표 이상으로 활동하며 그들의 공민권을 짓밟고 있었기 때문이다.

라모스는 티후아나의 상류사회가 그의 결단력을 싫어한다고 해도 개의치 않았다. 라모스도 그들을 싫어하기는 마찬가지였으니까. 바레라 형제를 모임에 데려가고, 집으로 데려가고, 아들과 조카들을 마약 거래에 발을 담그도록 허락하면서 자신의 영혼을 판 사람들이라고 생각했다. 담합의 대가로 저속한 전율과 빠르고 쉬운 돈을 받으면서 말이다. 라모스는 그들이 쓰레기 같은 바레라를 유명인, 록스타, 영화배우처럼 대하는 마약 밀매자 열성팬클럽 같다고 생각했다.

그들이 불평을 하면 라모스는 대놓고 그렇게 말하고 다녔다.

라모스는 도시 신부들에게 말했다.

"봐, 그놈들이 가톨릭 추기경을 살해했는데, 당신들은 그들을 집에 초대했어. 그들은 출퇴근 혼잡한 시간에 연방 경찰을 거리에서 쏘아 쓰러뜨렸는데, 당신들은 그들을 보호했어. 그들이 당신네 경찰서장을 살해했을 때도 당신들은 아무것도 안 했어. 그러니 나한테 와서 불평하지 마. 다 당신들이 초래한 일이라고."

라모스는 텔레비전에도 나와 도시를 향해 큰소리로 외쳤다.

라모스는 카메라를 똑바로 쳐다보며 아단 바레라와 라울 바레라를 창살에 가두고 그들의 조직을 역사의 옛 추억거리로 만들기 위해 14일 동안 해오고 있는 일을 발표했다. 압수한 무기와 마약 더미 옆에 서서 관계자들의 이름을 밝혔다. 아단, 라울, 파비안. 그리고 티후아나 조직의 여러 유명한 집안의 자제 이름으로 넘어가며 그들도 마찬가지로 감옥에 처넣을 것을 약속했다.

그리고 라모스는 경찰관이 되기에 '도덕적 자질'이 부족한 바하의 멕시코 연방 경찰 60명을 해고한다고 발표했다.

"바하에 그런 사람들이 있는 것은 부끄러운 일이다. 많은 경찰관이 바레라 카르텔의 적이 아니라 그들의 하인 노릇을 해왔다."

나는 도망치지 않을 것이다. 나는 바레라와 대결할 것이다. 누구 나를 지지할 사람이 있는가?

글쎄, 그리 많지는 않았다.

젊은 검사 한 명, 주립 수사관 한 명, 라모스의 부하들. 대충 그랬다.

아트는 왜 티후아나 사람들이 라모스를 지지하지 않는지 이해했다.

그들은 두려워했다.

왜 두려워해야 할까?

두 달 전, 부정직한 주립 경찰의 이름을 폭로한 바하 경찰의 시신이 자루에 담긴 채 도로 가에서 발견된 일이 있었다. 모든 뼈가 부러져 있었다. 그건 라울 바레라 식 처형의 트레이드마크였다. 바로 3주 전, 바레라를 조사해 오고 있던 검사 한 명도 아침에 시립 대학교의 조깅 코스를 달리고 있다가 총에 맞아 죽었다. 저격수들은 체포되었다. 그리고 티후아나 교도소의 교도소장이 조간

신문을 가지러 현관에 나왔다가 지나가는 자동차에서 쏜 총에 맞아 죽었다. 거리에는 교도소장이 교도소에 수감된 바레라 동료의 심기를 건드렸다는 소문이 떠돌았다.

바레라가 지금 도주하고 있다고 해서 그들의 테러 세력이 끝났다는 뜻은 아니었다. 그리고 사람들은 바레라 형제가 시체 안치대 위에 누워 있는 것을 보기 전까지는 자신의 목을 내밀지 않을 것이다.

아트는 작전에 들어간 지 일주일이 되자 생각했다.

'일이 진행되지 않고 있어.'

바하 사람들은 아트가 바레라의 머리에 주먹을 휘둘렀지만, 완전히 빗맞았다는 사실을 알고 있었다.

라울은 아직 체포되지 않았다.

아단은 아직 체포되지 않았다.

그리고 노라는?

글쎄, 아단이 콜로니아 이포드로모의 덫으로 걸어 들어오지 않았다는 사실은 노라의 위장술이 들통났다는 뜻이다. 아트는 아직도 희망을 놓지 않고 있지만, 침묵의 날이 점점 길어질수록 노라의 부패한 시신을 찾아봐야 할 가능성을 조금씩 인정하게 되었다.

그래서 파비안 마르티네스, 별명 엘 티부론을 신문하기 위해 샌디에이고 도심에 있는 연방 교도소 취조실로 들어서는 아트는 그다지 기분이 좋지 못했다.

그 풋내기는 이제 맵시 있는 차림이 아니었다. 연방감옥의 오렌지색 죄수복 차림에 손목에는 수갑을 차고 있고 발목에도 쇠사슬을 차고 있었다. 하지만 여전히 능글맞은 웃음을 띠며 취조실로 들어와 접이식 의자에 털썩 주저앉았다.

아트가 신문을 시작했다.

"가톨릭 학교에 다녔었지?"

"어거스틴요. 바로 여기 샌도그에 있죠."

"그럼 연옥과 지옥의 차이에 대해서 알고 있겠군."

"내 기억을 재생시켜 봐 주시죠."

"좋아. 근본적으로 그 둘은 모두 고통스럽지. 하지만 연옥에서 보내는 시간은 결국엔 끝나. 그에 반해 지옥은 영원히 지속되지. 난 자네에게 지옥과 연옥을 두고 선택할 기회를 주려고 왔어."

"계속해 보시죠."

아트는 파비안에게 상세히 설명했다. 파비안은 무기 거래 혐의만으로도 연방 감옥 30년 형을 구형받게 되고, 마약 밀매 혐의를 포함하면 별도로 15년 형을 더 받게 된다. 그러니 그건 지옥이다. 만약 파비안이 정부 측 증인이 되어 몇 년 수고스럽게 옛 친구에게 불리한 증언을 하면 감옥에서 짧은 징역(1년)을 산 뒤 새 이름과 새 삶을 받을 수 있다. 그것은 연옥이다.

파비안이 대답했다.

"첫째로, 나는 그 무기들에 대해서는 아무것도 몰랐어요. 난 생산물을 가지러 거기 간 거라고요. 둘째로, 무슨 밀매 혐의요? 마약 이야기가 여기서 왜 나오죠?"

"증인이 있어. 자네가 마약의 주요 연락망의 중심에 있었다는 사실을 증언해 줄 증인이지, 파비안. 사실, 난 자네가 '중심인물'이라는 사실이 마음에 들어. 만약 자네가 누군가 다른 사람을 염두에 두고 있지 않다면 말이야."

"허세 부리지 마요."

"이봐, 만약 자네가 제시된 보기 중에서 30년 구형을 선택하고 싶다면, 그렇게 말해. 하지만 근본적으로 자네는 내 증인들과 입찰경쟁을 벌여야 할 거야. 그리고 누구든 바레라를 칠 더 좋은 조건을 주는 사람이 이기겠지."

"변호사를 불러줘요."

아트는 생각했다.

'그래, 나도 한 명 붙여주고 싶어.'

하지만 말은 이렇게 했다.

"아니, 안 돼, 파비안. 변호사는 자네에게 입 다물고 남은 생애를 감옥에서 보내라고만 할 거야."

"변호사를 불러줘요."

"그래서 타협은 하지 않겠다?"

"타협은 없어요."

"자네의 권리에 대해 읽어줘야겠군."

"이미 읽어줬잖아요."

파비안은 의자에 푹 기대어 앉았다. 이제는 따분했다. 감옥으로 돌아가서 잡지나 읽고 싶었다.

"아, 그건 무기 거래 혐의에 대한 거였어. 살인 혐의에 대해서 다시 한 번 반복해야 해."

파비안은 허리를 꼿꼿이 세우고 앉았다.

"무슨 살인 혐의요?"

"자네를 후안 신부의 살인 혐의로 체포할 거야. 우린 1994년 이래로 지금까지 덮어둔 고발장을 갖고 있어. 자네는 묵비권을 행사할 권리가 있고, 자네가 하는 어떤 말이든……"

"당신들은 사법권이 없어요. 멕시코에서 벌어진 살인에 대해서는요."

아트는 탁자로 몸을 기댔다.

"후안 신부의 부모는 미국에 불법 입국한 멕시코 인이었어. 후안 신부는 텍사스 주 라레도 오지에서 태어났지. 그래서 후안 신부는 미국 시민이야. 자네처럼. 그래서 난 사법권이 있어. 이봐, 우린 자네 재판을 텍사스에서 할지도 몰라. 거기 주지사는 치사(致死) 주사로 처벌하는 걸 정말 좋아하거든. 법정에서 만나지, 애송이."

이제 네 변호사를 만나러 가봐.

그래봤자 소용없지만.

아단이 자동차를 몰고 노라를 만나러 콜로니아 이포드로모에 갔다면 아마 경찰에게 체포되었을 것이다.

아단은 걸어서 갔다.

경찰은 아단 바레라가 걸어서 오리라고는 결코 예측하지 못했고, 경찰 차량들이 동네로 쏟아져 들어오는 것을 본 아단은 간단히 발길을 돌려 걸어서 빠져나갔다. 인도를 따라 천천히 걸어서 도로에 세워둔 바리케이드를 지나갔다.

그 이후로는 그다지 수월하지 못했다.

아단은 아지트 두 곳을 더 찾아갔다가 때마침 라울의 경고를 받고 떠나왔다. 지금 아단은 리오 구역에 있는 아지트에 머물면서 언제 돌격대원들이 들이닥칠지 몰라 걱정하고 있었다. 가장 큰 문제는 연락 문제였다. 연락할 방법이 부족했다. 아단의 휴대전화기는 암호화되어 있지 않아서 사용하기가 달갑지 않았다. 썼다가는 위태로워질지도 몰랐다. 경찰이 암호를 못 풀더라도 그 송신 신호로 아단의 위치를 확인할 수 있었다. 그래서 아단은 누가 체포되었는지, 어느 아지트가 공격받았는지, 그곳에서 누가 발견되었는지, 전혀 모르고 있었다. 현장 급습을 이끄는 사람이 누군지, 얼마나 오랫동안 지속할지, 다음엔 어디를 습격할지, 그들이 아단의 위치를 아는지 여부도 알지 못했다.

아단이 정말 염려하는 부분은 그 습격에 예고가 없었다는 점이다.

어떤 소문도, 귀엣말도 없었고, 충분한 보상을 주는 멕시코시티의 친구들에게서 들려온 얘기도 전혀 없었다.

아단은 그 점이 두려웠다. 만약 PRI 정치가들이 아단에게서 돌아선다면 두려워해야 할 사람은 그들이어야 했기 때문이다. 그들은 바레라의 뒤통수를 치려면 빗맞혀서는 안 되며, 그럴 경우 자신들이 위험해진다는 사실을 분명히 알고 있었다.

'그들이 나를 무너뜨려야 한다고 마음먹었다면.'

그들은 아단을 죽여야 했다.

그래서 아단은 방어수단을 택했다. 우선, 도시 곳곳에 흩어져 있는 모든 부하들에게 휴대전화기를 배포하고, 전화를 건 뒤에는 전화기를 버리라고 지시했다(예상대로 라모스는 아단 바레라의 위치를 보고받기 시작했다. 이포드로모, 차풀테펙, 로사리토, 엔세나다, 테카테, 국경 너머 샌디에이고, 출라 비스타, 오테이 메사까지.).

라울은 무선통신실로 가서 더 많은 휴대전화기를 구입한 뒤 보수를 받는 경찰들에게 연락하기 시작했다. 바하 멕시코 연방 경찰, 바하 주립 경찰, 티후아나 자치 경찰.

좋은 소식이 없었다. 전화를 받은 주립 경찰과 지방 경찰은 전혀 아는 바가 없었다. 아무도, 어떤 말도 해주지 못하면서 이것은 연방 정부의 분투이지 자신들과는 아무런 관계가 없다고 말했다. 그러면 지역 멕시코 연방 경찰은?

라울이 아단에게 말했다.

"전화를 안 받아."

그들은 다시 장소를 옮겨왔다. 리오 구역의 '비밀' 아지트에서 빠져나온 지 10분 만에 경찰이 그 아지트로 들이닥쳤다. 그들은 콜로니아 카초에 있는 콘도에서 적어도 몇 시간은 숨어 있을 수 있기를 바랐다. 일이 어떻게 돌아가는지 알아낼 때까지만이라도 말이다. 하지만 지역 경찰은 결코 도와주지 않을 것이다.

"그들은 전화를 안 받고 있어."

"집으로 해 봐."

"거기도 안 받아."

아단은 새 전화기를 들고 장거리 전화를 걸었다.

멕시코시티였다.

아무도 안 받았다. PRI에 있는 연줄들 모두 전화를 받지 못하며 번호를 남기면 전화를 해 주겠다는 음성 안내로만 대답했다.

아단은 생각했다.

'무기 거래야.'

빌어먹을 아트 퀼러가 그 무기와 FARC를 짜 맞추었고 그걸 이용해서 멕시코시티를 반응하게 한 것이다. 아단은 구역질이 났다. 멕시코에서 티로피오와 협정을 맺은 사실을 아는 사람은 단지 4명뿐이었다. 나, 라울, 파비안……

그리고 노라.

노라는 행방불명이었다.

노라는 콜로니아 이포드로모에 나타나지 않았다.

그리고 경찰이 나타났다.

'노라는 내가 도착하기 전에 거기 도착했어.'

노라는 습격을 받았고 경찰은 노라를 어딘가에 가두고 접촉을 끊은 것이리라.

라울은 노트북 컴퓨터를 입수하여 컴퓨터 전문가를 아지트로 불러들인 뒤 그들의 연락망 컴퓨터로 암호화된 이메일 메시지를 내보내게 했다. 그 전문가가 직접 구상한 그 암호는(그는 여섯 자리 수의 보수를 받았다.) 아주 난해해서 마약 단속국은 해독할 수조차 없었다.

'이건 전자 메시지를 우주로 내보내는 것이지.'

그래서 그들은 가만히 앉아서 무장한 자동차가 거리로 굴러들어오는 것을 보았고, 앉아서 컴퓨터 스크린으로 메시지를 보았다. 라울은 한 시간 안에 저격수 몇 명, 카르텔과 연결될 수 없는 청소차량 두 대를 불러 모았다. 라울은 또한 경찰이 어디쯤 있는지 감시하기 위해서 모니터링 근무직을 만들었다.

해가 지자, 아단은 노동자처럼 옷을 입고 라울과 함께 83년식 다지 다트 뒷좌석에 올랐다. 앞부분은 철저히 무장된 운전사와 저격수 한 명이 있었다. 위험한 미로가 된 티후아나 거리를 뚫고 청소차는 갈 길을 갔다. 정찰병과 모니터링 요원들에 의해 전자적으로 장애물이 제거된 경로를 따라 아단은 마침내 도시를 빠져나가 란초 라스 바르다스로 갔다.

그곳에서 아단과 라울은 한숨 돌리고 사건을 해결해 보려고 했다.

라모스가 도와줬다.

바레라가 저녁 뉴스를 켜자 라모스가 기자회견을 하는 방송이 나왔다. 라모스는 2주일 안에 바하 카르텔을 무너뜨리겠다고 발표했다.

아단이 말했다.

"왜 우리가 위험 경보를 받지 않았는지 설명이 되는군."

"일부만 설명되지."

라울이 덧붙였다. 라모스는 카르텔을 관통하는 실질적인 도로 지도를 갖고 있었다. 아지트의 위치, 공범자들의 이름. 어디서 그 정보를 얻었을까?

아단이 말했다.

"파비안이야. 모든 걸 다 불어버리고 있어."

라울이 의심스럽다는 듯 바라보았다.

"파비안이 아니야. 형의 사랑하는 노라지."

"그건 믿을 수 없는 얘기야."

"믿고 싶지 않은 거겠지."

라울은 자동차에서 추적 장치를 발견한 사실을 말해 줬다.

"파비안이 그랬을 수도 있어."

"경찰이 형의 작은 사랑의 둥지에 복병을 숨긴 거라고! 파비안이 그걸 알고 있었어? 무기 거래에 대해 누가 알고 있었지? 형, 나, 파비안, 노라야. 난 아니고, 형도 아니라고 생각해. 파비안은 미국 교도소에 있어. 그러면……."

"우린 노라가 어디 있는지도 몰라."

아단은 갑자기 소름끼치도록 싫은 생각이 떠올라 라울을 쳐다보았다. 라울은 블라인드를 옆으로 밀고 창밖을 내다보고 있었다.

"라울, 노라에게 무슨 짓이라도 한 거야?"

라울은 대답이 없었다.

아단이 의자에서 벌떡 일어났다.

"라울, 노라에게 무슨 짓이라도 한 거냐고?"

아단은 라울의 셔츠를 움켜쥐었다. 라울은 손쉽게 아단의 손을 뿌리치고 그를 침대로 밀어버렸다.

"했으면?"

"노라를 봐야겠어."

"좋은 생각이 아닌 거 같은데."

"이제 네가 총책임자야?"

"형이 그 비열한 년한테 홀려서 우리 사업을 망쳤어."

이런 뜻이다. '맞아, 형. 형이 제정신으로 돌아올 때까지는 내가 총책임자야.'

"노라를 봐야겠다고!"

"난 형이 티오처럼 되게 내버려 둘 수 없어!"

라울은 생각했다. 여자에게 홀리는 것. 바레라 남자들이 몰락하는 원인이었다.

티오도 젊은 여자에게 홀려서 몰락하지 않았던가? 처음엔 필라르, 그다음엔 이름조차 생각나지 않는 또 다른 년에게. 미겔 앙헬 바레라, M-1, 연합의 창시자, 내가 만나본 중에 최고로 똑똑하고 강인하고 분별력 있던 사람. 한 여자 때문에 그 뇌를 폐쇄해버린 사람.

그리고 그 지병을 아단이 물려받았다. 젠장, 아단은 갖고 싶은 어떤 여자든 가질 수 있는데 그 여자가 아니면 안 됐다. 분별력을 유지하고 아내를 난처하게 만들지 않는 한, 이 애인 저 애인 가져도 됐다. 하지만 아단은 그렇지 않았다. 아니, 아단은 이 매춘부와 사랑에 빠져 있었다. 그리고 공식석상 어디든 노라를 데리고 다녔다.

아트 켈러에게 완벽한 표적을 제공해 주면서 말이다.

그리고 이제 자신들을 보라.

아단은 바닥을 노려보았다.

"노라는 살아 있어?"

라울은 대답이 없었다.

"라울, 노라가 살아 있는지만 말해 줘."

그때 경호원 하나가 문을 박차고 들어오며 소리 질렀다.

"어서 가세요! 떠나세요!"

라모스와 부하들이 동물원 담장을 넘자 동물들이 날카로운 소리로 울었다.

라모스는 수류탄 발사대를 어깨에 짊어지고 조준하여 방아쇠를 당겼다. 경비탑 하나가 노란 섬광을 번뜩이며 폭발했다. 라모스는 재장전하고 다시 조준했다. 또 다른 불꽃이 터졌다. 라모스가 내려다보니 사슴 두 마리가 울타리 쪽으로 달려와 나가려고 했다. 라모스는 우리 안으로 뛰어 들어가 문을 열어줬다.

사슴 두 마리는 어둠 속으로 달려 나갔다.

새들은 날카로운 소리를 지르며 깍깍거렸고 원숭이들은 미친 듯이 꽥꽥거렸다. 라모스는 라울이 이 동물원에 사자 두 마리를 데려다 놨다는 소문을 기억했다. 사자들이 으르렁거리는 소리가 들리는 듯했다. 마치 영화 속에서 들려오는 소리처럼. 라모스는 곧 사자를 잊어버렸다. 반격이 시작되었기 때문이다.

그들은 날이 어두워지기를 기다렸다가 비행기를 타고 진입한 것이다. 위험한 라이트는 끈 채 낡은 마약 활주로에 착륙했고 사막을 가로질러 밤 행진을 해 왔다. 바레라의 순찰 지프를 피하기 위해 나머지 1킬로미터쯤 되는 거리를 오랜 포복으로 들어오기까지 했다.

'이제 들어왔어.'

라모스는 마누라의 편안하고 오래된 개머리판에 뺨을 대고 방아쇠를 두 번 당겼다. 부하들의 엄호사격을 받으며 앞으로 움직였다. 그리고 몸을 낮춰, 라울을 뛰어넘어 앞으로 가는 부하들을 위해 엄호사격을 해 줬다. 이 방법으로 그들은 라울의 집을 향해 전진했다.

부하 한 명이 라모스를 앞서 앞으로 치고 들어갔다. 그는 영양처럼 점프하며 앞으로 옮겨갔다. 라모스가 그를 도우려고 앞으로 기어갔지만 그는 이미 얼굴 절반이 날아가 버리면서 도움이 미치지 않는 곳으로 가버렸다. 라모스는 그 남자의 벨트에서 탄창을 제거한 뒤 굴러서 물러났다. 총알이 바느질하듯 라모스를 따라 발사됐다.

총격은 낮은 건물 옥상에서 퍼붓고 있고 라모스는 굴러서 빠져나와 무릎으로 착지했다. 지붕의 선을 따라 소총을 쏘았다. 그리고 가슴에 두 번의 강한 충격을 느꼈다. 방탄조끼를 입어서 다행이었다. 라모스는 벨트에서 수류탄을 뽑아 지붕으로 높이 던져 올렸다.

쿵, 소리가 나고 불꽃이 일면서 공중으로 두 사람이 날아올랐다. 그리고 옥상에서 퍼붓던 총격이 멈췄다.

하지만 집 안에서 쏟아지는 총격은 멈추지 않았다.

숨길 수 없는 총부리의 빨간 번뜩임이 창문, 지붕, 복도에서 뚜렷이 나타났다. 라모스는 문을 주의 깊게 바라보았다. 그 집 안에 있는 듯한 라울의 부하 몇 명이 공격자의 허를 찌르기 위해 나올 것이기 때문이다. 아니나 다를까, 용병 한 명이 복도에서 한 발 쏘기 시작하다가 라모스의 총에 배를 맞고 멈췄다. 그는 흙바닥으로 쓰러지면서 비명을 질렀다. 그의 친구가 다가와 그를 뒤로 끌고 가다가 총알 여섯 발을 맞고 친구 옆에 쓰러졌다.

"자동차들을 해치워!"

라모스가 외쳤다.

사방이 자동차들이었다. 랜드로버, 라울이 가장 좋아하는 서브어번, 벤츠 몇 대. 라모스는 그들의 것은 뭐든 싫어서(특히 라울의 것은) 타보고 싶지도 않았다. 그리고 이제는 총알이 빗발치듯 쏟아진 탓에 그 자동차들 중 어느 것도 움직이지 않을 것이다. 모두

타이어가 펑크 나고 유리창이 깨져버렸다. 그리고 연료탱크 한두 개가 폭발하면서 차량 한두 대가 불길에 휩싸였다.

그러더니 일이 이상하게 돌아갔다.

누군가에게 기막힌 착상이 떠올랐기 때문이다. 모든 동물 우리를 여는 것이 좋은 견제 작전이 될 거라는 생각이었다. 그리고 지금 온 사방 천지에 동물들이 뛰어다니고 있었다. 소음과 화염과 공중으로 총알 날아가는 소리로 공포에 질려서 모든 방향으로 사납게 뛰어다니고 있었다. 라모스는 기린 한 마리가 앞에서 달려가자 깜짝 놀랐다. 뒤이어 얼룩말 두 마리가 달려갔고 영양들은 우리 안을 가로지르며 우왕좌왕하고 있었다. 라모스는 다시 사자들을 떠올리고 이렇게 죽는 것은 정말 어리석은 일이란 생각에 몸을 일으켜 그 집을 향해 다가갔다. 커다란 새가 머리 위로 낮게 날아와 몸을 낮췄다. 그때 라울의 부하들이 집 밖으로 공격해 나오고, 그곳은 곧 OK 목장이 됐다.

달빛에 비쳐 사람들과 동물들과 무기의 은빛 윤곽이 어른거렸고, 사람들은 서 있고 달려가고 총을 쏘고 쓰러지고 몸을 홱 굽혔다. 마치 이상한 꿈을 꾸는 듯했다. 하지만 총알과 죽음과 고통은 현실이며 라모스는 여기에 선 채 총을 쏘고 있었다. 그리고 공포감으로 시끄럽게 우는 어떤 사나운 당나귀를 지나쳐 가자 왼쪽에 라울의 부하 한 명이 나타났고 오른쪽에서도 다가왔다. 아니다, 그건 라모스의 부하였다. 그리고 총알이 펑펑 날아다니고 총부리들이 화염을 토하고 남자들이 소리를 지르고 동물들이 날카롭게 울었다. 라모스는 총 두 발을 쏘아 라울의 부하를 쓰러뜨렸다. 그리고 보았다. 어쨌든 보았다고 생각했다. 키가 큰 라울이 달리는 모습, 라울의 허리쯤에서 총이 불을 뿜는 모습이 보였다. 라모스가 순간적으로 라울의 다리를 겨냥했지만 라울은 사라지고 없었다. 그는 라울을 찾으려고 앞으로 달려가다가 라울의 부하 한 명이 총을 들어 올리는 것을 보고 땅바닥으로 급히 몸을 숙였다. 라모스가 총을 쏘자 그 남자는 뒤로 나가떨어지며 땅바닥으로 뒹굴었다. 달빛을 배경으로 작은 먼지 구름이 일었다.

바레라는 사라지고 없었다.

포격전이 죽자(라모스는 의도적으로 '죽다'라는 단어를 골랐다. 라울의 용병들이 많이 죽었기 때문이다. 또는 적어도 쓰러졌기 때문이다.) 라모스는 시신들, 부상자들, 포로들을 하나하나 확인하며 라울을 찾았다.

란초 라스 바르다스는 엉망진창이 되었다. 본채는 거대한 민속 예술품 소쿠리처럼 보였고 자동차들은 불타고 있었다. 희귀한 새들이 나뭇가지에 앉아 있고, 몇몇 동물들은 우리로 돌아가서 웅크린 채 낑낑거리고 있었다.

라모스는 피로 얼룩덜룩해진 하얀 양귀비 꽃밭 옆에 누워 있는 키 큰 시신을 발견했다. 라모스는 마누라를 겨눈 채 발로 시신을 뒤집었다. 라울이 아니었다. 라모스는 화가 나서 펄펄 뛰었다.

'라울이 분명 여기 있었어. 라울의 목소리를 들었고, 난 그를 봤어.'

봤다고 생각했는데 어쩌면 잘못 봤는지도 몰랐다. 어쩌면 우리의 추적을 피하고자 거짓 통화를 했는지도 몰랐다. 그리고 바레라 형제는 온두라스나 코스타리카의 해변에 앉아서 차가운 맥주를 마시며 우리를 비웃고 있는지도 몰랐다. 애당초 그들은 여기 없었는지도 몰랐다.

그때 라모스의 눈에 띄는 것이 있었다.

지하로 통하는 직사각형 모양의 뚜껑문이 보이고 먼지가 약간 쓸린 흔적이 있었다. 근처에 발자국들도 보였다.

라울, 네가 달릴 수는 있어도 날아갈 수는 없지.

땅굴이니까. 잘 됐어.

라모스는 몸을 구부려 함정문을 살펴보았다. 얼마 전에 열렸던 것이 분명했다. 모서리에 좁은 선이 있고 먼지가 틈으로 빠져 들어가 있었다. 덤불을 옆으로 밀치자 오목한 손잡이가 느껴졌다. 라모스는 손을 밀어 넣고 문을 들어 올렸다.

미세한 찰칵 소리가 들리더니 폭발 장치가 보였다.

하지만 너무 늦었다.

"이런 젠장."

폭탄이 폭발하여 라모스를 산산조각내어 날려버렸다.

일찍이 불길했던 침묵이 이제 장례식이 되었다.

아트는 노라를 찾기 위해 생각할 수 있는 모든 것을 떠올려 보았다. 아트가 정보 제공자 신원폭로를 거절했는데도 홉스는 자신의 모든 수단을 동원해 주었다. 그래서 아트는 인공위성 사진, 모니터링, 인터넷 감시를 이용할 수 있게 되었다. 하지만 아무것도 발견하지 못했다.

노라를 찾기 위한 아트의 선택은 한정되어 있었다. 어니 이달고를 찾을 때처럼 수사를 할 수가 없었다. 노라의 정체가 탄로 나서 목숨이 위태로워질 수 있기 때문이다. 노라가 아직 죽지 않았다면 말이다. 그리고 이제 아트는 자신의 집요한 작전에 라모스를 불러올 수도 없었다.

셰그가 아트에게 말했다.

"상황이 좋지 않아."

"다음 인공위성 조사는 언제지?"

"45분."

날씨가 허락하면 그들은 사막에 있는 바레라의 저택, 란초 라스 바르다스의 위성사진을 얻을 수 있을 것이다. 그들은 이미 다섯 장의 사진을 입수했다. 하지만 아무것도 없었다. 고용인 몇 명이 있지만 아단이나 라울을 닮은 사람도 없고 노라를 닮은 사람도 없었다.

그리고 아무런 움직임도 없었다. 새로운 차량도, 새로운 타이어 자국도 없고, 누가 들어오거나 나간 흔적도 없었다. 라모스가 습격하지 않은 다른 바레라 대목장들이나 아지트들도 마찬가지였다. 사람도 없고 움직임도 없고 휴대전화 송수신도 없었다.

'맙소사. 바레라는 설 자리를 점점 잃어가고 있을 텐데.'

하지만 자신들도 마찬가지였다.

"알려줘."

아트는 멕시코의 새로운 마약 황제 아우구스토 레보요 장군과 약속을 잡았다.

표면상으로 이 만남의 목적은 최근 재발견된 쌍무 계약제의 일부로서, 바레라 카르텔에 대항하는 작전이 진행 중임을 보고받기 위해서였다.

문제가 있다면 레보요 장군은 그 작전에 대해 아는 것이 그다지 많지 않다는 점이었다. 라모스는 자신의 활동 내역을 드러내지 않아 왔으며, 레보요 장군은 단호하고 결단력 있는 모습으로 텔레비전에 나와 영웅 라모스의 모든 활동을 전적으로 지지한다고 선언하는 일만 했기 때문이다. 그 활동이 무슨 일인지도 모르면서 말이다.

하지만 중요한 것은 그 지지가 무너지고 있다는 점이었다.

멕시코시티는 날이 갈수록 더 긴장하고 있었고 바레라 형제는 여전히 붙잡히지 않고 있었다. 전쟁이 길어질수록 조바심이 커졌다. 회의에 들어가면서 존 홉스는 '낙관론에 대한 이유'를 아트에게 조심스럽게 설명했다.

말쑥하게 다려 입은 군복 차림의 레보요 장군이 아트와의 만남에서 우렁찬 목소리로 말한 내용을 요약하면 이랬다.

"마약 단속국은 바레라 카르텔의 업무에 대한 내부 정보 제공자를 확보하고 있으니 만약 상호협력 정신으로 세뇨르 켈러가 그 정보 제공자를 공유한다면 마약과 테러를 상대로 하는 공동 투쟁에서 우리가 훨씬 더 많은 도움을 받을 수 있을 것이오."

레보요 장군이 아트를 쳐다보며 웃었다.

홉스가 아트를 쳐다보며 웃었다.

회의실에 있는 모든 관료들이 아트를 쳐다보며 웃었다.

"안 됩니다."

아트가 거부했다.

이 고층빌딩 사무실의 커다란 창문으로 티후아나가 보였다. 노라는 저곳 어딘가에 있었다.

레보요 장군의 미소가 사라졌다. 감정을 상한 듯했다.

홉스가 말했다.

"아트……"

"안됩니다."

조금 더 매몰차게 말했다.

회의는 유쾌하지 않게 끝났다.

아트는 작전실로 돌아갔다. 란초 라스 바르다스의 위성사진이 들어올 것이다.

"뭐 있어?"

아트가 셰그에게 물었지만, 그는 고개를 저었다.

"젠장."

"그 녀석들은 잠수 탔어, 아트. 휴대전화 통화도, 전자메일도 없어. 아무것도 없어."

아트는 셰그를 바라보았다. 늙은 카우보이의 얼굴은 세월에 변하고 주름이 졌다. 그리고 이제는 이중 초점 안경을 끼고 있었다.

'맙소사, 나도 셰그만큼 나이가 들었나?'

마약과 싸우는 두 명의 노장 전사. 새 전사들은 우리를 뭐라고 부를까? 쥐라기 시대 마약 수사관? 그리고 셰그는 자신보다 나이가 더 많고 은퇴를 앞두고 있었다.

아트가 갑자기 말했다.

"아이에게 전화를 걸 거야."

"뭐?"

"딸 말이야. 글로리아. 아단의 아내와 딸은 샌디에이고에 살고 있어."

셰그는 주춤했다. 무고한 가족을 끌어들이는 일은 마약 밀매자들과 진행 중인 전쟁을 제어하고 있는 무언의 규칙에 어긋나는 일이라는 사실을 아트도 셰그도 알고 있었다.

아트는 셰그가 무슨 생각을 하고 있는지 알고 있었다.

"알게 뭐야! 루시아 바레라는 남편이 무슨 일을 하는지 알고 있어. 무고하지 않아."

"딸애는 무고하지."

"어니의 아이들도 샌디에이고에 살고 있어. 그 애들은 이제 아빠를 만날 수도 없어. 도청 장치를 설치해."

"아트, 세상의 어떤 판사도……"

아트는 셰그를 노려보며 말을 중단시켰다.

라울 바레라 역시 행복하지 않았다.

그들은 레보요 장군에게 매월 30만 달러를 지불하고 있었으며, 그만한 돈이면 레보요 장군이 그들을 위해 뚜렷한 성과를 낼 수 있어야 했다.

하지만 레보요 장군은 안토니오 라모스가 란초 라스 바르다스를 공격해 올 때까지 전혀 막지 못했다. 그리고 지금은 노라 헤이든이 밀고자라는 사실을 확인해 주지 못하고 있었다. 라울이 몹시, 그리고 급히 알고 싶어 하는 사안인데도 말이다. 라울은 형을 감옥이나 다름없는 이 아지트에 붙잡아 두고 있었다. 만약 그 밀고자가 형의 애인이 아니라면 라울은 엄청난 대가를 감수해야 할 것이다.

그래서 레보요 장군으로부터 '이런, 미안하오.'라는 메시지를 받았을 때 라울은 간단하게 '더 힘써봐야 하는 거 아니오.'라고 답장을 보냈다. 왜냐하면 레보요 장군이 쓸모없다면 그가 자신들의 돈을 받고 있다는 말이 유출되어도 아무런 타격이 없기 때문이다. 그러면 레보요 장군은 감옥에 앉아 무척 유감스러워할 터였다.

레보요 장군은 말귀를 알아들었다.

파비안 마르티네스는 변호사를 만나 본격적으로 상담을 나눴다.

파비안은 마약 단속의 관리운영규칙을 알고 있었다. 카르텔은 변호사를 보내서 경찰에 알려준 정보가 있는지, 있다면 무엇인지 확인했다. 그 방법으로 사전에 피해를 최소화할 수 있었다.

"아무 정보도 주지 않았어요."

변호사가 고개를 끄덕였다. 파비안은 목소리를 들릴 듯 말 듯 하게 낮춰 말했다.

"그들에겐 정보 제공자가 있어요. 아단의 애인, 노라예요."

"맙소사, 확실합니까?"

"노라일 수밖에 없어요. 보석 신청을 해서 날 여기서 좀 빼내줘요. 여기 더 있다간 미칠 거 같아요."

"무기 거래 혐의도 있어요, 파비안. 좀 힘들 거예요."

"무기 거래 혐의 따위."

파비안은 변호사에게 살인 혐의에 대해 말했다.

변호사는 궁지에 몰렸다고 생각했다. 협상을 하지 않으면 파비안은 감옥에서 오랫동안 지내야 할 듯했다.

노라는 엄밀히 말해 감금 상태는 아니지만 그렇다고 자유롭게 나갈 수도 없었다.

자신이 어디 있는지조차 알지 못하며, 다만 바하의 동쪽 해안 어딘가라는 사실만 알고 있었다.

노라가 갇혀 있는 작은 별장은 주위의 해변 빛깔과 같은 붉은 색 돌집이었다. 야자 잎을 이어 붙여 초가지붕을 올렸고 묵직한 나무문이 달려 있었다. 에어컨은 설치되어 있지 않지만 두꺼운 돌벽 덕분에 내부는 시원했다. 별장은 세 구역으로 나뉘어 있다. 작은 침실, 욕실, 거실 겸 부엌으로 쓰이는 바다가 보이는 앞쪽 방.

바깥에서 우우웅 하는 소음을 내고 있는 발전기에서 전기가 공급되어 노라는 전등과 뜨거운 물과 수세식 변기를 사용했다. 더운물로 '샤워'를 할지 '목욕'을 할지 선택할 수도 있었다. 바깥에는 위성 안테나까지 달려 있었지만 텔레비전은커녕 라디오도 없었다. 시계 역시 없었으며 노라가 끼고 있던 손목시계도 압수해 간 상태였다.

작은 CD 플레이어가 있긴 한데 CD는 없었다.

노라는 생각했다.

'혼자서 침묵과 벗하라는 얘기군.'

시간이 없는 세계.

그리고 정말로 노라는 날짜 감각을 잃기 시작했다. 라울이 콜로니아 이포드로모에서 노라를 붙잡아 아단에게 데려다주겠다며 자동차에 태웠을 때부터 큰 혼란이 일어났다. 노라는 라울이 못미더웠지만 선택의 여지가 없었다. 라울은 그 얘기를 하며 미안한 기색도 보였고, 눈가리개를 씌우며 노라를 보호하기 위해서라고 말했다.

노라는 그들이 티후아나 남쪽으로 왔다는 사실을 알았다. 상당히 평탄한 엔세나다 고속도로를 한참 동안 지나온 것도 알았다. 하지만 그다음에는 도로가 울퉁불퉁하더니 갈수록 험해졌고 그런 뒤 천천히 오르막길로 올라가는 느낌이었다. 자동차가 한참 동안 돌투성이 길을 덜컹거리며 가자 바다 냄새가 났다. 그들이 노라를 집 안으로 데리고 들어가서 눈가리개를 풀어주었을 때는 이미 날이 저물어 있었다.

노라가 라울에게 물었다.

"아단은 어디 있죠?"

"올 거야."

"언제?"

"곧. 쉬어. 잠도 좀 자고. 먼 길을 왔으니까."

라울은 노라에게 수면제를 건네주었다.

"필요 없어요."

"아니, 먹어. 당신은 잠을 좀 자야 해."

라울은 노라가 약을 먹는 동안 지켜보고 서 있었다. 곤히 잠들었다가 아침에 일어난 노라는 조금 어지럽고 목이 탔다. 노라는 자신이 엔세나다 남쪽 어딘가의 해변에 있다는 사실을 떠올렸다. 태양이 내륙이 아닌 바다에서 떠오르는 것을 보며 노라는 바다 건너편에 내륙이 있음을 알아냈다. 그리고 햇빛이 바다에 비치자 이곳이 밝고 특이한 초록빛 코르테스 해안임을 알게 됐다.

침실 창문 밖 언덕 위에 커다란 집이 있었다. 이곳 전체 구역은 달 표면처럼 온통 붉은 돌이었다. 잠시 뒤, 그 언덕 위의 집에서 젊은 여자 한 명이 아침 식사 쟁반을 들고 내려왔다. 커피, 그레이프프루트, 따뜻한 밀가루 토르티야.

숟가락도 있었다.

나이프나 포크는 없었다.

그리고 물 한 잔과 수면제 한 알.

노라는 약을 먹지 않고 버티다가 신경과민증상이 한계를 넘어서자 약을 삼켰다. 기분이 좀 나아졌다. 노라는 아침 내내 잠을 잤고, 잠에서 깨어나자 똑같은 여자가 점심 식사 쟁반을 들고 왔다. 갓 구운 참치와 데친 채소와 토르티야였다.

수면제도 있었다.

그들은 한밤중에 깊은 잠에 빠져 있는 노라를 깨워 질문을 하기 시작했다. 질문하는 작은 남자는 말투로 보아 멕시코 사람이 아니며 상냥하고 예의 바르고 악착같은 사람이었다.

"무기 급습이 있던 날 무슨 일이 있었습니까?"

"어디 갔었지요? 누구를 봤습니까? 누구에게 말을 했지요?"

"샌디에이고에서 쇼핑을 다닐 때, 뭘 했습니까? 뭘 샀지요? 누구를 봤습니까?"

"아트 켈러를 압니까? 그 이름이 당신에게 다른 의미가 있습니까?"

"매춘으로 체포된 적이 있습니까? 마약 혐의는? 소득세 탈세 혐의는?"

노라는 그에 대한 대답으로 질문을 했다.

"무슨 얘기는 하는 거죠?"

"왜 내게 이런 걸 묻고 있죠?"

"그런데 당신은 누구죠?"

"아단은 어디 있죠?"

"당신이 날 불편하게 하고 있는 사실을 아단이 아나요?"

"이제 다시 잠 좀 자도 될까요?"

그들은 노라를 재웠다가 15분 후에 깨워서 하루가 지났다고 말했다. 사실 노라는 알고 있으면서도 그들을 믿는 척했다. 심문자는 똑같은 질문꾸러미를 몇 번이고 던졌다. 결국 노라는 화가 나서 이렇게 말했다.

"다시 자고 싶다고요."

"아단을 만나고 싶어요. 그리고……"

"수면제 한 알 더 줘요."

심문자는 곧 한 알 먹을 수 있다고 말했다. 그는 전술을 바꿨다.

"무기 급습이 있던 날에 대해 말해 줘요. 한순간 한순간의 일을 모두 말해줘요. 당신은 자동차를 타고……"

"그리고, 그리고, 그리고……"

노라는 침대로 다시 올라가서 머리 위에 베개를 덮고 그에게 입 다물고 꺼지라고 말했다. 노라는 지쳤다. 그는 노라에게 약을 한 알 주고 노라는 그 약을 먹었다.

그들은 노라를 24시간 동안 재운 뒤 다시 시작했다.

질문들, 질문들, 질문들.

이것에 대해 이야기 하라, 저것에 대해 이야기 하라.

아트 켈러, 셰그 왈레스, 아트 켈러.

"중국인을 쏜 것에 대해 말해 주세요. 어떻게 했습니까? 어떤 기분이었지요? 총의 어디를 잡았습니까? 총부리인가요? 손잡이인가요?"

"켈러에 대해 말해 봐요. 얼마나 오랫동안 그를 알고 지냈습니까? 그가 당신에게 접근했습니까, 당신이 그에게 접근했습니까?"

그때마다 노라는 대답했다.

"무슨 얘기를 하고 있는 거죠?"

왜냐하면 노라는 대답을 하기 시작하면 모든 걸 망쳐버릴 거라는 사실을 알고 있기 때문이었다. 최면제 바르비투르와 피로와 두려움과 혼란스러움과 혼미의 안개 속에서. 노라는 그들이 무엇을 하고 있는지 눈치챘지만 그걸 중지할 방법이 없었다.

심문자는 결코 노라를 건드리지도 위협하지도 않았다.

그것은 노라에게 희망을 주었다. 그녀가 첩보원이라는 확신이 그들에게 없다는 뜻이었다. 만약 그들이 확신하고 있다면 정보를 끌어내기 위해 노라를 고문할 터였다. 또는 그냥 죽였을 것이다. '부드러운' 심문은 그들이 미심쩍어한다는 뜻이며 아단이 아직 노라의 편에 있다는 뜻이었다.

'그들은 나를 다치게 하지 않을 거야. 아단이 걱정할 테니까.'

그래서 노라는 끝까지 버텼다. 회피적이고 혼란스러운 대답을 하면서, 노골적인 거부를 하면서, 화를 내는 것으로 반격하면서.

하지만 노라는 지치고 있었다.

심문이 노라를 옥죄어 오고 있었다.

어느 날 아침, 아침식사가 오지 않았다. 노라가 묻자 그 여자는 혼란스러운 표정으로 방금 가져왔다고 말했다. 하지만 가져온 적이 없었다. 나는 알고 있어. 아니, 알고 있던가? 노라는 의아했다. 그다음에는 점심식사가 두 번 왔다. 연달아서. 그리고 더 많은 잠을 자고 또 수면제를 먹었다.

이제 노라는 작은 별장 바깥을 돌아다녔다. 문은 잠겨 있지 않았고 아무도 노라를 막지 않았다. 그 주택은 한 면이 바다에 접하고 있고 다른 세 면은 끝없는 사막에 접해 있었다. 만약 노라가 걸어서 탈출하려 한다면 탈수증이나 체온 저하로 죽을 게 뻔했다.

노라는 바다로 걸어가서 발목까지 물에 담갔다.

바닷물이 따뜻하고 기분 좋았다.

노라의 등 뒤로 해가 졌다.

언덕 위 별장의 침실 창문에서 아단이 노라를 바라보았다.

아단은 방에 갇힌 신세였다. 라울에게 충성스러운 저격수들이 끊임없이 교대하며 방문 밖에서 지키고 있었다. 아단은 뜰에 적어도 스무 명은 있으리라고 보았다.

아단은 노라가 바다로 걸어가는 모습을 보았다. 노라는 회색빛 선글라스를 쓰고 하얀 모자를 펄럭이며 햇볕을 피하고 있었다. 머리카락은 맨 어깨에 늘어져 있었다.

아단은 궁금했다.

'당신이었어?'

'당신이 나를 배신한 거야?'

'아니야, 난 그 사실을 믿을 수 없어.'

라울은 그녀가 분명하다고 믿었다. 여러 날에 걸친 심문에서 아직 증명하지는 못했지만 말이다. 라울은 부드러운 심문이었다고 아단을 안심시켰다. 노라를 다치게 하기는커녕 손끝 하나 건드리지 않았다고 했다.

"당연히 그래야지. 멍 하나, 상처 하나, 고통의 비명 하나라도 생기면 무슨 수를 써서라도 널 죽일 거야. 동생이든 아니든."

"만약 노라가 밀고자면?"

아단은 노라가 물가에 앉는 모습을 보면서 생각했다.

'그렇다면 달라지지.'

그건 완전히 다른 일이었다.

아단과 라울은 양해가 이루어졌다. 만약 노라가 배신자가 아니라면, 라울이 물러나고 아단이 파트론 자리를 되찾는다. 합의는 그렇게 보았다. 하지만 경험상, 권력을 쥔 사람이 그 권력을 다시 되돌려주는 일은 없었다.

자진해서 주는 일은 없었다.

쉽사리 주는 일도 없었다.

어쩌면 잘된 일이라고 아단은 생각했다. 라울에게 조직을 맡기고, 현금을 챙겨 노라와 어딘가로 가서 조용하게 살아가자. 노라는 항상 파리에서 살고 싶어 했다. 안 될 거 뭐 있겠는가?

그리고 방정식의 나머지 한쪽은? 만약 노라가 배신자로 밝혀지면 이유가 어찌 되었든, 라울의 작은 반란은 영구불변으로 자리 잡을 것이며 노라는……

아단은 그 생각은 하고 싶지 않았다.

필라르 탈라베라의 사례가 머릿속에서 생생하게 떠올랐다.

'만약 그렇게 되면 내가 직접 하겠어.'

자신을 배신한 사람을 여전히 사랑할 수 있다는 건 우스웠다. 자신은 그녀를 바다로 걸어가게 할 것이다. 태양이 바닷물 속으로 사라지면서 비추는 마지막 빛을 보게 할 것이다.

그 방법이 빠르고 고통도 없으리라.

그리고 글로리아만 없었다면 자기 입에도 총을 넣고 쏘아버릴 텐데.

아이들은 우리를 삶에 묶어두고 있다. 그렇지 않은가?

특이 아주 연약하고 어려운 처지에 있는 그 아이는.

글로리아는 엄청나게 걱정하고 있을 터였다. 티후아나에서 날아온 소식은 샌디에이고 신문을 확실하게 뒤덮었다. 루시아는 그 사실을 글로리아에게 감추려고 하겠지만 그 아이는 아빠에게 직접 설명을 듣기 전까지는 걱정할 것이다.

아단은 또 한 번 노라를 오랫동안 바라보았다. 그리고 창가에서 물러나 출입문을 쾅쾅 두드렸다.

경호원이 문을 열었다.

"전화기를 줘."

"라울이⋯⋯"

"라울이 뭐라고 했든 집어치워. 파트론은 아직 나야. 그리고 내가 가져오라고 하면 넌 가져와야 해."

아단의 손에 휴대전화기가 쥐어졌다.

"아트?"

"응?"

"태동."

셰그가 아트에게 헤드셋을 건네줬다. 루시아 바레라의 전화기에 붙여놓은 도청기에서 들려오는 소리였다. 루시아의 목소리가 들렸다.

"아단?"

"글로리아는 어때?"

"걱정하고 있어."

"전화 좀 바꿔 줘."

"어디야?"

"글로리아 좀 바꿔주겠어?"

긴 침묵이 흘렀다. 그리고 글로리아의 목소리가 나왔다.

"아빠?"

"잘 지냈어, 글로리아?"

"아빠 걱정하고 있었어요."

"난 괜찮아. 걱정 마."

글로리아가 우는 소리가 들렸다.

"어디예요? 신문에 보니까……"

"신문은 이야기를 꾸며낸단다. 아빠는 괜찮아."

"아빠 보러 가도 돼요?"

"아직은 안 된단다. 곧 보게 될 거야. 글로리아, 엄마한테 빅 키스 전해주렴, 알았지?"

"알았어요."

"잘 있으렴. 사랑해."

"사랑해요, 아빠."

아트는 셰그를 바라보았다.

"시간이 조금 걸릴 거야, 아트."

한 시간이 걸렸지만 아트가 느낀 체감 시간은 다섯 시간이었다. 국가안보국(NSA)으로 전자 데이터를 보내어 분석을 의뢰했고, 답변이 왔다. 그 전화는 휴대전화에서 걸려온 것이며(그건 우리도 이미 알고 있어, 라고 아트는 생각했다.), 그래서 주소를 제공할 수는 없지만 가장 가까운 송신탑은 지목할 수 있다고 했다.

산 펠리페.

바하의 동쪽 해안이며 멕시칼리의 정남 쪽에 있었다.

송신탑으로부터 반경 100킬로미터.

아트는 이미 탁자 위에 지도를 펼치고 있었다. 산 펠리페는 인구 2만 명의 작은 도시로 대다수가 추위를 피해 남쪽으로 내려온 미국인들이었다. 그곳에는 그 마을 외에는 별다른 것이 없었다. 대부분 사막이었고 북쪽과 남쪽에 낚시 캠프들이 늘어서 있었다.

반경 100킬로미터 이내라는 범위는 큰 건초더미에서 바늘을 찾는 격이었다. 그리고 아단은 휴대폰 사용 가능 구역으로 들어갔다가 지금은 서둘러 나왔을 것이다.

'그래도 목표 범위는 알려주는군.'

약간의 희망과 함께.

셰그가 말했다.

"전화는 도심에서 온 게 아니야."

"어떻게 알지?"

"테이프를 다시 들어봐."

테이프를 다시 재생했다. 배경에서 규칙적인 박자로 희미하게 윙윙거리는 소리가 들렸다. 아트는 뭔지 모르겠다는 표정으로 셰그를 바라보았다.

"자넨 도시에서 자랐지? 난 대목장에서 자랐어. 이 소리는 발전기 소리야. 그들은 전기 시설이 미치지 않는 곳에 있어."

아트는 위성 측정 조사를 요청했다. 하지만 밤이라서 몇 시간 동안은 사진을 받을 수 없었다.

심문자가 속도를 냈다.

그는 수면제 때문에 깊은 잠에 빠져 있는 노라를 깨워 의자에 앉히고 눈앞에 추적 장치를 내밀었다.

"이게 뭐지요?"

"몰라요."

"당신은 알고 있어요. 당신이 거기다 붙였어요."

"뭘 어디다요? 지금 몇 시죠? 다시 자고 싶……"

그는 노라를 흔들었다. 그가 노라에게 손을 댄 건 이번이 처음이었다. 고함을 지르는 것도 처음이었다.

"들어봐요! 지금까지는 아주 친절하게 대했지만 이제 인내심이 바닥났어요! 협조를 시작하지 않으면 당신에게 고통을 주겠어요! 아주 심하게! 이제 이걸 그 차에 붙이라고 준 사람이 누구인지 말해요!"

노라는 그 작은 장치를 한참 동안 노려보았다. 마치 먼 과거로부터 온 물건 같았다. 노라는 그 장치를 엄지손가락과 집게손가락으로 잡고 이리저리 뒤집어 가며 여러 각도로 살펴보았다. 그리고 전등을 향해 들어 올리고 가까이 쳐다보기도 했다. 노라는 심문자를 돌아보며 말했다.

"처음 보는 물건인데요?"

그러자 그는 노라의 얼굴에 대고 고함을 질렀다. 노라는 그가 무슨 말을 하는지 이해하지 못했다. 하지만 그는 소리를 지르고 있었다. 침이 노라의 얼굴에 튀었다. 그는 노라를 앞뒤로 계속 흔

들었다. 그러다가 지치는지 마침내 노라를 놓으며 의자에 밀어뜨
렸다.

"난 정말 피곤해요."

노라가 말했다. 그러자 그가 이제는 부드럽고 동정 어린 목소
리로 말했다.

"알아요. 금방 끝날 수 있어요, 알잖아요."

"그다음엔 자도 되나요?"

"아, 그럼요."

컴퓨터 화면에 사진이 떴을 때 아트는 그 앞에 앉아 있었다.

아트는 피로 때문에 따끔거리는 눈으로 화면을 보며, 책상에
다리를 올려놓고 의자에 기댄 채 자고 있는 셰그를 깨웠다.

그들은 사진을 자세히 들여다보았다. 전체 산 펠리페 구역의
커다란 날씨 위성사진에서 시작하여 전기가 공급되는 지역은 줄
을 그어 지웠다. 그리고 확대한 뒤 도시의 남쪽과 북쪽 진로를 거
쳐 살펴보기 시작했다.

그들은 오지 구역을 제외했다. 물 공급이 안 되고 통행로도 거
의 없고 돌투성이 사막을 거쳐 꾸불꾸불 나아가는 몇몇 길들은
바레라가 도망칠 길이 단지 하나뿐이라는 뜻이었다. 그리고 그들
이 그 덫에 스스로를 가둘 가능성은 없었다.

그래서 그들은 해변 쪽으로 집중했다. 낮은 산맥의 동쪽, 해안
선과 나란히 달리는 간선도로, 동쪽으로 낚시 캠프와 작은 바닷
가 마을들로 가는 작은 도로들.

산 펠리페의 북쪽 해안은 스포츠 삼아 도로가 아닌 곳을 달

리는 오프로드 차량들에게 인기 있는 곳이며 관광객, 낚시꾼, RV 캠프들로 꽤 붐볐다. 그래서 그쪽은 일단 제쳐뒀다. 마을 남쪽에 인접한 해안도 비슷했다. 하지만 그쪽은 길이 무척 험하고 문명이 부족해서 푸에르토시토스의 작은 낚시 마을 근처까지 가야 문명을 누릴 수 있었다.

그 두 마을 사이의 거리는 10킬로미터이고 산 펠리페 남쪽 40킬로미터쯤에 있으며 캠프장은 없고 몇몇 고립된 해변의 집들뿐이었다. 그 지역은 아단의 휴대전화 신호의 세기와 일치했다. 4800bps. 그래서 그곳으로 범위를 압축시켰다.

'완벽한 지점이야.'

자동차가 간신히 진입할 수 있는 접근도로 몇 개만 있었다. 그리고 바레라는 의심할 여지 없이 그 길에 감시병들을 주둔시켰으리라. 산 펠리페와 푸에르토시토스에서도 마찬가지였다. 그들은 급습을 위한 무장 호위대는 물론 진입하는 일반 차량들도 모두 일일이 확인할 것이다. 아트가 가까이 접근하기 한참 전에 바레라는 육로나 항로로 이미 사라지고 없을 것이다.

하지만 지금은 그걸 걱정할 때가 아니었다. 우선 목표를 찾은 다음, 잡아들일 방법을 걱정해야 했다.

고립된 해안의 직선코스에는 집이 12채가 있었다. 몇 채는 해변에 있지만 대부분은 낮은 산마루 위에 위치하고 있었다. 세 곳은 확실히 아무도 살고 있지 않았다. 주차된 자동차도 없고 최근의 타이어 흔적도 없었다. 나머지 아홉 채 중에서 고르기는 어려웠다. 그들은 모두 정상적으로 보였다(우주에서 봤을 때는 그렇다.). 하지만 아트는 여기서 비정상적인 것을 찾아내야 하는 강한 압박감을 받았다. 모든 집들이 바위와 용설란 덤불들을 걷어낸 토지에 지어진 듯했다. 대부분이 단순한 정사각형 구조에 초가지붕이나 복합양식의 지붕을 올렸고, 대부분······

그때 아트는 뜻밖의 현상을 발견했다.

그냥 지나칠 뻔했지만, 뭔가가 아트의 눈을 잡아당겼다. 어딘가 올바르지 않은 모습이었다.

"이곳을 확대해 봐."

"뭐지?"

셰그는 아트가 가리키는 곳을 살펴봐도 바위와 잡목들 외에는 아무것도 보이지 않았다.

'그것'은 다른 무수한 바위의 그림자들과 구별되지 않았다. 하지만 그림자가 있었다. 반듯한 그림자였다.

"이건 건물이야."

그들은 그 부분을 다운로드받아서 확대했다. 선명하지 않아 단언하긴 어렵지만 돋보기로 관찰한 결과 그곳은 '입체감'이 있었다. 아트가 셰그에게 말했다.

"이게 정사각형 바위일까, 바위 지붕을 올린 정사각형 건물일까?"

"누가 지붕에 바위를 올리겠어?"

"눈에 띄고 싶지 않은 사람이겠지."

그들은 사진을 다시 축소시켰다. 이제는 다른 부분에서도 반듯한 그림자들이 눈에 띄기 시작했다. 그리고 고르게 줄을 지은 잡목 수풀들도 있었다. 처음에는 어려웠지만 결국 사진 하나가 두 개의 건물을 드러내기 시작했다. 하나는 건물이 좀 작았다. 그리고 그 아래에 자동차들을 숨겨둘 수 있는 형체로 만들어졌다.

그들은 커다란 지도에 그 프레임을 통합했다. 산 펠리페 남쪽으로 48킬로미터 떨어진 곳에 있는 그 집은 간선도로에서 옆길로 들어서는 작은 길 근처에 자리 잡고 있었다.

5시간 후, 낚싯배 한 척이 푸에르토시토스에서 거센 역풍을 뚫고 고동쳐 가고 있었다. 배는 해안에서 180여 미터 떨어진 곳에 닻을 내리고 낚싯대를 드리운 채 해가 지기를 기다렸다. 해가 지자 '낚시꾼' 한 명이 갑판에 납작 엎드려서 적외선 망원경으로 해변의 돌로 된 집 두 채를 살폈다.

하얀 옷을 입은 여자 한 명이 바닷물을 향해 비틀비틀 걸어오고 있었다.

긴 금발 머리 여자였다.

아트는 전화를 끊고 두 손으로 얼굴을 감싸며 한숨을 내쉬었다. 다시 고개를 들었을 때 아트의 얼굴에는 미소가 어려 있었다.

"그녀를 찾았어."

"'그'가 아니고? 여기서 초점이 흐려지면 안 돼. '바레라'를 잡는 게 목표야, 안 그래?"

파비안 마르티네스는 여전히 감옥에 갇혀 있었다. 하지만 대체적으로 삶에 대해 기분이 좀 더 나아지고 있었다.

파비안은 변호사와 만족스러운 상담을 했다. 변호사는 마약 혐의에 대해서는 걱정할 필요 없다고 파비안을 안심시켰다. 정부 측 증인이 출두하지 않을 것이며, 밀고자에 대한 정보를 준 사람들도 있다고 했다.

무기 거래 혐의는 여전히 문제였다. 하지만 변호사가 그 문제에 대해서도 천재적인 아이디어를 냈다.

"당신을 멕시코로 송환할 수 있을지 볼 겁니다. 후안 신부 살해 건에 대해서 말입니다."

"농담해요?"

"먼저, 멕시코는 사형제도가 없습니다. 둘째, 그 방법은 재판까지 몇 년을 끌 수 있고, 그 사이에……"

변호사는 숨기지 않고 말했다. 파비안은 변호사가 뜻하는 바를 알았다. 그 사이에 업무조정이 있을 터였다. 세부적인 내용들이 부각되고, 검사들은 의욕을 잃게 되며, 재판관은 대농장으로 정기휴가를 떠날 것이다.

파비안은 침대에 기댄 채 상황이 아주 유리하게 돌아가고 있다는 생각을 했다. '뒈져 버려, 아트 켈러. 노라가 없으면 넌 아무것도 아니야. 그리고 뒈져 버려, 금발머리. 네가 멋진 저녁을 보내고 있길 바랄게.'

그들은 노라를 재우지 않았다.

노라가 처음 거기에 갔을 때 그들은 노라를 재우기만 했다. 그리고 이제 그들은 노라가 눈을 감지 못하게 했다. 노라가 앉아 있다가도 꾸벅꾸벅 졸기 시작하면 그들은 노라의 몸을 일으켜 세워 뒀다.

노라는 아팠다.

온몸이 아팠다. 발, 다리, 등, 머리.

눈.

가장 아픈 곳은 눈이었다. 눈이 타들어 가는 듯하고 경련이 일
며 쓰라렸다. 노라는 누워서 눈을 감을 수만 있다면 무엇이든 줄
것이다. 또는 앉아서, 서서라도 그저 눈만 감을 수 있다면.

하지만 그들은 그러도록 놔두지 않았다.

그들은 노라에게 수면제도 주지 않았다.

노라는 수면제를 먹고 싶은 게 아니었다. 먹어야 했다.

노라는 피부도 따끔따끔하고 저리며 손 떨림이 멈추지 않았다.
두통과 메스꺼움으로 머리가 쏨벅쏨벅하고……. 노라가 애처로운
소리로 울었다.

"한 알만."

"당신은 뭘 달라고만 하고 주지는 않고 있어요."

심문자가 말했다.

"줄 게 없어요."

노라는 다리가 장작개비가 된 기분이었다.

"난 그렇게 생각하지 않아요."

심문자는 '또다시' 시작했다. 아트 켈러에 대해, 마약 단속국에
대해, 추적 장치에 대해, 샌디에이고 쇼핑 여행에 대해…….

노라는 생각했다.

'이 사람들은 알고 있어. 이미 알고 있어. 이미 알고 있는데 얘
기해 주지 못할 게 뭐가 있지? 그냥 말해 주고 그들이 하려고 하
는 일을 하게 해줘. 그게 무엇이든 간에 나는 잠을 잘 수 있어. 아
단은 오지 않을 거야. 아트는 오지 않을 거야. 그냥 말해 버려.'

"샌디에이고에 대해 말해 주면 날 자게 해 줄 건가요?"

심문자가 승인했다.

그리고 한 걸음 한 걸음 노라를 이끌어 갔다.

셰그 왈레스는 마침내 사무실을 나섰다.

5년 된 뷰익을 타고 내셔널시티에 있는 대형 슈퍼마켓 야외주차장으로 갔다. 거기서 20분을 기다리자 링컨 내비게이터가 주차장으로 들어왔다. 링컨은 천천히 주차장 안을 돌다가 셰그 옆에 주차했다.

링컨에서 내린 남자가 셰그의 뷰익에 올라탔다.

그는 무릎에 서류가방을 올려놓았다. 딸깍하고 걸쇠를 푼 뒤에 셰그 쪽으로 가방을 돌렸다. 다발로 묶여 담겨 있는 지폐를 셰그가 볼 수 있도록.

그 남자가 셰그에게 물었다.

"미국에 있는 것이 멕시코에 있는 것보다 경찰 연금이 더 좋소?"

"천만에요."

"30만 달러요."

셰그는 머뭇거렸다.

"받으시오. 마약밀매자에게 정보를 넘기라는 뜻은 아니오. 이건 한 경찰이 다른 경찰에게 주는 것이오. 레보요 장군은 꼭 사실을 알아야 하오."

셰그는 한숨을 길게 쉬었다.

그리고 그 남자는 알고 싶은 것이 무엇인지 말했다.

"우리는 증거물이 필요하오."

셰그는 재킷 주머니에서 증거물을 꺼내 넘겨줬다.

그리고 30만 달러를 받았다.

남풍이 바하 반도로 점점 세차게 불어오면서 구름층과 따뜻한 공기를 코르테스 해안 너머로 밀어 올렸다.

구름 때문에 위성사진을 구하지 못한 지가 8시간이 지났다. 그 시간이면 많은 일이 일어날 수도 있었다. 바레라가 떠났거나 노라가 죽었을 수도 있었다. 구름은 흩어질 기미가 안 보이고 새로운 정보 없이 시간은 점점 흘러가고만 있었다.

당분간은 지금 가지고 있는 정보가 최신 정보일 터였다. 아트는 서둘러 작전에 들어가야 했다. 그렇지 않으면 손도 못 써보고 끝날지 몰랐다.

하지만 어떻게?

아트가 멕시코에서 믿을 수 있는 유일한 경찰이었던 라모스가 죽었다. 국가 정보기관의 우두머리는 바레라의 보수를 받고 있었고 로스 피노스는 바레라에 대한 캠페인의 페달을 6단 후진기어에 놓고 후퇴하고 있었다.

아트의 선택은 하나뿐이었다.

그리고 아트는 그 선택이 싫었다.

아트는 샌디에이고 항구 한가운데에 있는 돛단배 정박지인 셸터 아일랜드에서 존 홉스를 만났다. 그들은 밤에 바닷가에서 만나서 바다를 접한 공원길을 따라 걸으며 핵심에 접근했다.

"자네가 내게 부탁하고 있는 일이 뭔지는 알고 있겠지."

'네, 알고 있습니다.'라고 아트는 생각했다.

대답도 하지 않았는데 홉스가 아트에게 말했다.

"우방국가의 독립 영토를 불법 공습하자 이거지. 그건 내가 생각해 낼 수 있는 모든 국제 법규를 위반하는 일이야. 아울러 수백 가지의 국내 법규를 위반하는 일이기도 하지. 이렇게 기분 나쁜 표현을 쓰는 걸 자네도 이해할 거야. 이웃 국가와 중대한 외교 위기를 유발할 수 있는 문제니까."

"바레라를 잡을 수 있는 마지막 기회입니다."

"우린 중국의 선적을 중지시켰어."

"그렇다고 아단이 그만둘 거라고 보십니까? 우리가 지금 잡지 않으면 아단은 6개월 안에 무기·마약 거래를 착수하게 되고, 결국 FARC는 완전 무장을 하게 될 겁니다."

홉스는 묵묵히 말이 없었다. 아트는 홉스 옆으로 걸어가서 바닷물이 바위를 철썩이는 소리를 들으며 자신의 생각들을 알려주려고 애썼다. 멀리서 티후아나의 불빛들이 반짝이며 깜박거렸다.

아트는 숨이 멎는 기분이었다. 만약 홉스가 이번 일을 지지하지 않는다면 노라 헤이든은 죽고 바레라는 이길 것이다.

결국 홉스가 입을 열었다.

"정상적인 정보 제공자들을 이용할 수 없을지도 몰라. 외부에서 조달해야 할 거야. 이중 맹검법(약의 효과를 객관적으로 평가하는 방법. 진짜 약과 가짜 약을 피검자에게 무작위로 주고, 효과를 판정하는 의사에게도 진짜와 가짜를 알리지 않고 시험한다. 환자의 심리 효과, 의사의 선입견, 개체의 차이 따위를 배제하여 약의 효력을 판정하는 방법이다 ─ 옮긴이)."

'신이여, 감사합니다.' 아트는 마음속으로 중얼거렸다.

홉스가 아트에게 몸을 돌리며 말했다.

"그리고 아트, 이 일이 불법 주거 침입이 되어서는 안 돼. 우리가 어떻게 바레라를 수감했는지 멕시코 인들에게 결코 설명할 수 없을 거야. 이 일은 법률 집행 작전이 아니라 정보기관 활동으로 전환될 거야. 이건 체포가 아니라 법령위반에 대한 비정상적인 처벌이 될 거야. 괜찮겠나?"

아트는 고개를 끄덕였다.

"말로 대답하는 걸 들어야겠네."

"법령위반에 대한 처벌이죠. 그게 제가 원하는 겁니다."

아트는 지금까지는 괜찮다고 생각했다. 하지만 존 홉스가 대가 없이 이 일에서 멀어질 리는 없다는 사실을 아트는 알았다. 오래 걸리지 않았다.

"그리고 자네 정보 제공자가 누구인지 알아야겠어."

"물론이죠."

아트는 홉스에게 말해 줬다.

칼란은 노칼 해변에 세 들어 있는 오두막집으로 돌아가고 있었다. 시원하고 안개 낀 날이었다. 칼란은 이런 날을 좋아했다.

기분 좋은 날씨였다.

칼란은 오두막집 문을 열자마자 22구경 권총을 뽑아 겨눴다.

"진정해. 아무 문제 없어."

살 스카키였다.

"그런가요?"

"자넨 지정구역에서 벗어났어. 내게 먼저 말했어야지."

"그랬으면 가게 했을까요?"

"올바른 대책을 갖고 있었다면 가게 했겠지."

"바레라의 돈을 가로챈 일은요?"

"지난 얘기야."

"그럼 우린 문제 없군요."

칼란은 총부리를 낮추지 않고 계속 말했다.

"얘기해 줘서 고마워요. 이제 떠나시죠."

"자네한테 일을 맡기려고 왔어."

"됐습니다. 더 이상 그런 일은 하지 않아요."

좋아, 하고 스카키는 칼란에게 말했다. 왜냐하면 이번에는 누굴 죽이는 얘기가 아니라 누군가를 살리는 일이니까.

그들은 바다 쪽에서 들어가기로 결정했다.

아트와 스카키는 상세한 지역 지도들을 골똘히 들여다본 뒤 그 방법이 빠르게 진입하는 유일한 길이라고 결정을 내렸다. 밤에 낚싯배 한 척이 남쪽에서 올라오면 그들은 그 배를 타고 가서 해변에 상륙할 것이다.

이제 시간과 조수가 문제였다.

코르테스 해안은 조수 차가 극심했다. 썰물에는 수백 미터나 물이 빠지기 때문에 신속한 습격이 불가능해질 수 있다. 수백 미터의 텅 빈 백사장을 가로지를 수는 없기 때문이다. 밤이라도 그들은 눈에 띌 것이고 그 집 근처에 이르기도 전에 소탕될 것이다.

그래서 성공적인 습격을 위한 시간대는 제한됐다. 밤이어야 하고 밀물이어야 했다.

"9시에서 9시 20분 사이에 가야 해. 오늘 밤."

스카키가 말했다.

너무 촉박하다고 아트는 생각했다.

어쩌면 너무 늦었는지도 몰랐다.

노라는 샌디에이고에 마지막으로 방문했을 때에 대해 모두 말했다.

어떻게 쇼핑을 했으며, 무엇을 샀으며, 어디에 머물렀으며, 헤일리와 어떻게 점심을 먹고, 낮잠을 자고, 달리고, 저녁을 먹었는지.

"그날 밤에 무엇을 했습니까?"

"방 안에 머물며 저녁을 주문하고 TV를 봤어요."

"라호야에 있었는데 그저 TV만 봤다고요? 왜죠?"

"그냥 그러고 싶었어요. 혼자 있고 싶었고 멍청하게 TV 앞에 죽치고 앉아 있고 싶었어요."

"뭘 봤지요?"

노라는 자신이 미끄러운 비탈길을 내려가고 있다는 사실을 알았다. 노라는 그 사실을 알고 있었지만 달리 어쩔 도리가 없었다. 그게 미끄러운 비탈길의 본질 아니겠는가?

'내가 그날 밤 실제로 한 일은 화이트하우스에 가서 아트 켈러를 만난 일이지만, 그걸 말할 수는 없잖아? 그러니……'

"모르겠어요. 기억이 안 나요."

"그리 오래전이 아닌데요."

"수준 낮은 프로들요. 알잖아요, 그런 영화들. 아마 보다가 잠든 거 같아요."

434

"유료채널? HBO?"

노라는 발렌시아 호텔에 유료채널이나 HBO 같은 방송이 나왔는지 기억할 수 없었다. 그곳에서 TV를 켜본 적이 있었는지도 불투명했다. 유료 영화를 봤다고 말하면 청구서를 확인해 볼 것이다. 그래서 이렇게 말했다.

"HBO나 쇼타임 중 하나였던 거 같아요."

심문자는 사냥감에 살그머니 접근하고 있다는 사실을 느꼈다. 노라는 아마추어였다. 프로 거짓말쟁이는 모든 것이 모호했다("기억나지 않아요. 이것일지도 모르고 저것일지도 몰라요."). 하지만 이 여자는 자신이 한 모든 일에 대해 정확하고 자세했다. 그날 저녁 설명을 하기 전까지는 그랬다. 그런데 이제 불확실하고 모호해졌다.

프로 거짓말쟁이의 핵심은 거짓말을 진실로 보이게 만들지 않고 진실을 거짓말처럼 보이게 만드는 데에 있었다.

흠, 노라의 진실은 진실로 보였다. 그리고 거짓말은?

"그 영화가 뭐였는지는 기억하지 못하는군요."

"알겠지만 이 채널 저 채널 돌리고 있었거든요."

"이 채널 저 채널."

"네."

"저녁으로는 뭘 먹었습니까?"

"생선요. 난 대개 생선 요리를 먹어요."

"체중 조절 때문인가요?"

"당연하죠."

"잠시 뒤에 오겠습니다. 내가 없는 사이 그날 본 영화가 뭔지 생각해 보도록 해요."

"자도 되나요?"

"잠이 들면 생각을 할 수 없잖아요?"

하지만 잠을 자지 않으면 생각을 할 수 없다고 노라는 걱정했다. 그게 문제였다. 더 많은 거짓말을 생각할 수가 없었고, 그 거짓말들의 일관성을 지킬 수 없었고, 무슨 일이 일어났고 무엇을 했는지 나조차도 확신할 수 없었다. 내가 무슨 영화를 봤지? 이건 무슨 영화의 장면이지? 어떻게 하면 끝낼 수 있지?

"그날 당신이 본 영화를 기억해 낼 수 있으면 자게 해 주겠어요."

그는 과정을 알았다. 충분한 압력을 주면 정신이 대답을 만들어낼 것이다. 이 경우 그것이 사실이든 환상이든 상관없었다. 그는 노라가 대답을 하게 만들고 싶을 뿐이었다.

잠을 재워주겠다는 조건으로 그 여자의 정신은 정보를 '회상' 하게 될 것이다. 그것은 노라에게 실제라고 여겨지게 될지도 몰랐다. 만약 진실로 밝혀지면, 좋다. 하지만 거짓이라면, 노라가 조그만 틈을 제공하게 되고, 거기서부터 다른 모든 것이 갈라져 나올 것이다.

노라는 흐트러지게 될 것이다.

그리고 그때 진실이 밝혀질 것이다.

심문자가 라울에게 말했다.

"그녀는 거짓말을 하고 있습니다. 말을 만들어내고 있어요."

"어떻게 장담하지?"

"신체 언어. 모호한 대답. 만약 거짓말 탐지기를 달고 그 특별한 날 밤에 대해 물으면 거짓말이라는 게 탄로 날 겁니다."

라울은 의아했다.

'아단을 설득하기에 충분한가? 형과 시민전쟁을 시작하지 않고 이 거짓말쟁이 계집애를 신속히 처리할 수 있을까?'

우선 파비안이 변호사에게 그녀가 밀고자라는 메시지를 보냈다. 그리고 지금 그녀가 거짓말을 하고 있다는 사실을 심문자가 밝히기 직전이었다.

하지만 기다려야 할까?

레보요 장군이 결정적인 대답을 해 주기를? '만약' 레보요 장군이 답을 줄 수 있다면?

"언제쯤이면 그녀를 무너뜨릴 수 있겠나?"

심문자는 시계를 보았다.

"지금 5시입니까? 8시 30분이나 늦어도 9시에는 될 겁니다."

낚싯배가 고르지 않은 바닷물을 헤치고 나가자 아트는 이제 구름은 '우리'편이라고 생각했다. 작은 파도가 뱃머리에 부딪히면서 규칙적인 철썩임이 들렸다. 위성정보 수집을 방해했던 궂은 날씨가 이제는 그들을 '도와' 활약하고 있었다. 바레라의 보호로 걱정 없이 짐을 싣고 있는 다른 배들처럼 그들도 바다 위에 떠 있는 모습이 가려진 채 전진하고 있었다.

아트는 갑판에 조용히 앉아 있는 사람들을 보았다. 그들의 눈은 검게 칠을 한 얼굴과 대조적으로 밝게 빛나고 있었다. 흡연이 금지되어 있어서 대부분 불을 붙이지 않은 담배를 입에 물고 초조하게 담배 피우는 시늉을 하고 있었다. 껌을 씹는 사람들도 있다. 몇몇은 조용히 이야기를 나누고 있고 대다수는 달빛 아래 빛나고 있는 잿빛 안개를 바라보며 앉아 있었다.

그들은 검정 낙하복 위에 방탄조끼를 입고 있고, 맥-10이나 M-16이나 45구경 권총 등을 허리춤에 차고 있었고, 반대편에는 성능 좋고 납작한 벌채용 칼을 꽂아두고 있었다. 조끼에는 수류탄이 주렁주렁 매달려 있었다.

이 사람들이 '외부에서 조달된' 사람들이로군, 하고 아트는 생각했다.

스카키는 대체 어디서 이들을 데려왔을까?

칼란은 알고 있었다.

레드 미스트 동료들과 여기 앉아 있으니 빌어먹을 옛 고향으로 돌아간 듯했다. 라스탕가스 내무반 동료인 이들은 해야 할 일을 기다리고 있었다.

스카키는 '테러리스트들의 무기 공급을 원천봉쇄'하는 일이라고 했다.

방수천으로 덮인 배 3척을 갑판에 묶었다. 배에 탄 8명은 50미터 떨어진 곳에 상륙할 것이다. 가장 북쪽의 배 2척에 탄 사람들이 큰 건물을 향할 것이다. 나머지 사람들은 작은 오두막으로 갈 것이다.

칼란은 생각했다.

'우리가 거기 닿기나 할지가 문제지.'

만약 바레라 측에 정보가 누설되었다면 자신들은 돌집에서 쏟아지는 집중 공격 속으로 걸어가는 꼴이 되며, 안개 외에 아무런 엄폐물도 없는 텅 빈 해변에서 옴짝달싹 못 하고 당할 터였다. 시신들로 해변을 장식하게 될 것이다.

그리고 바레라는 이미 그 집을 떠났을 것이다.

스카키는 명쾌한 설명을 덧붙였다. 뒤쪽에는 공격해 올 사람이 아무도 없었다. 죽든 살든 그 둘의 어디쯤에 있든, 그들은 배로 돌아올 수 있었다. 칼란은 스카키가 '묘비'라고 부르는 후미 갑판의 콘크리트 블록을 흘끗 바라보았다.

해장(海葬).

멕시코에서 희생자 하나 없이 떠나지는 못할 것이다. 세상은 이 일을 바레라가 현재 어려움에 처해 있는 것을 이용하려는 라이벌 마약 밀매자에 의한 습격으로 볼 것이다. 만에 하나 붙잡히게 되면 그렇게 말해야 했다. 무슨 일이 생기더라도. 더 좋은 생각은? 입에 총을 쑤셔 넣고 당겨라. 우리는 해병대가 아니다. 우리는 당신을 구하러 오지 않을 것이다.

아트는 아래쪽 선실로 내려갔다.

디젤 연료의 독한 냄새 때문에 속이 메슥거렸다. 어쩌면 신경 과민 탓인지도 몰랐다.

스카키는 커피를 마시고 있었다.

"옛날 생각나는군. 그렇지, 아트?"

"비슷하군요."

"이봐, 아트. 자네는 이 일을 실행하고 싶지 않지. 사실대로 말해 봐."

"실행하고 싶어요."

"해변에서 30분밖에 없어. 30분 안에 우리는 배로 돌아와 출발해야 해. 그동안 멕시코 순찰정은 절대로 지나가지 말아야 하고 말이야"

"알고 있어요. 얼마나 더 가야 하죠?"

스카키는 아트의 질문을 배의 선장에게 넘겼다.

두 시간.

아트는 시계를 확인했다.

9시쯤 해변에 닿을 것이다.

노라는 8시 15분에 실수를 저질렀다.

노라는 일어선 채 잠에 빠져들기 시작했지만, 그들이 노라를 흔들고 방 안을 돌아다니며 걷게 했다. 그리고 다시 앉히고 심문자가 들어와 질문했다.

"그날 밤 뭘 봤는지 기억합니까?"

"네."

'왜냐하면 나는 잠을 좀 자야 하니까. 자야 하니까. 만약 내가 잘 수 있다면 생각도 할 수 있고, 여기서 빠져나갈 방법도 떠올릴 수 있어. 그래서 그에게 뭔가를 주고, 아주 조금만 주고 약간의 잠을 사는 거야. 약간의 시간을 사는 거야.'

"아주 좋아요. 뭐였지요?"

"아미스타드."

"노예에 대한 영화군요."

"맞아요."

'계속해서 내게 그 영화에 대해 물어봐.' 노라는 생각했다. '난 그 영화를 봤어. 기억해. 그 영화에 대해 말할 수 있어. 질문을 해

봐. 빌어먹을.'

"주 중에는 네트워크 영화가 제공되지 않아요. 그러니 그건 유료 채널이나 HBO였겠군요."

"아니면 다른 거든지……"

"아뇨. 내가 확인했어요. 당신 호텔은 HBO와 유료 채널만 있어요."

"오."

"그래서 어느 것이었죠?"

'젠장 그걸 내가 어떻게 알아?'

"HBO."

심문자가 슬프게 고개를 저었다. 학생에게 실망한 선생님처럼.

"노라, 그 호텔에는 HBO가 안 나옵니다."

"하지만 당신이 방금……"

"당신을 테스트하고 있었어요."

"그럼 유료 채널이었겠죠."

"그랬나요?"

"네, 이제 기억이 나요. 그건 유료 채널이었어요. 텔레비전 위에 놓인 작은 카드를 본 기억이 나요. 내가 포르노를 주문할 거라고 직원이 생각했는지 궁금했어요. 네, 맞아요. 그리고 난…… 뭐죠?"

"노라, 당신 청구서 복사본을 입수했어요. 당신은 유료 채널을 보지 않았어요."

"안 봤다고요?"

"안 봤어요. 이제 당신이 그날 밤에 정말로 한 일을 말해 주지 않겠어요, 노라?"

"말했잖아요."

"거짓말을 했잖아요, 노라. 정말 실망스럽군요."

"그냥 혼란스러워요. 정말 지쳤어요. 잠을 조금만 자게 해 주면……."

"거짓말을 하는 유일한 이유는 뭔가를 숨기기 위해서지요. 뭘 숨기고 있지요, 노라? 그날 밤 정말로 한 일은 뭐지요?"

노라는 두 손에 얼굴을 파묻고 흐느꼈다. 노라는 후안 신부가 죽은 이후로 처음 울어보는 거라 기분이 좋았다. 기분 전환이 됐다.

"그날 밤 어딘가 다른 곳에 있지 않았나요?"

노라는 고개를 끄덕였다.

"완전히 거짓말을 하고 있었군요?"

노라는 또 한 번 고개를 끄덕였다.

"이제 좀 잘 수 있을까요?"

"그녀에게 수면제를 주고, 라울에게 연락해."

아단의 방문이 열렸다.

라울이 들어와 아단에게 권총을 건넸다.

"할 수 있겠어, 형?"

노라는 어깨에 손이 얹히는 것을 느꼈다.

처음에는 꿈이라고 생각했는데 눈을 떠보니 아단이 서 있는 모습이 보였다.

"내 사랑, 산책 좀 하러 가지."

442

"지금요?"

아단이 고개를 끄덕였다.

아단은 아주 심각해 보였다. 아주 심각했다.

아단은 노라가 침대에서 일어나는 것을 도왔다.

"나 엉망이에요."

그랬다. 노라의 머리카락은 부스스하고 얼굴은 약 때문에 부어 있었다. 노라가 화장하지 않은 모습은 처음이었다.

"당신은 언제나 사랑스러워 보여. 여기, 스웨터 입어. 쌀쌀해. 당신이 병이 나는 건 싫어."

노라는 아단과 은빛 안개 속으로 걸어 나갔다. 노라는 비틀거렸고 해변의 굵은 자갈을 밟는 일을 힘겨워했다. 아단은 노라의 팔을 잡고 오두막 바깥으로 천천히 노라를 데리고 나가서 바닷가 쪽으로 걸어갔다.

라울은 창가에 서서 밖을 바라보았다.

아단과 노라가 돌 오두막을 떠나 어둠 속으로 들어가는 모습이 보였다. 그리고 곧 안개에 가려 보이지 않았다.

형이 할 수 있을까?

'형이 그 예쁜 금발머리의 뒤통수에 총을 대고 방아쇠를 당길 수 있을까? 상관없을까? 만약 형이 못한다면 내가 할 거야. 어느 경우든 나는 새로운 파트론이 되고, 새로운 파트론은 옛날 방식과 다르게 사업을 운영할 거야.' 아단은 너무 부드러웠다. 항상 작은 회계원이었다. 숫자에는 익숙했지만 피에는 익숙하지 않았다.

커다란 노크 소리가 라울의 생각을 방해했다. 라울이 날카롭게 말했다.

"뭐야?"

부하 한 명이 들어왔다. 계단을 달려서 올라온 것처럼 숨이 턱에 차올라 있었다.

"밀고자 말입니다. 방금 레보요 장군으로부터 전갈이 왔습니다. 마약 단속국으로부터 직통으로 얻은 정보인데, 왈레스……."

"노라야."

그 남자가 고개를 저었다.

"아닙니다, 파트론. 파비안입니다."

전령사는 증거를 늘어놓았다. 덮어두었던 살인 기소, 사형의 위협, 그리고 결정적인 증거로 예금 전표 사본이었다. 코스타리카, 케이먼, 스위스에 있는 은행들에 파비안의 이름으로 아트 켈러가 만든 계좌였다.

수십만 달러. 빅 피치 형제가 가로챘던 현금의 수수료만큼이었다.

"그들이 파비안을 협상하게 만들었습니다. '은을 선택하겠는가, 납을 선택하겠는가.'"

파비안은 은을 선택했다.

"앉을까?"

아단은 노라가 앉는 것을 도와주고 그 옆에 앉았다.

"추워요."

아단이 노라에게 팔을 둘렀다.

"홍콩에서 지낸 밤을 기억해? 빅토리아 피크로 날 데려갔을 때는? 우리가 거기 있다고 상상해 봐."

"좋아요."

"저길 봐. 그 불빛들을 상상할 수 있어?"

"아단, 당신 울고 있어요?"

아단은 뒤춤에 있는 총을 천천히 꺼냈다.

"키스해 줘."

아단은 노라의 턱을 당겨 입술에 부드럽게 키스하면서 천천히 노라의 뒤통수로 총부리를 갖다 댔다.

"당신은 내 영혼의 일출."

아단은 노라의 입술 속으로 속삭이며 총의 공이치기를 당겼다.

'형, 미안해. 이 정보가 내게 너무 늦게 도착했어. 정말 비극이야. 하지만 파비안에게 복수할게. 그건 믿어도 돼.'

라울은 할 말을 연습했다.

지금은 파비안 문제보다 그 금발머리 문제 해결이 더 급해. 노라가 죽으면 아단은 파멸할 것이다. 아단은 조직을 다시 관리할 수 없을 것이다.

'아단은 내 형이야.'

'실수를 저질렀어.'

라울은 전령사를 옆으로 밀치고 계단을 내려가 어둠 속으로 달려갔다.

그리고 외쳤다.

"형! 형!"

아단은 안개에 덮여 약하게 나는 그 소리를 들었다.

자갈 위를 달려오는 발걸음 소리가 들렸다. 가까워지고 있다. 아단은 방아쇠를 손가락으로 단단히 쥐며 생각했다. 라울에게 이 일을 하게 할 수는 없어.

아단은 어깨너머로 안개 속 유령처럼 성큼성큼 걸어오고 있는 라울의 커다란 형체를 보았다.

'내가 해야 해.'

'해.'

배가 해변에 닿자 아트가 배에서 뛰어내렸다.

발목 깊이의 파도에 발부리가 걸려 해변에 얼굴을 박고 쓰러졌다. 아트는 일어나 몸을 낮추고 해변 쪽으로 옮겨가는데……

라울 바레라가 보였다.

앞으로 달려오고 있었다.

아단도 보였다.

노라도.

적어도 90미터는 되는 먼 거리였다. 그가 분노에 차서 M16을 쏘는 것은 베트남전 이후로 처음이었다. 아트는 어깨에 소총을 대고 적외선 암시 장치에 눈을 댔다. 라울 옆 1미터 못 되는 곳을 겨냥하여 방아쇠를 당겼다.

총알이 성큼성큼 걷고 있는 라울을 맞혔다.

배에 정통으로 맞았다.

라울은 넘어지며 구르더니 앞으로 기어가기 시작했다.

그때 밤하늘이 훤하게 밝아졌다.

라울은 땅바닥으로 쓰러졌다.

괴로움으로 자갈 위를 구르고 고통으로 비명을 질렀다.

아단은 총을 떨어뜨리고 라울에게 달려갔다. 무릎을 꿇고 라울을 잡아보려고 하지만 라울은 너무도 고통스러워하며 몸을 비틀어 완강하게 아단의 손아귀에서 벗어났다.

"맙소사!"

아단이 외쳤다.

손이 피로 물들었다. 셔츠 앞섶과 바지에 피가 배어들었다.

뜨겁다.

라울이 신음소리를 냈다.

"형, 노라가 아니야. 파비안이었어."

그리고 라울은 울부짖으며 신을 불렀다.

아단은 머리를 맑게 하려고 애썼다.

아단의 주변 세상이 폭발하고 있었다. 총성이 사방에서 울리고, 그들 쪽으로 달려오는 자갈 밟는 발걸음 소리도 들렸다. 라울의 경호원이었다. 뒤쪽에서는 총성이 울리고, 사람들이 라울을 일으키려 하고 있었다. 아단이 고함을 질렀다.

"자동차를 가져와! 여기로 가져와. 라울, 병원으로 데려갈게."

"날 건드리지 마!"

"병원으로 가야 해."

그들은 공격을 피해 라울을 해변 위로 끌고 가기 시작했다.

아단은 노라의 팔을 잡고 끌어당겼다.

"어서!"

몇 발짝 옆에서 수류탄이 터져 두 사람을 넘어뜨렸다.

노라는 자갈밭으로 쓰러지면서 뇌진탕을 일으켜서 코피가 흘러나왔다. 아단이 뭐라고 고함을 지르고 있지만, 노라는 아무 말도 듣지 못했다. 산체스가 아단을 끌어당겼다. 아단은 비명을 지르며 다시 노라에게 다가가려 했지만 산체스를 이기지 못했다.

저격수 2명이 노라를 데려오려다가 총알을 맞고 쓰러졌다.

번쩍, 하고 또 다른 섬광이 일더니 암흑이 이어졌다.

아트는 라울과 아단이 본채 근처의 언덕 꼭대기에 있는 랜드로버 쪽으로 이끌려가는 것을 보았다.

아트는 그들을 향해 달려갔다.

총알이 아트의 다리 주변에 빗발쳤다.

무테안경을 쓴 호리호리한 남자가 오두막의 현관문 밖으로 나와서 언덕 위로 달리기 시작했다. 하지만 바나나 껍질을 밟고 미끄러지는 무성영화의 코믹한 장면처럼 총알을 맞고 뒤쪽으로 휙 날아갔다.

문이 쿵 하고 닫히면서 창문에서 포화가 쏟아졌다. 아트는 땅바닥에 엎드려 노라 쪽으로 기어갔다. 칼란이 아트 옆으로 굴러와서 엄호사격을 했다.

칼란이 아트 뒤에서 외쳤다.

"엎드려요!"

잠시 뒤 수류탄이 오두막 창문으로 쉭 하고 날아가 폭발했다.

오두막에서 쏟아지던 총격이 멈췄다.

라울은 부하들이 자동차 뒷자리에 태우기 위해 몸을 들어 올리자 괴로워하며 비명을 질렀다. 아단은 반대편으로 차에 올라 무릎에 동생의 머리를 올려놓았다.

라울은 아단의 손을 잡고 흐느껴 울었다.

산체스가 운전석에 뛰어올랐다. 라울의 부하들이 그를 말리려고 하자 아단이 외쳤다.

"산체스가 운전하게 놔둬!"

자동차가 해변 위를 날아올랐다. 자동차가 들썩거릴 때마다 라울이 고통스러워했다.

아단은 동생의 꽉 쥔 손 때문에 손뼈가 부러질 거 같지만 상관하지 않았다. 아단은 라울의 머리를 쓰다듬으며 견뎌내라고, 모든 게 다 잘 될 거라고 말했다.

"물."

라울이 웅얼거렸다.

아단은 시트 주머니에서 플라스틱 물병을 찾아 뚜껑을 비틀어 연 후 라울의 입에 대주었다. 라울이 꿀꺽꿀꺽 마시며 물을 흘렸다. 아단의 신발 위로 물이 흘러내렸다.

아단은 뒤돌아 비탈길 아래를 내려다보았다.

노라의 흐느적거리는 몸이 보였다.

"노라!"

아단은 산체스를 쳐다보았다.

"돌아가야 해!"

산체스는 그 말을 듣지 않았다. 자동차 기어를 1단 사륜구동에 놓고 천천히 언덕 위로 이동하고 있었다. 다른 랜드로버 한 대가 뒤이어 오고 있고 그 뒤에서 저격수들이 엄호사격을 퍼붓고 있었다.

추적자의 총격이 벌떼같이 몰려든 반딧불이처럼 어둠을 뚫고 포물선을 그렸다.

로켓 추진 수류탄이 뒤에 오던 랜드로버를 폭발시켰다. 뜨거워진 금속 파편들이 회전하면서 공중으로 날아갔다. 운전사가 화염에 휩싸인 자동차에서 굴러떨어지며 축제의 밤하늘 불꽃들처럼 빙빙 돌았다. 또 다른 시신이 자동차의 열린 옆구리 밖으로 튕겨나와 바위 위에서 지글거렸다.

산체스가 가속기를 밟았다. 라울이 비명을 질렀다.

아트는 랜드로버 한 대가 여전히 비탈길을 올라가는 것을 불꽃들 사이로 어렵사리 응시했다. 랜드로버가 칙칙 소리를 내며 올라갔다.

"젠장!"

아트는 칼란을 돌아보며 명령했다.

"이 여자를 지키고 있어!"

아트는 노라의 늘어진 몸을 칼란에게 넘겨주고 도주하고 있는 랜드로버를 향해 달리기 시작했다. 본채 건물에서 쏟아지는 사격이 모기처럼 아트의 귓전에서 윙윙거렸다. 아트는 몸을 낮추고 계속 달려 불타고 있는 랜드로버와 까맣게 숯이 된 시신들을 지나, 언덕을 오르려고 전력을 다하고 있는 랜드로버 쪽으로 갔다.

아트를 보자 아단은 몸을 틀어 총을 겨누려 했다. 하지만 몸을 움직일 때마다 라울에게 새로운 고통의 발작을 일으키게 했다.

아단은 아트를 돌아보았다. 아트가 계속 달려오며 소총을 어깨로 가져갔다.

아단이 쏘았다.

두 사람 모두 빗맞았다.

랜드로버가 산마루에 이르렀다. 그리고 내리막길을 미끄러져 내려가기 시작했다. 라울이 날카로운 소리를 질렀다. 자동차가 속도를 내자 아단이 라울을 꽉 붙잡았다.

아트는 산등성이의 언저리에 서 있었다. 등을 구부린 채 숨을 고르며 랜드로버가 덜거덕거리며 멀어져가는 것을 바라보았다.

아트는 세 번의 깊은 심호흡을 한 뒤 소총을 어깨에 대고 왼쪽 뒤창을 겨누었다. 조금 전에 아단을 본 위치였다. 아트는 숨을 길게 들이마신 뒤 숨을 내쉬며 방아쇠를 움켜쥐었다.

자동차는 계속 멀어져갔다.

아트는 빠른 걸음으로 본채로 돌아왔다.

스카키의 용병들은 신중하고 솜씨 좋게 맡은 일에 착수했다. 한 분대가 잘 통솔된 짧은 사격으로 엄호하고 다른 분대가 앞으로 나아갔다. 그다음엔 역할을 바꿨다. 이 전술을 세 번 진행하여 집의 측면으로 한 사람이 다가갔다. 다른 사람들이 창문 안으로 사격을 퍼붓는 사이 그는 집의 돌벽에 바짝 붙었다. 그리고 신호에 따라 모두 사격을 멈추고 그가 문에 탄약을 부착한 뒤 땅바닥으로 몸을 던지자 문이 부서져 내렸다.

다른 용병들이 뛰어 들어갔다.

곧바로 총성이 세 번 들리더니 조용해졌다.

아트가 집 안으로 들어갔다.

어쩐지 기분 나쁜 집이며 정신없는 곳이었다.

사방이 피투성이에 시신들과 부상자들이 있었다. 스카키의 용병들은 생사의 고비를 오가는 저격수들을 능률적으로 재빨리 해치웠다.

죽은 저격수 셋이 앞쪽 방의 바닥에 큰 대자로 뻗어 있었다. 얼굴을 땅에 대고 있는 한 시신은 뒤통수에 두 개의 총알을 맞은 상처가 나 있었다. 아트는 그 시신을 넘어 침실로 들어갔다.

열한 구의 시신이 더 있었다.

어깨에 붉은 얼룩이 있는 한 부상자는 부엌 찬장에 기댄 채 다리를 벌리고 앉아 있었다. 스카키는 그 부상자 쪽으로 걸어와서 50미터 필드 골을 도전하는 사람처럼 발로 찼다.

스카키의 부츠가 픽 소리를 내며 그 부상자의 급소를 맞혔다.

"이야기를 시작해."

아트의 말에 그 부상자는 이야기를 시작했다. 아단과 라울과 금발머리가 여기 있었으며 라울이 배에 총을 맞고 몹시 상처 입었다고 말했다.

"흠, 어쨌거나 기쁜 소식이군."

스카키가 말했다. 스카키는 아트와 같은 계산을 했다. 만약 라울 바레라가 배에 총을 맞았다면, 살아날 수 없을 것이다. 죽을 가능성이 높았다. 사실, 죽은 거나 다름없었다.

아트가 스카키에게 말했다.

"그들을 잡을 수 있어요. 그들은 길에 있고 그리 멀리 가지도 못했어요."

"그들을 무엇으로 잡지? 지프를 가져왔나?"

스카키는 시계를 들여다보더니 외쳤다.

"10분!"

"그들을 따라가야 해요!"

"곧."

그 부상자는 계속 정보를 털어놓았다. 바레라 형제는 랜드로버를 타고 떠났고 라울을 치료하기 위해 산 펠레페로 향했다.

스카키는 그의 말을 믿었다.

"이 자를 데리고 나가서 쏴버려."

스카키가 명령했다.

아트는 못 본 체했다.

모두가 알고 있는 관례였다.

랜드로버는 울퉁불퉁한 길을 덜거거리며 달렸다.

라울이 비명을 질렀다.

아단은 무엇을 해야 할지 몰랐다. 만약 산체스에게 천천히 달리라고 하면 라울은 분명 병원도 도착하기 전에 과다 출혈에 이를 것이다. 만약 산체스에게 속도를 올리라고 하면 라울은 더욱 고통이 심해질 것이다.

왼쪽 앞바퀴가 도랑에 빠지자 라울이 날카로운 외마디 소리를 냈다.

라울이 숨을 헐떡이며 웅얼거렸다.

"제발, 형."

"뭐야, 라울."

라울이 아단을 쳐다보았다.

"알잖아."

라울은 뒤춤에 있는 총 쪽으로 눈길을 주었다.

"안 돼, 라울. 넌 견딜 수 있어."

"더…… 이상…… 못…… 견디…… 겠어."

라울이 헐떡거렸다.

"제발, 형."

"난 못해."

"이렇게 간청해."

아단은 산체스를 바라보았다.

늙은 경호원이 고개를 저었다. 라울은 견뎌내지 못할 것이다.

"차를 세워."

아단이 명령했다.

아단은 라울의 벨트에서 권총을 빼냈다. 자동차 문을 연 뒤 동생의 머리를 받치고 있던 다리를 천천히 빼내어 라울의 머리를 의자에 눕혔다. 사막의 공기는 샐비어와 에르모시오 냄새로 톡 쏘았다. 아단은 권총을 들어 올려 라울의 정수리를 겨누었다.

"고마워, 형."

라울이 작은 소리로 말했다.

아단은 방아쇠를 두 번 당겼다.

아트는 스카키를 따라 해변으로 나갔다. 거기서 스카키는 죽은 용병 둘에게 십자성호를 그려줬다.

"좋은 녀석들이었는데."

다른 용병들 두 사람이 그 시신들을 배로 옮겼다.

아트는 총총 걸어서 노라를 놔두고 온 해변으로 갔다.

칼란이 걸어오는 모습을 보자 아트는 걸음을 멈췄다. 칼란이 노라를 어깨에 걸쳐 메고 걸어오고 있었다. 노라의 흐느적거리는 팔 주변으로 금발머리가 휘날리고 있었다.

아트는 칼란을 도와 노라를 배로 옮겼다.

아단은 산 펠리페로 가지 않았다. 대신 작은 낚시 캠프로 갔다.

그곳 주인은 아단이 누구인지 알지만 모르는 척했다. 그건 똑똑한 행동이었다. 그는 아단에게 뒤쪽에 있는 통나무 오두막집 두 채를 빌려줬다. 하나는 아단이, 하나는 산체스가 묵었다.

산체스는 명령을 듣지 않아도 무엇을 해야 할지 알고 있었다.

산체스는 랜드로버를 자신의 오두막집 바로 옆에 주차하고 라울의 시신을 안으로 옮겨 욕실로 가져갔다. 욕조에 시신을 눕히고 낚시꾼들이 사용하는 칼을 구해왔다. 그리고 라울의 시신을 손, 팔, 발, 다리, 머리로 절단했다.

라울에게 장례식을 치러주지 못하는 것은 유감스러운 일이었다. 하지만 라울이 죽었다는 사실은 아무도 몰라야 했다.

물론 소문이 나돌기 시작할 것이다. 그러나 바레라 조직의 집행자가 아직 살아 있을 가능성이 있는 한 감히 누구도 그들을 상대로 행동을 취하지 못할 것이다. 만약 라울이 죽은 것을 알게 되면 대문이 열리면서 복수를 하려는 적들이 홍수처럼 쏟아져 들어올 것이다.

산체스는 비늘 칼로 라울의 절단된 손가락 끝의 피부를 조심스럽게 벗겨 낸 뒤 그 피부를 욕조 하수구에 흘러내렸다. 그리고 절단된 시신 토막들을 몇 개의 비닐봉지에 담고 욕조를 헹구어냈다. 비닐봉지를 가지고 나가 작은 모터보트에 실은 뒤 어부들이 그물 타래를 가라앉힐 때 사용하는 산탄으로 비닐봉지를 채웠다. 걸프 쪽으로 배를 몰고 가서 2~3미터 마다 비닐봉지 하나씩을 물속으로 떨어뜨렸다.

매번 떨어뜨릴 때마다 산체스는 재빨리 기도했다. 성모 마리아와 산토 헤수스 말베르데에게 함께 기도했다.

아단은 샤워기를 틀어놓고 서서 울었다.

눈물이 더러운 물과 함께 하수구 속으로 소용돌이쳐 흘러갔다.

아트와 셰그는 공원묘지로 가서 어니의 무덤에 꽃을 내려놓았다. 아트가 어니의 묘비에 대고 말했다.

"한 명 남았어. 딱 한 명."

그리고 두 사람은 라호야 해변의 주점으로 가서 해넘이를 바라보았다.

아트가 맥주잔을 들어 올리며 말했다.

"노라 헤이든을 위하여."

"노라 헤이든을 위하여."

두 사람은 잔을 부딪치고, 태양이 불타는 금빛으로 바뀌며 바다 너머로 지는 모습을 바라보았다.

파비안은 샌디에이고에 있는 연방 법원 건물 밖으로 오만하게 걸어 나왔다. 연방 재판관이 파비안을 멕시코로 송환하는 데에 동의했기 때문이다.

파비안은 아직도 오렌지색 죄수복을 입고 손목에 수갑을 차고 발목에 쇠사슬을 감았지만 여전히 오만함을 유지하면서 잘생긴 살인마의 미소를 아트 켈러에게 번뜩였다.

파비안은 아트를 지나치며 대기 중인 차량으로 발걸음을 옮기면서 말했다.

"난 한 달 후에 나갈 거야."

'나도 알아, 파비안.'

잠시 아트는 파비안을 세울까 생각하다가 관두었다.

레보요 장군이 친히 파비안 마르티네스의 후견을 맡았다.

법원 심리에 가는 자동차 안에서 레보요 장군이 파비안에게 말했다.

"아무 걱정할 것 없네. 하지만 거만하게 굴지는 마. 죄가 없다고 항변하고 입을 닫고 있어."

"금발머리는 처리했나요?"

"그녀는 죽었어."

파비안의 부모가 법원에 왔다. 어머니는 파비안을 붙잡고 흐느껴 울고 아버지는 파비안과 악수했다. 한 시간 뒤, 서약 보증금 50만 달러와 같은 액수의 개인적인 뇌물을 받은 재판관이 주니어 누메로 우노(일인자)를 석방했다.

그들은 파비안이 눈에 띄지 않기를, 티후아나에서 보이지 않기를 원했다. 그래서 엔세나다 교외에 있는 친척의 저택으로 파비안을 데려갔다. 엘사우살의 작은 마을 근처였다.

파비안은 다음 날 아침 소변을 보러 일찍 일어났다.

파비안은 침대에서, 사실은 테라스에 설치된 매트리스에서 나와 아래층에 있는 욕실로 내려갔다. 파비안이 밖에서 잔 이유는 저택의 모든 침실이 친척들로 가득 찼기 때문이었다. 밤에는 태평양에서 불어오는 산들바람으로 바깥이 더 시원하기도 하고 집 안보다 조용하다는 이유도 있었다. 파비안은 광범위한 대규모의 가족 친목회에서 들려오는 아기들이 울음소리, 다투는 소리, 사랑을 속삭이는 소리, 코 고는 소리, 그 밖의 다른 소리들을 듣고 있을 수 없었다.

방금 해가 떠올라 밖은 벌써 더웠다. 엘사우살의 길고 뜨겁고 지루하고 타는 듯한 하루가 또 시작될 것이다. 시끄러운 형제들과 피할 수 없는 형수들과 개구쟁이 아이들, 그리고 파비안을 말에 태우려고 안달인, 카우보이라고 자신을 생각하는 삼촌으로 시끌벅적한 엔세나다의 하루가 말이다.

파비안은 아래층에 내려와 보고 뭔가 이상하다는 생각이 들었다.

처음에는 그게 뭔지 꼭 집어 말할 수 없었다. 하지만 조금 후 알게 되었다.

그게 거기 있을 이유가 없었다. 아니, 있어서는 안 됐다.

연기.

연기는 본채 대문 밖에 있는 고용인들의 숙소에서 나야 했다. 해가 떠올랐으니 여자들이 토르티야를 만들 것이고 연기는 그 건물 벽 위로 올라가야 할 것이다.

하지만 그게 아니었다.

좀 이상했다.

오늘이 무슨 종교 축제일인가? 그럴 리가 없다. 파비안의 삼촌이 계획을 세우고 있었고, 형수들이 도가 지나칠 정도로 메뉴와 상차림에 대한 세부사항을 의논했고, 이미 파비안에게도 예의 바르고 지루한 역할을 지정해 주지 않았던가?

고용인들은 왜 일어나 있지 않은가?

그때 파비안은 그 이유를 알게 됐다.

멕시코 연방 경찰들이 대문으로 들어오고 있었다.

특유의 검정 재킷과 야구 모자 차림의 사람들이 12명은 됨직했다.

'아, 젠장. 바로 이거였어.'

파비안은 아단이 늘 해 주던 얘기를 떠올리며 손을 위로 들어 올렸다. 그리고 큰 혼란이 일기는 하겠지만 바로잡지 못할 일은 없다고 생각했다. 하지만 파비안은 그 멕시코 연방 경찰의 통솔자가 다리를 끌며 다가오는 것을 보았다.

마누엘 산체스였다.

"안 돼."

파비안은 웅얼거렸다.

"안 돼, 안 돼, 안 돼, 안 돼……."

파비안은 스스로를 쏘았어야 했다.

하지만 그들은 그가 총을 찾기 전에 붙잡아 가족들이 당하는 모습을 강제로 보게 했다.

그리고 파비안을 의자에 묶은 뒤 가장 덩치 큰 남자가 뒤에 서서 파비안의 숱 많은 까만 머리카락을 움켜쥐어 머리를 움직이지 못하게 했다. 산체스가 그에게 칼을 보여줄 때조차도. 산체스가 말했다.

"이건 라울을 위해서야."

산체스는 파비안의 이마를 칼로 짧고 날카롭게 베었다. 그리고 피부를 잡고 아래로 벗겨 내렸다. 바나나 껍질처럼 가슴께까지 얼굴 껍질이 벗겨지는 동안 파비안은 필사적으로 발을 굴렀다.

산체스는 발이 멈출 때까지 기다렸다가 파비안의 입에 총을 넣고 쏘았다.

아기가 어머니 품에 안겨 죽어 있었다.

아트는 어머니가 아기를 감싸고 있는 모습에서 어머니가 마지막 순간까지 아기를 보호하려 했다는 사실을 짐작했다.

'내 잘못이야.'

'내가 이 사람들을 이렇게 만들었어.'

'미안합니다. 정말, 정말 미안합니다.'

아트는 어머니와 아기 시신 위로 몸을 구부려 성호를 그리며 읊조렸다.

"성부와 성자와 성령의 이름으로."

"엘 포데르 델 페로."

멕시코 인 경찰 한 명이 웅얼거렸다.

개의 힘.

5부

성호

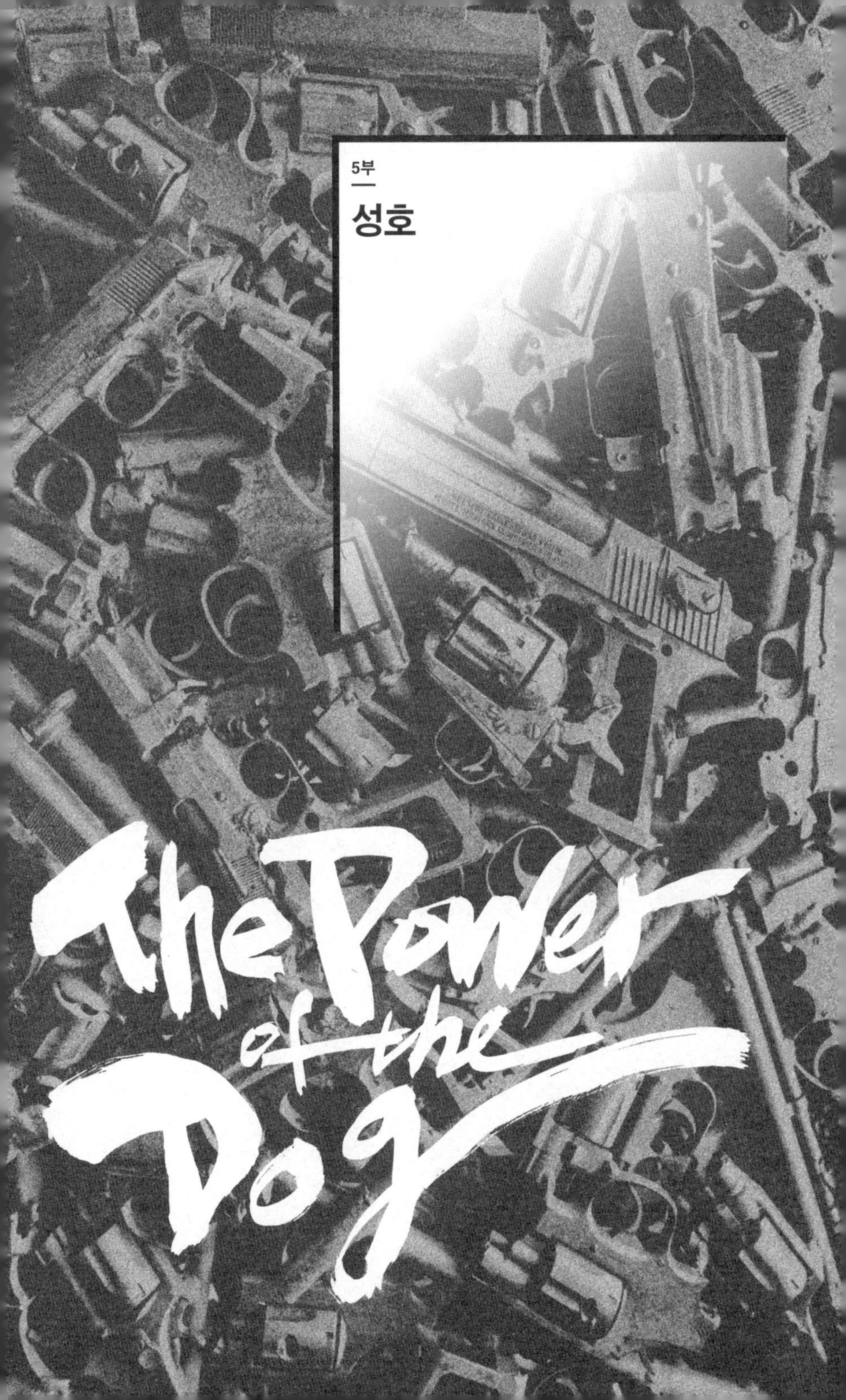

13장

유령들의 삶

국경의 왕을 향해 나아가려면
반드시 그 경계선을 넘어야 한다.

—크리스 크리스토퍼슨의 노래 「Border Lord」 중에서

1998년
콜롬비아
푸투마요 구역

아트는 폐허가 된 코카 나무 밭으로 걸어가서 시든 갈색 잎을
줄기에서 잡아 뜯었다.

'죽은 식물들, 죽은 사람들.'

난 죽음의 들판에 서 있는 농부. 큰 낫으로 수확할 농작물이
없네. 철저히 파괴된 나의 땅.

아트는 수직적 통합 위원회를 위해 정보 수집 임무를 띠고 콜
롬비아에 왔다. 마약 단속국과 CIA가 한목소리로 연방 의회에 외
치고 있다는 확신을 주기 위해서였다. 두 기관과 백악관은 코카

인 거래를 원천봉쇄하기 위해 콜롬비아 남부 푸투마요 지역의 정글에 있는 코카 나무 밭을 쓸어버릴 17억 달러의 원조 보따리, 즉 '콜롬비아 계획'을 통과시키려고 연방 의회를 자극하고 있었다. 원조 계획은 고엽제에 쓸 더 많은 돈, 비행기에 쓸 더 많은 돈, 헬리콥터에 쓸 더 많은 돈을 부르짖고 있었다.

그들은 그 헬리콥터 한 대를 타고 카르타헤나에서부터 에콰도르와 국경을 매우 가까이 접하고 있는 푸투마요 강의 푸에르토 아시스 마을까지 둘러보았다. 아트는 강 쪽으로 돌아보았다. 진 흙투성이의 갈색 강물은 가늘고 길게 뻗어 격렬하게 흐르고 있으며, 정글의 초록빛은 숨이 막힐 정도였다. 아트는 흔들흔들하는 나루터 위에 서 보았다. 길고 좁은 카누들에(길이 거의 없는 지역이라 카누가 수송의 주요 수단이다.) 질경이와 땔나무 더미가 실려 있었다. 아트를 안내해 줄 24여단의 젊은 군인 하비에르가 서둘러 강둑으로 왔다. 아트는 놀랐다.

'맙소사, 이 젊은이는 많아야 열여섯 살이겠어.'

하비에르가 아트에게 말했다.

"강은 못 건넙니다."

아트는 강을 건널 생각이 아니었지만, 이유가 궁금했다.

"왜 안 되지?"

하비에르는 남쪽 강둑으로 강 건너를 가리켰다.

"저기는 푸에르토 베가입니다. FARC 소유입니다."

하비에르는 강둑에서 벗어나기를 몹시 바라는 듯했다. 그래서 아트는 '안전한' 영토로 걸어갔다. 정부는 푸에르토 아시스와 마을의 강둑 북쪽을 관할했지만 이곳 서쪽은, 북쪽 지역이더라도

FARC가 관할하는 푸에르토 카이세도의 마을이었다.

푸에르토 아시스는 AUC 국가였다.

아트는 AUC(콜롬비아 자주국방 연합)에 대한 모든 것을 알고 있었다. AUC는 MAS 코카인 왕이었던 피델 카르도나, 일명 람보에 의해 시작되었다. 카르도나는 메데인 카르텔에서 모든 것이 풍요롭고 행복하던 시절에, 콜롬비아 북부 라스탕가스 대목장 출신의 보수파 암살대를 운영했다. 그 후 카르도나는 파블로 에스코바르에게 적의를 품고, CIA가 에스코바르를 추적하는 일을 도왔다. 덕분에 카르도나의 모든 코카인 범죄 행위는 용서되었다. 카르도나는 빛나는 새 영혼을 얻어 '정치운동'에 전념했다.

AUC는 그동안 국가의 북쪽 부분에서만 영향을 끼쳤다. AUC가 푸투마요 구역으로 옮겨 간 것은 최근에 전개된 일이었다. 하지만 그 후로 AUC는 강해졌고, 곳곳에 그 증거가 보였다.

아트는 푸에르토 아시스 전역에 있는 보수파 불법 무장 단체들을 보았다. 그들은 위장복 차림과 붉은 베레모, 트럭을 타고 돌아다니는 것, 소작농들을 불러 세우고 수색하거나 그냥 M-16이나 벌채 칼을 휘두르는 모습으로 대변됐다.

'소작농들에게 메시지를 보내는 거지.'

여기는 AUC의 영역이고 우리는 너희들에게 무슨 일이든 할 수 있다는 메시지.

하비에르는 큰길에 있는 호위대 차량으로 서둘러 아트를 데려가고 있었다. 아트는 존 홉스가 조바심 나게 발을 또닥거리며 지프 옆에 서 있는 모습이 상상됐다.

'시골 지역으로 가는데 군사 호위대가 필요한가.'

하비에르가 아트에게 말했다.

"서둘러야 합니다, 세뇨르."

"물론이지. 그런데 목이 마르군."

숨 막히게 더운 날씨였다. 아트의 셔츠는 이미 땀으로 흠뻑 젖었다. 하비에르는 아트를 작은 노점상으로 데려갔다. 아트는 뜨뜻미지근한 콜라 캔을 두 개 샀다. 하나는 아트를 위해, 하나는 하비에르를 위해. 늙은 노점상 여주인이 아트가 이해하지 못할 빠른 지방 사투리로 뭔가를 물었다.

"어떻게 지불할 건지 묻습니다. 현금인지 코카인인지."

"뭐라고?"

코카인이 여기서는 돈처럼 쓰인다고 하비에르가 설명했다. 그 지방 사람들은 잔돈을 가지고 다니듯 작은 가루 자루를 가지고 다니며, 대부분의 사람들이 코카인으로 지불한다고 했다. 코카인으로 음료수를 사다니. 아트는 주머니에서 축축하고 꾸깃꾸깃한 지폐를 꺼냈다. '코카콜라를 사려고 코카인을 지불한단 말이지. 그래 우리는 이곳 마약 전쟁에서 이길 거야.'

아트는 하비에르에게 콜라 하나를 건네고 가던 길을 계속 갔다.

지금 아트는 황폐한 코카 나무밭에 서서 엄지손가락으로 잎의 표면을 비비고 있었다. 잎이 끈적거렸다. 아트는 모기처럼 아트 주변을 맴돌고 있는 몬산토(작물보호, 종자개발, 생명공학기술 개발 등의 농업솔루션을 제공하는 다국적 농업기업 — 옮긴이) 대리인을 돌아보며 물었다.

"코스모 플럭스에 라운드업 울트라를 섞고 있소?"

라운드업 울트라는 고엽제의 상품명이었다. 콜롬비아 군대는 미국인의 조언을 받아 헬리콥터의 엄호를 받는 저공 비행기에서 고엽제를 분무했다.

'상황이 더 많이 바뀌고 있어. 처음엔 베트남, 그리고 시날로아, 이제 푸투마요인가.'

"아, 네. 그게 식물에 더 잘 달라붙게 해 줍니다."

"그렇죠. 하지만 사람에게 끼치는 독성의 위험이 더 증가하잖소. 안 그렇소?"

"아. 넓게 봐서는 그럴 겁니다. 하지만 라운드업을 소량 첨가하고 코스모 플럭스를 줄이면 좀 더 많은 효과를 줍니다. 투자에 비해 더 많은 효과가 있지요."

"여기서 얼마나 사용하고 있소?"

몬산토 대리인은 모르고 있었다. 하지만 아트는 그에게 대답을 추궁했다. 아트는 전체 여정을 중지하고, 비행기 조종사 한 명을 멈춰 세워 고엽제 탱크를 열어 확인하게 했다. 탱크를 채우는 담당자에게 집요하게 질문하고 호통을 쳐서 그들이 1에이커당 5리터를 사용한다는 사실을 알아냈다. 몬산토 보고서는 안전한 최대 첨가량으로 1에이커에 1리터를 권하고 있었다.

"안전 첨가량의 다섯 배가 말이 됩니까? '다섯 배'가요?"

아트는 존 홉스에게 따졌다.

"우리가 조사해 보겠네."

홉스는 나이를 먹었다. 아트도 그랬다. 하지만 홉스는 노령으로 보였다. 흰머리는 더 가늘어지고 피부는 거의 반투명해졌다. 푸른 눈은 노을빛으로 물들어가고 있음에도 아직 날카로웠다. 그리고 홉스는 재킷을 입고 있었다. 정글의 찌는 듯한 더위 속에서도 말이다.

'홉스는 1년 내내 차가워.'

노인이나 죽어가는 사람들처럼.

"아뇨. 제가 조사하죠. 권고 투약의 다섯 배에다 코스모 플럭스를 섞는다? 여기서 뭘 독성화 시킬 작정인가요? 농작물인가요, 전체 환경인가요?"

아트는 홉스가 공산주의 게릴라들과 벌이는 전쟁에 쏟는 만큼의 힘을 마약 전쟁에는 쏟지 않고 있다는 의심이 들었다. 정글에서 누가 살고 숨고 싸우는가, 하는 게릴라 상대의 전쟁에만 심혈을 기울이는 듯했다.

만약 정글에 고엽제를 뿌린다면…….

담당자들이 아트에게 수천 에이커의 황폐한 코카 나무 농장을 '성공사례'로 보여주었을 때, 아트는 끝없는 공격성 질문을 맹렬하게 퍼부었다. 고엽제가 코카 나무만 죽이는가, 아니면 다른 농작물에도 마찬가지로 해로운가? 콩, 바나나, 옥수수 등의 농작물도 죽이는가? 아니라고? 그럼, 저 들판에 보이는 건 무엇인가? 말라버린 옥수수 아닌가? 이 지역 주식이 옥수수 아닌가? 주식인 옥수수를 수확할 수 없다면 사람들은 무엇을 먹는가?

'여긴 시날로아가 아니야.'

이곳은 수천 에이커를 소유한 마약 왕 따위는 없었다. 대부분의 코카인은 소규모 소작농들이 재배했다. 그들은 기껏해야 1, 2에이커의 땅에 농사를 지었다. FARC는 영토 내에 있는 소작농들에게 세금을 물렸고, AUC도 자신들이 관리하는 땅의 소작농들에게 세금을 물렸다. 최악의 상황은 두 단체 모두가 적극적으로 차지하려는 영토에서 발생했다. 그 지역의 소작농들은 재배하는 코카인에 대해 이중으로 세금을 지불해야 했다.

비행기가 고엽제를 분사하는 모습을 지켜보면서 아트는 많은 질문을 했다. 저 비행기들은 어느 정도의 높이에서 분사하고 있는가? 30미터? 몬산토 자체 명세서조차 3미터 이상의 높이에서 분사하는 것은 추천하지 않는다고 되어 있다. 저것이 다른 농작물에 영향을 미칠 위험을 높이는 건 아닌가? 오늘은 거센 바람이 부는데, 저 고엽제가 온 사방으로 날아가고 있지는 않을까?

홉스가 아트에게 말했다.

"자네는 완전히 착각하고 있어."

"제가요? 이곳으로 생화학자를 데려와서 마을의 우물 12개를 검사하도록 해 주시죠."

아트는 담당자들에게 부탁해 난민촌에 갔다. 소작농들이 훈증소독을 피해 대피한 곳이었다. 급하게 콘크리트 블록으로 지은 건물들과 양철 지붕 판잣집들이 있을 뿐, 그곳은 정글의 빈터나 마찬가지였다. 아트는 진료소로 가보자고 했다. 선교사 의사들이 아트에게 보여준 아이들은 만성 설사, 피부 발진, 호흡 문제 등 정확히 아트가 우려했던 증상을 보이고 있었다.

아트는 지프로 돌아와 홉스에게 따졌다.

"아이들을 유독 물질에 중독시키기 위해서 70억 달러를 쏟아붙는 겁니까?"

"우린 전쟁 중일세. 동요될 시간이 없어, 아트. 이건 자네의 전쟁이기도 해. 이 코카인이 아단 바레라 같은 사람들에게 권능을 주는 물질이라는 사실을 잊었나? 그들은 이 코카인에서 나온 돈으로 엘사우살에서 사용한 총알을 샀잖은가?"

날 일깨워줄 필요는 없어요, 라고 아트는 생각했다.

그리고 아단이 지금 어디 있는지 누가 안단 말인가? 바하 습격과 이어진 엘사우살 대학살 후 6개월 동안 아단은 여전히 흔적도 없었다. 미국 정부는 200만 달러의 현상금을 아단에게 걸었지만, 지금까지 그 돈을 받기 위해 나서는 사람이 아무도 없었다.

살아서 받을 수 없는 돈을 누가 원하겠는가?

그들은 1시간 동안 자동차를 몰고 가서 완전히 버려진 마을에 이르렀다. 눈을 씻고 찾아봐도 사람은커녕 돼지, 닭, 개 하나 없었다.

아무것도 없었다.

내부에서 불이 나 골격만 남은, 공동 저장소로 보이는 큰 건물 하나만 손상되었을 뿐 다른 건물들은 멀쩡해 보였다.

유령 마을.

아트가 하비에르에게 물었다.

"사람들은 어디 있지?"

하비에르가 모르겠다는 듯이 어깨를 으쓱했다.

"사라졌군. FARC를 피해 달아났을 거야."

"어디로요?"

이번에는 아트가 어깨를 으쓱했다.

그들은 마을 북쪽에 있는 작은 군대 기지에서 그날 밤을 보냈다. 아트는 석유 연료 불에 구운 스테이크로 저녁을 먹은 뒤 눈을 좀 붙여야겠다고 양해를 구하고 자리에서 일어났다. 그리고 슬그

머니 빠져나가서 기지 주변을 둘러보았다.

'기지 한 곳을 겪어보면 모든 기지를 겪어본 거나 다름없지.'

정말 많이 닮았다. 베트남과 콜롬비아. 잡목 수풀을 뒤엎고 땅을 평평하게 고른 빈터를 가시철사로 에워쌌고, 사계(화기가 소정의 지점에서 사격을 행할 수 있는 범위 — 옮긴이)를 확보하기 위해 기지 주변 경계선을 개척했다.

아트는 이 기지가 대충 두 구역으로 나뉘어 있다는 사실을 알아냈다. 대부분은 24여단에 해당했지만, 기지의 중심을 나누는 경계선에 이르자 AUC를 위해 지정된 지역이 드러났다.

아트는 가시철사로 된 높은 담장을 따라 걸으며 안을 들여다보았다.

훈련장이었다. 아트는 사격 연습장과 육박전 연습을 위해 나무에 걸어둔 허수아비들을 보고 그곳이 훈련장임을 알아냈다. 그들은 지금 칼을 들고 허수아비 뒤로 몰래 다가가며 전념하고 있었다. 마치 적의 보초병에게 접근하듯이 말이다.

아트는 잠깐 바라보다가 숙소로 돌아갔다. 숙소는 막사 건물 끝에 있는 작은 방으로 경계선과 가까웠다. 방에는 방충망 창문 하나, 접이식 침대 하나, 발전기로 켜지는 전등 하나, 그리고 고맙게도 선풍기 하나가 있었다.

아트는 접이식 침대에 앉아 상체를 구부렸다. 땀이 콧등에서 흘러 콘크리트 바닥으로 떨어졌다.

'맙소사. AUC와 나. 우린 같은 소속이었어.'

아트는 침대에 누워보지만 잠이 오지 않았다.

몇 시간이 흘렀을까 아트는 창문 한 귀퉁이를 밖에서 살짝 두

드리는 소리를 들었다. 하비에르였다. 아트는 창문 쪽으로 갔다.

"무슨 일이지?"

"저와 함께 가시겠습니까?"

"어디를?"

"가시겠어요? 사람들이 어디로 갔느냐고 물으셨죠?"

"그런데?"

"레드 미스트입니다."

아트는 신발을 신고 나가 하비에르 뒤에서 몸을 수그린 채 경계선을 따라 몰래 빠져나갔다. 서치라이트가 지나가면 몸을 숙여 가면서 계속 걸었다. 작은 문이 나왔다. 보초가 하비에르를 보더니 통과시켜줬다. 두 사람은 배를 땅에 대고 기어서 사격훈련장을 지나 잡목 수풀로 갔다. 아트는 하비에르 뒤를 따라 좁은 길을 걸어가 강에 이르렀다.

'바보 같은 일이야.'

이건 바보 같은 일을 넘어섰다. 하비에르가 함정으로 이끌 수도 있었다. 신문 1면에 이렇게 날지도 몰랐다. '마약 단속국 국장 FARC에 납치되다.' 하지만 아트는 하비에르를 계속 따라갔다. 뭔가 알아내야 할 것이 있었다.

강둑에 카누 한 대가 대기해 있었다.

하비에르는 카누에 뛰어 올라탄 뒤 아트에게 타라고 손짓했다.

"강을 건널 셈인가?"

하비에르는 고개를 끄덕이고 서두르라는 시늉을 했다.

아트가 카누에 올랐다.

노를 저어 강을 건너는 데는 불과 몇 분밖에 걸리지 않았다.

그들은 카누에서 내린 뒤 함께 카누를 강가로 끌어 올렸다. 그런데 고개를 들어 보니 복면을 쓴 사람 4명이 총을 겨누고 서 있었다.

"그를 데려가요."

하비에르가 말했다.

"이런 망할 자식."

아트가 한 마디 내뱉었다. 하지만 그 사람들은 아트를 붙잡지 않았다. 그저 아트에게 따라오라는 손짓만 한 뒤 강둑을 따라 서쪽으로 갔다. 강행군이었다. 아트는 계속 나뭇가지와 굵은 덩굴에 걸려 비틀거렸다. 하지만 결국 그들은 작은 빈터에 도착했고 거기서, 달밤에, 아트는 마을 사람들이 어디로 갔는지 알게 됐다.

머리 없는 시신들이 강가로 밀려올라와 있었다. 손질을 기다리는 물고기처럼. 머리가 베인 일부 몸통들은 강가의 나무에 묶여 있었다. 작은 물고기 떼가 그들의 맨발을 뜯어먹고 있었다. 더 멀리 떨어진 강가에는 머리통들만 가지런히 놓여 있었다. 어떤 이는 눈이 감겨 있었다.

"게릴라들의 짓인가?"

복면을 한 남자 한 명이 고개를 젓더니 이야기들 들려주었다. AUC가 어제 마을로 쳐들어 와서 젊은 남자들은 쏘고 여자들은 성폭행했다. 살아 있는 많은 주민들을 마을 창고에 가두고 불을 질렀고, 그 장면을 나머지 사람들에게 보여주었다. 그리고 그들을 다리 건너 푸투마요로 데려와 전기톱으로 머리를 벤 뒤, 아랫마을 사람들에게 경고하는 뜻으로 머리와 몸통을 강에 던져 하류로 흘려보냈다.

하비에르가 아트에게 말했다.

"당신을 데려온 이유는 당신이 진실을 본다면 돌아가서 진실을 말할 수 있으리라 여겼기 때문입니다. 미국에 있는 사람들이 만약 진실을 안다면…… 이런 일을 하라고 돈과 병사들을 보내지 않겠지요."

"우리 병사라니, 무슨 뜻인가?"

"이곳 AUC는 당신들 특수 부대에게 훈련받고 있어요."

복면을 쓴 남자가 시신들을 가리키며 완벽한 영어로 말했다.

"당신들 세금이 이런 일을 만들고 있습니다."

아트는 아무 말 없이 갔던 길을 되돌아왔다.

할 말이 없었다.

기지로 돌아와 홉스의 방을 찾아 문을 두드릴 때까지는. 홉스는 잠결이라 어리둥절해 했다. 얇은 하얀 색 잠옷이 병원 환자복 같아 보였다.

"아트, 지금이 몇 시야? 맙소사. 어디 있었나?"

"레드 미스트."

"무슨 소리야? 자네 취했나?"

하지만 아트는 홉스의 눈에서 볼 수 있었다. 홉스는 아트가 무슨 말 하는지 정확히 알고 있었다.

"콜롬비아에 레드 미스트라는 작전이 있습니까?"

"아니."

"빌어먹을 거짓말은 하지 말아요. 피닉스 프로그램이죠? 라틴 아메리카를 대상으로 한?"

"풀이 우거진 둔덕에서 내려와, 아트."

"우리가 AUC를 훈련시키고 있습니까?"

"알려줄 필요가 있을 때만 정보를 제공할 수 있는 사안이야."

"난 알아야겠어요!"

아트는 강에서 본 것을 홉스에게 말했다. 홉스는 작은 탁자에 놓인 플라스틱 물병을 열어 컵에 따라 마셨다. 아트는 홉스의 손이 떨리는 것을 보았다. 홉스가 입을 열었다.

"자넨 정말 바보 같군, 아트. 그리고 경험에 비해 놀라울 정도로 순진한 사람이군. 분명 FARC는 잔학한 행위를 저질렀고 그 탓을 AUC에게 돌렸지. 더 나아가 지역민들을 이간하고 국제적인 동정심을 자극했어. 예전 베트콩에서도 흔한 일이었……"

"레드 미스트 말입니다, 홉스. 그게 뭐죠?"

"자네가 똑바로 알아야 할 게 있어, 아트. 최근에 멕시코로 소규모 습격을 할 때 자네도 그 작전을 썼어. 법의 시선으로 보면 자네는 대량 학살범이야. 자네는 우리 모두처럼 이 일에 깊숙이 관련되어 있어."

아트는 침대에 털썩 주저앉아 고개를 수그렸다.

'그건 사실이야. 정글에 군대 캠프를 세운 순간부터, 내 보복을 위해 홉스에게 영혼을 팔았을 때부터, 내가 거짓 증언을 하고 은폐했을 때부터, 홉스를 찾아와 아단 바레라를 죽이도록 도와달라고 했을 때부터, 나도 공범이 된 거야.'

아트는 홉스가 옆에 앉는 것을 느꼈다. 홉스는 사실상 무게감이 없었다. 죽은 사람처럼, 마른 잎처럼.

"지정된 장소를 떠나 여기저기 헤매고 돌아다니지 마."

아트가 고개를 끄덕였다.

"자네가 콜롬비아 계획에 전적으로 지원해 주리라 기대하겠네."

"그럴 겁니다, 홉스."

아트는 방으로 돌아갔다.

옷을 벗은 뒤 꼼짝하지 않고 침대에 앉아 땀을 흘렸다. 선풍기가 열기에 이기지 못하고 쌕쌕거렸다.

자신은 단지 은밀한 전쟁을 위한 앞잡이였을 뿐이다.

마약 전쟁. 자신의 빌어먹을 일생을 그 전쟁에 바쳤다. 왜?

수십억 달러를 들여서, 구멍이 숭숭 뚫린 세상의 무수한 국경으로 마약이 계속해서 성공적으로 빠져나가게 해 주기 위해? 수십억이나 되는 마약 방지 예산을, 10분의 1만 교육과 치료로 쓰고 10분의 9는 수송 차단에 쓰도록 도와주기 위해서였나? 그건 밑 빠진 독에 물 붓기였다. 게다가 수십억 달러는 마약 범죄자들을 감옥에 수감시키는 데에 쓰였다. 덕분에 지금 감옥은 자리가 없어서 살인자들을 일찌감치 석방해 주어야 할 지경이었다. 미국 내 '비 마약' 위반사범의 3분의 2가 약물과 알코올에 중독된 사람이라는 사실은 말할 것도 없다. 그런데 우리의 해법은 똑같이 무익한 '비 해법'이다. 그 질병은 무시한 채, 더 많은 감옥을 짓고 더 많은 경찰을 고용하며 증상을 치료와 관계없는 일에만 수십억 달러를 썼다. 내 관할 구역에는 마약을 끊고 싶어 하는 대부분의 사람들이 우량 건강 보험이 없으면 치료 프로그램을 시작할 형편이 안 되는 사람들이며, 그런 보험에 든 사람은 거의 없었다. 보조금을 받아 치료 프로그램을 시작할 수도 있지만, 대기자 명단이 6개월에서 2년 정도 밀려 있었다. 코카인 농작물을 못 쓰게 만들고 아이들을 유독 물질에 중독시키는 데에 거의 20억 달러를 쓰고 있으면서, 마약을 끊고 싶지만 돈이 없는 사람을 도울 돈은 없었다. 미친 짓이었다.

아트는 마약 전쟁이 외설스러운 부조리인지, 부조리한 외설 행위인지 결정을 내릴 수가 없었다. 두 경우 모두 피로 더럽혀진 비참한 광대극이었다.

'피로 더럽혀진'에 강세가 있었다.

엄청나게 많은 피와 시신들. 더욱 더 늘어난 꿈속의 방문자들. 늘 찾아오는 손님들에 엘사우살의 유령들이 추가되었다. 이제는 리오 푸투마요의 유령들까지 포함됐다. 방 안이 엄청나게 붐비게 될 터였다.

아트는 신선한 공기를 들이마시려고 일어서서 창가로 갔다.

달빛에 소총 총부리가 반짝였다.

아트는 얼른 바닥으로 몸을 낮췄다.

기관총이 발사되어 방충망을 갈가리 찢고 창틀을 산산조각내고 벽에 구멍을 냈다. 아트는 바닥에 납작 엎드렸다. 경보음이 울렸다. 구둣발이 달려오는 소리, 소총 공이치기 소리, 고함소리, 혼란스러워 하는 소리가 들렸다.

아트의 방문이 벌컥 열리며 책임 장교가 권총을 뽑아 들고 들어왔다.

"다치셨습니까, 세뇨르 켈러?"

"아닌 것 같소."

"걱정 마십시오. 우리가 그놈들을 잡을 겁니다."

20분 후 아트는 홉스와 어질러진 텐트에 앉아 커피를 마시며 아드레날린 고조 상태에서 벗어나려고 애쓰고 있었다.

"아직도 FARC의 박애주의 소작농 개혁가들을 맹신하고 있나?"

홉스가 무미건조하게 물었다.

잠시 뒤 책임 장교가 세 명의 병사와 텐트로 들어와 젊은 남자 하나를 내동댕이쳤다. 겁을 먹고 벌벌 떨고 있는 상처투성이의 그 남자는 하비에르와 쌍둥이처럼 닮아 있었다. 아트는 생각했다.

'젠장, 내 수하가 될 수도 있었겠군.'

"이 녀석이 그들 중 한 놈입니다. 다른 놈들은 도망갔어요."

장교가 그렇게 말하며 그 남자의 얼굴을 발로 찼다.

"그러지 마시오……."

아트가 저지했다.

"내게 실토한 것을 저분께 말씀드려."

장교는 발로 그 남자의 얼굴을 바닥에 밟아 눌렀다.

"어서."

그 남자가 입을 열었다.

그는 게릴라가 아니고 FARC 쪽 사람도 아니었다. 그들은 군대 기지를 공격할 생각은 추호도 없었다.

"그냥 돈을 벌려는 생각으로……."

"무슨 돈?"

아트가 물었다.

아단 바레라가 아트 켈러의 목에 200만 달러를 내걸었다고 했다.

"FARC와 바레라. 한통속이군."

홉스가 말했다.

아트는 그다지 확신하지 않았다.

아트가 확신하는 일은 아트가 아단을 죽이지 않으면 아단이 아트를 죽일 거라는 사실뿐이었다. 그리고 이 일을 끝낼 방법은 그 두 가지뿐이었다.

멕시코 시날로아,
캘리포니아 샌디에이고

아단 역시 유령들과 살았다.

예를 들면 동생 라울의 유령이 아단을 보호하고 있었다. 멕시코 사람들 대부분은 엘사우살에서 대량 학살을 지휘한 사람이 라울이라고 믿었다. 그리고 라울의 죽음에 대한 유언비어들이 아단을 경찰로부터 보호하는 병풍이 되어준다고 믿었다. 아단과 라울 둘 다에게 대항하는 움직임을 일으키기에는 멕시코 사람들이 라울을 너무 두려워했다.

아단은 동생의 죽음을 떠올릴 때마다 고통스러웠다. 아트가 라울을 죽였다는 분노가 솟구쳤다. 그래서 라울을 위해 꼭 복수해야 하며, 아트를 무너뜨릴 때까지는 라울의 유령이 편히 쉴 수 없다고 여겼다.

그리고 노라의 유령도 있었다.

처음 노라가 죽었다는 얘기를 들었을 때 아단은 믿을 수가 없었다. 절대 믿지 않았다. 그때 사람들이 아단에게 사망자 명부를 보여주었다. 미국인들은 노라가 엔세나다에서 집으로 돌아오는 길에 교통사고로 죽었다고 주장했다. 노라의 시신은 캘리포니아로 옮겨져 매장되었다. 그들은 노라를 죽여 놓고 그 사실을 은폐하고 있었다. 관이 닫혀 있었다는 사실을 보면 알 수 있었다.

아트 켈러가 노라를 살해했다.

아단은 바디라과토에서 훌륭한 장례식을 치러주었다. 노라의 사진이 붙은 십자가가 마을을 따라 운반되었고 악대는 노라의 용기와 아름다움을 노래했다. 아단은 최고급 대리석으로 묘비를 만들어 '당신의 손에 내 영혼이'라고 묘비명을 새겼다.

아단은 매일 노라를 기리는 미사를 드리게 하고 날마다 노라의 이름으로 산토 헤수스 말베르데의 사당에 헌금을 올리도록 했다. 그리고 돈을 써서 매일같이 라호야에 있는 공원묘지의 노라 묘소에 최고의 꽃을 바치게 했다. 덕분에 아단은 기분이 좀 나아졌다. 하지만 아트에게 복수하기 전에는 만족하지 못할 것이다.

아단은 아트 켈러를 죽이는 사람에게 210만 달러를 내걸었다. 추가로 10만 달러를 보탠 것은 미국이 아단에게 내건 보상금보다 더 높게 책정하고 싶어서였다. 바보 같은 사치란 걸 아단도 알지만 자존심의 문제이니 어쩔 수 없었다.

문제 될 거 없다. 아단은 돈이 있으니 말이다.

아단은 지난 6개월을 인내심 있게, 힘들게 보내며 전체 조직을 복구했다. 모순되게도 작년의 많은 사건들 뒤로 아단은 그 어느 때보다 많은 돈을 벌고 있고 세력도 더 강해졌다.

이제 아단의 모든 교신은 통신망을 통했다. 기술적으로 암호화하고 뒤섞어 미국인들조차 풀 수 없었다. 아단은 통신망으로 명령을 보내고 통신망으로 계정을 확인하고 통신망에서 물건을 팔고 통신망에서 지불받았다. 아단은 순식간에 돈을 이동시키고,

글자 그대로 음속보다 빨리 돈세탁을 했다. 달러나 페소에 손 하나 대지 않고 말이다.

아단은 통신망을 통해 누군가를 죽일 수도 있고 죽이기도 했다. 아단이 메시지만 입력해서 보내면 누군가가 세상을 떠났다. 실질적인 공간이나 시간에 더 이상 모습을 드러낼 필요가 없었다. 정말 바보 같은 사치였다.

'나 자신이 유령이 되었어. 오직 사이버 공간에서만 존재하는 유령.'

아단의 신체는 바다라과토 교외지역의 수수한 집에서 살고 있었다. 시날로아로 돌아오니 좋았다. 시골 소작농들 틈으로 돌아온 것도 좋았다. 들판은 콘도르 작전으로부터 회복되었다. 흙은 신선해지고 생기를 회복했으며 양귀비는 빨강, 주황, 노랑꽃을 눈부시게 피웠다.

좋은 일이었다. 헤로인이 돌아오기 때문이다.

코카인은 콜롬비아 인과 FARC와 중국인과 그 모든 것과 함께 지옥으로 가고 있었다. 코카인 시장은 가파른 쇠퇴 길에 접어들었다. 그리운 멕시코 아편이 미국에서 다시 인기를 끌고 있고 양귀비는 다시 한 번 눈물을 쏟아내고 있었다. 이번에는 즐거움의 눈물이었다. 아편 재배자들의 전성기가 돌아왔고, 자신은 파트론이었다.

아단은 조용히 지내고 있었다. 아침에 일찍 일어나서 가정부가 만들어준 아침을 먹고, 컴퓨터로 투자금액을 확인하고 사업을 두루 살피고 지시를 내렸다. 그리고 냉채수육과 과일로 점심을 먹고 방충망이 설치된 발코니로 가서 낮잠을 잤다. 그리고 일어나 집 밖으로 나 있는 흙길로 산책을 나갔다.

산체스가 아단과 함께 걸었다. 마치 정말 위험한 일이 있을 것처럼 여전히 경계하면서. 확실히 산체스는 시날로아로 돌아와서 행복했다. 산체스는 가족과 친구와 함께 왔지만, 여전히 본채 뒤에 있는 작은 오두막에서 지내기를 고집했다.

산책을 마치면 아단은 다시 컴퓨터 앞에 앉아 저녁시간까지 일을 한 뒤, 맥주 한두 잔을 마시고 텔레비전으로 축구 경기나 복싱 경기를 보았다. 어떤 날은 저녁에 잔디밭에 앉아 마을에서 들려오는 기타 소리를 들었다. 고요한 밤이면 노랫말도 들렸다. 라울의 공적에 대한 노랫말, 엘 티부론의 배신에 대한 노랫말, 아단 바레라가 멕시코 연방 경찰과 양키들보다 수완이 한 수 더 높으며 결코 잡히지 않을 거라는 노랫말.

아단은 일찍 잠자리에 들었다.

조용한, 행복한 삶이다. 유령들만 없으면 완벽했을 삶이다.

라울의 유령.

노라의 유령.

서름서름해진 가족 유령들.

아단은 이제 글로리아와 통신망으로만 연락을 주고 받았다. 그것이 유일하게 안전한 방법이지만 이제 딸이 화면의 전기적 점들의 배열일 뿐이라는 사실에 아단은 고통스러웠다. 그래도 그들은 거의 매일 밤 채팅을 하고 있으며 글로리아는 사진들을 보내왔다. 하지만 글로리아를 만나지도 목소리를 듣지도 못하는 현실은 여전히 아단을 힘들게 했다. 정말로 지독하게 힘들었다. 아단은 이 일도 아트의 탓으로 돌렸다.

사실 다른 유령들도 있었다.

그들은 아단이 누워서 눈을 감으면 찾아왔다.

멘데스의 아이들의 얼굴이 보이고 그들이 바위에 내던져지는 것이 보였다. 바람 속에서 그들의 목소리가 들렸다.

'아무도 그 일에 대한 노래는 부르지 않아. 아무도 그 순간은 음악에 넣지 않아.'

엘사우살에 대한 노랫말도 없었다. 하지만 유령들은 찾아왔다. 그리고 후안 신부.

후안 신부가 그 중에서도 가장 많이 찾아왔다.

후안 신부는 온화하게 꾸짖었다. 하지만 유령들의 등장에 아단이 할 수 있는 일은 없었다. 그저 어딘가 다른 곳에 초점을 맞추고 있어야 했다.

아단은 글로리아의 메시지를 확인하기 위해 컴퓨터 앞에 앉았다. 하지만 오늘 온라인으로 인사말을 건네는 사람은 글로리아가 아니라 아내 루시아였다. 그리고 현실적으로 가능한지 몰라도 이 쪽지는 비명을 지르고 있었다.

"아단, 글로리아가 발작을 했어. 지금 스크립스 자비 병원에 있어."

"맙소사, 무슨 일이 일어난 거지?"

흔하다고는 못하겠지만, 글로리아의 상태에 있는 사람에게는 그리 드문 일도 아니었다. 경동맥의 혈압이 예고 없이 치솟았다. 루시아가 글로리아의 침실로 들어갔는데 글로리아가 의식 불명이었고, 전자 장치로는 글로리아를 소생시킬 수 없었으며, 지금 생명 유지 장치에 의지해 있고 각종 검사들을 진행하고 있지만, 예후는 희망적이지 않다고 했다.

기적이 일어나지 않는다면 루시아는 아주 힘든 결정을 내려야 할지도 몰랐다.

"생명 유지 장치를 떼면 안 돼."

"아단……"

"안 돼."

"희망이 없어. 글로리아가 견딘다 해도 병원 말로는 글로리아가……"

"말하지 마."

"당신은 여기 없어. 내가 신부님께 말했어. 신부님이 도덕적으로 받아들여질 거라……"

"신부가 뭐라고 했든 난 관심 없어."

"아단."

"오늘 밤 거기 가겠어. 늦어도 내일 아침에는."

"글로리아는 당신을 알아보지도 못해, 아단. 글로리아는 당신이 있는지 없는지도 모를 거야."

"내가 알아."

"좋아, 아단. 기다릴게. 함께 결정을 내리기로 해."

20시간 후 아단은 산 이시드로에서 국경이 건너다보이는 아파트 건물의 펜트하우스에 앉아 있었다. 아단은 야간투시 쌍안경으로 살펴보며 두 가지 일이 동시에 일어나기를 기다리고 있었다. 미국 측에 포섭한 국경 검문소 직원과 멕시코 측에 포섭한 경비가 동시에 근무에 들어올 것이다.

10시로 예정되어 있지만, 혹시 계획이 실패하더라도 아단은 국경 통과를 감행해야 했다.

계획대로 되기를 바랄 뿐이었다.

그래야 좀 더 쉬울 테니 말이다.

아직까지는 포기해야 할 이유가 없었다. 아단은 글로리아의 병원에 꼭 가야 하기에 국경 관리소의 경비 교대를 초조하게 기다렸다. 그때 무선호출기가 울렸다. 7이라는 숫자가 작은 화면에 나타났다.

"출발."

2분 뒤 아단은 주차건물 1층으로 가서, 그날 아침 로사리토에서 훔쳐 새 번호판을 단 링컨 내비게이터 쪽으로 갔다. 긴장한 젊은 운전사가 아단에게 뒷문을 열어줬다. 22, 23세 정도밖에 안 되어 보인다고 아단은 생각했다. 그 남자의 손은 떨리고 있었고 땀에 젖어 있었다. 아단은 잠시 동안 그게 그 아이가 긴장한 탓인지 이것이 함정이기 때문인지 가늠해 보다가 이렇게 말했다.

"네가 나를 배신하면 네 가족 전체가 죽는다는 사실을 알고 있겠지?"

"네."

아단은 뒷좌석에 올랐다. 뒷좌석에는 또 다른 젊은이가 타고 있었다. 운전사의 형제인 듯한 그가 좌석 쿠션을 제거하자 상자가 드러났다. 아단은 그 안으로 들어가 코와 입으로 한껏 공기를 들이마셨다. 시트가 아단 위로 내려왔다. 아단은 어둠 속에 누워 '위이잉' 하고 나사를 돌리는 전기 드라이버 소리를 들었다.

아단은 상자 안에 갇혔다.

그야말로 관 속에 누워 있는 것 같았다.

아단은 밀실 공포증의 초기적 공황을 격퇴하고 쉬지 않고 천천히 숨을 쉬려고 애썼다. 호흡 과다로 산소를 낭비하면 안 됐다. 국경에서 45분쯤 걸릴 것이다. 하지만 그 어림짐작이 틀릴 수도 있었다. 국경을 넘더라도 자동차를 세울 만큼 동떨어진 곳을 찾아서 아단을 꺼내주려면 몇 분은 더 운전해 가야 할 것이다.

그리고 그건 모든 일이 계획대로 되었을 때의 얘기다.

이것이 함정이 아닐 때의 얘기다.

이 젊은이들은 곧장 경찰서로 가기만 해도 엄청난 보상금을 타게 될 것이다. 이 상자 안에 뭐가 있는지 맞춰 보세요, 라고 말하면 됐다. 한술 더 떠서 그들이 아단의 적이 고용한 사람이라면 고립된 사막 협곡에 트럭을 버릴지도 몰랐다. 아단은 질식사하거나 다음날 햇볕에 구워져 버릴 터이다. 또는 간단히 연료탱크 안에 헝겊 조각을 쑤셔 넣고 그 끝에 불을…….

'그런 생각은 하지 말자.'

급히 계획을 잡기는 했지만, 계획대로 진행될 것이고, 이 아이들은 충직하고(사실, 그들이 배신을 계획하기에는 시간이 너무 없었다.), 뇌물을 먹인 국경 검문소는 수월하게 통과하게 될 것이며, 3시간쯤 지나면 글로리아의 손을 잡고 있을 것이라고만 생각하자.

그리고 글로리아는 눈꺼풀을 실룩거리다가 눈을 뜰지도 모르고, 기적이 일어날지도 몰랐다.

아단은 숨을 천천히 쉬며 기다렸다.

관 속에서는 시간이 천천히 흘렀다.

생각할 많은 시간을 주면서.

죽어가는 딸아이에 대한 생각.

다리에서 내던져진 아이들에 대한 생각.

지옥.

생각할 많은 시간을 주었다.

멀리서 목소리들이 조그맣게 들려왔다. 국경 검문소 직원이 질문을 했다. 멕시코에 얼마나 있었나요? 왜 내려왔죠? 돌아가면서 가져가는 물건이 있나요? 뒤를 좀 봐도 되겠습니까?

아단은 자동차 문이 열리는 소리를 들었다. 그리고 곧 닫혔다.

자동차가 다시 움직이고 있었다.

아단은 민감한 변화들이 느껴졌다. 아단의 상상인지는 몰라도 공기가 갑자기 조금 차가워졌다. 그리고 자동차가 속도를 올리자 아단은 숨쉬기가 조금 쉬워졌다.

그리고 자동차가 다시 느려지고 관이 덜컹이는 소리가 들렸다. 울퉁불퉁한 길을 가는 듯했다. 그러더니 자동차가 멈췄다. 아단은 허리춤에 있는 권총을 움켜쥐고 기다렸다. 만약 누군가가 배신했다면 상자 뚜껑이 열리는 순간에 배신이 일어날 터였다. 권총, 기관총을 가진 남자들이 아단에게 맹렬한 사격을 가하려고 기다리고 있을 것이다.

또는 그들이 결코 상자를 열지 않을지도 몰랐다. 아단은 몸서리를 쳤다.

또는 성냥을 켤지도 몰랐다.

그때 전기 드라이버가 '위이잉' 하는 소리가 들리고 뚜껑이 열렸다. 젊은 운전사가 아단을 내려다보며 웃고 있었다. 아단이 코로 숨을 거칠게 들이쉬자 운전사가 손을 내밀어 아단을 꺼내주었다.

아단은 흙길 먼지 속에 경직된 자세로 서서 옆에 주차된 하얀 렉서스를 보았다. 목을 갱 문신으로 휘감은 또 다른 젊은이가 웃으며 아단에게 열쇠꾸러미를 건넸다. 아단이 말했다.

"네가 시동을 걸어."

그래야 그 아래에 있는 폭탄이 터지면 화염과 금속 파편들 속에서 폭파될 사람이 '네'가 될 테니까.

그 젊은이는 얼굴이 창백해졌다. 하지만 고개를 끄덕이고 렉서스에 올라 시동을 걸었다.

모터가 부르릉거렸다.

그 젊은이는 자동차에서 내리며 낄낄거렸다.

아단이 자동차에 올랐다.

"어디로 가지?"

그들은 흙길을 빠져나가 고속도로로 가라고 방향을 일러줬다. 15분 뒤 아단은 병원 주차장에 도착했다.

아단은 10여 개의 눈이 자신을 바라보고 있다고 상상하며 주차장을 가로질렀다.

자동차에서 내리는 사람도 없고, 마약 단속국의 파란 재킷을 입고 소리치고 악을 쓰며 바닥에 엎드리라고 말하는 사람도 없었다. 단지 병원 주차장의 슬프고 스산한 침묵뿐이었다. 아단은 입구로 들어가서 딸의 방이 8층에 있다는 사실을 알아냈다.

엘리베이터 문이 열렸다.

루시아가 복도 의자에 구부리고 앉아서 눈물을 흘리고 있었다. 아단은 루시아에게 팔을 둘렀다.

"내가 너무 늦었나?"

루시아는 아무 말도 못 하며 고개를 저었다.

"글로리아를 보고 싶어."

아단은 딸의 병실 문을 열고 들어갔다.

아트 켈러가 아단의 얼굴에 총을 들이댔다.

"안녕, 아단."

"내 딸은……"

"글로리아는 괜찮아."

아단은 뭔가 날카로운 것이 셔츠를 뚫고 등을 찌르는 것을 느꼈다.

세상이 암흑에 싸였다.

아트와 셰그는 의식을 잃은 아단의 몸을 바퀴 달린 환자 수송용 침대에 눕히고 시체 공시소로 데려갔다. 시체 운반용 부대에 아단을 넣고 다시 수송용 침대에 고정시킨 뒤 '이달고 장례식장'이라는 글이 인쇄된 차량으로 밀고 갔다. 45분 뒤 그들은 아지트에 도착했다.

루시아에게 전남편을 배반하도록 압력을 넣는 일은 비교적 쉬웠다. 그 일은 아마 아트가 평생 동안 한 일 중에 가장 비열한 일일 것이다.

그들은 몇 개월 동안 계속 집을 감시하고, 지상 통신선을 도청하고, 휴대전화를 모니터하고, 아단과 글로리아가 주고받는 메시지의 암호를 풀려고 노력하며 루시아 주변을 맴돌았다.

마침내 그들에게 열쇠가 되어준 것이 숫자였다는 아이러니에 아트는 감사해야 했다.

루시아의 은행 계좌였다.

그들이 돈을 어떻게 세탁했든 루시아는 자신의 예금 잔액을 설명할 길이 없었다. 이야기 끝이다. 루시아는 일하지 않았지만, 수입이 꽤 많은 사람처럼 지내고 있었다.

아트는 란초 버나도의 사치스러운 지역에 있는 루시아의 집 근처에서 그녀에게 접근하여 이 사실을 지적했다. 아트는 미식가 식료품점에서 식료품 카트를 끌고 나오는 루시아를 정면으로 보면서 그녀가 아직 매력적인 여자라고 생각했다. 루시아의 몸매는 주 3회 참가하는 필라테스 교실 덕분에 균형이 잘 잡혀 있었고, 머리는 라코스타에 있는 고급 미용실 호세에버에서 호박색으로 솜씨 있게 염색하여 가지런히 다듬어져 있었다.

"바레라 부인?"

루시아는 화들짝 놀랐다. 그리고 아트가 보여주는 배지를 보더니 말했다.

"저는 미혼 시절 이름을 써요. 남편의 사업이나 행방에 대해서는 아는 바가 없어요. 이제 비켜주시죠. 딸애 데리러 가야 할……"

"따님은 우등생 명단에 올라 있는 학생이죠?"

아트는 불쾌한 기분이 들었지만 웃으며 물었다.

"합창단 활동? 영어와 수학은 1등이고요? 질문 하나만 하겠습니다. 당신이 감옥에 가면 따님은 어떻게 살아가게 될까요?"

아트는 쇼핑 센터 주차장에서 루시아의 권리에 대한 말을 늘어놓았다. 최소한 탈세 혐의로 입건될 것이고 최악의 시나리오는 (아트는 그 혐의를 적용할 수 있다고 생각한다고 덧붙였다.) 마약 밀매자의 돈을 받은 혐의로 체포되는 일이었다. 그 경우 대략 30년 형을 판결받게 될 것이다.

"난 당신의 집과 자동차와 은행 계좌를 압수할 거예요. 당신은 연방 유치장에 가게 될 것이고 글로리아는 사회복지 시설로 가게 될 거예요. 국민의료보조제도가 글로리아의 건강에 필요한 부분을 돌봐줄 거로 생각합니까? 글로리아는 예약 없이 진료받는 진료소에 줄을 서서 기다려야 하고, 가장 좋은 의사들을 만나러 갈 수도······."

'잘한다, 아트. 불치의 병을 앓고 있는 아이를 지렛대로 이용하다니.' 아트는 엘사우살에서 본 아기의 시신을 떠올렸다. 죽은 어머니의 팔에 꼭 안겨 있던 아기.

루시아는 휴대전화기를 꺼내려고 핸드백에 손을 넣었다.

"내 변호사에게 전화하겠어요."

"연방 구치소로 당신을 만나러 올 겁니다. 우리가 지금 거기로 갈 거니까요. 음, 누군가를 학교에 보내서 글로리아를 데려올 수 있을 거예요. 엄마가 구치소에 있다고 설명하면서요. 그들은 롤라스키 센터로 글로리아를 데려갈 거고, 글로리아는 거기서 착한 새 친구들을 많이 사귈 거예요."

"정말 최악의 저질 인간이군요."

"아뇨. 난 두 번째로 최악의 저질 인간입니다. 첫 번째 최악의 저질 인간은 당신이 결혼한 사람이죠. 당신은 아직도 그의 돈을 받고 그 돈이 어디서 나오는지 관심도 갖지 않고 있죠. 아단이 자

녀 양육비를 어떻게 버는지 사진 몇 장 보여 드릴까요? 자동차에
있어요."

루시아가 울기 시작했다.

"딸애는 몹시 아파요. 건강 문제도 많고…… 글로리아는 견딜
수 없을 거예요……"

"어머니 없이는 그렇겠지요. 이해합니다."

아트는 루시아가 잠시 생각할 시간을 주었다. 루시아가 불가피
한 결정을 내릴 동안.

루시아는 눈물을 거두었다.

"제가 뭘 하면 되나요?"

지금 아트는 자신의 노트북 컴퓨터로 뭔가를 입력하기를 끝내
고 아단을 내려다보았다. 아단은 수갑에 채워진 채 침대에 누워
있었다. 아단이 눈을 떴다. 그리고 이 악몽에서 깨어나지 못하리
라는 사실을 알게 됐다.

아단이 아트를 알아보자 입을 열었다.

"내가 아직 살아 있다니 놀랍군."

"나 역시 그래."

"왜 나를 죽이지 않았지?"

아트는 마음속으로 생각했다.

'죽이는 일에 신물이 났기 때문이지. 내 영혼을 피로 물들이는
일에 질렸어.'

그리고 입을 열어 이렇게 말했다.

"더 나은 계획이 있어. 일리노이 주의 마리온에 있는 연방 교
도소에 관해 얘기해 줄까. 넌 창문 없는 2×2.5미터의 독방에서

하루 23시간을 혼자 보낼 거야. 하루에 1시간은 산책을 할 수 있어. 혼자서, 면도날 철사가 콘크리트 블록 담장 위에 설치된 두 벽 사이를, 파란 하늘의 한 조각만 감질나게 보면서 말이야. 넌 일주일에 2번 10분씩 샤워를 할 거야. 작은 틈으로 밀어 넣어 주는 터무니없는 음식을 받게 될 거야. 금속 선반에 얇은 담요 한 장을 가지고 눕게 될 거고 전등은 하루 온종일 계속 켜져 있지. 넌 시트 없는 열린 변기에 짐승처럼 웅크리고 앉을 거고 네 똥 냄새와 오줌 냄새를 맡을 거야. 그리고 난 사형을 신청하지 않을 거야. 가석방 없는 종신형을 신청할 거야. 넌, 흠, 40대 중반인가? 네가 오래오래 살았으면 좋겠어."

아단은 웃기 시작했다.

"지금 그 규칙들로 게임을 할 작정인가, 아트? 네가 날 법정에 데려가겠다고? 행운을 빌어. 넌 어떤 증인도 확보할 수 없어."

아단은 웃고, 웃고 또 웃다가 아트가 함께 웃기 시작하자 아주 약간 당황스러움을 느꼈다. 그때 아트가 아단 앞으로 노트북 컴퓨터를 내밀고 화면을 들어 올린 뒤 자판을 몇 개 두드렸다.

"깜짝 선물이야, 개자식아."

아단은 화면 속에서 유령을 보았다.

노라가 의자에 앉아서 조바심을 내며 잡지를 보고 있었다. 그리고 시계를 보고 눈살을 찌푸린 뒤 다시 잡지를 들여다보았다.

"실시간 중계야."

아트는 노트북 컴퓨터 화면을 내려 닫았다.

"노라가 널 확 뒤집지 않을 것 같아? 넌 노라가 네게 불리한 증언을 하지 않을 거라고 생각하지? 왜냐하면 노라는 널 아주 많이

'사랑'하니까. 넌 '널' 걸어 다닐 수 있게 하려고 노라가 남은 삶을 곤경에 빠져 보낼 거라고 생각해?"

"나라면 노라를 위해 내 삶을 바치겠어."

"오호, 고결한 사랑이군."

아트는 아단이 생각 중이라는 것을 느낄 수 있었다. 머릿속에 있는 작은 컴퓨터가 새로운 상황으로 다시 구성되고 해결책을 이끌어내면서 윙윙 돌고 있었다.

"협상하지."

"넌 협상할 게 아무것도 없어. 맨 꼭대기에 있으면 그게 문제지, 아단. 더 나은 것과 교환할 수가 없어. 넌 교환할 게 아무것도 없어."

"레드 미스트."

"뭐?"

"레드 미스트, 몰라? 아, 미국인들은 전혀 모르지. 그건 미국인들이 매입하는 피에 적신 마약 따위가 아니니까. 그건 석유, 커피, 안전이야. 너와 나의 유일한 차이점은 난 내가 하는 일을 인정한다는 점이지."

아단은 후안 신부의 서류가방 내용물들을 복사해 두었다. 당연히 복사해 두었다. 바보가 아닌 다음에야 누구든 그렇게 할 것이다. 그 서류는 그랜드 케이먼에 있는 안전 금고 안에 들어 있고 두 정부를 끌어내릴 수 있는 정보가 담겨 있었다. 케르베로스 작전, 연합이 콘트라 마약·무기 작전에서 미국인들과 협력한 사실, 레드 미스트 작전, 멕시코시티와 워싱턴과 마약 카르텔이 라틴아메리카에서 좌파 명사들을 암살하는 일을 어떻게 후원했는지를 말하고 있었다. 멕시코 대통령 선거결과를 바꾼, 두 명의 경비원을 암살한 증거가 담겨 있었고, 멕시코시티가 연합과 적극적인 동맹을 맺은 증거물도 담겨 있었다.

그건 서류가방에 담겨 있는 내용이었다. 아단의 머릿속에는 더 많은 것이 담겨 있었다. 특히, 콜로시오 암살에 대한 정보, 연방의회 위원회가 케르베로스를 수사하도록 아트 켈러가 위증한 사실도 포함되어 있었다. 그래서 아트가 아무리 아단을 종신형에 처하려 해도 아단은 그리되지 않을 터였다.

아단은 협상을 제시했다. 만약 그들이 36시간 내에 만족스러운 합의에 이르지 못한다면 아단은 테이프와 서류 꾸러미를 상원 분과 위원회에 보낼 것이다.

"난 연방 교도소에서 생을 마무리 지을지도 모르겠군. 하지만 우린 감옥 친구가 되겠는데?"

아단은 이렇게 말하고 생각했다.

'교환할 게 없어?'

'미국 정부와 교환하는 건 어떨까?'

아트가 물었다.

"원하는 게 뭔가?"

"새로운 삶."

'나를 위한.'

'그리고 노라를 위한.'

아트는 한참 동안 아단을 바라보았다. 아단은 속담 속의 고양이처럼 웃었다.

그때 아트가 말했다.

"뒈져 버려."

아트는 아단이 그 증거물을 가지고 있다는 사실이 '기뻤다.' 아트는 그것이 나올 거라는 사실이 기뻤다. 쓰디쓴 진흙 같은 진실을 먹어야 할 시간이었다.

'넌 내가 감옥을 두려워할 거라고 생각하나, 아단?'

'내가 지금 어떤 지옥에 있다고 생각하지?'

노라는 잡지를 내려놓고 방 주변을 서성거렸다. 노라는 지난 몇 달 동안 자주 그랬다. 먼저 그들이 노라를 마약에서 떼놓을 때 그랬고, 그다음에 노라의 기분이 좋아지자 순수한 권태로움에서 나오기 위해 그랬다.

노라는 그들에게 수백 번이나 떠나고 싶다고 말했다. '갈색 눈동자'가 수백 번이나 같은 대답을 해 주었다.

"아직 안전하지 않아요."

"뭐가요? 내가 포로인가요?"

"당신은 포로가 아니에요."

"그럼 떠날래요."

"아직 안전하지 않아요."

그의 눈은 그 당시 노라가 코르테스 해안에서 끔찍한 밤을 맞이했을 때 본 첫 눈동자였다. 작은 배의 바닥에 누워 있던 노라가 눈을 떴을 때, 그의 갈색 눈이 노라를 뚫어지게 내려다보고 있었다. 차가운 눈빛이 아니라 수많은 남자들이 노라를 바라보는 그런 눈빛이었다. 하지만 욕망에 찬 눈빛이 아니라 걱정의 눈빛이었다.

두 개의 갈색 눈동자.

노라는 삶으로 돌아오고 있었다.

노라가 뭔가를 말하기 시작하자, 그는 고개를 저으며 자신의 입술에 손가락을 갖다 댔다. 마치 어린아이를 조용히 시키듯. 노라는 움직여 보려 했지만 움직일 수 없었다. 노라는 뭔가 따뜻한 것에 꽉 싸여 있었다. 슬리핑백 같은 거지만 너무 작았다. 그리고 그가 손바닥으로 노라의 눈을 쓸어 감겨주었다. 마치 노라에게 다시 잠들라고 말하는 것처럼. 그리고 노라는 다시 잠이 들었다.

그날 밤에 대한 기억은 지금까지도 군데군데 필름이 끊어진 것처럼 모호하기만 했다. 노라는 사람들이 외계인 유괴에 대한 얼빠진 토크쇼에 대해 말하는 소리를 들었고, 그 얘기는 철저한 조사나 의학적 실험이 없는 정말 그런 얘기였다. 그래도 주삿바늘에 찔린 기억은 났다. 그리고 가방 같은 것에 둘러싸였던 기억도 났다. 그들이 노라의 머리 위로 지퍼를 잠갔지만 두렵지는 않았다. 얼굴 부분이 까만 망으로 되어 있어서 노라가 숨을 잘 쉴 수 있었기 때문이다.

노라는 조금 더 큰 배로 옮겨진 일이 기억났다. 그리고 비행기로 옮겨지고, 또 주사를 맞았는데, 눈을 떠보니 이 방에 있었다.

그리고 그가 서 있었다.

"난 당신을 안전하게 지키고 있어요."

그 남자가 한 말이라고는 고작 그것뿐이었다. 이름조차 알려주지 않아서 노라는 그를 '갈색 눈동자'라고 부르기 시작했다. 여기 온 첫날 늦은 밤에 아트 켈러와 통화를 했다.

아트는 노라를 안심시켰다.

"그냥 잠깐이면 돼."

"아단은 어디 있죠?"

"놓쳤어. 그래도 라울은 잡았어. 라울은 죽은 게 확실해."

그리고 당신도 그래, 라고 아트가 덧붙였다. 아트는 노라에게 전체 계략을 설명했다. 비록 그들이 파비안 마르티네스를 밀고자로 설정하기는 했지만, 모두가 (특히 아단은) 노라가 죽었다고 생각하는 게 더 나았다. 만약 그렇지 않으면 아단이 노라를 되찾으려는 노력을 결코 멈추지 않거나 그 대안으로 노라를 죽이려 할 것이다.

"우린 당신이 자동차 사고로 죽었다는 소문을 낼 거야. 아단은 물론 당신이 기습 공격에서 죽었고 신문 기사는 조작이라는 사실을 알 거야."

그건 괜찮은 제의였다.

갈색 눈동자가 노라에게 사망 기사를 보여주었을 때 노라는 기분이 이상했다. 노라의 직업을 이벤트 플래너라고 짧게 설명했고 장례식에 대한 몇 가지 세부사항을 알려주고 있었다. 노라는 누가 참석할지 궁금했다. 아마 의심의 여지 없이 술에 취해 있을 아버지, 당연히 어머니, 그리고 헤일리.

잠깐은 오랫동안으로 바뀌었다.

아트는 일주일에 한 번 전화를 걸어와서 아직 아단을 잡으려고 힘쓰고 있다고 했고, 노라를 만나러 가고 싶지만 그건 안전하지 않을 거라고 했다. 노라는 그 말이 마법 주문 같았다. 노라가 산책을 나가는 일은 안전하지 않을 것이다. 노라가 쇼핑을 가는 일은 안전하지 않을 것이다. 영화를 보거나 일종의 삶을 되찾는 일들도 안전하지 않을 것이다.

노라가 갈색 눈동자에게 이런 일에 대해 물을 때마다 항상 똑같은 대답이 돌아왔다. 그는 그 강아지 같은 눈으로 노라를 바라보며 '그건 안전하지 않을 거예요.'라고 말했다.

"필요한 게 있으면 알려줘요. 내가 구해 올게요."

그 일은 노라의 몇 안 되는 기분 전환 중 하나가 되었다. 갈색 눈동자에게 점점 복잡한 쇼핑 임무를 주어 내보내는 일 말이다. 노라는 쉽게 구하지 못하는 비싼 화장품에 대한 상세한 주문서를 그에게 주었다. 특별한 블라우스 색상에 대해 아주 특별한 지시가 씌어 있고 노라가 가장 좋아하는 가게의 디자이너 옷에 대해 남자는 이해하지 못할 까다로운 요구가 적혀 있었다.

갈색 눈동자는 그 모든 일을 해냈다. 라호야에 있는 노라가 가장 좋아하는 가게에서 드레스를 사 오는 요청만 제외하고 말이다. 그는 미안한 태도로 말했다.

"아트 켈러가 난 거기 갈 수 없대요. 그건 안전하지 않……"

"……않을 겁니다."

노라가 흉내를 냈다. 그리고 보복으로 여성용품과 속옷을 사러 그를 내보냈다. 그가 오토바이에 시동을 걸고 심부름을 하러 떠나면, 노라는 그가 없는 몇 시간 동안 그가 벌건 얼굴로 '빅토리아 시크릿' 가게를 더듬거리고 판매원에게 도와달라고 부탁하는 모습을 상상하며 즐거워했다.

하지만 그가 없는 것을 노라가 정말로 좋아하지는 않았다. 그가 나가면 이상한 경호원 세 명과 남게 되기 때문이다. 노라는 그들이 서로 주고받는 얘기를 방 안에서 들을 수 있으면서도 그들의 이름도 모른 척하는 어리석은 속임수를 계속해 나갔다. 미키라는 이름의 나이 든 사람은 아주 상냥했고 홍차도 가져다줬다. 곱슬곱슬한 붉은 머리카락의 오밥은 좀 묘한 사람인데 노라와 자고 싶은 듯이 바라봤다. 노라는 그런 눈빛에 익숙했다. 노라를 혼란스럽게 하는 사람은 나머지 한 사람이었다. 복숭아 통조림 캔을 따서 단숨에 먹어치우는 뚱뚱한 사람.

빅 피치.

지미 피콘.

그들은 서로를 기억하지 못하는 척했다.

하지만 난 널 기억해.

내 첫 직업적 상대자.

노라는 그의 야만성, 철저한 추악함을 잊지 못했다. 그는 노라를 넝마조각이 된 것처럼 느껴지게 했다. 노라는 그날 밤을 잘 기억했다.

칼란 역시 기억하고 있었다.

칼란을 알아보기까지는 시간이 좀 걸렸다. 특히 그들이 노라를 여기로 데려왔을 때는 노라가 아직 마약에 취해 있었다. 하지만 그는, 그 갈색 눈동자는 칼란이었다. 칼란은 알약으로부터 노라를 천천히 벗어나게 해 주고, 노라가 목이 말라 하면서도 모든 것을 다 토해내고 있을 때 얼음조각을 주고, 노라가 화장실에 웅크리고 있을 때는 머리를 쓰다듬어 주고, 지독한 불면증으로 잠을 못 이룰 때는 몇 시간 동안 노라에게 허튼소리를 지껄여 주고, 때로는 밤새도록 노라와 카드게임을 해 주고, 노라가 다시 음식을 먹도록 부추겨 주고, 노라에게 토스트와 닭고기 수프를 만들어주고, 노라가 이름이 마음에 든다고 말한 이유만으로 티피오카 푸딩을 구하러 특별한 외출을 해 주었다.

마약중독치료를 아주 많이 받아 기분이 나아질 때쯤, 노라는 언젠가 그를 본 적이 있다는 사실을 기억해 냈다.

'내가 데뷔하던 날이었지.'

그 세계에 발을 담그는 데뷔 축하 파티였다. 칼란이 첫 상대이 길 바랐던 사실을 노라는 기억해 냈다. 칼란이 온화한 사람 같아 보였고, 칼란의 갈색 눈동자가 마음에 들었기 때문이다.

"당신이 기억나요."

칼란이 바나나와 토스트를 노라의 점심으로 들고 방으로 들어 왔을 때 노라가 말했다.

칼란은 놀란 듯 보였다. 수줍게 말했다.

"나도 기억하고 있어요."

"정말 오래전이군요."

"오래전이죠."

"그 뒤로 많은 일이 있었어요."

"그렇죠."

그래서 노라의 표현대로 '감금'인 지금 처지가 따분하기는 해 도, 노라는 정말 잘 지내고 있었다. 그들은 노라에게 텔레비전, 라 디오, 카세트, CD 전집, 산더미 같은 책과 잡지를 가져다주었고, 노라를 위해 작은 옥외 운동 공간도 만들어 주었다. 반경 수 킬로 미터 지역에 전혀 다른 집이 없는데도 칼란과 미키는 나무 담장 을 세우고, 러닝머신과 헬스 사이클을 사 왔다. 그래서 노라는 운 동하고 책 읽고 텔레비전을 보며 정말 잘 지내고 있었다. PBS에 서 하는 특별방송을 보기 전까지는 말이다. 마약 전쟁에 대한 그 방송에서 노라는 엘사우살에서 벌어진 대량학살 장면을 보게 되었다.

마약 단속국의 정보 제공자가 된 것에 대한 보복으로 파비안 마르티네스(엘 티부론)의 일가족 전체가 학살당한 것으로 추측된다는 해설자의 말에 노라는 숨이 목구멍에 걸린 느낌이 들었다. 그리고 안뜰에 쓰러져 있는 시신들의 모습을 보자 온몸이 벌벌 떨렸다.

노라는 당장 아트에게 연락했다.

"왜 말하지 않았어요?"

노라는 전화기에 대고 비명을 질렀다.

"당신이 모르는 편이 더 나을 거라고 생각했어."

"그러면 안 되는 거였어요. 그러면 안 되는 거였……."

노라는 울부짖었다.

그 뒤로 노라는 의기소침한 상태가 되었다. 침대에 태아 자세로 누운 채 일어나지도 먹지도 않고 우울증에 빠졌다.

'열아홉 명이야.' 노라는 곰곰이 생각했다.

'여자들, 아이들.'

'아기.'

'나 대신에.'

노라의 경호원들은 겁을 먹었다. 칼란은 노라의 방에 들어와서 강아지처럼 침대 발치에 앉아 어떤 말이나 행동도 하지 않고 그저 앉아 있고는 했다. 노라의 내부에서 그녀를 베고 있는 그 고통으로부터 노라를 보호하고 싶은 것처럼.

하지만 칼란은 아무것도 할 수 없었다.

아무도 할 수 없는 일이었다.

노라는 그냥 그 자리에 누워 있었다.

어느 날 칼란이 아주 심각한 표정으로 노라에게 전화기를 건넸다. 아트였다. 아트는 짤막하게 전했다.

"그를 잡았어."

존 홉스와 살 스카키 역시 아단이 붙잡혔다는 소식에 반응했다.

"난 정말 아트가 그대로 아단을 죽일 거라 생각했네. 그게 더 간단했을 거야."

"이제 문제가 생겨버렸군요."

"정말 그렇군. 뒤죽박죽이 되었네. 우리가 그걸 청소해야겠어."

아단 바레라가 죽는 것과 살아서 말하는 것(특히 법정에서)은 차원이 다른 일이었다. 그리고 아트 켈러까지……. 요즘은 아트가 무슨 꿍꿍이속이 있는지 알기 어려웠다. 아니, 뭔가 다른 계략을 꾸미느라 조심하고 있는 것이리라.

홉스도 마찬가지 이유로 전화기를 들었다.

그리고 베네수엘라로 전화를 걸었다.

스카키가 청소를 하러 갔다.

찻주전자가 삐삐 휘파람을 불었다.

귀에 거슬리게, 큰소리로.

"저거 좀 닥치게 할래? 빌어먹을 홍차는 무슨!"

빅 피치가 소리를 질렀다.

미키가 불에서 주전자를 내려놓았다.

칼란이 말했다.

"미키한테 그러지 마."

"뭐?"

"미키에게 그렇게 말하지 말라고 했어."

"이봐, 우리 모두 좀 긴장한 거 같아."

오밥이 두 사람을 진정시켰다.

빅 피치는 생각했다.

'아단 바레라의 애인과 몇 달 동안 여기 국경 북쪽의 황야 오두막에서 갇혀 있다니 말도 안 돼. 제기랄.'

"미키, 소리 질러서 미안해, 괜찮지?"

빅 피치는 미키에게 사과하고 칼란을 돌아보았다.

"됐냐?"

칼란은 대답이 없었다. 미키가 빅 피치에게 변명 아닌 변명을 했다.

"그녀에게 홍차를 타주려고."

"젠장, 당신이 집사야?"

빅 피치는 미키가 이 여자에게 다가가는 것이 마음에 들지 않았다. 장기수였던 사람들은 좀 그렇다. 그들은 정에 약하며, 자신을 죽이거나 감금하려 하지 않는 생물이라면 생쥐든 새든 어떤 것에든 애착을 갖는다. 감옥에서 빅 피치는 자연사한 바퀴벌레를 보고 눈물을 찔끔거리는 늙은 죄수들을 본 적이 있었다.

"방에 갖다 주는 사람을 바꾸자. 오밥이 해. 웨이터처럼 생겼잖아. 아니, 맘이 바뀌었어. 칼란, 네가 해."

칼란은 빅 피치가 무슨 생각을 하는지 알고 있었다.

"네가 들어가지?"

"내가 '너'에게 하라고 부탁했잖아."

"홍차가 식겠어."

미키가 말했다.

"아니, 넌 부탁하지 않았어. 그냥 말했지."

칼란의 말에 빅 피치가 비꼬며 대꾸했다.

"미스터 칼란, 바라건대 저 젊은 숙녀분에게 홍차를 좀 갖다 주시겠습니까?"

칼란은 싱크대 위에 있는 머그컵을 들어 올렸다.

"젠장, 똥 밟은 기분이네."

빅 피치가 말했다. 칼란이 노라의 방으로 걸어갔다.

"노크 먼저 해."

미키가 말했다. 그러자 빅 피치가 입을 열었다.

"저 여자는 매춘부야. 근데 벗은 걸 본 사람은 아무도 없군, 안 그래?"

빅 피치는 현관으로 걸어가서 황야를 비추고 있는 달빛을 또 한 번 바라보며 자신의 삶이 어쩌다 이렇게 되었는지 궁금해했다. 매춘부 수발이나 들고.

칼란이 나왔다.

"대체 문제가 뭐야, 빅 피치?"

"바레라의 애인이야. 그냥 넘겨줘야 하는 거 아냐? 난 아단에게 되돌려 보내야 한다고 봐."

"그녀는 네게 아무 짓도 하지 않았어."

"넌 저 여자와 자고 싶잖아. 자, 어때. 우리 모두가 저 여자를 갖는 건?"

칼란이 천천히 고개를 끄덕였다.

"이봐, 빅 피치? 그녀를 건드리려 하면 네 눈 사이에 총알을 박아주겠어. 생각해 보니 난 수년 전에 그렇게 했어야 했군. 네 살찐 엉덩이를 처음 본 순간에."

"온몸이 근질근질하군, 이 아일랜드 놈. 그리 늦지 않았어."

미키가 현관으로 나와서 두 사람 사이에 섰다.

"그만들 둬, 바보같이. 이 일은 곧 끝날 거야."

'아니.' 하고 칼란은 생각했다.

'**지금** 끝날 거야.'

칼란은 빅 피치를 알았다. 빅 피치의 인간 그대로의 모습을 알았다. 빅 피치는 머릿속에 뭔가를 떠올리면 그 일을 하고 말았다. 무슨 일이 되었든. 그리고 칼란은 빅 피치가 무슨 생각을 하는지 알고 있었다. '바레라는 내 동생을 죽였고, 나는 바레라의 애인을 죽인다.'

칼란은 집 안으로 들어가서 오밥을 지나쳐 노라의 방 문을 두드리고 들어갔다.

"갑시다."

"어디로 가는 거죠?"

노라가 물었다.

"어서요. 신발을 신어요. 떠날 거예요."

노라는 칼란의 낯선 모습에 당황했다. 상냥한 모습도 수줍어하는 모습도 아니었다. 칼란은 화가 나 있었다. 몹시 화가 나서 노라를 꼼짝 못 하게 하고 있었다.

"어서요. 서둘러요."

"차갑군요."

"난 얼음 같은 사람이에요. 좀 잽싸게 움직여요, 알겠어요?"

노라는 일어서서 칼란을 노려보았다.

"어떻게 잽싸게 움직이란 거죠?"

칼란이 손목을 움켜쥐고 끌어당기자 노라는 충격을 받았다. 칼란은 노라가 싫어하는 전형적인 지긋지긋한 남자들처럼 행동하고 있었다.

"악, 이봐요!"

"노닥거릴 시간이 없어요."

'난 단지 이 일을 끝내고 싶을 뿐이야.'

노라는 칼란이 잡은 손을 뿌리치려 했지만 칼란이 꽉 움켜쥐고 있어서 잡아끄는 대로 이끌려갔다.

"내 뒤에 바짝 붙어요."

칼란은 22구경 권총을 꺼내 앞을 향해 들었다.

"무슨 일이죠?"

칼란은 대답하지 않고 그저 노라를 끌고 옆방으로 갔다.

"대체 뭐 하는 짓이야?"

빅 피치가 물었다.

"떠날 거야."

빅 피치는 재킷 주머니에 꽂힌 권총으로 손을 뻗었다.

"아, 아니."

칼란이 경고했다.

빅 피치는 생각을 바꾸고 손을 내렸다.

"칼란, 뭐 하는 거야?"

오밥이 우는 소리를 하며 낡은 소파 위에 놓인 엽총 쪽으로 천천히 손을 움직이기 시작했다.

"내가 널 쏘게 만들지 마, 오밥."

칼란이 경고했다. 이 모든 일이, '이 모든 일이' 오밥의 목숨을 구하려고 시작한 일로 여겨진다면 너무도 유감일 터였다.

"널 다치게 하고 싶지 않아, 오밥."

오밥은 자신도 다치고 싶지 않은 건 마찬가지라고 결정한 게 분명했다. 오밥의 손이 그 자리에서 멈추었기 때문이다.

"이 일 신중히 생각해 본 거야?"

미키가 칼란에게 물었다. 칼란은 생각했다.

'아니. 난 어떤 일도 신중히 생각하지 않아. 단지 누군가가 이 여자를 죽이도록 놔둘 수 없을 뿐이야.'

칼란은 옛 친구에게 총은 겨눈 채 계속 노라를 비호하며 문 바깥으로 뒷걸음질 쳤다.

"너희들 중 누구라도 눈에 띄면 죽여 버리겠어."

칼란은 문 뒤쪽으로 걸어나갔다. 그리고 노라에게 말했다.

"올라타요."

칼란과 노라가 오토바이에 올라탔다.

"꼭 잡아요."

노라는 칼란의 허리를 꽉 붙잡았다. 그러기를 잘했다. 칼란이 오토바이를 급출발했고, 오토바이가 짙은 먼지 구름을 뒤로 뿜으며 미사일 발사되듯이 달려나갔기 때문이다. 가파른 언덕 위 흙길로 올라가다가 뒷바퀴가 부드러운 흙 속에서 좌우로 미끄러지자 노라는 칼란을 더 꽉 붙잡았다. 칼란은 거센 산타아나 바람으로 헐벗은 야트막한 먼지투성이 언덕 꼭대기에서 오토바이를 멈추었다. 무성한 잡초만 있을 뿐 아무것도 없었다.

칼란이 말했다.

"꼭 잡아요."

그리고 노라는 자신이 떨어지고 있는 것을 느꼈다.

자유낙하로 언덕 아래로 돌진하고 있었다.

포격이 그들을 뒤쫓았다.

칼란은 무시하고 오토바이 운전에 집중했다.

오두막집을 지나고, 자동차 몇 대를 지나고, 앞다투어 자동차 뒤로 숨는 사람들을 지나가고, 총에 손을 뻗고, 총알이 유리를 박살 낼 때 몸을 홱 굽혔다. 하지만 노라는 이 장면들 어느 것도 볼 수 없었다. 위이잉 하는 오토바이 소리에 노라는 총소리를 거의 들을 수 없다. 총알이 노라의 귀 옆을 피융 하고 지나가자 노라는 깜짝 놀라서 비명을 질렀다. 하지만 그 소리조차 거의 들리지 않았다. 노라가 지금 칼란의 어깨에 머리를 기대고 '꼭 잡고' 있으면서 실제로 볼 수 있는 것은 칼란의 헬멧 뒤통수뿐이었다. 노라가 마치 바람굴 안에 있는 것처럼 세찬 바람이 노라를 오토바이에서 떼놓으려 하고 있었다. 그들은 '정말, 진짜, 확실히 빨리' 달려가고 있었다.

흙길에 이르자 이제 날이 어두워져서 속도의 터널 속에 있는 노라의 주변에도 어둠이 깔렸다. 그녀는 이제 그들이 삶을 향해 달리고 있다는 사실을 알았다. 삶을 향해 달리고, 죽음을 바람에 던지고, 바람에 맹세하고, 미친 사람처럼 달리는 이 사람의 등을 믿었다. 거친 흙길이 노라를 들썩이게 하더니 그들은 갑자기 허공에 있었다. 허공에 떠서 공기의 흐름을 타고 날고 있었다. 빠른 속도가 작은 충돌을 만나면서 오토바이가 까만 밤하늘에 내던져진 것이다. 노라는 날고 있었다. 칼란과 함께 날고 있었다. 별들이, 별들이 아름다웠다. 그들은 추락할 것이다. 그리고 죽을 것이다. 그들의 피가 흙길에 고일 것이다. 두 사람의 피가 함께. 노라는 피가 솟구치는 것을 느꼈다. 칼란의 피가 솟구치는 것도 느껴졌다. 그들의 피는 밤하늘을 뚫고 높이 치솟았다가 땅으로 떨어졌다. 오토바이가 중심을 잃고 쓰러지면서 길게 미끄러졌다. 노라는 꽉 붙잡고 있었다. 혼자 죽고 싶지 않았다. 길게 미끄러지다가 죽음에 이르면 칼란과 함께 죽고 싶었다. 이토록 길고 더디면서도 빠른 미끄러짐으로 무의식에 이르면, 그리고 고뇌의 순간이 지나고 나면 무(無)에 이르리라. 죽음을 맞이하고 평화로워지리라. 노라는 항상 천국에는 날아서 가는 거로 생각했는데 지금은 떨어지고, 떨어지고, 떨어지고 있었다. 노라는 칼란을 잡고 있었다. 칼란을 안고 있었다. 칼란을 부둥켜안고 있었다. '나 혼자 죽게 내버려두지 마. 혼자 죽기 싫어.' 그때 칼란이 오토바이를 바로잡았다. 그들은 다시 올라갔다. 달렸다. 노라의 귀 주변에 시원한 바람이 불었다. 가죽 재킷의 따뜻함이 피부에, 노라의 얼굴에 닿았다. 칼란이 찬 공기를 한껏 들이마시는 것이 느껴졌다. 노라는 엔진의 뇌성 위로 자신이 내고 있는 웃음소리(노라의 심장소리인지도 몰랐다.)를 들었다. 노라의 웃음소리와 칼란의 웃음소리가 들렸다. 그리고 갑자기 바퀴가 매끄럽게 달리는 느낌이 들었다. 매끄럽고 까만 길. 매끈하고 아름다운 미국의 아스팔트 길. 미국의 고속도로.

고속도로 가로등이 밤을 금빛으로 갈랐다.

빅 피치가 바깥 베란다로 나왔다.

방금 딴 복숭아 통조림과 숟가락을 들고 앉았다. 멋진 은빛을
뽐내고 있는 달을 바라보며 상념에 잠기기 좋은 시간이라고 생각
했다.

이 일은 칼란이 줄곧 마음에 품고 있었던 일인지도 몰랐다. 어
쩌면 칼란과 그 여자가 함께 계획하고 있었는지도 몰랐다. 칼란이
그녀에게 찻잔을 갖다 줄 때마다 머리를 맞대고서 말이다. 칼란
답다. 늘 고독한 늑대 같은 놈.

스카키가 알면 좋아하지 않을 것이다. 스카키는 곧 찾아오겠다
며 모두가 여기 있는지 확인하는 전화를 걸어왔다. 뭐, 스카키가
칼란을 뒤쫓아 가서 우릴 엿 먹인 칼란을 혼내 줄 것이다. 빅 피
치는 통조림에 숟가락을 넣었다.

복숭아 조각이 허공으로 공중제비를 돌았다.

복숭아즙이 피치의 가슴에 튀었다.

빅 피치는 가슴을 내려다보며 금빛 복숭아에 붉은빛이 물든
것을 보고 놀랐다. 불타는 석양의 색이었다. 빅 피치는 그런 복숭
아 통조림도 나오는 줄은 몰랐다. 가슴이 온통 끈끈하고 뜨뜻미
지근한 느낌이 들었다. 빅 피치는 왜 오늘 저녁에는 태양이 두 번
지는지 의아했다.

두 번째 총알이 빅 피치의 넓은 이마에 정면으로 박혔다.

오밥은 창문의 작은 8각형 철망 사이로 밖을 내다보다가 이 장
면을 보았다. 피치의 뒤통수로 뇌가 분출되어 오두막 담벼락을 치

자 오밥의 입이 정확한 O자 모양으로 딱 벌어졌다. 오밥이 본 것은 거기까지였다. 총알이 오밥의 열린 입으로 핑 날아 들어와 대뇌피질을 폭파시켰기 때문이다.

미키는 오밥이 봄눈 녹듯 녹아내리는 것을 보고 물주전자를 올렸다. 막 주전자 바닥에서 물이 부글거릴 때 스카키와 저격수 2명이 안으로 들어왔다. 소총이 미키를 향했다.

"스카키."

"미키."

"지금 막 홍차를 마시려던 참이야."

스카키가 고개를 끄덕였다.

주전자가 휘파람 소리를 냈다.

미키는 이 빠진 머그컵에 물을 따른 뒤 홍차 티백을 여러 번 흔들어줬다. 우유와 설탕 몇 스푼을 떠 넣을 때는 통이 달각거렸다. 떨리는 손은 홍차를 젓는 숟가락을 자꾸만 머그컵에 부딪치게 했다.

미키는 머그컵을 들어 한 모금 마셨다.

그리고 웃었다. 맛있고 뜨끈했다. 그리고 스카키에게 고개를 끄덕였다.

스카키는 빠르고 깔끔하게 미키를 처치하고 시신을 넘어 침실로 갔다.

노라가 없었다.

칼란은 또 어디 있는가?

칼란의 할리 오토바이도 사라졌다.

젠장.

'칼란이 노라를 데리고 단독 비행을 하고 있군. 곧 따라잡을 거야.'

하지만 그 전에 해야 할 대청소가 있었다.

두 시간도 안 되어 스카키의 저격수들은 오두막에 각성제 조제실을 만들었다. 그들은 빅 피치의 시신까지 집 안에 들여놓은 뒤 곳곳에 요오드화수소산을 부었다. 그리고 인근 산허리로 올라가 방화용 총알을 창문 안으로 쏘아 넣었다.

소방관들은 운이 좋았다. 그날은 바람이 거의 없고 각성제 조제실 폭발로 일어난 불꽃이 언덕의 잡초들과 해묵은 풀밭 12에이커 정도만 태운 뒤 꺼졌기 때문이다. 그만하면 과히 나쁘지 않았다. 사실, 가끔씩 그렇게 태워주면 좋았다.

오래된 풀들은 재가 되고.

그 자리에 새 풀이 자라나게 되니까.

14장
전원의 삶

우리에게 있는 건 사랑뿐이다.
사랑만이 서로를 도울 수 있는 유일한 방법이다.

—에우리피데스, 「오레스테스」

1998년
샌디에이고 카운티

그들은 일찍 일어나서 오토바이에 올랐다.
칼란이 노라에게 말했다.
"우리를 찾는 사람들이 있을 거예요."
'설마, 그럴 리가.'
노라는 미심쩍어했다. 어젯밤에 마침내 오토바이가 길가에 멈춰 섰을 때, 노라는 도대체 무슨 짓이냐고 다그쳤다.
"그 친구들이 당신을 죽였을 거예요."
두 사람은 고속도로에서 조금 떨어진 싸구려 모텔로 들어가 몇 시간 눈을 붙였다.

칼란은 4시가 되자 떠나야 한다며 노라를 흔들어 깨웠다. 하지만 노라는 아늑하고 따뜻한 침대에서 벗어나기 싫어서 이불을 얼굴까지 끌어올리고 몇 분간 더 잤다. 그 사이 칼란은 샤워를 했고, 노라는 싸구려 널빤지 벽으로 물 흐르는 소리를 들었다.

"물소리가 그치면 일어나야지."

하지만 정신이 들어보니 다시 칼란이 어깨에 손을 대고 일어나라고 흔들고 있었다.

"가야 해요."

노라는 일어나 어제 의자 위에 던져둔 스웨터와 청바지를 찾아 입었다.

"새 옷을 좀 구해야겠어요."

"함께 가서 구해요."

칼란은 침대에 앉아 있는 노라를 바라보았다. 노라가 정말로 자신과 함께 있다는 사실이 믿어지지 않았다. 자신이 저지른 일이 믿기지 않았고, 어떤 결말에 이를지 알 수가 없었다. 상관없었다. 노라는 정말 아름다웠다. 피곤해 보이고 구깃구깃하고 냄새나는 옷을 입고 있어도 아름다웠다. 그 옷에서 나는 냄새는 그녀의 체취였다.

노라는 신발을 다 신고 고개를 들었다. 칼란이 바라보고 있었다.

새벽 4시는 항상 추웠다.

아마존 정글 한복판에서 맞는 한여름이라도 새벽 4시에 막 침대에서 나온다면 쌀쌀할 게 틀림없다. 노라가 후들후들 떨자 칼란이 가죽 재킷을 벗어주었다.

"당신은요?"

"난 괜찮아요."

노라는 재킷을 입었다. 너무 크긴 하지만 소매를 걷으니 좀 나았고, 부드럽고 따뜻해서 어젯밤처럼 칼란의 팔이 노라를 안고 있는 기분이었다. 노라는 남자들에게 다이아몬드 목걸이, 베르사체 드레스, 모피를 받았다. 하지만 이 재킷처럼 좋은 기분이 들었던 적은 없었다. 노라는 오토바이 뒷자리에 올라타서 칼란을 꼭 잡을 수 있도록 소매를 당겨 올렸다.

그들은 8번 주간고속도로로 향했다.

고속도로 위를 달리고 있는 차량들은 대부분 트럭이었다. 밀입국 멕시코 인 막노동자들을 가득 싣고 농장으로 가고 있는 낡은 트럭도 몇 대 보였다. 칼란은 계속 달리다가 선라이즈 고속도로라는 이름의 도로 표지판을 보았다. 칼란은 그 이름이 어느 정도 일리가 있다고 생각하며 그쪽을 향해 북쪽으로 돌았다. 도로는 라구나 산의 남쪽에 급경사를 이루는 지그재그 산악도로로 이어졌고, 데스칸소의 작은 마을을 지나 산등성이의 꼭대기를 따라 이어지며, 왼쪽으로는 울창한 소나무 숲이 있고 오른쪽 수백 미터 아래에는 사막이 있었다.

일출은 그야말로 장관이었다.

그들은 길가에 오토바이를 세워놓고 사막 위로 태양이 떠오르는 모습을 보았다. 붉은색이 주황색으로 바뀌더니 황갈색, 베이지색, 암갈색으로 변하고, 당연히 모래 색으로까지 바뀌며 사막의 신비롭고 화려한 위용을 뽐냈다. 두 사람은 다시 오토바이에 올라타고 산꼭대기를 따라 조금 더 갔다. 숲을 지나자 길게 뻗은 초원이 나타나더니 곧 79번 고속도로와 만나면서 호숫가에 이르렀다.

칼란은 79번 도로의 남쪽 방향으로 틀어 호수를 따라 돌다가 호숫가에 자리 잡은 작은 레스토랑에 도착했다.

칼란은 그 앞에 오토바이를 세웠다.

두 사람은 레스토랑 안으로 들어갔다.

가게가 정말 조용했다. 낚시꾼 몇 명과 농장 일꾼으로 보이는 남자 두어 명이 칼란과 노라가 들어오자 눈을 돌려 흘긋 바라보았다. 칼란과 노라는 작은 호수가 바라다보이는 창가 탁자에 앉았다. 칼란은 달걀 프라이 둘, 베이컨, 감자튀김을 주문하고 노라는 홍차와 토스트를 주문했다. 칼란이 말했다.

"진짜 음식을 좀 먹어요."

"배고프지 않아요."

"좋을 대로 해요."

노라는 홍차와 토스트에 손도 대지 않았다. 칼란이 게걸스럽게 달걀을 먹어치우고 나자 그들은 밖으로 나가 호숫가를 걸었다. 노라가 물었다.

"이제 우리 뭐 하죠?"

"호숫가를 산책하죠."

"난 진지해요."

"나도 진지해요."

호수 반대편에는 소나무들이 있었다. 소나무 잎이 바람에 흩날려 호수 위에 작고 하얀 물결을 일으켰다.

"그들이 날 찾아다닐 거예요, 칼란."

"그들이 당신을 찾길 바라는 거예요?"

"아뇨. 아무튼 당분간은 바라지 않아요."

"난 당분간은 살아 있기만 바랄 뿐이에요. 이 모든 일이 결국 어떻게 끝날지 모르겠지만, 그냥 당분간은 살아 있고만 싶어요. 그래도 괜찮겠어요?"

"그럼요. 정말 괜찮아요."

그래도 칼란은 약간의 사전 대책을 세워야 한다고 생각했다.

"오토바이를 버려야 해요. 그들은 오토바이를 찾아다닐 거예요. 오토바이가 눈에 너무 띄어요."

그들은 70번 도로 남쪽 몇 킬로미터 떨어진 곳에서 새로 타고 다닐 차량을 발견했다. 고속도로 동쪽으로 좀 떨어진 우묵한 땅에 낡은 농가가 한 채 있었다. 전형적인 남부 가난한 백인의 앞마당과 낡은 자동차들이 있었고, 낡은 창고 바깥쪽에 흩어진 자동차 일부분들이 있었고, 한때 닭장이었을 법한 약간 헐린 통나무 집들이 있었다. 칼란은 흙길로 오토바이를 몰고 가서 창고 밖에 오토바이를 세웠다. 창고 안에는 어김없이 야구 모자를 쓰고 있는 한 남자가 68년식 무스탕을 손보고 있었다. 그는 키가 크고 말랐으며, 모자 때문에 확실하지는 않지만 50대쯤 되어 보였다.

칼란은 무스탕을 바라보았다.

"이걸로 뭘 하죠?"

"아무것도 안 하우. 이건 팔지 않는 거유."

"다른 차들은요?"

그 남자는 창고 밖에 있는 연두색 85년식 그랜드 앰을 가리켰다.

"조수석 문이 밖에서 안 열리우. 안에서 열어야 하우."

그들은 그랜드 앰 옆으로 다가갔다.

"엔진은 잘 돌아갑니까?"

"그렇수. 엔진은 정말 좋수."

칼란은 자동차에 올라 시동을 걸었다.

시동이 걸리자 키스를 받은 백설공주처럼 엔진이 살아났다.

"얼마죠?"

"모르겠수. 1100?"

"자동차 증명서는요?"

"자동차 증명서, 등록 증명서, 번호판. 모두 있수."

칼란은 오토바이로 돌아가 안장에서 2000달러 지폐를 꺼내
그 남자에게 건네줬다.

"1000달러는 자동차 값. 1000달러는 우리를 못 본 걸로 해 주
는 대가예요."

그 남자는 돈을 받았다.

"이보슈, 언제든 당신을 못 본 걸로 할 필요가 있을 때마다 돌
아오슈."

칼란은 노라에게 열쇠를 건넸다.

"따라와요."

노라는 칼란을 따라 79번 도로 북쪽으로 줄리안 마을까지 갔
다. 그곳에서 동쪽으로 꺾어 78번 도로를 타고 굽이굽이 긴 비탈
을 지나 사막으로 간 뒤 평평하게 쭉 뻗은 땅을 한참 건너가서 마
침내 흙길에 이르러 길이 끝나는 곳에서 800미터쯤 떨어진 깊은
협곡의 입구에 세웠다.

"이래야 해요."

노라가 자동차에서 내리자 칼란이 말했다. 여기 모래 위에서

는 불꽃이 번지지 않을 것이고 아마 주위에 그 연기를 알아챌 사람이 없을 거라는 뜻이었다. 칼란은 여분의 연료통에서 휘발유를 뽑아내어 할리 위에 끼얹었다.

칼란이 노라에게 물었다.

"작별 인사 할래요?"

"안녕."

칼란이 성냥을 던졌다.

두 사람은 오토바이가 타오르는 것을 바라보았다. 노라가 입을 열었다.

"바이킹 족의 장례식이네요."

"우리가 그 안에 없다는 점만 빼고."

칼란은 그랜드 앰으로 걸어가서 운전석에 앉은 뒤 노라를 위해 조수석 문을 열어줬다.

"어디 가고 싶어요?"

"어딘가 좋은 곳, 조용한 곳요."

칼란은 그 말을 생각해 보았다. 만약 누군가 오토바이 잔해를 발견하고 그걸 우리와 연관 짓는다면, 그들은 아마 우리가 동쪽으로 갔다고 생각할 것이다. 사막을 건너 투손이나 피닉스나 라스베이거스에서 어딘가로 가는 비행기를 잡아타기 위해서 말이다. 그래서 고속도로에 이르렀을 때 칼란은 서쪽으로 돌아갔다.

"어디 가죠?"

노라는 그렇게 묻지만, 어디든 별로 상관없었다. 단지 궁금할 뿐이었다.

그렇게 생각한 것이 다행이었다. 칼란이 '나도 몰라요.'라고 대답했기 때문이다.

칼란도 몰랐다. 칼란은 자동차를 운전하는 것 외에 어떤 것도 염두에 두지 않고 있었다. 경치를 감상하고 노라와 함께 있는 걸 즐겼다. 그들은 왔던 길을 되돌아가서 산속 마을 줄리안 쪽으로 갔다.

그들은 사람들이 있는 곳을 피해 곧장 운전해 갔다. 길이 다시 내리막이 되면서 서쪽의 해안 평야 쪽을 향했다. 넓은 평야와 사과 과수원과 말 목장들이 있는 평평하게 뻗은 땅이었다. 그들은 긴 언덕을 내려갔다. 아름다운 골짜기가 내려다보였다.

골짜기 한가운데에는 북쪽으로 가는 고속도로와 서쪽으로 난 고속도로가 교차했다. 교차 지점 주변에 건물 몇 채가 흩어져 있었다. 북쪽에는 우체국, 상점, 간이식당, 빵집, 그다지 미술관으로 보이지 않는 미술관이 있고, 남쪽에는 낡은 잡화점과 하얀 시골 집이 몇 채 있고, 그 뒤로는 양쪽 모두 아무것도 없었다. 그저 소를 방목하는 드넓은 초원 위로 길이 나 있을 뿐이었다. 노라가 말했다.

"아름다운 곳이에요."

칼란은 오두막집의 자갈 깔린 진입로에 차를 세웠다. 그리고 책과 원예용품을 파는 낡은 잡화점에 들어갔다가 몇 분 뒤에 열쇠를 들고 나왔다.

"한 달 묵을 방 한 칸짜리 집을 구했어요. 당신이 싫지 않다면요. 싫으면 돌아가서 돈을 돌려받고 다른 곳으로 갈 수 있어요."

그곳은 낡은 소파, 의자 둘, 탁자가 있는 작은 앞쪽 방이 있고 가스레인지와 낡은 냉장고와 싱크대와 그 위로 나무 찬장이 있는 작은 부엌이 있었다. 문 하나가 조그만 침실로 이어져 있었고, 안쪽에 욕조 없이 샤워 시설만 있는 더 조그만 욕실까지 있었다.

'서로를 찾느라 이 방 저 방 헤맬 일은 없겠네.'

노라는 생각했다.

칼란은 아직 현관에서 망설이며 서 있었다. 노라가 말했다.

"난 맘에 들어요. 당신은요?"

"좋아요. 마음에 들어요."

칼란은 안으로 들어서서 현관문을 닫았다.

"그리고 우리 이름은 켈리예요. 난 톰, 당신은 진."

"내가 진 켈리?"

"미처 그 생각은 못 했군요."(진 켈리는 영화 '사랑은 비를 타고'에 출연한 미국의 남자 영화배우 겸 감독 — 옮긴이)

노라가 샤워를 하고 옷을 입은 뒤, 그들은 옷을 사러 언덕 위로 7킬로미터쯤 되돌아가서 줄리안 마을로 갔다. 큰 도로변에는 지역 특제품인 애플파이를 파는 작은 레스토랑들이 대부분이었고 옷가게는 몇 개 없었다. 한 가게에서 평범한 원피스 두 개와 스웨터를 샀다. 하지만 데님 셔츠와 청바지와 양말과 속옷을 팔고 있는 철물점에서 대부분의 옷을 샀다.

거리를 따라가다가 노라는 중고 책을 파는 서점을 발견하고 『안나 카레니나』, 『미들마치』, 『유스타스 다이아몬드』와 노라 로버츠의 연애소설 두 권을 샀다.

그리고 오두막집으로 다시 돌아와 길 건너 상점에 가서 식료품을 샀다. 빵, 우유, 커피, 홍차, 레이진 브랜(칼란이 가장 좋아하는 것), 포도 너츠(노라가 가장 좋아하는 것), 베이컨, 달걀, 발효빵,

스테이크용 고기, 닭고기, 감자, 쌀, 아스파라거스, 완두콩, 토마토, 그레이프프루트, 현미, 애플파이, 포도주, 맥주. 그리고 잡다한 물건들도 샀다. 종이 타월, 설거지 세제, 화장지, 방취제, 치약, 칫솔, 비누, 샴푸, 면도기와 면도날, 면도 거품비누, 염색약, 가위.

그들은 사전 대책을 세우기로 했다. 도망치기 위해서가 아니라 불필요하게 무작정 머물지 않기 위해서였다. 할리를 버려야 했듯이 노라의 어깨까지 내려오는 머리카락도 버려야 했다. 칼란의 모습은 아주 평범한데 노라는 그렇지 않았기 때문이다. 그리고 추적자들이 가장 먼저 할 일은 두드러지게 아름다운 금발머리 여자를 본 적이 있느냐고 사람들에게 묻는 일일 게 빤했다.

노라가 칼란에게 말했다.

"난 더 이상 그렇게 아름답지 않아요."

"아뇨, 아름다워요."

그래서 오두막집 뒤뜰에서 노라는 머리카락을 잘랐다.

짧게.

다 끝낸 뒤 노라는 거울을 들여다보며 말했다.

"잔 다르크네요."

"난 맘에 들어요."

"거짓말."

하지만 거울을 들여다보니 노라도 마음에 드는 것 같기도 했다. 붉은색으로 염색을 하고 나니 훨씬 더 그랬다. 노라는 생각했다.

'음, 어쨌든 손질하기는 더 쉽겠네. 이제 나는 여기서 짧디짧은 빨강 머리를 하고 데님 셔츠와 청바지를 입고 있어. 누가 상상이나 하겠어?'

"당신 차례예요."

노라는 가위를 찰칵이며 말했다.

"설마."

"어쨌든 잘라야 해요. 당신은 계속 70년대 스타일이에요. 이리 와요. 내가 다듬기만 할게요."

"싫어요."

"겁쟁이."

"맞아요."

"나한테 이런 일을 시킨 사람들은 엄청난 돈을 지불했어요."

"머리를 자르게 했다고요? 농담 마요."

"이봐요, 세상은 넓어요, 칼란."

"당신 손이 떨리는데요?"

"그럼 당신이 움직이지 않고 가만히 있는 게 낫겠네요."

칼란은 노라에게 머리를 맡겼다. 완벽하게 움직이지 않는 자세로 의자에 앉아서 노라와 자신의 모습을 바라보았다. 노라는 칼란 뒤에 서서 가위질했다. 갈색 머리 한 뭉치가 어깨를 치고 바닥으로 떨어졌다. 이발이 끝나자 그들은 거울에 비친 자신의 모습을 바라보았다.

"난 우리를 못 알아보겠어요. 당신은요?"

노라의 질문에 칼란은 생각했다.

'못 알아보겠어요.'

그날 저녁 칼란은 노라를 위해 치킨 수프를 끓이고 자신을 위해 스테이크와 감자요리를 만들었다. 두 사람은 탁자에 앉아 식사하면서 텔레비전을 보았다. 그때 각성제 조제실이 폭발하여 사망자가 발생했다는 뉴스가 나왔다. 칼란은 노라가 눈치채지 못하는 듯해서 알려주지 않았다.

칼란은 빅 피치와 오밥에 대해 유감스럽게 여기려고 하지만 그럴 수가 없었다. 그 두 사람은 너무 많은 사람을 다음 세상으로 인도했다. 그런 일은 늘 저런 방식으로 끝을 맺는다는 사실을 알아야 했다.

그건 칼란 자신도 마찬가지일 것이다.

하지만 미키의 죽음은 유감스러웠다.

그 뉴스는 스카키가 그들의 뒤를 쫓고 있다는 뜻이기도 했다.

노라는 불편한 밤을 보냈다. 잠이 오지 않았다. 그리고 알고 싶지 않은 뭔가가 눈 안에 있었다. 칼란은 그 사실을 알아차렸다. 그런 적이 많았다. 단지 그런 일에 자꾸만 무감각해질 뿐이었다.

그래서 칼란은 노라의 등을 보고 누워서 어렸을 때 들은 아일랜드 이야기를 들려주었다. 음, 아마 일부는 기억하고 일부는 기억나지 않아 지어냈을 것이다. 요정들과 장난을 좋아하는 작은 난쟁이들의 이야기일 뿐이라서 지어내기도 그리 어렵지 않았다.

요정 이야기와 신화.

새벽 4시쯤 마침내 노라가 잠이 들자, 칼란도 베개 아래에 숨겨둔 22구경 권총을 쥔 채 잠이 들었다.

노라는 배가 고파서 잠이 깼다.

'이크.'

칼란은 생각했다. 그리고 두 사람은 도로 건너 레스토랑으로 갔다. 노라는 치즈 오믈렛과 소시지 한 토막, 그리고 호밀 흑빵 토스트와 버터 큰 그릇을 주문했다.

종업원이 물었다.

"아메리칸 치즈, 체다 치즈, 잭 치즈를 드릴까요?"

"네."

노라는 사형수처럼 음식을 먹었다.

마치 마지막 음식을 먹는 것처럼, 마치 전기의자로 가는 마지막 길을 안내할 사람이 밖에 기다리고 있는 것처럼 순식간에 오믈렛을 먹어치웠다. 칼란은 포크를 무기처럼 휘두르고 있는 노라를 바라보며 웃음을 억눌렀다. 그리고 노라의 입가에 버터가 약간 묻었지만 지적하지 않았다. 칼란이 노라에게 물었다.

"맛있어요?"

"끝내줘요."

"하나 더 시켜요."

"안 돼요!"

"시나몬 롤은?"

"좋아요."

"오늘 아침에 갓 구운 겁니다, 손님."

종업원이 커다란 페이스트리와 포크 두 개를 내려놓으면서 말했다. 노라는 밖에 나갔다가 신문을 가지고 돌아와서 개인 광고를 훑어보았다.

'킴, 가족 위급. 급히 연락 바람. 여동생으로부터.' 그리고 전화번호가 있었다. 아트 켈러가 쓰는 전형적인 방법이었다. 만약을 위해 모든 정보를 감추고 흔한 광고처럼 실었다. '난 내 자신의 자유의지로 운영되는 자유요원이야. 아트는 내가 돌아오기를 바라고 있어.'

'난 돌아가지 않을 거예요, 아트. 아직은요.'

'당신이 날 원하면, 날 찾아내야 할 거예요.'

아트는 노력하고 있었다.

아트의 요원들이 대대적으로 활동하고 있었다. 공항, 기차역, 버스 터미널, 항구. 그들은 승객 명단, 예약 상황, 출입국 관리를 확인했다. 홉스의 요원들은 프랑스, 영국, 브라질 이민 기록을 확인했다. 헛수고라는 생각이 들지만, 주말이 되었을 때는 한 가지 사실을 확신했다. 노라 헤이든은 국내에 있었다. 적어도 자신의 여권으로 출국하지는 않았다. 그리고 노라는 자신의 신용카드나 휴대전화기도 사용하지 않았고, 일자리를 얻으려 하거나 교통 위반을 범하거나 아파트를 빌리기 위해 사회보장 번호를 적어 넣은 적도 없었다.

아트는 헤일리 색슨에게 강한 압박을 가하고, 맨법(매춘 따위의 목적으로 여자를 주에서 주로, 또는 국외에서 이송하는 것을 금한 미국의 법률(1910) ─ 옮긴이) 위반과 살인미수 공조, 풍기 문란 업소 운영 등을 거론하며 위협했다. 그래서 노라로부터 전혀 소식이 없으며 혹시 연락이 오면 즉시 알려주겠다고 헤일리가 맹세했을 때, 아트는 그 말을 믿을 수밖에 없었다.

아트의 국경 모니터 요원들도, 홉스의 국경 검문 요원들도 흔적을 찾아내지 못했다. 노라의 목소리는커녕 노라에 대해 말하는 사람조차 없었다.

아트는 사고 복구반 요원 한 명을 풀어 칼란의 오토바이 흔적을 철저히 조사하게 했다. 그 요원은 흙에 남은 자국을 보고 뭔가를 풀어내어 아트에게 보고했다.

"분명히 오토바이에는 두 사람이 타고 있었으며 뒤에 앉은 사람이 앞사람을 꽉 붙잡았을 것입니다. 오토바이가 '고속으로' 달리고 있었거든요."

아트는 칼란이 노라를 그다지 멀리 데려가지는 못했을 거라고 판단했다. 포로를 비행기, 기차, 버스로 데려갈 수는 없었다. 그리고 포로는 오토바이 뒤에서 얼마든지 내릴 수 있었다. 주유소나 빨간 신호등이나 교차점에서 말이다.

그래서 아트는 흙길과 I-8의 교차점에서부터 연료탱크 크기를 고려한 행동반경 이내로 조사 범위를 좁혔다. 그리고 할리 오토바이의 흔적을 찾아다녔다.

그리고 찾아냈다.

밀입국 멕시코 인들이 있는지 찾아다니던 국경 순찰 헬리콥터가 뭔가가 불에 탄 흔적을 발견하고는 그곳에 착륙했다. 모든 무전 통신을 모니터하고 있던 아트의 요원들에 의해 그 사실이 즉시 아트에게 보고됐다. 그래서 아트는 2시간 뒤에 요원 한 사람을 할리 오토바이 판매 회사에 내보냈다. 각성제 소지 용의자 명단에 올라 있는 한 오토바이 판매자를 현장으로 데려갔다. 그는 오토바이가 타고 남은 잔해를 보고 거의 눈물을 흘리며 확인 작업을 하여, 그 잔해가 아트가 찾고 있는 오토바이와 같은 모델이라는 사실을 알아냈다.

"누가 왜 이런 짓을 했을까요?"

오토바이 판매자가 한탄했다.

굳이 셜록 홈즈가 아니더라도 그곳까지 자동차가 오토바이를 따라왔으리라는 사실은 추측할 수 있을 터였다. 누군가 자동차에서 내렸고 다시 함께 자동차에 올라 고속도로로 운전해 갔다.

그래서 사건 복구반 요원이 현장에 파견되어 타이어 흔적과 타이어의 폭을 면밀히 조사했다. 그는 타이어 자국의 본을 뜨고 흙길에서 잠시 상황을 그려본 뒤, 구식 시동장치와 자동 변속기가 장착된 작은 사이즈의 2도어 세단을 찾아보라고 보고했다.

국경 순찰 요원 한 명이 아트에게 말했다.

"그리고 조수석 문이 고장 나 있습니다."

"그걸 어떻게 알지?"

국경 순찰 요원들은 바퀴 자국을 읽는 데에 대가들이었다. 특히 사막에서 말이다.

"조수석 문 밖에 발자국들이 있습니다. 여자는 문이 열리도록 뒷걸음질을 쳤습니다."

"그게 여자인지 어떻게 알지?"

"여자 신발 발자국입니다. 그 여자가 자동차를 운전하고 있었어요. 여자는 운전석에서 내려 남자가 서 있는 곳으로 걸어간 뒤 서서 지켜보았습니다. 몇 분 동안 서 있던 자리에 구두 굽이 깊이 파여 있는 게 보이죠? 그리고 여자는 조수석으로 걸어갔고, 남자가 운전석으로 가서 여자를 태웠습니다."

"여자가 어떤 신발을 신고 있었는지 말해 줄 수 있나?"

"제가요? 아뇨. 하지만 요원들 중에서 알아낼 사람이 있을 겁니다."

그랬다. 그 요원은 헬리콥터를 타고 30분 만에 현장에 도착했다. 그는 신발의 본을 떠서 연구실로 되가져 갔다. 4시간 뒤 아트에게 결과가 전달됐다.

노라의 신발이었다.

노라는 칼란과 함께 있었다.

겉보기에 노라의 자유 의지대로 행동하고 있었다.

그 사실이 아트의 마음을 주춤하게 했다. 여기서 과연 무엇을 보고 있는가? 스톡홀름 신드롬(인질극 때 인질들이 그들을 풀어주려는 군이나 경찰보다 인질범에게 동조하는 심리상태 — 옮긴이)의 진보적 사건? 또는 그 밖의 다른 것? 좋은 소식이 있다면 노라가 적어도 며칠 전까지는 살아 있었다는 일이며, 나쁜 뉴스는 칼란이 봉쇄 행동반경을 깼다는 점이었다. 칼란은 '포로'와 자동차를 타고 동쪽으로 향했고 포로는 적어도 협조적인 것으로 보이기에 지금 칼란은 어디든 갈 수 있다는 말이 됐다.

그리고 노라는 칼란과 함께 있었다.

스카키가 아트에게 말했다.

"여기서부터 내가 맡겠어. 난 칼란을 잘 알지. 칼란을 찾으면 내가 대처할 수 있어."

"칼란은 옛 친구 세 명을 죽이고 여자를 납치했어요. 그런데 대처할 수 있다고요?"

"우린 돌아가겠어."

아트는 마지못해 동의했다. 일리는 있다. 스카키는 칼란과 예전부터 관계를 맺어왔고 아트는 이목을 끌지 않고는 이 일을 더 추적할 수가 없었다. 그리고 아트는 노라를 되찾아야 했다. 그들 모두 그랬다. 노라 없이는 아단 바레라 사건을 처리할 수 없었다.

그들의 하루하루는 즐거운 일상생활로 자리 잡았다.

노라와 칼란은 일찍 일어나 아침을 먹었다. 때로는 집에서, 때로는 도로 건너편 레스토랑에서. 칼란은 항상 고 콜레스테롤 코스로 주문하고 노라는 항상 오트밀과 기름 없이 구운 토스트를 주문했다. 그 가게는 일요일 낮을 제외하고는 아침 식사로 과일을 내놓지 않기 때문이었다. 두 사람은 아침 식사 중에 말을 많이 하지 않았다. 두 사람 다 이른 아침에는 입이 무거운 편이었다. 대화를 나누는 대신 신문을 돌려가며 보았다.

아침 식사를 끝내고 나면 보통 드라이브를 나갔다. 그다지 똑똑한 행동은 아니라는 사실을 알았다. 똑똑하게 행동하려면 오두막집 뒤에 자동차를 계속 세워둬야 할 것이다. 하지만 그들은 아직 숙명론적 심리상태에 있었고 드라이브를 좋아했다. 칼란은 79번 고속도로에서 북쪽으로 11킬로미터쯤 떨어진 곳에서 호수를 발견했다. 떡갈나무가 서 있는 초원을 뚫고 언덕을 오르내리는 아름다운 드라이브 코스였다. 도로의 서쪽에는 커다란 목장이 있고 동쪽에는 자연보호구역이 있었다. 언덕길은 남쪽으로 넓고 평평한 방목지로 이어지며 그 한가운데에 커다란 호수가 있었다.

그 호수는 보통의 호수들과 좀 달랐다. 그냥 커다란 평지의 한가운데에 커다란 타원형으로 물이 고여 있었다. 하지만 호수는 호수였다. 그들은 호숫가를 걸어 남쪽 끝으로 가는 것을 즐겼다. 호수 동쪽에는 얼룩무늬 홀스타인 소 떼가 방목 중이었다. 노라는 소 떼를 바라보는 것도 좋아했다.

그래서 때때로 호수까지 차를 몰고 가서 호숫가를 산책했다. 그 외에는 사막 고원지대로 가서 작은 목장을 지나 계곡으로 갔다. 그곳에는 커다랗고 둥근 바위들이 흩어져 있었다. 마치 거인이 대리석으로 놀이하다가 갑자기 다 내팽개치고 떠나서 다시는 돌아오지 않고 있는 풍경 같았다. 때때로 그들은 그냥 언덕을 올라 정상 부근으로 갔다. 그곳에서 차를 세워놓고 오솔길을 조금 걸어올라 가면 산 아래가 모두 내려다보이고 남쪽으로 멕시코까지 보였다.

그런 뒤엔 집으로 돌아와 점심을 먹었다. 칼란은 칠면조나 햄 샌드위치를 먹고 노라는 가게에서 사둔 과일을 먹었다. 그리고 오랫동안 낮잠을 잤다. 노라는 지금까지 자신이 얼마나 피곤했었는지, 얼마나 지쳐 있었는지, 얼마나 잠이 필요했고 몸이 그걸 갈망했는지 전혀 모르고 살았다. 언제든 머리만 닿으면 그대로 잠이 들었다.

낮잠에서 깨어나면 대개 그냥 돌아다녔다. 방 앞에 앉아 있기도 하고 날씨가 따뜻하면 현관 밖으로 나가기도 했다. 노라는 책을 읽고 칼란은 라디오를 들으며 잡지를 보았다. 느지막한 오후에는 저녁에 먹을 음식을 사러 가게로 갔다. 노라는 한 번에 한 끼만큼씩 장 보는 것을 좋아했다. 프랑스 파리가 떠올랐기 때문이다. 그리고 정육 코너 직원에게 '오늘의 상품'에 대해 물어볼 수 있었기 때문이다.

노라가 칼란에게 말했다.

"요리 재료가 90퍼센트 쇼핑 상품이래요."

"좋아요."

칼란은 노라가 쇼핑 자체를 즐기며, 먹는 것보다 요리하는 것을 더 즐긴다고 생각했다. 가장 잘 잘린 스테이크를 고르기 위해 기꺼이 20분을 기다리면서도 먹기는 두 입 정도만 먹고 말기 때문이다. 닭고기나 생선이라면 세 입. 노라는 채소에 대해 놀랍도록 까다로웠다. 채소를 많이 먹었기 때문이다. 그리고 칼란을 위해서는 감자를 사고('난 당신이 아일랜드 인이라는 걸 알아요.') 자신을 위해서는 현미를 샀다.

두 사람은 저녁 식사를 함께 준비했다. 저녁 준비는 칼란이 정말로 즐기는 의식이 되었다. 좁은 부엌에서 서로 이리저리 움직이며 채소를 썰고, 감자를 벗기고, 기름을 데워 고기를 살짝 튀기거나 국수를 삶으면서 이야기를 했다. 그들은 쓸데없는 이야기를 주고받았다. 영화, 뉴욕, 스포츠. 노라는 칼란에게 자신의 어린 시절 이야기를 조금 들려주고 칼란도 자신의 어린 시절 이야기를 조금 들려주었다. 하지만 두 사람 모두 무거운 이야기는 생략했다. 노라는 칼란에게 파리에 대해 이야기했다. 음식, 시장, 카페, 강, 불빛.

그들은 미래에 대해 이야기하지 않았다.

현재에 대해서도 이야기 하지 않았다. 대체 그들이 무엇을 하고 있는지, 그들이 과연 누구인지, 서로에게 어떤 존재인지 결코 입에 올리지 않았다. 그들은 함께 잠자리를 가진 적도 없고 키스조차 하지 않았다. 그리고 어느 한 사람도 그것이 '아직'인지 뭔지 몰랐다. 노라는 그냥 칼란이 살아오면서 자신과 자려고만 하는 남자들 집단에 속하지 않는 두 번째 남자라는 사실만 알았다. 그리고 어쩌면 자신이 정말로 원하는 첫 번째 남자일지도 모른다고 생각했다. 칼란은 노라와 함께 있는 것만으로 충분하다고 생각했다.

함께 지내는 것만으로도 충분했다.

스카키는 선라이즈 고속도로를 달리다가 중고차 주차장처럼 보이는 황폐해진 농장을 목격했다. '젠장할.' 스카키는 자동차를 길 한쪽에 세우며 속으로 욕을 내뱉었다.

완두콩 색 모자를 쓴 남자가 느릿느릿 걸어와서 스카키에게 물었다.

"뭐 필요한 거 있수?"

"그런 것 같소. 이 고물 자동차는 파는 거요?"

"그냥 뚝딱거리는 걸 좋아할 뿐이우."

하지만 스카키는 그 남자의 눈을 깜빡하고 스쳐가는 불안감을 포착하고 직감적으로 행동했다.

"하얀색 차를 한 대 팔았소? 조수석 문이 고장 난 차로?"

그 남자의 눈이 TV 광고의 코미디언처럼 휘둥그레졌다. '어떻게 그걸 알았수?'라고 말하는 것처럼.

"당신은 누구슈?"

"그 사람이 당신의 입을 막는 대가로 얼마를 주었든 그 입을 다시 열게 하려고 더 많은 돈을 지불할 사람이오. 양자택일하시오. 내가 당신 집과 땅과 자동차 모두와 리처드 패티의 서명이 되어 있는 사진을 압수하고 차저스가 슈퍼볼에서 우승할 때까지, 즉, 영원히 당신을 감옥에 처넣는 게 낫겠소? 아니면?"

스카키는 돈이 든 지갑을 꺼내 돈을 뽑아내기 시작했다.

"언제인지 말하시오."

"경찰이슈?"

"경찰 정도가 아니지."

스카키는 계속 지폐를 뽑아냈다.

"아직 멀었소?"

1500달러.

"됐수."

"당신은 정말 교활한 사람이로군? 도시 사기꾼들과 비슷해. 1600달러면 큰 보상이지, 친구. 허튼소리는 하지 않겠지."

"85년식 그랜드 앰이우. 연두색."

그는 돈을 주머니에 쑤셔 넣었다.

"번호판은?"

"4ADM045."

스카키는 고개를 끄덕였다.

"난 여기 온 적이 없고, 당신은 날 본 적도 없는 거요. 그리고 당신은 내게 최고 금액으로 그 정보를 팔았으니⋯⋯"

스카키는 38구경 리볼버를 꺼냈다.

"문제가 생기면 난 돌아와서 이 총을 당신 엉덩이에 대고 방아쇠를 당길 거요. 총알이 없어질 때까지. 알겠소?"

"알았수."

"좋아."

스카키는 총을 넣었다.

그리고 자동차로 돌아가서 출발했다.

칼란과 노라는 교회에 갔다.

그들은 어느 오후를 잡아 자동차를 몰고 자연보호구역에 있는

79번 고속도로로 가서 낡은 산타 이사벨 전도단체에 갔다. 예배 당보다는 조금 큰 그곳은 고전 캘리포니아 전도단체 양식으로 지어진 자그마한 교회였다.

칼란이 물었다.

"들어갈래요?"

"들어가고 싶어요."

그들은 교회 옆에 있는 작고 추상적인 조각상으로 걸어갔다. '잃어버린 종들의 천사'라는 이름표가 붙어 있고, 그 옆에 있는 액자에는 그 전도단체의 종이 20세기에 어떻게 도난당했는지 적혀 있었다. 그리고 교구민들은 교회가 다시 목소리를 되찾게 되도록 여전히 그 종들의 안전한 반환을 위해 기도하고 있다고 했다.

누군가 교회 종을 훔쳤다고? 칼란은 상징적이라고 생각했다. 사람들은 뭐든 가만 놔두지 않았다.

그들은 교회 안으로 들어갔다. 뾰족한 천장을 지탱하고 있는 손으로 다듬은 까만 나무 들보들과 하얗게 칠한 벽돌담이 뚜렷한 대비를 보였다. 비싸지 않은 소나무 패널이 어울리지 않게 벽 절반쯤 되는 높이까지 덧대어져 있고, 스테인드글라스 창문은 십자가 행로의 14처의 하나와 성자들을 묘사하고 있었다. 참나무 의자들은 새것 같았다. 제단은 밝은 채색의 마리아와 성자들 조각상이 멕시코 양식으로 다채롭게 장식되어 있었다. 노라는 씁쓸달콤한 기분이 들었다. 노라는 후안 신부의 장례식 이후로 교회에 발길을 끊었다. 오늘 교회에 오니 후안 신부가 생각났다.

그들은 함께 제단 앞에 갔다.

노라가 말했다.

"촛불을 켤래요."

칼란이 노라와 함께 갔다. 그리고 소원 성취를 비는 촛불 앞에 함께 무릎을 꿇었다. 아기 예수 조각상이 촛불 뒤에 서 있고 그 뒤로 경건하게 천국을 올려다보고 있는 젊고 아름다운 여자의 그림이 있었다.

노라는 촛불을 켜고 머리를 숙여 조용히 기도했다.

칼란은 무릎을 꿇고 노라가 기도를 끝내기를 기다렸다. 그리고 제단 뒤 오른쪽 벽 전체를 차지하고 있는 벽화를 보았다. 십자가에 못 박힌 예수 그림이 생생하게 그려져 있었다. 예수 옆에는 두 도둑이 못 박혀 있었다.

노라는 오랫동안 기도를 드렸다.

밖으로 나온 후 노라가 말했다.

"기분이 좋아졌어요."

"기도를 오래 하더군요."

노라는 후안 신부에 대해 칼란에게 말했다. 두 사람의 우정과 노라가 후안 신부를 사랑했던 사실과 후안 신부의 죽음으로 자신이 아단을 배신하게 되었다는 얘기까지.

"난 아단이 싫어요. 아단이 지옥으로 가는 걸 보고 싶어요."

칼란은 아무 말도 하지 않았다.

두 사람은 자동차로 돌아왔고, 10분쯤 지났을 때 노라가 말했다.

"칼란, 나 돌아가야겠어요."

"왜요?"

"아단에게 불리한 증언을 하기 위해서요. 아단은 후안 신부를 죽였어요."

칼란은 이해했다. 칼란은 그 얘기가 싫지만, 이해는 됐다. 노라에게 그것을 벗어나 보라고 시도해 보았다.

"스카키와 그들은 당신이 증언하기를 원하지 않을 거예요. 당신을 죽이고 싶어 할 거예요."

"칼란, 나 돌아가야겠어요."

칼란이 고개를 끄덕였다.

"아트 켈러에게 데려다주겠어요."

"내일요."

"내일."

그날 밤 두 사람은 어둠 속에서 누워 있었다. 밖에서 귀뚜라미 우는 소리가 들렸고 상대방의 숨소리가 들렸다. 멀리서 코요테 무리가 귀에 거슬리게 깽깽거리고 울부짖더니 곧 조용해졌다.

칼란이 입을 열었다.

"나 거기 있었어요."

"어디요?"

"그들이 후안 신부를 죽였을 때, 나도 그 일원이었어요."

칼란은 옆에 누운 노라의 몸이 경직되는 것을 느꼈다. 노라의 숨소리가 멈췄다.

"맙소사, 왜요?"

칼란은 말을 꺼내기까지 10분, 15분이 걸렸다. 칼란은 리피 주점에서 17세에 에디 프리엘에게 방아쇠를 당긴 이야기로 시작했다. 칼란은 몇 시간 동안 노라의 목덜미에서 전해지는 따뜻함을 느끼며 부드럽게 웅얼거렸다. 그리고 노라에게 자신이 죽인 사람들에 대해 말해 줬다. 뉴욕, 콜롬비아, 페루, 온두라스, 엘살바도르, 멕시코에서 저지른 살인에 대해 말해 줬다. 그리고 이야기는 과달라하라 공항에서 있었던 그날의 사건에 이르렀다.

"난 대상이 그분인 줄 몰랐어요. 멈추게 하려고 했지만 때를 놓쳤어요. 그는 내 팔에 안겨서 죽었어요, 노라. 그가 나를 용서했다고 말했어요."

"하지만 당신이 그런 게 아니잖아요."

칼란은 고개를 저었다.

"너무도 커다란 죄책감이 들어요. 그에게. 그들 모두에게."

노라의 팔이 다가와 그를 꼭 안자 칼란은 놀랐다. 칼란의 눈물이 노라의 목으로 떨어졌다.

그가 울음을 멈추자 노라가 말했다.

"난 열네 살 때……."

노라는 그 남자들 모두에 대해 들려줬다. 고객들, 매춘 일들, 파티들. 노라가 입으로, 엉덩이로, 마음으로 받아들인 모든 남자들. 노라는 칼란의 눈에서 혐오감을 보리라 기대했지만 그건 틀린 생각이었다. 노라는 후안 신부를 얼마나 사랑했는지 얘기하고, 얼마나 복수하고 싶었는지, 그리고 아단과 어떻게 지냈는지, 그것이 얼마나 많은 죽음과 상처를 이끌었는지 얘기했다.

두 사람은 얼굴을 마주하고 있었고 입술이 거의 닿을 거리에 있었다.

노라는 칼란의 손을 잡아 자신의 데님 셔츠 아래 가슴에 댔다. 칼란이 눈을 뜨고 놀랍게 바라보았다. 하지만 노라가 고개를 끄덕이자 칼란은 노라의 젖가슴을 쓰다듬었다. 노라는 기분이 좋았다. 칼란이 입을 낮추어 노라의 가슴으로 가져가자 노라는 가

숨이 꽃을 피우는 기분이 들었다.

칼란은 흥분했다. 노라는 칼란의 바지를 열고 칼란을 느꼈다. 칼란의 신음 소리가 노라의 가슴에서 진동했다. 노라와 칼란은 서서히, 서로를 존중하며 아름답고 격정적인 밤을 보냈다.

칼란은 일찍 일어나 노라가 깨지 않게 살짝 빠져나와서 마을로 식료품을 사러 갔다. 블루베리 팬케이크, 커피, 베이컨 향기로 노라를 깨울 계획이었다.

하지만 칼란이 돌아왔을 때 노라는 사라지고 없었다.

15장

건널목

"이 기차는 성자들과 죄인들을 데리고 간다.
이 기차는 패자들과 승자들을 데리고 간다.
이 기차는 매춘부들과 도박꾼들을 데리고 간다.
이 기차는 길 잃은 영혼들을 데리고 간다……."
—전설

1999년
샌디에이고

아트는 발보아 파크에 있는 오르간 전시관에서 홉스를 만났다.
널따란 반원형 극장 안에 하얀 철제의자들이 무대 쪽으로 비스
듬히 줄지어 놓여 있었다. 홉스는 마지막 줄 두 번째 의자에 앉아
서 책을 읽고 있었다. 스카키가 홉스의 왼쪽 옆 두 번째 자리에
앉아 있었다.

바깥은 따뜻했다. 봄이 시작되었다.

아트가 홉스 옆에 앉으며 물었다.

"노라 헤이든에 대한 새로운 소식이라도 있나요?"

"우린 서로 오랫동안 알고 지내왔지, 아트. 다리 밑으로 엄청난

강물이 흘러갔어."

"무슨 말씀을 하려는 겁니까, 홉스."

'오, 젠장, 노라가 죽었나?'

"미안하네, 아트. 난 자네가 아단 바레라를 재판에 회부하게 내 버려 둘 수 없어. 즉시 아단을 우리에게 넘겨."

흔해 빠진, 낡아빠진 소리였다. 티오 때도 그러더니, 이제는 아 단이다.

"아단은 테러리스트예요, 홉스! 당신도 그렇게 말했어요! 그는 FARC와 한통속이고⋯⋯"

"언질을 받았네. 바레라 조직은 더 이상 FARC와 사업을 맺지 않겠다는군."

"언질? 아단 바레라한테서요?"

"아니. 미겔 앙헬 바레라한테서."

홉스가 차분하게 말했다.

아트는 아무 말도 할 수가 없었다.

홉스가 다시 입을 열었다.

"이 일 전체가 걷잡을 수 없게 되었네, 아트. 일이 더 나빠지기 전에 중요 인물들이 손을 써야 했네."

"중요 인물들. 당신과 티오인가요?"

"티오는 조카가 테러리스트와 인연을 맺은 사실을 알고 질겁했 지. 진작 알았다면 서둘러 멈추게 했을걸세. 티오는 지금에야 그 사실을 알았더군. 이건 좋은 해법이네, 아트. 아단 바레라는 값을 헤아릴 수 없이 귀중한 정보 제공자가 될 수 있을걸세. 만약 협 력을 위한 이유가 있다면."

'터무니없는 소리.'라고 아트는 생각했다. 그들은 아단이 증인 석에서 꺼낼지 모를 이야기에 겁먹고 있었다. 충분한 이유가 있었다. 아단의 거래를 난 받아들이지 않겠지만, 그들은 받아들일 것이다. 그들은 이미 그것을 계산하고 있었다. 그들은 아단에게 새 얼굴, 새 신분증, 그리고 새 삶을 줄 것이다.

대체 무슨 속셈인가.

"아단을 넘겨줄 수 없습니다."

홉스의 목소리는 이제 화가 나 있었다.

"우리가 테러리즘과 전쟁 중이라는 사실을 잊었나."

아트는 햇빛 쪽으로 얼굴을 기울여 따뜻함을 즐겼다.

"테러리즘과 전쟁, 공산주의와 전쟁, 마약과 전쟁. 늘 뭔가와 전쟁 중이군요."

"그게 인간이 처한 상황이지. 유감스럽지만."

"나한테는 안 그래요. 더 이상은요. 난 거기서 빠져나왔어요." 아트가 일어섰다. "그건 '끝'을 맺어야 해요. 어딘가에서 끝나야 해요."

"자넬 좀 더 일깨워 줘도 되겠나. 이건 자네를 위험에서 끌어내는 일이기도 하네. 독실한 체하는 자네의 도덕적 우월함의 태도는 솔직히 참기 어렵군. 그리고 덧붙이자면 지지할 수도 없네. 자네가 공모한 일이⋯⋯"

아트는 손을 들어 올렸다.

"아단이 이미 내게 거래를 제의했어요. 난 거절했어요. 난 아단 바레라를 지방검사에게 데려가서 정의가 이끄는 대로 따를 겁니다. 그리고 모든 걸 말할 거예요. 콘도르, 케르베로스, 레드 미스트로 무슨 일이 일어났는지에 대해서요."

홉스의 얼굴이 사색이 됐다.

"자넨 그렇게 못 하네, 아트."

"지켜보시죠."

사색이 되었던 홉스의 얼굴이 이젠 유령처럼 보였다.

"자네가 애국자라고 생각했네."

"맞습니다."

아트는 일어나서 걸어가기 시작했다.

정말로 봄이었다. 공원에 있는 정원은 새로운 색깔을 뿜어내고 있고 공기는 따뜻했다. 남아 있는 겨울의 흔적이 아직은 상쾌하게 여겨졌다. 아트는 원형극장을 내려다보았다. 현장학습을 나온 학생들이 선생님 주변에 옹기종기 모여 있고, 젊은 커플이 샌드위치를 먹으며 앉아 있고, 목에 카메라를 걸친 관광객들이 공원지도를 살피며 손가락질을 하고 있고, 노인들이 천천히 걸으며 새봄의 따뜻함과 공기를 즐기고 있었다.

바로 그때 샌디에이고의 짧은 활주로에 착륙할 비행기 한 대가 머리 위로 낮게 날고 있었다. 귀를 먹먹하게 하는 그 소음 속에서도 아트는 홉스의 목소리를 들을 수 있었다.

"노라 헤이든."

"뭐라고요?"

"우리가 그녀를 데리고 있네. 그녀와 교환하겠네."

아트가 몸을 돌렸다.

"자넨 어니 이달고를 구하지 못했네. 하지만 노라 헤이든은 구할 수 있어. 아주 쉽지. 내게 바레라를 데려오면 되니까. 그렇지 않으면······."

홉스는 그 위협의 말을 끝낼 필요가 없었다.

그들은 노라의 머리에 총알을 박아버릴 것이다.

"카브리요 다리. 자정은 멜로 드라마 같겠지. 새벽 3시 어때? 동성연애자들의 밀회가 끝나고 조깅하는 사람들이 나오기 전이지. 자네는 다리 서쪽에서 바레라를 데려오고 우리는 동쪽에서 노라 헤이든을 데려가겠네. 그리고 아트, 만약 모든 것을 자백하려는 감상적인 충동이 아직도 든다면 신부님에게 가보라고 제안해도 되겠나? 다른 누군가가 자네를 믿거나 자네의 '진실'에 관심이 있을 거로 생각한다면 자넨 대단한 착각을 하고 있는 걸세."

홉스는 읽던 책으로 다시 조용히 눈을 돌렸다.

어두운 그림자 뒤로 스카키가 무한한 허공을 응시했다.

아트는 걸어갔다.

스카키가 물었다.

"착수할까요?"

홉스가 고개를 끄덕였다. 슬프다. 아트 켈러는 좋은 사람이다. 하지만 분명한 진리가 있다. 전쟁에서는 좋은 사람들이 죽게 된다.

아트는 아단을 감금해 둔 아지트로 돌아갔다.

"네 거래는 성사되었어."

'이번 일이 마지막이야.'

그것이 스카키가 칼란에게 한 말이었다.

'그래, 항상 마지막 일이었지.'

하지만 스카키를 믿는 수밖에 없다고, 다른 선택의 여지가 없다고 칼란은 발보아 파크를 가로질러 걸어가면서 생각했다.

'일을 맡아. 그렇지 않으면 그들이 그녀를 죽일 거야.'

칼란은 글로브 공연예술극장의 사이먼 에디슨 센터에서 해롤드 핀터의 「배신」 입장권을 샀다. 중간 휴식 시간에 칼란은 담배를 피우기 위해 밖으로 나가서 극장 뒤쪽을 둘러 극장과 동물 병원 사이의 골목길로 갔다. 칼란은 골목길을 따라 걸어가서 고속도로가 바라다보이는 비탈길 위의 유칼리 나무 옆 강철 철사 울타리 쪽으로 갔다. 왼쪽에 카브리요 다리가 보였다. 그 장소는 한쪽이 극장, 한쪽이 병원이어서 칼란을 눈에 띄지 않게 해 줬다. 그리고 병원 밑의 창고 트레일러들이 고속도로 방향도 칼란을 가려줬다. 소총 망원경을 단 칼란은 다리 위에 서서 시가를 피우고 있는 스카키를 조준했다. 사정거리는 32미터였다.

밤이라도 쉽게 쏘아 맞힐 거리였다.

칼란은 돌아와서 남은 연극을 보았다.

아트는 현관 계단에 서서 초인종을 눌렀다.

앨시아는 아주 좋아 보였다.

아트를 보고 놀라는 기색이었지만 괜찮아 보였다.

"아트……."

"들어가도 될까?"

"물론."

앨시아는 아트를 거실 소파로 안내하고 옆에 앉았다.

'여기가 내 집이 될 수도 있었구나. 내 집이 되었어야 했는데.'

하지만 아트는 잡을 가치도 없는 뭔가를 뒤쫓느라 그걸 내던졌다.

'당신까지 내던졌지.' 아트는 앨시아를 바라보며 생각했다.

어떤 여자들은 나이가 들면서 더 예뻐진다. 앨시아의 웃음과 미소의 주름살은 그녀를 더욱 빛나게 해 줬다. 걱정스러움의 주름살조차 사랑스러웠다. 아트는 앨시아가 머리에 부분 탈색을 한 것을 알아차렸다. 앨시아는 검정 블라우스와 청바지를 입고 금목걸이를 걸고 있었다. 아트는 그 목걸이가 자신이 앨시아에게 준 거라고 기억하고 있지만, 목걸이를 준 날이 생일인지 밸런타인데이인지는 기억이 나지 않았다. 크리스마스였는지도 모르겠다.

"유감스럽지만, 마이클은 집에 없어. 친구들과 영화 보러 갔어."

"다음번에 만나지 뭐."

"아트, 당신 괜찮아? 어디 아프다거나……"

앨시아는 갑자기 걱정스러운 표정으로 물었다.

"괜찮아."

"당신 안색이……"

"오래전에 당신은 내가 진실을 말해 주기를 바랐지. 기억나?"

앨시아가 고개를 끄덕였다.

"그때 진실을 말했어야 했어. 당신을 내던지는 게 아니었어."

"어쩌면 늦지 않았는지도 몰라."

아트는 생각했다.

'아니. 너무도 늦었어.'

아트는 소파에서 일어섰다.

"가는 게 낫겠어."

"만나서 기뻤어."

"나도."

앨시아는 문에서 아트를 안아줬다. 그리고 볼에 키스했다.

"몸 조심해, 아트. 알았지?"

"그래."

아트는 문 밖으로 나왔다.

"아트?"

아트가 뒤돌아보았다.

"미안해."

'괜찮아. 난 사실 작별인사를 하러 온 것뿐이야.'

아트는 호랑이굴로 걸어 들어가고 있다는 사실을 알고 있었다. 그들은 아트와 노라를 카브리요 다리에서 죽일 것이다.

그들에겐 선택의 여지가 없었다.

노라는 존 홉스와 자동차 뒷좌석에 올랐다. 홉스는 아주 공손하게 대해 줬다. 이 늙은 신사는 흰 셔츠와 정장 차림에 나비넥타이를 매고 오버코트를 입고 있었다. 밤 공기가 따뜻한데도 말이다.

노라는 오늘 밤 아름다웠다. 노라도 그 사실을 알았다. 머리를 다시 금발로 염색하고 그들이 준 몸에 착 붙은 까만 드레스를 입고 있었다. 노라는 다이아몬드 귀고리와 다이아몬드 목걸이를 걸고 굽 높은 구두를 신고 있었다. 화장은 완벽하고 눈은 크고 입술은 붉게 반짝였다.

노라는 매춘부가 된 기분이었다.

'그 배역을 연기하는 거야. 그 배역의 옷을 입자.'

홉스는 노라와 다시 한 번 모든 것을 반복했다. 하지만 노라는 이미 이해하고 있었다. 스카키가 노라를 위해 모두 설명해 주었다. 노라가 해야 할 일은 다리 한중간에서 아단을 만나서 아단과 함께 자동차로 돌아오는 일이었다.

그다음에는 자유롭게 갈 수 있었다. 칼란도 마찬가지였다.

새로운 신분증과 새로운 삶.

칼란은 비밀 장소에서 노라를 기다리고 있었다. 노라가 이 거래에서 맡은 배역을 완료하기 위한 인질이었다.

'이 사람들은 걱정할 필요가 없어.'

지금까지 자신의 본분을 다해왔다. 몇 초 더 사랑하는 척하는 게 뭐 어떻겠는가?

유일하게 노라를 괴롭히는 것은 아단이 그 모든 일에 대해 처벌을 받지 않을 거라는 점이었다. CIA는 아단을 지키고 앉아서 잘 보살펴줄 것이며, 아단은 후안 신부 살인에 대해 결코 처벌받지 않을 것이다.

이건 잘못된 일이고 노라는 이 일이 싫다. 하지만 칼란을 위해 이 임무를 해낼 것이다.

후안 신부는 이해해 줄 것이다.

'그렇죠?'

노라는 천국에 그 생각을 보내며 생각했다. '이해한다고 말해 주세요. 내가 이 일을 하기를 바란다고 말해 줘요. 내가 저지른 죄에 대해 나를 용서한다고 말해 주세요. 그리고 내가 지금 저지르려고 하는 죄에 대해서도.'

스카키는 거울로 노라를 바라보며 윙크했다. 스카키는 한 남자가 어떻게 노라에게 매혹되는지 쉽사리 이해가 됐다. 걸어 다니는 최고의 냉혈 인간인 칼란조차 지금 노라와 사랑에 빠져 있으니 말이다.

'글쎄, 오늘 밤 네가 그녀를 갖기를 바랄게, 칼란. 네가 조금 기분을 푸는 게 난 오히려 좋아. 왜냐하면 나는 네 안에 있는 마개를 뽑아야 할 사람이거든. 유감스럽지만, 넌 가야 해. 네가 이 일에 대해 입을 나불거리는 위험을 감수할 수는 없어.'

준비는 다 되었다. 오늘 밤 다리에서 마약 분쟁이 벌어지고, 매스컴은 영웅 아트 켈러에 대해 공식적이고 공적인 애도를 보도하기 시작할 것이다. 하루 이틀 뒤엔 아트가 바레라의 보수를 받은 탐욕스럽고 더러운 경찰이었으며 바레라의 저격수에게 피살된 거라는 이야기를 퍼뜨릴 것이다.

악명 높은 션 칼란에게.

'넌 오늘 밤 새로운 신분증을 얻을 거야, 칼란.'

'넌 이번에 진짜로 죽어.'

존 홉스는 노라의 향수 냄새를 들이마셨다.

늙은 남자들은 기회가 될 때마다 사라져가는 즐거움을 얻었다. 조금만, 아주 조금만 더 젊었다면 홉스는 노라를 유혹하려 했을지도 몰랐다. 매춘부를 '유혹'한다는 게 말이 된다면 말이다. 슬프게도, 지금 홉스가 기껏 노라에게 요구하는 일은 임무를 완수해 달라는 것뿐이었다.

아단 바레라를 평화적으로 우리 손에 데려오는 임무.

홉스는 아무런 양심의 가책도 없었다. 불운한 사람들에게 드

는 애석함도 느껴지지 않았다. 아트 켈러에게 제재를 가해야 한다
는 생각뿐이었다.

글쎄, 저 세상은 완벽했다. 하지만 이 세상은 상당히 부족했다.

홉스는 노라의 향수 냄새를 들이마셨다.

아트는 자동차를 몰고 약속 장소로 갔다.

두 손에 수갑을 차고 있는 아단이 옆자리에 앉아 있었다. 새벽
2시 45분의 거리는 한산했다. 아트는 공항로를 선택했다. 범선들
과 물 위에 비치는 달빛과 시내 고층건물들이 빚어내는 스카이라
인을 보고 싶었기 때문이다.

아단은 자기만족의 웃음을 띤 채 조용히 앉아 있었다.

"알아, 아단? 난 지옥이 존재하기를 바라지. 너 때문에."

"이것이 끝이라고 생각하지 마. 난 아직 라울의 빚이 있으니까."

아트는 자동차를 세우고 내렸다. 그리고 아단을 자동차에서 끌
어내려 무릎을 꿇렸다. 38구경 권총을 뽑아 들자 아단의 눈에 두
려움이 찾아들었다. 아트는 그 모습을 즐겼다. 아트는 총을 들어
아단의 얼굴을 세게 내려쳤다. 아단의 왼쪽 눈 아래가 찢어지면서
피가 흘렀다. 그리고 곧 부풀어 올랐다. 한 대 더 내려치자 아단의
코가 깨졌다. 세 번째 강타로 아단의 윗입술이 찢어지고 치아 두
개가 부러졌다.

아단은 신음소리를 내며 비틀거렸다. 입에서 피를 뱉어냈다.

아트가 말했다.

"내가 진지하다는 걸 알려주려는 거뿐이야. 장난으로 받아들이
면, 맹세컨대, 널 때려서 죽여 버리겠어. 알아듣겠어?"

아단은 고개를 끄덕였다.

"후안 신부 일로 접근한 사람이 누구야?"

"아무도 없었어. 그건……"

'그래, 그건 우연이었겠지. 그리고 티오가 감옥 밖으로 걸어 나온 것도 우연이고, 안토누치가 네게 면죄 선언을 해 준 것도 우연이겠지. 모든 것이 빌어먹을 우연이군.' 아트는 아단의 머리채를 잡아당겨 총의 개머리판으로 귀를 내려쳤다.

"후안 신부 일로 접근한 사람이 누구야?"

'젠장, 그게 지금 무슨 상관이야?'라고 아단은 생각했다.

"스카키였어."

아트는 고개를 끄덕였다.

'추측한 대로군. 나도 그렇게 생각했어.'

"왜지?"

"그는 모든 것을 알고 있었어. 나처럼."

"후안 신부가 케르베로스에 대해 알고 있었다고?"

"그래."

"레드 미스트는?"

"그것도."

아트는 아단을 끌고 자동차로 가서 뒷좌석에 밀어 넣었다.

다리로 갈 시간이었다.

칼란은 자세를 잡았다.

칼란은 무거운 저격 소총을 가방에서 꺼내 삼각대와 적외선 망원경을 부착하고 소음기를 끼웠다. 그리고 죽은 풀들 위에 엎드려 다리 위를 조준했다.

이 정도는 식은 죽 먹기였다. 아트 켈러가 아단 바레라를 넘겨주자마자 스카키가 고개를 들어 끄덕이면 칼란은 아트를 쏠 것이다.

그리고 떠날 것이다.

스카키가 불바드 공원으로 와서 칼란을 태워 노라에게 데려갈 것이다. 두 사람은 새 여권을 받아 L.A.로 가서 파리행 비행기를 탈 것이다.

새로운 삶.

칼란은 자리를 잡고 아트 켈러를 죽일 준비를 했다.

레드 미스트 작전으로 되돌아왔다.

카브리요 다리는 63번 고속도로에서 엎어지면 코 닿을 거리이며 발보아 파크를 두 구역으로 나누었다.

아트는 낮이면 노인들이 모두 하얀 옷을 입고 와서 오후 햇살 속에서 느린 게임을 하는 잔디 볼링장 옆에 자동차를 세웠다. 아트는 자동차 문을 열고 아단의 팔을 끌어당기며 허리춤에 있는 38구경 권총집을 보여줬다.

"부디 도망쳐 줘."

그리고 아트는 아단을 다리의 서쪽 끝으로 밀고 가서 중간지점을 향해 걷기 시작했다.

다리는 호박색 가로등 아래에서 부드럽게 금빛으로 빛나고 있었다.

오른쪽으로는 시내 사무실 건물들과 거대한 붉은 네온사인이 보였다. '코르테스 호텔'이라는 간판이 스카이라인을 위압하고 있었다.

그 너머로 항구와 바다가 있고 아트가 자란 바리오 로건의 치카노 공원 밑바닥에서 코로나도 다리가 꿈처럼 치솟아 있었다. 왼쪽으로는 팜 협곡의 깊은 수렁이 있고 아메리카 삼나무들과 소나무들이 고속도로 너머로 어렴풋이 보였다. 북동쪽에는 샌디에이고 동물원이 있었다.

정면으로는 발보아 파크가 있고, 웨딩케이크 꼭대기처럼 높다란 야자나무 두 그루 위로 치솟은 캘리포니아 타워가 있었다. 다리는 박물관과 정원 사이로 길고 넓게 펼쳐진 보행자 도로, 프라도 거리로 이어져 있고 프라도 거리 끝에는 발보아 플라자로부터 밤하늘로 쏘아 올리는 커다란 분수시설이 있었다.

아트는 이 길을 수차례 걸어 다녔다.

'그래서 그들이 레드 미스트의 일부로서 후안 신부를 죽였군.'

그리고 그 명령은 홉스가 내렸다.

아트는 오랜 세월 속에서 처음으로 완벽하게 명확해짐을 느꼈다.

이제 아트는 모든 것을 알고 있었다.

칼란은 아트의 이마에 조준했다. 그리고 가슴, 그리고 다시 이마. 머리를 쏘라고 스카키가 지시했었다. 마약 밀매자들은 배신자를 죽일 때 뒤통수를 쐈다.

검정 링컨 콘티넨털이 프라도 거리 한중간에서 큰 원을 그리며 다리 쪽을 향해서 오는 동안 헤드라이트가 소용돌이쳤다. 자동차는 다리의 동쪽 끝에 멈춰 섰다.

스카키가 내려서 뒷좌석 문을 여는 것이 보였다. 홉스가 천천히 내리더니 지팡이에 한껏 기대섰다. 스카키가 그를 흔들리지 않게 잡아주는 데도 말이다. 그리고 스카키는 자동차 뒤로 돌아가서 반대편 문을 열었다. 노라가 우아하게 자동차에서 내렸다. 평소에 늘 그렇게 누군가가 문을 열어주는 호사를 누리는 여자처럼.

아트는 아단의 팔에 힘이 들어가는 것을 느꼈다.

그리고 누군가 다른 사람이 자동차에서 내리자 아단은 눈을 깜빡였다.

그 남자는 노인이었다. 이제 머리가 하얗게 세고 콧수염도 하얗다. 더 여위었지만, 아직 구세계의 신사처럼 스스로 걸음을 걸을 수 있었다.

티오는 당당하기까지 한 태도로 노라의 팔을 잡았다.

아단은 노라를 보고 웃었다.

노라는 사랑스러워 보였다. 부드러운 불빛 아래라 더욱 그랬다. 마치 노라가 생명력과 여성다움을 되찾은 듯했다. 아단은 노라에게 달려가려고 하지만 아트가 아단을 꼭 붙잡고 있었다. 상관없었다. 노라가 아단에게 다가오고 있었으니까.

'너무 가까이 오지는 마.'

칼란은 노라가 다리 중앙 쪽으로 걸어가자 걱정이 됐다. '그냥 바레라를 데리고 자동차로 돌아가기만 해.' 노라는 무슨 일이 일어날지 몰랐다. 노라에게 알려야 할 이유가 없었다. 칼란은 자신이 방아쇠를 당겨야 할 시간에 노라가 자동차에 돌아와 있기를 바랐다.

더 이상 노라의 옷에 피를 묻힐 필요가 없었다.

그들은 다리 중간의 서쪽 부분에서 만났다.

스카키가 아트에게 다가가며 말했다.

"기분 상하게 할 뜻은 없네, 아트. 자네 무기를 이리 넘겨."

아트가 재킷을 뒤로 젖히자 스카키가 아트의 38구경 권총을 빼내어 자신의 벨트에 꽂았다. 그리고 아트를 돌려 다리 난간에 기대게 하고 몸수색을 했다. 아무것도 없었다. 스카키는 나머지 사람들에게 오라고 손짓했다.

아트는 티오가 노라의 손을 팔에 걸고 앞으로 걸어오는 것을 보았다. 마치 신부를 데리고 오는 아버지 같았다.

홉스는 뒤처져서 천천히 걸어왔다.

티오는 아단이 피를 흘리고 얼굴이 터진 것을 보고 아트에게 말했다.

"넌 아무것도 변한 게 없구나, 조카야."

"기회가 있었을 때 당신 머리에 총알을 박았어야 했어요."

"맞아. 하지만 그러지 않았지."

"여기서 뭐 하고 있는 거죠?"

"내 조카가 안전하게 이송되리라는 사실을 알려주려고 왔지. 그리고 살해되지 않도록. 내가 겨우 맞춰서 온 것 같군."

티오가 아단을 끌어안고 두 손을 뒤통수에 댔다. 옷에 피가 묻지 않도록 조심하면서.

"아단, 저들이 네게 무슨 짓을 했니?"

"티오, 만나서 기뻐요."

"수갑을 풀어주게."

아트는 아단의 뒤로 가서 수갑을 푼 뒤에 그를 앞으로 슬쩍 밀었다.

홉스가 아트를 보며 말했다.

"자넨 약속을 지키는 사람이야, 아트. 신의를 존중하는 사람이지."

아트가 고개를 저었다.

"꼭 그렇지도 않아요."

아트는 홉스를 붙잡고 휙 돌려 방패삼아 자신의 앞으로 당겨 왼손을 홉스의 목에 감곤 오른손을 홉스의 뒤통수에 댔다. 한 번만 비틀면 홉스는 죽을 것이다.

스카키는 총을 꺼내 들었지만 쏘기를 주저했다.

"총 내려놔, 스카키. 안 그러면 홉스의 목을 박살 내 버릴 거야."

"그러기만 해봐. 내가 널 죽일 테니까."

"좋아."

스카키는 총을 내려놓았다.

"내 총도."

스카키가 아트의 38구경 권총을 그 옆에 내려놓았다. 그리고 아트 뒤쪽 산등성이를 올려다보며 고개를 끄덕였다.

칼란은 그 신호를 보았다.

칼란은 총의 십자선을 아트의 뒤통수에 정면으로 놓고 심호흡을 했다.

'삶을 바꿔.'

아트가 말했다.

"노라, 총 하나는 다리 아래로 던지고 하나는 내게 줘."

아단이 웃었다.

노라가 총 하나를 던져버리기 전까지만.

아단이 소리를 질렀다.

"무슨 짓이야?"

노라는 아단을 똑바로 바라보았다.

"내가 밀고자였어, 아단. 쭈우우욱 나였어."

아단이 소스라치게 놀랐다.

"난 당신을 사랑했어."

"당신은 내가 사랑했던 남자를 죽였어. 그리고 난 결코 당신을 사랑하지 않았어."

노라는 아트에게 총을 건넸다.

스카키가 어깨너머를 보면서 외쳤다.

"쐈!"

아트는 저격수를 보기 위해 돌아보았다.

스카키가 허리춤에서 두 번째 총을 뽑아 들어 아트의 등을 겨냥했다.

칼란은 스카키의 머리에 정면으로 총알을 박았다.

스카키가 망원경 시야에서 사라졌다.

티오가 몸을 숙여 스카키의 총을 쥐었다.

아트가 돌아보았다.

티오가 총을 올려 들었다.

아트가 티오의 가슴에 두 발을 쏘았다.

티오의 손이 반사적으로 방아쇠를 당겼다.

총알이 홉스의 엉덩이를 뚫고 아트의 다리에 맞았다.

두 사람 모두 쓰러졌다.

홉스는 몸을 끌어당겨 지팡이를 쥐고 비틀거리며 걷기 시작했다. 완전히 고주망태가 된 주정뱅이처럼.

칼란은 허약한 그의 가슴을 겨냥했다.

피가 홉스의 등으로 뿜어져 나왔다.

홉스의 지팡이가 달가닥거리면서 떨어졌다.

아단은 노라를 지나 티오에게 기어갔다.

그리고 티오의 손에서 총을 빼냈다.

칼란은 아단을 쏘려고 했지만 노라가 방해가 됐다.

아트는 무릎으로 간신히 버티고 서면서 티오 옆에 있는 아단을 보았다.

아단의 총이 한 번, 두 번 불을 뿜었지만 둘 다 아트를 스쳐 지나갔다.

아트는 아찔함을 느끼면서 총을 겨누어 쐈다.

총알이 티오의 시신에 맞았다.

아단도 다시 쐈다.

아트의 머리가 뒤로 젖혀지며 핏줄기가 허공에 소용돌이쳤다. 아트는 뒤로 쓰러지며 다리 난간에 부딪혔다. 아트의 총이 다리 아래의 고속도로로 떨어졌다.

아단이 노라에게 총을 겨눴다.

"엎드려!"

칼란이 외쳤다.

노라가 땅바닥으로 쓰러졌다.

아단도 쓰러졌다.

아단은 엎드린 채 다리를 따라 기어갔다. 뒤에서는 총알이 날아오고 있었다.

칼란은 다리 난간을 뚫고 총알을 맞힐 수가 없었다. 이제 아단이 보이지도 않았다. 칼란은 총을 내려놓고 다리로 달려갔다.

아단이 일어나서 달렸다.

무지막지한 고통이 찾아들었다. 이마의 깊은 상처에서 흘러나온 피가 아트의 눈 속으로 흘러 들어가서 거의 앞이 보이지 않았다. 아트는 머리를 움직여서, 뇌를 움츠러들게 하고 의식을 잃게 하는 좁은 시야와 싸웠다. 아트는 고개를 들었다. 아단이 달아나는 형체만 간신히 보였다. 바닥이 이쪽저쪽으로 기울며 요동치는 유령의 집에서 달려가는 것처럼 보였다.

아트는 일어서려고 몸부림쳤지만 이내 쓰러졌다. 하지만 악을 쓰고 다시 일어났다.

그리고 달리기 시작했다.

아단은 자신을 쫓는 발걸음 소리를 들었다.

'계속 달려.'라고 아단은 스스로에게 말했다. 아단은 국경을 건널 필요가 없다는 사실을 알고 있었다. 그저 바리오로 들어가서 오른쪽 문을 두드리면 됐다. 그 문은 아단 바레라에게는 열어줄 것이고 아트 켈러에게는 닫을 것이다.

그래서 아단은 프라도 거리로 달려갔다. 지금은 새벽이라 텅 비어 있었다. 박물관 건물은 잃어버린 도시의 벽처럼 흐릿하게 보였다. 만약 프라도 거리를 벗어나 불바드 공원으로 갈 수 있다면 아단은 무사할 것이다. 아단이 어둠 속으로 숨을 장소가 수천 곳은 될 것이다. 그런 다음 바리오로 가면 됐다.

앞쪽으로 50미터쯤 떨어진 곳에 커다란 분수대가 보였다. 프라도 거리의 끝이라는 표시였다. 조명이 은빛 물기둥을 비추고 있었다.

아트 역시 분수대가 보였다.

아트는 그게 뭘 의미하는지 알고 있었다.

아단이 거기를 지나가면 아마 영원히 사라질 것이다. 28번가 아이들이 아단을 숨겨주고 국경을 건너도록 도와줄 것이다. 아트는 다리를 더 빨리 움직이려고 안간힘을 썼다. 발을 디딜 때마다 급격한 고통이 다리를 타고 올라왔지만 말이다.

멀리서 사이렌 소리가 들렸다. 아트는 그게 진짜인지 환청인지 궁금했다.

아단도 그 소리를 들었다. 그리고 계속 달렸다.
몇 미터만 더 가면 자신은 사라질 것이다.
아단은 아트가 어디 있는지 보려고 고개를 돌렸다.

아트가 덤벼들었다.
아단의 어깨 부위를 잡고 분수대 가장자리로 밀어붙여서 물속에 빠뜨렸다.
아단이 일어나 손으로 아트의 얼굴을 잡고 눈을 후벼 팠다.
아트의 머리가 고통으로 폭발했지만 아트는 아단의 먹살을 잡고 놓지 않았다. 그저 계속 잡고 있어, 계속 잡고만 있어, 하고 스스로에게 말했다. 아단의 셔츠가 찢어지고, 아단이 도망치기 시작했다.
아트는 맹목적으로, 필사적으로 몸을 던졌다. 그리고 아단의 몸이 자신의 몸 아래에 깔린 것을 느꼈다. 아단의 폐에서 공기가 빠져나오면서 신음 소리가 났다. 아단은 머리를 부딪쳐서 물속으로 피를 내뿜었다. 아트가 아단의 머리채를 잡고 아단의 머리를 물속에 처박았다.
아트가 아단을 들어 올리자 그가 헐떡이는 소리가 들렸다. 아트는 그를 다시 내리눌렀다. 분수의 작은 폭포소리를 누르고 고함소리가 들렸다.
"이건 어니를 위해서야, 이 개자식아! 이건 필라르 멘데스와 아이들을 위해서야! 이건 라모스를 위해서야!"

아트는 아단을 내리누른 채 아단이 밑에서 필사적으로 발을 버둥거리고 있는 느낌에 쾌감을 느꼈다. 아단의 몸이 부르르 떨리고, 고통스러워하고, 죽어가는 느낌을 사랑했다.

"이건 엘사우살을 위해서야!"

아트는 더 세게 내리눌렀다. 아단이 아래에서 갑자기 움찔하더니 등이 꺾인 것처럼 휘었다. 아트에게는 보이지 않았다. 아트는 어머니 품에서 죽은 아기가 보였다. 아트는 개의 힘이 느껴졌다.

"이건 후안 신부를 위해서야!"

아트가 고함을 질렀다.

아트는 아단의 머리를 물 밖으로 당겼다.

두 남자가 물속에서 무릎을 꿇고 공기를 들이켜고 있었다. 그들의 피가 온통 소용돌이치고, 분수대 물이 그들의 머리 위로 쏟아졌다.

아트는 번쩍이는 붉은빛을 보았다. 경찰들이 다가오며 총을 꺼냈다. 아트는 한 손으로 아단의 목을 누른 채 다른 손으로 손사래를 쳤다.

"쏘지 마! 쏘지 마! 난 경찰이야! 이놈은 내 포로야! 이놈은 내 포로야!"

마치 긴 터널 속에 있는 것처럼 아트는 멀리서 노라와 칼란이 이쪽으로 걸어오는 것이 보였다.

아트는 물속으로 쓰러졌다.

물이 시원하고 상쾌했다.

2003년 5월
비밀에 붙여진 장소

양귀비가 꽃망울을 터트렸다.

밝은 주황, 밝은 빨강.

아트는 조심스럽게 양귀비에 물을 줬다.

그리고 아이러니를 감상했다.

그들은 아트를 감옥에 넣지 않았다. 재판관은 연방 시설에서는 전직 국경의 왕이 하루도 버틸 수 없을 거라고 결정했다. 그래서 증언과 끝이 없어 보이는 위원회 참여와 끝없는 회의가 이어지는 동안 비교적 안전한 새 아지트로 계속 옮겨 다녔다.

여기 머문 지는 3개월이 되었고 곧 다시 옮겨야 할 때가 될 것이다. 아트는 앞으로 어떻게 될지는 생각하지 않았다. 그리고 오늘은 화창하고 따뜻한 날이며, 아트는 담장으로 둘러싸인 안마당 정원에서 즐거운 시간을 보내고 있었다.

아트는 고독을 즐겼다.

홀로서기. 아트는 물뿌리개를 내려놓고 긴 의자에 앉아 벽돌담에 몸을 기대며 생각했다.

하지만 꼭 그렇다고 볼 수도 없었다.

유령들이 있었다.

노라는 떠났다. 노라는 증언을 끝내고 새로운 삶 속으로 사라졌다. 아트는 노라가 칼란과 함께 있다고 생각하고 싶었다. 칼란 역시 사라졌다. 즐거운 사색거리였다.

아단은 12개의 종신형을 선고받고 연방 감옥에서 복역하고 있었다. 그 또한 즐거운 사색거리였다. 아단이 수갑을 차고 발목에 쇠사슬을 감고 떠나가며 아트의 머리에 걸린 현상금이 아직 유효하다고 외치는 모습을 법정에 앉아서 지켜보았다.

누가 알겠는가? 누군가가 그 돈을 받아가게 될지도 모른다.

마약은 멕시코 밖으로 흘러나오지 않았다. 아단의 몰락 후 15분 동안은. 그리고 신출내기들이 아단의 자리로 올라가면서 그 어느 때보다 많은 마약이 미국으로 흘러 들어오고 있었다.

아트의 증언을 바탕으로 의회는 케르베로스 작전과 레드 미스트 작전에 철저한 조사를 착수했고, 조치를 취할 것을 약속했다. 하나 지금까지 이룬 일은 아무것도 없었다. 정부는 마약 수송 차단을 위한 지원금으로 1년에 수십억 달러를 콜롬비아에 쏟아부었다. 그 대부분은 반란군과 싸우기 위한 헬리콥터에 쓰였다. 전쟁은 지루하게 계속됐다.

후안 신부의 사망은 여전히 공식적으로 불운한 사고로 판결난 상태였다.

아트는 더 냉혹해져야겠다고 생각했다.

가끔 그래 보려고도 했지만, 다소 터무니없는 전생의 모방처럼 느껴져서 내려놓고 말았다. 앨시아와 아이들이(맙소사, 아이들은 더 이상 아이가 아니다.) 오늘 오후에 잠시 다니러 올 것이다. 아트는 즐거운 시간을 보내고 싶었다.

무슨 일이 일어날지, 언제까지 이런 불확실한 삶 속에서 지내야 할지, 빠져나가게 되기는 할지 아직은 몰랐다. 아트는 속죄라고 여겼다. 아트는 자신이 지금도 신을 믿고 있는지 어떤지 모르지만 신에 대한 희망은 품고 있었다.

아트는 다시 꽃에 물을 주려고 일어서며 생각했다.

'어쩌면 정원을 돌보고 신에 대한 희망을 품고 있는 일이 우리가 이 세상에서 할 수 있는 최선의 일인지도 몰라.'

반대되는 모든 증거들과 맞서서 말이다.

아트는 꽃잎 위에서 은빛으로 빛나고 있는 물방울들을 보았다.

그리고 예전에 들었던, 완전히 이해는 안 되지만 머릿속에 남아 있는 이상한 기도문이 문득 떠올라서 웅얼거렸다.

내 영혼을 칼에서 건지시며.

내 유일한 것을 개의 힘에서 구하소서.

〈끝〉

지은이 | 김경숙

책과 언어를 좋아해서 번역에 발을 들여놓았으며 현재 번역가들의 모임 바른번역에서 출판 번역을 하고 있다. 저자와 독자를 제대로 이어주는 번역가가 되고자 늘 고민하고 따져보며 끊임없이 노력하고 있다. 소설 『개의 힘』, 『사라진 도시 사라진 아이들』, 『제발 내 말 좀 들어 주세요』, 『가지마, 내곁에 있어줘』, 자기계발서 『사소한 말부터 바꿔라』, 『비전몽거스 VisionMongers(출간 예정)』, 동화 『책 읽는 허수아비』, 『수줍음과 용기』, 『좋은 비밀, 나쁜 비밀』 등을 옮겼다.

개의 힘 2

1판 1쇄 펴냄 2012년 4월 13일
신판 1판 1쇄 펴냄 2022년 4월 13일

지은이 | 돈 윈슬로
옮긴이 | 김경숙
발행인 | 박근섭
편집인 | 김준혁
펴낸곳 | 황금가지

출판등록 | 2009. 10. 8 (제2009-000273호)
주소 | 06027 서울 강남구 도산대로 1길 62 강남출판문화센터 5층
전화 | 영업부 515-2000 **편집부** 3446-8774 **팩시밀리** 515-2007
홈페이지 | www.goldenbough.co.kr

한국어판 ⓒ ㈜민음인, 2022. Printed in Seoul, Korea

ISBN 978-89-6017-412-2 04840(2권)
      978-89-6017-410-8 04840(set)

㈜민음인은 민음사 출판 그룹의 자회사입니다.
황금가지는 ㈜민음인의 픽션 전문 출간 브랜드입니다.